KB165235

셰익스피어 5대 희극

베니스의 상인, 한여름 밤의 꿈, 뜻대로 하세요, 말괄량이 길들이기, 십이야

LINN
인문고전
클래식
10

사랑은 눈으로 보는 것이 아니라
마음으로 보는 것이다

셰익스피어
5대 희극

FIVE
GREAT COMEDIES

윌리엄 셰익스피어 지음　　김성진 편역

LiNN
도서출판 린

유쾌한 반전 속에 숨어 있는
셰익스피어 로맨틱

　희극은 비극에 비해 같은 주제를 다루더라도 관객의 심도 있는 사유를 유도하지 않으며, 단순히 스스로 한번 돌아보는 수준(문제 인식)에 만족하곤 한다. 희극에는 평균 이하부터 평균 정도의 인간 군상이 등장하며, 이들 대부분은 전형성을 과장한 인물들이다. 이로 인해 관객은 희극 작품 속 인물에서 자신과의 유사성을 발견하게 되고, 희극적 유희 속에 숨은 비판적 현실을 인식하게 된다. 희극은 관객으로 하여금 억압된 분노나 충동 등을 등장인물에게 대입하게 함으로써 그들을 통해 심리적 해방감을 얻음과 동시에 자신의 단점을 깨닫고 교정하도록 유도한다.

　전통적으로 셰익스피어의 연극 유형은 희극 및 비극, 소네트가 있는 역사 등으로 분류되며, 수년에 걸쳐 몇 가지 추가적인 범주가 제안되었다. 셰익스피어 희극은 일반적으로 재미있고 아이러니하며 눈부신 언어의 향연으로 가득 찬 연극으로 식별할 수 있다. 그들은 또한 변장과 잘못된 정체성으로 가득 차 있으며, 매우 인위적인 결말로 따라가기 어려운 복잡한 플롯을 갖는다.

　셰익스피어의 희극을 응집력 있는 하나의 그룹으로 묘사하려는 시도는 그 피상적인 윤곽을 넘어설 수 없다. 대부분의 셰익스피어 희극에 나타나는 고도로 인위적인 결말은 서로 다른 그의 연극이 결국 무엇에 관해 이야기하는지 알려주는 단서가 된다. 《베니스의 상인》을 예로 들어 보자. 여기에는 사랑과 그에 관계된 요소들이 등장한다. 종종 그렇듯이 두 커플이 있다. 커플 중 한 여성은 희극 내내 남성으로 변장한다. 그의 연인은 셰익스피어 희극의 전형적인 인물로 매우 불쾌한 상황에 처해 있다. 그리고 그리스도교인 상인과 그에게 돈을 빌려주는 유대인 고리대금업자가 등장한다. 평소처럼 연인들은 모두 함께 모여 그들의 사랑과 그들의 편이 잘된 방식을 축하하며 연극을 끝낸다. 그들의 행복한 결말은 한 사람의 생명을 완전히 파괴함으로써 이루어진다.

《십이야》도 비슷하다. 집단 내에서 남자들로부터 환영받지 못하는 남자의 굴욕을 보여 준다. 《베니스의 상인》에서와 마찬가지로 그의 고통은 고도로 인위적인 코믹한 엔딩으로 처리되며 관객은 그저 어깨를 한번 으쓱할 뿐이다.

셰익스피어 희극에는 기본적으로 누구나 공감할 수 있는 특징이 있다. 첫 번째는 언어유희(말장난과 모욕 및 외설적인 악당의 등장), 두 번째는 광대(어리석은 강도들의 몸짓을 상상해 보라), 세 번째는 그의 유머 전술 중 가장 달콤한 것인데, 바로 로맨틱함이다. 종종 너무나도 매력적인 그의 로맨스는 성별과 섹슈얼리티 혹은 가부장제를 거부하는 진화된 태도의 대상이 된다. 이러한 모든 해석을 차치하고, 그의 희극은 너무나 재미있다. 셰익스피어의 비극이 다양하게 각색되어 스크린에 올랐던 것처럼, 그의 희극 또한 오늘날 전 세계적으로 마르지 않는 화수분이 되어 끊임없이 관객을 모으고 있다.

셰익스피어의 '비극'처럼 그의 희극은 분류를 거부한다. 그들은 모든 슬픔과 기쁨, 신랄함, 비극과 희극, 어둠과 가벼움을 담은 다양한 인간 군상들로 우리의 관심을 끌고 있다. 이 책에서는 일반적으로 '셰익스피어의 5대 희극'이라고 불리는 다섯 편의 작품을 다룰 것이다.

《베니스의 상인》

셰익스피어의 '문제 희극' 중 하나인 《베니스의 상인》은 그 작품이 갖는 역사적 무게와 함께 '유대인 문제'라고 부를 만한 내용을 품고 있다. 피에 굶주린 유대인 고리대금업자 샤일록이 무대에서 추방되고 부서진 후에도 낭만적인 장난은 계속되고, 그 뒤에는 당시 기독교의 단면이 가려져 있다. 이제 이 희극은 대부분의 사람들에게 더 이상 우스꽝스럽게 보이지 않는다. 글의 깊이와 복잡성으로 인해 여러 세대의 감독에 의해 반유대주의 연극으로 재구성되었으며, 샤일록은 결함이 있는 인물이긴 하지만, 종종 동정심 많은 인물로 묘사되어 강제 개종이 더 이상 해피엔딩으로 귀결되는 것만은 아님을 보여 준다.

《한여름 밤의 꿈》

셰익스피어의 대표적 낭만 희극으로 1595~1596년 사이에 집필된 것으로 추정되며, 총 5막으로 구성돼 있다. 아테네를 극의 배경으로 하고 있으며, 엇갈린 연인들의 사랑과 갈등이 초자연적인 존재를 통해 우여곡절 끝에 해결된다는 이야기를 담고 있다. 전체적으로 몽환적이고 환상적인 분위기를 풍기며 작가의 상상력이 뛰어나게 발휘된 작품으로 평가받는다. 셰익스피어의 작품 중 가장 많이 공연된 희극의 하나이며 '관문 연극' 역할을 한 작품이다.

《뜻대로 하세요》

1599년경에 쓰인 희극 작품으로 1623년에 간행되었다. 총 5막으로 구성되어 있으며, 동시대 작가인 토마스 로지의 소설《로잘린드》에서 소재를 빌려 온 작품이다. 따라서 원전과 유사한 캐릭터들이 여럿 등장하지만, 셰익스피어는 여기에 염세적이고 우울한 사색가 제이퀴즈나 재기발랄한 어릿광대 터치스톤 등과 같은 강렬한 캐릭터를 추가했다. 목가적인 전원을 배경으로 하는 이 희곡은 셰익스피어 극작이 원숙기에 들어설 무렵, 즉 비극 창작에 주력하던 시점에 집필됐다는 점에서 주목을 받는 작품이다. 셰익스피어의 여주인공은 로잘린드만큼이나 비평가와 학자 및 청중에게 어려운 주문을 받고 있다. 그녀는 연극 대사의 4분의 1을 소화한다. 작품은 목가적 전원을 배경으로 남녀 간의 사랑 문제를 다룬 낭만 희극이지만 권력 찬탈과 질투, 반목 등의 무거운 주제를 포함하고 있으며 사랑 문제 또한 복잡하게 얽혀 있다.

《말괄량이 길들이기》

1593년경에 집필된 작품으로, 총 5막으로 구성돼 있다. 셰익스피어의 초기작으로 이탈리아의 르네상스 희극에서 내용과 형식을 차용한 습작 과정의 작품이다. 파도바의 부호 밥티스타의 큰딸 카타리나는 성격이 거친 데 비해 동생 비앙카는 온순하여 아버지의 사랑을 한 몸에 받는다. 그 때문에 언니인 카타리나의 성격은 더욱더 거칠어지고 난폭한 행동을 거듭하여 접근해오는 남성도 없었다. 그런데 베로나의 신사 패트루치오가 나타나 그녀에게 구혼하고 그녀보다 더 난폭한 언동으로 그녀를 길들인다. 남녀의 극적인 사랑싸움에는 매력과 활기찬 농담이 가득하지만, 극의 저변에는 가부장제의 이익을 위해 여성은 여성답게 반드시 길들여야 한다는 사고가 짙게 깔려 있다.

《십이야》

셰익스피어가 4대 비극을 집필하기 직전에 쓴 1599~1600년경의 작품으로, 그의 대표적 낭만 희극으로 꼽힌다. 극의 배경이 되는 일리리아는 실제로 발칸반도 서부 아드리아 해 동쪽에 위채했던 고대 국가인데, 작품 속에서 이곳은 낭만과 꿈이 가득한 유토피아적 공간으로 그려진다.

셰익스피어의 가장 위대한 희극의 제목인 《열두 번째 밤》은 주현절 축제라고도 알려진 크리스마스 휴일을 말하며, 연극의 줄거리와는 아무런 관련이 없지만, 그 정신을 완벽하게 포착한다. 희극적인 구애, 혼란스러운 그리움, 로맨스의 향연이 풍요롭다. 성별은 다르지만 꼭 닮은 쌍둥이를 중심으로 얽히고설키며 대담하게 구상된 이야기는 뛰어난 재미와 함께 씁쓸한 여운을 남기며 오감을 즐겁게 한다.

『베니스의 상인(The Merchant of Venice)』 주요 장면

샤일록_유대인 고리대금업자로 평소부터 미워하는 안토니오에게 친구의 보증을 세워 놓고 기한까지 갚지 않으면 안토니오의 살 1파운드를 베어 내겠다는 조건으로 돈을 빌려준다. 그는 "돈만 아는 고리대금업자"의 대명사로 여겨진다.

샤일록에게 돈을 빌리는 안토니오와 바사니오_안토니오의 재산을 담보로 바사니오는 유대인 샤일록에게 돈을 빌린다.

포셔의 청혼 상자_황금상자와 은상자, 납상자 중 납상자를 선택하는 바사나오. 그는 그 결과 포셔와 결혼하게 된다.

포셔와 바사니오의 결혼_두 사람의 결혼이 성사되자 서로 키스를 하는 장면이다.

안토니오의 편지를 읽는 바사니오_사정이 어려워진 안토니오의 편지를 읽은 후 포셔는 그를 도우라며 바사니오를 위로 한다.

포셔_벨몬트의 거부 상속인. 그녀는 많은 구혼자 중에 바사나오와 결혼한다.

남장을 한 포셔_안토니오의 재판을 위해 남장을 한 포셔의 모습이다.

베니스의 법정_안토니오의 채무 문제로 재판이 벌어지는 장면을 묘사한 그림이다.

『한여름 밤의 꿈(A Midsummer Night's Dream)』 주요 장면

헤르미아와 라이샌더_테세우스와 히폴리타의 결혼식으로 분주한 어느 날, 헤르미아와 라이샌더는 아버지의 결혼 반대에 맞서 숲으로 사랑의 도주를 한다.

오베론과 티타니아_요정의 왕 오베론과 왕비 티타니아의 모습이다.

당나귀 머리로 변한 보텀_작은 요정 퍽의 실수로 보텀은 그만 당나귀의 얼굴로 변해 버리고, 마법에 걸린 요정의 여왕 티타니아는 그에게 사랑을 느끼게 된다.

오베론과 퍽_오베론은 드미트리우스와 헬레나의 소란에 그들이 서로 사랑하게끔 퍽에게 마법의 꽃을 눈꺼풀에 바르라고 명령한다.

사랑의 전령이 된 퍽_오베론의 명령을 받은 퍽은 마법의 꽃액을 드미트리우스에게 바르려 했으나 실수로 라이샌더에게 바르고 만다.

잠에서 깨어난 티타니아_꿈에서 당나귀를 사랑한 요정의 여왕 티타니아는 잠이 깨자 환상이 사라졌고 당나귀 머리를 한 보텀도 서서히 당나귀의 탈을 벗게 된다.

사랑을 찾은 연인들_잠에서 깨어난 네 사람은 결국 자신들의 사랑을 되찾게 된다. 그야말로 한여름 밤의 꿈과 같은 이야기로 마무리된다.

『뜻대로 하세요(As You Like It)』 주요 장면

로잘린드와 실리아_실리아는 프레드릭 공작의 딸로, 로잘린드의 추방을 막아 주고, 결국 로잘린드가 쫓겨나게 되자 함께 길을 나서게 된다.

로잘린드와 올란도의 만남_로잘린드가 격투기 경기에서 승리한 올란도와 마주치는 장면을 묘사하고 있다.

로잘린드와 실리아의 여정_로잘린드가 숙부로부터 추방당하자 실리아가 남장을 한 로잘린드를 따라 나선다.

로잘린드와 올란도의 만남_로잘린드를 그리워하는 올란도를 남장한 모습으로 만나는 로잘린드.

올란도의 시를 읽는 로잘린드_로잘린드는 자신을 사랑한다는 내용의 시를 적은 올란도를 만나 그의 사랑을 확인한다.

로잘린드와 올란도_가니메데로 분장한 로잘린드와 사랑의 구애 연습을 하는 올란도.

올란도의 구혼을 받아주는 로잘린드_로잘린드가 자신의 모습을 나타내며 올란도의 구애를 받아들이는 장면이다.

『말괄량이 길들이기(The Taming of the Shrew)』 주요 장면

크리스토퍼 슬라이_주정뱅이 홈리스였던 슬라이는 술에서 깬 뒤 영주의 멋진 침실에서 깨어나 영주로부터 "당신은 수년 동안 정신을 잃고 있었다"는 말을 듣는다. 잠시 반항하던 슬라이는 곧바로 하인들에게 지시를 내리고 자신이 정신을 차린 기념으로 잔치를 열고 희극 《말괄량이 길들이기》를 감상하게 된다.

카타리나와 비앙카_언니인 카타리나가 인기가 많은 동생 비앙카를 괴롭히는 장면이다.

카타리나와 패트루치오_패트루치오가 카타리나에게 청혼을 하지만 그녀는 싸늘하기만 하다.

결혼식의 소란_결혼식이 끝나자 피로연도 참석하지 않고 일방적으로 카타리나를 납치하듯 데려가는 패트루치오.

식탁의 수난_신혼 첫날부터 패트루치오가 음식 타박으로 하인들을 못살게 굴며 카타리나의 기를 꺾기 시작한다.

드레스를 물리는 패트루치오_카타리나의 새 드레스가 안 어울린다고 내팽개치는 패트루치오. 그는 비앙카의 결혼식에 평범한 옷을 입고 가자고 우긴다.

비앙카 결혼식 연회장_말괄량이 카타리나는 패트루치오의 순종적인 아내가 되어 모든 사람들을 깜짝 놀라게 한다.

『십이야(The Twelfth Night)』 주요 장면

바이올라_세바스찬의 쌍둥이 여동생이다. 그녀는 자신의 신분을 감추고 남자로 변장하여 오시노 공작의 집에서 일을 하게 되는데, 이때부터 엇갈린 일들이 발생한다.

바이올라와 올리비아_남장을 한 바이올라에게 자신의 얼굴을 드러내는 올리비아.

말볼리오와 올리비아_집사 말볼리오는 거짓 연애편지에 속아 올리비아가 자신을 좋아한다고 생각하고 점잖을 빼며 너스레를 떤다.

바이올라와 올리비아_남장을 한 바이올라에게 반해 청혼을 하는 올리비아를 묘사한 그림이다.

올리비아와 세바스찬_우여곡절 끝에 바이올라의 일란성 쌍둥이 남매인 세바스찬과 결혼하는 올리비아. 그리고 이야기는 해피엔딩으로 끝을 맺는다.

셰익스피어 5대 희극

베니스의 상인

베니스의 상인

등장 인물

[안토니오] 베니스의 상인. 바사니오의 절친

[바사니오] 안토니오의 친구이자 포셔의 청혼자

[포셔] 벨몬트의 아름다운 유산 상속녀

[샤일록] 유대인 고리대금업자

[제시카] 샤일록의 딸. 아버지와는 대조적으로 상냥한 처녀

[로렌조] 제시카의 애인이자 안토니오의 친구

[그레시아노, 살레리오, 슬레이니오] 안토니오의 친구들

[네리사] 포셔의 하녀이자 심복

[튜벌] 유대인 샤일록의 친구

[론슬롯] 어릿광대

[베니스의 공작, 모로코 왕, 아라곤 왕] 포셔의 청혼자들

[레오나르도] 바사니오의 하인

[발타자르] 포셔의 하인

[베니스의 고관들, 법정의 관리들, 간수, 하인들, 시종들]

◀ 웨스트민스터 사원에 있는 셰익스피어 기념상

1막 1장

Act 1, Scene 1

● 베니스의 부두

(안토니오, 살레리오, 슬레이니오, 이야기하면서 등장)

[안토니오] 정말이지 왜 이렇게 기분이 울적한지 모르겠군. 우울증 때문에 지쳐 버렸어. 나 때문에 자네들도 지쳤다지만, 내가 왜 이러는지, 어쩌다가 이렇게 됐는지, 어떻게 이런 꼴이 됐는지, 무엇 때문에 자꾸만 이렇게 우울해지는지, 도대체 어디서 이런 밑도 끝도 없는 지독한 우울병을 얻게 됐는지 나도 모르겠단 말이야. 어쨌든 이놈의 우울증 때문에 난 이제 멍청이가 된 듯해. 뭐가 뭔지, 내가 누군지도 모를 지경이야.

[살레리오] 자네 마음이 먼 바다에서 파도를 따라 흔들리고 있어서 그런 거야. 자네의 큰 배들은 모두 바람에 불룩해진 돛을 달고 마치 바다의 귀족처럼, 바다의 부호처럼, 또는 바다 위를 행진하는 호화판 행렬처럼, 연방 머리 숙여 굽실대며 경배하는 작은 배들을 경멸하듯 내려다보면서 큰 날개를 펄럭이는 독수리처럼 파도를 헤치며 쏜살같이 달려오고 있을 테니까.

[슬레이니오] 하긴 나라도 그 많은 재산을 바다에 걸었다면 당연히 마음이 온

통 바다에 나가 있어서 안절부절못할 테지. 노상 풀을 뜯어선 공중에 휘날려 바람의 방향을 재려 할 테고, 항구며, 부두, 그리고 기항지를 찾아보느라 마냥 지도만 들여다보며 지내겠지. 그리고 만일 조금이라도 그 사업에 걱정거리가 생길 것 같으면 말일세, 나도 틀림없이 우울증에 걸릴 거야.

[살레리오] 후후 불어서 더운 국물을 식히는 입바람에도 난 오한이 날 거야. 그놈의 입바람이 바다에선 폭풍이 될지도 모르잖아? 또 모래시계에서 모래가 흘러내리는 것만 봐도 모래톱이나 갯바닥이 연상되고, 물건을 가득 실은 배가 모래 위에 좌초하여 돛대가 옆으로 기울어져 시체처럼 제 무덤에 입 맞추고 있는 꼴이 눈에 선하겠지. 그 많은 재산이 순식간에 사라져서 빈털터리가 된다고 생각하면 누군들 마음이 울적해지지 않겠나? 그런 일이 절대 안 일어난다고 누가 장담할 수 있겠나? 말 안 해도 알만해. 안토니오는 지금 자기 물건 생각 때문에 우울한 거야.

[안토니오] 믿어 주게, 그렇지는 않아. 다행스럽게도 난 화물을 한 배에만 실은 게 아니고, 내 거래처도 한두 군데가 아니거든. 또 전 재산이 금년 한해의 운수에만 달려 있는 것도 아니고. 그러니까 물건 때문에 울적한 것은 아닐세.

[슬레이니오] 아니, 그럼 상사병에 걸렸나 보구먼.

[안토니오] 예끼, 이 사람아 농담 말게!

[슬레이니오] 상사병도 아니라고? 그럼 그냥 즐겁지 않으니까 우울하다 이건가. 그러면 방법은 간단하네. 우울하지 않으니까 웃고 뛰고 어깨춤을 출 수도 있을 것이 아닌가. 두 얼굴의 야누스 신에 걸고 맹세하네만 조물주는 옛날부터 인간을 묘하게 만들었어. 종일 실눈을 하고 있다가 구슬픈 자루 피리 소리를 듣고서는 바보 앵무새 같이 깔깔대는 자가 있는가 하면 식초라도 마신 듯 오만상을 찌푸리고선 근엄한 네스터도 웃을 거라고 보증할 만한 우스갯소리에 웃는 척도 하지 않는 자가 있단 말일세.

(바사니오, 로렌조, 그레시아노 등장)

[슬레이니오] 바사니오의 행차군. 자네의 가장 귀한 친구 말일세. 그레시아노와 로렌조도 함께 오는군. 잘 있게. 훌륭하신 친구분들이 오셨으니 우린 이제 비켜나야지.

[살레리오] 자네 기분이 나아질 때까지 옆에 있어 주고 싶지만, 우리보다 훨씬 훌륭한 친구들이 왔으니 우린 이만 가 봐야겠네.

[안토니오] 자네들이야말로 내겐 소중한 친굴세. 괜히 볼일이 있으니까 이 틈이다 싶어 핑계 삼아 둘러대고는 줄행랑치려는 속셈이겠지?

[살레리오] 여! 모두 안녕하신가?

[바사니오] (다가오면서) 잘 있었나, 친구들, 우리 언제 한바탕 왁자지껄 같이 웃고 놀아 보세. 언제가 좋을지 말씀만 하시구려. 아니, 왠지 떨떠름한 표정들이군. 정말 가시려고?

[살레리오] 다음에 틈이 나면 만나기로 하세.

(살레리오와 슬레이니오 인사하고 퇴장)

[로렌조] 바사니오 나으리, 안토니오 님을 만나셨으니 우리 두 사람은 물러갑니다. 점심 때 만나기로 약속한 장소를 잊지 마세요.

[바사니오] 염려 말게.

[그레시아노] 안색이 좋지 않으신데, 안토니오 선생. 자넨 세상일을 너무 심각하게 생각하나 보구면. 지나치게 근심 걱정을 한다고 안 될 일이 되기라도 한다든가? 아니, 자네 정말 얼굴이 말이 아닌데, 그래?

[안토니오] 이봐, 그레시아노, 난 세상사를 있는 그대로 받아들일 뿐이야. 세상은 무대요, 우리는 거기서 여러 가지 역할을 맡는데, 내가 맡은 배역은 비극의 주인공이지. 그뿐일세.

[그레시아노] 그럼 난 어릿광대 역이나 맡겠네, 즐겁게 웃으며 살 수만 있다면 웃다가 이 얼굴에 주름살이 좀 생긴들 어떤가. 공연히 속을 태워 심장의 피를 말리느니 간장이 화끈 달아오르도록 술도 마음껏 마시겠어. 속에선 뜨거운 피가 넘쳐흐르는 한창때의 남자가 어째서 석고로 빚은 조상의 석고상처럼 꼼짝하지 않고 앉아 있기만 한단 말인가? 깨어 있으면서도 잠자는 체하고, 공연히 심술만 내고, 황달병 환자처럼 누렇게 뜬 얼굴을 하고 있을 필요가 어디 있어? 내 말 알겠나? 이봐, 안토니오. 난 자네가 좋아. 좋아하니까 이런 말도 하는 걸세. 세상에는 별난 사람도 다 있단 말씀이야. 썩은 냄새 나는 늪처럼 우중충한 표정의 얇은 가죽을 낯짝에 뒤집어쓰고 일부러 침묵을 지키느라고 안간힘을 쓰고 있는데, 이는 말하자면 세상 사람들로부터 지혜롭다느니, 위엄이 있다느니, 신중하다느니 하는 평판을 얻고 싶기 때문이지. 마치 '나는 신탁을 받았다, 내가 입을 열 때는 개 한 마리도 짖지 못하게 하라.'고 말할 것 같은 표정이란 말이야. 그래, 안토니오, 침묵을 지킴으로써 현명하다는 소리를 듣고 있는 족속들을 알고 있어. 그렇지만 자신 있게 말할 수 있는 건 그자들이 막상 말문을 여는 날엔 곁에서 듣고 있던 사람들이 너무도 어리석은 그 수작에 그만 귀를 틀어막아야 할 걸세. 가령 그 상대가 친형제일지라도 바보천치라고 소리치지 않을 수 없을 테니까 말일세. 이런 얘긴 다음 기회에 더 자세히 하기로 하고, 그 우울증을 미끼로 평판이라는 하찮은 송사리를 낚으려는 어리석은 생각일랑 아예 말게. 여보게, 로렌조, 우리 가세. (다른 사람에게) 우린 이만 실례하겠네. 내 설교는 점심 후에 끝맺기로 하겠네.

[로렌조] 우리 잠시 헤어졌다가 점심시간에 만나세. 나도 졸지에 침묵을 지키는 꿀 먹은 벙어리 현자 중의 하나가 되어 버렸군. 말을 하고 싶어도 그레시아노가 말할 기회를 줘야지.

[안토니오] 잘 가게. 나도 이제부턴 마구 떠들어대겠네. 그래서 바보천치라는

안토니오
베니스의 상인으로 친구들에게 우정과 신망이 깊은 인물이다.

소리를 듣지 않게 된다면 그건 순전히 자네 덕분일세.

[그레시아노] 고맙네. 꼭 그래 주게. 침묵을 지켜서 칭찬을 받는 건 말려서 육포로 만든 황소 혓바닥하고 팔리지 않는 노처녀뿐일 테니까.

(팔짱을 낀 그레시아노와 로렌조, 웃으면서 퇴장)

[안토니오] 지금 저 친구가 한 말이 무슨 뜻인가?

[바사니오] 그레시아노. 저 녀석이 아무것도 아닌 일을 그럴듯하게 부풀려서 말하는 솜씨는 이 베니스 천지에서 따를 자가 없다네. 저 친구 수작에서 이치에 닿는 소리를 찾는 일은 왕겨 두 가마니 속에 있는 밀알 두 개를 찾는 것만큼 어려울걸. 하루 종일 찾아도 찾기 어려울 걸세. 설사 찾아낸다 해도 별거 아닐 거라고.

[안토니오] 그건 그렇고, 자네가 사랑의 순례자가 되어 은밀하게 찾아가 보겠다던 그 여성 말일세. 어떤 인물인지 오늘 나에게 말해 주겠다고 약속했잖은가?

[바사니오] 여보게, 안토니오, 자네도 내 형편 잘 알겠지만 난 가산을 탕진하고 말았다네. 미미한 재력으로선 지탱하지 못할 호사스러운 생활을 계속해왔기 때문이지, 이제부터는 그런 호사스러운 생활을 못 하게 되었다고 푸념하는 건 아닐세. 다만 그 엄청난 빚을 어떻게 청산하느냐 하는 문제 때문에 걱정일세. 분수에 넘친 사치한 생활을 한 덕택으로 짊어진 빚 말이야. 안토니오, 자네에게 난 금전이든 우정이든 많은 신세를 지고 있네. 이제 다시 한번 자네의 우정을 믿고 내 계획과 생각을 한 치도 숨김없이 몽땅 털어놓겠네. 어떻게 하면 내가 진 빚을 청산할 수 있을까 하는…….

[안토니오] 여보게, 바사니오. 제발 어서 얘기해 보게. 물론 그런 일이야 없겠지만, 그게 자네 자신에게 불명예스러운 일이 아니라면 안심하고 말해 주게.

내 돈주머니든 내 육체든 내 재산 마지막 한 푼까지 자네가 소용된다면 아낌 없이 몽땅 자네에게 주겠네.

[바사니오] 학창 시절 얘기지만, 난 말일세 화살을 하나 잃으면 다른 화살로 같은 힘, 같은 방향을 향해, 이번에는 좀 더 신중히 겨냥해서 먼저 잃은 화살을 되찾았어. 즉 둘 다 잃을지 모를 모험에 걸고 두 개 다 되찾곤 했다네. 이렇게 어린 시절의 경험을 얘기하는 건 내가 지금부터 하려는 얘기가 다른 저의가 전혀 없는 매우 순수한 것이라는 점을 자네가 이해해 주길 바라기 때문일세. 자네에게 진 빚도 많지. 분별없는 철부지처럼 가진 돈을 몽땅 날려 버렸거든. 그렇지만 자네가 먼저 쏘았던 것과 같은 방향으로 화살 딱 하나만 더 쏘아 준다면 그 과녁을 내가 틀림없이 잘 눈여겨봐 두었다가 둘 다 찾든가 아니면 나중에 쏜 것만이라도 찾아오고, 처음 것은 미안하지만 당분간 빌리는 것으로 하고 나중에라도 꼭 갚겠네.

[안토니오] 자네, 날 잘 알면서도 나의 우정을 슬쩍 떠보려고 하다니 시간 낭비일세. 난 자네를 위해선 최선을 다할 생각인데 자네가 날 의심하다니 그건 자네가 내 재산을 깡그리 탕진하는 것보다 더한 잘못일세. 그러니 자네 생각에 내 힘으로 할 수 있는 일이 있다면 해 달라고 말만 하게. 내 기꺼이 그리 할 테니까. 자, 말해 보게.

[바사니오] 실은 벨몬트에 큰 유산을 물려받은 여자가 있어. 게다가 아주 미인이야. 아니, 얼굴의 아름다움 이상으로 고귀한 인품도 갖추고 있지. 언젠가 그녀가 눈빛으로 내게 보낸 아름다운 침묵의 메시지를 받은 적이 있다네. 그녀의 이름은 포셔. 케이토의 딸로 브루터스의 아내가 된 포셔와 비교해도 손색이 없을 여자야. 그녀의 가치가 온 세상에 널리 알려져 동서남북 사방에서 이름난 구혼자들이 구름처럼 몰려오고 있다네. 아, 안토니오, 만약 그자들과 겨룰만한 재산이 내게 있다면 반드시 행운을 붙들 수 있을 거라는 예

감이 들어.

[안토니오] 자네도 알다시피 내 전 재산은 바다에 있고 내 수중에는 당장 쓸 수 있는 현금도 상품도 없다네. 그러니 내 서둘러 베니스에서 신용을 담보로 힘이 닿는 데까지 자금을 끌어모아 자네가 벨몬트의 아름다운 포셔를 찾아 갈 수 있도록 돕겠네. 자, 당장 돈줄을 찾아 나서 보세. 찾아만 낸다면 나에 대한 사람들의 신용이나 친분으로 보아 그만한 돈쯤 빌리는 거야 문제 있겠나.

(두 사람 퇴장)

▌1막 1장 분석

첫 장면에서 극작가가 직면하는 첫 번째 과제는 연극에 대한 그의 '설명', 즉 등장인물을 식별하고 관객에게 상황을 설명하는 것이다. 셰익스피어는 안토니오와 살레리오 사이의 대화를 시작으로 매우 미묘하게 유익한 이 작업을 수행한다. 우리는 안토니오가 부유한 상인이라는 것을 알게 된다. 그는 자신을 우울하게 만드는 모호한 이유로 근심에 차 있다. 그는 나중에 도착한 바사니오, 로렌조, 그레시아노 등 베니스의 활기차고 유쾌한 삶을 대표하는 친구들 그룹의 일원이다. 그리고 아마도 앞으로의 음모를 위해 가장 중요한 복선은 안토니오가 큰 규모의 해운 사업(상업 위험)을 하고 있고, 공해에서 그의 사업이 파산할 수 있다는 대목이다. 안토니오가 마침내 바사니오를 대신하여 샤일록에게 빚을 지기로 결정했을 때 이 문제를 기억해야 한다.

이 오프닝 장면에서 셰익스피어는 일부 캐릭터와 연극의 분위기를 스케치하기 시작한다. 예를 들어, 안토니오는 자신이 이해하지 못하는 우울감에 시달리는 인물로 묘사된다. 비평가들은 의아해했다. 그렇다면 안토니오는 일반적으로 우울한 인물로 간주될까? 그의 슬픔은 벨몬트에서 아름답고 부유한 여성을 구하기 위해 '비밀 순례'를 시작한다고 말한 오랜 친구 바사니오를 잃을 수도 있다는 생각에서 비롯된 것일까? 아니면 단순히 다가올 재난에 대한 불길한 예감 때문일까? 이 장면에서 안토니오의 중력은 무엇보다도 친구들의 가벼운 마음과 대조되며 극적인 전개를 가능케 한다.

어둡고 위협적인 순간에도 불구하고 《베니스의 상인》은 로맨틱 코미디이며, 셰익스피어의 대부분의 로맨틱 코미디와 마찬가지로 심오하지는 않더라도 대담한 청년 그룹이 있다는 사실을 항상 기억해야 한다. 예를 들면 살레리오 일행은 서로 구별되지 않을 만큼 그다지 중요한 인물들은 아니지만 젊음의 기발한 요소를 대표한다. 살레리오는 시종일관 유쾌하고 환상적인 이야기들로 상상의 나래를 펼친다. 무대에서 이 모든 것은 안토니오를 우울증에서 벗어나게 하기 위한 과장된 몸짓을 동반할 것이다.

따라서 셰익스피어는 두 젊은 용감한 청년들의 장난스러운 언어와 기발함에 둘러싸인 냉정하고 무거운 안토니오를 연출함으로써 연극의 두 가지 요소, 즉 베니스의 상인이 직면하게 될 실제 위험과 바사니오와 포셔의 사랑 이야기의 배경이 될 젊음과 웃음의 세계를 압축된 형태로 보여 준다.

이 부드러운 동일한 음표는 세 명의 젊은 궁정인 바사니오, 그레시아노, 로렌조의 출현으로 이어진다. 다시 안토니오의 기분이 언급된다. 여기서도 셰익스피어는 안토니오를 다른 사람들의 활기찬 장난을 위한 소재로 사용하고 있다. 특히 그레시아노는 격렬하고 말이 많지만 자신의 발포성을 잘 알고 있다. 그는 '어릿광대 역할'을 할 것이라고 말한다. 그레시아노와 로렌조 두 캐릭터는 의미심장하게도 살레리오보다 더 뚜렷하게 그려져 있으며, 네리사와 그레시아노, 제시카와 로렌조와 같은 낭만적인 줄거리와 서브 플롯의 발전에 더욱 중요한 역할을 할 것이다.

　이 오프닝 장면의 주요 목적 중 하나는 바사니오와 포셔에 대한 그의 구애에 관한 이야기를 소개하는 것인데, 이는 극의 핵심인 낭만적인 음모를 구성하고 '유대 이야기'의 시작을 알린다. 바사니오는 포셔에 대한 안토니오의 질문을 슬쩍 외면하고 돈 문제를 언급하는데, 일부 비평가들은 여기에서 돈에 대해 극도로 부주의하고 의무감이라고는 전혀 없는 바사니오의 성격을 읽어 낸다. 더욱이 그는 이미 그를 위해 많은 일을 한 친구에게 더 많은 요청을 하는 것에 대해 양심의 가책을 느끼지도 않는다. 그러나 분명한 것은 셰익스피어는 우리가 바사니오에게 가혹한 도덕적 판단을 내리기를 원하지 않는다는 점이다. 엘리자베스 시대의 견해에 따르면, 바사니오는 모든 젊은이가 그렇게 행동할 것으로 예상되는 행동을 하고 있다. 그는 젊고, 사랑에 빠졌고, 파산했다. 문제는 간단하다. 안토니오는 오랜 친구를 즉시 안심시키며 두 사람 사이의 강한 우정을 상기시켜 준다. 흥미롭게도 그들 중 어느 누구도 돈에 대해 지나치게 염려하지 않는 것 같다. 하나는 부유한 상인이고 다른 하나는 평온한 젊은 연인이다.

　이것은 우리가 바사니오와 포셔, 그 둘과 관련해 연극 전체를 통해 알게 될 특성이다. 둘 다 돈의 필요성은 인정하지만 돈 자체가 가치 있다고 생각하지 않는다. 낭만적인 사랑과 문명화된 세계에서 그들은 돈에 지나치게 신경 쓸 필요가 없다고 느낀다. 셰익스피어는 나중에 샤일록의 정반대 관점과 대비시키기 위해 이러한 관점을 설정하였다. 대부업자 샤일록에게 돈은 압제자들에 대한 유일한 방어책이다.

　바사니오의 돈 문제와 그에 대한 안토니오의 반응을 다시 고려할 때, 바사니오는 안토니오와 함께하는 이 장면에서 매우 직설적이라는 점에 주목하자. 그의 요청은 '순수한 결백으로' 이루어지며 우리는 그것을 액면 그대로 받아들인다. 바사니오를 비난하는 비평가들은 실제로 보이는 것 뒤에 숨은 빈곤과 돈을 빌리려는 바사니오의 시도를 더 많이 읽어 낸다. 그러나 우리는 셰익스피어가 자신의 캐릭터 중 하나의 결함을 우리에게 알리고 싶을 때, 언제나 그가 원하는 방식대로 할 수 있음을 기억해야 한다. 안토니오와 바사니오의 절대적이고 무조건적인 우정은 연극의 가정 중 하나이며, 우리는 결코 그것에 의문을 제기해서는 안 된다.

1막 2장
Act 1, Scene 2

● **벨몬트에 있는 포셔의 집, 홀 내부**

(무대 후면에 복도가 있고, 그 밑에는 우묵한 소실로 통하는 입구가 있다. 이 소실은 커튼으로 가려 있다. 포셔와 하녀 네리사 등장)

[포셔] 그래, 네리사. 이 작은 몸으로 이 커다란 세상을 감당하는 일이 이젠 정말 싫어졌어.

[네리사] 그러실 만도 할 테지요, 아가씨, 만일 아가씨의 불행이 지금 아가씨께서 누리고 있는 행복보다 더 커진다면 말이에요. 하지만 가난에 쪼들려서 너무 굶주리면 몸에 병이 나듯 먹을 게 너무 많아 포식하면 그것도 병이 된다니까요. 그러니 무엇이든 적당하게 지나치지 않는 것이 오히려 더 큰 행복일 수가 있는 법이지요. 분수에 맞게 살아야 장수한다지 않아요.

[포셔] 멋진 표현이야. 네 말솜씨는 더 멋지고.

[네리사] 귀에 담아 잘 새겨들어 두신다면 더욱 멋지겠죠.

[포셔] 좋은 일을 행하기가 무엇이 좋은 일인지를 아는 것만큼 쉽다면야, 작은 예배당을 어마어마한 성당으로 키우거나, 가난한 사람들의 오두막을 왕궁처

럼 꾸미는 일도 식은 죽 먹기처럼 쉬운 일이 되겠지. 자기 설교 속에 담긴 가르침을 몸소 실천하는 성직자는 참으로 존경할 만한 훌륭한 분일 거야. 좋은 일을 행하라고 스무 사람에게 가르치는 일은 쉬워도 그걸 실천하는 스무 사람 중의 하나가 되는 건 어려운 법이거든. 그러나 아무리 훌륭한 말도 내가 남편감을 선택하는 덴 하나도 도움이 안 된다니까. 아, '선택'이라는 말! 난 내가 좋아하는 사람을 선택할 수도, 싫은 사람을 거절할 수도 없어. 살아 있는 딸의 의지가 돌아가신 아버님의 유언에 얽매여 있으니 말이야. 네리사, 선택도 못 하고 거절도 못 하니, 이건 너무 심하다고 생각지 않아?

[네리사] 아버님은 참으로 덕망 높은 분이셨어요. 성인들은 임종 때 훌륭한 영감이 떠오른다죠. 그러니까 아버님께서도 어떤 영감을 얻으셔서 금, 은, 납, 세 개의 상자 어딘가에 숨겨진 당신의 뜻을 맞추는 사람만이 아가씨를 택할 수 있도록 하신 거예요. 그러니 그 상자를 제대로 선택하는 분이야말로 아가씨를 진정으로 사랑하는 분이 틀림없겠죠. 그런데 청혼해 오신 공자님들 중에 혹시라도 아가씨 마음을 뜨겁게 만든 분이 없었나요?

[포셔] 글쎄, 어디 한번 차례로 이름을 대 보렴. 한 사람씩 네가 이름을 대면 내가 그 사람에 대해 평을 할게. 내 얘길 듣다 보면 내 마음이 어떤지 너도 혹시 짐작할 수 있을지도 모르지.

[네리사] 첫째, 나폴리의 공작님.

[포셔] 아, 그 망아지. 입만 벙긋하면 말 얘기뿐이야. 말 발바닥에다 자기가 손수 편자를 박는다며 그게 뭐 대단한 재주라도 된다는 듯 으스대는 꼴이라니! 그 사람 어머니가 대장장이와 바람이라도 피웠나 봐.

[네리사] 그럼 영국의 젊은 남작 팔콘브릿지 경은?

[포셔] 그 사람에겐 내가 할 말이 하나도 없다는 걸 너도 알잖아. 저쪽에선 내 말을 못 알아 듣고 난 저쪽 말을 이해하지 못하니 말이야. 그 사람은 라틴어, 프랑스어, 이탈리아어를 다 모르고, 나 역시 영어는 거의 한마디도 못 한다는

포셔

벨몬트의 부유한 가문의 딸로 미인인데다 지혜로워 많은 구혼자가 청혼을 해 온다.

사실은 네가 법정에서 선서하고 증언을 해도 될 만큼 확실하잖니. 허우대는 그림처럼 미끈하지만, 아이고! 나더러 벙어리 앞에서 무언극을 해 가며 평생을 어떻게 살란 말이야? 옷차림은 왜 그리 가관인지! 아무래도 저고리는 이탈리아에서, 바지는 프랑스에서, 모자는 독일에서, 거기에다 예의범절은 세계 도처에서 주워 모은 것 같아.

[네리사] 그럼 작센 공작의 조카분 되신다는 그 독일 청년은요?

[포셔] 아침에 멀쩡한 정신일 때도 고약한데 오후에 술이 잔뜩 취한 모습은 더 끔찍하더라. 가장 좋은 때도 인간 이하고 가장 나쁠 땐 짐승보다 나을 게 없어. 최악의 경우가 내게 닥쳐도 그 사람한테 시집가고 싶지는 않아.

[네리사] 하지만 그분이 상자를 고르겠다고 나서서 옳은 상자를 골랐는데도 아가씨께서 결혼을 거절하시면 아버님 유언을 거역하는 게 되지 않아요?

[포셔] 그러니까 최악의 경우에 대비해서 다른 상자 위에다 라인 산 포도주가 가득 담긴 술잔을 갖다 놔줘. 비록 상자 속에 악마가 들어 있다 해도 눈에 보이는 유혹에 못 이겨 그것을 선택하게 될 거야. 네리사, 난 무슨 짓이든 할 거야. 그런 고주망태와 결혼하느니 차라리 콱 죽어 버릴 거야.

[네리사] 염려 마세요. 아가씨, 그분들 중 누구하고도 결혼은 안 하게 될 테니까요. 그분들은 이미 자기들의 결심을 제게 말해 줬어요. 상자를 선택하는 방법이 아닌 다른 방법으로 아가씨의 사랑을 차지할 수 있으면 몰라도, 그렇지 않을 바에야 구혼 따위로 아가씨를 더 이상 괴롭히지 않고 모두 본국으로 돌아가겠다고 했어요.

[포셔] 구혼자들이 그렇게 사리를 분별해 주니 아무튼 고맙구나. 모두들 그저 떠나 주면 속 시원할 사람들뿐이고 떠나서 섭섭하다고 느낄만한 사람이 단 하나도 없으니, 오, 주여!

[네리사] 아가씨, 기억 안 나세요? 베니스 사람? 학자이면서 군인? 아버님께서 살아 계셨을 때 이곳에 오셨던 분? 몽페라르 후작과 함께 오셨던 양반 말

이에요.

[포셔] 그래, 그래, 바사니오 님! 내 기억이 맞는다면, 뭐, 그런 비슷한 이름이 었던 것 같은데.

[네리사] 네, 아가씨, 무디고 무던 제 눈에도 그분이야말로 아름다운 아가씨에게 꼭 맞는 천생배필 같았어요.

[포셔] 그분이라면 생각이 나. 네가 그렇게 칭찬할 만도 한 분이지.

(하인 등장)

[포셔] 무슨 일이야? 왜, 무슨 소식이라도?

[밸더자] 먼저 오신 네 분 손님들께서 아가씨를 뵙고 떠나시겠답니다. 그리고 다섯 번째 청혼자이신 모로코 영주님의 사신이 와 있습니다. 영주님께서는 오늘 밤 이곳에 도착하신답니다.

[포셔] 네 분 손님들을 보내는 마음처럼 다섯 번째 손님을 기쁘게 맞이할 수만 있다면 얼마나 좋을까! 들어가자, 네리사. (하인에게) 넌 먼저 가거라. 간신히 한 사람 쫓아내고 문 닫고 숨 좀 돌릴까 했더니 또 다른 사람이 문을 두드리는구나.

(모두 퇴장)

1막 2장 분석

이 장면의 오프닝은 관객으로 하여금 의도적으로 1장의 오프닝을 연상케 만든다. 안토니오와 마찬가지로 포셔 역시 슬픔에 잠겨 있지만, 안토니오와 달리 포셔의 슬픔은 명백하게 죽은 아버지의 의지로 그녀에게 부과된 상황 때문이다. 그녀는 '스스로 남편감을 선택할 수도, 싫은 사람을 거절할 수도 없다.'

우리는 포셔가 매우 아름답고 부유한 여성일 것이라고 기대했지만, 지금 우리 앞에 있는 그녀는 아름답고 부유할 뿐 아니라 공정하고 재치 있으며, 날카롭고 풍자적인 지성을 갖춘 매우 인상적인 여성이다. 사실 이 코미디가 빛나는 대부분의 순간은 포셔의 풍자적 감각이 두드러질 때이다. 네리사가 포셔에게 지금까지의 다양한 구혼자들을 재고해 보라고 촉구하자 포셔가 각각에 대해 짜증 섞인 코멘트를 하는 장면을 떠올려 보자.

포셔가 각각의 구혼자를 거부하며 보여 주는 전형적인 이탈리아인, 프랑스인, 독일인 등에 대한 그녀의 평가를 통해 당시 다른 유럽 국가에 대해 셰익스피어가 가졌던 풍자적 견해를 엿볼 수 있다. 남부 이탈리아인의 특징을 가진 나폴리 왕자는 '말(馬)에 대한 이야기 외에 아무것도 하지 않는다.' 반면 영국의 구혼자는 옷, 음악, 문학 등 다양한 유행을 혼란스럽게 만들고 자신의 언어를 제외한 모든 언어를 말하기를 거부한다. 그리고 영국인에 대한 분노로 정의되는 스코틀랜드인이 있다. 그리고 마지막으로 술 마시는 것 외에는 아무것도 하지 않는 독일인이 있다.

기본적으로 이 장면에는 세 가지 주요 목적이 있다. 첫째, 관객에게 상자라는 장치를 설명한다. 이는 다양한 구혼자들이 적절한 상자를 선택하는 '위험'한 장면에 대한 극적인 효과를 제공할 것이다. 둘째, 관객에게 포셔가 누구인지 알려 준다. 포셔는 단순히 바사니오의 사랑의 대상이 아니라 강렬한 성격과 뛰어난 재치, 그리고 통찰력을 가진, 극 중 누구와 붙어도 밀리지 않는 언변을 갖춘 여성이다. 이는 극 중에서 포셔의 무게를 생각할 때 매우 중요한 장치가 된다. 결과적으로 연극 후반부 특히 그녀가 교활한 샤일록을 멋지게 해치울 때의 빛나는 활약은 관객에게 놀라운 일이 아니다.

장면이 끝날 무렵, 네리사가 포셔에게 이전에 벨몬트를 방문했던 '베네치아인, 학자이자 군인'을 기억하는지 묻는 장면은 사소하지만 중요하다. 우리는 포셔가 바사니오에 대해 듣는 즉시 그를 생생히 기억해 냈음에 주목한다. 이 장면은 앞으로 닥칠 장애물에도 불구하고 이 연극이 코미디이며, 포셔를 얻으려는 바사니오의 시도와 그에 대한 그녀의 애정 덕분에 마침내 두 사람 모두 보상받을 것임을 상기시켜 준다.

1막 3장

Act 1, Scene 3

● 베니스의 거리 샤일록의 집 앞

(바사니오와 샤일록 등장)

[샤일록] 3천 더컷이라, 흐음.

[바사니오] 그렇소. 기간은 석 달.

[샤일록] 기간은 석 달이라, 흐음.

[바사니오] 아까도 말했지만, 안토니오가 보증을 선다지 않소.

[샤일록] 보증을 안토니오가 선다, 흐음.

[바사니오] 도와주겠소? 들어주겠어? 대답해 달라니까.

[샤일록] 3천 더컷, 기간은 석 달, 그리고 안토니오가 보증을 선다.

[바사니오] 그러니까 대답을 해 보라고.

[샤일록] 안토니오는 좋은 분이지.

[바사니오] 안토니오에 대해 무슨 좋지 못한 이야기이라도 들으셨소?

[샤일록] 원, 천만의 말씀. 그분을 좋은 분이라고 말한 건 그분 정도면 재력이
충분하다는 뜻이지요. 그런데 지금 그분의 재산은 공중에 떠 있는 셈이라서

요. 배 한 척은 트리폴리스로, 또 한 척은 서인도로 가고 있을 거고. 그리고 거래소에서 들은 얘긴데 세 번째 배는 멕시코로, 네 번째 배는 영국으로 가고 있다던데. 그 외에도 그분의 재산은 세계 각지에 마구 흩어져 있다더군. 그런데 배란 게 따지고 보면 결국 나무판자 조각들에 불과한 것이고, 선원들도 그저 인간일 뿐이거든. 그리고 땅에는 땅 쥐, 바다에는 물 쥐, 땅 도둑에, 물 도둑들이 득실거리니까. 해적들이 있다는 말이죠. 게다가 태풍에다 암초의 위험까지 있고. 그렇지만 그분이라면 재력은 충분하지요. 3천 더컷이라. 그분의 보증을 받아들이겠소.

[바사니오] 뭣하다면 같이 식사라도 하십시다.

[샤일록] 뭐요, 돼지고기 냄새나 실컷 맡아 보라는 게요? 당신들이 예언자라고 부르는 그 나자렛 사람이 마법을 써서 악마들을 몰아넣었다는 그 돼지고기를 나더러 먹으라고! 당신들과 거래도 하고, 얘기도 하고, 같이 걷기도 하고, 그밖에 다른 일들은 얼마든지 하겠소만, 같이 먹고 마시고 기도하는 것만은 사양하겠소이다. (큰소리로) 거래소에서 무슨 소식이라도? 저기 누가 오는데.

(안토니오 등장)

[바사니오] 아아, 안토니오로군. (안토니오를 한쪽으로 끌고 간다)

[샤일록] (독백) 생긴 꼴이 영락없이 아첨 떠는 세금쟁이로군. 내가 저놈을 미워하는 건 저놈이 그리스도인이기 때문이야. 게다가 겸손한 체하면서 굽실거리고 무이자로 돈을 마구 꾸어 줘서 베니스의 우리 대금업자들의 금리를 낮추고 있단 말이야. 내 올가미 안에 일단 걸려들기만 해 보라지. 쌓인 원한을 톡톡히 갚고 말 테다. 저놈은 하느님이 선택한 백성인 우리 유대인을 증오하고 상인들이 많이 모이는 곳에서 나를, 내 장사를, 내 정당한 돈벌이를 고

리대금업이라고 헐뜯었겠다. 내가 저런 놈을 용서한다면 우리 유대인 종족은 몽땅 저주를 받아 지옥으로 떨어질 거다!

[바사니오] (뒤를 돌아다보며) 여보, 샤일록, 뭐 하는 거요?

[샤일록] 지금 수중의 현금을 계산하고 있소이다. 아무리 헤아려 봐도 3천 더컷이라는 거액을 당장 마련하긴 어려울 것 같소이다. 그러나 염려는 마시오. 나와 같은 유대인 종족 중에 튜벌이라는 부자가 돈을 마련해 줄 수 있을 거요. 그런데 잠깐만, 몇 달 동안 쓰신다고 하셨더라? (안토니오에게 인사를 하며) 이런, 안녕하셨습니까, 안토니오 나으리. 방금 막 나으리 얘길 하던 참입니다.

[안토니오] 샤일록, 난 돈을 꿔 주거나 빌리더라도 이자 따위는 주고받지 않는 것을 원칙으로 하는 사람이네만, 이 친구가 급히 돈이 필요하다니까 내 원칙을 깨겠네. 내 친구가 얼마가 필요하다고 말하든가?

[샤일록] 글쎄, 3천 더컷이라는군요.

[안토니오] 빌리는 기간은 석 달.

[샤일록] 아차, 깜빡 잊을 뻔했네. 석 달이죠. 그렇게 말씀하셨죠. 그럼 나으리께서 차용증서를 써 주시죠. 그러니까 내가 제대로 들었다면 나으리께서는 이자를 주고받는 돈거래는 안 하신다는 말씀이죠?

[안토니오] 그렇소, 절대로.

[샤일록] 야곱이 자기 삼촌 라반의 양치기 노릇을 하던 시절이 있었는데…….

[안토니오] 그래서 야곱이 어쨌다는 건가? 이자를 받고 돈놀이라도 했다는 건가?

[샤일록] 천만에요. 이자를 받다니요. 나으리께서 말씀하시는 것 같은 직접적인 이자는 아니지요. 야곱이 어떻게 했나 들어 보세요. 삼촌과 약속을 했지요. 만약 양이 새끼를 낳았는데 그중에 점박이 무늬가 있는 놈이 나오면 품

삯으로 야곱이 갖기로 했지요. 가을도 끝나갈 무렵 암컷들이 발정하여 수컷들과 짝짓기가 한창 진행될 때 이 꾀 많은 양치기가 한창 짝짓기를 하고 있는 암컷들 앞에다 껍질을 벗긴 나뭇가지를 쭉 박아 놓았다는군요. 그랬더니 때가 되어 새끼들이 태어났는데 점박이만 잔뜩 낳았다지 뭡니까. 그래서 죄다 야곱 차지가 됐답니다. 그래서 야곱은 부자가 됐다 이겁니다. 하나님의 축복을 받은 거죠. 도둑질만 아니라면 돈벌이는 모두 하나님의 축복을 받게 마련이지요.

[안토니오] 저놈이 하는 소릴 들었나, 바사니오? 악마 같은 놈이 제 잇속을 위해서 성경 구절까지 들먹거리는군. 저놈이 성경 구절을 내세우는 건 악마가 짓는 미소 같은 거라고. 겉은 번드레한데 속이 썩은 사과 같단 말이야. 아, 속이 검은 놈일수록 겉은 번지레해서 보기가 좋은 법이지!

[샤일록] 3천 더컷이라. 거금이군. 석 달이라. 가만 있자, 열두 달에서 석 달을 빼서 연리로 계산하면 이자가 얼마가 되나.

[안토니오] 그래, 샤일록, 변통 좀 해 주겠나?

[샤일록] 안토니오 나으리, 나으리께서는 지금까지 내가 거래소에만 가면 이자를 받고 돈놀이를 한다고 내게 수없이 욕을 하셨지요. 그래도 난 어깨를 움츠리고 지금껏 참아 왔어요. 우리 유대인은 참는 일에는 이력이 났거든요. 당신은 날 이교도라느니, 사람 잡을 개새끼라느니 하면서 욕을 하시고 이 유대 식 저고리에 침을 뱉으셨지요. 내가 내 돈을 내 마음대로 쓰는데 나더러 나쁜 놈이라고도 하셨어요. 그런데 이제는 이 나쁜 놈의 도움이 필요하시다는 거군요. 그래서 나한테 와서 "우린 돈이 필요한데 꾸어 주겠다고 말해"라고 윽박지르시는군요. 나으리께서는 내 턱수염에다 가래침을 뱉고는 미친개 몰아내듯 나에게 발길질을 하시더니, 이제 와선 나더러 돈을 꾸어 주겠느냐 안 꾸어 주겠느냐 대답을 하라시는군요. 내가 무슨 말씀을 어떻게 드리면 될

까요? 이렇게 대답하면 안 될까요? "개새끼한테 무슨 돈이 있겠으며 있다고 한들 개새끼가 어떻게 3천 더컷이나 되는 거금을 빌려줄 수 있겠소?"라고요. 아니면 내가 노예처럼 머리를 조아리며 비굴한 어조로 숨을 죽여 가면서 이렇게 말씀드릴까요. "나으리께서는 지난 수요일 제게 침을 뱉으셨죠. 언젠간 저에게 발길질을 하면서 개새끼라고 욕을 하셨고요. 그런 친절에 대한 보답으로 이렇게 많은 돈을 빌려 드릴 깝쇼?" 하고요.

[안토니오] 난 앞으로도 당신을 개새끼라고 부를 거고, 계속 침을 뱉고, 발길질도 하겠네. 돈을 꿔 주더라도 행여 친구에게 빌려준 거라고는 생각 말아. 새끼도 치지 못하는 쇠붙이에서 이자를 받아먹으려는 자가 어디 있어? 차라리 원수한테 돈을 꿔 줬다고 생각해. 그럼 계약을 어길 경우 떳떳이 위약금을 받아낼 수도 있을 테니까.

[샤일록] 아니, 점잖은 나으리께서 왜 그렇게 화를 내고 그러십니까! 난 지금 나으리와 잘 사귀어서 우정도 나누고 여태껏 받은 수모도 싹 잊어버리고, 이자라곤 한 푼 받지 않고 필요하시다는 액수의 돈을 당장 융통해드릴 작정인데. 제가 하는 말을 끝까지 듣지도 않으시고 모처럼 이웃에게 베푸는 친절에 이런 식으로 보답하시다니.

[바사니오] 꽤 친절한 것 같군.

[안토니오] 그러면 정말 고맙겠소!

[샤일록] 그럼 내 친절을 베풀기로 하리다. 자, 같이 공중인한테 가서 당신들 중 한 분의 서명이라도 좋으니까 차용증서에 서명날인해 주시오. 그리고 이건 장난삼아 하는 말입니다만, 만약에 증서에 명시된 그러저러한 금액을 이러저러한 날짜와 장소에서 갚질 못하는 경우엔 위약금 조로 당신의 몸뚱이에서 내가 원하는 부분의 흰 살을 딱 1파운드만 베어 내기로 하면 어떻겠소이까?

샤일록에게 돈을 빌리는 안토니오
안토니오가 바사니오를 위해 샤일록에게 보증을 서 돈을 차용하는 장면이다.

[안토니오] 아, 좋고말고. 그 증서에 기꺼이 서명하고 유대인도 매우 친절한 구석이 있더라고 세상에 널리 알려 주리다.

[바사니오] 나 때문에 그런 증서에 서명을 하게 할 순 없네, 차라리 없으면 없는 대로 그냥 참고 말지.

[안토니오] 이 사람아, 염려 말게. 위약을 하진 않을 거야. 두 달 안에, 증서에 명시될 기한보다 한 달 먼저, 증서에 쓰인 금액의 아홉 배가 되는 돈이 굴러들어 올 테니까.

[샤일록] 오, 아버지 아브라함이시여! 예수쟁이들은 어째 요 모양, 요 꼴인가요. 자기네들이 소갈머리가 없으니깐 남의 속까지도 못 믿는가 봅니다. 자, 한마디만 여쭤 봅시다. 약속을 어겼다 해서 위약금 조로 그걸 받아 본들 내게 무슨 이득이 있겠소? 글쎄, 사람 몸에서 베어 낸 인육 1파운드란 양고기나 쇠고기, 또는 염소고기보다 못하지요. 가치가 없으니 전혀 돈이 안 된다는 점은 손바닥 뒤집듯 쉽게 알 수 있는 노릇인데. 난 저 양반의 환심을 사기 위해 이만한 우정을 베푸는데, 당신이 받아 준다면 좋고, 싫다면 하는 수 없죠. 그러나 제발 내 의도를 의심하진 마시오.

[안토니오] 좋소, 샤일록, 증서에 서명하리다.

[샤일록] 그럼 공증인 사무소에서 곧 만납시다. 이 재미있는 증서를 미리 작성해 두라고 공증인에게 지시해 주시오. 난 가서 곧 돈을 마련하리다. 얼간이 론슬롯 녀석한테 집을 지키라고 맡겨 놓고 왔더니 안심이 안 되어 집에 좀 들러보고 곧장 그리로 가리다.

[안토니오] 다녀오시오, 친절한 유대인.

(샤일록 퇴장)

[안토니오] (바사니오에게) 요 유대 놈이 기독교로 개종이라도 할 작정인가? 무

척 싹싹하게 구는걸.

[바사니오] 말은 번지르르하지만 뱃속이 시커먼 놈이어서 맘에 안 들어.

[안토니오] 자, 가세, 걱정할 것 없네. 내 배들이 기한보다 한 달을 앞서 돌아올 테니까.

(두 사람 퇴장)

1막 3장 분석

이 장면에는 두 가지 중요한 기능이 있다. 첫째, 연극의 두 가지 주요 줄거리를 설명한다. 안토니오는 샤일록과의 거래, 즉 '신체 1파운드에 3천 더컷'에 동의한다. 둘째, 이 장면이 더 중요한 것은 샤일록을 소개한다는 점이다. 이 장면에서 셰익스피어는 샤일록이야말로 가장 강력한 극적인 인물이며, 왜 그렇게 수많은 위대한 배우들이 모든 셰익스피어의 드라마 중에서도 샤일록을 연기하길 원했는지 분명히 보여 준다.

샤일록이 먼저 등장하고, 바사니오는 그에게서 대출에 대한 답을 얻기 위해 그를 뒤따른다. 샤일록은 바사니오의 간청에 대한 직접적인 대답을 피하며 같은 말을 반복한다("흐음, 석 달, 글쎄"). 이 장면은 마치 참을성 없는 아이가 애원하며 어른을 괴롭히는 것처럼 보인다. 전체 장면에서 바사니오와 안토니오는 샤일록과 대조적으로 종종 순진해 보인다. 샤일록은 그들이 원하는 것, 즉 돈을 가지고 있고, 안토니오와 바사니오는 그가 돈을 빌려줄 거라고 기대하지만, 둘 다 샤일록의 본성을 제대로 이해하지 못하고 있다.

샤일록은 직설적인 대답을 피하며 안토니오에게 그와 자신의 차이를 설명하는 데 긴 시간을 쓴다. 충분한 '흥정'을 한 후에야 그는 마침내 자신의 의도를 밝힌다. 여기에서 샤일록은 청중에게 직접 자신을 소개하는 긴 시간을 할당받는다. 셰익스피어는 종종 독백 등의 다양한 장치를 사용하여 그의 영웅과 이 경우 그의 '악당'이 청중에게 자신의 의도와 동기를 충분히 설명할 수 있는 기회를 허용한다.

샤일록이 안토니오에 대한 증오를 선언하고 나면 이제 관객은 그가 어떤 방법으로 안토니오를 붙들어 그동안 품고 있던 원한을 풀게 될지 고대하게 된다. 그런 다음 샤일록은 바사니오에 의해 무대 앞으로 다시 호출되고, 처음으로 안토니오를 알아차린 척한다. 그들이 나누는 인사는 방금 전 안토니오에 대한 샤일록의 생각을 들은 관객에게 아이러니를 불러일으킨다. 그리고 안토니오와 샤일록 사이에 고리대금 또는 대출에 대한 이자를 받는 문제에 대한 논쟁이 이어진다. 안토니오의 도덕률에 따르면 이자를 받는 것은 샤일록에게는 허용되지만, 안토니오에게는 허용되지 않는다.

샤일록이 안토니오에게 즉각 돈을 빌려주지 않는 것으로 셰익스피어는 극적인 위기를 만들어 낸다. 예를 들어, 안토니오의 조바심은 오만함을 증가시킨다. 그는 대부업자를 '심장이 썩은 사과'에 비유한다. 그러나 여전히 샤일록은 응답하지 않는다. 그는 대출의 세부 사항에 대해 곰곰이 생각하는 척하면서 계산된 침착함으로 대응한다.

관객은 샤일록을 이 드라마의 '악당'으로 몰아넣는 경향이 있다. 단순히 그리스도인이라는 이유로 누군가를 미워하는 사람은 논리적으로 악당임에 틀림없다. 그러나 이제 관객들은 샤일록의 연설에서 훨씬 더 복잡하고 헤아리기 어려운 깊이를 느끼게 된다. 우리는 희생자가 된 한 남자를 보았고, 타인에게 고통을 주는 일은 결국 자신의 고통으로 돌아온다는 사실을 깨닫게 된다. 셰익스피어는 우리를 감정적으로 조종하고 있다. 우리는 샤일록의 성격을 재고해야 한다.

샤일록은 스스로를 통제하며 안토니오를 능숙하게 이끈 뒤 그와 '친구가 되고 싶다'고 말한다. '즐거운 게임'으로 봉인된 유대, 살점 한 파운드를 '잘라서 빼앗길 수 있는' 유대감. '당신 몸의 어느 부분이 나를 기쁘게 하는지.'

아마도 안토니오는 50세 안팎의 부유한 상인일 것이다. 그는 어린아이가 아니며 이 '즐거운 게임'은 터무니없는 것이다. 샤일록의 진정한 관심사가 무엇인지, 그의 증오의 깊이는 어느 정도인지 안토니오는 전혀 깨닫지 못하고 있다. 따라서 그는 이 유대가 얼마나 위험한지도 알지 못한다. 셰익스피어는 한 남자가 자신의 삶을 적의 손에 맡기고, 그 결과를 해적과 수많은 위험이 존재하는 공해에서 상선이 무사히 돌아와야 한다는, 그야말로 운에 맡기는 상황을 설정했다.

샤일록은 교활하고 조심스러우며 태초부터 박해를 받아 온 종족에 속해 있다. 기독교인으로서 안토니오는 느긋하고, 믿음직하며, 약간은 우울하고, 낭만적이며, 순진하다. 샤일록은 눈에 보이는 유대감만을 신뢰한다. 안토니오는 무형의 것, 즉 행운을 신뢰한다. 극 중에서 샤일록은 편집증적이고 복수심에 불타는 것처럼 보이는 한편 안토니오는 무지할 정도로 자신감이 넘친다.

2막 1장

Act 2, Scene 1

● 포셔 집의 한 방

(트럼프의 화려한 주악. 온통 백색 옷차림에 검은 피부의 무어인 모로코 왕자와 서너 명의 수행원들, 포셔, 네리사, 시종들 등장)

[모로코 왕자] 내 얼굴색 때문에 날 싫어하진 마시오. 이 빛깔은 태양이 입혀준 검은 옷이라고나 할까. 난 태양 곁에서 자란 사람이오. 당신의 사랑을 얻기 위해서라면 태양신의 불꽃으로도 고드름을 녹이지 못한다는, 북극에서 태어난 얼굴이 희멀건 사람을 데리고 와서 서로 팔에 상처를 내어 그자와 나 둘 중 누구 피가 더 붉은지 증명해 보일 수도 있소.

[포셔] 저는 보통 처녀들처럼 자기 눈으로 보고 판단하여 배우자를 결정할 수가 없습니다. 저의 운명은 제비뽑기에 의해 결정될 뿐 저에게는 제 스스로 선택할 권리가 없답니다. 아버님께서 그런 유언만 남기지 않으셨다면, 그래서 마음대로 배우자를 선택할 권리가 제게 있다면, 고명하신 왕자님, 당신께서는 제가 지금까지 만나 뵌 다른 어느 청혼자 분 못지않다고 생각합니다.

[모로코 왕자] 말씀만이라도 감사하오. 그럼 어서 상자가 있는 곳으로 안내해

포셔와 모로코 왕자
모로코 왕자가 포셔에게 청혼하기 위해 상자를 고르는 연극의 한 장면이다.

주시오. 내 운명을 시험해 보리다. 터키 왕 솔리만을 세 번이나 물리쳤다는 페르샤의 소피 왕도 단칼에 베어버린 이 신월도에 걸고 맹세하리다. 아무리 매서운 눈초리를 한 자와 눈싸움을 해도 이겨 내겠소이다. 이 세상에서 가장 용감무쌍한 자라 할지라도 물리치고 말 것이며 젖을 빨고 있는 곰 새끼를 어미 품에서 잡아채어 데려오라고 하셔도 데려오겠소. 당신을 내 아내로 맞이할 수만 있다면 먹일 찾아 으르렁대는 사자라도 패대길 쳐서 때려잡겠소.

[포셔] 모든 걸 운에 맡길 수밖에요. 상자 고르시는 일을 아예 처음부터 단념하시든가 아니면 만일 상자를 잘못 고르실 경우 앞으로 어떤 여성에게든 결혼하자는 얘기는 절대로 하지 않겠다는 맹세를 하셔야 하니까요. 그러니 다시 한번 신중하게 잘 생각해 주세요.

[모로코 왕자] 이제 와 단념할 수 없소. 자, 운을 시험하게 안내해 주시오.

[포셔] 우선 맹세하시도록 교회로 모시겠어요. 그리고 운을 알아보시는 건 식사 후에 하시지요.

[모로코 왕자] 신이여, 나에게 행운을 주소서! (트럼프 연주) 행운아가 되느냐, 저주를 받느냐 이제 곧 결정이 날 것이다.

(퇴장)

2막 1장 분석

1막의 사무적인 분위기와는 대조적으로, 이 장은 다양한 시각적, 언어적 화려함으로 시작된다. 시각적으로 모로코 왕자와 포셔는 무대의 반대편에서 트럼프의 연주 속으로 사라지고, 그런 다음 모로코 왕자는 그의 어두운 피부에 대한 자랑스러운 언급으로 대화를 시작한다. 셰익스피어가 그에게 부여한 풍부하고 규칙적이며 마음을 울리는 시는 왕자의 몸집이 크고 그가 인상적인 존재임을 시사한다. 우리는 이미 포셔가 지금까지 벨몬트에 나타난 다른 구혼자들을 무시하는 모습을 보았기 때문에 여기에서 그녀가 얼마나 예의 바르고 존경을 다해 그를 대하는지 느낄 수 있다.

포셔의 구혼자가 선택할 수 있는 상자는 세 개다. 여기서 세 참가자는 미묘하게 대조된다. 첫 번째, 모로코 왕자는 매우 육감적이다. 그는 전사이다. 그는 자신의 붉은 피, 그의 신월도의 힘, 그리고 '먹이를 찾아 포효할 때 사자를 조롱'할 수 있는 용기에 대해 이야기한다. 모로코는 솔직한 군인이며 왕자이다. 그는 당연히 자신감이 넘치며 혈통과 지위에 대한 과도한 자존심을 가진 아라곤의 왕자와 대조된다. 이 두 구혼자는 모두 실패할 것이며, 관객은 이것을 알고 있거나 의심하지만(연극은 로맨틱 코미디이기 때문에 바사니오가 올바른 선택을 하고 포셔에게 선택받으면서 행복하게 끝나야 한다), 모로코가 처음, 그리고 나중에 아라곤이 상자를 선택하면서 극적인 스릴을 방해하지 않는다. 우리는 이야기가 어떻게 끝나는지 알 수 있지만, 이것이 사건의 전개를 지켜보는 상상력의 흥분을 막지는 못한다.

2막 2장
Act 2, Scene 2

● 사일록의 집 앞 거리

(광대인 론슬롯 고보가 머리를 긁으며 등장)

[론슬롯] 사실 말이지, 내가 이 유대 놈 주인집에서 내빼려고 하면 내 양심이란 녀석도 날 도와줘야 옳은데 말이야. 악마란 놈이 내 팔꿈치를 툭툭 치면서 "고보, 론슬롯 고보, 착한 론슬롯" 아니면 "착한 론슬롯, 착한 론슬롯 고보"라고 날 부르면서 "다리를 놀려, 튀란 말이야, 삼십육계 줄행랑을 쳐라고"라고 말하며 날 부추기거든. 그런데도 내 양심이란 녀석이 "안 된다, 조심해, 정직한 론슬롯, 조심하라니까, 정직한 고보" 또는 아까 말한 대로 "정직한 론슬롯 고보, 달아나지 마. 안 돼. 그런 생각일랑 무시해 버려"라면서 오히려 날 붙드는 거야.

　그렇지만, 악마 중에서도 가장 흉악하고 용맹하다는 악마가 나를 보고 보따리를 싸라고 명령을 하는걸. 악마가 "가!" 그러는 거야. "달아나!"라고 그러는데. "이런 빌어먹을, 용기를 내" 악마가 그러는걸. "그리고 달아나" 하고 악마가 말하는 거야. 이 빌어먹을 놈의 내 양심은 그런데도 내 심장의 옆구리에 바싹 달라붙어선 아주 현명한 척하며 이렇게 내게 타이르지 뭐야. "정직한 친구 론슬롯, 넌 정직한 아버지의 아들이지?" 아니, 난 정직한 어머니의 아들이야. 사실 말이지 우리 아버진 구린내가 좀 나거든. 뭔가 구린 데가 있었으니까. 원래 취향이 좀 그래. 하여튼 내 양심은 "론슬롯, 꼼짝 마라" 그러면, 악마는 "꼼짝거려"라고 하는 거야. 그러면 내 양심은 "꼼짝 말라니까" 그러지. 그래서 나도 "양심아" 그래 놓고 "네 충고가 옳다" 그랬지. 그리고는 "악마야!" 하고 불러 놓고 "네 충고도 옳다" 그랬지. 양심의 말을 따르자니 유대인 놈 집에 눌러앉아 있어야 하는데, 말이 나왔으니 말인데 (하느님, 용서하세요) 이 주인 놈이야 말로 악마의 화신이거든. 그래서 난 이 악마 같은 유대인 놈 집에서 달아나고 싶은데 그러면 난 진짜 악마의 유혹에 빠지는 셈이 되니 어쩐다. 그런데 내 양심은 사실, 내 양심은 양심치곤 정말 무정한 녀석이지. 나에게 충고한답시고 나더러 이 악마 같은 유대인 놈 집에 그냥 눌러앉아 있으라고 하다니. 그러니까 악마의 충고가 훨씬 더 친절한 것 같고 마음에 들어. 악마야, 난 달아난다. 난 네 명령대로 튀겠어.

(론슬롯 달아나다가 비틀거리며 그의 부친 고보의 팔과 부딪친다. 고보 노인은 광주리를 들고 큰길을 따라 걸어오는 중이다)

[고보] (헐떡거리며) 여보, 젊은 양반, 말 좀 물어봅시다. 유대인 양반네 집은 어디로 가야 하오?

[론슬롯] (독백) 아이고, 맙소사, 날 낳은 진짜 아버지시다. 우리 아버지가 청맹과니보다 더 심한 소경이 되셨는지 날 못 알아보시나 보군. 어디 한번 시험을 해 봐야겠군.

[고보] 여보, 젊은 양반, 부탁이오. 유대인 나으리 댁은 어느 쪽인가요?

[론슬롯] (고보의 귀에 대고 큰소리로) 다음 모퉁이에서 오른쪽으로 도시고요. 그다음 길목에서 왼쪽으로 도세요. 또 그다음 모퉁이에서는 좌우지간 아무 쪽

이든 상관 마시고 빙빙 도시다가 조금 내려가면 바로 유대인 집이오.

[고보] 그거 참, 찾기 힘든 길 같으이. 그 댁에 살던 론슬롯이라는 녀석이 지금도 거기 살고 있는지 혹시 아시오?

[론슬롯] 젊은 론슬롯 도련님 말씀인가요? (독백) 어디 두고 보자, 눈물깨나 쏟게 만들어 줄까 보다! (고보에게) 그 젊은 론슬롯 도련님 말씀이죠?

[고보] 도련님이라니요? 나으리, 그건 당치않은 말씀이요. 그저 가난한 이놈의 자식이죠. 그 애 아버지는, 이런 말은 냄새가 좀 나겠지만, 가난하긴 해도 정직해서 덕분에 하느님이 보우하사 아직 몸 성히 잘살고 있습죠.

[론슬롯] 글쎄, 그분 아버님이야 어떻든 전 상관이 없고, 우린 지금 젊은 론슬롯 도련님 얘길 하고 있는 참인데요.

[고보] 나으리 친구분이자 저의 론슬롯입죠.

[론슬롯] 그러니까, 영감님께선 젊은 론슬롯 도련님 얘기를 듣고 싶으시다 이거죠?

[고보] 죄송하지만, 나으리. 론슬롯 녀석 말입니다요.

[론슬롯] 그러니까 론슬롯 도련님이라, 아버지, 론슬롯 도련님 얘긴 그만둡시다. 실은요, 그 젊은 양반은 운명인지 팔자소관인지 모르겠지만, 문자를 써서 말한다면 실은 얼마 전에 서거하셨습니다. 쉬운 말로 쉽게 말하면 골로 가서 지금 하늘나라에 있지요.

[고보] 아이고, 맙소사. 어쩌, 그런 일이! 이 늙은 애비는 그 자식을 지팡이나 기둥처럼 의지하고 살아왔는데.

[론슬롯] (독백) 내가 아버지에겐 대들보나, 기둥, 몽둥이나 작대기 같아 보인단 말씀인가? 절 못 알아보시겠어요, 아버지?

[고보] 글쎄요, 유감스럽게도 누구신지 모르겠네요. 젊은 양반, 그런데 이 보소, 내 자식 놈 말씀인데, 하느님 제발 그놈 좀 돌보아 주시오. 대관절 그놈은 살아 있소, 죽었소?

[론슬롯] 절 몰라보시다니요, 아버지?

[고보] 젊은이, 난 눈이 잘 안 보여서 당신이 누구신지 모르겠는데요.

[론슬롯] 맞아요. 눈에 불을 켜도 절 알아보지 못하실 겁니다. 현명한 아버지라야 자기 자식을 알아본다잖아요. (무릎을 꿇는다) 자, 영감님, 아드님 소식을 얘기해 드리죠. 아들을 축복해 주세요. 진실은 반드시 드러나는 법, 멀쩡한 아들을 죽었다고 하고 감춰 둬도 오래가지는 못하는 법, 아들을 아무리 숨겨 놓으려고 해도 진실은 결국 밝혀지게 되니까요.

[고보] 이보쇼, 제발 일어서시오. 당신이 내 아들 론슬롯이 아닌 건 분명하오.

[론슬롯] 제발 농담 그만하시고 이제 절 축복해 주세요. 론슬롯이에요. 예전에 아버지의 아들이었고, 지금도 아버지의 아들이고 앞으로도 그럴 론슬롯이라니까요.

[고보] 아무래도 내 아들 같지가 않소.

[론슬롯] 글쎄, 같고 안 같고 간에 전 론슬롯입니다. 유대인의 하인이에요. 확실해요. 아버지의 부인 마제리가 제 어머니라고요.

[고보] 옳거니, 내 마누라 이름이 분명 마제리겠다. 네가 론슬롯이라면 내 핏줄, 바로 내 자식이다. (론슬롯의 얼굴을 만져본다. 론슬롯은 절을 하며 목덜미를 내민다) 아이고 하느님, 맙소사! 무슨 수염이 이렇게 많으냐! 네 턱수염이 우리 집 짐 끄는 말 도빈이란 놈의 꼬리털보다도 더욱 복실하구나.

[론슬롯]아니, 그럼 도빈이란 놈의 꼬리는 거꾸로 좋아 드나. 요전에 봤을 때 분명히 그놈 꼬리털이 내 얼굴보다도 더 북실북실하던데요.

[고보] 아이고, 어쨌든 넌 참 많이도 변했구나! 그래, 주인 양반하고 사이가 어떠냐? 그 어른에게 드릴 선물을 하나 가지고 왔다. 주인 나으리하고 요즈음은 잘 지내냐?

[론슬롯] 우리 주인은 뱃속부터 지갑 속까지 지독한 골수 유대인 놈이죠. 선물이라고요? 그놈 목을 조를 밧줄이나 갖다주시지요. 그놈 밑에서 종살이하다

론슬롯과 고보
눈이 어두운 고보와 그의 아들 론슬롯이 만나는 장면이다.

굶어 죽기 직전이라고요. 이 갈빗대를 만져 봐요. 어찌나 말랐는지 손가락으로 헤아릴 수 있을 정도라니까요. 아버지, 아무튼 잘 오셨어요. 그 선물은 바사니오 나으리께 드리세요. 그 어른은 하인에게 좋은 새 옷을 맞춰 주신다잖아요. 그분 하인으로 일할 수만 있다면 땅끝까지라도 쫓아가겠어요. 아, 이럴 수가, 마침 저기 그분이 오셔요, 바로 저 양반이에요, 아버지. 그 우라질 유대인 놈의 종노릇을 계속한다면 내가 바로 유대인 놈이다.

(바사니오, 레오나르도 및 그 밖의 시종 두어 사람 등장)
[바사니오] (한 하인에게) 그렇게 해도 좋아. 그러나 아무리 늦어도 다섯 시까진 저녁 식사가 준비되도록 서둘러 주게. 그리고 이 편지는 꼭 전달해야 한다. 입을 새 옷도 주문하고 그레시아노에게 속히 우리 집으로 와 달라고 해다오.
(하인 퇴장)

[론슬롯] (아버지를 앞으로 밀어내면서) 인사드리세요, 아버지.
[고보] (절을 하며) 안녕하십니까, 나으리!
[바사니오] 그래, 무슨 할 얘기라도 있소?
[고보] 얘가 제 자식 놈인데요, 나으리. 변변치 못한 놈이라서.
[론슬롯] (앞으로 나서서) 변변치 못한 놈이라뇨, 부자 유대인의 하인이옵죠. 제 아버지가 자세히 얘기하실 겁니다만. (아버지 뒤로 물러선다)
[고보] 이 애가 글쎄 어처구니없는 음모를 품고 있지 뭡니까요. 나으리 댁에서 나으리를 모시겠다는……
[론슬롯] (앞으로 나서서) 실은 요점을 간단하게 정리해서 말씀드리자면, 나으리, 지금은 유대인 집에서 일하고 있습니다. 자세한 얘긴 아버지가 말씀드릴 테지만, 제 소망은…….
[고보] 그 주인하고 이 애의 사이가, 나으리 앞이라 말씀이온데, 지금 강아지

와 고양이 사이처럼 좀 뭣해서요. 간청드립니다만…….

[론슬롯] (앞으로 나서서) 까놓고 말씀드리자면, 사실인즉 그 유대인 주인이 절 들들 볶는답니다. 그래서 그러니까 제 아버지가 확실한 얘긴 하시겠지만…….

[고보] 나으리께 드리려고 비둘기 고기를 한 접시 가져왔는데요. 부탁이 하나 있습니다.

[론슬롯] (앞으로 나서서) 간단히 말씀드리자면 그 부탁이란 저에 관한 것인데요. 이 정직한 노인네가 나으리께 말씀 올리겠습니다만, 잘 아시겠습니다만, 글쎄 늙으신 이분이 가난한 제 아버지입니다.

[바사니오] 누구든 한 사람이 얘길 해 보게나, 자네 부탁이란 게 뭔가?

[론슬롯] 나으리를 모시겠습니다.

[고보] 그게 바로 얘기의 핵심인뎁쇼, 나으리.

[바사니오] 난 널 잘 안다. 네 청을 들어주지, 실은 네 주인 샤일록과 오늘 얘길 했는데 널 추천하더군. 글쎄 돈 많은 유대인네 집을 나와 나 같은 가난뱅이의 하인이 되는데 추천이고 뭐고 할 게 없겠지만, 너만 좋다면 그렇게 하렴.

[론슬롯] "신의 은총은 보석"이란 옛 속담이 있는데 두 분께서 반반씩 나눠 가지신 것 같습니다요. 나으리께선 '신의 은총'을, 샤일록 양반은 '보석'을 듬뿍 갖고 있으니까요.

[바사니오] 말재간이 좋구나. (고보에게) 자, 노인도 함께 가시죠. (론슬롯에게) 옛 주인집에 가서 작별 인사를 하고 내 집으로 오너라. (하인들에게) 이자에게 다른 하인들보다 장식이 많이 달린 멋진 옷을 입히게. 알겠나!

(바사니오, 레오나르도를 한쪽으로 데리고 가서 이야기한다)

[론슬롯] 아버지, 가세요. 이래서야 어디 일자리를 제대로 구할 수가 있나! 내 혓바닥이 내 머리와 사이가 나쁜지 따로 놀거든요. 아버지, 가요. 눈 깜짝할

사이에 유대인 주인과 작별하고 다시 올게요.

(론슬롯과 고보 노인 퇴장)

[바사니오] 이봐 레오나르도, 잊지 말게. 지금 말한 물건들을 순서대로 사서 싣고 속히 돌아와야 해. 오늘 밤엔 귀한 손님들을 초대했으니까. 자, 어서 가 보게.

[레오나르도] 예, 분부대로 최선을 다하겠습니다.

(그는 떠나는 길에 그레시아노를 만난다)

[그레시아노] 자네 주인은 어디 계신가?

[레오나르도] 저기 계십니다.

(퇴장)

[그레시아노] 여, 바사니오!

[바사니오] 그레시아노!

[그레시아노] 자네에게 부탁이 있네.

[바사니오] 좋아, 들어주지.

[그레시아노] 거절하지 말게나. 나도 자네를 따라 벨몬트로 가고 싶네.

[바사니오] 그럼, 그렇게 하게. 하지만 내 말 좀 들어 보게, 그레시아노. 자넨 너무 거칠고 난폭해. 게다가 말을 너무 함부로 한다고. 그건 자네다운 성격이고 우리들 눈에는 큰 흠이 아니야. 그러나 낯선 곳에 가면 글쎄, 좀 지나치게 자유분방하다는 인상을 줄지 몰라. 제발 부탁이네. 제발 그 천방지축 끓는 물처럼 설치는 자네 성미를 절제란 차디찬 냉수로 좀 식히도록 노력해 주게. 그러지 않으면 자네의 그 난폭한 행동 때문에 그곳에 가서 나까지 오해를 받고, 결국 다 된 죽에 코를 빠뜨리는 격이 되어 공든 탑이 일순간에 와르

르 무너지면 어쩌겠나.

[그레시아노] 바사니오, 알아들었네. 내 말일세 행동은 의젓하게, 말씨는 점잖게, 그리고 욕지거리도 꼭 필요할 때 아주 조금씩만 하고 호주머니 속에는 늘 성경책을 넣고 근엄한 표정을 짓도록 하겠네. 그뿐 아니라 식사 전에 기도할 때는 이렇게 모자를 눈이 가려질 정도로 푹 눌러 쓰고 한숨을 내쉬면서 경건하게 '아멘'이라고 하지. 그리고 할머니의 비위를 맞추기 위해 점잔 빼는 법을 항상 연습해 온 사람처럼 몸가짐을 엄숙하게 하고 온갖 예의범절을 죄다 지키겠네. 그렇게 못하거든 앞으론 다신 날 믿지 않아도 좋아.

[바사니오] 그래, 어디 한번 두고 보세.

[그레시아노] 하지만 오늘 밤만은 예외일세. 오늘 밤 내 행동으로 날 판단하면 안 되네.

[바사니오] 물론이지. 그건 자네에겐 너무 가혹하지. 그보다는 오히려 자네 맘대로 실컷 놀아 주길 내가 부탁하고 싶네. 즐겁게 놀려고 모이는 친구들이니까 오늘 밤만은 마음껏 놀아 주게. 자, 그럼 잘 가게. 난 할 일이 좀 있어서 이만 실례해야겠네.

[그레시아노] 나도 로렌조와 다른 친구들을 만날 일이 있네. 그렇지만 저녁 식사 때 모두 함께 갈 테니까.

(두 사람 퇴장)

2막 2장 분석

　이 장면은 1장과 2막의 나머지 9개 장 대부분과 마찬가지로 줄거리의 사소한 전환과 전개, 즉 론슬롯 고보가 샤일록에서 바사니오로 일터를 옮기는 등의 내용을 다룬다.

　이 장면의 거의 대부분은 론슬롯 고보의 익살로 채워져 있으며, 엘리자베스 시대 광대의 익살과 코미디를 즐길 수 있다. 엘리자베스 시대 극단의 가장 중요한 구성원 중 두 명은 비극적인 영웅을 연기한 배우와 광대를 연기한 배우였다. 비극적인 역할을 한 배우가 왜 중요한지는 분명하지만, 현대 극장의 관점에서 광대의 역할이 왜 그렇게 중요한지 알기란 쉽지 않다. 그러나 분명 광대는 엘리자베스 시대 청중들에게 큰 인기를 얻었다.

　그들은 즉흥적인 행동, 제스처 및 다양한 표현법 등 자신만의 특별한 루틴을 가지고 있었다. 많은 것이 배우의 자질(마임, 공포 또는 어리석을 표현하는 방법, 해학 또는 패러디 등)에 달려 있다. 이런 종류의 장면은 (포셔의 장면처럼) 셰익스피어가 배우들에게 시각적으로 보여지는 익살을 요구하기 위해 쓰인 것으로, 오늘날 우리는 이러한 특수 효과를 '슬랩스틱'이라고 부른다. 코미디의 대부분이 몸을 사용하기 때문에 대화 자체는 특별할 게 없다.

　론슬롯의 독백은 '악마'와 자신의 '양심' 사이의 논쟁 형태를 취한다. 여기서 희극은 광대 론슬롯이 자신을 종교 드라마의 주인공으로 여기도록 하며 무대에서 앞뒤로 점프하고 두 개의 분리된 자아와 이야기하는 등의 기회를 제공한다. '꿈쩍도 하지 마라.' 악마가 말한다. '꿈쩍도 하지 말라' 하고 '내 양심이 말하노라.' 이것은 시각적으로 훌륭한 코미디이다. 이 연극을 큰 소리로 읽는 동안 양심의 목소리가 들리고, 가성의 플루트와 같은 음색이 전달된다고 상상함으로써 이 짧은 장면을 고조시킬 수 있다. 대조적으로 악마의 목소리는 낮고 사악한 소리로 전달된다. 이러한 '언어 혼란'은 이런 종류의 장면에서 가장 즐겨 쓰이는 장치였으며 연극 전반에 걸쳐 발생한다.

두 고보가 바사니오와 대화를 시작할 때 시각적 코미디는 한층 강화된다. 론슬롯은 아버지 뒤로 몸을 굽혀 나타나 모든 대화에서 끊임없이 아버지를 방해한다.

장면이 끝날 무렵, 중심 플롯에 대한 두 가지 세부 사항이 드러난다. 첫째, 론슬롯은 샤일록의 집을 떠나 바사니오의 집으로 간다. 이것은 다음 장면에서 샤일록의 딸 제시카가 샤일록으로부터 도망치는 것과 비슷하게 우리를 준비시킨다. 그것은 또한 론슬롯이 극의 마지막에 벨몬트에 등장하는 것을 가능하게 한다. 둘째, 그레시아노는 바사니오와 함께 벨몬트에 갈 의사를 밝힌다. 그는 네리사와 결혼하고 가벼운 놀림감으로 이 연극을 끝내는 일원이 될 것이다.

2막 3장

Act 2, Scene 3

● 샤일록의 집

(문이 열려 있다. 제시카와 광대 론슬롯 등장)

[제시카] 네가 우리 아빠 곁을 떠난다니 섭섭하구나. 우리 집은 지옥이야. 그래도 너 같은 유쾌한 도깨비가 옆에 있어서 지루함을 달랠 수가 있었는데. 그럼 잘 가. (그에게 돈을 건넨다) 여기 1더컷이야. 받아 둬. 그리고 론슬롯, 오늘 저녁 식사 때 네 새 주인이 손님으로 초대한 로렌조 씨를 뵙거든 이 편지를 전해 줘. 아무도 몰래 살짝 전해야 한다. 그럼 잘 가. 내가 너와 이야기하고 있는 걸 아빠에게 보이고 싶지 않아.

[론슬롯] 안녕히 계십시오! 눈물 때문에 말문이 막히는군요. 이교도 유대인이지만 참 어여쁘고 착하고 친절하고 상냥하고 다정한 아가씨! 내 눈이 삐지 않았다면 아가씬 틀림없이 어떤 기독교도가 아가씨가 잘 아시는 누구랑 눈을 맞추는 바람에 태어나셨을 거야. 안녕히 계십시오. 이 바보 같은 눈물이 눈치도 없이 자꾸만 쏟아지니 이 사나이가 모처럼 모질게 먹은 마음이 약해지는군요. 안녕히 계십시오! **(퇴장)**

[제시카] 잘 가, 론슬롯. 아, 내가 아버지의 자식인 걸 부끄러워하다니! 난 정말 죄가 많은 여자야. 난 비록 핏줄은 아버지의 딸이지만 기질은 아버지의 것을 타고나지 않았어. 오, 로렌조 님, 약속을 지켜 주신다면 난 이 고통에서 벗어나 기독교 신자로 개종하여 당신의 사랑스러운 아내가 되겠어요.

(퇴장)

▌2막 3장 분석

2막의 이 짧은 장면에서 우리는 샤일록의 딸 제시카를 소개받고, 그녀의 첫마디에서 그녀와 그녀 아버지와의 관계에 대해 명확히 알게 된다. 그리고 오래된 대부업자의 집을 떠나려는 그녀의 계획에 대한 정당성을 지지하게 된다. 그녀는 '우리 집은 지옥이야'라고 말한다.

로렌조에게 도착한 그녀의 연애편지는 둘의 연애가 이 연극에 등장하는 두 번째 연애사임을 보여 준다(그레시아노와 네리사는 이 연극에서 세 번째가 될 것이다). 이 장면과 다음 장면의 관객은 제시카가 로렌조와 도망치게 될 것을 직감하는데, 이는 5장에서 샤일록이 딸에게 집을 잘 지키라고 여러 번 경고하는 장면에 아이러니를 더하게 된다.

이 장면에서 샤일록은 주로 제시카의 발언 덕분에 악당의 진부한 역할에 캐스팅되었지만, 로맨틱 코미디에서는 종종 아버지가 되어야 한다는 점을 기억해야 한다. 낭만적인 음모의 일환으로 제시카와 함께 모든 일은 잘 풀릴 것이며, 그녀는 이 연극이 끝날 때 행복한 사람 중 하나가 되어 있을 것이다.

2막 4장

Act 2, Scene 4

● 베니스의 거리

(그레시아노, 로렌조, 살레리오, 슬레이니오 등장)

[로렌조] 아냐, 저녁 식사 도중에 살그머니 빠져나와 우리 집에 가서 가장(假裝)을 하고 다시 오기로 하세. 넉넉잡고 한 시간이면 돼.

[그레시아노] 그렇긴 해도 난 아직 준비가 좀 덜 됐는데.

[로렌조] 지금 네 시밖에 안 됐으니, 준비할 시간이 두 시간이나 있어.

(편지를 든 론슬롯 등장)

[론슬롯] (편지를 주머니에서 꺼내면서) 어서 이 편지를 뜯어 보십쇼. 자세한 얘기가 적혀 있을 겁니다요.

[로렌조] 낯익은 글씨인걸. 아름다운 필체야. 그리고 이 글씨를 쓴 손은 이 편지지보다 더 희고 아름다워.

[그레시아노] 연애편지로군. 틀림없어.

[론슬롯] 소인 물러가겠습니다요, 나으리.

[로렌조] 어디 가나?

[론슬롯] 예, 예전 주인인 유대인 댁이죠. 주인인 기독교 신자네 집에서 베푸는 오늘 밤 만찬에 오시라고 여쭈러 갑니다요.

[로렌조] 잠깐, 이걸 받게. (론슬롯에게 돈을 준다) 제시카에게 꼭 간다고 전해 주게. 은밀히 말해 주게나.

(론슬롯 퇴장)

[로렌조] 자, 여보게들, 오늘 밤 가장무도회의 준비를 하지 않겠나? 횃불잡이는 내가 구해 놓겠어.

[살레리오] 아, 좋아, 당장 착수하세.

[슬레이니오] 나도 그러지.

[로렌조] 그럼 한두 시간 후 그레시아노 집에서 만나도록 하세.

[살레리오] 좋아, 그렇게 하지.

(살레리오와 슬레이니오 퇴장)

[그레시아노] 그 편지는 제시카 양한테서 온 것이겠지?

[로렌조] 자네한텐 모든 걸 이실직고 하겠네. 실은 제시카가 이런 걸 적어 왔어. 어떻게 하면 아버지 집에서 자기를 빼낼 수 있는가, 얼마간의 금붙이와 보석 따위를 가지고 있고, 어떤 시동의 복장을 마련해 놨는지 등일세. 그래서 말인데, 만약에 그녀의 유대인 아버지가 천당엘 가게 된다면 그건 순전히 딸 덕분이지. 그녀의 앞길에 절대로 먹구름이 끼지 않게 하려네. 무신론자인 유대인의 딸이라는 점을 핑계 삼아 그녀 스스로가 불행해지기로 작정을 한다면 몰라도. 자, 같이 가 보세. 가면서 이걸 읽어 보게나. 그리고 아름다운 제시카를 횃불잡이로 할까 하네.

2막 4장 분석

등장인물이 논의하는 가면극은 발생하지 않는다. 아마도 연극이 잘렸거나 셰익스피어가 가면을 쓸 시간이 충분하지 않다고 느꼈을 수도 있다. 그러나 어쨌든 가면극에 대한 기대는 관객으로 하여금 그것을 상상하게 하고, 제시카와 로렌조의 앞날에 대한 밝고 낭만적인 배경을 암시한다("공정한 제시카는 나의 횃불 든 주자가 될 것입니다"). 샤일록 가족의 자기 부정, 청교도적 삶과 명확히 반대되는 분위기이다.

2막 5장

Act 2, Scene 5

● **샤일록의 집 앞 거리**

(유대인 샤일록과 광대인 그의 하인 론슬롯 등장)

[샤일록] 자, 이젠 너도 알게 되겠지. 네 눈이 판단할 거다. 이 샤일록 나으리와 바사니오의 차이가 뭔가를. 얘, 제시카! 이젠 우리 집에 있을 때처럼 배두드리며 실컷 먹지도 못할 거야. 얘, 제시카야! 코를 골고 잘 수도 없을 거다. 옷을 함부로 찢어서 입고 다닐 수도 없을 거고. 얘, 제시카, 귓구멍에다 뭘 틀어막았냐?

[론슬롯] (큰소리로) 얘, 제시카! 이 계집애야, 귓구멍에다 뭘 틀어막았냐?

[샤일록] 너더러 내 딸을 불러 달라고는 안 했어.

[론슬롯] 영감님께선 저더러 시키지 않으면 아무 일도 못 하는 병신이라고 몰아세우셨잖아요.

(제시카 등장)

[제시카] 부르셨어요? 왜 그러세요, 아빠?

[샤일록] 제시카야, 난 만찬에 초대를 받았다. 이건 열쇠 꾸러미다. 그런데 왜 내가 가야 하지? 내가 좋다고 오라는 게 아니라 아첨에 불과한데, 어쨌든 나도 그놈들이 예뻐서 가는 건 아니니까. 가서 돈을 물 쓰듯 하는 예수쟁이의 음식이나 실컷 먹어 치우겠다. 애야, 제시카, 집 잘 봐라. 정말 가고 싶지 않아. 어쩐지 불길한 예감이 들어. 마음이 불안해. 글쎄, 어젯밤 꿈에 돈주머 닐 봤거든.

[론슬롯] 제발, 가 보십시오, 나으리. 제 젊은 주인 양반께서는 영감님께서 와 주시길 기다리고 계십니다.

[샤일록] 그야 나도 그래.

[론슬롯] 그 양반들은 모든 계략을 미리 다 짜 두었다더군요. 가시더라도 영감 님께서 가장무도회를 꼭 보셔야 한다는 말씀은 아닙니다. 그래도 만약에 보 신다면 지난 부활절 월요일 아침 여섯 시에 제가 코피를 흘리고 야단법석을 떨었던 것도 다 그럴만한 사연이 있어 그랬다는 걸 아시게 될 거예요. 글쎄 그날이 4년 전 성회 수요일 오후부터 따진다면 꼭 4년째 되는군요.

[샤일록] 뭐, 가장무도회가 있다고? 들었느냐, 제시카야, 문을 몽땅 다 꼭꼭 잠 그고 있거라. 북치고 피리 불며 난리 치는 소리가 나더라도 행여 창문에 기어 오르거나, 한길 쪽으로 목을 내밀고 거리 구경을 해선 안 된다. 얼굴에 잔뜩 분칠한 광대 같은 예수쟁이들의 상판대기를 구경하느라고 한눈을 팔면 안 된 다. 이 집안의 귀라는 귀는 다 틀어막아야 해. 창문 말이다. 그 경박하고 얼치 기 바보 같은 음악 소리가 이 점잖고 엄숙한 집안에 얼씬도 못 하게 해야 한 다. 우리 조상 야곱님의 지팡이에 두고 맹세하지만 난 오늘 밤 이 녀석들의 잔치에 가고 싶은 마음이 없어. 그렇지만 가 봐야겠다. (론슬롯에게) 이봐, 네 놈은 먼저 가서 내가 곧 간다고 전해.

[론슬롯] 먼저 갑니다요, 나으리. (나가면서 제시카에게 소곤거린다) 아가씨, 아 버님 말씀은 신경 쓰지 마시고 창밖을 꼭 내다보세요. 유대 아가씨의 마음을

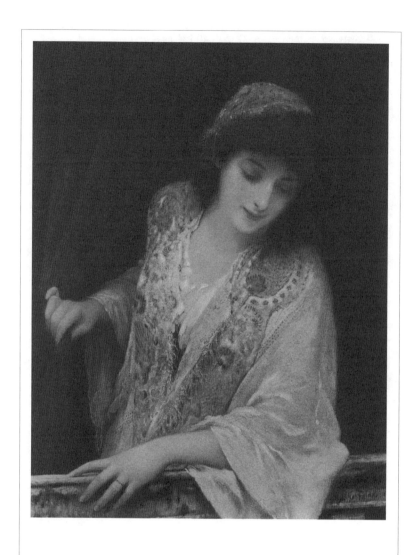

제시카
샤일록의 무남독녀로 그녀는 안토니오 친구인 로렌조를 사랑한다.

사로잡을만한 기독교 청년 한 사람이 지나갈 테니까요.

(퇴장)

[샤일록] 저 빌어먹을 놈의 자식이 너한테 뭐라는 거냐, 응?

[제시카] "아가씨, 안녕히 계세요"라고 했어요. 그 말뿐이었어요.

[샤일록] 저 바보 녀석, 사람은 나쁘지 않은데 너무 처먹어서 탈이야. 무슨 일을 시키면 달팽이같이 느림보고, 대낮에도 잠만 자고, 저런 놈을 빚투성이에다 남의 돈주머니에 든 돈도 물 쓰듯 하는 기독교 놈들에게 하인으로 보내면 그놈들을 패가망신시키는 데는 도움이 되겠지. 자, 제시카, 그만 들어가. 아마 곧 돌아오게 될 거다. 내가 이른 대로 문단속 잘하고 있어. "단단한 땅에 물이 고인다." 이 속담은 검소한 사람에겐 언제 들어도 마음에 드는 격언이란 말씀이야.

(퇴장)

[제시카] 안녕히 계세요, 다녀오세요, 아버지. 이젠 내 운명을 누가 가로막지만 않는다면 난 아버지를, 아버지는 딸을 영영 잃게 될 거예요.

(퇴장)

2막 5장 분석

　이 장면은 샤일록의 캐릭터에 대해 자세히 설명하고 추가적인 사실을 알려 준다. 우리는 제시카의 의도된 도피를 알고 있으며, 따라서 샤일록과 대화할 때 불길한 예감을 이해한다. 실제로 그에게 악이 끓고 있으며, 이 장면의 대부분은 제시카와 론슬롯이 샤일록에게서 도망치기 위한 최종 준비에 할애된다. 갈 것인지 머물 것인지에 대한 그들의 긴장감이 핵심이다.

　샤일록은 만찬에 초대받아 집을 비우게 된다. 론슬롯은 흥분과 불안에 빠져 도피 계획을 거의 포기할 뻔했다. 그는 헛소리로 일을 그르칠 뻔했지만 이내 자신의 예언적 꿈에 대한 혼란스러운 말로 자신의 실수를 덮는다. 그는 파티에서 가면극이 있을 거라 예측한다. 꿈에 관한 미신을 믿는 샤일록은 론슬롯의 말에 그의 딸이 도망칠 수 있다는 생각을 멀리 치워 버린다.

　또한 이 장면의 중심에는 자신의 소유물에 대한 샤일록의 집착이 있다. 그는 제시카에게 열쇠를 맡기며 집을 잘 보라고 말하는데 재산을 보호하는 데 집착하는 한편 제시카에게는 금방 다시 돌아올 것을 강조하며 그녀와 관객들에게 새로운 불안을 불러일으킨다. 샤일록의 마지막 말 "내가 이른 대로 문단속 잘하고 있어. '단단한 땅에 물이 고인다' 이 속담은 검소한 사람에겐 언제 들어도 마음에 드는 격언이란 말씀이야." 이는 그가 자신의 소유물을 떠날 수 없음을 보여 준다. 이 장면의 가장 큰 아이러니는 샤일록이 자신의 귀중품에 온통 관심을 두는 동안 그가 곧 잃게 될 것은 그의 딸이며 그런 딸에게 자신의 소유물을 맡긴다는 사실이다. 이것이야말로 고전적이며 극적인 아이러니이다.

The Merchant of Venice

2막 6장
Act 2, Scene 6

● **사일록의 집 앞 거리**

(그레시아노아 살레리오, 변장을 하고 등장)

[그레시아노] 이 집 처마 밑이라고 했지, 로렌조가 우리에게 와서 기다리라고 한 곳이?

[살레리오] 약속 시간이 지났어.

[그레시아노] 참 이상하군. 이 친구가 약속 시간에 늦다니 말이야. 사랑에 빠진 연인들은 시곗바늘보다 먼저 서두르는 법인데.

[살레리오] 비너스 여신의 수레를 끄는 비둘기도 새로운 사랑의 맹세를 위해선 날쌔게 날지만 이미 맺어진 사랑의 맹세를 지킬 때는 거북이걸음이라더군!

[그레시아노] 그야 그렇겠지. 잔칫집에 왔다가 갈 때도 여전히 굉장한 식욕을 가진 채로 떠나가는 사람은 없겠지. 말도 길을 떠날 때는 엄청난 속도로 달리지만 같은 길을 돌아올 때는 무거운 발걸음으로 터벅댄다고 하지 않은가? 세상일이 다 그런 법이지. 곁에 없을 때는 안달이 나지만 일단 손에 들어오

고 보면 시들해지는 법이야.

(로렌조 화급히 등장)

[살레리오] 로렌조가 오는군. 그 얘긴 다음에 계속하기로 하지.

[로렌조] 여보게들, 미안하네, 너무 늦어서. 내 탓이 아니고 그 일 때문에 자네들을 기다리게 만들고 말았네. 자네들이 애인을 훔쳐 낼 때는 나도 얼마든지 오랫동안 기꺼이 망을 봐 주기로 하겠네. 이리들 오게. 여기가 내 장인인 유대인 집일세. 여보시오! 안에 누구 있소?

(2층 창문이 열리고 소년 복장을 한 제시카가 내다본다)

[제시카] 누구세요? 목소리로는 누군지 알겠지만, 그래도 확인을 해야죠.

[로렌조] 로렌조, 그대의 연인이오.

[제시카] 정말, 로렌조 님이네. 내가 사랑하는 분이 틀림없어. 저 말고 누가 당신을 이렇게 사랑하겠어요? 로렌조 님만이 아실 거예요. 제가 그대의 것임을.

[로렌조] 하늘과 당신의 사랑이 그대가 나의 것임을 증명해 줄 거요.

[제시카] 자, 이 상자를 받으세요. 애쓴 만큼의 가치는 있는 물건이에요. (함을 던진다) 밤이라 다행이에요. 제 모습이 보이지 않을 테니까. 이렇게 변장한 꼴이 부끄러워서 그래요. 하지만 사랑은 장님 같아요. 연인들의 눈엔 그들이 하는 어리석은 짓이 보이지 않으니. 만약 보인다면 큐피드조차도 낯이 붉어질 거예요.

[로렌조] 내려와요, 제시카. 당신이 내 횃불잡이가 돼 줘야겠소.

[제시카] 어머나, 이 망측한 꼴이 더욱 잘 보이게 횃불을 들어요? 이런 차림도 우스운데 횃불을 들고 이 우스운 꼴을 남들에게 보이라고요? 지금 전 남의 눈을 피해야 될 처지잖아요.

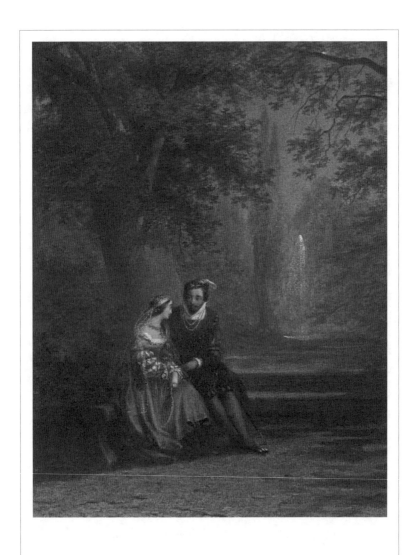

제시카와 로렌조
제시카는 로렌조를 사랑하여 아버지 샤일록을 배신하고 사랑의 도주를 한다.

[로렌조] 옳아, 그래서 그대가 아름다운 소년 복장으로 변장을 했군. 자, 얼른 내려와요. 비밀을 감싸 주는 은밀한 밤이 총총걸음으로 달음박질을 치고 있으니까. 꾸물댈 시간이 없어요. 바사니오의 만찬이 우릴 기다리고 있어요.

[제시카] 문단속 단단히 하고, 돈도 좀 더 챙겨 몸에 지니고. 잠깐만 더 기다리세요. 곧 갈게요. (창문을 닫는다)

[그레시아노] 내 이 두건에 걸고 맹세하지만 저 아가씨는 착한 여자, 유대인은 아니야.

[로렌조] 난 저 여잘 진심으로 사랑해. 아니면 천벌을 받아도 좋네. 내 판단이 틀리지 않았다면 현명한 여자거든. 게다가 미인이거든, 내 눈이 삐지 않았다면 말이야. 또 성실한 여자거든. 그 점은 이미 스스로 증명한 셈이지. 그러니 난 현명하고 아름답고 성실한 여자를 내 품에 안게 된 거야. (제시카 안에서 나온다) 벌써 왔어? 자, 여보게, 어서들 가세. 지금쯤 가장무도회의 친구들이 목을 빼고 우릴 기다리고 있을 걸세.

(로렌조, 제시카, 살레리오 퇴장. 안토니오가 거리를 나서고 있다)

[안토니오] 누구야?

[그레시아노] 안토니오인가?

[안토니오] 아니, 무엇을 하고 있나. 그레시아노! 다들 어디 있지? 아홉 시야. 모두들 기다리고 있는데. 오늘 밤 가장무도회는 취소됐어. 바람의 방향이 바뀌어 순풍이 부는 바람에 바사니오는 곧 배를 타야 하게 됐다네. 많은 사람을 풀어 자네들을 찾고 있던 참이야.

[그레시아노] 그거 잘 됐군. 당장 오늘 밤에 배를 타고 떠난다니 나로서는 그 이상 기쁜 일은 없어.

(모두 퇴장)

2막 6장 분석

이 장면과 이전 장면 사이에는 실질적인 단절이 없다. 샤일록이 나간 뒤 잠시 후 제시카가 나가자 그레시아노와 살레리오가 가장행렬 의상을 입고 횃불을 들고 들어온다. 우리가 예상할 수 있듯이 그레시아노는 두 개의 장 내내 샤일록의 집 돌출된 지붕 아래에서 대부분의 대사를 소화한다.

로렌조가 무대에 도착하고 제시카가 창가에 나타나면 관객은 《로미오와 줄리엣》을 떠올릴 것이다. 즉시 낭만적인 분위기가 흐르고 이 낭만적인 여주인공은 '소년풍의 사랑스러운 복장'을 입고 있다. 이는 인기 있고 자주 반복된 엘리자베스 시대 무대 연출이었으며 대부분 소녀의 역할이 소년에 의해 연기되었기 때문에 매우 자연스럽다. 셰익스피어는 연극의 후반부에서 변호사와 그의 서기로 변장한 포셔와 네리사를 통해 다시 한번 이 방식을 연출한다. 이 시점에서 제시카는 아버지를 버리고 재산을 강탈하고 있으며 반면 샤일록은 아직 우리에게 진정으로 악랄한 면을 보여 주지 않았다. '신체 일부를 담보로 하는' 계약은 문자 그대로 아직 일어나지 않았다.

2막 7장
Act 2, Scene 7

● **벨몬트, 포셔 집의 홀**

(화려한 주악 속에 포셔, 모로코의 왕자, 시종들 등장)

[포셔] (시종들에게) 자, 막을 걷고 상자들을 왕자님께 보여 드려라. (하인이 커튼을 젖힌다. 탁자가 놓여 있다. 탁자 위에는 상자 세 개가 놓여 있다) (모로코의 왕자에게) 자, 그럼, 어서 골라 보세요. (모로코의 왕자가 상자를 살펴본다)

[모로코 왕자] 처음 것은 금으로 된 상자로군. 이런 글귀가 새겨져 있군. "날 택하는 자는 만인이 소망하는 것을 얻으리라." 둘째 것은 은이렸다. 이런 약속이 적혀 있는걸. "날 택하는 자는 그 신분에 합당한 것을 얻으리라." 셋째 것은 둔중한 납이라, 경고문까지도 퉁명하군. "날 택하는 자는 가진 것 모두를 바쳐서 모험해야 하느니라." 그런데 내가 상자를 옳게 선택했는지를 어떻게 알 수가 있겠소?

[포셔] 왕자님, 이 세 개의 상자 중 한 곳에만 제 초상화가 들어 있습니다. 그걸 택하시면 전 왕자님의 것이 됩니다.

[모로코 왕자] 신이시여, 나의 판단력을 바르게 인도하소서! 어디 글들을 다

시 한번 읽어 보자. 납으로 된 상자는 뭐라고 했던가? "날 택하는 자는 가진 것 모두를 바쳐서 모험해야 하느니라." 바치다니, 뭣 때문에, 누구 좋으라고? 이건 협박이군. 내가 가진 모든 걸 바치면 그 대신 뭘 준다는 거야, 뭐야. 아무런 보장도 없이 황금 같은 마음을 가진 내가 이런 하찮은 납덩어리 때문에 마음을 굽힐 수는 없는 법. 그러니까 납덩어리 때문에 동전 한 닢이라도 바치는 시시한 모험 따위는 하지 않겠다. 그럼 빛깔이 처녀처럼 청초한 은으로 된 상자에는 뭐라고 씌어 있나? "날 택하는 자는 그 신분에 합당한 것을 얻으리라." 신분에 합당한 것! 옳지, 바로 저 여자다.

가만 있자. 모로코의 왕자여, 세상의 평판대로라면 그대의 가치는 충분하고도 남지만 그러나 그 평판만으로 저 여자를 얻기에 과연 충분할까? 그렇다고 내 가치를 의심하는 건 내 자신을 초라하게 낮추는 짓이지. 저 여자야말로 내 신분에 합당하지, 암, 그렇고말고. 똑똑한 모로코의 왕자여 무엇을 망설이는가. 문벌로 보나, 재산으로 보나, 인품이나 교양으로 봐도 나무랄 데 없는 내 신분에 합당한 여자가 바로 저런 여자가 아닌가. 게다가 여자와 사랑하는 일이라면 날 따라올 장사가 없을 테니 나야말로 저 여자에게 가장 합당한 남자지. 이제 그만 망설이고 선택해 볼까?

어디 한번 다시 보자. 금으로 된 상자엔 뭐라 새겨 있나. "날 택하는 자는 만인이 소망하는 것을 얻으리라." 옳지, 그것도 바로 저 여자다. 온 천하가 저 여잘 열망하고 있지. 세상 도처에서 사람들이 살아 숨 쉬고 있는 저 성처녀에게 입 맞추려고 구름처럼 모여들고 있잖아? 그러니 저 여자야말로 만인이 소망하는 것이 틀림없어. 이 셋 중 하나의 상자 속에 천사 같은 포셔의 초상이 들어 있다. 이 납덩어리 상자 속에 과연 그게 들어 있을까? 그런 야비한 생각을 하면 지옥에 떨어지겠지. 그럼 이 은빛 상자 속에 그게 들어 있는지도 모르는 일. 금보다 10분의 1의 값싼 은으로 된 상자 속에 말이야. 오, 죄스러운 망상이다! 저렇게 값진 보석이 금보다 못한 것 속에 들어 있을 리가 없어. 에라,

나도 모르겠다. 열쇠를 이리 주시오. 이걸 고르겠소. 이젠 운에 맡길 수밖에!

[포셔] 그럼 받으세요, 왕자님! 이 상자 속에 제 초상이 들어 있으면 전 왕자님의 것이 됩니다.

(모로코의 왕자가 금으로 된 상자를 연다)

[모로코 왕자] 이게 뭐냐? 제기랄! 더러운 해골바가지가 아닌가. 푹 꺼진 눈자위 속에 종이쪽지가 끼어 있구나. 어디 읽어 보자. "반짝이는 것이 모두 금은 아니다. 이는 이미 무수히 많이 들어와 귀에 익은 말이나, 수많은 사람이 내 겉모양에 홀려 그들의 영혼을 팔았느니라. 황금의 무덤 속엔 구더기가 우글댄다. 그대 용감한 만큼 지혜롭고, 그대 팔다리에 젊음과 힘이 넘치듯 그대 생각 속에 신중함과 판단력이 조금이라도 있었다면 이런 답은 받지 않았을 텐데. 잘 가시오. 당신의 구애는 끝났소."

　끝났다고? 정말 헛수고만 했군. 그럼 사랑의 정열이여, 안녕. 실망의 서리야, 내려라. 포셔 아가씨, 안녕! 오! 가슴이 너무 아파 길게 작별 인사를 드리지 못하겠소. 패자는 말 없이 사라져야죠.

(수행원들을 거느리고 퇴장)

[포셔] 쉽게 떼어 내버렸네. (시종들에게) 막을 닫고 들어가자. 시꺼먼 얼굴을 한 저런 사내들은 앞으로도 계속 저렇게 헛물만 켜고 돌아가면 좋으련만.

(모두 퇴장)

황금 상자를 여는 모로코 왕자
황금 상자 속의 해골을 보고 놀라는 모로코 왕자.

2막 7장 분석

이전의 장면과는 대조적으로, 이제 우리는 포셔를 얻기 위해 벨몬트로 찾아온 또 다른 부유한 구혼자의 화려하고 연극적인 광경을 마주하게 된다.

모로코 왕자가 상자를 살펴볼 때 셰익스피어는 관객에게 각각의 상자에 대한 힌트를 준다. 단 하나의 상자에만 포셔의 초상화가 들어 있으며 모든 상자에는 모로코 왕자가 관객을 위해 읽어 주는 비문이 새겨져 있다. 이 비문은 매우 중요한 장치인데, 뒤를 이은 구혼자들 모두 이 비문 앞에서 자신의 품성을 드러내게 될 것이기 때문이다. 물론 이 비문은 의도적으로 모호하게 적혀 있어 한 가지 이상의 방식으로 해석될 수 있다. 이것이 로맨틱 코미디라는 점을 기억하면서, 우리는 모로코 왕자가 아라곤과 마찬가지로 그들을 잘못 해석할 것이고, 마침내 바사니오가 비문을 올바르게 해석할 것이라고 기대할 수 있다.

우리는 이 시점에서 포셔 자신도 어떤 상자가 올바른 상자인지 모른다는 것을 기억해야 한다. 모로코 왕자가 상자 하나하나로 이동할 때 포셔는 모로코 왕자를 안내할 수 없기 때문에 무대에서 조용히 반응하며 자신의 생각을 드러낼 것이다.

모로코 왕자의 긴 연설은 의심할 여지없이 셰익스피어가 삽입한 것으로, 배우가 상자들 사이에서 망설임 없이 앞뒤로 움직일 수 있는 충분한 시간을 허용하고 있다. 그는 혼잣말을 하면서 선택의 순간을 늦추고, 이 극적인 순간의 서스펜스를 연장하고 있다. 우리는 이미 모로코 왕자를 보았기에, 아름답고 매력적인 그가 가장 빛나고 아름다운 상자를 선택한 데 대해 크게 놀라지 않는다. 그는 가장 직접적이고 분명한 선택을 한다. 그가 황금 상자를 열고 두개골과 두루마리를 발견했을 때, 셰익스피어가 보여 주고자 한 것은 분명하다. 즉, 여기서 금으로 상징되는 부와 감각적 아름다움은 단지 일시적인 것이다. 우리는 나중에 이 상자 테스트가 단순히 보이는 것과 실제의 차이, 즉 외모와 현실의 차이를 보여 주고 있음을 알게 될 것이다. 상자는 또한 연극의 또 다른 요소, 즉 물질적 부(금과 은)에 대한 환상을 제시하는데 이러한 물질적 부는 샤일록이 집착하는 것으로 금은 그의 진정한 신이며, 그 안에 그의 비극적인 결함이 있다.

2막 8장

Act 2, Scene 8

● **베니스의 거리**

(살레리오와 슬레이니오 등장)

[슬레이니오] 그 아귀 같은 유대인 놈이 길거리에서 고래고래 소리를 지르며 정신이 나간 놈처럼 길길이 뛰는 거야. 난 내 머리에 털 나고선 그런 꼴은 처음 보았네. "내 딸! 내 돈! 오, 내 딸! 그년이 예수쟁이와 눈이 맞아 도망을 치다니! 예수쟁이 놈이 내 돈을! 재판이다! 법이다! 내 돈, 내 딸! 꽁꽁 묶어 둔 금화 두 주머니를 내 딸년이 훔쳐 가다니! 게다가 값지고 귀한 보석 두 개도 딸년이 훔쳐 갔어! 재판이다! 내 딸을 찾아주시오! 그년이 가지고 있소. 내 보석! 내 돈!"

[살레리오] 베니스의 조무래기들이 "내 보석, 내 딸, 내 돈!" 하고 외치며 그놈 뒤를 쫓아다니더라니까!

[슬레이니오] 안토니오가 약속한 날짜를 꼭 지켜서 빌린 돈을 갚아야 할 텐데. 안 그랬다간 큰 낭패를 당할지도 몰라.

[살레리오] 응, 그리고 보니 생각나는군. 어제 어떤 프랑스 사람을 만나서 얘

기했는데 그 사람 말이 프랑스와 영국 사이의 좁은 해협에서 화물을 가득 실은 우리나라 배 한 척이 난파당했다지 뭔가. 그 얘길 들었을 때 난 안토니오가 생각났어. 그 배가 안토니오의 배가 아니기를 속으로 빌었다고.

[슬레이니오] 그 얘길 안토니오에게 해 주는 것이 좋지 않을까. 그렇다고 아닌 밤중에 홍두깨 내밀 듯 불쑥 말해 버리지는 말게. 갑자기 충격을 받으면 안 되니까 조심스럽게 하란 말이야.

[살레리오] 이 세상에 그렇게 마음이 착한 친구는 또 없을 거야. 바사니오가 안토니오와 작별하는 광경을 봤어. 바사니오가 될 수 있으면 빨리 돌아오겠다고 말하니까 안토니오는 "조급히 굴진 말게. 나 때문에 일을 그르치면 안 되네. 바사니오, 때가 무르익을 때까지 느긋하게 기다리게. 그리고 그 유대 놈에게 내가 써 준 증서에 대해서는 신경 쓰지 말게. 자네 마음을 사랑으로 가득 차게 하고 유쾌한 마음으로 청혼하는 일에만 정신을 집중하게. 어떤 애정 표현이 가장 좋을지 잘 생각하여 일이 성사되도록 하는 데만 마음을 쓰게." 이렇게 말하면서도 눈에는 눈물이 글썽해지자 얼굴을 옆으로 돌린 채 손을 뒤로 내밀어서 다정하게 바사니오의 손을 꽉 잡고 작별 인사를 하더라니까.

[슬레이니오] 그 친구는 오로지 바사니오만을 위해 이 세상에 살고 있는지도 몰라. 우리 같이 가서 그 친굴 찾아내 무슨 재미난 짓이라도 해서 울적한 기분을 풀어 주세.

[살레리오] 그렇게 하세.

(두 사람 퇴장)

2막 8장 분석

살레리오와 슬레이니오의 오프닝 라인은 급박하고 흥분된다. 그들은 1막 1장에서처럼 마치 코러스를 하듯 무대에 드러나지 않는 줄거리의 전개에 대해 논의하여 관객이 그 중요성을 알 수 있도록 한다. 여기서 그들은 샤일록의 끔찍한 성질로 인해 한때 '즐거운 유대'가 더 이상 즐겁지 않은 것이 될 수 있다며 안토니오의 운명을 걱정한다.

또한 여기서 우리는 샤일록의 분노와 복수의 열망이 어느 정도일지 짐작하게 된다. 연극의 시작에 그는 안토니오를 미워하는 두 가지 진정한 이유, 즉 상업적 증오와 종교적 증오에 대해 이야기했는데 이제 여기에 산산조각이 난 개인적 손실이 추가된다. 그는 자신의 딸, 그의 유일한 아이를 기독교인 안토니오의 친구에게 잃었다. 그가 법적으로 궁지에 몰아넣은 사람인 안토니오에 대한 복수는 모든 베네치아 기독교인에 대한 그의 무자비한 복수의 열망을 그럴듯하게 만든다. 실제로 우리의 동정심은 샤일록에게 향하지만, 셰익스피어는 슬레이니오로 하여금 샤일록의 탐욕스러운 행동을 과장되게 패러디하도록 만듦으로써 우리의 동정심을 주춤하게 만든다.

2막 9장

Act 2, Scene 9

● 벨몬트, 포셔 집의 홀

(하인 한 사람이 커튼 앞에 서 있다. 네리사가 황급히 등장)

[네리사] 빨리, 빨리, 어서 막을 열어. 아라곤의 영주님께서 서약을 마쳤으니 상자를 선택하러 곧 오실 거야.

(커튼이 젖혀지고 화려한 주악과 함께 포셔, 아라곤의 영주와 그들의 시종들 등장)

[포셔] 영주님 보세요, 저기에 상자들이 있습니다. 만일 제 초상이 들어 있는 상자를 골라내시면 곧바로 우리의 혼례식이 거행될 겁니다. 하지만 영주님, 실패하시는 경우엔 아무 말씀 마시고 지체 없이 이곳을 떠나셔야 합니다.

[아라곤 영주] 이 몸은 세 가지 조건을 지키겠다고 맹세를 했소이다. 첫째, 내가 선택한 상자에 대해 누구에게든지 입을 열지 않을 것이다. 둘째, 바른 상자를 선택하는 데 실패할 경우 내 평생 두 번 다시 처녀에게 청혼하지 않을 것이다. 끝으로, 불행히도 선택에 실패한다면 당장 이곳을 떠날 것이다.

[포셔] 이 세 가지 조건은 이 보잘 것 없는 저에게 운명을 걸러 오시는 분은 어

느 분이나 다 지키기로 맹세를 합니다.

[아라곤 영주] 물론 나도 각오하고 왔소이다. 운명의 여신이여, 내 소원을 이루어 주소서! (상자들을 하나하나 살펴본다) 황금과 은 그리고 천한 납덩이. "날 택하는 자는 가진 것 모두를 바쳐서 모험해야 하느니라." 바치건 모험을 하건 넌 생김새가 틀려먹었어. 모양이 그럴듯하기라도 해야지, 이 따위 때문에 모든 걸 바치거나 내 운명을 건 모험을 할 수야 없지! 황금에는 뭐라 쓰여 있나? 흥! 어디 볼까? "날 택하는 자는 만인이 소망하는 것을 얻으리라." 만인이 소망하는 것이라! 만인이라는 건 아마 우매한 무리를 뜻하는 것이겠다. 그들은 외모만 보고서 택하고. 우둔한 눈이 보여 주는 것 이상의 것을 보지 않고 속은 꿰뚫어 볼 줄 모르는 놈들이지. 난 우둔한 만인이 소망하는 것을 택하진 않겠다. 무지몽매하고 얼빠진 중생들과 한통속이 되어 날뛰고 싶지 않으니까. 그렇다면 바로 너로다, 너 은빛의 상자여! 네 위에 새겨진 글자를 한 번 더 보여 다오. "날 택하는 자는 그 신분에 합당한 것을 얻으리라." 너 말 한 번 잘했다. 요행을 노려 명예를 얻으려고 하면 안 되지. 자, 그럼 내 신분에 합당한 것을 얻기로 하자. "날 택하는 자는 신분에 합당한 것을 얻으리라." 그럼, 그럼, 내 분수에 맞는 걸 받기로 하자. 자, 열쇠를 이리 주시오. (은 상자를 연다) 지금 당장 내 운명을 열어 보겠소이다.

(은 상자를 열어 보고 깜짝 놀라 한걸음 물러선다)

[포셔] (독백) 그토록 오랫동안 심사숙고하여 알아낸 게 고작 이거라니!

[아라곤 영주] 이게 뭐냐? 눈을 껌뻑거리는 멍청이 광대가 글을 내밀고 있지 않은가. 읽어 보자. 아니, 어쩌면 이렇게도 포셔와 딴판이냐! 나의 희망, 나의 가치와는 너무나 거리가 멀다! "날 택하는 자는 그 신분에 합당한 것을 얻으리라"고? 그래 내 가치가 이 바보의 머리만도 못한가? 이게 내 분수에 맞는 것이란 말인가? 내 가치가 요것밖에 안 된다?

은 상자를 여는 아라곤의 영주
아라곤의 영주는 은 상자에서 나온 두루마리의 글을 읽고 청혼을 포기하고 돌아간다.

[포셔] 일을 저지를 때와 판단할 때는 그 입장이 서로 분명히 다르고 성질도 완전히 반대니까요.

[아라곤 영주] (두루마리 종이를 펴 본다) 뭐라고 쓰여 있나? "일곱 번 불에 달군 은으로 된 상자여. 판단 또한 일곱 번 달궈야 선택에 흠이 가지 않을 것을. 세상에는 그림자에 입을 맞추는 자가 있으며 이를 축복하는 자 또한 그림자뿐이니라. 이 세상에 은으로 본성을 감춘 바보가 살아 있나니, 바로 이 은으로 된 상자가 그러하다. 그대가 어떤 여자와 잠자리에 들든 그대 영원히 바보의 머리를 가질 것이다. 속히 떠나라, 네 일은 끝났다." 일이 이렇게 됐으니 한시 바삐 이곳을 떠나자. 이곳에서 꾸물댈수록 난 더 바보가 될 것 같군. 청혼하러 올 때는 바보 머리 하나로 왔는데 떠날 때는 바보 머리 두 개가 되어 가는구나. 아름다운 아가씨, 안녕히! 맹세는 지키리다. 슬픔과 괴로움을 꾹 참고.

(시종들을 거느리고 퇴장)

[포셔] 촛불에 뛰어든 여름 나방 꼴이 됐구나. 저 똑똑한 체하는 바보들이여! 꾀를 써 보려고 애를 너무 쓰다가 제 꾀에 제가 넘어가고 말았지 뭐냐.

[네리사] 교수대에 목을 매달거나 여자에게 목을 매다는 일은 둘 다 팔자소관대로 된다더니 정말 옛말이 하나도 틀린 게 없군요.

[포셔] 자, 네리사, 막을 닫아라.

(커튼을 친다. 하인 등장)

[하인] 아가씬 어디 계십니까?

[포셔] 여기 있네, 무슨 일인가?

[하인] 아가씨, 지금 막 문전에 젊은 베니스 사람이 말에서 내렸습니다. 자기 주인께서 곧 도착하신다고 미리 알리러 왔다나요. 자기 주인의 간절한 인사 말을 담은 서찰과 안부 말씀 이외에 아주 값진 선물도 가지고 왔습죠. 그처

럼 사랑의 사자로서 어울리는 사람은 처음 봤습니다. 화창한 여름철이 올 것을 미리 알리는 4월의 날씨가 제아무리 상쾌하다 할지라도 자기 주인보다 앞서 온 이 사자와 비교하면 어림 반 푼어치도 없을 겁니다. 아주 미남에다가, 키도 크고, 옷차림도 멋지고, 참하고, 예의 바르고, 상큼하고, 그리고 또…….

[포셔] 됐다. 그 사람 칭찬은 그만해 둬라. 그렇게 침이 마르도록 그 사람을 칭찬하는 걸 보니 조금 있으면 틀림없이 그 사람이 네 친척뻘이라는 말이 그 입에서 튀어나오겠구나. 자, 네리사, 그렇게도 멋진 큐피드의 사자가 있다니 나도 어서 만나보고 싶구나.

[네리사] 바사니오라면 좋으련만, 사랑의 신이여 도우소서!

(모두 퇴장)

2막 9장 분석

이 장면은 아라곤의 영주가 상자를 선택하는 것에 초점을 맞춘다. 모로코 왕자의 선택은 간단했다. 그는 황금 상자를 선택했다. 그것은 가장 분명하고 가장 바람직한 선택으로 보였다. 그와 대조적으로, 아라곤 영주의 선택은 더욱 신중하게 이루어진다. 영주는 모로코 왕자보다 나이가 많고 모로코 왕자의 불같은, 카리스마 넘치는 태도에 비해 차갑게 보인다. 종종 셰익스피어는 등장인물의 이름이 그들의 주요 특성을 암시하도록 연출한다. 여기서 '아라곤'은 아마도 '오만한'과 닮았기 때문에 선택된 이름일 것이다. 어쨌든 아라곤은 거만하고 고귀한 혈통의 스페인 대제관에 어울리는 기질을 가졌으며 엘리자베스 시대의 연극 무대에서 친숙하고 전통적인 인물이다.

다시 한번, 우리는 모호한 비문의 내용을 듣게 되고 금속의 수수께끼와 비문과의 관계에 대해 궁금증을 품게 된다. 아라곤 영주는 모로코 왕자처럼 명백한 선택을 하지 않는다. 금이 '많은 사람들이 원하는 것'을 나타낸다면, 아라곤은 어리석은 군중에 대한 자신의 우월성에 대한 강력한 믿음으로 인해 그것을 거부한다. 우리는 그 논리에 동의할 수 있지만, 궁극적으로 그의 추론은 군중에 대한 자신의 우월성의 절대적인 가정에 근거하기 때문에 거부감이 든다.

"날 택하는 자는 그 신분에 합당한 것을 얻으리라"는 은색 비문은 아라곤에게 즉각적인 호소력을 가진다. 속물인 이 남자는 고귀한 상속 귀족으로서 자신만이 이 세상에서 합법적으로 존경을 받을 수 있는 사람이라 생각한다. 이 장면에서 우리가 알아야 할 요소는 아라곤이 포셔에 대한 사랑이나 애정은 전혀 가지고 있지 않다는 점이다.

구혼자들이 상자를 선택하는 방식을 통해 우리는 환상과 현실에 대한 변주된 해석들에 마주하게 된다. 금과 은은 처음의 두 구혼자에게 명백한 선택으로 보이며, 그들의 선택 동기는 어떤 식으로든 결함이 있다. 예를 들어, 둘 다 포셔를 진정으로 사랑하지 않는다. 그러나 포셔를 사랑하는 바사니오는 가장 가치 없어 보이는 상자를 선택할 것이다. 그리고 그것은 가장 가치 있는 것으로 판명될 것이다. 따라서 가치 있어 보이는 것과 실제로 가치 있는 것을 선택하고 구별하는 능력은 지능에 의존하는 것이 아니라 더 깊고 눈에는 보이지 않는 무언가에 달려 있다. 이 연극에서 그것은 바로 사랑이다. 그것은 영광(모로코), 사회적 지위(아라곤), 부(샤일록)가 아니라 바사니오와 포셔가 서로에게 분명히 보여 주는 다른 인간에 대한 사랑이다.

이 시점에서, 연극은 마치 동화처럼 느껴진다. 아름다운 공주는 부와 계급, 돈이 아닌 사랑을 쟁취한다. 우리는 1막 2장에서 네리사가 한 말을 떠올린다. 올바른 상자는 "정당하게 사랑할 사람 외에는 어떤 자에게도 선택되지 않을 것이다." 우리는 이제 어떤 상자가 올바른 것인지 알게 되었으므로 중대한 선택 앞에 선 바사니오의 드라마를 편안하게 즐길 수 있다.

3막 1장

Act 3, Scene 1

● **샤일록의 집 앞 거리**

(슬레이니오와 살레리오 등장)

[슬레이니오] 그래, 거래소의 소식 못 들었나?

[살레리오] 글쎄 소문이 파다해. 화물을 가득 실은 안토니오의 배가 해협에서 난파당했다네. 이름이 순풍 해협이라고 하는 것 같더군. 매우 위태롭고 무서운 여울이라 바다 밑바닥에는 큼직한 선박들의 잔해가 무수히 묻혀 있다지 뭔가. 소문이라는 수다쟁이 할망구가 허풍을 떨지 않았다면 말일세, 순풍 해협에서 안토니오의 배가 난파됐다는 소문이 파다해.

[슬레이니오] 제발 이번만은 그 소문이 허풍쟁이 할망구였으면 좋겠네만, 이건 사실인걸. 거두절미하고 딱 잘라 말한다면 저 선량한 안토니오가, 저 존경할만한 안토니오가…… 아, 그 친구 이름에 딱 들어맞는 형용사가 있었으면 얼마나 좋을까.

[살레리오] 하던 말을 어서 마저 끝내 봐.

[슬레이니오] 이봐! 뭐라고? 그래, 내 결론은 이거야. 그 친구가 배를 한 척 잃

었다는 거야.

[살레리오] 오, 제발! 그 친구 손해가 그것으로 끝났으면.

[슬레이니오] 일찌감치 '아멘!' 해야겠군. 악마가 내 기도를 방해하지 않도록 말이야. 저기 유대인으로 둔갑한 악마가 온다. (샤일록이 그의 집에서 나온다) 이봐요, 여보시오, 샤일록! 상인들 간에 새 소식이라도?

[샤일록] (돌아보면서) 당신들이 누구보다도 잘 알고 있지 않소. 내 딸년이 도망친 걸.

[살레리오] 그건 사실이오! 당신 딸이 달고 날아간 날개를 만든 그 재봉사는 내가 잘 아는 친구거든.

[슬레이니오] 샤일록도 그 새끼 새에게 날개가 돋았다는 것을 잘 알고 있었을 텐데. 날개가 생기면 새끼 새란 어미 새의 품을 떠나는 게 자연의 순리 아니오.

[샤일록] 지옥에 떨어질 년 같으니.

[살레리오] 그렇게 되겠지요. 악마 자신이 재판관이 된다면.

[샤일록] 아이고, 내 살과 내 피를 물려받은 혈육이 날 배신하다니!

[슬레이니오] 그건 말이 안 되는 터무니없는 소린걸. 영감님처럼 나이가 들면 살도 쭈글쭈글해지고 피도 식어 버리는 법인데 그 나이에 살이든 피든 물려 줄 만한 게 있으려고?

[샤일록] 딸년 말이오, 그년이 내 살과 피란 말이야.

[살레리오] 영감 살과 딸의 살은 검은색 돌멩이와 상아보다 더 큰 차이가 있는걸. 피로 말할 것 같으면 붉은 포도주와 백포도주만큼 서로 다르지. 그런데 그건 그렇고, 영감, 안토니오가 바다에서 큰 손해를 입었다는 소문은 들었소?

[샤일록] 아이고, 이것 또 낭패로군. 이건 또 엎친 데 덮친 격이군. 파산자, 방탕한 놈, 이젠 거래소에 감히 얼굴을 디밀지 못하겠지. 비렁뱅이 같은 놈. 지

금까지 으스대면서 거래소에 나타나고 하더니만. 그 차용증서나 잊지 말라지! 나더러 고리대금업자라고 불렀겠다. 차용증서를 보라고 그래! 뭐 그놈의 예수쟁이가 친절을 베푼답시고 무이자로 돈을 빌려줘? 차용증서나 잘 살펴 두라지!

[살레리오] 안토니오가 위약을 한다고 설마 그 사람의 살을 떼내겠다고 고집하지는 않겠지. 떼낸들 무슨 소용이 있겠소?

[샤일록] 고기 잡는 미끼는 되겠지. 다른 데엔 아무짝에도 쓸모가 없더라도 내 원한을 푸는 데는 도움이 될 거야. 그자는 날 모욕했어. 내 돈벌이를 방해해서 내게 50만 더컷 이상의 손해를 입혔지. 내가 손해를 보면 좋다고 웃어대고 내가 이익을 보면 날 멸시했어. 게다가 우리 민족을 경멸했어. 내 장사를 방해하고, 친구 사이를 이간질하고, 내 적들을 충동질했다고. 왜 그래? 도대체 그 이유가 뭐냐고? 내가 유대인이기 때문이라는군. 유대인은 눈도 없나? 손도 없고, 오장육부도, 사지도, 감각도, 감정도, 희로애락도 없단 말이오? 우리도 예수쟁이들처럼 같은 음식을 먹고, 칼로 찌르면 상처가 나고, 걸리는 병도 같고, 똑같은 약으로 치료하면 낫고, 우리도 예수쟁이들과 똑같이 겨울에는 춥고, 여름에는 더운 것을 느끼는, 당신들과 똑같은 사람이라고. 우린, 뭐, 찌르면 피 한 방울도 안 나는 그런 족속들이란 말이오? 간지럽히면 우린 웃지도 않는답디까? 독약을 먹여도 우린 죽지도 않는 그런 사람들이랍디까? 모든 점에서 우리도 당신들과 똑같은 사람들이라면 이번 일에서도 당신들이 하는 짓과 똑같이 우리도 그래야겠지. 유대인이 기독교도를 모욕한다면 기독교 놈들이 어쩌겠소? 당연히 보복하겠죠. 기독교도가 유대인을 박해하면 우리가 그놈들 하는 짓을 그대로 따라 하려면 어떻게 해야겠소? 물론 우리도 보복할 게 아니겠소. 당신들이 내게 가르쳐 준 그대로 내가 해 주리다. 무슨 일이 닥치더라도 내가 배운 것 이상으로 내 실행하리라.

샤일록과 제시카
샤일록은 믿었던 딸 제시카가 사라지자 한탄한다.

(하인이 등장하여 슬레이니오와 살레리오에게 이야기한다)

[하인] 두 분께 아룁니다. 안토니오 주인께서 방금 돌아오셨는데 두 분께 꼭 드릴 말씀이 있으시답니다.

[살레리오] 우리도 그 사람을 사방으로 찾아다녔다네.

(튜벌이 샤일록의 집으로 오고 있다)

[슬레이니오] 같은 패거리 중 또 한 놈이 저기 오는군. 악마 자신이 바로 유대인으로 둔갑하여 나타나지 않는 한 저 두 놈에겐 아무도 못 당해.

(슬레이니오와 살레리오, 그리고 하인 퇴장)

[샤일록] 어찌 됐나, 튜벌! 제노바에선 무슨 소식이라도? 내 딸년을 찾았나?

[튜벌] 소문난 곳이란 곳은 사방으로 다 찾아가 봤지만 허탕이었네.

[샤일록] 아이고, 난 망했다. 다이아몬드가 없어졌다고. 프랑크포드에서 자그마치 2천 더컷을 주고 산 건데. 우리 민족에게 이런 저주는 이제껏 없었다고. 여태껏 이런 일은 처음이야. 2천 더컷짜리 내 보석, 그밖에 값지고 귀한 보석들. 딸년이 차라리 내 발치에 뒈져 있었으면 좋겠다! 귀에 보석만 달고 있다면 말이야. 그것이 내 발치에서 내 돈을 지니고 관 속에 들어가 있으면 얼마나 좋을까! 아무 소식이 없다고? 원, 제기랄. 그것을 찾는답시고 내가 돈을 얼마나 썼는지 자네 알기나 해? 마른하늘에 날벼락이지! 그 도둑이 큰돈을 가져갔고, 그 도둑을 잡느라고 또 큰돈을 써야 한다니. 그러고도 결과는 아무것도 없고, 복수도 못하고, 재수 없는 포수는 곰을 잡아도 웅담이 없다더니, 세상의 한숨은 모두 내 입에서 나오고, 눈물도 모두 내 눈에서만 흐르는구나. (운다)

[튜벌] 아냐, 재수 옴 붙은 사람은 자네뿐만이 아니야. 제노바에서 들은 이야기인데, 안토니오도……

[샤일록] 뭐, 뭐라고? 욤이 붙어, 누가? 안토니오가? 정말인가?

[튜벌] 트리폴리스에서 돌아오던 큰 상선 한 척이 바닷속으로 풍덩 했다지 뭔가.

[샤일록] 아이고, 고마우이 고마워! 그게 사실인가? 정말이야?

[튜벌] 그 난파선에서 겨우 살아 돌아온 선원 몇 사람을 만나 얘기를 들었어.

[샤일록] 정말 고맙네, 튜벌, 아무렴 반가운 소식이고말고. 하하! 제노바에서 들었다고?

[튜벌] 제노바에선 자네 딸애가 하룻밤에 80더컷을 썼다는 소문이야.

[샤일록] 이젠 비수로 내 가슴을 찌르는군. 그 돈은 영영 날아가 버렸구나. 앉은 자리에서 80더컷을 썼다! 80더컷이나!

[튜벌] 베니스로 오는 길에 안토니오의 채권자 몇 사람이 나와 동행했는데, 모두들 이젠 그 사람도 쪽박을 차게 될 게 뻔하다고 하더군.

[샤일록] 그것 참. 어깨춤이 절로 난다. 옳지, 놈을 단단히 욕보이고, 혼을 내줘야지. 아무튼 기쁜 소식이야.

[튜벌] 채권자 한 사람이 내게 금반지 하나를 보여 주더군. 원숭이 한 마리 값으로 자네 딸한테서 받은 거라네.

[샤일록] 주리를 틀 년! 날 고문하는군, 튜벌, 그건 바로 내 터키석 반지야. 총각 때 죽은 아내 리아에게서 선물 받은 거야. 몇 만 마리의 원숭이를 준다 해도 바꿀 수 없는 물건이야.

[튜벌] 이제 안토니오는 파산한 거나 다름없어.

[샤일록] 그럼, 그렇고말고, 그건 사실이야. 튜벌, 가서 법정 관리 한 사람을 매수해 놓게. 재판 날짜 2주일 앞서서 부탁해 두는 거야. 위약만 해 봐라, 놈의 심장을 받을 거야. 그자만 없애 버리면 난 이 베니스 바닥에서 내 마음대로 장사를 할 수가 있게 될 거야. 잘 가게, 튜벌. 이따 교회에서 만나세, 튜벌, 어서 가 보게.

(두 사람 퇴장)

3막 1장 분석

살레리오와 슬레이니오가 다시 합창하며 사건의 전개를 청중에게 알리는 것으로 시작된다. 안토니오의 배 중 하나가 바다에서 난파당했다.

대부업자 샤일록이 들어오고 슬레이니오와 살레리오는 샤일록과 관련된 소식을 잘 알고 있는 터라 살레리오의 냉소적인 인사는 샤일록을 화나게 만든다. 로렌조와 기독교 공동체가 그에게 타격을 입혔다는 사실은 그의 분노를 촉발시킨다. 그리고 샤일록은 안토니오를 언급하며 불길하게 말한다. "그의 차용증서를 보게 하시오." 샤일록은 가장 극적인 대사 중 하나를 만들어 낸다. "고기 잡는 미끼는 되겠지. 다른 데엔 아무짝에도 쓸모가 없더라도 내 원한을 푸는 데는 도움이 될 거야. 그자는 날 모욕했어. 내 돈벌이를 방해해서 내게 50만 더컷 이상의 손해를 입혔지. 내가 손해를 보면 좋다고 웃어대고 내가 이익을 보면 날 멸시했어. 게다가 우리 민족을 경멸했어……. 당신들이 내게 가르쳐 준 그대로 내가 해 주리다. 무슨 일이 닥치더라도 내가 배운 것 이상으로 내 실행하리라."

샤일록의 복수에 대한 열망은 너무 강력해서 우리를 놀라게 한다. 우리가 샤일록의 추론은 정당하다고 확신할 즈음, 셰익스피어는 샤일록의 또 다른 측면 즉, 우리가 전에 보았던 소유물에 대한 그의 집착을 보여 줌으로써 조금 전 우리가 해결했다고 생각한 정의의 문제를 재고하게 만든다. 샤일록의 친구 튜벌이 등장하고, 이제 그의 적대감은 끝으로 치닫는다. 그는 재물에 대한 사랑과 딸 제시카에 대한 사랑을 제대로 구별하지 못한다. 샤일록의 소유에 대한 집착은 그를 눈 멀게 하고, 기독교 세계에 대한 그의 분노는 딸에 대한 그의 사랑조차 타락시킨다. 이로써 우리는 샤일록의 증오의 깊이를 알게 된다. 장면이 끝날 무렵, 관객은 안토니오에 대한 샤일록의 공격이 절대적으로 무자비할 것이라고 확신한다. 할 수만 있다면 그는 문자 그대로 그의 '신체 일부'를 취할 것이다.

3막 2장
Act 3, Scene 2

● 벨몬트, 포셔 집의 홀

(상자 앞의 커튼이 젖혀져 있다. 복도에서는 악대가 대기하고 있다. 바사니오, 포셔, 그 레시아노, 네리사, 하인, 시종들 등장)

[포셔] 너무 그렇게 서둘지 마시고 하루 이틀쯤 쉰 다음에 하시지 그러세요. 만약에 선택을 잘못하시면 우린 헤어져야 하잖아요. 그러니 조금만 참고 기다려 주세요. 뭔지는 몰라도 당신과 헤어지고 싶지 않아요. 잘 아시겠지만 미운 사람에게 이런 충고를 할 까닭이 없잖아요. 하지만 절대로 절 오해하지는 말아 주세요. 처녀란 생각이 있어도 말 못하니까. 저를 위해 운명을 시험하시기 전에 한 두어 달 그냥 머물러 주셨으면 해요. 옳은 상자를 선택하는 방법을 가르쳐 드릴 수도 있겠지만, 그러면 맹세를 깨뜨리게 되니, 절대로 그럴 수는 없어요. 그러나 그냥 내버려 두면 잘못해서 저를 잃게 되실지도 모르죠. 그렇게 되면 저는 맹세를 깨지 못한 걸 후회하게 될지도 몰라요. 당신의 눈이 원망스러워요. 그 눈에 사로잡혀서 그만 제 마음이 두 조각이 나 버렸네요. 그 한 조각은 당신의 것, 나머지 또 한 조각도 당신 것이에요. 제 것이라 말하

고 싶지만 제 것이면 당신의 것, 그러니까 모두 당신의 것이죠. 아, 고약하고 야속한 세상, 내 것을 내 것이라고 주장도 못 하다니, 그러니까 당신도 당신 것이면서 당신 것이 아니에요. 제가 당신의 것이 못될 경우 지옥에 떨어져야 하는 자는 운명의 여신이지 제가 아니에요. 제 얘기가 너무 길었네요. 그러나 이것도 시간을 붙들어 매거나 무거운 추를 달아 느리게 가게 하여 당신이 상자를 선택하는 순간을 지연시키고 싶어서 그러는 거예요.

[바사니오] 어서 선택하게 해 주시오. 이대로 있는 건 마치 고문대에 오른 것 같은 심정이니까요.

[포셔] 고문대라니요, 바사니오 님, 그럼 어서 고백하세요. 당신의 사랑 속에 어떤 거짓이 얼굴을 묻고 있는지 말이에요.

[바사니오] 당치도 않은 말씀이십니다. 혹시 당신의 사랑을 얻지 못하게 될까 봐 두렵고 불안한 마음뿐입니다. 마치 흰 눈과 뜨거운 불이 함께 있을 수 없 듯이 나의 사랑에는 거짓된 마음이 있을 수가 없습니다.

[포셔] 아, 그러나 고문대 위에서 하시는 말씀이 아닌지 두렵군요. 고문대에 선 무슨 말이든 할 수 있으니까요.

[바사니오] 살려만 주신다면 진실을 고백하겠습니다.

[포셔] 그럼, 고백하세요, 살려드릴 테니.

[바사니오] 고백합니다. 당신을 사랑합니다. 이게 제 고백의 전부입니다. 오, 행복한 고문이로다. 고문하는 사람이 내가 살아나갈 수 있는 해답을 내게 가 르쳐 주었으니. 그건 그렇고 어서 날 운명의 상자 앞으로 안내해 주십시오.

[포셔] 그럼 가 보실까요! 저기 저 상자 중 하나에 제 초상화가 들어 있어요. 절 사랑하신다면 찾아내실 거예요. 네리사, 그리고 모두들 비켜 서거라. 이 분이 상자를 선택하시는 동안 음악을 연주하여라. 실패하셔도 백조의 최후 처럼 음악과 더불어 고요히 가시게. (하인 한 사람만 지켜 서 있고, 모두 복도로 간다) 이 비유에 어울리게 만약 실패하시면 내 눈물이 강을 이루어 백조에게

어울리는 슬픈 임종의 자리가 마련되겠지. 성공하실지도 몰라. 그럼 그때는 어떤 음악이 좋을까? 옳아, 그때의 음악은 충성스러운 신하들이 새로 왕위에 오른 군주 앞에서 머리 숙여 충성을 맹세할 때 화려하게 울리는 나팔 소리와 같은 것이 될 거야. 아니면 새벽녘 잠이 꿈을 꾸는 신랑의 귓속에 스며들어 그를 결혼식장으로 불러내는 상쾌한 음악은 어떨까? 그분이 가시는군. 저분은 그 옛날 에티오피아 왕이 통곡하며 바다의 괴물에게 제물로 바친 처녀를 구해 냈던 페르세우스 못지않게 늠름한 모습이군. 그리고 사랑으로 충만한 모습이야. 나는 그 희생 제물이지. 저기 서 있는 여자들은 눈물에 젖은 얼굴로 이 거사의 결과를 기다리는 에티오피아의 여인들이고. 자, 가세요, 페르세우스, 목숨을 건 이 승부에서 만약 당신이 살아난다면 나도 살 수 있어요. 승부를 보고 있는 이 가슴은 승부를 겨루는 당신보다 훨씬 더 불안하고 괴로워요. **(바사니오, 상자에 새겨진 새긴 글을 읽으며 생각한다)**

[노래 시작]
사랑은 어디서 자라나요?
가슴속에선가, 머릿속에선가?
어떻게 움터서 어떻게 꽃피는가?

[일동]
딩, 동, 딩, 동 사랑의 종이 울린다.
그것은 눈에서 태어나,
쳐다보는 동안 자라지만,
태어난 요람에서 이내 시드네
우리 모두 울리세, 사랑의 종을,

[일동]
딩, 동, 딩, 동, 사랑의 종이 울린다.
[노래 끝]

[바사니오] 그러니까 겉이 번지르르하면 속이 빈약한 법, 그런데도 사람들은 겉모습에 속아 넘어가거든. 제아무리 더럽고 썩은 냄새 나는 소송도 그럴듯한 언변으로 장식하면 사악한 표면이 가려지게 마련이지. 종교도 그렇지, 저 주받아 마땅한 악마의 소리도 신부가 엄숙한 표정으로 설교를 하고 성경 말씀을 인용하면 그 사악함도 그럴싸한 허식으로 감싸지지 않던가? 이 세상 어떠한 악도 그대로 나타나는 법은 없고 반드시 외관만은 미덕의 모습으로 가장하기 마련이 아닌가. 마음은 모래성처럼 허약한 수많은 겁쟁이도 페르세우스나, 얼굴을 찌푸린 군신 마르스의 턱수염을 달고 허세를 부리지 않던가. 그 뱃속을 들여다보면 우윳빛처럼 하얀 간땡이를 가진 주제에 남에게 무섭게 보이려고 우스꽝스러운 수염으로 위장하고 다니거든.

　미인을 보라고, 그 아름다움도 실제로는 얼굴에 바른 화장품 값에 따라 가치가 매겨지지 않는가? 화장을 짙게 하는 여인일수록 경박한 여인이란 말이야. 마찬가지로 이름난 미인의 머리에서 바람과 희롱하는 추파를 던지는 저 뱀 같은 곱슬머리칼도 정체를 알고 보면 남에게 빌려온 머리털이지. 그 머리털의 주인은 이미 무덤 속에서 해골이 되어 있을 것이고. 그러니 허식이란 아주 위험한 바닷속으로 사람을 유혹하는 음흉한 바닷가요, 인도의 검은 미인의 얼굴을 감싼 아름다운 면사포에 불과해. 한마디로 교활한 세상이 가장 현명한 사람마저 함정에 몰아넣는 허울뿐인 진실이란 말이야. 그러니까 너 번쩍이는 황금, 마이다스 왕도 먹지 못했던 황금 음식이여, 너하고는 난 볼 일이 없다. 또 창백하고 천박한 낯짝을 하고 사람들 사이를 싸질러 다니며 잡일에나 쓰이는 은이여, 너도 난 필요 없다. 그러나 너 보잘 것 없는 납이여, 희

바사니오의 선택
바사니오는 납 상자를 선택하여 청혼의 행운을 얻는다.

망을 약속해 준다기보다는 오히려 사람들에게 겁을 주는듯한 모습, 이 가식 없는 네 모습이 웅변보다 더 내 마음을 감동시킨다. 그래, 난 널 택하겠다. 제발 기쁜 결과가 나오기를!

(하인 열쇠를 내준다)

[포셔] (독백) 어머나, 불안한 생각, 성급한 절망, 몸이 떨리는 공포, 새파란 눈의 질투, 이 모든 감정이 공중으로 안개처럼 사라져 버렸어. 오직 남은 것은 사랑뿐. 오, 내 사랑, 진정해야지. 너무 황홀해하지 말아야지. 기쁨에 휩쓸리지도 말고, 설레는 마음, 벅찬 기쁨을 진정시켜야 해. 호사다마, 기쁨도 도가 지나치면 화를 불러들이는 법.

[바사니오] (납으로 된 상자를 연다) 뭐가 나올까? 아름다운 포셔의 초상화! 신의 솜씨가 아니고서 어찌 이리 똑같을 수가 있나? 눈이 움직이나? 아냐, 내 눈이 움직이니까 따라 움직이는 건가? 벌려진 이 입술, 달콤한 입김에 정다운 친구처럼 꼭 붙어 지내는 두 입술을 서로 떼어놓을 수가 있었겠지. 이 머리카락은 화가가 거미가 되어 황금의 실을 짜서 거미줄에 걸린 벌레가 아닌 사내들을 얽어매려고 한 것 같아. 그리고 이 두 눈! 살아 움직이는 듯한 눈동자, 감미로운 입김이 서린 다정한 입술은 금방이라도 사랑의 절규를 토해 낼 것 같구나. 그리면서도 화가가 어찌 견뎌 내었을까? 눈 하나를 그리고 나면 그 너무나 황홀한 데 시선을 빼앗겨 나머지 눈을 완성시키지 못했을 것이 아닌가. 그러나 보라, 아무리 칭찬해도 그림이 진짜에 못 미치지. 내 칭찬이 초상화의 아름다움에 따르지 못하는 것처럼 이 초상화도 실물의 아름다움에는 미치지 못해. 이 안에 두루마리 족자가 있군. 내 운명의 요약이겠지. (읽는다)

"겉모양만 보고 선택하지 않은 자여,
운도 좋았고, 선택도 잘 했노라.

이 행운이 그대에게 왔느니
이것에 만족하고 새것을 찾지 말라.
이것을 진정 기쁨으로 알고
이 행운을 지상의 행복이요 하늘의 축복이라 생각한다면
그대의 여인에게 가서 입 맞추고 청혼을 할지어다."

친절한 글이야. (포셔를 돌아다보며) 아가씨, 허락해 주신다면, 이 글의 내용대로 줄 것은 주고, 받을 것은 받겠습니다. 마치 경주에 이긴 자가 박수와 갈채 소리를 듣고서도 그 박수와 환호성에 머리가 어지러워 우레와 같은 박수 갈채가 자신을 위한 것인지 다른 사람에게 보내는 것인지 알지 못해 멍하니 서 있는 경우가 있다면 그것이 바로 지금 저의 처지입니다. 당신의 확인과 서명, 그리고 날인이 있지 않으면 이것이 꿈인지 생시인지 몰라 너무도 불안합니다.

[포셔] 바사니오 님, 저는 바로, 지금 당신께서 보고 있는 그대로의 여자에 불과합니다. 저 자신만을 위해서라면 지금보다 더 잘되고 뛰어나고 싶은 거창한 야심은 전혀 없어요. 그러나 당신을 위해서라면 지금보다 백배나 더 훌륭한 여자가 되고 싶고 천배나 더 아름다워지고 싶고 만 배나 더 부자가 되어야겠어요. 오직 당신의 눈에 잘 보이고 싶어서 덕성으로나, 아름다움으로나, 재산으로나, 친구로서나 무한정 더욱더 나은 여자가 되고 싶어요. 그러나 지금의 저는 저에게 있는 모든 것을 죄다 모아 봤자 내놓을만한 것이 별로 없는 존재랍니다. 대충 말씀드리자면, 저는 교양도, 교육도, 경험도 없는 여자예요. 그러나 다행스럽게도 아직 배울 수 없을 정도로 나이가 들지는 않았으며 더욱더 다행스러운 것은 배우지 못할 만큼 천성이 우둔한 여자도 아니에요. 특히 가장 다행스러운 점은 성품이 온순하여 당신의 가르침에 순종할 수 있어서 당신을 주인으로, 지배자로 임금처럼 모시고 무엇이든 당신의 지시대

로 따를 수 있다는 것입니다. 제가 소유한 것 모두가 이제는 당신 것이에요. 지금까지 저는 이 집의 주인이었으며, 하인들의 상전이었으며, 저 자신의 여왕이었습니다. 그러나 지금부터는 집, 하인들, 그리고 이 몸까지도 저의 주인이신 당신의 것입니다. 이 반지와 더불어 저의 모든 것을 당신께 드립니다. 만일 이걸 버리거나, 잃거나, 남에게 주신다면 그건 당신의 사랑이 사라진 증거로 생각하여 절대로 용서하지 않을 겁니다.

[바사니오] 내가 할 말을 당신이 죄다 하셨으니 난 더 이상 할 말이 없소. 내 심장 속에 흐르는 피만이 내 마음을 전하고 있을 뿐입니다. 나의 이성은 걷잡을 수 없는 혼란에 빠져 있어요. 마치 경애하는 국왕이 단상에 올라 멋진 연설을 끝냈을 때 기쁨에 넘친 백성들이 떠들썩하게 소란을 피우는 바람에 뭐가 뭔지 모를 그런 혼란이라고나 할까요. 사람마다 하는 말소리가 서로 뒤엉켜 범벅이 되어 뜻 모를 소음으로 귀만 따갑게 하고 무슨 말인지 분간 못 할 지경에 내가 빠져 있는 듯합니다. 그러나 한 가지 분명한 것은 이 반지가 내 손가락에서 떠날 때는 내 생명도 같이 떠날 겁니다. 오, 그땐 이 바사니오가 죽었다고 단언해도 좋습니다.

(네리사와 그레시아노가 다가온다)

[네리사] 두 분께 말씀을 드리기가 어렵지만, 이제까진 강 건너 불구경하듯 곁에서 보고만 있었지만, 두 분의 소원이 이루어졌으니 이젠 우리 차례예요. 바사니오 님! 아가씨! 우리가 너무 기뻐서 소리를 지르고 펄쩍펄쩍 뛰고 싶은 심정이라고요.

[그레시아노] 바사니오, 그리고 상냥한 아가씨, 두 분께 축하드립니다. 두 분의 기쁨을 마음껏 누리십시오. 그러나 제 몫의 기쁨은 두 분께 드리기가 어렵게 됐구먼요. 왜냐하면 두 분께서 백년해로의 가약을 맺으실 땐 제발 이 몸도 결혼하게 허락해 주시도록 간청해야 될 처지에 제가 빠지고 말았거든요.

[바사니오] 상대만 있다면 좋고말고.

[그레시아노] 고맙게도 덕분에 한 사람 골라 났네. (네리사의 손을 잡고) 내 눈이 민첩한 건 자네한테 뒤지지 않아. 자네가 아가씨에게 정신을 팔고 있는 동안 난 그 하녀에게 눈독을 들이고 있었지. 자네가 사랑을 맹세할 때 나도 사랑을 했다네. 자네처럼 나도 성미가 우물에 가서 숭늉 달라고 보채듯 조금 급한 편이다 보니 우물쭈물하고 있지를 못하겠더라고. 자네의 운명은 저 상자에 걸려 있었지만 내 운명도 역시 마찬가지였다네. 솔직히 터놓고 말해서 나도 저여자한테서 결혼 승낙을 받기 위해 땀을 뻘뻘 흘리고, 심장이 벌떡벌떡 뛰면서 피가 거꾸로 흐르고, 귀가 멍멍해지고, 정신이 오락가락해질 정도로 엄청나게 애를 쓰며 입술이 바짝 마를 정도로 사랑의 맹세를 거듭 늘어놓았다네. 그 약속이 얼마나 오래갈지 나도 알 수가 없지만, 겨우 여기 있는 이 미인으로부터 약속을 얻어 냈단 말일세. 왜냐하면 자네가 포셔 아가씨를 차지하게 되면 이 여자도 나와 부부가 되겠다고 했단 말일세.

[포셔] 그게 사실이냐, 네리사?

[네리사] 그래요, 아가씨. 아가씨께서 허락만 하신다면.

[바사니오] 그레시아노, 자네 진정이겠지?

[그레시아노] 암, 진정이고말고.

[바사니오] 우리들의 잔치가 자네들의 결혼으로 더욱 빛이 나겠군.

[그레시아노] 우리 누가 아들을 먼저 만드나 천 더컷을 내놓고 내기할까.

[네리사] 어머! 내놓긴 뭘 내놓아요?

[그레시아노] 아니지. 이 내기에선 내가 이길 것 같지 않군. 내 것도 내 마음대로 내걸지 못할 처지가 돼 버렸으니까.

(로렌조, 제시카, 살레리오 등장)

[그레시아노] 저기 오는 게 누구지? 로렌조와 그의 이교도 유대인의 딸 아냐?

아니, 베니스 친구 살레리오도?

[바사니오] 로렌조, 살레리오, 어서들 오게. 이 집 주인이 된 지 얼마 되지 않아서 내가 자네들을 환영할 자격이 있는지 모르겠지만 어쨌든 잘 왔네. (포셔에게) 부탁하오, 포셔! 이 사람들을 환영해 주시오. 내 절친한 고향 친구들이오.

[포셔] 환영하고말고요. 여러분, 잘 오셨어요.

[로렌조] 감사합니다. 이곳에서 자넬 만날 줄은 몰랐네. 도중에서 살레리오를 만났는데 하도 간청하는 바람에 거절할 수 없어 이렇게 같이 오긴 왔네만.

[살레리오] 그랬네, 바사니오. 그럴 이유가 있었어. 안토니오가 자네에게 안부 전하더군.

(바사니오에게 편지를 준다)

[바사니오] 편지를 뜯기 전에 알려 주게. 그 친구 요즘 어떻게 지내는지 알고 싶네.

[살레리오] 병이 나진 않았으니까 잘 있다고 해야겠지. 그러나 마음이 편치 않으니까 잘 있다고 하기는 어렵네. 어쨌든 그 편지에 자세한 소식이 적혀 있을 걸세.

(바사니오, 편지를 뜯는다)

[그레시아노] 네리사, 저 여자 손님을 좀 환대해 드려요. 인사도 하고.

(네리사가 제시카에게 인사를 한다. 그레시아노는 살레리오에게 인사를 한다)

[그레시아노] 자, 악수하세, 살레리오. 베니스에서 새 소식은 없었나? 우리 친구 안토니오는 어떻게 지내나? (독백) 우리들이 성공한 소식을 들으면 기뻐할 텐데. 우리들은 모두 제이슨 같이 황금의 양털을 얻었다네!

[살레리오] 그게 안토니오가 잃어버린 양털이라면 얼마나 좋겠나.

(두 사람은 한쪽으로 물러서서 이야기한다)

[포셔] 저 편지에는 불길한 사연이 있는 것 같아. 바사니오 님의 얼굴에서 핏기가 사라지는 것을 보니. 친한 친구분이 돌아가신 걸까. 그렇지 않고서야 침

착한 남자가 저렇듯 당황해할 리가 없지? (손으로 바사니오의 팔을 붙든다) 미안하지만, 바사니오 님, 전 당신의 분신이에요. 그 편지 내용의 절반은 저도 알 권리가 있어요.

[바사니오] 아, 포셔. 이 종이 위에 쓴 몇 마디 글보다 더 침통한 사연이 어디 있겠소. 포셔, 내가 처음으로 당신에게 사랑을 고백했을 때 내가 가진 재산은 내 혈관 속에 흐르고 있는 피뿐이라고 솔직하게 말했소. 그건 진심이었소. 그러나 포셔, 내가 돈 한 푼 없는 빈털터리라고 말했지만 실은 그것조차 허풍이었소. 내가 당신에게 돈 한 푼 없다고 말했을 때 그렇게 말하지 않고 그보다 훨씬 더 비참한 상태라고 말했어야 옳았던 거요. 실은 나는 여기 오는 여비를 마련하기 위해서 어떤 친구한테 빚을 냈어요. 그 돈은 친구가 그의 원수에게 빌린 돈이었소. 이게 그 친구의 편지요. 이 종이는 곧 내 친구의 육신이며 여기에 담겨 있는 글자 하나하나가 죄다 입을 벌린 상처 구멍처럼 피를 흘리고 있는 것 같소. 그런데, 이게 사실인가, 살레리오? 안토니오의 배가 모두 난파되었단 말인가? 한 척도 못 건졌어? 트리폴리스 것도, 멕시코 것도, 잉글랜드, 리스본, 바바리, 인도에서도 단 한 척의 배도 그 무서운 암초를 피하지 못했단 말인가?

[살레리오] 그렇다네, 한 척도 없다네, 바사니오. 그뿐인가, 안토니오 수중에 유대인에게 갚을만한 현금이 있다 해도 그놈이 기일이 약간 지난 걸 핑계로 받지를 않겠다는 거야. 사람의 가죽을 쓰고 다른 사람을 파멸시키기 위해 그토록 잔인하고도 악착같이 구는 놈은 처음 보았네. 놈은 밤낮을 가리지 않고 공작 각하를 조르며 이 나라에 법이 있다면 공정한 재판을 열어 달라고 떠들어댄다는 거야. 수십 명의 상인과, 공작 각하 자신은 물론, 여러 고위 고관들까지도 놈을 설득하려고 애썼지만, 놈은 저당이니, 재판이니, 증서니 하면서 계속 입에 거품을 문다지 않아.

[제시카] 제가 집에 있을 때 아버지가 유대인 친구분인 튜벌 씨에게 맹세하

포셔와 바사니오
바사니오가 안토니오의 불행의 편지를 읽는 가운데 포셔가 그를 위로한다.

시는 걸 들었어요. "상대가 빌린 돈을 스무 배로 갚는다 해도 거절하겠어. 내게 필요한 건 오직 그 자의 살덩이뿐이야"라고 하셨어요. 그러니 만약에 법이나 권력의 힘으로 막지 못하신다면 불쌍한 안토니오 님은 곤욕을 당할 게 뻔해요.

[포셔] 그런 궁지에 빠진 분이 당신의 친구란 말씀이세요?

[바사니오] 가장 절친한 친구이자, 고결한 성품을 지녔고, 남의 일이라면 두 발 벗고 나서는 그런 사람입니다. 이탈리아의 누구보다도 옛 로마인의 명예를 존중하는 사람이요.

[포셔] 그 유대인에게 진 빚이 얼마나 되는데요?

[바사니오] 나 때문에 삼천 더컷을 빌렸어요.

[포셔] 어머나, 겨우 그 정도예요? 육천 더컷을 주고 그 증서를 취소시키세요. 육천의 두 배, 아니, 세 배라도 좋아요! 어디 그 편지 사연이나 좀 들려주세요. 그렇게 훌륭한 친구분이 바사니오 님의 잘못 때문에 머리칼 한 올이라도 다쳐서는 안 돼요. 우선 같이 교회로 가서 절 아내라 불러주세요. 그리고 베니스로 그 친구분을 찾아 떠나세요. 불안한 심정으로 이 포셔 곁에 누울 수는 없으니까요. 빚을 청산하고 그 진실한 친구분을 이리로 모시고 오세요. 그동안 하녀 네리사와 전 처녀들처럼 아니, 과부들처럼 지내겠어요. 어서 가보세요! 혼례식 날에 떠나시게 되니까 손님들을 잘 대접하시고, 유쾌한 표정을 하시고요. 애써서 제 것으로 만든 당신이니 사랑을 하더라도 함부로 아무렇게나 할 수는 없죠. 친구분에게서 온 편지를 좀 읽어 봐 주시겠어요.

[바사니오] (읽는다) "바사니오, 내 배들은 모두 난파됐네. 채권자들은 가혹하고 내 형편은 말이 아닐세. 유대인에게 준 차용증서는 기한이 지났고, 내 목숨을 내놓지 않고는 도저히 갚을 길이 없을 것 같네. 그러면 우리 사이의 부채는 다 청산이 되네. 죽기 전에 단 한 번이라도 자넬 볼 수만 있다면 여한이 없겠네. 무리는 말게. 우정에 끌려온다면 고맙지만 자네 우정이 자넬 움직이

지 못한다면 이 편지는 잊어버리게."

[포셔] 만사를 제쳐 놓고 어서 가 보세요!

[바사니오] 당신이 기꺼이 허락해 주었으니 서둘러 떠나리다. 그리고 다시 돌아올 때까지 어떤 침대에서도 쓸데없이 쉬느라고 시간을 낭비하여 우리의 재회를 지연시키는 일이 없도록 하리다.

(모두 황망히 퇴장)

■ 3막 2장 분석

이 긴 장면은 바사니오가 선택하는 상자 이야기를 절정으로 이끈다. 포셔가 바사니오에게 상자를 선택하는 순간을 연기해 달라고 간청하되 이 장면은 바사니오에 대한 포셔의 사랑의 증거이며, 포셔가 그녀의 사랑을 공개적으로 인정할 수 없다는 사실을 보여 준다. 그녀는 노골적인 자신의 감정을 숨기려고 노력한다. "그 한 조각은 당신의 것, 나머지 또 한 조각도 당신 것이에요. 제 것이라 말하고 싶지만 제 것이면 당신의 것, 그러니까 모두 당신의 것이죠!" 그녀는 바사니오에게 그에 대한 그녀의 사랑을 직접 말하고 싶은 충동에 거의 굴복하고 있다.

바사니오는 포셔의 사랑 고백에 안심한다. 불안이 완화되고 상자 선택이 지연되면서 포셔는 긴장을 풀고 관객에게 자신의 재치를 보여 줄 기회를 얻는다. 우리는 그녀의 지혜를 절대 잊어서는 안 된다. 이 요소는 연극의 클라이맥스 장면에서 핵심 요소가 될 것이기 때문이다.

바사니오는 상자로 이동하고, 포셔는 희생의 개념을 바탕으로 멋진 연설을 시작한다. 우리는 두 번이나 포셔가 원치 않는 구혼자에게 일종의 희생자가 될 준비를 하는 것을 보았다. 그녀는 불평하지 않았지만 이제 우리는 바사니오의 선택이 그녀에게 얼마나 중요한지 알고 있다. 바사니오가 잘못 선택하면, 그녀는 문자 그대로 사랑하지 않는 남편에게 희생될 뿐만 아니라 영원히 성취하지 못한 사랑의 희생자가 될 것이다.

바사니오가 상자를 선택하는 동안 배경 음악으로 사랑 노래가 흘러나온다. 바사니오가 상자를 해석하는 방식은 모로코 왕자나 아라곤 영주가 금과 은으로 된 상자의 외관에만 집착했던 것과 대조를 이룬다. 이 두 상자 모두를 거부하는 바사니오의 태도는 연극의 전체 흐름에 중요한 의미를 부여한다. 그는 금을 '마이다스를 위한 단단한 음식'이라고 부른다. 마이다스는 금 자체가 영양가가 있거나 생명을 줄 수 있다고 상상했고 결국 자신의 실수로 굶어 죽었다. 이것은 우리로 하여금 샤일록을 떠올리게 하는데, 샤일록에게 부는 그 자체로 최종적이고 궁극적인 가치가 있다. 은은 귀금속으로 평가되기도 하지만 결국 교환의 매개체인 돈이며, 다시 우리로 하여금 샤일록의 돈에 대한 잘못된 판단을 떠올리게 한다. 그래서 바사니오는 마침내 가장 가능성이 낮아 보이는 납으로 된 상자를 선택하게 되며, 물론 그의 선택은 옳은 것이다. 가치 있는 것처럼 보이는 것(금과 은)은 가치가 없는 것으로 판명되고, 무가치해 보이는 것(납)은 가치 있는 것으로 판명된다. 다른 사람들이 실패했을 때 바사니오가 올바르게 판단할 수 있는 이유를 스스로에게 묻는다면, 대답은 단순히 그의 동기가 교만이나 세속적인 이익에 대한 욕망이 아니라 사랑이라는 것이다. 바사니오는 부가 사랑과 행복을 확보하는 데만 유용하다고 생각한다. 바사니오의 행동은 부의 유일한 용도, '그가 가진 모든 것'에 대한 유일한 용도는 행복을 추구하기 위해 그것을 주거나 위험에 빠뜨리는 것이지 그것을 비축하거나 그 자체를 숭배하는 것이 아님을 시사한다.

포셔와 바사니오 사이의 서약 교환은 강렬하고 고귀하게 진행된다. 그러나 이 연극은 로맨틱 코미디이므로 그레시아노가 네리사와 사랑에 빠졌다고 고백하고 분위기는 한층 가벼워진다. 그레시아노는 자신과 네리사가 먼저 아이를 낳을 것이라고 내기를 걸고, 이는 전형적인 거친 농담으로 엘리자베스 시대 사람들이 좋아하던 연출 방식이다. 포셔와 바사니오는 목가적이고 낭만적인 사랑을 이상적인 것으로 제시했다. 그레시아노는 사랑이 육체적 결합뿐만 아니라 영적 결합임을 상기시킴으로써 균형을 재조정한다.

지금까지 상업의 세계이자 사랑의 세계인 베니스와 벨몬트는 분리되어 있었다. 이제 베니스에서 로렌조, 제시카, 살레리노가 도착하면서 이 두 세계가 만나고, 베니스에서 낳은 부의 악이 벨몬트의 행복한 평온을 방해한다. 안토니오가 위험에 빠졌다는 소식은 사랑의 성취를 방해하는 두려운 장애물이 되고, 바사니오는 아내에 대한 사랑과 충성심, 그리고 오랜 친구 안토니오에 대한 사랑과 충성심 사이에서 갈등하며 고통스러워한다.

이 장면에서 포셔의 독특한 캐릭터를 나타내는 것은 당면한 위기에 대한 그녀의 즉각적인 반응이다. 그녀는 결정을 내리고 즉시 그것을 시행하려고 시도한다. 그녀의 결정적인 독창성은 그녀가 변호사로 변장하고 법정에서 샤일록을 이기는 장면에서 뚜렷이 빛을 발한다.

3막 3장

Act 3, Scene 3

● **베니스의 거리, 샤일록의 집 앞**

(유대인 샤일록, 솔라리오, 안토니오, 그리고 간수 등장)

[샤일록] 간수 양반, 이 자를 잘 감시해요. 내게 자비니 뭐니 하는 그따위 말은 입에 담지도 말고. 이 사람은 무이자로 돈을 빌려주는 바보라니까. 간수 양반, 잘 지켜요.

[안토니오] 샤일록, 내 말을 좀 들어 보오.

[샤일록] 난 증서대로 하겠소. 증서에 대해선 가타부타 말라니까. 하늘이 두 조각나더라도 난 증서대로 할 것이오, 맹세했으니까. 당신은 밑도 끝도 없이 날 개새끼라고 불렀겠다. 그래, 난 개새끼니까 내 이빨을 조심하시지. 공작님께서도 꼭 법대로 처리해 주실걸. 멍청이 간수 같으니, 도대체 어쩌자고 이 자의 요청을 미련하게 받아들여서 죄수를 길바닥으로 데리고 나오나.

[안토니오] 제발, 내 말 좀 들어 보오.

[샤일록] 당신 얘길 들어야 할 까닭이 없어. 증서에 적힌 대로 할 테니. 더 이상 얘긴 집어치워. 그래, 내가 예수쟁이들의 중재에 넘어가서 고갤 끄덕이고

고집을 꺾고 한숨을 짓고 귀를 기울이는 병신인 줄 알아? 따라오지 말라고.
얘기하기도 싫으니, 그냥 증서에 쓴 대로 하자고.
(안으로 들어가고 문을 닫아 버린다)

[솔라리오] 대명천지 간에 저렇게 몰인정한 놈은 처음 봤어.

[안토니오] 내버려 두게. 손이 발이 되도록 빌어도 소용이 없으니 더 이상 애
원은 않겠네. 저자는 내 목숨을 노리고 있어. 그 까닭도 내 잘 알지. 놈의 빚
독촉에 견디다 못해 내게 호소해 온 많은 사람을 내가 도와준 적이 여러 번
있었네. 그 때문에 저자가 나를 철천지원수로 생각하는 거야.

[솔라리오] 설마하니 공작님이 그따위 터무니없는 엉터리 증서를 인정하시
기야 하겠나.

[안토니오] 공작님이라 해서 법을 어길 수는 없지. 이 베니스에선 외국인들에
게도 우리들과 꼭 같은 권리가 주어져 있어. 만일 그것이 무시되면 이 나라엔
정의가 없다는 모진 비난을 받게 될 걸세. 이 도시의 무역과 이권은 여러 나
라와 연관이 있기 때문이야. 그러니, 자 가세. 슬픔과 고민 때문에 어찌나 살
이 **빠졌는지**, 내일 그 잔인한 빚쟁이에게 떼어 줄 살이 한 파운드도 안 될 것
같군. 자, 간수 양반, 갑시다. 제발, 바사니오가 돌아와서 내가 그의 빚을 갚
는 모습을 봐 준다면 내가 뭘 더 바라겠는가.

(모두 퇴장)

3막 3장 분석

이 짧은 장면은 이제 절정을 향해 달려간다. 샤일록의 불같은 폭발과는 극명한 대조를 이루며 안토니오가 조용하고 거의 운명론적으로 자신의 입장을 받아들인다. 그는 기도가 쓸모 없다는 것을 알고 있다. 그러한 수동적인 수용은 그가 암울한 운명에 처해 있음을 암시하며 앞으로 있을 일에 대한 우리의 극적인 기대를 증가시킨다. 안토니오는 나라 또한 자신을 구할 수 없다고 지적한다. 셰익스피어는 샤일록이 어떤 인물인지 명확히 우리 마음속에 새겼으며 우리를 마지막까지 긴장하게 만든다.

3막 4장

Act 3, Scene 4

● 벨몬트, 포셔 집의 홀

(포셔, 네리사, 로렌조, 제시카 및 포셔의 하인 발타자르 등장)

[로렌조] 부인, 면전에서 이런 말씀 드리기는 송구합니다만, 부인께선 고귀하고 진실한 우정을 정말 깊이 이해하고 계십니다. 그 점은 주인께서 안 계실 때 부인의 태도를 보면 잘 알 수 있습니다. 그러나 부인께서 베푸는 이 호의가 누구를 위한 것인지, 지금 부인께서 구원하시려는 분이 얼마나 성실한 신사이며 부인의 남편에게 얼마나 소중한 친구인가를 아시게 된다면 일상 베푸는 호의와는 달리 더욱더 자랑스럽게 생각하시고 더 큰 보람을 느끼실 겁니다.

[포셔] 난 친절을 베풀어 놓고 후회한 적은 한 번도 없어요. 이번 일도 마찬가지예요. 가까운 친구들이란 서로 대화하고 같이 시간을 보내며 그 혼이 같은 우정의 굴레로 맺어 있기 때문에 얼굴 생김이나, 태도나 정신 모두가 서로 비슷한 점이 반드시 있다고 믿기 때문이에요. 그래서 안토니오라는 분도 제 남편의 절친한 친구시니까 꼭 제 주인과 어딘가 닮은 점이 있을 거예요. 그러니 바로 제 영혼인 남편을 닮은 분을 지옥 같은 불행으로부터 구출하기 위

해서라면 이까짓 비용쯤 뭐 그리 대단한 것이겠어요. 이걸 어쩌지, 너무 자기 자랑만 한 것 같군요. 이 얘긴 그만합시다. 참, 부탁이 있는데 들어주시겠어요, 로렌조 님? 주인 양반이 돌아오실 때까지 이 집의 관리 일체를 당신께 맡기고 싶습니다. 실은 제가 은밀히 하느님께 맹세를 했어요. 네리사의 남편과 제 주인이 돌아오실 때까지 네리사와 난 여기서 2마일 떨어진 곳에 있는 수도원에 머물며 기도와 묵상의 나날을 보내기로 했답니다. 제발 부탁이니 제 청을 거절하지 마세요. 당신에 대한 우정을 믿고, 부득이한 사정 때문에 부탁드리는 거예요.

[로렌조] (절을 한다) 걱정하지 마십시오. 부인의 분부이시니 기꺼이 따르겠습니다.

[포셔] 집안사람들은 모두 다 제 뜻을 알고 있어요. 그래서 그들은 당신과 제시카를 바사니오 님과 저처럼 섬길 거예요. 그럼 다시 뵐 때까지 안녕히 계세요.

[로렌조] 부디 좋은 생각만 하시고 행복한 시간이 되시기를!

[제시카] 아씨 마음에 편안함이 깃들길 기도드릴게요.

[포셔] 정말 고마워요. 두 사람에게도 행운이 함께 하길 빌겠어요. 그럼 제시카, 안녕. (제시카와 로렌조 퇴장) 자, 발타자르, 넌 언제나 충직하게 일해 줬어. 앞으로도 변함없이 그래 줬으면 해. 이 편지를 가지고 파도바까지 있는 힘을 다해 달려가 내 사촌 오라버님 벨라리오 박사에게 꼭 전해 줘, 알겠니? 그리고 박사님이 주시는 서류와 옷을 가지고 화살보다 빠르게 선창으로 와줘. 베니스로 가는 그 선창 말이다. 쓸데없는 인사말 빼고 어서 빨리 가봐. 난 너보다 먼저 거기로 가 있을게.

[발타자르] 아씨, 번개처럼 후딱 다녀오겠습니다.

(퇴장)

포셔와 네리사
포셔는 시녀인 네리사와 함께 남장을 하고 베니스로 향한다.

[포셔] 자, 네리사, 네게 아직 얘긴 안 했다만 급히 일이 생겼다. 우리 남편들을 만나러 가자. 저쪽에서 눈치 채지 못하게!

[네리사] 그분들이 단박에 우릴 알아볼 텐데요.

[포셔] 아니야. 네리사, 그러니까 우린 변장을 하는 거야. 우리가 남자 옷을 입으면 평소에 우리에게 없는 것도 있는 줄로 알 거야. 그 사람들이 우릴 알아볼 리 없지. 뭐든 걸고 내기할게. 우리 두 사람이 청년의 옷차림을 하면 내가 너보다 훨씬 미남으로 보일 거다. 칼을 차도 내가 더 씩씩하게 보일 거야. 그리고 얘기할 땐 변성기의 소년처럼 갈잎 피리 소리처럼 째지는 목소리로, 어린애처럼 종종걸음을 치지 않고 남자처럼 의젓하게 걸으면 돼. 멋쟁이 젊은이처럼 싸워서 져 본 적이 없다고 허풍도 떨고 거짓말도 늘어놓아야지. 이를테면 귀부인들이 사랑을 호소해 왔지만 거절했더니 모두 상사병에 걸려 죽었다느니 하는 따위의 실없는 장난을 한번 해 보고 싶어. 그땐 어쩔 수 없었다, 그러나 지금은 후회하고 있다, 어쨌든 죽을 필요까지는 없었는데. 뭐 이따위 거짓말을 늘어놓는 거야. 그럼 사람들은 내가 학교를 졸업한 지 일 년은 넘었을 거라고 믿게 될걸. 이따위 허풍쟁이 젊은 사내들의 실없는 장난이라면 나도 천 가지쯤 알고 있어. 그걸 한번 해 보고 싶어.

[네리사] 그럼 우리가 남자들과 한판 붙어 보는 겁니까?

[포셔] 원! 그따위 질문이 어디 있니. 누가 듣고 오해하면 어쩌려고. 자, 가자! 자세한 계획은 마차에서 얘기해 줄게. 정원 문 앞에 마차가 기다리고 있어. 그러니 어서 서둘러야지. 오늘 안으로 20마일은 달려가야 하니까.

(급히 퇴장)

3막 4장 분석

포셔에 대한 로렌조의 찬양, 포셔와 로렌조는 매우 닮아 있으며 두 사람 모두 바사니오를 매우 사랑한다. 연극 초반 안토니오는 바사니오를 대할 때 이타적인 관대함을 보여 주었다. 이제 포셔가 이 역할을 맡는다. 포셔와 안토니오의 이러한 관대함과 샤일록의 소유물에 대한 집착은 좋은 대조를 이룬다.

우정과 사랑의 개념은 수많은 엘리자베스 시대 연극의 중심 주제를 이루었다. 그들에게 우정은 사랑만큼이나 소중하고 중요한 것이었다. 셰익스피어는 포셔가 안토니오와 남편 사이의 우정의 깊이를 이해하고 있으며 그렇기 때문에 안토니오를 구하기 위해 최선을 다할 것임을 암시한다. 이 장면에서는 법정에 서게 될 포셔의 모습이 그려진다. 그녀와 네리사는 베니스로 갈 계획이지만, 이것은 극의 다른 등장인물들에게는 비밀로 유지되어야 한다.

다시 우리는 낭만적인 여주인공과 결합된 유능하고 대담한 여성상을 인식한다. 포셔와 네리사는 '청년처럼 꾸며질 것'이다. 이 '변장 테마'는 연극의 재판 장면에서 안토니오의 삶이 큰 위기에 처했을 때 마침내 관객이 보고 있는 것이 코미디임을 다시 상기시키는 역할을 한다. 우리는 그들이 얼마나 잘 위장하고 얼마나 잘 이 장난을 완성할 수 있을지 기대한다. 우리는 포셔를 낭만적인 연인이자 현명하고 재치 있는 잘 자란 여성으로 인식한다. 이제 우리는 그녀를 세상의 여성으로 본다.

The Merchant of Venice

3막 5장
Act 3, Scene 5

● 포셔의 집 앞 가로수 길

(길 양쪽 둑에는 잔디가 자라고 있고, 그 위에 삼나무들이 있다. 론슬롯과 제시카가 이야기를 하며 등장)

[론슬롯] 암, 정말 그래요. 명심하세요. 아버지의 죄는 자식에게까지 떨어지게 마련이라니까요. 그래서 말씀인데 솔직히 말씀드리자면, 전 아가씨가 걱정이라고요. 아가씨에게만은 눈치 안 보고 항상 모든 걸 솔직하게 털어놓았으니까. 이 문제에 대해서도 솔직하게 말씀드리는 거예요. 그러니까 자, 기운을 내세요. 아가씬 영락없이 지옥에 갈 거라고요. 그러나 구원받을 희망이 딱 한 가지 있긴 한데. 그런데 그것도 별로 신통한 희망은 못 되지만요.

[제시카] 그래, 그 희망이란 게 뭐니, 말해 봐.

[론슬롯] 어쩌면 아가씨의 아버지가 아가씨를 낳지 않았고, 따라서 아가씨는 유대인의 딸이 아니라고 생각하면 희망이 있다 이 말씀이에요.

[제시카] 정말 너무나 엉뚱한 희망이로구나! 그럼 이번에는 우리 어머니의 죄가 나한테 떨어질 게 아니냐.

[론슬롯] 그럴지도 모르죠. 이러든 저러든 아가씨는 부모의 죄 때문에 이중으로 저주를 받아 확실하게 지옥으로 떨어질 것 같군요. 큰일 났네. 앞문에서 바다의 큰 괴물 같은 아버지를 겨우 피했다 했더니 뒷문에 가서 위험한 소용돌이인 어머니를 만나게 되는 격이니까요. 앞문의 늑대를 피했더니 뒷문의 호랑이가 덮치는 꼴이죠. 그러니 앞뒤가 꽉 막혀 아가씬 어차피 파멸하게 돼 있어요.

[제시카] 내 남편이 날 구해 줄 거야. 그이가 날 기독교도로 만들어 주셨으니까.

[론슬롯] 그러니까 그분은 더욱 고약하다는 거예요. 예수쟁이들은 지금 넘쳐나거든요. 사이좋게 서로 의지하며 서로 돕고 살아가기 힘들 만큼 많아요. 이런 식으로 예수쟁이를 많이 만들다 보면 돼지 값만 오를 거예요. 너도나도 돼지고기를 먹게 되는 날엔 아무리 돈을 내더라도 돼지고기 한 점 못 먹게 될 테니까요. (로렌조가 집에서 나오고 있다)

[제시카] 론슬롯, 네가 한 얘길 우리 남편한테 일러바칠 거야. 마침 저기 오시는구나.

[로렌조] 야, 론슬롯, 내가 질투를 하면 어쩌려고 남의 부인을 이런 으슥한 곳으로 끌고 다니나.

[제시카] 아니에요. 그런 걱정은 마세요, 여보. 론슬롯과 전 지금 말씨름하고 있었어요. 내가 유대인의 딸이니까 천당에 갈 희망이 없다고 함부로 말하지 않겠어요. 또 당신도 이 나라의 훌륭한 시민이 아니래요. 유대인을 기독교도로 개종시켜서 돼지고기 값만 올린다나요.

[로렌조] 그 일 같으면 검둥이 여자애 배를 부르게 한 자네보다야 내가 훨씬 더 훌륭한 이 나라의 시민이지. 론슬롯, 넌 무어인 껌둥이 여자애에게 애를 배게 만들었잖아.

[론슬롯] 그 검둥이 년, 배가 남산만 해졌다면 이거 큰일인데요. 정말 보기보단 앙큼한 계집이구먼요.

로렌조와 제시카
포셔와 바사니오 못지 않은 순애보의 연인이다.

[로렌조] 어릿광대들은 저렇게 얼렁뚱땅 말을 잘 둘러댄다니까! 그러나 지혜로운 사람들은 오히려 침묵을 지키지. 말 잘한다고 칭찬받는 건 앵무새밖엔 없을 거다. 이봐, 론슬롯, 안으로 들어가서 하인더러 식사 준비를 하라고 일러두게!

[론슬롯] 식사 준비는 이미 다 돼 있습죠, 나으리. 모두 제각기 자기 밥통은 다 가지고 다니니까요.

[로렌조] 맙소사, 넌 입심은 살아서 잘도 씨부렁대는군!

[론슬롯] 식탁 준비를 해놓겠습니다. 나으리께서 들어오셔서 식사하시는 건 나으리 기분과 마음 내키는 대로 하시면 됩니다요.

(퇴장)

[로렌조] 말재간으로 벼락치고 하늘도 속일 놈이군. 저 어릿광대 머릿속엔 묘한 말만 가득 차 있는 모양이지. 난 저 녀석보다 신분이 나은 광대를 많이 알고 있는데, 모두 저자처럼 묘한 말만 하느라고 말뜻은 생각지도 않고 입에서 나오는 대로 마구 지껄여댄단 말이야. 사랑하는 제시카, 당신 생각엔 어때요? 말해 봐요. 바사니오의 부인이 마음에 드시오?

[제시카] 제가 무슨 말을 더 어떻게 하겠어요. 바사니오 씨는 정말 품행이 단정한 생활을 하셔야 해요. 천사 같은 분을 부인으로 맞으셨으니까 지상에서 축복을 차지한 셈이지 뭐예요! 지상에서 올바른 생활을 하지 않으면 천국의 문턱에도 가실 수 없을 거예요! 만약 두 신이 천국에서 지상의 두 여자를 걸고 내기를 하신다면 말이에요. 한쪽이 포셔라면, 다른 쪽 여자에겐 덤으로 여러 가지 경품을 잔뜩 보태야 비교가 될 거예요. 이 험한 세상에 포셔 아씨 같은 분은 둘도 없을 테니까요.

[로렌조] 당신도 어울리는 남편을 얻은 셈이요. 그대의 남편도 포셔의 남편 못지않다는 사실을 알아야 해요.

[제시카] 그 점은 내 말을 들어 본 다음에 결정해요.

[로렌조] 나중에 듣기로 합시다. 우선 식사부터 하고.

[제시카] 아니에요. 마음이 내킬 때 지금 당신에게 온갖 칭찬을 퍼붓고 싶어지는 걸요.

[로렌조] 아니, 그건 식사할 때 반찬으로 먹도록 합시다. 어떤 얘길 해도 다른 음식과 같이 삼켜서 소화해 버리면 될 테니까.

(두 사람 식사하러 들어간다)

3막 5장 분석

이전 장면과 마찬가지로 이 장면의 가벼움과 낭만적인 흐름은 바로 다음에 법정 장면이 이어지기 때문에 극적으로 질서가 있으며, 법정 장면은 이 극에서 가장 긴 장면이자 확실히 가장 감정적인 장면이다.

이 장면의 대부분은 론슬롯의 말장난에 초점을 맞추며 장면의 끝에서 로렌조와 제시카의 부드럽고 애정 어린 모습은 그들의 새로운 행복이 확립되는 모습을 보여 준다, 그들은 5막에서 같은 역할로 다시 등장할 것이다. 두 장면 모두에서 우리는 벨몬트의 환경에서 변화하고 꽃을 피운 제시카를 보게 될 것이며 이것은 큰 의미가 있다. 예를 들어 제시카는 아웃사이더이다. 그녀는 베네치아 공동체에서 철저하게 소외감을 느끼는 남자에 의해 양육되었다. 이제 우리는 그녀가 성숙해지는 것을 함께 목격하였고, 그녀의 새로운 행복이 벨몬트(상징적으로 아름다운 산)로부터 시작되었음을 안다. 샤일록의 우울한 가정에서 벨몬트의 따사로운 햇빛과 자유로움을 향한 제시카의 여정은 증오에서 사랑으로, 그리고 결실로의 상징적인 여정이다.

The Merchant of Venice

4막 1장

Act 4, Scene 1

● 베니스의 법정

(무대 후면 단 위 양쪽에 고관의 큰 의자와 낮은 의자가 놓여 있다. 의자 앞에는 서기용 탁자, 변호사용 책상 등이 있다. 안토니오(간수가 지키고 있다), 바사니오, 그레시아노, 솔라리오, 관리들, 서기들, 시종들, 군졸들 등장. 흰옷을 입은 공작과 붉은 옷을 입은 여섯 명의 법관이 위풍도 당당하게 들어와서 의자에 앉는다)

[공작] 안토니오는 출두하였는가?

[안토니오] 예, 여기 있습니다, 각하.

[공작] 자네 정말 딱하게 됐네. 상대방은 돌덩이같이 냉혹하고 비정한 인간이야. 동정심이란 모르고 비인간적이며 자비심이라고는 털끝만큼도 없는 짐승 같은 인간일세.

[안토니오] 공작 각하께서 그자의 가혹한 주장을 무마시키려고 매우 애써 주셨지만, 그자의 태도가 워낙 완강해서 저는 어떤 합법적인 수단으로도 증오로 찬 그자의 손아귀에서 벗어날 길이 없다고 생각하게 됐습니다. 그래서 모든 걸 단념하고 차분한 마음으로 그자의 횡포와 잔인한 보복을 그냥 견디

어 낼 각오입니다.

[공작] 누가 가서 그 유대인을 법정으로 불러오도록 하라.

[솔라리오] 그자는 법정 밖에 대기하고 있습니다. 아니, 벌써 들어왔습니다, 각하.

[공작] 길을 터 줘라, 저자를 내 앞에 세워라.

(군중들이 길을 비켜 준다. 샤일록, 공작 앞으로 나와서 절을 한다)

[공작] 샤일록, 세상 사람들도, 나도, 같은 생각이네만, 그대가 지금은 일부러 고집스럽게 그대의 주장을 굽히지 않다가 재판이 막바지에 이를 때가 되면 그 괴상하고 그 잔인한 행동과는 달리 자비와 동정을 베풀 것으로 나는 믿고 싶네. 지금은 이 불쌍한 상인의 살덩이 1파운드를 위약금 조로 꼭 받고야 말겠다고 고집하고 있지만 실은 위약금을 탕감해 줄 뿐만 아니라 인간적인 자비심과 사랑으로 원금 일부도 감해 줄 것이라고 생각하네. 최근에 입은 손실은 아무리 안토니오 같은 거상이라도 감당하기 어려운 엄청난 것이어서 지금 그가 처한 딱한 처지를 알게 되면 쇠붙이나 부싯돌처럼 냉혹한 사람들까지도, 아니, 무자비한 터키인, 포악한 타타르인이라 해도 저 상인에게 동정심을 느끼지 않을 사람이 없을 거야. 우리는 그대의 자비로운 답변을 기대하고 있네.

[샤일록] 저의 결심은 각하께 이미 죄다 말씀드렸습니다. 저희들의 신성한 안식일을 걸고 맹세한 대로, 차용증서에 명시된 대로 원금과 위약금을 받겠습니다. 각하께서 이것을 거절하시면 각하의 특권과 권위, 그리고 베니스의 자유가 위태롭게 되고 정의는 땅에 떨어지고 말 겁니다! 왜 제가 3천 더컷을 마다하고 한사코 썩은 살 한 덩어리를 달라고 고집하느냐고 각하께서 저에게 물으신다면 전 대답하지 않겠습니다! 저의 변덕 때문이라고 해 두지요. 우리 집에 쥐새끼 한 마리가 나타나 귀찮게 구니 그 쥐를 독살해 주면 만 더컷을 내겠다고 하면 각하께선 뭐라고 하시겠어요. 여전히 납득이 안 되십니까? 세

샤일록과 안토니오
샤일록은 차용증서의 요구대로 안토니오의 살을 원한다.

상엔 입을 떡 벌린 돼지 통구이가 싫다는 사람도 있고, 고양이만 보면 미치겠다는 사람도 있는 법입니다. 자루 피리 소리만 들으면 오줌이 마려워 참기 힘들다는 사람도 있죠. 희로애락의 감정은 각자의 기분에 따라 생겨나니까요. 각하 의문에 답변을 드리죠. 어째서 사람은 입을 떡 벌린 통돼지구이를 싫어하는가? 또 어째서 사람한테 해가 없거나 오히려 이로운 고양이가 싫은가? 양털로 만든 자루 피리 소리가 왜 싫은가? 확실한 이유는 없습니다. 내 기분이 나쁘니까 다른 사람들의 기분도 나쁘게 만들겠다는 것인데, 왜 사람은 그런 수치스러운 행위를 할까요? 뚜렷한 이유가 없습니다. 마찬가지로 저도 다만 안토니오에 대해 쌓이고 쌓인 증오와 혐오의 감정 때문에 손해 보는 소송을 제기하게 됐다고 말씀드릴 수밖에 없군요. 이만하면 답변이 되겠습니까?

[바사니오] 그건 답변이 되지 않아. 이 인정머리 없는 놈, 그것으로 네 잔인한 행동을 얼버무리면 될 줄 아느냐!

[샤일록] 당신 마음에 드는 답변을 해야 할 의무는 내게 없소이다!

[바사니오] 미운 것은 모조리 죽여야 직성이 풀린단 말인가?

[샤일록] 미우면 죽이고 싶은 것이 인지상정이지.

[바사니오] 마음에 안 든다고 처음부터 미워할 건 없잖은가!

[샤일록] 당신이라면 같은 독사한테 두 번씩이나 물리는 바보가 되고 싶겠소?

[안토니오] 바사니오, 상대가 유대인이라는 걸 잊지 말게. 차라리 바닷가에 서서 밀물에게 물러가라고 외치는 편이 나을걸. 늑대에게 왜 새끼 양을 잡아먹어서 어미 양을 울렸느냐고 따지는 게 차라리 낫지. 산꼭대기에서 바람에 흔들리는 소나무에게 가지를 흔들지 말고 소리도 내지 말라고 호통 치는 편이 나을 걸세. 저 유대인의 얼어붙은 마음을 녹일 수 있다면 이 세상에서 안 될 일이 하나도 없을 걸세. 그러니 제발 부탁이네. 더 이상 아무 말 말고 다른 방법을 쓸 생각도 말아 주게. 될 수 있는 대로 빨리, 아주 간단하고 쉽게 결말이 나게 도와주게. 나에겐 판결이, 저 유대인에겐 소원이 이루어지도록 도와주게나.

[바사니오] 자, 3천 더컷 대신 6천 더컷을 내마.

[샤일록] 6천 더컷에서 1더컷이 여섯 조각으로 갈라져서 그 조각 하나하나가 죄다 1더컷이 된다 해도 난 그 돈은 싫소. 증서대로 하겠소.

[공작] 남에게 자비를 베풀지 않고서 어떻게 신의 자비를 바랄 수 있겠는가?

[샤일록] 내가 죄진 게 없는데 무슨 판결인들 두렵겠습니까? 여러분들은 많은 노예를 사서 부리십니다. 노예들을 당나귀, 개, 노새처럼 천하고 고된 일에 마구 부려 먹고 있지 않습니까. 왜요? 돈을 주고 샀기 때문이겠죠. 제가 어디 한번 이렇게 말씀드려 볼까요? "노예들을 해방 시켜 여러분들의 상속녀인 따님들과 결혼시키시오. 어째서 노예들에게 무거운 짐을 지게 해서 땀을 흘리게 하십니까? 그들의 잠자리도 여러분들과 똑같이 푹신하게 해 주시오. 음식도 여러분들이 드시는 것과 똑같이 입에 맞게 해 주시오." 이렇게 말씀드리면 여러분들은 펄펄 뛰시면서 "무슨 정신 나간 소리냐? 그 노예들은 정당한 대가를 주고 산 우리 소유물이다"라고 대답하실 테죠. 제 대답 역시 마찬가지입니다. 제가 요구하고 있는 1파운드의 살덩이는 제가 비싼 대금을 치르고 산 것입니다. 그건 제 소유물입니다. 전 꼭 그걸 받고야 말겠습니다. 각하께서 저의 뜻을 거절하신다면 법이 무슨 소용입니까? 베니스의 법은 있으나 마나 한 것이 되고 말 것입니다! 자, 판결을 내려 주십시오. 대답해 주십시오. 저 사람의 살 1파운드는 제 것입니다. 그러니까 제가 떼어 가도 되겠지요?

[공작] 내 권한으로 본 재판을 기각시킬 수도 있소. 그러나 나는 이 소송의 판결을 석학 벨라리오 박사에게 의뢰하였고 박사께서 오늘 본 법정에 오기로 되어 있소.

[살레리오] 각하, 박사께서 보내는 편지를 가지고 파도바에서 지금 막 사자가 도착하였습니다.

[공작] 편지를 이리 가져오고, 그 사자도 이리 들게 하오.

[바사니오] 기운을 내게, 안토니오! 이 사람아, 용기를 내라고. 저 유대 놈에게

내 살, 내 피, 내 뼈, 그리고 모든 것을 다 주겠어. 나 때문에 자네가 피 한 방울이라도 흘리게 할 수는 없어.

(샤일록, 칼을 꺼내어 날을 갈기 위해 무릎을 꿇는다)

[안토니오] 양 떼로 치면 난 병들고 거세된 숫양이야. 죽어 마땅하지. 나무 열매도 가장 약한 것이 맨 먼저 땅에 떨어지는 법. 그러니 날 그냥 내버려 두게. 바사니오 자네는 오래 살아서 내 묘비명이나 써 주게.

(네리사가 변호사의 서기 복장으로 변장하고 등장)

[공작] 그대가 파도바에서 벨라리오 박사의 심부름으로 온 사람이요?

[네리사] (절을 하며) 그렇습니다. 각하, 벨라리오 박사님께서 안부 말씀 전하셨습니다. (편지를 한 통 전한다. 공작은 편지를 뜯어서 읽는다)

[바사니오] 칼은 왜 그렇게 열심히 갈고 있나?

[샤일록] 저 파산자로부터 담보물을 베어 내려고.

[그레시아노] 차라리 네 놈의 그 딱딱한 심장에다 대고 칼을 갈지 그래, 이 무지막지한 유대 놈 같으니. 어떤 비수도, 아니, 사형수의 목을 단번에 쳐내는 망나니의 도끼도 네놈의 그 날카로운 집념에 비하면 오히려 무디다고 해야겠다. 네놈 가슴엔 기도도 소용이 없는가?

[샤일록] 소용없고말고. 너희 예수쟁이들이 무슨 조화를 부려도 어림없다.

[그레시아노] 오, 이 지옥에 떨어져야 마땅할 개자식! 너 같은 놈을 살려 두다니 법이 무슨 소용이야! 너 때문에 내 신앙심마저 흔들려 인간의 몸뚱이엔 짐승의 혼이 있다는 피타고라스의 주장이 옳다는 생각이 들 지경이야! 네 놈의 개 같은 천성은 본시 늑대 속에 들어 있던 것이 사람을 잡아먹은 죄로 교수형에 처한 순간 그 흉악한 영혼이 몸뚱이에서 빠져나와 네 어미 뱃속에 있던 네놈에게 들어간 게 분명하다. 네놈의 잔인성과 탐욕은 피에 굶주린 늑대를 닮았구나!

[샤일록] 어디 그렇게 발광하고 법석을 떨어 봐라. 이 증서의 날인 서명이 지워지나. 쓸데없이 공연히 그렇게 소리를 꽥꽥 질러대면 네 허파만 아플 거다. 난 법의 심판을 요구합니다.

[공작] 이 편지에는 벨라리오 박사가 젊고 박식한 한 박사를 법정에 추천한다고 했는데, 그분이 어디 계신가?

[네리사] 대령하고 있습니다. 문밖에서 공작 각하의 출정 허가를 기다리고 있습니다.

[공작] 진심으로 환영한다. 몇 사람이 어서 가서 이곳으로 정중히 모셔 오도록 하라. (시종 몇 사람 절을 하고 나간다) 그동안 벨라리오 박사의 편지를 이 법정에서 낭독해드리겠소. (공작, 편지를 읽는다) "각하의 전갈을 받았을 때 공교롭게도 소생은 와병 중에 있었습니다. 그러하오나 각하로부터 사자가 당도한 순간 마침 로마로부터 젊은 박사 한 분이 문병차 와 있었습니다. 벨더자라는 분입니다. 소생은 박사에게 유대인과 상인 안토니오의 소송사건을 설명해 주고 우리 두 사람은 많은 문헌을 함께 조사해 보았고, 소생의 의견도 얘기해 주었습니다. 그의 해박한 지식은 소생이 아무리 말씀드려도 부족합니다. 다행히 소생의 간청을 받아들여 소생을 대신해 공작 각하의 요구를 받아들이기로 하고 그곳으로 가게 되었습니다. 아무쪼록 그가 젊다는 점 때문에 훌륭한 평가를 받는 데 지장이 없도록 배려해 주시기 바랍니다. 아직 젊은데도 그토록 노련한 판단력을 지닌 사람을 소생은 아직 본 적이 없습니다. 각하께서 그를 환대해 주시길 바라며 그의 명석한 판결은 소생이 드리는 추천의 말을 증명하고도 남을 것으로 확신합니다."

　고매한 학식을 갖춘 벨라리오 박사의 편지는 지금 여러분이 들은 대로이외다. (법학박사 차림의 포셔, 손에 책을 한 권 들고 등장) (포셔를 쳐다보며) 아, 저분이 그 박사인가 보군. (포셔에게) 어서 오시오. 벨라리오 박사께서 추천하신 분이신가요?

남장을 한 포셔
법복으로 남장을 한 포셔가 재판장에 나선 장면.

[포셔] 그렇습니다. 각하.

[공작] 잘 오셨소. 자리에 앉아 주시오. (시종이 포셔를 공작 옆에 있는 책상으로 안내한다) 현재 본 법정에서 심의 중인 소송 사건에 대해선 말씀을 들으셨겠지요?

[포셔] 소상히 들었습니다. 어느 쪽이 상인이고 어느 쪽이 유대인입니까?

[공작] 안토니오와 샤일록, 두 사람 앞으로 나오라. (두 사람 앞으로 나와서 공작에게 인사를 한다)

[포셔] 그대 이름이 샤일록인가?

[샤일록] 네, 샤일록입니다.

[포셔] 괴상한 소송을 제기하셨더군. 하지만 법적으로는 아무런 하자가 없으니 베니스의 법률로선 비난할 수 없소. (안토니오에게) 당신의 목숨은 이 사람의 손아귀에 들어 있는 걸 알고 있소?

[안토니오] 네, 저자의 주장대로라면 그런 셈입니다.

[포셔] 이 증서를 인정하는가?

[안토니오] 인정합니다.

[포셔] 그럼 유대인이 자비심을 베풀어야겠소.

[샤일록] 뭣 때문에 내가 그런 강요를 당해야 합니까? 부디 말씀해 주시기 바랍니다.

[포셔] 자비라는 건 강요되는 것이 아니라 하늘에서 이 대지에 내리는 단비와 같은 것이어서 이중의 축복이 됩니다. 주는 자와 받는 자를 같이 축복하는 것이니 미덕 중에서도 최고의 미덕이며 왕관보다 국왕을 더 국왕답게 해주는 덕성이오. 왕의 왕홀은 현세의 권력을 상징하는 데 불과하오. 이는 경외와 준엄의 표시로서 왕에 대한 두려움과 공포를 나타내지만, 자비는 왕홀의 위력을 능가하는 것이며 왕의 가슴속 깊이 자리하고 있는 신이 베푸는 최상의 미덕이오. 엄격한 정의를 자비심으로 부드럽게 만들면 지상의 권력은 신

의 권세에 가깝게 접근하게 된다오. 그러니 유대인이여, 그대가 호소하는 바는 정의지만 정의만 내세우면 구원을 받을 자가 아무도 없다는 걸 명심하시오. 우리는 자비를 구하기 위해 기도를 드리며 이 기도야 말로 우리가 서로에게 자비를 베풀도록 우리를 가르쳐 주고 있는 거요. 내가 이런 말을 길게 하는 것은 정의를 요구하는 그대의 경직된 마음을 부드럽게 만드는 데 도움이 될까 해서인데 만일 그대가 자비 없는 정의만을 계속 고집한다면 이 엄격한 베니스의 법정은 부득이 저 상인에게 불리한 선고를 내리지 않을 수 없소.

[샤일록] 제 행위의 응보는 제가 받겠습니다! 전 법에 호소합니다. 이 증서대로의 담보물을 요구합니다.

[포셔] 이 사람은 돈을 변제할 능력이 없는가?

[바사니오] 아닙니다. 이 법정에서 제가 대신 지금 당장 지급하고자 합니다. 원금의 두 배를 지급하겠습니다. 아니, 열 배라도 내라면 내겠습니다. 제 손, 제 머리, 제 심장을 담보로 하는 한이 있어도요. 그래도 부족하다면 정의란 빛 좋은 개살구뿐 악이 선을 짓밟고 세상을 지배하게 될 겁니다. (무릎을 꿇고 양손을 든다) 부탁드립니다. 한 번만 직권으로 법을 굽혀 주십시오. 대의를 위해서라면 조그마한 부조리를 용납하셔서 이 잔인한 악마의 욕심을 막아 주십시오.

[포셔] 그럴 순 없소. 베니스의 어떠한 권력도 이미 정해진 법을 바꿀 순 없소. 그것이 판례로서 기록되면 많은 위법 행위가 반복되어 국사가 문란해질 테니 그럴 순 없소.

[샤일록] 다니엘 같은 명판결이시다! 그래 다니엘! (포셔의 옷자락에 키스한다) 오, 현명하신 젊은 판사님, 정말 존경합니다.

[포셔] 어디 그 증서를 좀 보여 주오.

[샤일록] (자기 가슴에서 증서를 재빨리 빼내며) 네, 여기 있습니다. 공정하신 판사님, 이것입니다.

[포셔] (증서를 받으면서) 샤일록, 이 금액의 세 배를 갚겠다는데 어떻게 생각하오?

[샤일록] 맹세, 맹세합니다. 하늘을 두고 맹세합니다. 맹세를 어긴 죄를 제 영혼에 뒤집어씌우려면 몰라도 그건 안 됩니다. 베니스를 다 준다 해도 안 됩니다.

[포셔] (증서를 받아들며) 참, 이 증서는 기일이 넘었군. 이 상인의 심장에서 가장 가까운 곳에 있는 살을 1파운드 떼내겠다는 이 유대인의 주장은 정당하다. (샤일록에게) 그러나 자비를 베풀어 돈을 세 배 받고 이 증서를 찢어 버리는 게 어떻겠소?

[샤일록] 증서의 내용대로 빚이 청산되고 나면 그렇게 하겠습니다. 제가 보기에 나으리께서는 참으로 훌륭한 판사이십니다. 법에도 밝으시고, 법 해석도 지극히 온당하십니다. 법에 따라 부탁합니다. 나으리께서는 법률의 대들보이시니 제발 판결을 내려 주십시오. 저의 영혼을 두고 맹세하지만, 사람의 입으로선 제 결심을 바꿀 수 없습니다. 이 증서대로 판결을 내려 주십시오.

[안토니오] 저도 간절히 부탁드립니다. 법에 따라 어서 판결을 내려 주십시오.

[포셔] 정 그렇다면 도리가 없군. 가슴을 열고 저 사람의 칼을 받을 준비를 하시오.

[샤일록] 오, 훌륭하신 판사님이시다! 젊으신 분이 어쩜 저렇게 훌륭하실까!

[포셔] 법의 취지와 목적으로 보아 이 증서에 기록된 대로 집행되어야 마땅하오.

[샤일록] 과연 그렇습니다. 오, 슬기롭고 공정하신 판사님! 겉보다는 속이 훨씬 더 깊으신 분이야!

[포셔] (안토니오에게) 그러니 상인은 가슴을 내놓으시오.

[샤일록] 옳습니다. 바로 그 가슴팍이에요. 증서에도 그렇게 적혀 있습니다. 훌륭하신 판사님, 정확히 말해서 "심장에서 가장 가까운 곳"입니다.

[포셔] 옳은 말이요. 살덩어리의 무게를 달 저울은 준비가 돼 있소?

[샤일록] 예, 준비해 놨습니다. (외투 밑에서 저울을 꺼낸다)

[포셔] 샤일록, 그대의 비용으로 의사를 불러오시오. 상처를 치료 못하면 출혈로 죽을지도 모르니.

[샤일록] 증서에 그렇게 적혀 있습니까? (증서를 달라고 해서 자세히 살펴본다)

[포셔] 그런 말은 없지만 없으면 어떤가? 그 정도의 자비를 베풀면 당신에게도 좋지 않겠소.

[샤일록] 그런 글귀는 없습니다. 증서에 적혀 있지 않습니다. (증서를 포셔에게 돌려준다)

[포셔] (안토니오에게) 상인이여, 뭐 남길 말은 없소?

[안토니오] 별로 없습니다. 각오는 이미 충분히 되어 있습니다. 손 좀 이리 주게, 바사니오. 잘 있게, 친구. 자네 때문에 내가 이 지경이 됐다고 슬퍼하지는 말게. 운명의 여신이 평소보다 나에게 더 큰 친절을 베푸는 것 같네. 흔히 파산한 가엾은 사람을 오래오래 살게 해서 눈은 푹 꺼지고 이마엔 굵은 주름살이 잡히고, 가난에 시달리는 노년을 겪게 만드는 것이 운명의 신인데 나는 그런 비참하고 괴로운 나날을 보내며 겪을 고통을 면하게 되었으니 말일세. (두 사람 포옹한다) 훌륭한 부인께 안부 말씀 드려 주게. 이 안토니오가 최후를 맞이하는 경위를 전해 주게. 내가 자넬 얼마나 사랑했는지도 말해 주고 부인께 바사니오가 얼마나 진정한 친구를 가졌는지 판단해 달라고 해 주게. 그리고 안토니오가 당당하게 최후를 맞이했다고 전해 주게. 자네가 친구를 잃는다고 슬퍼만 해 준다면 난 자네의 빚을 갚은 걸 결코 후회하지 않네. 저 유대인의 칼을 가슴 깊숙이만 찔러 준다면 난 내 심장을 바쳐 빚을 갚게 될 테니 말이야.

[바사니오] 아, 안토니오, 내 아내는 나에겐 생명처럼 귀중하네. 하지만 생명도, 아내도, 온 세상도 자네보다 더 소중할 순 없어. 난 모든 걸 잃어도 좋아. 그렇지, 내가 자넬 구할 수 있다면 내 아내뿐만 아니라 모든 걸 저 악마에게 죄다 주는 한이 있어도 자넬 구하고 싶네.

[포셔] 만일 당신 부인이 옆에서 그 말을 들었다면 아마 달갑게 생각하지 않았을 거요.

[그레시아노] 나도 아내가 있습니다. 물론 아내를 사랑합니다. 그러나 내 아내를 지옥에라도 보내서 지옥사자에게 간청하면, 저 개 같은 유대 놈의 심보를 바꿀 수 있다면 그렇게 하고 싶습니다.

[네리사] 그런 말은 부인이 안 계시는 곳에서 해야 옳지 않을까요. 그렇지 않으면 집안에 큰 불화가 생길 겁니다.

[샤일록] (독백) 예수쟁이 남편이란 죄다 저 모양이야! 나도 딸이 하나 있었지만, 예수쟁이에게 딸을 주느니 차라리 천하의 날도둑 바라바스에게 시집을 보내 버리는 편이 더 나았을걸. (큰 소리로) 시간이 갑니다. 빨리 선고를 내려 주십시오.

[포셔] 바로 저 상인의 살 1파운드가 그대의 것이오. 본 법정이 그걸 인정하고 법이 보장한다.

[샤일록] 과연 공정한 판사님이시다!

[포셔] 그대는 살을 저 사람의 가슴에서 잘라내야 하오. 법이 그걸 인정하고 법정이 그걸 허락하오.

[샤일록] 박식한 판사님! 판결이 났다. 자아, 각오해라.

(칼을 빼 들고 앞으로 나온다.)

[포셔] 잠깐, 기다리시오. 이 증서엔 피는 단 한 방울도 당신에게 준다는 말이 없소. 여기에는 "살 1파운드"라고 분명하게 적혀 있으니 증서대로 살을 1파운드만 떼어 가시오. 단, 살을 떼 내면서 이 기독교도의 피를 단 한 방울이라도 흘린다면 그대의 토지와 재산은 베니스의 법률에 의하여 국가에 몰수 당할 것이오.

[그레시아노] 오, 공명정대한 판사님이시다! 들었느냐, 유대인. 아, 박식한 판

판결을 내리는 포셔
포셔가 명판결을 내리는 장면으로 칼과 저울을 든 샤일록이 당황해 한다.

사님!

[샤일록] 이게 법인가요?

[포셔] (법률서를 보이며) 그대가 직접 법조문을 들여다보시오. 그대는 정의를 고집했으니, 그대가 원하는 대로 정의롭고 엄격한 재판을 받을 것이오.

[그레시아노] 오, 박식한 판사로다! 들었나, 유대인. 오, 박식한 현명한 판사님!

[샤일록] 아까 그 제안을 받아들이겠습니다. 증서에 명시된 금액의 세 배를 받게 해 주시고 저 기독교인을 풀어 주십시오.

[바사니오] 옜다. 돈! 여기 있다.

[포셔] 잠깐! 유대인이 받는 건 정의의 판결뿐이오. 조용히들 하시오. 증서에 적힌 것만 받도록 허락하겠소.

[그레시아노] 어떠냐, 유대 놈아! 공정한 판사로다. 박식한 판사로다!

[포셔] 어서 살덩이를 떼어 낼 준비하시오. 피는 한 방울도 흘려서는 안 되오. 그 뿐만 아니라 살을 정확히 1파운드만 떼어 내야 하는 거요. 1파운드보다 많거나, 적어도 안 되오. 그보다 무게가 가볍거나 무거울 때는, 아니, 1파운드의 천분의 일이든, 아니, 그 이십 분의 일의 차이가 나서 저울대가 불과 머리카락 한 올만큼이라도 기울어진다면 그대를 사형에 처하고 그대의 전 재산을 몰수한다.

[그레시아노] 다니엘 명판사님이 현신하셨다. 다니엘 님이시다, 유대인아! 이 이단자야, 꼼짝 못하게 됐구나.

[포셔] 유대인은 어찌하여 주저하는가? (샤일록에게) 어서 담보물을 받아 가시오.

[샤일록] 원금만 받고 가게 해 주십시오.

[바사니오] 돈은 준비돼 있다. 옜다! 가져가라.

[포셔] 저 사람은 이 공개 법정에서 이미 그것을 거절했소. 그러니까 정의와 증서대로 정당한 담보물만 주면 그만이오.

[그레시아노] 정말 다니엘 같은 명판사님이시다. 다니엘 님이 다시 현신하셨

어! 고맙다 유대인이여, 좋은 말을 가르쳐 주었군.

[샤일록] 원금만이라도 받을 수 없겠습니까?

[포셔] 그대가 받을 수 있는 것은 오로지 저당 잡은 것뿐이오. 살 1파운드뿐이오. 유대인이여, 그것도 그대의 생명을 걸고서.

[샤일록] 제기랄, 마음대로 하시오! 더 이상 엉터리 재판엔 응하지 않겠소.

(퇴정하려고 돌아선다)

[포셔] 기다리시오, 유대인. 본 법정은 아직 그대를 퇴정시킬 수 없소. (법률서를 읽는다) 베니스의 국법에 의하면 다음과 같이 정해져 있소. 외국인이 베니스 시민에 대해 직접 또는 간접으로 그 생명을 노린 사실이 판명될 경우 가해자 재산의 반은 생명을 뺏길 뻔한 시민의 소유로 귀속되고, 나머지 반은 국고로 몰수되오. 그리고 범인의 생명은 오로지 공작의 재량에 달려 있소. 어느 누구도 이에 간여할 수 없소. (법률서를 덮는다) 그런데 지금 그대의 입장은 이러한 조문에 해당되오. 왜냐하면 그대는 명백한 행위에 의해 직접 또는 간접적으로 이 피고의 생명을 노렸다는 것이 입증되었기 때문이오. 그래서 그대는 본관이 읽은 법대로 생명의 위험을 자초한 거요. 그러므로 어서 무릎 꿇고 공작 각하의 자비를 구하시오.

[그레시아노] 네 손으로 목매달아 죽겠다고 간청해 보시지. 재산이 국고에 몰수당했으니, 밧줄 살 돈인들 남아 있겠나? 그러고 보니 국비로 목을 매달아야겠구나.

[공작] 우리의 정신이 그대와 얼마나 다른가 보여 주기 위해 그대가 간청하기 전에 목숨만은 살려주겠다. 재산의 반은 안토니오에게, 나머지 반은 국가에 귀속될 것이다. 그러나 그 후 개선의 여지가 보인다면 벌금형 정도로 경감할 수도 있다.

[포셔] 국가 귀속분만 감해 줄 수 있습니다. 그러니 안토니오의 몫은 별개의 것입니다.

[샤일록] 아닙니다. 제 생명이고 뭐고 다 가져가시오. 감형도 필요 없소. 집을 떠받치고 있는 기둥을 빼 가 버리면 집을 빼앗는 것과 마찬가지 아닙니까? 내 재산을 빼앗아 가면 그게 바로 내 생명을 빼앗는 겁니다.

[포셔] 안토니오, 그대는 저 사람에게 자비를 베풀어 주겠소?

[그레시아노] 목맬 밧줄이나 한 가닥 주게. 그 외엔 아무것도 주지 말게.

[안토니오] 존경하옵는 공작 각하, 그리고 이 법정에 참석하신 여러분, 국고에 귀속될 저 사람의 재산 절반을 국고에 넣지 않고 돌려주시고 벌도 면해 주셨으면 합니다. 그리고 나머지 반은 제가 관리하고 있다가 저 사람이 사망하면 최근 그의 딸과 결혼한 젊은 사람에게 양도하게 해 주었으면 합니다. 그리고 다른 조건이 둘 있습니다. 하나는 은혜에 보답하기 위하여 저 사람은 당장에 기독교도로 개종할 것, 또 하나는 본 법정에서 재산 양도의 증서를 쓰는 겁니다. 즉 유산의 일체를 사위 로렌조와 딸 제시카에게 양도한다는 증서를 쓰게 하는 것입니다.

[공작] 그렇게 하도록 하겠소. 만약에 거역하면 지금 막 선언한 특별사면을 취소하겠소.

[포셔] 그대는 만족하오, 유대인? 이의 없소?

[샤일록] 이의 없습니다.

[포셔] (네리사에게) 서기, 양도증서를 작성하시오.

[샤일록] 간청드리옵니다. 여길 떠나도록 허락하여 주십시오. 몸이 좋지 않아서요. 증서는 집으로 보내 주세요. 서명하겠습니다.

[공작] 가도 좋소. 그러나 약속은 지켜야 하오.

[그레시아노] 세례를 받을 때는 입회인이 두 사람이지만 내가 판사라면 배심원 열 사람을 더 늘려 세례는커녕 교수대로 보낼 거다.

(샤일록 퇴장)

[공작] (일어서며) 박사님, 내 집으로 가서 식사라도 같이 했으면 하오.

[포셔] 공작 각하의 호의 감사하옵니다만 실례를 용서해 주십시오. 오늘 밤에 파도바로 가야 할 일이 있습니다. 당장 이곳을 떠나야 합니다.

[공작] 여가가 없으시다니 그것은 참 유감천만이오. (단상에서 내려오며) 안토니오는 이분에게 감사드려야 하오. 이분에게 큰 은혜를 입었소.

(공작 및 고관들 그리고 이들의 시종들, 군중들 퇴장)

[바사니오] 고명하신 박사님, 저와 이 친구는 박사님의 해박한 지식 덕분으로 오늘 무서운 형벌을 면하게 됐습니다. 그 은혜에 보답하기 위해 유대인에게 갚으려던 3천 더컷을 박사님의 수고에 대한 정표로 드리고자 하니 받아 주셨으면 합니다.

[안토니오] 이 큰 은혜를 어떻게 갚아야 할지 모르겠습니다. 평생토록 성심성의껏 보은하고자 합니다.

[포셔] 마음이 흡족하면 보수는 충분히 받은 거나 같습니다. 당신들을 구한 것으로 난 만족합니다. 그러니까 충분히 보수를 받은 셈이죠. (인사를 하고 지나가면서) 원하건대 다음 기회에 만나게 되거든 이 사람을 잊지나 마세요. 그럼 안녕히들 계십시오. 실례하겠습니다.

[바사니오] (황급히 뒤를 따라가며) 박사님, 억지를 부려 미안합니다. 보수라곤 생각지 마십시오. 두 가지를 간청드리옵니다. 제발 사양하지 마실 것과 실례를 용서해 달라는 것입니다. 이대로 떠나시면 너무 섭섭합니다.

[포셔] (문 앞에 멈춰 서며) 이렇게까지 간청하시니 그럼 기꺼이 받겠습니다. (안토니오에게) 정 그러시다면 그 장갑을 주십시오. 당신에 대한 정표로 갖겠습니다. (안토니오 장갑을 벗는다) (바사니오에게) 우정의 표시로서 그 반지를 빼 주십시오. 손은 왜 숨기십니까. 그 이상은 바라지 않습니다. 설마 싫다고는 안 하시겠지요?

[바사니오] 이 반지는 박사님, 이건 조잡한 물건입니다. 이런 걸 드린다면 제가 부끄러워질 겁니다.

[포셔] 내가 갖고 싶은 건 그것 이외에는 없습니다. 왠지 몰라도 그것만은 꼭 받고 싶군요.

[바사니오] 반지는 가격이 문제가 아니고 그 이상의 어떤 사연이 좀 있어서요. 베니스에서 제일 값진 반비를 사 올리겠습니다. 광고를 내서 구하겠습니다. 제발 이것만은, 용서해 주십시오.

[포셔] 당신은 말로만 선심을 쓰시는 분이시군요. 처음에는 무엇이든 요구하라고 하셨고, 그래서 청했더니 구걸하는 거지가 어떤 꼴을 당하는지 가르쳐 주시는군요.

[바사니오] 박사님, 실은 이 반지는 제 아내가 준 겁니다. 이걸 끼워 주면서 저에게 맹세를 시켰습니다. 이것을 절대로 팔지도 말고 남에게 줘서도 안 되고, 잃어버려서도 안 된다고 말입니다.

[포셔] 사람들이 선물 주기가 아까울 땐 그런 구실을 만들어 내는 법입니다. 부인께서 정신 나간 분이 아니시라면, 또 내가 이 반지를 받을 만한 일을 한 걸 알게 된다면 그럴 내게 주었다고 평생토록 당신을 원망하지는 않을 겁니다. 그럼 안녕히들 계십시오! (포셔가 획 나가 버린다. 네리사가 그 뒤를 따른다)

[안토니오] 여보게, 바사니오, 그 반지를 드리게, 자네 부인의 명령을 저버리자는 건 아니지만 저분의 수고와 내 우정도 좀 생각해 주면 고맙겠네.

[바사니오] 그레시아노 자아, 빨리 뒤쫓아 가서 이 반지를 드리게. 가능하면 안토니오 집으로 모시고 오도록 하게. 어서 서둘러 가 주게.

(그레시아노 황황히 퇴장)

[바사니오] 자, 우리 이제부터 자네 집으로 빨리 가세. 내일 아침 일찍이 벨몬트로 달려가는 걸세. 자, 가세, 안토니오.

(모두 퇴장)

4막 1장 분석

우리는 이제 연극의 정점에 도달해 있다. 이 장면에서 '차용증서'의 문제는 위기와 그 해결에 도달했다. 샤일록은 패배하고 안토니오는 구원받고 연인들은 벨몬트로 자유롭게 돌아갈 수 있다. 셰익스피어는 로맨틱 코미디가 요구하는 해피엔딩을 제공한다.

공작과 안토니오의 대사에서 우리는 두 적의 반대 입장을 상기하게 된다. 베니스 공작은 샤일록을 비인간적인 비참한 자, 동정할 수 없는 사람이라고 부르고, 동정심은 안토니오를 향하지만, 사방의 적들에 둘러싸여 고독한 싸움을 하고 있는 샤일록이야말로 그의 패배의 순간에 극적인 동정심을 불러일으킨다.

공작은 샤일록에게 자비를 베풀어 달라고 요청함으로써 샤일록이 자신의 입장을 다시 말할 수 있는 마지막 기회를 제공하고, 셰익스피어는 샤일록이 실제로 안토니오의 생명을 요구할 것인지 아닌지에 대한 긴장감을 연출한다. 이 장면 내내 샤일록은 법정과 반대자들로부터 왜 안토니오에게 굴복하지 않느냐는 질문을 받는다. 그는 율법에 따를 것이며 그 율법은 지금 그에게 그것을 깨뜨리라고 요구하는 사람들의 창조물이다.

샤일록의 원칙은 그의 심문관들보다 훌륭하다. 그들의 법에 따라 그는 채권의 정당한 의무와 몰수를 맹세한다. 또한 안토니오에 대한 증오를 인정한다. 샤일록은 자신의 요구가 법에 따른 것이라고 공언하지만, 실은 자신의 진정한 동기가 옳고 그름, 정의나 불의와 관련이 있는 것이 아니라 공개적으로 그를 경멸하고 침을 뱉은 기독교인을 파괴하려는 욕망과 관련이 있음을 아주 분명하게 드러낸다. 이러한 인정은 나중에 포셔의 판결에서 그녀의 자비에 관한 연설과 관련되기에 매우 중요하다.

안토니오는 샤일록에게서 자비를 기대하지 않으므로 바사니오에게 샤일록의 동정을 얻으려는 시도를 중단해 달라고 간청하고, 이는 이 장면의 긴장을 강화한다. 샤일록은 법에 따라 정의가 시행되어야 한다고 주장한다. 그러나 샤일록이 '정의'를 요구하는 동안 셰익스피어는 샤일록의 비인간성, 복수에 대한 집착이 그의 동기임을 관객들에게 분명히 보여 준다. 샤일록은 더 이상 '권리'에 대해 말하지 않는다. 그는 적의 피를 요구하고 있다.

네리사(법률 서기)가 들어와 벨라리오가 보낸 편지를 공작에게 제시하자 긴장은 더욱 고조된다. 공작이 편지를 읽고 샤일록이 칼을 꺼내 날카롭게 갈기 시작하자 긴장은 거의 참을 수 없을 정도로 증폭된다. 그것은 샤일록의 비인간성에 강력하고 가시적인 형태를 부여한다. 샤일록은 이제 법정에 있는 모든 사람을 이겼다는 사실을 알고, 안심하고, 완전한 지휘권을 가진 것처럼 보인다. 자신을 배척한 기독교 공동체에서 외국인이며 유대인인 그는 베네치아 법의 구속력 있는 무결성 때문에 편견을 극복하고 베네치아 법정에서 승리했다.

"당신은 증서를 인정하는가?"라는 포셔의 질문은 안토니오에게 탈출구가 없음을 다시 한번 강조한다. 이어지는 '자비의 특성'에 관한 포셔의 연설은 마지막 탄원이다. 포셔는 '확립된 법령'을 확인하고, 이것은 그녀에게 새로운 전략을 생각할 시간을 한번 더 제공한다. 그녀는 증서를 검사하고 결함을 식별한다. 포셔는 증서의 문구대로 안토니오의 살덩이 1파운드가 샤일록의 것이라고 선언한다. 포셔는 자신이 무엇을 하고 있는지 정확히 알고 있다. 그러나 이 시점에서 관객은 그렇지 않으며 이는 장면에 긴장감을 더한다. 포셔는 체계적인 합법성에 따라 재판을 진행하고 마지막 순간까지 절제하며 결국 모든 상황을 뒤집을 것이다.

포셔가 안토니오에게 "가슴을 드러내라"고 명령한다. 안토니오가 행한 과거의 잘못에 대한 복수자로서 샤일록은 청중으로부터 약간의 동정을 얻었다. 이제 칼을 들자 그에게 향했던 동정심은 사라진다. 셰익스피어는 포셔에게 마지막 선언을 연기하게 한 다음 절대 정의에 대한 새로운 해석을 교묘하게 밝히기 시작한다. 셰익스피어는 천재적으로 청중의 동정심을 조작하고 있다.

안토니오의 마지막 연설은 위엄 있는 귀족의 성품을 보여 준다. 그는 다시 한번 바사니오에 대한 사랑을 표현한다. 그는 바사니오에게 슬퍼하거나 회개하지 말라고 요청한다. 이 시점에서 셰익스피어는 이 연극이 마침내 비극적이지 않다는 것을 청중에게 다시 한번 상기시켜야 한다. 우리는 두 남자가 서로에 대한 사랑과 충성을 선언할 때 변장한 아내(포셔와 네리사)들이 나누는 이야기에 웃음 짓게 된다. '판사'와 '서기'는 이 두 신사의 아내들이 남편이 서로를 위해 생명을 희생하겠다는 그러한 맹세를 듣는다면 결코 기뻐하지 않을 것이라는 데 동의한다.

전환점은 포셔의 판결이다. 샤일록은 안토니오를 향해 칼을 들고 서 있고 무대 위의 다른 그룹은 고정된 채 제자리에 서 있다. 여전히 차분한 포셔의 목소리가 침묵을 뚫고 나온다. "이 증서에는 피는 단 한 방울도 당신에게 준다는 말이 없다. 여기에는 '살 1파운드'라고 분명하게 적혀 있다. 증서대로 살을 1파운드만 떼어 가라. 단, 살을 떼 내면서 피를 단 한 방울이라도 흘린다면 토지와 재산을 베니스의 법률에 의하여 몰수할 것이다"라는 포셔의 선언으로 샤일록은 패소한다. "그게 법인가요?" 이것은 그가 물을 수 있는 전부이다. 그가 그토록 견고하다고 믿었던 법이 그의 앞에서 무너지고, 그는 자신의 사건이 이제 절대적으로, 돌이킬 수 없게 뒤집혔다는 것을 깨닫는다.

율법은 계속해서 그를 정죄하고 그의 입장을 완전히 뒤집어 이제 그 자신이 죽음의 위협을 받는다. 샤일록은 완전히 패배했지만 이 장면의 초반에 잃어버린 동정심 일부를 되찾을 수 있다. 그는 자신에게 내려진 심판에 대해 침묵하고, 여기서 침묵은 가장 강력한 웅변이다. 이제 샤일록은 모든 것을 잃었다. 그러나 그는 증오가 어떻게 증오를 낳는지를 보여 주었고 셰익스피어는 증오가 마침내, 궁극적으로 패배하는 방법을 보여 주었다. 샤일록의 극단적인 행동을 통해 셰익스피어는 사회의 기반이 되는 정의와 소유의 법칙이 자선과 자비와 인간성이 없다면 정글에서처럼 사나울 수 있음을 보여 주었다. 법의 지배가 필요하다는 것은 부인할 수 없다. 그러나 법은 자비로 단련되지 않을 때 셰익스피어가 우리에게 생생하게 보여 주듯이 비인간적이고 파괴적이다.

이것이 연극의 중심 장면이고 여기에서 샤일록을 보는 방식은 전체 연극을 보는 방식을 결정한다. 샤일록은 딸과 재산, 종교를 박탈당한다. 그것은 가혹한 판단으로 보인다. 우리는 19세기 작가 해즐릿(Hazlitt)이 "확실히 우리의 동정심은 그의 적들보다 그에게 더 자주 향합니다. 그는 자신의 악덕에 정직합니다. 그들은 미덕에 있어서 위선자입니다"라고 한 말에서 다음의 세 가지를 기억해야 한다. 첫째, 엘리자베스 시대 청중에게 샤일록은 로맨틱 코미디의 '악당'이었고, 따라서 그는 처벌을 받아야 한다. 둘째, 샤일록이 자신을 위해 모아 둔 돈은 두 연인인 로렌조와 제시카에게 가게 되는데 이 연극에서 사랑과 증오는 주제적으로 대립되며, 샤일록이 증오의 화신으로 서서히 드러나기 때문에 한 쌍의 연인에게 재물이 돌아가는 것은 만족스러운 귀결이다. 셋째, 샤일록이 기독교인이 되었다는 법원의 판결은 엘리자베스 시대 청중을 대단히 기쁘게 했을 것이다. 그들은 오직 그리스도인만이 구원을 얻을 수 있다고 진정으로 믿었다. 그들은 법원의 결정을 샤일록이 구원을 얻을 수 있는 기회로 볼 것이다. 따라서 심판은 문자 그대로 샤일록의 영혼을 위한 것이다. 샤일록이 퇴장한 후, 연극은 완전히 로맨틱 코미디로 되돌아간다. 사랑의 진정한 성취에 방해되는 장벽이 제거되었다. 연극의 마지막을 위해 벨몬트로 돌아가는 일만 남아 있다. 이제 위협과 갈등은 제거되고 사랑과 화합의 분위기가 무르익는다.

4막 2장
Act 4, Scene 2

● **법정 앞 베니스의 거리**

(포셔와 네리사 법정에서 나온다)

[포셔] (용지를 내주면서) 유대인의 집을 찾아내서 이 증서에 서명을 받아 오렴. 오늘 저녁에 출발해야 해. 남편들보다 한발 먼저 집에 닿도록 해야지. 이 증서를 보여 주면 로렌조 씨가 정말 좋아할 거야!

(그레시아노 법정에서 뛰어나온다)

[그레시아노] 박사님, 겨우 따라왔습니다. 바사니오가 깊이 생각한 끝에 이 반지를 보내면서 저녁이나 같이 드시자고 모셔 오라고 합니다.

[포셔] 저녁은 같이 할 수 없지만, 이 반지는 고맙게 받겠습니다. 부디 말씀 잘 전해 주시오. 그리고 한 가지 부탁이 있는데. 이 젊은이에게 샤일록의 집을 가르쳐 주시오.

[그레시아노] 안내해 드리겠습니다.

[네리사] 박사님, 드릴 말씀이 있습니다. (포셔에게 독백) 저도 제 남편의 반지

를 빼앗아 볼까 해요. 한평생 꼭 지니고 있겠다고 맹세를 하긴 했지만.

[포셔] (네리사에게 독백) 뺏을 수 있을 거야. 바깥주인들이 반지를 준 상대는 남자라고 주장할 테지. 그래도 한껏 무안을 주고 골려 줘야지. 급히 서둘러라! 우리 만날 장소를 알고 있지?

[네리사] (그레시아노에게 돌아선다) 자, 자, 어서 그 집으로 안내해 주실까요?

(모두 퇴장)

▌ 4막 2장 분석

이 막의 마지막 짧은 장면은 이전 장면의 마지막 분위기를 이어 간다. 극의 이 시점까지 우리는 포셔와 네리사가 남자로 분장하고 활약하는 모습을 보게 된다. 셰익스피어의 모든 로맨틱 코미디에서 여성이 남성보다 더 기민하고 재치 있게 등장하는 것은 흔한 일이다. 포셔는 셰익스피어의 여주인공 중 한 명이다. 그녀는 클라이맥스 장면에서 모든 남성보다 우월한 말과 행동을 보인다. 안토니오의 구출을 계획하고 실행하며 자비로운 정의를 실현하는 것도 바로 그녀이다.

The Merchant of Venice

5막 1장

Act 5, Scene 1

● **벨몬트, 포셔의 집 앞 가로수길. 여름밤.**

(달이 흘러가고 있다. 로렌조와 제시카가 나무 밑을 조용히 거닐고 있다)

[로렌조] 달이 밝구나. 이런 밤이었을 거요. 산들바람이 나뭇가지에 살며시 키스하며 소리 없이 스쳐 가던 밤. 이런 밤이었을 거요. 트로일러스 왕자가 트로이의 성벽 위에 올라가 크레시다가 잠들어 있는 희랍군 진영을 바라보며 땅이 꺼져라 영혼의 시름에 겨워 탄식을 토하던 밤.

[제시카] 이런 밤이었을 거예요. 바빌론의 미인 시스비가 가슴 조이며 이슬을 밟고 애인에게로 다가갔지만, 애인을 보기도 전에 사자 그림자에 혼비백산해 도망친 때도.

[로렌조] 이런 밤이었을 거요. 여왕 디도가 버들가지를 손에 들고선 거친 파도가 밀어닥치는 바닷가에 서서 애인 아이네이스에게 카르타고로 다시 돌아오라고 손짓한 것도.

[제시카] 이런 밤이었을 거예요. 미디어가 늙은 시아버지 이슨을 회춘시키려고 마법의 불로초를 캐던 밤도.

[로렌조] 이런 밤이었을 거요. 제시카가 돈 많은 유대인 집을 몰래 빠져나와 가난한 연인과 함께 베니스를 탈출해 벨몬트로 온 밤도.

[제시카] 이런 밤이었을 거예요. 젊은 로렌조가 그녀의 마음을 사로잡으려고 사랑의 맹세를 골백번이나 했고 그 맹세는 모두가 물거품이 된 것도.

[로렌조] 이런 밤이었을 거요. 예쁜 제시카가 귀여운 말괄량이 마냥 연인의 험담을 쏟아 놓았고, 남자가 용서해 준 것도.

[제시카] 이런 밤 타령 놀이 따위로는 당신한테 지지 않아요. 누가 오나 봐요. 들어봐요. 발자국 소리가 들려요.

(스테파노가 달려온다)

[로렌조] 거 누구요, 고요한 밤에 그렇게 달려오는 사람이?

[스테파노] 수상한 사람은 아닙니다요.

[로렌조] 수상한 사람이 아니라고? 그럼 어떤 사람이요? 여보시오, 당신 누구요?

[스테파노] 포셔 아씨를 모시는 스테파노입니다. 주인아씨께서 먼동이 트기 전에 벨몬트에 돌아올 거라는 전갈을 가져왔습죠. 성 십자가 앞을 지나실 때마다 아씨는 무릎을 꿇고 행복한 결혼 생활을 기도드린답니다.

[로렌조] 누구랑 같이 오시나?

[스테파노] 하녀와 단 두 분이에요. 주인 나으리께선 아직 안 돌아오셨나요?

[로렌조] 그렇구나. 아무 소식도 없으시다. 제시카, 우리 안으로 들어갑시다. 이 집의 안주인을 성대히 맞을 준비를 하자고요.

(론슬롯이 멀리서 부르는 소리가 들린다)

[론슬롯] 솔라, 솔라! 우, 하, 우, 호, 솔라, 솔라!

[로렌조] 누구요, 부르는 게?

[론슬롯] (수목 밖으로 달려 나온다) 솔라! 솔라! 로렌조 나으리 안 계십니까? 로렌조 나으리! 솔라, 솔라!

[로렌조] 이 사람아, 소리 좀 그만 질러! 여기 있다니까!

[론슬롯] 솔라! 어디에요? 어디에요?

[로렌조] 여기라니까!

[론슬롯] 말씀 전해 주세요, 심부름꾼이 왔어요. 뿔 나팔에 희소식을 가득 담아 가지고. 주인 나으리께서 아침까지는 돌아오신답니다. (달려간다)

[로렌조] 여보, 우리 안으로 들어가서 돌아오실 때까지 기다립시다. 아니, 일부러 그럴 건 없지. 들어가면 뭘 하겠소? 여보게 스테파노, 수고스럽지만 안에 들어가 주인아씨가 곧 돌아오실 거라고 전해 주게. 그리고 악사들을 불러 주게. (스테파노 안으로 들어간다) 아! 이 뚝 위에서 고요히 잠든 달빛이 너무나 아름답지 않소. 자, 여기 앉아 귓전에 스며드는 음악 소리를 감상합시다. 이 부드러운 고요. 이 밤이 저 감미롭고 상쾌한 음악과 절묘한 조화를 이루고 있소. (앉는다) 제시카, 앉아요. 앉아서 저 밤하늘을 쳐다봐요. 반짝이는 황금의 작은 접시가 하늘을 온통 수놓아 가며 천사처럼 노래 부르고 있소. 맑고 순진한 눈동자를 한 애기 천사들의 연주에 맞추어서 말이요. 인간의 영혼 속에도 저런 불멸의 화음이 있는 법이오! 그러나 진흙 같이 썩은 육신에 쌓여 있는 동안은 우린 그 소릴 들을 수 없다오. (악대가 살그머니 집안에서 나와 나무 사이에 자리를 잡는다. 열어 놓고 나온 문에서 빛이 새어 나온다) 여보게, 어서 오게! 찬미의 노래를 연주해서 달의 여신 다이아나를 깨워 주게! 한없이 감미로운 연주로 아씨의 귀를 간지럽혀 그 음악과 더불어 아씨를 댁으로 모시도록 해 주오. (음악 소리 시작된다)

[제시카] 즐거운 음악 소리를 들으면 제 마음은 왠지 더 슬퍼져요.

[로렌조] 당신 마음이 너무 긴장해 있기 때문이오. 거칠게 뛰어 노는 소 떼나 길들이지 않은 어린 망아지들을 봐요. 모두 미친 듯 뛰놀며 소리높이 울부짖

고 히힝거리지 않소. 그것은 그들이 피가 끓고 있기 때문이요. 어쩌다 나팔소리가 귀에 들리든가 무슨 즐거운 음악 소리가 귓전을 치기만 해도 모두들 일제히 멈춰 서고 그 사나운 눈초리가 온순한 눈빛으로 바뀌거든. 그게 바로 아름다운 음악의 힘이오. 그러기에 전설의 시인 오르페우스가 피리연주로 나무, 돌, 시냇물까지도 움직였다고 시인 오비디우스는 노래하지 않았소. 이 세상엔 아무리 목석같이 완고하고 난폭한 사람일지라도 음악 소리에 잠깐이나마 감동하지 않는 사람은 없으니까 말이오. 마음속에 음악이 없는 사람, 아름다운 음악의 조화에 감동하지 못하는 사람, 그런 사람이란 배신이나, 음모, 강도질밖엔 하지 못하는 인간 이하의 존재겠지. 그런 자의 정신은 밤처럼 우둔하고 감정은 지옥처럼 깜깜할 거야. 그런 자들은 믿을 수가 없지. 자, 저 감미로운 선율에 귀를 기울여 봐요.

(포셔와 네리사가 가로수길을 천천히 걸어온다)
[포셔] 저기 저 불빛은 우리 집 대청에서 나는 불빛이구나. 어쩌면 저 조그만 촛불이 이렇게 멀리까지 비쳐 올까! 사람이 착한 일을 하면 칠흑 같이 캄캄한 세상에서도 저처럼 밝게 빛을 내는 법.
[네리사] 달이 밝을 땐 촛불은 보이지도 않아요.
[포셔] 큰 영광이 곁에 있으면 작은 영광은 희미해지는 법. 왕이 없을 때는 대리인도 왕처럼 빛나지만 왕이 돌아오면 시냇물이 바다 속으로 흘러 사라지듯이 그 위세는 사라지고 마는 법. 들어 봐! 음악 소리야!
[네리사] 아씨, 저건 우리 집의 악사들이에요.
[포셔] 역시 조화가 중요해. 저 음악도 낮에 듣는 것보다 훨씬 더 아름답게 들리지.
[네리사] 밤에는 주위가 조용하니까 그렇겠죠.
[포셔] 주위에 아무도 없을 때면 까마귀 울음소리도 종달새 소리처럼 아름답

게 들린단다. 그러나 나이팅게일의 고운 목소리도 대낮에 거위 떼가 꽥꽥거리는 가운데서 지저귀면 굴뚝새만도 못한 소음이 되고 말거든. 세상만사 때를 잘 만나야 진가도 발휘되고 정당한 칭찬도 받을 수 있어. 쉬, 조용히! 달님이 그의 연인 엔디미온과 함께 곤히 잠들어 있어. 깨워서는 안 돼.

(음악 소리 멎는다)

[로렌조] 말소리가 들린다. 저건 분명히 포셔 아씨의 목소리다.

[포셔] 내 목소리가 흉해 금방 날 알아보시네, 소경이 뻐꾸기 소릴 알아내듯.

[로렌조] 안녕히 다녀오셨습니까, 부인.

[포셔] 우리 두 사람은 남편들이 무사하시기를 기도드리러 갔었어요. 제발 기도의 효험이 있었으면. 그래 두 분께서 돌아들 오셨어요?

[로렌조] 아직 안 오셨습니다. 그러나 심부름꾼이 먼저 와서 곧 돌아오신다는 전갈이 있었습니다.

[포셔] 네리사, 들어가서 아랫사람들에게 우리가 집을 비웠다는 걸 내색하지 말라고 일러 줘요. 로렌조 님, 당신도. 제시카도 물론이고. (트럼펫의 주악 소리. 멀리 길에서 소리가 들려온다)

[로렌조] 주인께서 돌아오십니다. 나팔 소리가 났습니다. 부인, 저희들은 입을 꼭 다물고 있을 테니 염려 마세요.

[포셔] 오늘 밤은 마치 병든 낮과 같다. 좀 창백해 뵈지만. 태양이 숨어 버린 대낮 같아.

(바사니오, 안토니오, 그레시아노, 그 일행 등장)

[바사니오] 태양이 없다 해도 당신만 있어 주면 나에겐 지구의 저쪽처럼 이 밤이 대낮같이 밝아 보이는구려.

[포셔] 밝은 건 좋지만 경박한 여자라는 소리는 듣기 싫어요. 경박한 아내는

포셔를 만나는 바사니오

포셔가 집으로 돌아와 바사니오와 그의 친구들을 초대하여 연회를 벌이는 장면이다.

남편을 침울하게 만든다고 하잖아요. 저 때문에 당신이 침울해하지 않도록 기도하며 노력할게요. 아무튼 무사히 다녀오셨으니 기뻐요.

(그레시아노와 네리사가 한쪽으로 가서 이야기한다)
[바사니오] 고맙소, 여보. 내 친구를 환영해 주시오. 이 사람이 바로 안토니오요. 내가 한없이 신세를 지고 있는.
[포셔] 당연하죠. 당신 때문에 큰 변을 당할 뻔하셨다지요.
[안토니오] 아무것도 아닙니다. 이렇게 풀려 나왔으니까요.
[포셔] 저희 집에 오신 걸 진심으로 환영합니다. 말보다는 다른 방법으로 환영을 해야 할 테니 말로 하는 인사는 이만 간단히 해 두겠습니다.
[그레시아노] (네리사에게) 저기 저 달에 맹세하지만 당신 너무해. 억지 부리지 말라니까. 저 달을 두고 맹세하지만, 그 반지를 판사의 서기에게 줬다니까. 여보, 당신이 그렇게까지 언짢아할 걸 미리 알았다면, 제기랄, 그 서기 녀석이 고자라면 좋겠군.
[포셔] 아이, 벌써부터 싸움이에요! 왜 그래요!
[그레시아노] 글쎄 금으로 만든 하찮은 동그라미 때문이라는데요. 저 사람이 내게 준 싸구려 반지 말입니다. 그런데 거기 새겨 둔 글귀라는 게 고작 칼 장수가 식칼에 새겨놓는 '날 사랑해 주오. 날 버리지 마세요'라는 문구거든요.
[네리사] 문구나 값을 왜 따져요? 당신께 반지를 드렸을 때 당신은 제게 맹세하셨잖아요. 죽을 때까지 꼭 끼고 있겠다고. 그리고 무덤 속에도 같이 묻어 달라고. 저를 위해서가 아니라면, 적어도 당신의 열렬한 맹세를 위해서라도 당신은 그걸 소중히 간직했어야 했는데 그걸 판사 서기 놈에게 줘 버리다니! 말도 안 돼! 그걸 받은 서기는 한평생 얼굴에 수염이라곤 나지 않는 사람이요.
[그레시아노] 어른이 되면 나겠지, 뭘.

[네리사] 그럴 테죠, 여자가 나이 먹어 사내로 변한다면.

[그레시아노] 이 손에 걸고 맹세하지. 젊은 청년에게 줬다니까. 아니, 애송이 머슴애라고. 키는 당신만 한데 그 판사의 서기라더군. 그게 싹싹하게 굴면서 재판정에서의 자기 노력에 대한 대가로 그 반지를 달라고 애걸복걸하지 뭐요. 그러니 거절할 수가 있어야지.

[포셔] 당신이 나빠요. 솔직히 말해서 부인한테서 받은 첫 선물을 그렇게 호락호락 내줘 버리다니. 맹세를 거듭하고서 손가락에 끼신 걸 말이에요. 신뢰와 참사랑의 정표로 당신 살에 낀 물건을 그렇게 내버리다니. 저도 남편에게 반지를 드리고 결코 그 반지를 빼놓지 않겠다는 맹세를 받았어요. 지금 여기 계시지만, 이분 대신 맹세해도 좋아요. 온 세상의 보배를 다 준다 해도 이분은 그걸 남에게 줘 버리거나 손가락에서 빼지 않을 거라고요. 정말이에요. 그레시아노, 그런 황당한 일을 당하면 나라도 미쳐 버릴 거예요.

[바사니오] (독백) 아이고, 이 왼쪽 손목을 잘라 버렸으면 좋겠다. 그러면 반지를 잃지 않으려고 버둥대다가 손목과 함께 빼앗겼다고 변명이라도 할 수 있을 것을.

[그레시아노] 바사니오도 반지를 그 판사에게 줘 버린 걸요. 그분이 반지를 굳이 청하셨고 또 받을 만큼 수고도 했거든요. 그러니까 그 머슴애가, 서기 말이에요, 아, 그놈이 내 걸 달라고 그러지 않겠어요. 그 서기도 판사도 반지 외엔 아무것도 받지 않겠다는데 어째요.

[포셔] 여보, 어떤 반지를 줬어요? 제가 드린 반지는 아니겠죠?

[바사니오] 잘못에다 거짓말까지 덧붙일 수만 있다면 그렇지 않다고 잡아떼겠지만, 봐요, 손가락에 반지는 없소. 줘 버렸소.

[포셔] 그러니 당신의 그 거짓 마음에 진실이 있을 리가 없지! (돌아선다) 하늘에 대고 맹세하겠어요. 그 반지를 다시 볼 때까지는 절대로 당신과 잠자리를 같이 하지 않을 거예요.

[네리사] (그레시아노에게) 저도 그러겠어요. 제 반지를 다시 볼 때까진.

[바사니오] 포셔, 내가 누구에게 그 반지를 주었는지 당신이 알게 되면, 그 반지를 왜 주었는지 당신이 이해하게 되면, 그 반지 외엔 아무것도 받지 않겠다고 고집을 부려서 마지못해 주게 된 사연을 알게 된다면 당신의 노여움도 풀어질 수 있을 거요.

[포셔] 당신은 그게 어떤 반지였는지 그 반지를 드린 여자의 가치와 인격을 반쯤이라도 이해하고 존중하셨다면 그걸 그렇게 순순히 내주지는 않았을 거예요. 누가 뭐래도 당신만 한사코 안 된다고 말씀하셨다면, 사랑의 정표라고 설명을 해도 굳이 달라고 억지를 쓸 몰지각한 사람이 어디 있겠어요. 네리사가 한 말이 맞아요. 그 반지를 어떤 여자한테 준 게 틀림없죠?

[바사니오] 절대로 그렇지 않아요. 내 명예, 아니, 내 영혼에다 맹세하리다. 여자가 아니라 법학 박사가 가져갔어요. 그분은 내가 주겠다는 3천 더컷을 굳이 사양하고 그 반지를 달라고 조르지 않겠소. 물론 거절했더니, 언짢아하며 그냥 가 버립디다. 둘도 없는 내 친구의 생명을 건져 준 사람인데, 여보, 내가 어떻게 했으면 좋았겠소. 난 사람을 시켜 그 사람이 뒤를 쫓아가서 반지를 주도록 할 수밖에 없었던 거요. 부끄럽고 결례를 한 것 같고 체면도 말이 아니고 배은망덕하다는 소리는 듣고 싶지가 않았던 거요. 용서하구려, 여보. 저 성스럽고 총총한 밤하늘의 촛불에 걸고 맹세하오. 만약에 당신이 그 자리에 있었다면 당신이 먼저 그 반지를 빼 그 훌륭한 박사님께 드리라고 애원했을 거요.

[포셔] 박사님을 우리 집 가까이 오시지 않게 하세요. 제가 아끼는 반지를, 당신이 저를 위해 영원히 지니겠다고 맹세한 그 반지를 가지고 있으니 말이에요. 저도 당신처럼 인심 좋게 갖고 있는 건 무엇이든 드리겠어요. 이 몸이라도, 아니, 남편의 잠자리라도. 그분하곤 어쩐지 마음이 통할 것 같네요. 아니, 분명 그렇게 될 거예요. 그러니 단 하룻밤이라도 집을 비워선 안 돼요. 눈이 백 개 달린 아르고스처럼 절 감시하지 않으면 큰 변이 일어날 거예요. 두

고 보세요. 아직도 깨끗한 제 정조를 걸고 말씀드리지만 전 그 박사와 동침할 테니까요.

[네리사] 저도 그 서기하고 그럴 거예요. 그러니까 경계를 하셔야지, 혼자 내버려 두는 일이 없도록 조심하세요.

[그레시아노] 그래, 마음대로 하라고. 내 눈에 들키지 않도록 하라고. 들키기만 해봐. 그 어린 서기 놈의 연장을 싹둑해 버릴 테니까.

[안토니오] 제가 이 불행한 싸움의 원인이군요.

[포셔] 아녜요. 그런 생각은 마세요. 이 일이야 어찌 됐건 환영합니다.

[바사니오] 포셔, 내 잘못을 용서해 주오. 부득이한 일이긴 했지만. 이 많은 친구들이 듣는 앞에서 당신에게 맹세하겠소. 아니, 지금 내 모습이 비치는 당신의 아름다운 두 눈동자에 걸고 맹세하겠소.

[포셔] 저 양반 말하는 것 좀 봐! 내 눈동자가 둘이니 당신 모습 두 개가 비치겠지요. 한 눈에 하나씩, 그러나 두 개의 당신 모습에 걸고 맹세를 하니 아주 믿음직한 맹세가 되겠군요.

[바사니오] 아니, 그러지 말고 내 말 좀 들어 봐요. 이번 잘못은 용서해 주구려. 진심으로 맹세하리다. 다시는 당신과의 언약을 깨뜨리지 않겠소.

[안토니오] 저는 저 사람의 행복을 위해 내 이 몸뚱이를 담보로 빌려준 적이 있습니다. 남편의 반지를 가져간 그분이 없었더라면 전 지금쯤 이미 황천에 가 있을 겁니다. 이번엔 제 영혼을 담보로 맹세합니다. 남편께서 다시는 맹세를 깨뜨리는 일이 없을 겁니다.

[포셔] 그럼 저분의 보증인이 돼 주세요. (손가락에서 반지를 빼서) 이걸 저분에게 주시고, 저번 것보다 훨씬 소중히 간직해야 된다고 말씀해 주세요. (안토니오에게 반지를 건넨다)

[안토니오] 이걸 받게나, 바사니오. 이 반지를 잘 간직하겠다고 맹세하게.

[바사니오] 아니, 이건 내가 박사님에게 드린 반지가 아닌가.

[포셔] 박사님한테서 받은 거예요. 용서하세요, 여보. 이 반지를 받은 답례로 어젯밤을 그 박사님과 함께 보냈어요.

[네리사] (반지를 보이며) 그레시아노, 용서해 주세요. 나도 이 반지를 받은 답례로 어젯밤에 그 박사님의 서기 옆에 누워 있었어요.

[그레시아노] 허 참, 이거야말로 한여름에 길 닦아 놓고 개통식을 하기도 전에 소달구지가 먼저 지나간 꼴이구니 아닌가.

[포셔] 그런 야비한 말씀은 삼가세요. 다들 놀라셨을 거예요. 여기 편지가 있어요. 틈나실 때 읽어보세요. 파도바의 벨라리오 씨로부터 온 거예요. 그걸 읽어 보시면 바로 이 포셔가 그 박사였고, 네리사가 바로 서기였다는 걸 아실 거예요. 여기 로렌조 씨가 증인이에요. 당신들이 떠나자 곧 뒤따라 떠났다가 지금 막 돌아왔어요. 아직 집에도 들어가지 않았어요. 안토니오 님, 정말 잘 오셨습니다. 그리고 생각지도 못한 희소식이 있어요. 이 편지를 빨리 뜯어 보세요. 선생님의 상선 세척이 뜻밖에도 짐을 가득 싣고 입항한다는 소식이 적혀 있어요. 이 편지가 어떻게 제 손에 우연히 들어오게 됐는지는 묻지 말아 주세요.

[안토니오] 뭐라고 말을 해야 할지!

[바사니오] 당신이 그 박사였소? 날 속이고?

[그레시아노] 당신이 바로 내 아내의 새서방인 서기였단 말이오?

[네리사] 네, 하지만 그 서기에 대해선 염려하지 말아요. 성장해서 아주 남정네가 돼 버린다면 모르지만.

[바사니오] 어여쁜 박사님, 이젠 내 잠자리 상대가 돼 주오. 내가 집을 비울 땐 내 아내와 한 침대를 쓰셔도 좋소.

[안토니오] 아름다운 부인, 제게 생명과 재산을 도로 주셨습니다. 이 편지엔 내 배들이 무사히 입항하였다고 분명히 적혀 있습니다.

[포셔] 그리고 로렌조 씨, 제 서기가 당신에게도 좋은 소식을 가지고 왔어요.

포셔에게 사과하는 바사니오
포셔와 바사니오가 실랑이 하는 가운데
새로운 커플이 된 네리사와 그레시아노가 웃고 있는 장면이다.

[네리사] 그래요, 수수료 없이 그냥 드리겠어요. 당신과 제시카에게 드리는 거예요. 자, 유대인 샤일록으로부터 그의 사후, 유산 전부를 양도한다는 특별 양도증서예요.

[로렌조] 두 분 부인, 이건 굶주린 사람에게 하늘이 만나를 내리시는 것 같습니다.

[포셔] 벌써 새벽녘인가 봐요. 여러분께선 아직 이번 일에 대해 충분히 이해하지 못해 답답하실 거예요. 자, 안으로 들어가 마음껏 저희들을 심문해 보시지요. 속 시원하게 대답해 드리겠어요.

[그레시아노] 그럽시다. 내 첫 번째 심문은 우선 네리사에게 선서부터 먼저 시키고 물어보고 싶은 건데, 내일 밤까지 기다리겠는가, 그렇지 않으면 날이 새기까지 두 시간 남았으니 지금 당장에 잠자리에 들겠는가 하는 문제에 대한 겁니다. 그러나 날이 새더라도 해가 좀 늦게 떠서 좀 깜깜했으면 좋겠는 걸. 내가 박사님의 서기를 껴안고 마냥 누워 있을 수 있게 말이야. 어쨌든 앞으로 평생 살아가는 동안 다른 걱정거리는 별로 없을 것 같은데. 네리사의 반지를 안전하게 잘 간직할 수 있을는지 제게는 이것보다 더 큰 걱정거리가 없을 것 같아 정말 걱정입니다.

(모두 퇴장)

5막 1장 분석

5막은 거의 전적으로 낭만적인 사랑이라는 주제로 넘어가고 이 장면만으로 구성된 연극의 마지막에서 우리는 코미디와 로맨스의 세계인 벨몬트로 돌아간다.

로렌조와 제시카의 대화는 사랑과 달빛이라는 연인들의 일반적인 주제를 아름답게 보여 준다. 그리고 로렌조는 포셔의 음악가들을 소환하여 제시카에게 음악의 본질에 대해 자세히 설명한다. 의미심장하게도 음악은 셰익스피어의 연극에서 중요한 장치이자 캐릭터의 성격을 보여 주는 요소이다. 그는 음악을 싫어하는 캐릭터는 항상 불완전하거나 왜곡된 인간이라고 말한다. 포셔와 네리사, 그리고 바사니오, 그레시아노, 안토니오의 도착은 연극의 마지막 악장인 '반지 이야기'의 결말로 귀결된다. 셰익스피어는 포셔가 바사니오에게 반지를 선물했을 때부터 이 장을 준비해 왔다. 물론 관객들은 안토니오가 바사니오를 설득하여 '로마의 젊은 박사'에게 반지를 주도록 했을 때부터 이 귀결을 기대하고 있었다.

바사니오, 안토니오, 포셔가 다정하게 대화를 나눈 후, 네리사는 그레시아노와 격렬한 말다툼을 시작하고, 이어지는 두 여인의 비난에 바사니오와 그레시아노는 혼란에 빠진다. 그들은 아내의 격렬한 비난을 이해할 수 없다. 물론 고대 그리스의 코미디와 오늘날의 코미디에서도 아내에게 부당한 비난을 받는 남자의 모습은 흔하며 확실한 재미를 보장한다. 네리사가 그레시아노를 꾸짖을 때, 포셔는 확신을 가지고 자신의 남편은 어떤 이유로도 그녀가 준 결혼반지를 절대 포기하지 않을 것이라는 취지의 연설을 한다. 거의 무의식적으로 우리는 바사니오가 옆으로 돌아서서 "차라리 왼손을 잃었으면"이라고 말할 때 동정심에 움찔하게 된다.

여기서 희극적인 재미는 두 여자가 아는 진실과 관객이 아는 진실, 두 남편이 모르고 있는 진실에 있다. 포셔는 바사니오가 반지를 준 '박사'에 대해 "저도 당신처럼 인심 좋게 갖고 있는 건 무엇이든 드리겠어요. 이 몸이라도, 아니, 남편의 잠자리라도. 그분하곤 어쩐지 마음이 통할 것 같네요. 아니, 분명 그렇게 될 거예요"라고 말하고, 네리사는 "그리고 나는 그의 서기"라고 덧붙인다. 이때까지 바사니오와 그레시아노는 충분히 놀림을 받았으며 장면의 끝은 여자들의 고백, 안토니오의 행운, 마지막으로 로렌조와 제시카의 유산에 대한 것으로 마무리된다.

결혼반지 스토리로 코미디를 끝내는 것은 두 가지 목적을 달성한다. 우선 바사니오와 그레시아노는 안토니오의 진정한 구세주가 누구인지 알게 된다. 둘째, 모든 느슨했던 끈이 묶이고 연인들이 더욱 단단히 재결합한다. 여기서 셰익스피어는 외설적인 것에 대한 예리한 감각을 토대로 이들이 매우 인간적인 연인임을 암시하기 위해 그레시아노의 농담으로 낭만적인 장면을 누그러뜨린다. 그들의 결혼 생활에는 가끔 오해가 있을 수 있지만, 이 모든 것은 사랑과 유머로 극복될 것이다.

셰익스피어 5대 희극

한여름 밤의 꿈

한여름 밤의 꿈

등장 인물

[테세우스] 아테네의 공작으로 히폴리타와 결혼을 앞두고 있다
[히폴리타] 아마존의 여왕, 테세우스의 약혼녀
[에게우스] 헤르미아의 아버지
[라이샌더] 헤르미아를 사랑하는 총각
[드미트리우스] 헤르미아의 약혼자
[헤르미아] 에게우스의 딸
[헬레나] 드미트리우스를 짝사랑하는 처녀
[오베론] 숲을 지배하는 요정의 왕
[티타니아] 요정의 여왕
[요정] 티타니아의 시녀
[퍽] '로빈 굿펠로'라고도 불리는 작은 요정
[퀸스] 목수. 보텀 등과 어울려 공작의 결혼식을 축하하는 연극을 준비한다
[보텀] 직조공
[플루트] 풀무 수선공
[스너우트] 땜장이 등등
요정과 왕과 왕비의 시중을 드는 다른 요정들
테세우스와 히폴리타의 시중을 드는 시종들

1막 1장
Act 1, Scene 1

● 테세우스의 궁전

(테세우스와 히폴리타가 필로스트라테 등 여러 사람을 대동하고 등장한다)

[테세우스] 히폴리타, 이제 나흘 뒤면 새달이니, 우리 결혼식도 머지않았소. 그런데 저 헌 달이 삭는 꼴은 왜 저리 더딘지! 꼭 자식한테 돈 내놓기를 꺼리는 과부나 계모 같소.

[히폴리타] 나흘 낮이 이내 밤에 녹고, 나흘 밤이 꿈결처럼 가면, 활처럼 흰 은빛 초승달이 하늘에서 우리의 결혼을 축복하겠죠.

[테세우스] (필로스트라테에게) 자, 어서 가서 우리 청년들의 발랄하고 활기찬 환희를 되살려라. 장례식에나 맞을 우울과 창백은 결혼식엔 사절이다. (필로스트라테 퇴장, 히폴리타에게) 내 비록 칼로 구애를 하고, 힘으로 사랑을 얻었지만, 결혼식만은 그와 달리 성대하게 갖추겠소.

(에게우스와 그의 딸 헤르미아, 그리고 라이샌더와 드미트리우스 등장)

[에게우스] 폐하, 에게우스, 문안이오.

[테세우스] 고맙소, 그런데 어쩐 일이오?

[에게우스] 폐하, 너무도 분한 나머지 제 딸을 고소하려 합니다. (드미트리우스에게) 이리 좀 나오게. 이 사람은 제가 인정한 사윗감인데, (라이샌더에게) 어이, 냉큼 나와. 이 작자가 제 딸을 유혹했습니다. 자넨 그 애에게 시를 보내고, 정표를 교환하고, 달밤이면 창가로 다가와 거짓 음성의 거짓 사랑을 노래하고, 머리카락 팔찌, 반지, 꽃, 과자, 교묘한 말로 약한 처녀 가슴을 흔들어 눈먼 환상에 빠지게 했어. 교활한 술수로 아이를 부추겨 순종밖에 모르던 내 딸을 고집불통으로 만들었어. 하오니 제 딸이 당장 결혼 확약을 하지 않으면, 자식은 부모의 소유라는 지엄한 아테네 법에 따라, 제가 처분토록 하옵소서. (드미트리우스를 가리키며) 이 청년과 결혼을 하든가, 아니면 죽음을 택하든가.

[테세우스] 헤르미아, 잘 생각해 봐라. 아버지는 신과 같은 존재다. 아름다운 널 만드셨으니, 넌 그분의 밀랍 인형일 뿐, 그걸 부수든 말든 아버지 마음이다. 드미트리우스는 훌륭한 신랑감이 아니더냐.

[헤르미아] 라이샌더도 그렇죠.

[테세우스] 물론, 그러나 부모가 승낙한 쪽이 높은 점수를 받는 법이다.

[헤르미아] 아버지도 저 같은 눈으로.

[테세우스] 네가 부모 눈으로 봐야지.

[헤르미아] 폐하, 저도 모를 용기와 무례를 너그러이 용서하십시오. 제가 드미트리우스하고 결혼을 안 하면 어떤 벌을 내리실지 알고 싶습니다.

[테세우스] 두 가지 길이 있지. 죽든가, 아니면 영원히 속세를 떠나든가. 그러니, 헤르미아. 젊음의 희망과 열정을 생각해라. 아버지의 뜻을 거역하면, 어두운 수도원에 갇힌 채 차갑고 공허한 달님에게 가냘픈 찬송이나 올리며 지내야 해. 물론 끓는 피를 억누르는 독신의 삶 역시 큰 복이다. 하지만 이승의 장미는 꺾여서 향수가 될 때 더 행복하지. 가시에 싸인 채 죽기보단.

[헤르미아] 차라리 그렇게 살다 죽죠. 마음에도 없는 사람에게 무작정 처녀성을 넘기고 지배와 속박에 묶이느니.

[테세우스] 하여튼 새로운 달이 뜰 때까지, 그러니까 우리 두 사람이 백년가약을 맺는 날까지, 여유를 갖고 결정하거라. 부친 뜻을 어기고 죽을지, 시키는 대로 결혼을 할지, 다이아나의 제단 앞에서 영원한 독신을 서약할지.

[드미트리우스] (헤르미아에게) 마음을 돌려요. (라이샌더에게) 물러나게. 괜한 경쟁 말고, 내 권리야.

[라이샌더] 어르신이 자넬 사랑하니, 헤르미아는 내게 맡기고, 자넨 어르신과 결혼하게.

[에게우스] 네 이놈! 그래, 난 이 사람이 좋아서 내 모든 걸 다 줄 것이다. 딸에 대한 내 권리까지도.

[라이샌더] 폐하, 가문과 재산, 모든 게 비슷하고, 사랑은 더 크며, 전도 또한 (더 낫진 않아도) 마찬가지로 양양합니다. 더욱이 뭣보다, 아름다운 헤르미아가 사랑하는데, 왜 권리 요구를 못 합니까? 또 저 친군 착한 헬레나를 유혹했고, 그래서 넋을 뺏긴 내다의 딸은 저 문제 많고 못 믿을 사내를 충심으로, 맹목적으로 사랑합니다.

[테세우스] 실은 나도 그런 얘길 듣고 직접 물어봐야지 했는데, 내 개인 일로 바쁘다 보니 그만 깜빡했구면. (일어나며) 어쨌든, 드미트리우스, 에게우스, 할 말이 있으니 갑시다. (헤르미아에게) 그리고 넌 아버지의 뜻을 따르도록 잘 생각해 봐라. 아니면 아테네 법에 따라 죽음과 독신 서약뿐이니, 그건 누구도 바꿀 수 없다. (히폴리타에게) 갑시다. 왜 그런 표정을? 자, (드미트리우스와 에게우스에게) 자, 두 분도 어서들 갑시다. 내 결혼식 때문도 그렇고, 지금 이 일 때문도 그렇고, 함께 상의를 좀 해야겠소.

[에게우스] 네, 분부대로 하겠습니다.

테세우스 궁전
에게우스가 테세우스 왕에게 자신의 딸 헤르미아의 혼인 문제로
송사를 벌이는 장면이다.

(라이샌더와 헤르미아만 남긴 채, 모두 퇴장한다)

[라이샌더] 아니, 안색이. 이렇게 금방 시드는 장미가 어디 있어요?

[헤르미아] 두 눈엔 펑펑 홍수가 져도 아직 비가 부족한가 보죠.

[라이샌더] 자, 무슨 얘길 들어 봐도. 어떤 역사책을 읽어 봐도. 참된 사랑의 길
에는 난관이 따르죠. 가문 차이라든가…….

[헤르미아] 아니, 가문과 사랑이 무슨…….

[라이샌더] 아니면 나이 차이라든가…….

[헤르미아] 세상에, 그깟 나이 때문에…….

[라이샌더] 또 친구들의 반대라든가…….

[헤르미아] 맙소사, 남의 눈이 무서워…….

[라이샌더] 또 설령 서로 결합이 돼도 전쟁이나 죽음, 질병 등의 훼방으로 소
리처럼 금방, 그림자처럼 꿈처럼 빨리, 찰나에 천지를 드러내는 어두운 밤 번
개처럼 짧게, 아차 할 시간도 주지 않고, 이내 암흑 속에 사라지니, 원래 광
명은 쉬 끝나는 법.

[헤르미아] 참된 사랑에 따르는 방해. 그게 숙명의 지침이라면, 걱정과 희망,
한숨과 갈망, 또는 눈물처럼 사랑과는 뗄 수 없는 부속품이라면, 기꺼이 인
내를 배워야죠.

[라이샌더] 암, 그래야죠. 그건 그렇고. 아테네에서 80리쯤 가면 혼자 된 이모
가 사시는데, 돈은 많지만 애가 없어서 나를 친자식처럼 떠받들죠. 거기라면
안심해도 돼요. 아무리 엄한 아테네 법도 못 미치니까. 나를 사랑하면 내일
밤 집을 빠져나와서 10리밖에 있는 숲속으로 오세요. 왜, 오월제 때 헬레나하
고 일출 구경하던 곳, 그리로 오세요, 그곳에서 기다릴게요.

[헤르미아] 네, 꼭 갈게요. 맹세할게요. 큐피드의 활, 황금 촉 화살, 비너스의
청순한 비둘기, 영혼을 합치는 사랑의 신, 변심한 애인이 떠나감에 칼 타고
여왕이 뛰어든 불, 여자들의 모든 맹세보다 많은 남자의 거짓 맹세, 모든 걸

다 걸고 맹세하죠. 내일, 그리로 꼭 나갈게요.

[라이샌더] 네, 기다릴게요. 어, 헬레나 아니야?

(헬레나 등장)

[헤르미아] 어디 가니, 헬레나? 예쁘다.

[헬레나] 뭐, 예뻐? 그 말 당장 취소해. 드미트리우스는 네 미모에 반했어. 네 눈은 샛별이고, 네 혀는 오월 종달새보다 감미롭게 솟는 음악이야. 아, 병처럼 옮을 수 있다면, 미모도 전염될 수 있다면 네 목소리, 네 눈, 감미로운 네 혀가 다 내 것이 된다면, 그이만 빼곤 세상 모든 걸 다 너한테 줘도 좋으련만! 대체 어떤 눈으로, 어떻게 그이 맘을 사로잡는 거지?

[헤르미아] 상을 찡그려도 내가 좋대.

[헬레나] 아, 난 미소로도 못 하는데!

[헤르미아] 저주를 퍼부어도 좋대.

[헬레나] 아, 난 기도로도 안 되던데!

[헤르미아] 미워할수록 더 따라붙고.

[헬레나] 아, 사랑할수록 밉다던데!

[헤르미아] 하지만 내 탓은 아니잖아.

[헬레나] 물론, 그 미모 빼곤, 아, 숫제 내 탓이라면.

[헤르미아] 안심해. 이젠 날 못 봐. 우린 도망칠 거야. 라이샌더를 처음 보기 전까진 아테네는 내게 천국이었지. 그런데 사랑의 힘이 미치자 갑자기 지옥으로 변했어.

[라이샌더] 헬레나, 우리 계획을 알려 드리죠. 내일 밤, 하얀 달이 수면에 얼굴을 비칠 때, 풀잎에 이슬이 맺힐 때면, 우리는 잰걸음 소리 없이 성문을 빠져나갈 거예요.

[헤르미아] 너와 내가 앵초꽃을 베고 속마음을 털어놓곤 하던, 그 숲속에서 이

를 만나 영원히 아테네를 등지고 낯선 세계로, 새 친구들을 찾아서 떠날 거야. 잘 있어. 소꿉친구. 기도해 줘. 나도 그분과 네가 잘되길 빌게. (라이샌더에게) 그럼 적어도 내일 밤까진 보고 싶어도 참아야겠죠.

[라이샌더] 그래야죠. 그럼. 잘 있어요. 부디 사랑이 이루어지길!

(헤르미아 퇴장. 헬레나에게)

(라이샌더 퇴장)

[헬레나] 아, 행복도 천차만별이군! 모두 나를 예쁘다지만 소용없지. 그이가 싫다니. 왜 그이만 나를 몰라줄까? 그이가 쟤 눈에 빠졌듯이, 나도 그이 장점만 보나 봐. 하긴, 사랑하면 아무리 천한 것도 훌륭해 보이지. 사랑엔 가슴뿐 눈이 없고, 큐피드는 날개뿐 장님이고, 물불 안 가리고 허둥대니, 눈먼 날개는 사랑의 상징, 늘 헷갈리는 애들 같으니 사랑은 언제나 천방지축. (악동들처럼 돌아다니며 맹세를 깨게 하는 큐피드) 한때는 그이도 우박처럼 사랑의 맹세를 쏟았지. 새로이 불붙은 열정으로 금방 다 녹아 사라졌지만. 그래, 탈출 계획을 알리자. 그럼 숲으로 쫓아가겠지. 고맙단 소린 기대도 안 해. 하지만 이 아픔은 보상할 거야. 내일 밤 나도 따라가 그이의 시선을 되돌릴 거야.

(헬레나 퇴장)

▎1막 1장 분석

　달빛에 흠뻑 젖고 몽상으로 가득 찬 이 연극은 관객을 매료시킨다. 예를 들어, 이 장면은 테세우스와 히폴리타가 다가오는 결혼식을 위한 축제를 계획하는 것으로 시작된다. 헬레나에 따르면 사랑 자체는 환상과 마법과 관련이 있다. 그녀는 생각, 꿈, 한숨, 소원, 눈물이 모두 사랑의 하수인이라고 말한다. 사랑의 행복과 슬픈 측면이 모두 존재하는 이 오프닝 장면은 마법과 신비로운 변형에 대한 강조, 진정한 사랑의 과정, 상상과 이성의 갈등을 포함하여 드라마의 모든 주요 주제를 설정한다.

제목에서 알 수 있듯이 이것은 꿈과 비논리적이고 마법적이며 관능적인 캐릭터들에 관한 연극이다. 한여름의 밤은 광기, 환희와 마법의 시간이다. 이 마법은 개인적이고 일반적인 변형의 개념을 통해 연극에서 제설정된다. 테세우스는 히폴리타에게 그들의 결혼이 초승달이 뜨는 행복한 4일 안에 이루어질 것이라고 확신함으로써 그의 결혼식을 달의 변화와 연결시킨다. 여기서 테세우스는 달이 서둘러 지고 히폴리타와의 결혼을 시작할 수 있기를 원한다. 히폴리타는 또한 달을 사랑과 결혼과 연관시켜 결혼식 날에 "나흘 낮이 이내 밤에 녹고, 나흘 밤이 꿈결처럼 가면, 활처럼 흰 은빛 초승달이 하늘에서 우리의 결혼을 축복"하리라 선언한다.

장면 후반부에서 달은 다시 한번 변신하여 순결한 여신 다이애나 역할로 분한다. 테세우스는 헤르미아에게 아버지가 원하는 대로 드미트리우스와 결혼하지 않으면 불행한 삶이 따를 것이라 경고하고 다음 초승달까지 결정을 내려야 한다고 말한다. 장면이 끝날 무렵, 달은 그녀의 많은 이름 중 하나인 달빛 숲의 여왕 피비로 자신을 소개한다. 여기서 그녀의 '은색 얼굴'은 아테네에서의 라이샌더와 헤르미아의 모습을 밝히고 은폐하여 테세우스와 에게우스의 가혹한 권위를 넘어 행복한 미래로 이끈다. 연극이 진행됨에 따라 달은 마법처럼 그녀의 변신을 계속할 것이다.

사랑은 연극의 주요 관심사이다. 그러나 사랑으로 그려진 그림이 반드시 낭만적이거나 단순한 것은 아니며 욕망으로 인한 마음의 고통과 한숨, 눈물, 꿈과 소원이 그려진다. 라이샌더가 헤르미아에게 말했듯이, 진정한 사랑은 결코 쉽게 이뤄지지 않는다.

헬레나의 사랑은 다른 악마, 즉 무관심에 시달린다. 그녀가 드미트리우스를 더 열렬히 사랑할수록 그는 그녀를 더 철저히 미워한다. 그리고 그의 경멸에는 특별한 이유가 없는 것 같다.

사랑이 상호적일 때조차도, 종종 가족의 반대에 의해 방해를 받는다. 라이샌더와 헤르미아에게 사랑은 그녀가 드미트리우스와 결혼하기를 바라는 아버지의 욕망 때문에 문제가 된다. 법은 그의 편이다. 연극의 모든 관계, 특히 이 관계는 사랑과 상상력이 이성과 법으로 충돌하는 모습을 강조한다. '아테네의 오래된 특권'에 따르면 에게우스는 원하는 대로 딸을 처분할 수 있다.

에게우스는 딸을 자신이 적절하다고 믿는 대로 명령할 수 있는 대상에 불과하다고 생각한다. 그의 말은 종종 법이나 이성을 내세운 폭력으로 보인다. (4막에서 테세우스의 말을 바꾸어 말하면) 이성과 법의 목소리인 테세우스는 칼로 히폴리타에게 구애했고 '상처를 입혀' 그녀의 사랑을 얻었다. 히폴리타는 연극에서 차분하고 심지어 수동적인 것처럼 보이지만, 그들의 사랑을 이어준 폭력은 끊임없이 등장한다. 연극은 우리를 동물적 본성으로 되돌려 놓고 인간 욕망의 원시적이고 심지어 짐승적인 면을 보여 준다.

라이샌더는 자신이 드미트리우스만큼 부유하고, 잘 생기고, 성공했다고 지적한다. 또한 헤르미아에 대한 그의 사랑은 진실인 반면에 드미트리우스의 사랑은 최근 헬레나로부터 헤르미아로 옮겨졌으므로 변덕스럽다고 말한다. 사랑, 마술, 섹슈얼리티가 모두 담긴 이 연극에서 독신의 삶이란 죽음보다 더 나쁜 것이다. 이 연극은 사랑의 고달픔, 특히 결혼에 대한 여성의 선택권에 대한 문제를 제시하지만 결국 목표는 사랑과 연애, 열정과 삶을 축복하는 데 있다.

A Midsummer Night's Dream

1막 2장

Act 1, Scene 2

● **퀸스의 집**

(목수 퀸스와, 가구장이 스누그, 방직공 보텀, 풀무 수리공 플루트, 땜장이 스너우트, 재봉사 스타벨링이 등장한다)

[퀸스] 다들 모였나?

[보텀] 거, 적힌 대로 하나씩 불러 보면 되잖소.

[퀸스] 폐하의 결혼식 날 밤, 두 내외분 앞에서 연극을 하는데, 이게 아테네를 통틀어 연극에 맞을 법한 친구들의 명단일세.

[보텀] 그럼 연극 내용부터 말하고 그다음에 배우 이름을 부르시오. 그게 순서지.

[퀸스] 응, 이건 '피라무스와 티스베'의 비참한 죽음을 다룬 너무도 슬픈 희극일세.

[보텀] 거, 참말 좋은 작품이군. 재밌겠어. 자, 그럼 인제 배우 이름을 불러 보시오.

[퀸스] 자, 대답들 하게. 방직공, 닉 보텀.

[보텀] 거, 배역도 말해 주고 넘어가소.

[퀸스] 닉 보텀, 응, 피라무스로군.

[보텀] 그게 누구요? 폭군이오?

[퀸스] 아니, 사랑 때문에 자살하는 용감한 사나이지.

[보텀] 잘만 하면 눈물깨나 뽑겠군. 거, 관객들 눈 조심시키소. 슬픔에 빠져 폭우를 쏟게 할 테니. 사실 난 폭군이 제격인데. 헤라클레스, 굉장했지. 맹수를 박살내는 역도 끝내줬고. 성난 바위 내리굴러 감옥 문을 쳐부수고 햇살 전차 먼빛으로 바보 운명 흥망케 해. 대단했지. 역시 난 헤라클레스나 폭군 기질이야. 이번엔 좀 슬픈 역이지만. 자, 또 부르시오.

[퀸스] 풀무 수리공, 프란시스 플루트.

[플루트] 네.

[퀸스] 자넨 티스베 역이네.

[플루트] 티스베요? 방랑 기사가요?

[퀸스] 아니, 피라무스의 애인일세.

[플루트] 안 돼요. 여잔 못해요. 수염이 나는데요.

[퀸스] 상관없어. 탈을 쓰니까. 소리만 곱게 내면 돼.

[보텀] 거, 탈을 쓴다면 티스베 역도 나에게 맡기시오. 끔찍하게 작은 소리로, "오, 피라무스, 내 사랑! 전 그대의 사랑, 그대의 티스베예요!"

[퀸스] 자, 그만. 자넨 피리무스야. 플루트, 자네가 티스베고.

[보텀] 네, 계속하시오.

[퀸스] 재봉사, 로빈 스타벨링.

[스타벨링] 네.

[퀸스] 자넨 티스베의 모친. 그리고 땜장이, 톰 스너우트.

[스너우트] 네.

[퀸스] 자넨 피라무스의 부친. 난 티스베의 부친. 가구장이 스누그, 자넨 사

퀸스의 집
퀸스를 비롯한 그의 친구들이 연극에 대한 회의를 하는 장면이다.

자. 자, 이상이네.

[스누그] 사자 대사는 썼어요? 썼음 좀 주세요. 머리가 나빠서.

[퀸스] 즉석에서 해. "어흥" 소리만 내면 되니까.

[보텀] 거, 사자 역도 날 주시오. 내가 "어흥" 하고 울면 다들 속이 후련할 테니. 아마 폐하께서도 "한 번 더 울어 봐라." 하실 거요.

[퀸스] 너무 무섭게 울었다가 괜히 왕비나 귀부인들이 놀라 소리라도 치면, 우린 다 교수형이야.

[일동] 암, 죄다 교수형감이지.

[보텀] 물론 귀부인들이 놀라 기절이라도 하는 날엔 사정없이 목을 매달겠지. 하지만 난 목소리를 적당히 조절해서 비둘기 새끼처럼 얌전하게, 꾀꼬리처럼 은은하게 어흥거릴 거야.

[퀸스] 글쎄, 자넨 피라무스만 하면 돼. 피라무스는 젊고 친절하고 잘생긴 남자야. 아주 멋진 신사란 말일세. 그러니까 꼭 자네가 맡아야 해.

[보텀] 거, 그럼 말지. 뭐. 그런데 수염은 어떤 게 좋겠소?

[퀸스] 맘대로 하게.

[보텀] 누런색으로 할까? 아니면 황갈색이나 자주색으로 할까? 아니, 프랑스 금화처럼 아예 샛노란 색으로 할까 보다.

[퀸스] 거, 프랑스 놈들은 매독 때문에 대머리가 많으니 자네도 수염 없이 하게나. 자, 이게 각자 대사일세. 내일까지 꼭 외워서 달밤에, 여기서 1마일쯤 떨어진 궁궐 숲에서 만나세. 시내에선 보는 눈이 많아 계획이 탄로 날지 모르니 거기서 연습하세. 그동안 난 필요한 도구 목록을 만들지. 자, 부탁하네.

[보텀] 암, 거기서 마음 놓고 실컷 연습해야지, 자, 수고들 하시오.

[퀸스] 참나무 밑일세.

[보텀] 예, 자, 약속들 잘 지키세.

(일동 퇴장)

1막 2장 분석

이 장면에서는 연극의 톤과 분위기가 바뀐다. 셰익스피어는 배우들을 등장시켜 계급 차이를 보여 주고 사회 내에서의 배우의 위치와 성격에 대한 성찰을 제공한다. 이 장면은 이전 장면과 완전한 대조를 이루는 것처럼 보이지만 약간의 연속성이 있다. 예를 들어, 연극 속의 연극 《피라무스와 티스베》는 불행한 연인의 이야기이며, 이전 장면에서 라이샌더가 선언했듯이 결코 사실이 아닌 비뚤어진 사랑의 과정을 이어 간다.

《피라무스와 티스베》는 또한 셰익스피어의 작품 《로미오와 줄리엣》과 같은 주제적 연속성을 갖는다. 둘 다 겉보기에 죽은 것처럼 보이는 여주인공을 발견하고 자살하는 진정한 연인의 비극적인 운명을 이야기한다. 피라무스는 로미오가 죽은 것처럼 보이는 줄리엣을 발견한 후 자신을 찔렀던 것처럼 사자가 티스베를 삼켰다고 오해하고 자살한다. 이 비극적인 주제는 결혼 축하 행사에서 공연되기에 적절치 않지만, 이 비극은 곧 환희로 누그러진다. 배우들의 희극적인 행동들이 《피라무스와 티스베》의 슬픈 이야기를 해학으로 바꾼다.

보텀은 종종 셰익스피어의 작품에서 가장 활기찬 캐릭터 중 하나로 간주된다. 그의 이기주의와 부족한 자기 성찰은 비판을 받지만, 그의 활력은 그를 극장 관객들이 가장 좋아하는 사람으로 만든다. 예를 들어, 이 장면에서 극의 모든 역을 수행하려는 그의 의지는 리더가 되고자 하는 그의 열망을 보여 주고, 그의 매력은 종종 비열한 성격뿐만 아니라 서투른 언어 구사력에서도 발산된다.

이 연극 속의 연극을 만든 셰익스피어의 목표는 코믹한 요소의 추가였다. 그런데 왜 그는 이 배우들을 바보로 설정했을까? 아마도 셰익스피어는 관객들이 드라마와 현실의 관계에 대해 더 신중하게 생각하기를 원했을 것이다.

이 아마추어 배우들은 우리로 하여금 바로 이 질문에 대해 숙고하게 만든다. 꿈은 셰익스피어의 작품에서 여러 차례 등장하는데 이 연극은 그 자체로 꿈이며, 등장인물들이 실생활에 영향을 미치는 요정 세계에 관여하게 되는 마법의 여정이다.

또한 우리는 이 연극 속의 연극에서 배우에 대한 우리의 문화적 고정 관념을 확인하게 된다. 예를 들어, 보텀은 항상 쇼를 이끌고 싶어 하는 스타이다. 그는 또한 자신의 역할보다 의상에 더 관심이 많은 배우이기도 하다. 그가 자신의 대사에 대해 걱정하는 것보다 공연의 사소한 세부 사항(어떤 색 수염을 선택할지 등)에 대해 걱정하는 데 얼마나 많은 시간을 소비하는지 주목하자. 반면에 퀸스는 자신의 캐스팅이 연극을 빛낼 수 있도록 신중하게 조율하는 감독이다. 그는 플루트에게 가면을 쓴 티스베의 역할을 할 수 있다고 확신시켜 상상의 수염이 자랄 수 있도록 하고, 보텀에게 피라무스 역할을 할 수 있는 충분한 기술을 가진 유일한 배우라고 설득한다.

A Midsummer Night's Dream

2막 1장

Act 2, Scene 1

● 아테네 근처의 숲

(요정 하나가 한쪽 입구로 들어오고, 로빈 굿펠로[퍽]가 다른 쪽 입구로 들어온다)

[퍽] 어, 요정 아냐, 너 어디 가니?

[요정] 언덕 넘어 골짜기 넘어, 덤불 뚫고 가시 뚫고, 정원 넘어 담장 넘어, 물을 지나 불을 지나 사방팔방 달려가지. 달님보다 재빠르게 풀잎 위에 이슬 주러. 키 큰 앵초 여왕 시종, 황금 외투 반점에다 향기 가득 뿜어내는 루비 방울 선물하러. 난 가야겠다. 이슬 찾으러, 앵초 귓불에 진주 매달러, 잘 있어, 멍청아! 여왕께서 요정들과 곧 이리 오실걸.

[퍽] 우리 대왕 잔치가 있으니, 여왕은 피하는 게 좋을걸. 오베론 왕은 화가 났거든, 여왕이 인도에서 훔쳐다 애지중지 시동으로 삼은 그 예쁜 아이놈 때문이지. 샘이 난 우리 대왕, 행차 때 시위로 삼게 그 아이를 달라고 해도, 옹고집 여왕은 그 아이에게 화관까지 씌워 놓고 마냥 즐거우니, 숲이건 들이건, 샘물이건 별빛 아래건, 만났다 하면 싸움이고, 겁난 요정들은 도토리 껍질로 숨어들지.

[요정] 보아하니 네가 심술쟁이 요정 로빈 굿펠로구나. 마을 처녀들을 놀라게 하고, 아낙들은 죽어라 우유를 젓는데 크림을 걷어내고, 술이 안 되게 발효를 막고, 밤중에 나그네 홀려 놓곤 헤매는 꼴 보며 깔깔대고, 고블린이나 퍽이라고 불러야 행운을 갖다 주는, 그게 바로 너지?

[퍽] 응, 맞았어. 나는 즐거운 밤의 방랑자, 오베론 대왕의 어릿광대. 암망아지 흉내로 살찐 힘센 수말 속여 주고, 때론 구운 돌배 모양으로 할망구 사발에 숨어 있다가 마시는 입술을 툭 걷어차 쭈그렁 목에 국물을 쏟고, 중요한 얘기 있는 아줌마가 세 발 걸상으로 잘못 보고 날 깔고 앉을 때 싹 피하면 엉덩방아, 헛기침, 오베론 대왕은 미소 짓고, 다들 배꼽을 쥐고 웃으며 기침을 해 대지. 야, 비켜. 우리 대왕님 오신다.

[요정] 홍, 비켜, 우리 여왕님 오신다.

(한쪽 입구로 요정국 대왕 오배론이, 다른 쪽 입구로 여왕 티타니아가 각기 수하들을 거느리고 등장한다)

[오베론] 달밤에 재수 없이 만났군.

[티타니아] 가자. 질투쟁이 대왕하곤 동침도, 상종도 안 하리라.

[오베론] 멈춰라, 내가 남편이거늘.

[티타니아] 그렇다면 난 부인이거늘, 어찌 요정국을 빠져나가 목동 차림에 피리를 물고, 종일 촌 계집한테 사랑을 노래했나요? 그 먼 인도의 산골에선 왜 돌아왔나요? 사랑하는 아마존 계집이 테세우스와 결혼한다니 두 사람 첫날밤에 기쁨과 행복을 선사하러 왔나요?

[오베론] 히폴리타와 나를 의심해? 티타니아, 무슨 망발이오? 정작 테세우스를 사랑해 어스름한 밤 그자를 꾀어내고, 페리게니아, 아에글레스, 아드리아네, 안티오파를 모두 버리게 한 게 누군데?

[티타니아] 질투 때문에 거짓말까지. 당신은 초여름부터 줄곧 언덕과 골짜기,

오베론과 티타니아
요정의 왕 오베론과 왕비 티타니아의 모습이다.

수풀과 초원, 자갈 깔린 샘, 갈대밭 냇가, 모래밭 바닷가, 어디서건 우리가 모여 바람에 맞춰 춤을 추려면 방해했죠. 헛된 반주에 성난 바람은 독기 가득한 바다 안개를 대지 위에 뿜어대고, 그래 하찮은 강까지 기세 등등 둑을 유린하며 범람했죠. 황소의 쟁기질도 헛되이, 농부의 비지땀도 헛되이, 이삭도 못 패고 썩은 곡식, 물이 찬 들판에 텅 빈 축사, 가축 시체에 살찐 까마귀, 진흙탕이 돼 버린 놀이터, 밟는 이 없어 사라져 버린 무성한 풀밭 교묘한 샛길. 겨울옷을 그리는 인간들, 풍년가도 사라진 여름밤, 홍수 관리자, 노기 띤 달의 파리한 얼굴, 습해진 공기, 도처에 깔린 신경통 환자. 계절도 온통 망령이 난 듯 붉은 장미 싱싱한 자락에 허연 머리에 서리가 내리고, 늙은 겨울 얼음장 머리에 향기 달콤 여름 꽃망울이 놀리듯 날아들고, 봄, 여름, 가을, 겨울이 제각기 옷을 바꾸니 세상도 우왕좌왕 계절을 혼동한 채 헤매죠. 이 모든 재난은 우리 둘의 불화와 갈등 때문이에요. 우리가 화근이란 말예요.

[오베론] 우리가 아니라 당신이지? 왜 남편에게 맞서는 거요? 그 아이만 내게 넘겨주면 만사 해결인걸.

[티타니아] 단념해요. 요정국을 다 줘도 안 돼요. 그 아이의 엄마는 날 끔찍이 믿었죠. 향긋한 인도의 밤공기 속에 수시로 내게 얘길 건넸고, 백사장 위에 나란히 앉아 항해 중인 상선을 보면서, 애라도 밴 듯 밤에 부푼 볼록한 돛에 깔깔대다간 이미 그 아이를 임신한 몸으로 흉내 내듯 물을 항해하며, 헤엄치듯 귀엽게 걸어서, 항구로 돌아온 상선처럼, 온갖 물건을 갖다 줬어요. 하지만 인간이라 그 앨 낳다 죽었죠. 그 아이의 엄마를 봐서도 난 절대 그 아이를 버릴 수 없어요.

[오베론] 여기선 얼마나 머물 거요?

[티타니아] 테세우스의 결혼식까지. 우리 달빛 향연을 보면서 함께 춤추려면 같이 가고, 아니면 멀리 꺼져 버려요.

[오베론] 그 아이를 내게 주면 같이 가리다.

[티타니아] 글쎄, 안 돼요. 애들아, 가자. 더 있다간 또 시끄럽겠다.

(티타니아와 그 일행 퇴장)

[오베론] 그래, 가라, 하지만 이 모욕은 숲을 나가기 전에 갚으리라. (퍽에게) 이리 오너라. 너 생각나지? 내가 해변에서 돌고래 탄 인어의 조화롭고 달콤한 노래를 듣던 날. 그 소리에 거친 바다도 얌전해지고, 그 음악을 들으려 별빛도 마구 쏟아지던 날 말이다.

[퍽] 네, 생각납니다.

[오베론] 그때 보니 큐피드가 달과 지구 사이를 날다가 서편 왕좌에 앉은 베스타 여신께 활을 겨눠 수천수만 심장을 뚫을 듯 힘찬 시위를 당기더구나. 하지만 열화 같은 그 화살도 냉정한 달빛에 식고 말아, 사랑을 모면한 처녀왕은 순결한 명상을 계속했고, 화살은 작고 하얀 꽃잎에 붉은 사랑의 상처를 냈지. 처녀들이 사랑의 꽃이라 부르는 그 꽃을 따 오너라. 잠든 눈에 그 즙을 바르면 남자건 여자건 잠이 깨서 제일 처음 보는 대상에게 강한 사랑을 느끼게 된다. 당장 갔다 오너라. 고래가 10리를 가는 것보다 더 빨리.

[퍽] 지구 일주도 40분이면 됩니다.

(퍽 퇴장)

[오베론] 그 액즙만 얻으면, 티타니아가 잠든 사이에 두 눈에 잔뜩 발라 줘야지. 눈을 처음으로 떠 뭘 보면 그게 사자든, 곰이든, 소든, 늑대든, 까불이 원숭이든 애걸복걸 쫓아다녀 봐라. 눈의 마법을 푸는 약초는 그 아일 내게 넘기기 전엔 절대 사용하지 않으리라. 어, 누군가 오네. 인간들은 날 못 보니, 어디 엿들어 볼까?

(드미트리우스가 들어오고, 그를 따라 헬레나가 들어온다)

[드미트리우스] 글쎄, 싫어요. 오지 말아요. 그 죽일 놈과 날 죽이는 님. 대체

어디들 있단 말인가? 이 숲으로 도망쳤다기에 달려왔건만 헤르미아는 뵈지도 않고, 미치겠구나. 좀 가요, 쫓아오지 좀 말고.

[헬레나] 냉정한 자석이 절 당기니, 쇠 대신 강철처럼 진실한 제 맘을 당기니 놓으세요. 그럼 난 쫓을 힘도 없어요.

[드미트리우스] 유혹도, 칭찬도 안 했잖소. 오히려 사랑 안 한다, 아니, 사랑 못 한다 공언했잖소.

[헬레나] 그럴수록 전 더 사랑해요. 전 그대의 애완견이에요. 때릴수록 더 아양을 떨죠. 저를 치고, 내쫓고, 무시하고, 잊으세요. 천덕꾸러기도 좋아요, 따를 수만 있다면. 애완견한테 주는 정도의, 아니, 그보다 못한 사랑도, 감지덕지 구걸하겠어요.

[드미트리우스] 제발. 메스꺼워 못 듣겠소. 보기만 해도 역겹단 말이오.

[헬레나] 전 뵙지 못하면 괴롭던데.

[드미트리우스] 정말 수치심도 없는 거요? 고귀한 처녀의 신분으로, 어찌 늦은 밤 시내를 떠나 이렇듯 인적 없는 곳까지 마구 쫓아다닌단 말이오? 싫다는 사내를 어찌 믿고.

[헬레나] 못 믿을 사람이 따로 있죠. 또 님의 얼굴이 태양이니 지금은 절대 밤이 아니고, 또 님이 나의 온 세상이니 여긴 으슥한 숲도 아니죠. 온 세상이 절 보고 있는데, 어찌 혼자 있다 하겠어요?

[드미트리우스] 난 수풀 뒤로 사라질 테니 맹수들이나 상대하시오.

[헬레나] 맹수들도 이렇진 않아요. 가세요. 신화가 바뀌겠죠. 숨는 아폴론 쫓는 다프네, 독수리를 쫓는 비둘기, 호랑이를 뒤쫓는 암사슴, 강자를 쫓는 무모한 약자.

[드미트리우스] 무슨 얘기를 해도 난 가겠소. 따라오다 내게 무슨 꼴을 당하건 내 원망은 마시오.

[헬레나] 네, 신전과 마을과 들에서 이미 당할 만큼 당했어요. 모든 여성을 모

독한 거죠. 원래 구애란 남자 몫이지, 여자의 몫은 아니니까요.

(드미트리우스 퇴장)

[헬레나] 따라갈 거예요. 님의 손에 죽는다면, 그게 천국이죠.

(헬레나 퇴장)

[오베론] 잘 가라, 처녀. 곧 네가 숨고, 사내가 쫓는 때가 오리라. (퍽 등장) 어서 오너라. 가져왔느냐?

[퍽] 네, 여기.

[오베론] 오, 그래, 이리 다오. 티타니아는 밤이면 곧잘 저기 백리향이 만발하고 앵초와 제비꽃 총총하며, 향긋한 인동초, 사향 장미, 들장미가 하늘을 덮은 곳, 뱀이 빛나는 허물을 벗어 요정의 옷을 짓는 둑에서 꽃과 춤에 취해 잠이 들지. 난 여왕 눈에 이 즙을 발라 완전히 미치도록 할 테니, 넌 이걸 좀 갖고 숲을 뒤져 예쁜 아테네 처녀가 반한 도도한 청년을 홀리거라. 눈을 떠 첫 번째로 그 여잘 보게 하고. 알아보긴 쉽다. 아테네 사람 복장이니까. 그 자가 여자보다 더 홀딱 빠지게 잘해 놓고, 첫닭이 울기 전까지 돌아오너라.

[퍽] 네, 대왕님, 걱정하지 마십시오.

(오베론과 퍽 퇴장)

2막 1장 분석

연극은 이성적인 테세우스가 지배하는 아테네의 세계에서 오베론과 티타니아가 지배하는 요정이 들끓는 마법의 숲으로 우리를 안내한다. 분위기는 달라졌지만 주제는 동일하게 유지된다. 퍽과 티타니아의 요정 사이 첫 대화에서 그들은 요정 세계의 통치자들 사이의 싸움에 대해 논의하며 순조롭게 진행되지 않는 사랑의 또 다른 예를 제공한다. 티타니아와 오베론의 대화는 각자가 저지른 불륜에 초점을 맞춘다. 오베론은 한때 아마존의 여왕인 히폴리타와 사랑에 빠졌을 뿐만 아니라 티타니아는 테세우스에게 반한 것으로 추정된다. 이전 장면에서 새롭게 사랑을 시작한 커플을 보여 주었다면 오베론과 티타니아의 대화는 오랫동안 함께해 온 부부의 어려움을 보여 준다. 그들을 인도하는 사랑이 없다면, 온 땅은 홍수, 썩은 농작물, 수많은 문제들로 황폐화되었을 것이다.

오베론과 티타니아 사이의 논쟁의 주요 원인은 인도 소년이다. 오베론은 티타니아가 인도 왕에게서 아이를 훔쳤다고 비난하지만, 티타니아가 아이를 키우는 건 이보다 개인적인 이유이다. 티타니아는 여사제 중 한 명인 소년의 어머니와 좋은 친구 사이였으며, 친구가 출산 중 사망하자 그녀의 아들을 키우기로 결정한다. 친구를 묘사하는 티타니아의 아름다운 언어는 그들 우정의 깊이를 강조한다.

그렇다면 오베론은 왜 소년을 훔쳐 심복으로 고용하는 데 집착하는 걸까? 셰익스피어는 그 이유를 설명하지 않는다. 아마도 오베론은 티타니아와 아이 사이의 긴밀한 유대, 오베론이 배제된 것처럼 보이는 그 관계를 질투하거나 단순히 티타니아에 대한 남성의 권위를 주장하고 싶을 수도 있다. 몇몇 문학 비평가들은 아마도 오베론이 자신의 뒤를 이를 유산 상속자로서 아이를 원하는 것이라고 설명한다.

티타니아에게서 아이를 빼앗기 위해 오베론은 극 중 첫 번째 마법을 불러 일으켜 현실과 환상 사이의 명확한 연결 고리를 만든다. 그는 티타니아의 눈을 멀게 해 짐승 같은 캐릭터와 사랑에 빠지게 하려고 계획한다.

눈을 멀게 할 식물을 찾기 위한 계획을 논의하는 장면은 관련 이미지와 암시로 가득 차 있다. 오베론은 큐피드가 '서쪽 왕좌에 앉은 공정한 베스탈'에 화살을 잃는 것에 대해 이야기하는데 대부분의 비평가들은 이 공정한 베스탈이 이 연극의 암묵적인 후원자인 엘리자베스 여왕이라고 믿으며, 아마도 이 연극이 그녀가 참석한 결혼 축하 행사를 위해 쓰인 것이리라 짐작한다. 엘리자베스는 결혼하지 않고 평생 처녀로 남았다고 전해진다.

이 장면의 마지막 부분에서 인간 세계는 드미트리우스와 헬레나가 자신도 모르게 오베론의 지배권에 해당하는 숲을 침해하면서 요정 영역과 상호 작용한다. 헬레나는 사랑에 완전히 압도된 캐릭터로 그려진다. 그녀는 드미트리우스를 위해 모든 자존심을 포기하고 그가 더 많이 때릴수록 그를 더 사랑할 것이며 기꺼이 이용당할 것이다. 드미트리우스는 그녀를 함부로 대하며 밀어내지만 그조차도 헬레나의 애정 공세에 영향을 미치지 못한다. 드미트리우스와 헬레나의 이러한 상호작용은 이 연극의 종종 폭력적인 부분을 담당하며 사랑과 같은 강한 감정이 종종 폭력과 같이 덜 바람직하지만 똑같이 강한 다른 행동에 영향을 미친다는 사실을 암시한다.

헬레나와 드미트리우스의 대화에서 우리는 남성과 여성이 사랑할 때 전통적으로 허용되는 역할 유형이 뒤바뀌었음을 알아챈다. 그리고 헬레나는 사랑하는 사람과의 관계에서 자신의 위치를 알고 있는 것 같다. 여기에서 히폴리타의 이야기를 하지 않을 수 없다. 히폴리타는 한때 전사이자 아마존의 존경받는 지도자였다. 테세우스의 신부인 히폴리타와 마찬가지로 헬레나는 전통적인 남성의 지배력과 권력의 역할을 찬탈했다. 그녀는 아마도 히폴리타가 한때 그랬던 것처럼 전사가 되지는 않겠지만, 사랑에 빠진 자신의 운명을 통제하려는 시도로 남성 세계에 문제를 일으킬 것이다. 아마도 이것이 헬레나가 그녀의 충실함에 대해 보상을 받는 이유일 것이다. 오베론은 드미트리우스에게 마법의 즙을 사용하겠다고 맹세함으로써 그녀의 대의를 지지하고, 그녀를 복종적이고 전통적인 여성적인 위치로 되돌린다.

A Midsummer Night's Dream

2막 2장
Act 2, Scene 2

● 숲속의 다른 곳

(요정의 여왕, 티타니아가 수하들을 거느리고 등장한다)

[티타니아] 자, 잠시 춤을 추며 요정의 노랠 들려다오. 그런 뒤엔 장미에 낀 벌레도 죽이고, 꼬마 요정들 외투 만들게 박쥐 날개도 빼앗아 오고, 밤마다 요정들을 놀라게 하는 부엉이도 쫓고. 자, 노래를. 내가 잠들면 각자 일터로.

(요정들이 노래한다)

[요정 1] 갈라진 혀 얼룩 뱀, 가시 촘촘 고슴도치, 도마뱀아 저리 가라, 우리 여왕 주무신다.

[합창단] 소리 낭낭 꾀꼬리야, 자장가를 불러 보자, 자장자장. 마법 해악 얼씬 마라, 우리 여왕 근처에는, 자장자장.

[요정 1] 줄을 치는 거미들아, 긴 다리의 방직공아, 검풍뎅아 저리 가라, 민달팽아 오지 마라.

[합창단] 소리 낭낭 꾀꼴 새야…… (계속)

[요정 2] 자, 됐다. 하나는 멀리서 지키고 물러들 가자.

(요정들 퇴장. 티타니아는 잠이 든다. 오베론 등장. 티타니아의 눈꺼풀에 꽃 즙을 짜 바른다)

[오베론] 깨어나 무얼 보든지 그게 당신 애인이니, 사랑에 혼 좀 나봐라. 살쾡이, 표범, 고양이, 곰, 뻣뻣한 털 멧돼지, 잠을 깨 눈에 띄는 게 애인이니, 뭐든 제발 흉측한 것만 보아라.

(오베론 퇴장. 라이샌더와 헤르미아 등장)

[라이샌더] 계속 헤매니까 힘드시죠? 실은 저도 잘 못 찾겠어요. 좀 쉬었다 가는 게 어때요?

[헤르미아] 좋아요. 전 여기 누울 테니, 어디 다른 델 찾아보세요.

[라이샌더] 자리가 충분한데요, 한 마음 한 침대, 두 몸에 사랑 하나.

[헤르미아] 안 돼요. 제발 저리 가세요. 가까이 오지 마시라고요.

[라이샌더] 아, 이건 순수한 뜻이에요. 연인 사이에 그걸 몰라요? 이미 제 마음을 드렸으니 한마음이나 마찬가지고, 두 몸을 맹세로 묶었으니 사랑은 하나라는 뜻이죠. 옆에 누워도 상관없어요. 허튼짓은 절대 안 합니다.

[헤르미아] 듣기 참 묘한 말씀이네요. 허튼짓이라뇨? 제 얘기가 그런 뜻이면 욕먹어 싸죠. 다만 사랑과 예의를 위해, 좀 멀리 누우시란 말예요. 순결한 처녀 총각 사이엔 당연히 그래야 한다고요. 자, 그럼, 안녕히 주무세요. 죽는 날까지 변함없기를!

[라이샌더] 없기를! 이 마음 변한다면, 내 천벌을 받아 죽으리라! 자, 저는 여기. 편히 주무세요.

[헤르미아] 네. 고마워요. 편히 쉬세요.

(두 사람은 잠이 든다. 퍽 등장)

[퍽] 빨리 이 사랑의 즙을 실험해 봐야 할 텐데, 온 숲속을 다 헤매도 그자를 못 찾겠으니. 한밤의 정적. 누구지? 어, 아테네 사람이네, 옷을 보니. 음, 저 처녀를 싫어한단 말이지. 처녀도 곤히 자는군. 더럽고 축축한 곳에서. 가엾은 것, 사내 곁엔 감히 눕지도 못하고. 못된 놈, 이제 두 눈에 약을 잔뜩 발랐으니 두고 보자, 잠만 깨면 사랑에 환장할 테니. 자, 난 오베론 대왕께 갈 테니 눈을 뜨거라.

(퍽 퇴장. 드미트리우스와 헬레나가 뛰어 들어온다)

[헬레나] 멈춰요. 죽어도 못 가겠어요.

[드미트리우스] 그러니 따라오지 말아요.

[헬레나] 깜깜한데 나 혼자? 안 돼요.

[드미트리우스] 내 알 바 아니오. 가겠소, 난.

(드미트리우스 퇴장)

[헬레나] 아, 숨차. 죽도록 쫓아도, 기도를 해도 소용없으니, 헤르미아는 행복할 거야. 그 맑고 예쁜 눈 덕분이지. 눈이 어쩜? 눈물에 씻겨서? 아니, 그거야 내가 더 하지. 아냐, 난 곰처럼 못생겼어. 짐승들도 날 보면 달아나. 드미트리우스가 날 보고 질겁하는 것도 당연하지. 그 샛별 같은 눈에다 감히 내 눈을 비교해? 착각도 참. 아니, 누구지? 아, 라이샌더! 죽었나? 자나? 피나 상처는 없는데. 이봐요, 라이샌더.

[라이샌더] (잠을 깨면서) 그댈 위해선 불 속이라도. 오, 눈부신 헬레나! 그 맘이 환히 뵈니 이게 웬 조화죠? 그 더러운 놈은요? 당장에 이 칼로 요절내 줘야지.

[헬레나] 그런 말씀 마세요. 그분이 걔를 사랑해도, 헤르미아는 꿋꿋해요. 만족하셔야죠.

헬레나에게 사랑을 고백하는 라이샌더
퍽의 사랑의 즙을 바른 라이샌더가 헬레나를 보고 반하는 장면이다.

[라이샌더] 만족을 해요? 천만에, 괜히 지루하게 시간만 보냈지. 난 이제 그대를 사랑해요. 누가 까마귈 비둘기하고 안 바꾸겠어요? 내 생각엔 헬레나가 훨씬 훌륭한데. 다만 그간은 너무 젊어서 제때 분별하지 못했던 거죠. 하지만 이젠 깨우쳤어요. 정확한 분별력에 이끌려 그대의 눈을 봤고, 진실한 사랑 얘기를 찾아냈어요.

[헬레나] 아, 난 조롱만 받을 팔잔가? 도대체 왜 절 모욕하시죠? 드미트리우스는 아직 제게 눈 한번 곱게 안 떠 줬건만, 그걸로는 부족하다, 못난 년 맘껏 놀려 먹자, 이건가요? 너무해요. 정말 너무해요. 너무 야비한 구애였어요. 안녕히 계세요. 전 그래도 점잖은 분인 줄 알았는데. 아, 한 남자한테선 거절을 또 한 남자한테선 조롱을!

(헬레나 퇴장)

[라이샌더] 다행히 헤르미아는 못 봤어. 잘 자. 내 곁엔 얼씬도 말고. 달콤한 음식에 식상하면 위장을 더 역겹게 하듯이, 미신에 빠졌다 깨어나면 속은 만큼 더 증오하듯이, 너라는 미신에 식상한 난 누구보다 널 증오하리라! 이제 난 헬레나의 기사다! 온 힘을 다해 그녀를 사랑하리라!

[헤르미아] (잠을 깨면서) 살려 줘요, 라이샌더! 제발 가슴의 이 뱀 좀 떼어 줘요! 아, 무슨 꿈이람! 라이샌더, 무섭고 떨려요. 뱀이 제 심장을 파먹는데, 앉아서 쳐다보며 웃고만…… 라이샌더! 어, 없네. 여봐요! 안 들려요? 갔나? 말도 없이? 어디 계세요? 말 좀 해 봐요! 제발요! 무서워 죽겠어요! 아, 이 근처에 없나 봐. 가자. 그이든 시체든 곧 찾겠지.

(헤르미아 퇴장)

2막 2장 분석

티타니아의 축제는 노래와 춤으로 가득 차 있다. 요정들은 티타니아를 위해 자장가를 부르며 뱀, 거미, 딱정벌레와 같은 모든 불쾌한 것들을 여왕으로부터 떨어트리는 임무를 수행한다. 티타니아의 세계는 아름다움으로 가득 차 있으며, 그녀의 노래는 그녀가 지배하는 자연 세계에 대한 언급으로 가득 차 있다.

그녀의 요정들이 곤충과 작은 짐승을 쫓기 위해 노력하는 동안 오베론은 표범이나 멧돼지 또는 곰과 같은 더 큰 동물을 그녀의 정자로 불러낸다. 그는 특히 사랑의 묘약이 그녀를 '사악한' 것과 사랑에 빠지게 만들기를 원한다. 이는 인도 소년을 유인하려는 오베론의 시도에 악의적인 요소를 암시하며, 아마도 그가 소년과 티타니아의 관계를 질투한다는 생각을 뒷받침할 것이다. 사실 티타니아에 대한 그의 짓궂은 행동은 극 중 헬레나에 대한 연민과 대조를 이룬다. 그는 인간에게는 자비로운 통치자이지만, 그의 친절이 반드시 자신의 친족에게까지 미치는 것은 아니다.

인간과 요정의 세계는 이 장면에서 더욱 긴밀히 연결되고, 퍽이 라이샌더의 눈에 사랑의 묘약을 바르면서 인간은 이제 요정의 마법 세계에 완전히 참여한다. 연극의 많은 부분은 사랑에 대한 집착뿐만 아니라 성에 대해 초점을 맞춘다. 1막 1장에서 테세우스는 순결이 죽음보다 더 나쁜 운명이라고 말했고, 2막 1장에서는 오베론과 티타니아의 모든 불륜이 나열되어 있으며, 이제 라이샌더와 헤르미아는 아테네를 떠나 숲에서 함께 밤을 보낸다.

대부분 젊은이와 마찬가지로 라이샌더는 '침대 하나, 가슴 두 개'를 주장하면서 가까울수록 좋다고 생각하지만, 헤르미아는 그렇지 않다. 라이샌더는 의도의 순수함을 강조하지만, 헤르미아는 그들이 고결함을 유지하기 위해서는 거리를 두어야 한다고 믿는다. 라이샌더는 죽을 때까지 그녀를 사랑하겠다고 맹세하며 그녀의 논리를 받아들이지만, 연극이 곧 보여 주듯이 사랑은 변덕스럽고 그러한 약속은 종종 깨지기 마련이다. 이어서 등장한 퍽은 두 연인이 따로 자는 것을 보고 그 둘을 드미트리우스와 헬레나로 착각한다. 퍽은 라이샌더의 눈에 마법의 물약을 바른다.

헬레나는 자신이 '축복받고 매력적인' 눈을 가진 헤르미아로 변신하기를 바라며 자신의 추함이 그녀의 눈에 있다고 믿었다. 라이샌더가 사랑의 마법에 걸려 헬레나와 사랑에 빠졌을 때, 그는 그녀의 마음을 들여다볼 수 있는 그녀의 눈에서 사랑을 본다. 이는 분명 사랑은 전적으로 외모와 매력에 기반을 두고 있으며, 이 매력의 원천은 결국 영혼의 창문인 눈에 있음을 시사한다. 이 장면은 또한 첫눈에 반하는 사랑의 개념으로 재생된다. 《로미오와 줄리엣》은 이러한 사랑에 즉각적인 박수를 보내는 반면, 이 연극은 그러한 사랑을 의심한다. 헬레나를 본 라이샌더의 즉각적인 사랑 고백은 헬레나의 눈에는 진정한 사랑으로 보이지 않는다.

라이샌더는 이제 헬레나가 더 가치 있는 여자라고 말하면서 헬레나에 대한 새롭고 변덕스러운 사랑을 이야기하지만, 이 판단에 대한 이유는 말하지 않는다. 관객들은 헬레나나 헤르미아 중 연인으로서 더 나은 선택은 무엇인지 판단하기 어렵다. 헤르미아에 대한 그의 사랑의 근원은 무엇일까? 셰익스피어는 사랑의 임의적인 성격을 강조하고 싶기에 말하지 않는다. 라이샌더는 자신이 이제 성숙해졌고 이성이 더 잘 발달하여 헤르미아의 결점과 헬레나의 강점을 볼 수 있다고 주장하지만, 연극은 라이샌더가 실제로 변했다는 징후를 제공하지 않는다. 마찬가지로 두 여성 간의 이러한 차이점을 뒷받침하는 세부 정보 또한 제공하지 않는다. 라이샌더의 주장은 그의 선호가 바뀐 이유가 그의 성숙함이 아니라 퍽의 마법이라는 것을 알고 있는 청중들에게 특히나 우스꽝스럽게 보인다.

이 연극에서 마법은 연인을 변화시키는 힘을 가지고 있으며 꿈은 미래를 예언한다. 장면은 헤르미아가 기어다니는 뱀이 그녀의 심장을 먹는 꿈에서 깨어나는 것으로 끝나고, 라이샌더는 이를 지켜보며 미소를 짓는다. 뱀은 서양 문화에서 수많은 부정적인 의미를 가지고 있다. 그들은 섹슈얼리티, 에덴 동산에서의 배신, 그리고 이브의 변심과 관련이 있다. 헤르미아는 행복의 정자에서 자고 있지만 기독교 신화의 무고한 낙원은 아니다. 숲의 세계는 종종 도시와 대조되는 순수함으로 표현되지만 이 연극은 그 이분법을 뒤집는다. 헤르미아는 숲에서 밤을 보낸 후 새로운 세상을 향해 나아가는 것처럼 보인다. 그녀는 헬레나와의 만남 이후 연인의 사랑이 얼마나 빨리 변했는지 알게 되고 더 이상 라이샌더의 영원한 헌신 서약을 신뢰하지 않게 된다. 그녀는 곧 남성의 서약에 대한 순진한 신뢰에서 남성의 불충실에 대한 조심스러운 절망으로 옮겨갈 것이다.

A Midsummer Night's Dream
3막 1장
Act 3, Scene 1

● 숲속

(티타니아가 누워 자고 있다. 퀸스, 스누그, 보텀, 플루트, 스너우트, 스타벨링 등, 광대들이 등장한다)

[보텀] 다 모였소?

[퀸스] 아, 그럼, 장소도 연습하기에 딱 알맞소. 이 잔디밭이 무대고, 저 찔레 덤불 뒤가 대기실이니까, 정말 폐하 앞이라고 생각하고 잘해 보세.

[보텀] 저기 말이오.

[퀸스] 왜 그러나, 보텀?

[보텀] 거, 작품에 언짢은 구석이 좀 있는데, 피라무스가 칼로 자결을 하는데 이 장면은 귀부인들이 못 볼걸. 안 그렇소?

[스너우트] 암, 기겁을 할 거야.

[스타벨링] 아무래도 자살 장면은 빼는 게 낫겠는데요.

[보텀] 아니, 좋은 수가 있어. 앞머리에서 이건 정말 찌르는 게 아니고, 그러니 정말 죽는 것도 아니라고 밝힙시다. 내가 피라무스지만, 사실은 방직공 보텀

이라고 밝히면 더 확실하고. 그럼 겁을 안 낼 거 아니오.

[퀸스] 좋아. 그렇게 서사를 붙이세.

[스너우트] 사자도 무서워하지 않을까요?

[스타벨링] 맞아, 그것도 문제예요.

[보텀] 맞아, 보통 심각한 문제가 아냐. 귀부인들 앞에 사자를 들이대? 사자야말로 정말 무서운 짐승 아니오. 이거, 생각해 봐야 돼.

[스너우트] 그럼 진짜 사자가 아니라고 또 서사를 붙이지.

[보텀] 아니, 직접 이름을 밝히는 게 좋겠소. 얼굴을 반쯤 내놓고, "숙녀 여러분, 바라옵건대" 아니 "청컨대, 겁먹고 떨지 마소서. 정녕 소인을 사자로 여기신다면 참으로 유감이오니, 소인도 그저 하나의 인간일 뿐이옵니다." 이런 다음 이름을 밝히는 거지. 실은 가구장이 스누그라고 말이오.

[퀸스] 좋아, 그러세. 그런데 또 두 가지 난점이 있네. 우선 달빛을 실내로 끌어오는 문제인데, 두 연인은 달밤에 만나잖나.

[스너우트] 연극을 하는 날 밤, 달은 있나요?

[보텀] 거, 달력 없소? 달이 있는지 없는지 달력 한번 보시오.

[퀸스] 음, 달이 있고만.

[보텀] 거, 그럼 대연회장 창문을 열어서 그리로 달이 비치게 하면 될 거 아니오.

[퀸스] 아니면 누가 가시나무하고 각 등을 가지고 들어와서 자신이 달빛 역이라고 해도 되고. 그런데 또 문제가 있네. 연회장에 돌담이 있어야겠어. 왜냐하면 두 사람은 돌담 틈으로 얘길 나누거든.

[스너우트] 글쎄, 돌담은 못 옮기죠. 어떡하지, 보텀?

[보텀] 거, 돌담도 누가 맡지 뭐. 석회나 진흙이나 찰흙 좀 들고, 내가 돌담이요 하면 돼. 그리고 손가락을 이렇게 해서, 이틈으로 속삭이라 그러고.

[퀸스] 자, 다들 앉게. 연습 시작하세. 피라무스부터 하지. 대사가 끝나면 덤불 뒤로 물러나고. 각자 순서들 잘 지키게.

(퍽 등장)

[퍽] 아니, 웬 잡놈들이 이렇게 떠들어? 여왕 주무시는데. 연극 연습이군. 한 번 볼까? 여차하면 나도 한 몫 끼고.

[퀸스] (피라무스에게) 자, 시작. 티스베도 나오고.

[피라무스] (보텀) 티스베, 꽃 내음 지독한데.

[퀸스] 자욱한데, 자욱한데.

[피라무스] 꽃 내음 자욱한데, 향긋한 그대 숨결 느끼니, 아니, 무슨 소리가! 잠깐만 기다리세요. 금방 올게요.

(피라무스 퇴장)

[퍽] 이런 피라무스, 또 첨이군.

(퍽 퇴장)

[티스베] (플루트) 전가요, 인제?

[퀸스] 응, 맞아, 자네야. 피라무스는 무슨 소린지 보러 간 것뿐이니까, 금방 올 거야.

[티스베] 햇살처럼 환한 피라무스. 그대는 당당한 붉은 장미, 높은 기상의 유대인 청년, 천리마처럼 진실하신 분, 바보네 묘지에서 만나요.

[퀸스] '파프네 묘지.' 그리고 거기까지 다 하면 어떡해? 상대가 오면 해야지. 자, 오니까 시작해. 천리마처럼.

[티스베] 아. 천리마처럼 진실하신 분.

(퍽과 당나귀 머리가 된 보텀 등장)

[피라무스] 난 오로지 그대의 것이니.

[퀸스] 악, 괴물이다! 악, 귀신이다! 도망가, 빨리! 사람 살려요!

(보텀을 제외한 광대들 모두 퇴장)

[퍽] 자, 가볼까? 저놈들을 몰고 늪으로 덤불로 숲속으로, 때론 말이나 개나 돼지로, 때론 목 없는 곰이나 불로, 이것저것 둔갑을 하면서, 히힝, 멍멍, 꿀꿀, 우우, 홰홰.

(퍽 퇴장)

[보텀] 왜들 달아나지? 날 곯려 먹기로 짠 거 아냐?

(스너우트 등장)

[스너우트] 아이구, 보텀. 자네 모습이, 그게 웬일인가?

[보텀] 내 모습이? 왜, 자네처럼 당나귀 상이라도 됐나?

(스너우트 퇴장. 퀸스 등장)

[퀸스] 에구, 보텀. 에구, 자네 모습이 이상해졌어.

(퀸스 퇴장)

[보텀] 흥, 안 속는다. 누가 겁낼 줄 알고? 내가 바보냐? 내 여기서 꼼짝 하나 봐라. 슬슬 거닐면서 노래나 불러야지. (보텀은 노래를 한다. 누런 갈색 주둥이의 검은색 티티새, 좋은 목청 지빠귀에 쉿소리 굴뚝새)

[티타니아] (잠을 깨면서) 웬 천사께서 나를 깨우나?

[보텀] (노래하며) 참새, 촉새, 노고지리, 단선율 뻐꾸기, 오입쟁이 반복해도, 남자들 말 못해. 하긴, 아무리 오입쟁이라고 놀려도 그렇지, 새한테까지 머리 써 가며 변명할 놈이 어딨어?

[티타니아] 신사 양반, 제발 한 곡만 더. 그 곡조는 내 귀를 매혹했고, 그 모습 내 눈을 홀렸으니, 강력한 그 힘에 이끌려 전 사랑의 맹세를 바칩니다.

[보텀] 에구. 아씨 마님. 별말씀 다 하십니다. 물론 오늘날 사랑과 이성은 따

티타니아와 보텀
퍽의 사랑의 즙을 바른 티타니아가 당나귀로 변신한 보텀과 사랑에 빠진다.

로 놀기 십상이고, 그걸 화해시킬 이웃도 없는 듯 말입니다. 헤헤, 농담 좀 했습니다.

[티타니아] 아름다움에 박식함까지.

[보텀] 에구, 박식하다니요? 저는 그저 이 숲에서 도망칠 재주만 있어도 감지덕지합니다.

[티타니아] 도망친단 말씀은 마세요. 무조건 여기 계세요. 전 보통 요정이 아니에요. 여름이 늘 제 시중을 들죠. 사랑해요. 절대 못 보내요. 요정들이 잘 모실 거예요. 바다에서 보석을 따오고, 꽃밭에서 노래로 재우고. 불쌍한 인가의 때를 벗겨 요정의 자유를 드릴게요. 콩꽃! 거미줄! 티끌! 겨자씨!

(네 명의 요정 등장)

[콩꽃] 네.

[거미줄] 네.

[티끌] 네.

[겨자씨] 네.

[일동] 모두 대령이요.

[티타니아] 이 어른을 정성껏 모셔라. 걸으실 땐 앞서 춤을 추고, 살구와 흑딸기와 포도와 무화과와 오디를 따오고, 땅벌의 꿀통을 훔쳐 오고, 벌의 다리에 반디를 붙여 초를 밝히고, 그 침실에서 잠들고 깨시게 할 것이며, 오색나비 날개를 떼어다 잠드신 눈 달빛을 쫓아라. 자, 모두 인사를 드려라.

[콩꽃] 안녕하세요?

[거미줄] 안녕하세요?

[티끌] 안녕하세요?

[겨자씨] 안녕하세요?

[보텀] 거, 고맙소. 그래, 이름이 뭐요?

[거미줄] 거미줄입니다.

[보텀] 아, 거미줄 선생. 우리 친하게 지냅시다. 내가 손가락을 베면 잘 좀 봐 주고. 그럼 형씨께선 이름이 뭐요?

[콩꽃] 콩꽃입니다.

[보텀] 에구, 그럼 어머니 콩껍질 마님하고 아버지 콩깍지 어른께 안부 좀 전 해 주오. 콩꽃 선생, 우리 친하게 지냅시다. 형씨 이름은 뭐요?

[겨자씨] 겨자씨입니다.

[보텀] 오, 겨자씨 선생, 거, 참을성이 대단하시지. 비겁한 쇠고기 덩이가 선 생네 동족들을 좀 많이 집어삼켰소? 덕분에 나도 눈물깨나 흘렸지만. 자, 우 리 친하게 지냅시다.

[티타니아] 자, 정중히 정자로 모셔라. 달님이 눈물을 머금었네. 웬 처녀가 순 결을 뺏기나? 달님이 울면 꽃들도 울지. 자, 사뿐히 모시고 오너라.

(티타니아, 보텀, 요정들 퇴장)

3막 1장 분석

연극의 유머는 배우들을 통해 계속된다. 보텀은 연극의 문제점들을 발견하고 그의 발언은 관객이 현실과 환상을 구별할 수 없다는 그의 믿음을 보여 준다. 이 문제를 해결하기 위해 보텀은 피라무스의 정체를 설명하는 정교한 프롤로그를 제안한다. 마찬가지로 사자는 청중에게 자신이 짐승이 아니라 사람이라는 것을 알 수 있도록 얼굴의 절반을 보여 줘야 한다. 퀸스 역시 연극의 두 가지 어려움 즉, 달빛과 벽을 어떻게 표현할 것인가 하는 문제를 던진다. 이에 대한 답으로 한 배우는 청중은 뛰어난 상상력이 있으므로 배우들이 올바른 의상을 입으면 무엇이든 연기할 수 있다고 말한다. 여기서 퀸스의 말장난은 우스꽝스럽지만 정확하다. 이 플레이어들은 실제로 그들이 연기하는 캐릭터를 변형한다.

현실과 환상 사이의 벽은 장면이 계속됨에 따라 무너진다. 배우들은 보텀의 새로운 모습에 놀라 전력 질주한다. 펙의 마법은 배우들의 마법과 비슷하다. 사실 그들이 리허설하는 것을 처음 보았을 때 펙은 필요하다면 배우가 될 것이라고 말하며, 말, 사냥개, 돼지, 머리 없는 곰, 불 등 수많은 다른 캐릭터로 효과적으로 변신할 수 있다고 떠든다. 펙은 진실로 모든 역할을 소화할 수 있는 이상적인 배우이다. 펙은 관객들의 상상력을 자극하고, 상상력과 이성 사이의 벽을 허물며, 우리를 새로운 세계로 인도해 이성적인 마음이 이해할 수 없는 비전으로 우리를 괴롭힌다.

보텀이 그의 새로운 역할에 놀라지 않는 것은 티타니아와의 상호작용에 코믹한 풍미를 더한다. 그녀가 그를 '천사'라고 잘못 부르면서 그에 대한 사랑을 고백할 때, 그는 놀라지 않는다. 그녀는 보텀의 외양이 자신을 너무나도 매혹시켜 첫눈에 사랑에 빠졌다고 말한다. 평소에는 어리석지만, 그녀의 과장된 고백에 대한 보텀의 반응은 그의 본성을 보여 준다. 예를 들어, 티타니아가 그를 현명하고 아름답다고 말하자 보텀은 그녀의 말을 바로잡고 그렇지 않다고 단언한다.

보텀은 요정의 여왕이 자신을 사랑한다는 사실에 놀라거나 아첨하기보다 자신을 사랑할 이유가 없다고 말하면서도, 이성과 사랑이 꼭 일치하지는 않는다고 덧붙임으로써 어느 정도 그녀의 사랑을 인정한다. 보텀의 생각으로는 사랑과 이성은 하나가 되어야 한다. 장면 말미에 보텀과 요정들의 상호작용은 티타니아와 보텀의 코믹한 차이를 재차 강조하기 때문에 중요하다. 그녀가 서정적인 산문으로 말하는 동안, 자연스럽고 섬세한 이미지로 가득 찬 아름다운 언어. 이슬 맺힌 열매, 나비, 달빛이 그녀의 연설을 장식한다. 보텀의 언어에는 이러한 서정적 우아함이 부족하다. 보텀은 요정들의 이름이 의미하는 내용과 그들을 순진하게 동일시한다. 예를 들어, 겨자씨는 단순히 쇠고기의 맛을 내기 위해 만든 향신료라는 식이다.

셰익스피어는 이 장면에서 달을 잊지 않았다. 티타니아는 마지막 대사에서 달이 울면 순결을 잃고 꽃도 함께 운다고 이야기한다.

3막 2장

Act 3, Scene 2

● 숲속의 다른 곳

(오베론이 등장하고, 곧이어 퍽 등장)

[오베론] 지금쯤 티타니아는 깼을까? 깨어나 맨 처음 뭘 봤을까? 그게 뭐든 홀딱 반했겠지. 음, 오는군. 야, 이 미친놈아! 그래, 대체 어찌 돼 가느냐?

[퍽] 괴물한테 푹 빠졌습니다. 여왕께서 곤히 주무시는, 성스러운 비밀 정자 근처에 웬 품팔이 잡놈들이 테세우스 결혼식을 위해 무슨 연극을 준비한다고 생난리를 쳐대지 뭡니까. 그중 제일 우둔해 보이는 게 피라무스를 맡은 놈인데, 요놈이 덤불로 숨잖아요. 그래 그 기회를 놓칠세라 냅다 당나귀 머리를 씌웠죠. 마침 티스베 대사에 답할 차례가 돼 그놈이 나서니, 멍청한 놈들 그 꼴에 놀라 포수를 본 기러기 떼처럼 총성에 흩어져 까악대며, 하늘을 휩쓸 듯 비상하는 회색 머리 까마귀 떼처럼 달아나다 걸려 넘어져서는 살려 달라 고함을 쳐 대고. 겁까지 먹어 둔한 놈들을 찔레는 소매를 잡아채며, 가시는 모자를 낚아채며, 깝대길 홀랑 벗기더군요. 그래 놈들은 다 몰아내고 괴물 한 놈만 남겨 놨는데, 때맞춰 눈을 뜬 여왕께서 금세 홀딱 반하고 만 거죠.

[오베론] 음, 잘됐다. 기대 이상이다. 그런데 그 아테네 청년한텐 내가 시킨 대로 했느냐?

[퍽] 네, 했죠. 마침 자고 있기에. 처녀가 옆에 있었으니까 깨면서 분명히 볼 겁니다.

(드미트리우스와 헤르미아 등장)

[오베론] 몸을 숨겨라. 그 청년이다.

[퍽] 여잔 맞지만, 남잔 아녜요.

[드미트리우스] 허, 대체 무슨 죄를 졌다고 제게 그렇게 심한 말씀을?

[헤르미아] 심해요? 그런 짓을 하고도 입에서 그런 말이 나와요? 잠자는 그이를 죽인 김에, 아예 피바다로 뛰어들어 나까지 죽이죠. 대낮의 태양보다 더 내게 충실한 그분이, 잠든 나를 두고 도망을 쳐요? 차라리 단단한 지구가 뻥 뚫려서 반대편까지 간 달을 본 태양이 노했다는 걸 믿죠. 그이를 살해한 게 분명해요. 냉혹하고 파리한 그 눈빛.

[드미트리우스] 살해당한 자의 눈빛이죠. 그 무정함에 심장을 찔린, 그런데도 날 죽인 눈빛은 샛별처럼 빛나기만 하니.

[헤르미아] 엉뚱한 소리 말고, 어딨죠? 시체라도 내놔요. 제발요.

[드미트리우스] 차라리 개한테 던져 주지.

[헤르미아] 나쁜 놈! 죽일 놈! 더 이상은 못 참아. 정말 죽였어? 넌 인간도 아냐! 아, 말해 봐! 날 위해서 진실을 말해 봐! 잠을 깬 상태에서 죽였어? 자는 걸 죽였어? 용감하군! 버러지, 독사나 할 짓이니. 아니, 혀 둘 가진 독사라도 너처럼 깨물지는 못 할 거야.

[드미트리우스] 왜 공연히 흥분하세요? 제가 그자를 죽였다고요? 홍, 멀쩡히 살아 있을 걸요.

[헤르미아] 그럼 무사하시단 말예요?

[드미트리우스] 대답하면 그 대가는 뭐죠?

[헤르미아] 다신 날 안 봐도 되는 권리. 더는 역겨워 못 참겠어요. 그이가 죽든 살든, 이제는 나 볼 생각 말아요.

(헤르미아 퇴장)

[드미트리우스] 지금은 쫓아가 봤자, 그냥 있자. 잠은 슬픔에게 빚이 있어. 잠을 못 자면 더욱 슬픈 법. 그래, 친절한 잠한테 기대 잠깐이라도 쉬었다 가자.

(드미트리우스는 누워 잠이 든다)

[오베론] 이게 뭐야? 엄청난 실수다. 진짜 애인 눈에 약을 발라? 잘못된 사랑은 못 고치고. 잘 되는 사랑을 망쳐 놨어.

[퍽] 운명에 맡겨야죠. 어차피 진실한 놈 하나에, 맹세를 깨는 놈 백만이니.

[오베론] 너, 당장 숲을 뒤져 그 여잘 찾아라. 상사병에 파리한 얼굴로 애타는 한숨만 내쉬겠지. 어떻게든 이리로 데려와. 내 그동안 마법을 걸 테니.

[퍽] 네, 갑니다. 바람보다, 타타르인의 활보다 빨리.

(퍽 퇴장)

[오베론] 자, 큐피드의 활을 맞은 붉은 꽃의 액즙이여, 눈동자로 들어가라. 네가 사랑에 눈뜰 때 그 여자는 샛별처럼 찬란하게 빛나리라. 곁에 있는 그녀에게 치료를 간구하리라.

(퍽 등장)

[퍽] 요정의 대왕이시여. 저기 여자가 옵니다. 제가 실수한 청년도 사랑을 따라오고요. 바보짓 한번 보시죠. 저 어리석은 인간들!

[오베론] 물러서. 저들 소리가 저 청년을 깨우겠지.

[퍽] 그럼 두 놈이 한 여잘? 아이고, 재밌겠다. 엉망이 되면 될수록 재미는 더

한 법이지.

(라이샌더와 헬레나 등장)

[라이샌더] 왜 조롱이라 생각하세요? 조롱엔 눈물이 못 섞여요. 보세요, 눈물의 맹세예요. 이게 거짓일 수 있겠어요? 이 진실의 표식을 보고도 제 맹세를 조롱이라고요?

[헬레나] 갈수록 솜씨가 느시네요. 맹세로 맹세를 죽여? 세상에! 헤르미아한테 맹세하고 이제 버려요? 우리가 받은 서약을 저울로 견줘 보면 가볍기가 서로 안 빠질 걸요.

[라이샌더] 그땐 분별이 없어 그 여잘…….

[헬레나] 버리는 건 분별이 있고요?

[라이샌더] 드미트리우스는 헤르미아를 사랑해요. 헬레나는 아녜요.

[드미트리우스] (잠을 깨면서) 오, 헬레나, 나의 여신이여! 오, 수정보다 영롱한 그 눈! 앵두보다 탐스러운 그 입술! 동풍에 얼어붙은 토러스 산정의 백설보다 새하얀 그 손! 오, 그 순백의 여왕께 환희의 키스를 바쳤으면!

[헬레나] 아이고, 분해라! 이젠 둘 다 날 놀리기로 작정을 했어. 최소한의 예의만 있어도 이렇듯 모욕은 못 하련만. 싫어하는 정도론 부족해 날 곯려 먹기로 짰나 보죠? 적어도 신사라면 숙녀를 이렇게 취급하진 않아요. 속으로 끔찍이 싫어하며, 맹세와 서약, 거창한 찬사. 헤르미아 사랑 쟁탈에서 헬레나 조롱하기 쟁탈로. 장해요, 사내답고. 불쌍한 처녀를 우롱해서 짜내다니! 점잖은 분들은 처녀를 놀려서 인내심을 시험하는 장난은 안 해요.

[라이샌더] 이봐, 어찌 그럴 수가 있나, 헤르미아를 사랑하면서? 좋아, 흔쾌하게 헤르미아를 양보하겠네. 헬레나는 내게 넘겨주게, 죽는 날까지 사랑을 할 테니.

[헬레나] 이제 제발 그만 좀 놀려요.

[드미트리우스] 헤르미아는 자네가 맡게. 한땐 좋았지만, 이젠 아냐. 임시 체류였지. 하지만 이젠 계속 머물 고향을 찾았네.

[라이샌더] 헬레나, 저 말 믿지 말아요.

[드미트리우스] 거짓말은 자네 전공이지. 조심해. 까불면 그냥 안 돼. 어, 자네 애인 오는데, 저기.

(헤르미아 등장)

[헤르미아] 깜깜한 밤, 눈은 안 보여도 귀만은 무척 밝아졌구나. 시력을 빼앗아가는 답례로 두 배의 청각을 주는 걸까? 라이샌더, 제 눈이 아니라 제 귀가 저를 이리 인도했죠. 왜 말도 없이 떠나셨어요?

[라이샌더] 사랑이 떠미니 어쩌겠소?

[헤르미아] 사랑이 떠밀어요? 누굴요?

[라이샌더] 나를, 떠나라고 명령했소, 밤하늘의 모든 별빛보다 더 밝게 빛나는 헬레나가. 왜 괜히 찾아다니는 거요? 싫어서 떠난 걸 모르겠소?

[헤르미아] 마음에도 없는 말을, 설마…….

[헬레나] 세상에, 얘까지 한 패인가 봐. 음, 알겠어. 날 곯려 먹기로 셋이 공모를 해서 짠 거야. 헤르미아, 너, 그럴 수 있니? 날 놀리고 괴롭히는 일에 네가 저이들과 한패가 돼? 함께 나눴던 얘기, 의형제를 맺으며 함께 보냈던 시간, 헤어질 때면 빠른 시간을 원망했던 일, 모두 잊었니? 학교 때 우정, 어린 시절, 다? 우린 자수도 함께 놓았어. 한자리에서, 한 곡조, 한 노랠 흥얼대며, 꽃 한 송이를 함께 수놓았어. 손도, 몸도, 마음도, 목청도. 모두 하나인 듯 함께 자랐어. 둘로 보이나 실은 하나인 앵두처럼, 한 꼭지에 붙은 쌍딸기처럼, 갈라졌으나 하나에서 출발해 하나로 끝이 나는 방패 문장처럼, 두 몸이지만 한 마음으로. 그 오랜 우정을 저버린 채 남자들과 짜고 친굴 곯려? 너는 친구도 처녀도 아냐. 모욕은 나 혼자 받았지만 모든 여성이 널 욕할 거야.

엇갈린 사랑
헤르미아가 깨어나는 사이에 헬레나에게 사랑을 고백하는 두 사람.

[헤르미아] 왜 화를 내지? 내가 널 놀려? 네가 날 놀리는 거 아니고?

[헬레나] 네 짓이 아냐? 라이샌더가 내 눈과 얼굴을 칭찬하며 쫓아다니고, 너만 좋다던 드미트리우스마저 내게 별 찬사를 다 늘어놓는데? 네 사주와 동의가 없다면, 어떻게 저이가 싫어하는 나한테 그런 얘기를 하고, 너밖에 모르던 네 애인이 나한테 애정을 표현하지? 난 너처럼 사랑받기보다는 오히려 사랑을 구걸하는 비참한 처지야. 그런 나를 동정은 못 할망정 경멸해?

[헤르미아] 도대체 무슨 얘기야, 그게?

[헬레나] 잘한다. 앞에선 심각한 척, 뒤에선 눈을 찡끗거리며 서로 농지거리를 주고받고, 잘만 하면 역사에 남겠어. 일말의 연민, 호의, 예의만 있어도 이러진 못 할 텐데. 잘들 계세요. 죽든 사라지든 할 밖에. 내 잘못도 있으니.

[라이샌더] 잠깐만, 헬레나, 제 얘기 좀. 제 삶과 영혼, 모두 그대에게.

[헬레나] 오, 대단해!

[헤르미아] 그만 좀 놀려요.

[드미트리우스] 말을 들어, 강제로 입을 막기 전에.

[라이샌더] 자네나 저 여자나 똑같아. 강요도 애원도 소용없네. 헬레나, 사랑해요. 진정 저자의 말이 거짓인 것을 목숨 걸고 증명해 보이죠.

[드미트리우스] 단언코 내가 더 사랑해요.

[라이샌더] 그럼, 저기 가서 증명하자.

[드미트리우스] 좋다. 가자!

[헤르미아] (라이샌더에게) 정말 왜 이래요?

[라이샌더] 비켜, 이 깜둥아!

[드미트리우스] 놔둬 봐요. 뒤로 데려갈 테니. 난리만 쳤지 못 온다고요. 겁쟁이, 와 봐!

[라이샌더] 놔, 이 찰거머리 같은 것아! 빨리 안 놔? 콱 집어던진다!

[헤르미아] 왜 이렇게 거칠어졌어요, 갑자기?

[라이샌더] 갑자기? 꺼져, 요, 누런 씀바귀 독초 같은 년!

[헤르미아] 장난 마세요.

[헬레나] 너도 장난 마.

[라이샌더] (드미트리우스에게) 기다려. 약속은 꼭 지킨다.

[드미트리우스] 여자 하나 못 당하는 놈을 어찌 믿나?

[라이샌더] 그럼 여잘 치고받고 죽여? 아무리 미워도 그건 못 해.

[헤르미아] 미워요? 차라리 죽이세요. 밉다니! 왜죠? 라이샌더가 헤르미아를 미워해? 세상에! 똑같은 얼굴인데, 저녁엔 사랑하고, 한밤엔 버려요? 아, 정말 절 버리신 거예요? 정말로요?

[라이샌더] 물론 정말이지. 다시 볼까 무서웠으니까. 그러니 괜한 희망은 버려. 농담 아냐, 빈말도 아니고. 난 너 싫어, 헬레나가 좋아.

[헤르미아] 음, 알았다! 요 나쁜 계집애! 요 도둑년! 밤에 몰래 와서 남의 남자를 훔쳐 가?

[헬레나] 뭐 어째? 처녀가, 부끄럽지도 않니? 그래, 내 이 정숙한 입에서 꼭 험한 말이 나와야겠어? 이, 이, 이 사기꾼 피라미야?

[헤르미아] 피라미? 뭐? 응, 뭔지 알겠다. 은근히 체격 얘길 하겠다? 그래, 신장과 몸집이 큰 걸 자랑해 보이겠다? 키 큰 걸 이용해서 저이를 유혹하고, 그래, 온갖 찬사를 들으니 하늘에라도 닿은 것 같니? 내가 얼마나 작지? 말해봐, 이 장대 같은 년아! 작다고 네 얼굴도 못 할퀼 줄 알아?

[헬레나] 쟤 좀 막아 주세요. 전 싸움엔 재주가 없어요. 심한 말도 원래 못하고요. 전 그저 겁 많은 처녀예요. 제발 막아 주세요. 저보다 작지만, 그래도 못 당해요. 제발요.

[헤르미아] 저 봐! 또 작단 얘기!

[헬레나] 애, 헤르미아, 그러지 좀 마. 난 늘 널 좋아했어. 네 말도 잘 듣고, 해끼친 일도 없어. 저이한테 네 탈출 계획을 알린 것 빼곤. 그래, 저이가 널 쫓

아왔고, 나도 저이를 쫓아온 거야, 사랑하니까. 하지만 욕밖엔 못 들었어. 돌아갈게. 조용히 보내 줘. 바보짓도 그만하고, 너도 그만 쫓아다닐게. 보내 줘. 나 정말 바보 같지? 그렇지?

[헤르미아] 그래, 가. 누가 말려?

[헬레나] 미련한 마음이. 그건 두고 가야지.

[헤르미아] 이이한테?

[헬레나] 아니, 저이한테.

[라이샌더] (헬레나에게) 겁내지 마요, 손도 못 대게 할 테니.

[드미트리우스] 아니, 너도 빠져라.

[헬레나] 쟤 화나면 정말 무서워요. 학교 때도 대단했다고요. 작다고 무시하면 안 돼요.

[헤르미아] 또 그 키 작단 얘기! 저렇게 놀리는데 가만 있기예요? 비키세요.

[라이샌더] 꺼져, 이 난쟁아! 키 안 크는 약을 처먹었나? 요 쥐방울, 도토리야!

[드미트리우스] 야, 주제넘게 웃기지 말고, 꺼져. 헬레나 얘기도 말고, 편도 들지 마. 또 다시 사랑 어쩌고 하면, 가만 안 둔다.

[라이샌더] 좋다, 나도 이젠 풀려났다. 누가 헬레나를 차지할지. 어디 해 보자. 자, 따라와라.

[드미트리우스] 따라와? 아니, 먼저 가겠다.

(라이샌더와 드미트리우스 퇴장)

[헤르미아] 이 난리를 쳐 놓고 가? 안 돼. 거기 서.

[헬레나] 흥, 널 어떻게 믿고? 네 욕도 이젠 그만 듣겠어. 싸울 땐 네 손이 더 날쌔도 도망칠 때 내 다리가 더 길지.

[헤르미아] 기가 막혀 말이 안 나온다.

(헬레나와 헤르미아 퇴장)

[오베론] 다 네 놈 때문이다. 여전히 실수 아니면 장난이구나.

[퍽] 아니, 이건 정말 실수입니다. 아테네 사람 복장만 보면 알 수 있다고 하셔서 그만. 그러니 아테네 청년 눈에 즙을 바른 건 잘못이 없죠. 또 막상 이렇게 되고 보니 훨씬 재미있지 않습니까?

[오베론] 봐라. 결투 장소를 찾는다. 서둘러 밤의 장막을 쳐라. 황천강처럼 검은 안개를 깔아, 당장 별빛을 가리고, 성난 연적들이 못 만나게 이리저리 헤매도록 해라. 이쪽 목소리로 욕을 해서 저쪽이 격분하면 다음엔 저쪽 목소리로 욕을 해라. 그렇게 끌려다니다 보면 팔다리는 무겁고, 눈꺼풀엔 죽음 같은 잠이 깔리겠지. 그때 라이샌더의 눈에다 이 사랑의 즙을 짜 넣으면 그 즉시 착각은 사라지고 정상의 눈을 되찾게 된다. 잠을 깨면 이 모든 소동은 한낱 꿈인 듯 여겨지리니, 연인들은 영원한 사랑의 맹세와 함께 돌아가리라. 자, 이 일은 네게 맡기고, 난 여왕한테서 인도 아이나 받아야겠다. 그래 마법만 풀어 주면 만사 해결이지.

[퍽] 헌데 서둘러야겠습니다. 밤의 신이 길을 재촉하고 벌써 새벽의 사자 샛별이 저기서 빛나고 있습니다. 유령들은 무덤으로 가고, 거리를 헤매던 잡귀들도 더러운 잠자릴 찾습니다. 행여 낮에게 창피한 모습 들킬까 영원한 빛을 피해 밤만 찾는 것들이니까요.

[오베론] 우린 그것들하곤 다르지. 난 새벽의 여신과 놀다가 바다 위로 시뻘건 동문이 열리며 쏟아지는 햇살에 푸른 물결이 황금빛으로 변하는 것도 여러 번 봤다. 하지만 밝기 전에 끝내는 게 좋겠지. 자, 빨리 서두르자.

(오베론 퇴장)

[퍽] 이리저리 왔다 갔다. 요놈들 좀 끓아 봐라. 어디서나 겁을 내는 퍽 요정 나가신다. 한 놈 왔다.

[라이샌더] 드미트리우스, 썩 나와라!

[퍽] 나쁜 놈, 칼 받아라. 어디 있느냐?

[라이샌더] 간다. 기다려라.

[퍽] 따라와라. 평지로 가자.

(라이샌더 퇴장. 드미트리우스 등장)

[드미트리우스] 이놈, 어디 있느냐? 비겁한 놈! 어딜 내빼느냐? 대답해! 덤불 속에 숨었냐?

[퍽] 야, 겁쟁아, 왜 별을 보고 큰소리냐? 덤불하고 싸울래? 빨리 와라, 애송 아! 너 따윈 막대기로 상대하마. 칼은 안 더럽힌다.

[드미트리우스] 응, 거기 있냐?

[퍽] 따라와라. 넓은 데로 가자.

(퍽과 드미트리우스 퇴장. 라이샌더 등장)

[라이샌더] 앞질러 가며 싸움을 걸고, 그래서 와 보면 흔적도 없고, 서둘러 쫓 아오면 더 빨리 사라지고, 꽤 빠른 놈이야. 날은 어둡고 길은 험하고, 에라, 좀 쉬자. (바닥에 눕는다) 날만 밝아라! 조금만 보이면, 내 그놈을 잡아 박살 을 내리라.

(라이샌더는 잠이 든다. 퍽과 드미트리우스 등장)

[퍽] 야, 이 겁쟁아! 왜 못 오느냐?

[드미트리우스] 용기가 있다면 기다려라. 앞에서 요리조리 도망만 치지 말고 당당히 맞서라. 어디 있느냐?

[퍽] 여기다. 빨리 와라.

[드미트리우스] 날 놀리나 본데, 너나 가라. 날만 새면 혼날 줄 알아라. 두고 보자. 아, 피곤하구나. 여기 누워 좀 쉬어야겠다. 동이 트고 꼭 찾아낼 거다.

(드미트리우스도 누워 잠이 든다)

(헬레나 등장)

[헬레나] 아, 힘든 밤, 길고 지루한 밤, 빨리 좀 가라! 먼동만 트면 날 싫어하는 저들을 피해 돌아가리. 슬플 때 찾아와 두 눈을 감겨 주는 잠이여, 잠시 내 맘을 잊게 해 다오.

(헬레나도 잠이 든다)

[퍽] 이제 셋? 하나 더 오면, 둘씩, 둘씩 네 명이라. 오는군, 축 늘어져서. 큐피드란 놈 짓궂어. 여잘 미치게 하다니.

(헤르미아 등장)

[헤르미아] 이렇게 괴롭고 힘들 수가! 이슬에 젖고 가시에 찔려 이젠 한 발짝도 못 가겠다. 날이 밝을 때까지 좀 쉬자. 결투가 벌어졌으면 어떡하지? 오, 제발 그이를 지켜 주소서!

(헤르미아도 누워 잠이 든다)

[퍽] 대지 위에 잠이 들라. 그대 눈에 사랑의 즙을 발라 주마. (라이샌더의 눈에 즙을 바른다)

눈을 뜨면 원래부터 사랑하던 여자한테 다시 반하게 되리라. 잠들을 깨면 알겠지. 한 남자에 한 여자씩 모든 문제가 사라진걸. 처녀와 총각 쌍쌍이라! 그럼 만사가 해결된 거지.

(퍽 퇴장)

3막 2장 분석

셰익스피어식 사랑의 패러디는 이 장에서 절정에 이른다. 헤르미아는 라이샌더의 사랑이 그날의 태양보다 더 진실하다고 주장하지만, 이전 장면은 그의 사랑이 약간의 마법의 즙을 바르면 쉽게 바뀐다는 사실을 보여 주었다. 오베론이 퍽을 비판하자 퍽은 '백만 명 중 한 명만이 실제로 사랑의 서약에 충실할 수 있음'을 시사한다. 겉보기에 진실한 라이샌더를 포함하여 다른 사람들은 맹세에 대한 맹세를 어긴다.

헬레나에 대한 사랑을 선언하면서 드미트리우스는 먼저 수정보다 더 선명하다고 믿는 그녀의 눈에 초점을 맞춘다. 그녀의 입술은 잘 익은 체리처럼 아름답지만 흥미롭게도 그는 그녀의 '백색'을 강조한다. 그녀는 높은 정상의 눈처럼 순수한 흰색이다. 여기서 흰색에 대한 강조는 그녀를 순결, 순수함, 눈 덮인 들판의 눈부신 빛과 연결한다. 또한 백색이 순결과 연관됨에 따라 어두운 피부는 그 반대, 악과 연결된다. 라이샌더는 헤르미아의 어두운 피부가 그녀를 열등하게 만든다는 것을 암시함으로써 그녀를 비난한다.

헬레나는 친구들이 자신을 놀리고 있다고 분노하며 헤르미아의 키에 대해 이야기함으로써 비난에 가세한다. 극 초반의 헬레나처럼 헤르미아는 인내심의 한계에 다다르고 자신의 외모를 비난하는 헬레나를 똑같이 비난한다. 두 여성 사이에 계속되는 싸움의 양상은 이제 전형적인 여성상을 넘어선다. 헤르미아는 뱀이 그녀의 심장을 먹어치우는 꿈을 꾸는 2막 2장과 연속성을 갖는다. 헤르미아는 드미트리우스가 라이샌더를 죽였다고 굳게 믿고 그를 증오하는데 이는 헬레나에 대한 드미트리우스의 혐오와 유사하며 이는 텍스트에 연속성을 추가한다. 달이나 뱀 또는 큐피드의 화살과 같은 주요 이미지와 주요 관계 및 감정의 반복을 보면서 우리는 셰익스피어가 그의 연극을 얼마나 신중하게 구성했는지 깨닫게 된다.

헤르미아와 헬레나의 관계는 티타니아와 인도 소년의 어머니와의 관계와도 평행한다. 티타니아와 그녀의 친구처럼 헬레나와 헤르미아는 자매처럼 가깝다. 그들은 함께 한목소리로 노래를 불렀으며, 종종 손과 정신이 하나가 된 것처럼 일했다. 헬레나는 남자 때문에 오래된 유대를 파괴한 친구를 꾸짖는다. 이 행동은 헬레나에 대한 배신일 뿐만 아니라 모든 여성에 대한 배신이다. 물론 헬레나는 자신도 헤르미아에게 잘못을 저질렀다는 사실을 인정한다. 그녀는 드리트리우스의 사랑을 얻기 위해 친구의 도피 계획을 폭로했다. 연극은 사랑과 우정 사이에서 종종 발생하는 갈등을 보여 준다. 특히 여성에게 우정은 삶의 중요한 부분으로, 인도 소년에 대한 티타니아의 행동이나 헬레나의 발언 모두 여성이 사랑 때문에 우정을 파괴해서는 안 되며 서로를 지지하고 뭉쳐야 함을 시사한다. 반면 라이샌더와 드미트리우스 사이에는 그러한 우정이 존재하지 않는다. 라이샌더와 드미트리우스는 변덕스럽고 믿음이 없는 유형으로 비난받는다. 신사의 속성은 과연 무엇일까? 헬레나에게는 정직과 충실함이 그 답인 것 같다.

연극 초반부터 퍽은 장난꾸러기 엘프로 등장하여 주변 마을 사람들과 즐겁게 지내며 오베론을 위한 재미를 만든다. 장난스러움 가득한 퍽의 캐릭터는 자신이 저지른 실수 때문에 복잡해진 연인 관계를 보면서 즐거워한다. 또한 그는 이 실수에 대한 책임을 받아들이지 않고 운명이라고 치부한다. 장난과 혼돈은 퍽의 영역이다.

반면 오베론은 더 책임감 있는 요정이다. 요정 세계의 통치자인 오베론은 퍽의 실수에 분노한다. 그런가 하면 티타니아에 대한 오베론의 행동은 오만하고 이기적이다. 오베론은 자신이 밤에 세상을 괴롭히는 '저주받은 영혼' 중 하나가 아니며 다른 유형의 영, 즉 불타는 붉은 태양인 아침을 즐기는 영이라고 말한다. 문학 속에는 인류를 괴롭히는 사악한 요정이 가득하지만, 오베론과 그의 동료들은 인간계의 평화와 행복을 증진하는 자비로운 요정이다.

A Midsummer Night's Dream

4막 1장

Act 4, Scene 1

● 숲속

(라이샌더와 드미트리우스, 헬레나, 헤르미아가 누워 자고 있다. 티타니아와 보텀, 그리고 요정들이 등장한다. 그들의 뒤엔 오베론이 있다)

[티타니아] 자, 여기 꽃밭에 앉으세요. 사랑스런 뺨에는 애무를, 윤기 나는 머리엔 장미를, 예쁜 귀에 키스해 드리죠.

[보텀] 콩꽃은 어딨나?

[콩꽃] 네.

[보텀] 머리 좀 긁어 주오, 거미줄 선생은 어딨나?

[거미줄] 네.

[보텀] 거미줄 선생, 무기를 들고 가서 엉겅퀴에 앉은 엉덩이 빨간 땅벌을 죽이고 꿀주머니 좀 갖다 주오. 너무 억지로 하진 마시고. 그리고 꿀주머니 안 찢어지게 조심하오. 선생이 꿀범벅이 되는 건 싫으니까. 겨자씨 선생은 어딨나?

[겨자씨] 네.

[보텀] 겨자씨 선생, 손 좀 이리 내보오. 이러면 인사지 뭐, 안 그렇소, 선생?

[겨자씨] 시키실 일은?

[보텀] 뭐, 거미줄 무사랑 머리나 좀 긁어 주오. 이발소 좀 가야겠어. 얼굴에 웬 털이 이렇게 수북한지. 난 좀 예민해서, 털만 좀 간질거려도 긁어야 하거든.

[티타니아] 저, 음악 좀 들으시겠어요?

[보텀] 음악엔 또 이 귀가 상당하지. 딱따기 장단 어떻소?

[티타니아] 뭐 잡숫고 싶은 건 없어요?

[보텀] 여물 한 통과 와삭와삭 잘 말린 귀리하고, 또 건초도 한 다발 주오. 구수한 건초라면 최고지.

[티타니아] 다람쥐 곳간을 다 뒤져서 햇밤을 가져오라고 하죠.

[보텀] 차라리 마른 완두콩이나 한 움큼만 주시오. 어, 살살 잠이 오는데. 방해 못 하게 해 주오.

[티타니아] 제 품에 안겨 주무세요. 모두 물러가 있어라.

(요정들 퇴장)

[티타니아] 칡덩굴 인동덩굴 엉키듯, 담쟁이 느릅나무 휘감듯, 부드럽게 얽히고설키리. 오, 내 사랑! 어여쁜 내 사랑!

(보텀과 티타니아 잠이 든다. 퍽 등장)

[오베론] (앞으로 나서며) 음, 왔느냐? 저 꼴 좀 봐라. 이젠 좀 측은해지는구나. 좀 전에도 저 흉측한 놈에게 준다고 꽃을 찾고 있기에 몇 마디 했다 싸움만 했지. 저 털 대가리에다 싱그런 꽃다발을 두른 꼴이라니. 그러니 꽃봉오리 위에서 진주처럼 당당히 빛나다 인기 없는 눈물로 전락한 이슬이 제 신세를 한탄하지. 그런데 신나게 욕을 했더니 제발 좀 참아 달래지 뭐냐. 그래 인도 아일 달랬더니 당장 준다며 요정을 시켜 내 전각으로 보냈더구나. 그 아이도 손에 넣었으니 이제 마법을 풀어 줘야지. 자, 저 촌놈 대가리에 씌운 괴물 머

티타이나와 보텀
맹목적으로 보텀을 사랑한 티타니아는 오베론이 마법을 풀자 제정신으로 돌아온다.

리를 벗겨 주거라. 저들과 함께 잠에서 깨면 오늘 밤 일을 한낱 괴로운 꿈으로 여기며 모두 같이 아테네로 되돌아가리라. 자, 여왕부터 풀어 줘야지. 예전의 눈을 찾거라. 큐피드의 꽃보다 강한 다이아나의 꽃이니, 나의 여왕이여, 눈을 뜨라.

[티타니아] 아, 오베론, 별 해괴한 꿈도! 글쎄, 내가 나귀한테 반해…….

[오베론] 저것이오?

[티타니아] 아니, 이럴 수가! 세상에, 저 끔찍한 괴물을!

[오베론] 쉿, 잠깐만. 자, 벗겨 주거라. 티타니아, 음악을. 저들이 죽음보다 깊이 잠들도록.

[티타니아] 자, 음악, 음악을. 깊은 잠의 음악을!

[퍽] 자, 원래 모습으로

[오베론] 자, 음악을! (음악이 연주된다) 자, 손을. 저들이 잠든 대지가 진동하도록. (춤을 춘다) 이렇게 화해가 됐으니 내일 밤 테세우스 집에선 흥겨운 춤과 함께 번창을 축원합시다. 물론 동시에 저 두 쌍의 연인들에게도 결혼의 기쁨을 선사하고.

[퍽] 어, 대왕님, 종달새가 아침 노래를 부릅니다.

[오베론] 티타니아, 조용히 밤의 그림자를 쫓아, 하늘의 달보다 빨리 지구를 돌아갑시다.

[티타니아] 네, 함께 날면서 오늘 밤 애길 듣지요. 내가 어찌 인간들과 섞여 잠이 들었는지.

(오베론과 티타니아, 퍽 퇴장. 뿔나팔 소리. 테세우스와 히폴리타, 에게우스와 수행원들이 등장한다)

[테세우스] 누구 산지기 좀 불러와라. 자, 오월제도 지냈고 하니, 사냥개들의 새벽 합창을 들려주고 싶소. 그놈들을 서쪽 계곡에 풀어놓거라. 산지기 좀 불

러오라니까. (시종 하나가 나간다) 자, 저 산꼭대기로 올라가 개들의 합창과 메아리의 화답 소리를 들어봅시다.

[히폴리타] 저도 전에 헤라클레스와 카드모스하고 스파르타 사냥개를 끌고 크레타섬 숲에서 곰 사냥을 했는데, 숲은 물론 하늘과 샘까지 울리는 게 그렇게 웅장한 소린 정말 처음 들었어요.

[테세우스] 내 사냥개들도 갈색에다 커다란 귀가 양 **뺨**을 덮고, 마치 테살리아 황소처럼 흰 다리와 늘어진 턱살의 스파르타 종인데, 속력은 좀 느리지만 뿔나팔 하고 어우러져 짖는 소리만은 어디서도 못 들었을 거요. 아니, 저기 웬 요정들인가?

[에게우스] 아니, 폐하, 제 딸년입니다. 그리고 이건 라이샌더고 또 드미트리우스, 헬레네, 대체 왜들 여기 있는 건지…….

[테세우스] 오월제 보러 일찍 나왔다가 우리 계획을 알고, 인사를 하려고 기다렸던 걸 거요. 참, 헤르미아가 신랑감을 결정하는 게 오늘 아니오?

[에게우스] 맞습니다. 폐하.

[테세우스] 뿔나팔 좀 불라고 해라, 잠들 좀 깨게. (고함과 뿔나팔 소리. 모두 일어난다) 잘 잤나? 발렌타인 축제도 아닌데, 짝들 찾아 나왔나?

[라이샌더] 폐하.

[테세우스] 자, 됐네. 일어들 나게. 자네 둘은 연적이 아닌가? 증오하는 사이에 상대를 의심 않고 나란히 자다니, 어찌 이렇게 화해가 됐나?

[라이샌더] 폐하, 아직 꿈인지 생신지 정신이 혼미해서 정확한 대답은 못 하겠습니다만, 저희가 여기 온 건 아마도, 아, 이제 생각이 났습니다. 우선 전 헤르미아와 함께 법의 위협이 없는 곳으로 탈출할 셈으로 이리 왔고…….

[에게우스] 폐하, 이걸로 충분합니다. 법대로 시행해 주십시오. (드미트리우스에게) 이보게, 도망을 쳤다잖나. 자네한테서 아내를 **뺏고**, 나한테선 사윗감 선택의 권리를 앗으려 했다잖나.

[드미트리우스] 폐하, 저는 둘이 도망친단 소리에 격분해 이 숲까지 쫓아왔고, 그걸 귀띔해 준 헬레나는 사랑을 못 이겨 절 쫓아왔습니다. 하지만 폐하, 무슨 마력이 작용했는지, 헤르미아에 대한 사랑이 어린 시절 탐냈던 장난감 정도로 여겨지며 눈 녹듯 사라지고, 온통 헬레나에 대한 사랑으로 가득 차게 되었습니다. 사실 헬레나는 헤르미아를 보기 전까지 제 약혼자였고, 잠시 식욕을 잃었다 건강을 회복한 전 이제, 영원히, 헬레나만을 변함없이 사랑할 겁니다.

[테세우스] 다 잘됐어. 천생연분이야. 자, 그 얘긴 나중에 또 듣고, 에게우스 공, 이들 두 쌍도 우리와 함께 신전으로 가 백년가약을 맺어 주는 게 어떻겠소? 시간이 꽤 됐군. 자, 사냥 계획은 취소한다. 다들 아테네로 돌아가자! 성대한 결혼식이 되리라. 히폴리타, 갑시다.

(테세우스와 히폴리타, 에게우스와 수행원들 퇴장)

[드미트리우스] 마치 구름 속처럼 모든 게 아득하고 분명치 않아요.

[헤르미아] 저는 꼭 초점 흐린 눈처럼 모든 게 이중으로 보여요.

[헬레나] 나도 이이를 되찾긴 했지만, 아직도 내 건지 남의 건지…….

[드미트리우스] 우리가 깨어 있는 건 맞나요? 아직 꿈속 아녜요? 여기서 폐하를 뵌 게 사실인가요?

[헤르미아] 저희 아버지와…….

[헬레나] 히폴리타.

[라이샌더] 폐하께서 우릴 신전으로 오라고 하셨네.

[드미트리우스] 그렇다면 분명하군. 어서들 갑시다. 꿈 얘긴 가면서 좀 더 하고.

(모두 퇴장)

[보텀] (잠을 깨면서) 내 차례가 되면 불러. "사랑하는 피라무스!" 다음이야. 아

우, 잘 잤다. 어, 퀸스 어른! 플루트! 스너우트! 스타벨링! 젠장, 자는 동안에 다 가 버렸나? 거, 참, 희한한 꿈이야. 인간의 힘으로 그런 꿈을 어찌 설명할까? 당나귀처럼 멍청한 게 인간인걸. 거, 정말 꿈에 내가, 아무도 모를걸. 눈으로 직접 듣지도 않고, 귀로 직접 보지도 않고, 손으로 맛을 보지도 않고, 가슴으로 말해 보지도 않고 어찌 알겠어? 퀸스 어른한테 이걸로 노랠 지어 달라 그래야지. 제목은 '보텀의 꿈!' 연극이 끝날 때 폐하 앞에서 부를까? 아니, 티스베가 죽었을 때 부르는 게 더 멋있겠는데.

(보텀 퇴장)

▌4막 1장 분석

티타니아와 보텀은 사고방식의 불일치, 종족(요정 대 인간)의 차이 등으로 인해 극에 재미를 부여한다. 티타니아가 보텀에게 요정들이 제공하는 부드러운 음악을 제공할 때, 그는 소박한 오락을 선호한다. 그녀가 음식을 권할 때, 그는 귀리와 건초를 선택한다. 이 두 연인의 대조는 연극에 코미디적 요소를 부여하지만, 사랑은 장님이고 귀머거리일 수 있음을 상기시키려는 셰익스피어의 목적에도 부합된다. 이 어울리지 않는 연인처럼, 사랑은 종종 겉보기에 부적절한 사람들을 짝 지운다.

극 중 두 통치자인 오베론과 테세우스는 둘 다 자신의 길을 고집하지만 자비로운 면도 있다. 예를 들어, 테세우스는 헤르미아에게 죽음을 선고한 아버지와 달리 드미트리우스와 결혼하지 않으면 수녀원에서 살 수 있도록 기회를 제공한다. 마찬가지로 오베론은 헬레나가 드미트리우스에게 괴롭힘을 당할 때 헬레나를 도와줌으로써 인류에 대한 연민을 보여 준다. 그는 또한 계속

된 싸움에도 불구하고 티타니아에 대해 애정을 가지고 있다. 오베론은 보텀에 대한 그녀의 부적절한 사랑을 즐겼지만, 곧 티타니아를 동정하기 시작한다. 그는 인도 소년을 얻은 후에야 그녀를 사랑의 주문에서 풀어 주지만, 그녀와 재회했을 때만큼은 진심으로 기뻐하는 것처럼 보인다.

반면에 에게우스는 권위의 상징으로 표현된다. 그는 자신이 선택한 남자와 결혼하기를 거부하는 딸이 차라리 죽기를 바란다. 에게우스에게 인생은 게임이며, 연인들이 그의 뜻을 거슬렀기 때문에 주로 화를 낸다. 그에게는 증오와 승리가 사랑보다 더 중요하다.

연극은 이제 절정에 이르렀고 해피엔딩으로 향한다. 절정의 처음은 극 중 모든 연인에게 번영과 믿음을 전파할 티타니아와 오베론의 재회로 시작된다. 다음은 테세우스와 히폴리타가 숲에서 자고 있는 네 명의 연인을 발견하는 것으로 이어진다. 꿈에서 깨어난 연인들은 그들이 어떻게 함께 있게 되었는지 기억할 수 없다. 사랑 그 자체와 마찬가지로, 전날 저녁의 사건들은 인간의 말이나 이해의 영역을 넘어서는 마법의 영역에서 일어났다.

요정의 영역에서는 모험에서 깨어난 보텀이 현실과 환상을 구별하는 데 어려움을 겪는다. 어느 순간 보텀은 자신의 꿈이 '꿈이 무엇인지 말하는 인간의 지혜'를 넘어섰다는 것을 깨닫는다. 보텀은 인간의 힘으로 설명할 길 없는 이 꿈을 '보텀의 꿈'이라는 제목의 작품으로 만들길 원한다. 모든 문학과 예술은 그 의미를 정량화할 수 없고, 이성이나 논리만으로 이해될 수 없으며, 다만 독자와 텍스트 사이에서 일어나는 놀라운 화학작용을 경험하고 느껴야 한다. 문학 평론가나 작가가 텍스트에 대한 독자의 반응을 안내할 수는 있지만, 결국 독자 스스로 상상력을 통해 자신의 비전을 만들어야 하는 것이다. 그렇게 개인의 텍스트 읽기는 각자의 경험에 따라 다르게 해석될 것이다. '한여름 밤의 꿈'에 대한 당신의 해석은 무한한 가능성으로 열려 있다.

4막 2장

Act 4, Scene 2

● **아테네, 퀸스의 집**

(퀸스와 플루트, 스너우트, 스타벨링이 들어온다)

[퀸스] 보텀네 집엔 누가 좀 가 봤나? 이젠 왔겠지?

[스타벨링] 소식이 없는 걸 보면, 요정한테 잡혀간 게 틀림없어요.

[플루트] 그럼 연극은 망했네요. 계속할 수가 없잖아요.

[퀸스] 그러게 말이야. 보텀 말곤 피라무스를 맡을 만한 사람이 없으니.

[플루트] 그럼요. 아테네에서 그렇게 재치 있는 사람이 없죠.

[퀸스] 암, 미남에다가, 그윽한 목소리며, 정말 정부답지.

[플루트] 정부가 아니라 장부죠. 정부야 바람둥이 아네요.

(스누그 등장)

[스누그] 저기요. 폐하가 신전에서 돌아오시는데요. 귀족들 두세 쌍도 같이 결혼식을 올렸대요. 연극만 잘하면 팔자 피겠어요.

[플루트] 아이고, 보텀! 죽을 때까지 매일 은화 한 닢씩 받는 건데 그만. 피라

무스 역할 잘한 상으로 일당 은화 한 닢은 주셨을 거예요. 아니면 내 목을 따세요. 일당 은화 한 닢!

(보텀 등장)

[보텀] 다들 어디 간 거야? 어디로 꺼진 거야?

[퀸스] 여보게! 아이고, 이젠 살았다!

[보텀] 거, 참 희한한 일이 있었는데 질문하면 나 얘기 안 해, 얘기하면 성을 갈지. 에, 무슨 일이 있었는고 하니…….

[퀸스] 그래, 뭔데?

[보텀] 나 얘기 안 해. 폐하께서 만찬을 끝내셨단 얘기나 해야겠군. 그러니 모두 의상을 입고, 수염을 매달고 구두에다 새 리본을 달고 당장 궁궐로 가야겠소. 각자 자기 역을 들여다보고, 아, 그리고 티스베, 꼭 깨끗한 모시옷을 입고, 사자는 절대 손톱을 깎지 말고, 냄새나는 양파나 마늘은 다들 먹지 말고, 아마 그럼 감미로운 희극이란 평들을 하실 거요. 자, 어서들 갑시다.

(모두 퇴장)

4막 2장 분석

보텀의 친구들은 그가 티타니아에게 끌려갔다고 믿는데, 이 연극에서 변형과 이동은 매우 중요한 장치이다. 감동적인 공연을 볼 때 관객이 느끼는 기쁨은 그를 다른 세계로 이끄는데, 보텀과 마찬가지로 관객은 극장에서 펼쳐지는 마법 같은 공연으로, 변형된 꿈의 세계로 이동하게 된다. 배우들은 보텀만이 관객에게 이런 영향을 미칠 수 있다고 믿고 있다. 오직 그만이 그의 재치, 외모, 달콤한 목소리만이 피라무스를 연기할 수 있다고 믿고 있다. 보텀과 마찬가지로 청중은 자신의 경험을 설명할 단어가 없다. 보텀은 자신이 놀라운 사건을 경험했다고 인정하지만 그것이 무엇인지 설명할 길이 없다. 꿈처럼, 티타니아의 정자에서 보낸 시간에 대한 기억은 일상 세계로 돌아오자마자 사라져 버린다. 배우들이 이야기를 들려 달라고 요청하지만 한 마디도 할 수가 없다. 대신 그는 공연에 대해 이야기하면서 배우들에게 최선을 다할 것을 독려한다. 보텀은 티타니아의 시적 언어로 풍부한 꿈에 대해 이야기하기보다 실제적이고 평범한 눈앞의 일에 집중한다.

A Midsummer Night's Dream

5막 1장

Act 5, Scene 1

● 아테네, 테세우스의 궁전

(테세우스외 히폴리타, 필로스트라테, 귀족들, 수행원들이 들어온다)

[히폴리타] 정말 신기한 얘기 아녜요?

[테세우스] 신기하오만, 옛날 얘기나 동화 같아서 못 믿겠구려. 원래 연인들과 광인들은 머리가 들끓어 이성으론 납득 못 할 상상도 하잖소. 광인과 연인, 시인은 모두 상상력으로 가득 차 있지. 광인에겐 모든 게 악귀로 보이고, 연인에겐 거지도 절세의 미인으로 보이고, 시인의 번득이는 눈에는 천상과 지상이 오고 가고. 그래, 상상력이 발동되면 허망했던 미지의 세계도 구체적인 형태와 거처와 이름을 부여받고 말이오. 상상과 착각은 원래 같지. 기쁨을 꿈꾸면 정말 누가 기쁨을 선사하는 듯하고, 야밤에 공포를 생각하면 덤불도 곰으로 보이잖소.

[히폴리타] 하지만 얘길 다 들어보면, 다들 동시에 맘이 바뀐 게 상상으로만 보기엔 왠지 사실 같다는 느낌이 들고, 어쨌든 신기한 일이에요.

(라이샌더와 드미트리우스, 헤르미아와 헬레나가 들어온다)

[테세우스] 오, 저기들 오는군. 만면에 희색이 가득해. 자, 모두들 축하하네.

[라이샌더] 폐하 내외분께 진심으로 하례드립니다.

[테세우스] 자, 밤참은 끝났고, 자려면 아직 세 시간이 남았는데 여흥은 뭐가 준비됐느냐? 지루함을 달래 줄 연극은 없느냐? 의전관을 불러라. 필로스트라테를 불러라.

[필로스트라테] 여기 대령했습니다. 폐하.

[테세우스] 뭘 준비했나? 가면극인가? 음악인가? 재미있는 일이 없다면 지루해 못 견디리.

[필로스트라테] 여기 목록이 있으니 직접 골라 하명하여 주십시오.

(필로스트라테가 테세우스에게 목록을 넘겨준다)

[테세우스] '반수 반마와의 싸움, 노래, 아테네 내시, 반주, 하프, 우리 사촌 헤라클레스의 무용담'은 히폴리타한테 벌써 했고, '술 취한 바쿠스 신도들이 오르페우스를 찢어 죽인 사건', 진부하군. 지난 번 테베를 정복하고 개선했을 때 본 거 아닌가? '한 가난한 학자의 죽음을 애도하는 아홉 뮤즈 여신', 결혼 축하연에 안 맞는다. '피라무스와 티스베의 사랑. 짤막한 긴 얘기, 슬픈 희극', 슬프고 웃겨? 길면서 짧아? 왜, 불타는 얼음은 아니고? 정반대되는 걸 어찌 묶나?

[필로스트라테] 폐하, 대사가 열 마디밖에 안 되니 짤막한 연극이고, 대사, 배우, 모두 엉터리로 그 열 마디 대사가 한없이 지루하니 긴 연극입니다. 또 주인공이 자살을 하니 분명 비극이라 하겠지만 너무나 우스꽝스러워서 웃지 않고는 못 배길 테니 슬픈 희곡이 되는 겁니다.

[테세우스] 출연자는 어떤 자들인가?

[필로스트라테] 머리는 통 써 본 적이 없는 아테네의 공장들인데, 난생 처음 그 나쁜 머리로 이 연극을 준비했답니다.

[테세우스] 한 번 볼까?

[필로스트라테] 마십시오. 폐하. 제가 미리 봤는데 폐하를 위해 억지로 외운 대사를 힘들여 짜내는 그자들의 성의 빼놓곤 정말 보실 게 없습니다.

[테세우스] 음, 그걸로 하지. 소박한 충성심이 있는데 뭐가 문제겠나? 데려와라. 자, 부인들, 모두 앉으시오.

(필로스트라테 퇴장)

[히폴리타] 전 싫어요. 아랫사람들이 실수라도 하면 어떡해요?

[테세우스] 아니, 그런 일은 없을 거요.

[히폴리타] 연기도 형편없다잖아요.

[테세우스] 그냥 너그럽게 봐 줍시다. 실수를 해도 즐거울 거요. 결과보다는 갸륵한 뜻을 살피는 게 점잖고 말이오. 언젠가 유명한 학자들이 내 환영사를 준비했는데, 창백한 얼굴로 벌벌 떨며 문장은 중간에 끊어지고, 겁이 나 억양도 엉망이고, 결국 연습한 보람도 없이 침묵하고 말더군. 하지만 난 환영의 마음을 읽었소. 그 소심한 충성심 속에서 화려한 웅변이나 대담한 언변보다 더한 걸 보았소. 소박하게 굳어 버린 혀가 더 많은 얘길 해 준 셈이오.

(필로스트라테 등장)

[필로스트라테] 폐하, 서사 역 등장입니다.

[테세우스] 시작하라.

(우렁찬 나팔 소리. 서사 역 퀸스 등장)

[서사역] 혹시나 마음에 안 드셔도, 갸륵한 뜻을 받아 주소서. 미숙한 솜씨나마 보임이 저희 목적의 참 동기오니, 그 못된 뜻을 받아 주소서. 만족과 기쁨을 드리고자 온 것이 아니오니, 부디들 후회하소서. 곧 배우들의 묵극이 있사오니, 보시며 우선 내용을 파악하소서.

[테세우스] 구두점이 영 엉망이로군.

[라이샌더] 성난 망아지라도 모르는 듯 들쑥날쑥이니, 폐하, 역시 한다고 다 말은 아닙니다.

[히폴리타] 정말 애들 피리 불듯이 소리만 났지, 가락은 도무지 안 맞는군요.

[테세우스] 헝클어진 사슬처럼 끊기진 않았지만 뒤죽박죽이야. 다음은?

(피라무스와 티스베, 돌담, 달빛, 사자가 등장해서 서사가 진행되는 동안 묵극을 행한다)

[서사역] 이 묵극이 다소 의아해도 잠시만 보시면 아시리니, 이 사나이가 피라무스요, 이 미인이 티스베올시다. 또 이 회칠을 한 사나이는 둘 사이를 막은 돌담이니, 가엾게도 둘은 그 틈새로 속삭일 수밖에 없사오며, 여기 각등과 가시와 개와 함께 나온 자는 달빛이니, 둘이 만나 사랑을 나누는 파프네 묘지를 비추오며, 사자라 하옵는 이 무서운 짐승은 먼저 온 티스베가 놀라 도망가며 떨어뜨린 망토에다 피를 묻히오니, 용감한 청년 피라무스는 찢어진 망토를 발견하곤 피에 굶주린 칼을 쳐들어 피끓는 가슴을 찌르옵고, 뽕나무 그늘에 숨어 있던 티스베도 애인의 단도를 뽑아 자살하오니 나머지 자세한 설명은 각 배역이 등장하여 올리게 되옵니다.

[테세우스] 아니, 그럼 사자도 말을 하나?

[드미트리우스] 짐승 같은 인간이 많으니 인간 같은 짐승도 있나 봅니다.

(사자와 티스베, 달빛 퇴장)

[돌담] 스너우트라 하옵는 소인이, 이 촌극의 돌담 역이온데, 이 돌담의 갈라진 틈으로 피라무스와 티스베라는 두 연인이 은밀한 사랑을 속삭이오니, 이 석회와 돌, 진흙은 돌담의 표시옵고, 여기 좌우로 길게 뻗친 것, 둘이서 조마조마 사랑을 속삭이는 틈새이옵니다.

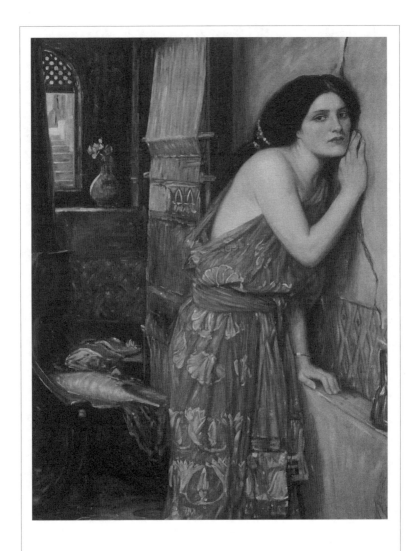

티스베의 사랑
티스베가 벽의 틈으로 피라무스와 사랑의 밀어를 나누는 장면이다.

[테세우스] 돌담한테 저 이상의 웅변을 기대한다면 무리겠지?

[드미트리우스] 돌담이 저렇게 훌륭한 대사를 하는 건 못 봤습니다. 폐하.

[테세우스] 쉿! 피라무스가 돌담으로 가네.

[피라무스] 오, 무서운 밤! 오, 어두운 밤! 오, 해가 지면 찾아오는 밤! 티스베가 약속을 잊으면, 오, 밤이여! 오, 슬픈 밤이여! 오, 돌담! 오, 사랑스런 돌담! 두 집안 영지 사이에 놓인 오, 돌담! 오, 사랑스런 돌담! 틈을 벌려 내가 보게 하라!

(돌담은 손가락을 벌린다)

[피라무스] 고맙다! 신의 축복 있으라! 아니, 티스베가 안 보인다! 이놈, 내 사랑이 안 보인다! 날 속이다니, 저주 있으라!

[테세우스] 저 돌담엔 감정이 있으니, 필시 맞받아 욕을 하겠지.

[피라무스] 아니옵니다. 폐하. "저주 있으라!" 하면 티스베가 나오고, 그럼 소인이 틈새로 들여다 볼 것이옵니다. 나오고 있사옵니다.

(티스베 등장)

[티스베] 오, 티스베와 날 갈라놓고, 숱한 탄식을 들어 온 담! 무수히 내 키스를 받아 온, 석회를 익 쌓은 돌들아!

[피라무스] 티스베의 소리가 보인다. 틈새로 얼굴을 들어야지. 티스베!

[티스베] 오, 내 사랑, 피라무스인가 봐.

[피라무스] 맞소, 그대의 피라무스요. 충실한 애인, 피라무스요.

[티스베] 전 그대의 영원한 티스베!

[피라무스] 오, 그대께 무한한 사랑을!

[티스베] 오, 그대께 한없는 사랑을!

[피라무스] 오, 이 틈새로 키스를 해 주오.

[티스베] 아, 그 입술엔 닿지 못 하니…….

[피라무스] 바보네 묘지로 오시겠소?

[티스베] 죽든 살든 당장 가겠어요.

(피라무스와 티스베 퇴장)

[돌담] 돌담의 임무가 끝났으니, 쇤네는 이제 물러가옵니다.

(돌담 퇴장)

[테세우스] 그럼 이제 두 연인 사이에 달님이 들어서겠군.

[드미트리우스] 무단히 남의 말이나 엿듣는 돌담은 쫓겨나는 게 당연합니다.

[히폴리타] 저런 엉터린 정말 처음이에요.

[테세우스] 어차피 연극은 헛된 거요. 저런 것도 상상이 첨가되면 괜찮지.

[히폴리타] 그거야 폐하의 상상력이죠. 저들의 상상력이 아니라.

[테세우스] 아니, 우리가 배우만큼만 상상을 해 주면 저들도 훌륭해 보일 거요. 응, 뭔지 둘이 나오는군.

(사자와 달빛 등장)

[사자] 생쥐만 봐도 겁을 내시는 약한 맘씨의 숙녀 여러분, 성난 사자가 무섭게 울면 당장에 벌벌 떠시겠으나 사자를 맡은 소인은 본시 스누그라는 가구장이로, 만약 정말 사자로 왔다면 참으로 슬플 것이옵니다.

[테세우스] 음, 정말 양식 있고, 예절바른 짐승이군.

[드미트리우스] 저렇게 점잖은 짐승은 처음 봤습니다. 폐하.

[라이샌더] 용감하긴 여우만도 못합니다.

[테세우스] 음, 지혜는 거위만도 못하고.

[드미트리우스] 아닙니다. 여우는 거위를 잡지만 저 용기로 지혜를 잡진 못합

니다.

[테세우스] 아니, 지혜가 용기를 못 잡는 거지. 거위가 여우를 못 잡으니까. 자, 그건 됐고, 저 달이 하는 얘기나 들어보세.

[달빛] 이 등은 뿔 달린 초승달로,

[드미트리우스] 숫제 머리에다 뿔을 달지, 마누라 바람났단 표시처럼.

[테세우스] 저 잔 초승달은 아냐. 뿔은 둥근 얼굴 속에 숨어 있겠지.

[달빛] 이 등은 뿔 달린 초승달로, 소인은 달 속의 인간이며,

[테세우스] 저건 정말 말이 안 된다. 그럼 저자가 각들 속으로 들어가야지. 그래야 달 속의 인간이지.

[드미트리우스] 촛불 때문에 못 갈 겁니다. 저렇게 활활 타잖습니까?

[히폴리타] 저 달은 영 지겹네요. 좀 바꾸지.

[테세우스] 총기가 없는 걸 보니 아무래도 금방 삭을 달이요, 기다립시다. 그게 점잖고 도리에도 맞지.

[라이샌더] 계속하게.

[달빛] 그러니까 이 등은 달이옵고, 소인은 달 속의 인간이며, 이 가시나무와 개는 각각 소인의 가시나무와 개라는 말씀입니다.

[드미트리우스] 그러니까 다 등 안에 있어야지. 전부 달 속에 있는 것들이니까. 쉿, 티스베가 나오는군.

(티스베 등장)

[티스베] 여기가 그 묘진데, 내 님은?

[사자] 어흥. (사자가 울고, 티스베는 달아난다)

[드미트리우스] 잘 운다. 그놈.

[테세우스] 티스베도 잘 뛰는군.

[히폴리타] 달빛도 좋군요. 저 달은 정말 멋지게 비치네요.

(사자는 티스베의 망토를 물어뜯은 뒤 나간다)

[테세우스] 잘 물어뜯는다. 그놈.

[드미트리우스] 이제 피라무스던가?

[라이샌더] 음, 사자가 나갔으니까.

(피라무스 등장)

[피라무스] 정다운 달아, 고마운 달아, 덕분에 대낮같이 밝구나. 친절히 빛나는 금빛 달아. 티스베를 보여 다오. 아니, 가만, 이게 뭐냐? 오, 끔찍하구나! 오, 눈이여, 보이느냐? 내 사랑! 티스베! 피에 젖은 그대 망토! 오라, 복수의 신! 나를 치라, 운명의 신! 명줄을 끊으라!

[테세우스] 애인을 잃고 내뿜는 절규가 제법 슬프게 하는군.

[히폴리타] 글쎄, 남자가 불쌍하긴 하네요.

[피라무스] 오, 어찌 사자를 만드셨소? 꽃 같은 처녀 삼켰소이다. 방금까지 살아 좋아하고, 사랑하던 최고의 여인을, 눈엔 눈물, 가슴엔 칼, 찌르라, 검이여, 왼쪽 가슴, 이 심장을! (자신을 찌른다)

아, 이제 죽노라. 죽었도다. 떠났도다. 영혼은 하늘로. 불 꺼진 혀, 떠나는 달.

(달빛 퇴장)

[피라무스] 죽, 죽노, 죽노라. (피라무스 죽는다)

[드미트리우스] 아까 죽었다더니 또 죽어? 목숨이 서너 개는 되나?

[라이샌더] 서너 개는커녕 하나도 없는 거지, 죽었으니까.

[테세우스] 의사가 도와주면 바보 당나귀 정도로 환생할 순 있겠지.

[히폴리타] 달빛이 들어가 버렸으니 티스베가 와서 어떻게 애인을 찾지?

[테세우스] 별빛으로 알아보겠지, 오는구면, 장탄식으로 끝을 맺겠군.

피라무스와 티스베
셰익스피어의 《로미오와 줄리엣》의 원형이 되는 이야기이다.

(티스베 등장)

[히폴리타] 저런 피라무스를 두고 긴 탄식은요? 짧았으면 좋겠어요.

[드미트리우스] 누가 낫고 말고 할 것도 없이 그 피라무스에 그 티스벱니다. 멍청한 남자에 한심한 여자라!

[라이샌더] 벌써 그 예쁜 눈으로 애인을 찾아냈나 본데.

[드미트리우스] 자, 슬픈 여자 가라사대…….

[티스베] 주무세요? 죽었어요? 일어나요! 말을 해요! 아, 죽었어! 아, 다 사라졌어! 다정한 눈, 해맑은 입, 활기에 찬 두 뺨, 우뚝한 코, 연인들아, 모두 애도하라! 운명 삼신, 내게 오라! 하얀 그 손들을 피 속에다 담가라! 님에게 했듯이 피범벅된 내 가슴을 칼아, 찔러라! (자신을 찌른다) 나는 간다. 친구들아! 아, 아, 안녕! (티스베는 죽는다)

[테세우스] 장사는 달빛과 사자가 남아서 지내야겠구먼.

[드미트리우스] 돌담도 있습니다.

[보텀] (일어나면서) 아니옵니다. 양가 사이의 돌담은 무너지고 없사옵니다. 이제 맺음말을 해올릴깝쇼, 아니면 2인 탈춤을 보여드릴깝쇼?

[테세우스] 맺음말은 됐네. 변명은 안 해도 되니까. 인물들이 다 죽었는데 누굴 비난하겠나? 하긴, 이걸 쓴 작가가 피라무스로 출연해 티스베 대님으로 목을 맸다면 상당히 재미있는 비극이 됐겠지, 어쨌든 맺음말은 생략하고 탈춤이나 보여 주게. (춤을 춘다) 자, 종소리 자정을 알리니, 이제 요정들의 시간이오. 신랑 신부는 모두 침실로, 어설퍼도 시간은 잘 갔소. 밤늦도록 구경을 했으니 내일들은 늦잠을 자겠군. 보름 동안 잔치를 벌이며 즐깁시다. 자, 이제 침실로.

(모두 퇴장. 퍽이 빗자루를 들고 등장)

[퍽] 사자는 배고파 어흥, 늑대는 달 보고 워우, 일에 시달린 농부는 피곤에 지

쳐 드르렁, 남은 횃불 가물대고, 부엉이는 부엉대니, 고통 속에 누워 있는 환자들은 수의 생각, 무덤 문이 활짝 열려 이놈 저놈 모든 망령 미끄러져 내달리는 이 시간은 밤의 세상. 밝은 햇님 피하여서 꿈결 같은 어둠 찾아 밤을 실은 용두마차 쫓아가는 우린 요정. 새앙쥐야 침범 마라, 우리 노는 신성한 집. 비를 들고 먼저 와서 먼지 청소 나의 임무.

(오베론과 티타니아가 모든 수하들을 이끌고 등장)
[오베론] 가물대는 저 횃불로 초를 당겨 집안 곳곳 여린 빛을 퍼뜨려라. 나를 따라 노래하며 새들처럼 가볍게, 경쾌하게 춤을 춰라.
[티타니아] 한 소절씩 곡을 붙여 먼저 선창을 하시면, 서로 손 잡고 춤추며 이 댁을 축복할 게요. (춤추며 노래한다)
[오베론] 요정들아, 새벽까지 집안 곳곳 다니면서 신혼부부 침대마다 축복 가득 내려 주고, 새로 생길 아이에게 건강 안녕 빌어 주자, 세 쌍 모두 백년해로 변함없이 사랑하고, 흠도 없이 탈도 없이 아이 모두 건강히길. 시미귀도 나지 말고, 언청이도 되지 말고, 보기 싫은 점 때문에 놀림감도 되지 않길. 요정들아, 들에 가서 감로이슬 따 오너라. 이 방 저 방 집안 곳곳 빠짐없이 축복해라. 이 댁 주인 만수무강 만년 행복 기원해라. 지체 말고 서둘러라. 새벽 되면 다시 보자.
(퍽만 남고 모두 퇴장)

[퍽] 혹시 언짢으셨다면, 이렇게 생각하세요. 까무룩 잠이 들었다 헛것을 보셨다고요. 허황된 꿈에 불과한 빈약한 연극이지만 앞으로 노력할 테니 너무 꾸짖진 마세요. 비난만 모면한다면 금방 좋아질 겁니다. 만약 그렇지 않다면 제가 거짓말쟁이죠. 이 정직한 퍽이요. 자, 안녕히 주무세요. 다음번에 잘 할 테니, 절 친구라 여기시면, 박수 한 번 쳐 주세요. **(퍽 퇴장)**

5막 1장 분석

숲에서 있었던 연인들의 이야기를 들은 히폴리타는 진정으로 이상한 일이 벌어졌다고 말하고, 테세우스는 희한한 이야기이기는 하나 그것이 사실은 아닐 거라고 생각한다. 테세우스의 견해로는 이 모든 환상에는 진실성이 없지만 히폴리타는 확신하지 못한다. 모든 연인들이 같은 이야기를 하고 있기 때문에 그녀는 그들의 이야기를 믿는다. 연극에서 테세우스는 주로 이성, 논리, 법칙의 목소리인 반면, 히폴리타는 환상과 상상을 믿는 인물로 묘사된다. 그러나 테세우스는 또한 부조리를 좋아한다. 그는 역설적이게도 결혼을 축하하기 위한 연극으로 《피라무스와 티스베》를 선택한다. 테세우스는 불협화음의 형용사로 치장된 연극에 대해 궁금해하고 향연의 대가인 필로스트라테는 테세우스에게 연극에 대해 경고한다. 그러나 테세우스는 무엇보다 이 연극이 노동계급 배우들에 의해 공연될 것이라는 점에 깊은 인상을 받는다. 그에게는 그들 노력의 단순함과 성실함이 극의 완성도보다 중요하다고 여겨지는 듯하다.

히폴리타는 테세우스의 말에 동의하지 않지만 테세우스는 배우의 의도를 파악하는 것은 관객의 의무라며 주장을 굽히지 않는다. 테세우스는 과연 친절하고 평등한 사람일까? 이것은 독자가 이 연극에서 제시된 세부 사항과 자신의 경험을 바탕으로 대답해야 할 질문이다.

연극의 프롤로그에서 퀸스의 잘못된 구두점은 재미를 더한다. 예를 들어, 그는 "우리가 기분을 상하게 한다면, 그것은 우리의 선의에 의한 것"이라고 말하며 배우들이 의도적으로 청중을 불쾌하게 만들고 있음을 암시한다. 그는 관객들에게 자신과 다른 배우들이 관객을 기쁘게 할 계획이라고 말하고 싶지만 구두점 실수로 그의 의도는 왜곡되고 상황은 우스꽝스러워진다.

예상대로 연극은 터무니없이 코믹하며 관객과 캐릭터의 상호 작용으로 유머는 한층 강화된다. 테세우스와 드리트리우스 등 관객들은 계속해서 배우들에게 질문하고, 말을 걸고, 무언가를 제안한다. 연극에 대한 비난에도 불구하고 테세우스는 관객의 상상력이 그들을 인도한다면 최고의 배우는 그림자에 불과하며 최악의 배우도 마찬가지라고 주장한다. 다시 말하지만 그는 관객이 배우의 연기에 전적으로 집중하기보다는 배우의 의도를 인식해야 한다고 생각한다.

연극은 매우 다른 분위기의 세 가지 에필로그를 병치하는 것으로 끝을 맺는다. 피라무스와 티스베의 코미디에서 장면은 퍽의 상당히 불길한 에필로그로 이동한다. 무대를 쓸어버리면서 퍽은 밤의 위험한 요소인 포효하는 사자, 울부짖는 늑대, 묘지의 영혼을 불러낸다. 낮과 밤, 결혼과 죽음이 나란히 놓여 있다. 그러나 연극은 여기서 끝나지 않는다. 오베론은 빛을 다시 불러 일으켜 '졸린 불'이 집 전체에 희미하게 빛나도록 만든다. 퍽의 요정들이 '꿈처럼 어둠을 뿜어내는' 밤의 요소들이었다면, 오베론의 요정들은 새처럼 가벼워서 춤추고 노래하며 그를 따라간다.

끊임없이 변화하는 달처럼 연극의 기분과 감정은 계속 바뀌며 삶의 다차원성을 강조한다. 퍽은 관객에게 메멘토 모리를 상기시키는 반면, 오베론은 삶이 지속되는 한 우리 삶에는 축복과 기쁨이 함께한다고 말한다. 여기서 연극은 신혼부부를 위한 오베른의 축복으로 끝날 듯 보이지만 셰익스피어는 여기서 멈추지 않는다. 그는 의미심장하게도 이 연극의 마지막을 요정 영역의 통치자가 아닌 유능한 배우이자 코미디의 주역인 퍽에게 넘긴다. 어떤 캐릭터로도 변신이 가능하고 관객에게 현실적인 공연을 제공하는 퍽은 극 전체의 마스코트임에 틀림없다. 따라서 그의 마지막 말은 연극 자체에 대한 사과이기도 하다. 퍽의 말대로 셰익스피어는, 이 공연이 관객의 기대를 충족시키지 못하면 배우들이 더 많이 연습해 다음에는 더 좋은 공연을 보여 줄 수 있길 기대한다.

셰익스피어 5대 희극

뜻대로 하세요

뜻대로 하세요

등장 인물

[로잘린드] 추방당한 노공작의 딸

[실리아] 프레드릭 공작의 외동딸

[올리버] 로랜드 드 보이스 경의 장남

[올란도] 로랜드 드 보이스 경의 세째 아들

[제이크스 드 보이스] 로랜드 드 보이스 경의 둘째 아들

[프레드릭 공작] 노공작의 동생

[노공작] 아덴 숲에 사는 실권 잃은 공작

[애덤] 올리버의 하인

[애미언스, 제이퀴즈] 추방당한 공작을 섬기는 귀족들

[찰스] 프레드릭의 씨름꾼

[실비어스] 숲속의 양치기

[피비] 양치기 처녀

As You Like It

1막 1장
Act 1, Scene 1

● **올리버의 집 마당**

(올란도와 애덤 등장)

[올란도] 내 기억으론 말이요, 애덤 영감, 일이 이렇게 된 거야. 아버지는 유언에서 나에게 고작 천 크라운을 남기고 자네 말마따나 형한테 아버지의 축복을 받는 조건으로 나를 잘 키우라고 일렀는데 이게 내 불행의 시작이야. 형은 작은형 제이크스를 대학에 보냈는데 소문인즉 성적도 훌륭하다네. 형은 나를 촌놈처럼 집에 묶어 두고 있는데, 자세히 말한다면 집에 내버려 둔 채 있는 거지. 이게 가문 있는 신사를 대하는 일인가. 외양간의 황소나 다를 바 없네. 형이 타는 말이 나보다 더 낫지. 잘 먹어서 미끈하고 거기에다 재주도 배우고, 이를 위해 비싼 돈 주고 마부도 채용했거든. 그런데 명색이 동생인 나는 아무 혜택도 없이 형 밑에서 몸만 커질 뿐이네. 그런 혜택이라면 쓰레기 더미를 뒤져 먹는 가축도 받고 있어. 주는 것이라곤 하나도 없는 주제에 자연이 나에게 부여한 것마저 앗아갈 짓을 하고 있어. 밥은 자기 머슴들과 같이 먹게 하고 동생의 자리에서 밀어내 나를 될 수 있는 대로 천하게 만들어 내 천

성을 짓밟고 있어. 애덤, 나는 이게 슬프다는 거야. 아버지의 성품을 이어받은 이 몸은 노예 같은 대우에 항거를 시작할 수밖에. 더 이상 참을 수 없어. 피할 수 있는 묘약을 아직 찾지는 못했지만.

[애덤] 저기 주인 양반, 형님이 오십니다.

[올란도] 영감, 저리 가 있게. 형이 나를 어떻게 닦아 세우는가 보게.

(애덤 퇴장. 올리버 등장)

[올리버] 이것 봐! 여기서 뭣하고 있어?

[올란도] 아무것도 안 해요. 뭣 하나 만들 수 있는 일을 배웠어야죠.

[올리버] 그럼 뭣을 때려 부수고 있나?

[올란도] 글쎄요. 저는 하나님이 만든 당신의 가난하고 초라한 동생을 때려 부수고 게으름뱅이를 만들고 있습니다.

[올리버] 뭐라고? 일이나 열심히 해. 꺼져 버려.

[올란도] 형님, 저는 돼지나 돌보고, 그 돼지하고 같이 겨죽이나 먹으란 말입니까? 제가 무슨 방탕한 생활을 했기에 이런 가난뱅이 대우를 받아야 합니까?

[올리버] 여기가 어딘지나 아나?

[올란도] 그럼요. 여긴 형님의 집 마당이죠.

[올리버] 누구 앞에 서 있는지 알아?

[올란도] 제 앞에 있는 분이 잘 알고 있는 이상으로 잘 알죠. 저의 큰 형님으로 알고 있습니다. 형님도 가문 있는 양반답게 제가 누군지 아셔야죠. 세상의 관습에 따르면 형님은 저보다 어른이십니다. 제일 먼저 태어났으니까. 그러나 같은 관습에 따르면 저의 핏줄은 지울 수 없습니다. 우리 사이에 스무 명의 형제가 있어도 말입니다. 저에게도 형님처럼 아버지의 핏줄이 있습니다. 하기야 형님은 저보다 먼저 세상에 나왔으니 아버지하고는 좀 더 가깝겠죠.

[올리버] 이런 몹쓸 놈! (때린다)

[올란도] 자, 형님 익숙지 못한 일은 마세요.

[올리버] 나한테 손을 댈 생각이야, 이 악당 놈?

[올란도] 전 악당이 아닙니다. 로랜드 드 보이스 경의 막내아들입니다. 보이스 경은 저의 아버지입니다. 아버지가 악당을 낳았다고 말하는 사람은 세 곱절 더 악당일 걸요. 내 형이 아니었더라면 목에서 손을 떼기는커녕 그런 말을 지껄이는 그 혓바닥을 뽑아 냈을 겁니다. 형님은 스스로 모독하고 있는 거예요.

[애덤] 도련님들! 참으세요. 아버님 생각을 해서라도 화해하세요.

[올리버] 이거 놓으라니까.

[올란도] 직성이 풀릴 때까지는 못 놓겠소. 제 말 잘 들어요. 아버지는 유언장에서 형더러 나를 잘 교육시키라 일렀습니다. 형은 저를 농사꾼처럼 길러 신사다운 교양과 멀리하고 그 흔적도 안 보이게 했습니다. 아버지의 정신은 이 몸에 강하게 자라고 있어 더 이상 참을 수가 없습니다. 그러니 신사다운 교육을 받게 해 주든가 그렇지 않으면 아버지가 유언에서 저에게 남긴 그 보잘것없는 재산을 주시오. 그럼 이곳을 떠나겠습니다.

[올리버] 그래 뭣을 하겠다는 거지? 그 돈 다 쓰고 구걸을 하려고? 자! 안으로 들어가 너 때문에 더 이상 속을 쓸 생각은 없다. 유언의 몫을 좀 나누어 주겠다. 제발, 저리로 가라니까.

[올란도] 응당 찾을 것을 찾으면 형님을 괴롭힐 필요는 없습니다.

[올리버] 자네도 꺼져. 이 늙은 개야!

[애덤] 제가 받을 보수는 고작 '늙은 개'입니까? 하기야 나리의 시중을 들다 보니 이빨은 다 빠졌습니다. 아, 돌아가신 나리! 나리 같으면 이런 말은 안 하셨을 겁니다.

(올란도와 애덤 퇴장)

올란도와 올리버

올란도와 올리버가 다투는 장면으로 애덤이 말리고 있다.

[올리버] 꼴이 이렇게 되다니? 도도하게 나한테 덤벼? 건방진 태도를 뜯어고쳐야겠다. 돈 천 크라운도 안 줄 테다. 야! 데니스!

(데니스 등장)

[데니스] 부르셨습니까?

[올리버] 공작의 씨름꾼 찰스가 나를 만나러 오지 않았나?

[데니스] 네. 대문에 와 있는데 나으리를 뵙게 해 달라고요.

[올리버] 불러와. 멋진 방법이야. 내일은 씨름을 한다.

(데니스 퇴장)

(찰스 등장)

[찰스] 안녕하셨습니까? 나으리!

[올리버] 찰스 씨 새 저택에서 무슨 새 소식이라도 있는지?

[찰스] 저택에서 새 소식은 없고 낡은 소식뿐입니다. 즉 이전의 공작께서 그의 동생인 새 공작에게 추방당하셨고 서너 명의 충실한 귀족들이 그분을 따라 자진 추방의 길에 올랐습니다. 따라서 그분들의 땅과 세입은 몰수되어 새 공작을 살찌게 할 것이니 새 공작은 그분들의 방랑의 길을 환영할 것이라는 풍문입니다.

[올리버] 공작의 딸 로잘린드도 아버지를 따라 방랑의 길에 올랐는가?

[찰스] 아닙니다. 그 아가씨의 사촌인 공작의 딸은 요람에서부터 같이 자라온 터라 로잘린드 아가씨를 너무나 사랑해 추방의 길을 동행하든가 혼자 남게 되면 죽어 버리겠다고 합니다. 로잘린드 아가씨는 저택에 계십니다. 삼촌도 그녀를 친딸 못지않게 사랑하고 있습니다. 그렇게 서로 사랑하는 아가씨들을 본 적이 없습니다.

[올리버] 노공작은 어디서 살고 있지?

[찰스] 말인즉 이미 아덴 숲에서 살고 계신답니다. 많은 활기찬 부하들과 같이 말입니다. 마치 영국의 로빈후드처럼 살고 있지요. 매일 많은 젊은이가 공작 주위에 모여들어 황금 세계에서 사는 양 근심 없이 나날을 보내고 있다는 겁니다.

[올리버] 내일 새 공작 어전에서 씨름을 한다는 말을 들었는데?

[찰스] 네, 그렇습니다. 실은 그 일로 말씀을 드리려고 왔습니다. 내 미리 들은 얘기입니다만 댁의 동생 올란도가 신분을 감추고 저와 한판 승부하기로 작정하고 있다는 겁니다. 내일 저는 명예를 위해 싸웁니다. 팔다리를 꺾이지 않고 저를 피하려면 굉장한 실력이 있어야 하겠는데, 동생분은 어리고 약합니다. 그러니 댁을 생각해서도 동생을 씨름판에서 내동댕이치기 싫습니다. 그렇지만 동생이 굳이 온다면 제 명예를 위해 하는 수 없습니다. 댁을 생각해 이 말씀을 알리러 왔습니다. 그러니 동생의 생각을 막아 못 나오게 해 주시오. 아니면 어떤 치욕을 당해도 참아 주셔야겠습니다. 저의 뜻과는 달리 동생이 자처해서 하는 일이니까요.

[올리버] 찰스, 나를 생각해 주어 감사하오. 후에 이 일에 대해서는 깊이 보답하리다. 나도 벌써 동생의 의도를 알고 있어 은근히 그 일을 못하게 애를 써 왔소. 그러나 동생은 이미 결심을 한 것 같소. 말이 나왔으니 말이지 동생은 프랑스에서 제일 고집이 센 젊은이요. 야심이 충만하고 사람의 장점을 보면 시기를 하고 친형인 나에 대해서도 비밀리에 몹쓸 흉계를 꾸미고 있는 놈이요. 그러니 생각대로 해 보시오. 그놈의 손가락이 아니라 목을 부러뜨려도 개의치 않겠소. 그리고 잘 생각해야 할 거요. 자기가 창피를 좀 당하거나 당신에게 크게 승리를 거두지 못 할 때는 놈은 당신을 독살하거나 음흉한 음모를 펴 함정에 빠트리게 해서 어떤 비정한 방법을 써서라도 당신의 생명을 앗을 때까지 따라붙을 거요. 분명히 말하지만 나는 눈물로 호소하오. 오늘날 젊은이들치고 그놈처럼 흉악한 놈은 없을 것이오. 형제라 해서 덮어 두고 있지만,

그놈의 사람됨을 낱낱이 파헤친다면 나는 얼굴을 붉히고 울 것이고, 당신은 창백해져 당황하고 말 것이오.

[찰스] 댁을 뵙기를 잘했습니다. 내일 그놈이 나타나면 따끔하게 벌을 주겠소. 놈이 제 발로 걸어 나간다면 내 다시는 상금 타는 씨름은 안 하겠소. 그럼 안녕히 계십시오.

[올리버] 잘 가오, 찰스 씨.

(찰스 퇴장)

[올리버] 자, 이제 까부는 동생 놈을 좀 선동해야겠다. 놈의 끝장을 보고 싶다. 참말이지 그놈이 왜 까닭 없이 미운지 모르겠군. 근데 그놈은 품위가 있어. 교육도 못 받았는데 아는 것이 많고 고상한 생각도 많이 해. 사람들은 마법에 취한 듯 놈을 사랑하고 놈은 세상 사람들의 마음을 사로잡고 있어. 특히 놈을 잘 아는 내 부하들도 놈을 좋아하니 내 신세는 형편이 없어. 그렇지만 오래가지는 못한다. 저 씨름꾼이 모든 걸 해결할 거야. 놈에게 씨름판에 나가도록 불을 질러 주는 일만 남았어. 자, 이제 그 일을 시작해야겠다.

(퇴장)

1막 1장 분석

　이 첫 번째 장면은 몇 가지 갈등을 예고한다. 하나는 올리버와 올란도, 다른 하나는 프레드릭 공작과 듀크 시니어 사이의 갈등이다. 올란도는 호감이 가고 도덕적으로 선하기 때문에 형제로부터 부당한 대우를 받는다. 프레드릭 공작과 시니어 공작의 경우 형의 권리를 찬탈하는 쪽이 동생인 반면 올리버와 올란도의 경우 그 반대라는 점이 흥미롭다. 아버지의 재산을 상속받는 것은 맏아들의 권리이다. 따라서 프레드릭 공작이 형으로부터 공작의 자리를 찬탈한 것은 엘리자베스 시대의 관습에 따르면 부도덕한 일이다. 반면 올리버는 형으로서 동생에게 아버지의 뜻을 실천하지 않았다.

　분명히 프레드릭 공작과 올리버는 모두 시대의 관습을 거스른 자들이다. 올리버의 악행은 그가 늙고 충실한 가족의 하인인 애덤을 천대하고 쫓아낼 때 더욱 분명해진다. 그러나 올리버의 잔인한 본성이 확실하게 드러나는 대목은 그가 씨름꾼 찰스에게 거짓말을 하고 올란도를 죽일 수 없다면 적어도 불구로 만들도록 부추길 때이다. 성경에 따르면 형제간의 이러한 불화는 가장 오래된 범죄이다.

　형제간의 이러한 불화는 연극의 주요 무대가 되는 아덴 숲의 목가적인 분위기와 크게 대조된다. 이미 우리는 연극의 이러한 목가적 요소에 대비하고 있다. 예를 들어, 올리버의 과수원을 배경으로 한 1장의 설정을 고려하자. 설정은 목회 생활을 반영하지만 형제가 형제와 대결하는 '현실' 세계의 일부이기도 하다. 결국 그들은 판타지 세계인 아덴의 숲으로 자신들의 문제와 사랑을 정리하기 위해 도망칠 것이다.

　1장은 또한 도시 생활 대 시골 생활의 문제에 초점을 맞추고 있는데, 이는 엘리자베스 시대 영국에서 많이 논의되고 최근에 유행하기도 하는 질문이다. 올란도는 신사적인 방식을 공부하려면 도시에 가야 하는데 그렇지 못하고 집에 머물고 있다고 말한다. 나중에 그는 재산을 찾기 위해 목가적인 집을 떠나기로 결정한다. 세련된 도시 생활과 목가적인 삶의 단순함에 대한 이 질문은 연극 전체에 걸쳐 제기된다. 제이크스는 그의 유명한 '온 세상이 무대'라는 대사(2막 7장)에서 일반적이고 약간은 유머러스한 방식으로 다루어지고. 이어지는 3막 2장의 대결에서 유쾌하게 처리된다. 그러나 연극 전반에 걸친 이 질문에 대한 답은 결코 만족스럽게 해결되지 않는다. 도시 생활 대 시골 생활 외에도 셰익스피어는 자신의 언어를 사용하여 캐릭터의 다양한 사회적 수준을 설정한다.

As You Like It

1막 2장
Act 1, Scene 2

● 공작의 저택 앞 잔디 뜰

(로잘린드와 실리아 등장)

[실리아] 로잘린드 언니, 제발 좀 명랑하게 지내요.

[로잘린드] 실리아, 본래 내 마음보다는 좀 더 명랑한 얼굴인 줄 알았는데. 근데 이보다 더 명랑해 보이라고? 하기야 추방당한 아버지를 잊을 방법을 가르쳐 주면 몰라도 너는 그 일을 잊을 수 있는 큰 기쁨을 가르쳐 주지는 않았어.

[실리아] 그럼 언니는 내가 언니를 사랑한 것처럼 진심으로 나를 사랑한 것이 아니야. 떠나신 큰아버지가 언니의 작은 아버지인 우리 아버지를 추방해도 언니가 끝까지 나하고 같이 있어 준다면 나는 언니의 아버지를 내 친아버지처럼 모셨을 거야. 언니의 사랑이 내가 언니를 사랑하는 만큼 순수하다면 언니도 그렇게 되어야 해요.

[로잘린드] 좋아. 내가 처해 있는 운명을 잊어버리고 너의 운명 속에서 즐기겠어.

[실리아] 아버지는 자식이라곤 나 하나뿐이고 앞으로도 생길 것 같지 않아. 참말이지 아버지가 돌아가시면 언니가 상속자가 될 거야. 아버지가 언니의 아

버지로부터 앗아간 것을 나는 애정으로 언니에게 바칠 생각이야. 명예에 걸고 맹세하겠어. 이 맹세를 어기면 나를 괴물로 만들어 버려. 그러니까 장미꽃처럼 곱고 단정한 언니, 명랑하게 살아.

[로잘린드] 이제부터 그러지. 재미있는 일을 생각하자. 가만 보자, 사랑에 빠졌다고 생각하면 어떨까?

[실리아] 제발 그래요. 장난삼아 하는 건 좋아요. 그렇지만 남자를 진정으로 사랑하면 안 돼. 장난삼아 사랑을 해도 얼굴을 붉히는 순진성을 지켜 명예롭게 되돌아와야지 그 이상의 사랑을 하면 안 돼.

[로잘린드] 그럼 또 무슨 재미있는 일이 없을까?

[실리아] 이렇게 앉아서 운명의 손수레를 마구 돌리는 여신이라는 이름의 아낙네를 골려 주자. 손수레가 안 돌면 운명의 여신의 선물이 골고루 돌아갈 테니까.

[로잘린드] 그럴 수 있으면 좋겠어. 여신의 선물은 임자를 옳게 찾지 못하니까. 마음 좋지만 장님 같은 이 여신이 여자들에게 뿌리는 선물에는 실수가 많으니까.

[실리아] 사실이야. 여신이 곱게 만든 여자들은 마음이 정직하지 못하고 정직하게 만든 여자들은 용모가 밉게 생겼으니까.

[로잘린드] 아냐, 너는 운명이 할 일과 자연이 할 일을 혼동하고 있어. 운명은 이 세상의 선물을 다스릴 뿐 용모를 다스리는 건 자연이야.

(터치스톤 등장)

[실리아] 그럴까? 자연이 미인을 만들지만, 그 미안을 불속에 떨어트리는 것은 운명의 여신이 아닐까? 자연이 우리에게 운명을 조롱할 수 있는 재주를 주었다지만 우리의 토론에 종지부를 찍기 위해 저 바보를 보낸 것은 운명이 아닐까?

[로잘린드] 참말이지 운명은 자연에 대해 좀 지나친 짓을 하는 것 같아. 운명이 자연으로 하여금 그 실패작인 바보를 만들게 했으니까 말이야.

[실리아] 그건 운명의 장난이 아니고 자연의 장난일 거야. 자연은 운명의 여신을 토론하기에는 우리의 지혜가 너무 둔하기 때문에 지혜를 숫돌에 갈아 보라고 저 바보를 보냈어. 우둔한 바보는 항상 우리의 지혜를 가는 숫돌 구실을 하니까. 이것 봐요. 똑똑한 양반, 왜 어물거려요?

[터치스톤] 아씨, 아버님한테 가 보세요.

[실리아] 그 심부름 때문에 왔어?

[터치스톤] 천만에요. 맹세코 아닙니다. 그렇지만 아씨를 모시라는 분부를 받았죠.

[로잘린드] 그런 맹세를 어디서 배웠지, 바보 양반?

[터치스톤] 어떤 기사 양반이 팬케이크는 맛이 있다는 걸 명예를 걸고 맹세했고, 겨자는 보기도 싫다고 명예를 걸고 맹세했는데 나는 팬케이크는 싫고 겨자는 맛이 있다는 걸 알았거든요. 그렇다고 해서 기사가 거짓 맹세를 한 것은 아니죠.

[실리아] 바보 아저씨의 그 엄청난 지식 덩어리로 그걸 어떻게 증명할 생각이지?

[로잘린드] 자, 어서 그 지식을 털어 놔요.

[터치스톤] 두 분 다 앞으로 나오세요. 턱을 쓰다듬으세요. 그리고 '나는 악당이다'라고 턱수염을 걸고 맹세해 보시오.

[실리아] 없는 턱수염을 걸고 맹세하다니 당신은 악당이야.

[터치스톤] 나에게 악당의 소질이 있어 그 소질에 걸고 맹세한다면 나는 악당이 되겠죠. 그렇지만 아가씨들이 있지도 않은 것을 걸고 맹세해 봐도 그건 거짓 맹세는 아닙니다. 그러니 그 기사도 있지도 않은 명예를 걸고 맹세했으니 아무 잘못도 없죠. 기사 양반은 옛날에는 명예가 있었겠지만 그 팬케이크나

로잘린드와 실리아에게 나타난 터치스톤
터치스톤이 두 여인에게 멋진 정보를 알려 준다.

겨자를 보기 훨씬 이전에 다 써 버렸습니다.

[실리아] 어떤 기사를 두고 하는 말이지?

[터치스톤] 아씨의 아버님인 프레드릭 공이 사랑하신 분이죠.

[실리아] 아버지의 사랑이면 그것으로 충분한 명예가 되는 거야. 그분에 대해선 더 이상 말을 마요. 언제이건 그 험담으로 해서 매질을 당할걸.

[터치스톤] 현명한 사람들이 바보짓을 하는 마당에 바보들이 현명한 말을 해서 안 된다니 참 가엾구려.

[실리아] 참말로 옳은 말을 했어. 바보들이 가진 조그만 지혜가 침묵을 강요당하는데 잘난 사람들의 조그만 바보짓이 돋보인다니. 르 보오 씨가 나타나시는데.

[로잘린드] 입안 가득히 풍문을 물고서.

[실리아] 비둘기가 새끼를 먹이듯 그 풍문을 우리한테 강요할 테지.

[로잘린드] 그러니 우리는 풍문에 식상할 거야.

[실리아] 좋지 뭐야. 풍문에 배부르면 무게가 나가 잘 팔릴 테니까. (르 보오 등장) 안녕하세요. 르 보오 씨, 무슨 소식이 있죠?

[르 보오] 아름다운 공주님, 기가 막힌 구경거리를 놓쳤습니다.

[실리아] 구경거리요? 어떤 종류죠?

[르 보오] 어떤 종류냐고요? 이걸 어떻게 대답해야 하나?

[로잘린드] 지혜나 요행이 시키는 대로 말하세요.

[터치스톤] 아니면 운명이 시키는 대로 멋대로.

[실리아] 말 잘했어. 앞뒤를 모르고 내뱉은 말이긴 하지만.

[터치스톤] 아니죠. 바보로서의 체통을 지키지 못한다면.

[로잘린드] 늙은 체통이 사그라졌어.

[르 보오] 아가씨는 저를 얼떨떨하게 하는군요. 진작 멋진 씨름 얘기를 해 드려야 했는데 구경거리를 놓쳤습니다.

[로잘린드] 그 씨름 과정이나 얘기해 봐요.

[르 보오] 첫판을 얘기해 드리죠. 흥미가 있으면 끝판은 볼 수 있을 겁니다. 진짜는 이제부터이니까요. 여기 아가씨들이 계시는 바로 여기서 씨름을 하니까요.

[실리아] 글쎄. 첫판은 이미 옛날에 끝났다면서.

[르 보오] 어떤 노인과 그의 세 아들이.

[실리아] 시작이라는 게 옛날이야기 같군.

[르 보오] 젊고 잘생긴 남자 셋, 훌륭한 풍채와 그 체구.

[로잘린드] 목에다 광고판을 걸고 '만인이여 이 체구를 보라' 하고 썼겠군.

[르 보오] 셋 중 맏형이 공작님의 씨름꾼인 찰스와 붙었는데 찰스는 눈 깜빡할 사이에 그 사람을 내던져 갈비뼈 셋을 박살냈으니 살 가망은 거의 없죠. 그래서 둘째, 셋째와 한판 벌였어요. 저쪽에 두 사람이 쓰러져 있는데 불쌍한 늙은이가 어찌나 애절하게 우는지 모든 구경꾼이 늙은이와 같이 눈물을 흘렸어요.

[로잘린드] 가엾게도!

[터치스톤] 아가씨들이 놓쳤다는 구경거리가 뭐요?

[르 보오] 이런! 지금 얘기하고 있는 거야.

[터치스톤] 그러니 사람들이 날이 갈수록 현명해진다는 말이 나오는 모양이야. 갈비뼈 부러뜨리는 게 숙녀들의 구경거리라니 금시초문이야.

[실리아] 나도 처음이야.

[로잘린드] 옆구리에서 자기의 갈빗대 부러지는 소리를 듣기 좋아하는 사람이 있을까? 남의 갈빗대 부러뜨리기를 원하는 사람이 있다니? 실리아, 그 씨름 구경이나 해 볼까?

[르 보오] 여기 계시면 보기 좋게 보게 되죠. 여기가 씨름 장소로 지정됐습니다. 한판 벌일 준비가 돼 있으니까요.

[실리아] 저쪽에서 사람들이 와요. 여기서 구경해.

(나팔 소리, 프레드릭 공작, 귀족들, 올란도, 찰스 그리고 시종들 등장)

[프레드릭] 차비를 해라. 젊은 사람이 말을 듣지 않으니 위험이 있어도 그건 자기의 고집 때문이야.

[로잘린드] 저기 저 사람 말입니까?

[르 보오] 바로 저게 미친 사람이죠.

[실리아] 어머나, 너무 어린데! 그런데도 희망적으로 보이는데.

[프레드릭] 이런 내 딸하고 조카딸이! 씨름 구경을 하러 빠져나왔나?

[로잘린드] 네, 숙부님, 제발 허락해 주세요.

[프레드릭] 별 재미가 없을걸. 짝이 맞지 않거든. 젊은 도전자가 가엾어서 설득하고 싶지만, 말을 안 들을걸. 너희들이 말해 보렴. 혹시 들을지도 모르니까.

[실리아] 르 보오 씨, 저 사람 좀 불러 줘요.

[프레드릭] 불러와. 나는 자리를 피하지.

[르 보오] 도전자 양반 공주께서 부르십니다.

[올란도] 황송한 마음으로 분부에 응하겠습니다.

[로잘린드] 젊은 분, 찰스 장사에게 도전했습니까?

[올란도] 아닙니다. 공주님. 그 사람이 아무에게나 도전하죠. 저는 다른 사람과 마찬가지로 우연히 그 사람과 저의 젊은 힘을 겨루어 보고자 할 뿐입니다.

[실리아] 젊은이, 그 나이에 비해 너무 당돌해요. 저 사람의 힘이 얼마나 잔인한가를 직접 보았을 텐데. 몸소 그 눈으로 보았고 스스로 판단할 수 있다면 비슷한 상대를 골라야지. 이 모험이 위험하다는 걸 알 터인데. 젊은이를 위해 하는 말인데 제발 자신의 안전을 생각해 그 고집을 포기하세요.

[로잘린드] 그렇게 하세요. 젊은이, 그렇다고 명성에 상처가 가는 것은 아니니까. 공작님께 간청해 씨름은 하지 않기로 할 테니.

[올란도] 제발 그 엄하신 말씀으로 저를 괴롭히지 마십시오. 아름답고 훌륭한 아가씨를 거역하는 것 같아 죄송스럽기 한이 없습니다. 그렇지만 아가씨들의 그 고운 눈과 상냥한 마음으로 이 시합을 하게 해 주십시오. 져 보았자 은혜란 타고나지 못한 저 하나만의 치욕에 불과합니다. 죽어 보았자 살기를 원치 않는 자 하나 뿐인 죽음입니다. 저를 애도해 줄 사람은 하나도 없으니 친구에게 폐를 끼칠 리 없고, 가진 것 하나 없으니 세상에 해를 줄 것도 없습니다. 이 세상에서 한 자리를 차지하고 있을 뿐인 이 몸이라, 그 자리를 비워도 보다 좋은 사람으로 그 빈자리를 메울 수 있습니다.

[로잘린드] 나는 보잘 것 없는 힘밖에 없지만, 그 힘이나마 당신에게 주고 싶군요.

[실리아] 내 것도 언니 것에 보태 주고 싶어.

[로잘린드] 그럼 미안해요. 제발 나의 예상이 틀렸으면!

[실리아] 젊은이 뜻대로 되기를 바라오!

[찰스] 자, 대지의 어머니 품에 눕기를 원한다는 젊은 호걸은 어디 있어?

[올란도] 대지의 어머니와 동침할 생각은 없고 점잖게 대하겠소.

[프레드릭] 승부는 한판으로 정한다.

[찰스] 물론입니다. 공작님, 2회전은 안 해도 좋습니다. 공작님은 첫판 시합마저 간곡히 만류하셨으니까요.

[올란도] 조롱을 하려거든 뒤에 하시오. 미리 헛짚을 필요는 없으니. 자, 붙어 보시오.

[로잘린드] 헤라클레스 신(神)이여, 젊은이를 도와주시기를!

[실리아] 이 몸이 보이지 않게 되어 저 장사 찰스의 발을 꼭 붙들어 놓을 수 있다면.

(올란도와 찰스가 씨름을 한다)

[로잘린드] 아, 훌륭한 젊은이!

씨름을 관람하는 로잘린드
올란도가 찰스를 보기 좋게 제압하는 장면이다.

[실리아] 이 눈에 번갯불이 있다면 누가 쓰러지는지 알 수 있을 텐데.

(찰스가 나가떨어진다. 환성)

[프레드릭] 그만, 그만.

[올란도] 제발, 공작님, 아직도 몸이 풀리지 않았습니다.

[프레드릭] 자네는 어떤가, 찰스?

[르 보오] 말도 못하는데요, 공작님.

[프레드릭] 이 사람을 끌어내. 젊은이, 이름이 뭐랬더라?

[올란도] 올란도라 하옵니다. 공작님, 로랜드 드 보이스의 막내아들입니다.

[프레드릭] 다른 사람의 아들이었으면 좋았을 텐데. 세상은 자네 부친을 존경하였지만 그 사람은 나의 적이었네. 자네가 다른 가문의 자식이었다면 이번 일로 해서 나는 더욱 기뻤을 텐데. 잘 가게. 자네는 용감한 청년이야. 아버지가 다른 사람이라고 말해 주었다면 좋았을걸.

(프레드릭 공작, 그의 일행 그리고 르 보오 퇴장)

[실리아] 언니, 내가 아버지였더라면 저럴 수 있었을까?

[올란도] 저는 로랜드 경의 막내아들임을 매우 자랑스럽게 생각합니다. 프레드릭 공의 상속자가 된다 해도 그 이름은 바꾸지 않을 겁니다.

[로잘린드] 우리 아버지는 로랜드 경을 자신의 영혼처럼 사랑했어. 세상 사람들도 아버지의 생각과 같았고. 이 젊은이가 그분의 아들이라는 걸 사전에 알았다면 이 시합을 하기 전에 눈물로 포기하라고 간청했을 거야.

[실리아] 언니, 가서 그분을 치하하고 용기를 줘. 아버지의 거칠고 시기에 찬 성격이 내 마음에 사무쳐. 여보세요, 참 잘했어요. 씨름에서 모든 예상을 뛰어넘었듯이 사랑에 있어서도 약속을 그렇게 지킨다면 댁의 애인은 행복할 거예요.

[로잘린드] 여보세요. (그에게 자기의 목걸이를 주면서) 운명에 버림받은 이 몸을 위해 이걸 거세요. 손에 돈이 궁색하지 않았다면 좀 더 나은 것을 드릴 수 있을 텐데. 얘야, 그만 갈까?

[실리아] 그래. 신사 양반, 잘 가세요.

[올란도] 고맙다는 말도 못 하는가? 내 용기와 교양은 다 날아갈, 여기 서 있는 말뚝, 생명 없는 막대기에 불과해.

[로잘린드] 우리를 부르는데. 내 초라한 신세 때문에 자부심마저 땅에 떨어졌어. 뭣을 원하는지 물어봐야겠어. 우릴 불렀어요? 씨름을 잘했어요. 근데 나가떨어진 것은 당신의 그 적수만은 아니었어요.

[실리아] 언니, 안 가는 거야?

[로잘린드] 같이 가자. 안녕히 가세요.

(로잘린드와 실리아 퇴장)

[올란도] 무슨 감정이 무겁게 내 입을 억누를까? 말도 못 하고 있는데 그 아가씨는 나에게 말을 독촉했어. 오, 불쌍한 올란도. 너는 나가떨어졌어! 찰스나 또는 그 작자보다 훨씬 약한 어떤 자에게 나가떨어졌어.

(르 보오 재등장)

[르 보오] 여보, 우정으로 충고하겠는데, 여기를 떠나시오. 당신은 굉장한 칭찬, 참다운 갈채 그리고 사랑을 받을 만한 일을 했지만 지금 공작의 기분으로선 당신이 한 모든 것이 오해로 받아들여집니다. 공작은 변덕스럽습니다. 그분의 성품에 대해서는 내가 말하기보다 당신이 상상하는 편이 나을 겁니다.

[올란도] 고맙습니다. 근데 좀 물읍시다. 여기 씨름판에 왔던 두 아가씨 중 어떤 쪽이 공작의 딸입니까?

[르 보오] 성품으로 보아서는 어느 쪽도 그분의 딸이 아닙니다. 그렇지만 키가

큰 쪽이 공작의 딸이죠. 다른 아가씨는 추방된 공작의 딸입니다. 가산을 겁탈한 숙부에 의해 자기 딸의 말동무로 여기에 억류되어 있는 셈이죠. 두 아가씨의 사랑은 친자매의 그것보다 더 다정하답니다. 그렇지만 말씀드릴 것은 최근에 공작은 그 착한 조카딸에 대해 불쾌하게 생각하고 있다는 사실입니다. 사람들이 그 부덕을 칭찬하고 착한 아버지의 일로 해서 그녀를 동정한다는 이외에 이렇다 할 이유도 없는데 말입니다. 분명한 일은 아가씨에 대한 공작의 심술이 갑자기 폭발할 것이라는 사실이죠. 잘 가세요. 앞으로 여기보다 더 좋은 세상에서 당신을 좀 더 사귀고 이해하고 싶습니다.

[올란도] 많은 폐를 끼쳤습니다. 안녕히 가세요. (르 보오 퇴장) 한곳에서 빠져나오니 다시 불속이라. 포악한 공작으로부터 포악스런 형한테로 간다. 그렇지만 천사 같은 로잘린드!

(퇴장)

1막 2장 분석

이 장면은 '현실' 세계의 고통과 문제를 더욱 드러낸다. 이 현실 세계에서 셰익스피어는 사랑의 주제를 소개하고 대조한다. 예를 들어, 실리아와 로잘린드 사이의 사랑이 있다. (사랑이라는 단어는 엘리자베스 사람들에게 우정의 의미도 있다.) 그들의 사랑은 순수하고 결백하며, 특히 두 쌍의 형제 사이의 감정과는 대조적이다. 재치 있는 대화에서 로잘린드와 실리아는 놀이로서의 사랑의 장점에 대해 논의한다. 이 '낭만적인 사랑'은 올란도와 로잘린드가 첫눈에 사랑에 빠졌을 때 그 가치를 발한다. 아직 그들 사이에는 단 몇 마디만 허용된다. 사랑에 대한 이러한 견해는 나중에 셰익스피어가 피비에게 말로를 인용하게 할 때 강화된다(3막 5장). 나중에 낭만적인 사랑에 대한 이 견해는 올리버가 문자 그대로 첫눈에 실리아와 사랑에 빠졌을 때 풍자된다(4막 3장). 이상화된, 목가적인 사랑에 대한 셰익스피어의 연출에 따라 모든 캐릭터가 마침내 환상의 숲 아덴에 모이면 다양한 유형의 사랑이 진지하고 코믹한 효과를 위해 탐구되고 악용된다. 셰익스피어는 또한 나중에 터치스톤이 오드리에게 느끼는 성적 사랑에 초점을 맞출 것이다. 엘리자베스 시대에는 은과 금의 순도를 결정하기 위해 터치스톤이 사용되었기 때문에 셰익스피어는 이 캐릭터를 사용하여 극 중 각 캐릭터의 신념의 진실성을 결정한다.

르 보오는 그의 고상한 연설과 복장으로 판단하면 멋쟁이다. 따라서 그는 셰익스피어의 연설과 복장뿐만 아니라 이 장면에서의 매너리즘을 풍자한다. 마지막으로, 이 장면은 올란도가 공작 영지에서 아덴의 숲으로 떠나는 것을 예고한다. 고요한 분위기에 불안감이 만연한다. 아덴의 숲에서는 부자연스러워 보일 수 있는 것이 매우 자연스러워 보인다. 현실 세계에서 캐릭터는 자신을 통제하려고 노력해야 한다. 아덴의 숲이라는 야생적이고 환상적이며 목가적인 환경에서만 캐릭터는 자신의 감정을 완전히 발산할 수 있다.

1막 3장

Act 1, Scene 3

● **저택의 방**

(실리아와 로잘린드 등장)

[실리아] 로잘린드 언니! 큐피드, 자비를 주세요! 한마디도 하지 않을 거야?

[로잘린드] 강아지한테 던질 말도 없어.

[실리아] 언니의 말은 개한테 던지기에는 너무나 귀중해. 나한테 던져 봐. 자, 나를 괴롭혀 병신을 만드는 말이라도 좋으니까.

[로잘린드] 그러다 우리 둘 다 앓아 누우면 어떻게 해. 한 사람은 말에 얻어맞아 병신이 되고, 또 하나는 말 못해 화병에 걸리겠다.

[실리아] 아버지 때문에 그런 거야?

[로잘린드] 아냐. 내 아버지 탓이기도 해. 아, 보잘 것 없는 세상에, 가시투성이니!

[실리아] 그런 건 명절에 장난삼아 던지는 밤송이 가시에 불과해. 오솔길을 걸으면 속 치맛단에 붙는 가시야.

[로잘린드] 그런 가시는 치맛자락을 흔들면 떨어져. 마음의 가시는 그럴 수가 없어.

[실리아] '에헴' 하고 헛기침으로 털어 버려.

[로잘린드] 에헴 하는 정도로 그분의 마음을 잡을 수 있다면 애써 해 보겠어.

[실리아] 자, 애정하고 씨름을 해 봐.

[로잘린드] 그 애정이 나보다도 억세니 탈이야.

[실리아] 잘 될 거야! 언니는 쓰러져도 좀 있다 다시 덤벼들 거야. 자, 이젠 그런 농담 그만두고 좀 진지하게 얘기해요. 로랜드 경의 막내아들한테 그렇게 열렬하게 갑자기 빠져들 수가 있을까?

[로잘린드] 우리 아버지는 그분의 아버지를 지극히 사랑하셨어.

[실리아] 그래서 언니도 그분의 아들을 지극히 사랑해야 한다는 거야? 그런 이유라면 우리 아버지가 그분의 아버지를 미워했으니까 나도 그 사람을 미워해야 해. 그런데 나는 올란도가 밉지 않아.

[로잘린드] 안 돼. 나를 위해서도 그분을 미워하지 마.

[실리아] 어째서? 미움을 받을 만한 이유가 있는데?

[로잘린드] 그분을 사랑하도록 내버려 둬. 내가 사랑하니 너도 그분을 사랑해야 해. 저기 공작께서 오신다.

[실리아] 양쪽 눈에 노여움이 가득 찼네.

(공작과 귀족들 등장)

[프레드릭] 애야, 우리 집에서 될 수 있는 한 빨리 떠나는 것이 너를 위해 안전할 것 같다.

[로잘린드] 저 말입니까, 숙부님?

[프레드릭] 그래, 너 말이다. 앞으로 열흘 내에 이 집 20마일 이내에서 잡히면 너는 죽임을 당한다.

[로잘린드] 숙부님, 제발 제가 무슨 잘못이 있는지 알려 주세요. 저는 제 자신을 알고 있고, 저의 욕망이 무엇인지도 잘 알고 있습니다. 꿈을 꾸고 있는 것

도 미친 것도 아닙니다. 이런 걸 잘 알고 있으니 숙부님, 저는 일찍이 숙부님을 노엽게 만들 생각한 적이 한 번도 없습니다.

[프레드릭] 모든 반역자가 다 그런 말을 한다. 말로써 무죄가 된다면 반역자들은 모두 미덕 그 자체처럼 순진하게 보일 거다. 더 이상 말이 필요 없어. 나는 너를 믿지 않는다.

[로잘린드] 그렇지만 숙부님의 불신이 저를 반역자로 만들 수는 없습니다. 저의 반역의 가능성이라도 좋으니 말씀해 주세요.

[프레드릭] 너는 너의 아버지의 딸이요, 이것으로 충분해.

[로잘린드] 숙부님께서 아버지의 영지를 빼앗았을 때도 그랬습니다. 숙부님께서 아버지를 추방했을 때도 마찬가지였어요. 반역은 유전이 되는 것은 아닙니다. 설사 가까운 사람들로부터 물려받는다 해도 저하고 무슨 관계가 있습니까? 아버지는 반역자가 아닙니다. 그러니 제가 가난하기 때문에 반역을 할 것이라는 오해는 말아 주십시오.

[실리아] 아버지, 제발 좀 들어주세요.

[프레드릭] 실리아, 너를 위해 저 애를 놔 두었다. 그렇지 않았다면 저 애는 아버지와 함께 방랑길을 헤매고 있을 거야.

[실리아] 언니와 같이 있게 해 달라고 간청한 것은 제가 아니었어요. 아버지의 호의와 동정 때문이었습니다. 그때는 언니의 값어치를 알기에는 저는 너무나 어렸어요. 그렇지만 이제는 언니를 잘 알아요. 언니가 반역자라면, 아, 저도 반역자죠. 우리는 여태껏 같이 잤고, 같은 시간에 잠을 깼고, 같이 배우고, 놀고, 먹었어요. 어디에 가나 우리는 주노 여신의 백조들처럼 쌍을 이루어 떨어질 줄을 몰랐어요.

[프레드릭] 저 애는 너에게 너무나 교활해. 매끈한 용모, 꾸민 침묵, 그 참을성, 사람들한테 하는 말씨, 이런 것 때문에 사람들은 저 애를 동정한다. 너는 바보야. 저 애는 너의 명성을 빼앗아 가고 있어. 저 애가 없으면 너는 더욱 빛

로잘린드와 프레드릭 공작
로잘린드를 궁정에서 추방하는 프레드릭 공작.

을 내고 더욱 품위 있게 보일 거야. 그러니 더 이상 입을 열지 마. 내가 로잘린드에게 내린 선고는 확고하고 바뀔 수 없는 것이다. 저 애는 추방이다.

[실리아] 그럼 저에게도 그 선고를 내려 주세요. 언니가 없으면 살 수가 없습니다.

[프레드릭] 너는 바보야. 너, 로잘린드, 차비를 해라. 정해진 시간을 지체하면 내 엄명으로 너는 죽는다.

(공작과 귀족들 퇴장)

[실리아] 아, 가련한 언니! 어디로 가지? 아버지를 바꿀까? 내 아버지를 줄게. 제발 나보다 더 슬퍼하지 마.

[로잘린드] 나에게는 슬퍼할 이유가 더 많아.

[실리아] 그렇지 않아. 언니, 제발 웃어 봐. 아버지는 딸인 나도 추방했다는 걸 몰라?

[로잘린드] 그런 일은 없어.

[실리아] 그런 일이 없다고? 그렇다면 언니는 나와 한 몸이라는 애정을 배우지 못했어. 우리가 쪼개질 수 있어? 우리가 갈라설 수 있어, 언니? 안 돼. 아버지더러 다른 상속자를 찾으라고 해야지. 그러니 같이 날아갈 궁리나 해. 어디로, 그리고 무엇을 가지고 갈 것인가. 운명의 변화를 혼자서만 감당할 생각은 마. 슬픔을 혼자 간직하고 나를 떠날 생각은 마. 우리의 슬픔 때문에 창백해진 저 하늘에 걸고 맹세하지만 언니가 뭐라든 나는 언니를 따라갈 테야.

[로잘린드] 그럼 어디로 가지?

[실리아] 아덴 숲속의 큰아버지를 찾아가.

[로잘린드] 저런! 우리 같은 처녀가 그렇게 먼 길을 여행하려면 무슨 위험이 따를지도 모르는데! 여성의 아름다움은 황금보다 더 빨리 도둑들을 유혹하는데.

[실리아] 나는 남루하고 초라한 옷을 입고 얼굴에는 황토 분칠을 하겠어. 언

니도 그렇게 해. 그럼 악당들을 자극하지 않고 무사히 통과할 수 있을 거야.

[로잘린드] 나는 보통 여자보다 키가 크니 완전히 남자의 복장을 하는 것이 좋지 않을까? 옆구리에 용감하게 단검을 차고 손에는 멧돼지 창을 들고. 마음속에는 여자의 공포가 숨어 있겠지만, 밖으로는 늠름하고 용맹한 모습을 보이는 거야. 겁 많은 사내들이 허풍으로 공포를 감추듯이 말이야.

[실리아] 언니가 남자면 나는 언니를 뭐라고 부르지?

[로잘린드] 조브 신(神)의 사동의 이름보다 못한 것은 안 되니 나를 가니메데스라고 불러. 근데 나는 너를 뭐라고 부르지?

[실리아] 내 신세와 관계가 있는 이름, 실리아가 아니라 방랑자라는 뜻의 엘리아라고.

[로잘린드] 근데 너의 아버지 집에서 저 어릿광대를 꼬여서 훔치면 어떨까? 여행할 때 위안이 되지 않을까?

[실리아] 그 어릿광대는 나라면 이 세상 어디라도 따라올 거야. 꾀어내는 일은 나한테 맡겨. 자, 가서 보석이며 돈이 될 만한 걸 챙겨야지. 가장 좋은 시간과 안전한 길을 택해 우리가 떠난 뒤 뒤쫓아 올 군졸을 피해야지. 자, 만족한 마음으로 자유를 찾아가는 거야. 추방의 길이 아니야.

(퇴장)

1막 3장 분석

이 장에서는 프레드릭 공작의 악의적 행실이 완전히 드러난다. 그는 로잘린드를 궁전에서 추방했는데, 그 이유는 그녀가 사람들로 하여금 추방된 아버지를 상기시키기 때문이다. 그는 딸 실리아가 로잘린드와 동행하겠다는 의사를 밝혔을 때 양심의 가책을 느끼지 않는다.

이제 로잘린드가 아덴의 숲에서 아버지와 합류할 무대가 마련되었다. 올란도가 곧 그룹에 합류할 것이라는 데는 의심의 여지가 없는데, 이미 우리는 올리버의 기질이 프레드릭의 기질과 매우 흡사하다는 것을 보았기 때문이다. 줄거리는 이 시점에서 엘리자베스 시대 관객들이 가장 좋아하는 극적인 장치로 인해 더욱 복잡해진다. 두 소녀는 세상으로 나가기를 결정한 후 변장을 하게 된다. 로잘린드는 '가니메데스(올림포스로 납치된 트로이 청년의 이름)'로, 실리아는 '엘리아'로. 셰익스피어는 토마스 로지의 소설 《로잘린드》에서 두 이름을 모두 따 왔다.

소녀들이 터치스톤을 데려가는 것은 두 가지 중요한 극적 효과를 발생시킨다. 첫째, 이 계략은 사회에 대한 훌륭한 비평가가 아덴의 숲에 머물게 하며 그곳에서 그는 아이러니하게도 흙 같은 시골 여성인 오드리와 사랑에 빠지게 된다. 둘째, 터치스톤이 소녀들과 동행한다는 사실은 그를 청중의 마음에 드는 사람으로 만든다. 그는 두 주인공에게 용감하고 충성스러운 친구이다.

"자, 만족한 마음으로 자유를 찾아가는 거야. 추방의 길이 아니야"라는 실리아의 마지막 대사는 로잘린드의 아버지인 듀크 시니어가 다음 장면에서 표현한 분위기를 예고한다. 이 자유의 분위기, 아덴의 숲의 지배적인 분위기는 연극 전반에 걸쳐 표현될 것이다.

2막 1장
Act 2, Scene 1

● 아덴 숲

(노공작. 애미언스. 숲 사람 복장의 귀족들 등장)

[노공작] 자, 귀양살이 동지와 형제들, 오랫동안 익숙하다 보니 이 생활이 겉모양만 화려한 저쪽 생활보다 즐겁지 않소? 이 숲속이 간사한 저쪽 궁궐보다 위험성도 덜 하지 않소? 여기서는 인류의 조상 애덤이 저지른 죄의식도 느끼지 않습니다. 사철의 변화에도, 즉 얼음 같은 송곳니처럼 난폭한 매질을 하듯 겨울바람이 불어와 우리의 몸을 물어뜯고 때릴 때도 나는 추위에 움추리지만 미소를 지으며 이렇게 얘기하오. "이것은 허위가 아니다. 내가 무엇인가를 집요하게 생각하게 해 주는 충고자들이다"라고. 역경의 혜택이란 아름다운 것이오. 역경이란 옴두꺼비처럼 흉측하고 독살스럽지만, 그 머리에는 귀중한 보석이 박혀 있는 것이니까. 속세의 인간들과 떨어져 사는 우리의 생활이고 보면 나무에서 말을, 흐르는 냇물에서 책을, 돌에서 설교를 찾고, 만물에서 선(善)을 찾게 되는 것이오. 나는 이런 생활을 바꾸고 싶지는 않습니다.

[애미언스] 공작님은 행복하십니다. 강박한 운명을 그처럼 담담하고 아름답게

표현하실 수 있으니 말입니다.

[노공작] 자, 우리 가서 사슴이나 잡을까요? 그런데 그 얼룩진 사슴을 생각하니 마음이 아프오. 이 인기척 드문 숲의 본래 임자가 사슴인데 자기 영토에서 넓적다리를 쌍 화살촉에 뚫리다니.

[귀족] 사실 저 우울한 제이퀴즈도 일을 슬퍼하고 있습니다. 제이퀴즈는 그 점으로 말한다면, 공작님은 당신을 추방한 동생보다 더 강탈이 심하다고 단언하고 있습니다. 오늘 애미언스경과 제가 몰래 그 친구의 뒤를 밟았는데, 글쎄 떡갈나무 밑에 눕지 않겠습니까. 이 나무의 오래된 뿌리는 숲을 따라 요란하게 흐르는 냇물을 훔쳐보듯 박혀 있었는데 바로 거기에 사냥꾼의 화살에 상처를 입은 불쌍한 외톨이 사슴 한 마리가 고통스럽게 나타났습니다. 공작님, 참말이지 이 비참한 동물은 어찌나 신음을 내 뽑는지 그 가죽옷이 팽창해 거의 터질 것 같았습니다. 그러고는 주먹 같은 눈물 줄기가 서로 애처롭게 쫓듯이 순진한 콧잔등을 줄줄 흘러내렸습니다. 그런데 이 우울증에 걸린 제이퀴즈는 그 털 짐승을 뚫어지게 보며, 급류 한끝에 서서 눈물을 흘리며 냇물의 수량을 늘리고 있었습니다.

[노공작] 그래, 제이퀴즈가 뭐라고 했나요? 그 광경을 보고 무슨 교훈을 말하던가요?

[귀족] 물론이죠. 천 가지 비유를 했습니다. 첫째, 사슴이 넘쳐흐르는 강물에 눈물을 흘리는 것을 보고 "불쌍한 사슴 놈. 너도 속된 사람들 모양 재산 분배를 하는군. 너무나 많이 가지고 있는 물에 네 몫까지 부어 넣고 있으니"라고 하더군요. 이어 친구들로부터 버림을 받아 혼자 있는 사슴의 꼴을 보고서는 "옳은 말이야. 불행은 친구들을 잃게 하는 거야"라고 했죠. 좀 이따가 배불리 먹고 그 사람 옆을 깡충 뛰어 지나가면서 본 척도 않는 무심한 사슴 떼를 보고서는 "그래, 그대로 지나가라. 배부르고 기름진 자들아. 요새는 그것이 유행이니까. 저기 초라하고 상처 당한 파산자를 볼 겨를이 어디 있겠나?"라고 했

어요. 이러더니 가장 심한 독설로 나라, 도시, 궁전, 그리고 우리의 생활 등 모든 걸 찔러댔습니다. 우리는 약탈자, 폭군이며 천부적으로 고향 땅에서 사는 동물을 협박하고 죽이는 것은 더욱 가혹한 일이라고 통박하고 있었습니다.

[노공작] 그래, 당신들은 그 사람이 명상하는 걸 놔 두고 떠났소?

[귀족 3] 네, 공작님. 흐느끼는 사슴과 함께 울고 중얼거리는 것을 보고 돌아왔습니다.

[노공작] 나를 그곳으로 안내해 주시오. 그 사람이 우울한 기분일 때 만나고 싶구려. 이럴 때 그 사람의 말은 들을만한 가치가 있으니까.

[귀족 1] 곧장 모시겠습니다.

(퇴장)

2막 1장 분석

이 장면에서 듀크 시니어는 1막 말미에 실리아가 표현한 아이디어를 확대한다. 그는 목가적인 생활이 도시의 삶보다 우월하다는 문제를 제기한다. 이 생각은 아덴의 숲과 연극의 나머지 부분을 배경으로 한 장면의 분위기를 채색한다.

노공작의 연설은 당시 많은 도시 거주자들이 가지고 있던 평범한 견해에 대한 풍자이다. "역경의 대가는 달콤하다." 노공작이 말한다. 이것은 그의 망명 생활에 대한 과장된 견해이지만, 이 장면의 후반부에서 세계 전체에 대한 비평가인 제이퀴즈는 이미 과장된 이 견해를 확장하고 지지한다고 냉소적으로 주장한다. 목가적인 생활에 대한 제이퀴즈의 견해가 전혀 실용적이지 않다는 것은 분명하다. 그러나 이 견해는 자신이 처한 상황에 대한 얕은 일반화라는 점에서 제이퀴즈의 전형이다.

듀크 시니어가 제이퀴즈의 철학에 지나치게 감명을 받지 않았다는 점에도 유의하자. 제이퀴즈는 자신의 생각이 심오하다고 생각하지만 다소 평범하고 항상 일반화되어 있다. 셰익스피어는 여기서 두 가지 견해, 즉 자연의 모든 것이 좋다는 듀크 시니어의 견해와 인간이 변화를 불러일으키지 않을 때만 자연이 좋다는 제이퀴즈의 견해를 풍자하고 있다. 두 견해 모두 당시에는 인기가 있었다.

2막 2장
Act 2, Scene 2

● 저택의 방

(프레드릭 공작, 귀족들과 등장)

[프레드릭] 아무도 애들을 보지 못했다니, 그럴 수가 있어? 그럴 수는 없다. 이 집안의 어떤 악당이 이 일에 동의하고 빼돌렸어.

[귀족 1] 아가씨를 봤다는 사람은 하나도 없습니다. 아가씨의 시중을 드는 부인네들도 아가씨가 침대에 드는 것을 보았답니다. 그런데 이른 아침에 가 보니 침대에는 보석 같은 아가씨가 안 계셨다고 합니다.

[귀족 2] 공작님이 가끔 웃음거리로 대하던 광대도 없어졌습니다. 아가씨의 시녀 히스페리아의 말인즉 아가씨와 사촌 언니가 바로 요전에 건장한 찰스를 쓰러뜨린 장사를 칭찬하는 소리를 엿들었다고 합니다. 시녀는 아가씨들이 어디에 가건 분명 그 젊은이가 동행할 것이라고 믿고 있습니다.

[프레드릭] 그놈 형에게 사람을 보내 올란도를 끌고 와라. 올란도가 없으면 올리버를 데리고 와. 당장 서둘러라. 이 바보 같은 도주자들을 잡아들이기 위해서는 수색과 심문에 허점이 없어야 한다.

2막 2장 분석

이 장면은 두 가지 용도로 사용된다. 첫째, 올리버가 아덴의 숲으로 보내져 다른 추방된 캐릭터를 만날 수 있는 방법을 제공한다. 이제 올란도와 애덤만 남았지만, 얼마 지나지 않아 둘 다 아덴의 숲으로 떠날 것이다. 따라서 우리는 곧 모든 주인공이 그곳에 도착하고 연극의 주요 장면을 보게 될 것임을 알고 있다.

둘째, 이 장면은 앞의 장면과 나란히 놓여 있다. 앞의 장면이 잠겨 있는 평온함 중 하나였다면, 2장은 가혹하다. 그것은 긴장과 복수심으로 가득 차 있다. 서로 대조되는 장면의 균형은 셰익스피어가 많이 사용하는 극적인 장치로 일부 비평가들은 이러한 요소를 16세기에 유행했던 정교하고 사치스러운 의상을 입은 가면극에서 발견되는 요소와 비교하게 되었다.

2막 3장

Act 2, Scene 3

● **올리버의 집 앞**

(올란도와 애덤이 나와 만난다)

[올란도] 누구야?

[애덤] 네? 도련님이세요? 아, 착한 도련님! 아, 귀여운 도련님! 아, 돌아가신 로랜드 경의 추억! 왜 여기에 왔소? 왜 그렇게 덕망이 많소? 왜 사람들이 좋아할까? 어째서 그렇게 착하고 강하고 용감할까? 그 변덕스러운 공작의 막강한 전속 씨름꾼을 내던졌다니, 어쩌면 그렇게 바보스러울까? 도련님에 대한 칭찬은 도련님이 오시기 전에 벌써 이 집에 도달했어요. 모릅니까, 도련님? 사람에 따라서는 미덕이 오히려 원수가 된다는 것을. 도련님의 미덕도 그 꼴입니다. 착한 도련님, 도련님의 미덕은 성자의 가면을 쓴 배신자입니다. 아, 무슨 세상이 이럴까. 아름다움을 몸에 지니고 있는데 그게 오히려 독소가 되다니!

[올란도] 도대체 무슨 일이요?

[애덤] 아, 불행한 젊은이! 이 문안에 들어서지 마시오. 이 지붕 밑에 도련님의

미덕을 시기 하는 원수가 살고 있으니. 형님이…… 아니, 형님이 아니지. 그래, 아들…… 아니. 제가 그의 아버지라고 부르려던 분의 아들이라고도 부를 수 없는 그 사람이, 도련님에 대한 칭찬을 들었죠. 오늘 밤 그분은 도련님이 주무시는 방에 불을 지를 생각입니다. 이 일이 실패하면 또 다른 방법으로 도련님의 목숨을 끊을 작정입니다. 그분의 흉계를 엿들었습니다. 여긴 있을 자리가 아닙니다. 이 집은 도살장이에요. 끔찍하고 무서우니 들어가지 마세요.

[올란도] 그럼, 애덤 영감님. 나더러 어디로 가라는 거요?

[애덤] 여기가 아니면 어디라도 좋죠.

[올란도] 그럼 나가서 빌어먹으면 좋겠나? 아니면 시끄러운 칼을 빼 들고 대로에서 강도짓이라도 하란 말이오? 내가 뭣을 하든 그런 일은 안 하겠어. 차라리 비정한 관계로 맺어진 살기등등한 형의 흉계에 이 몸을 맡기겠소.

[애덤] 그러지는 마세요. 여기 5백 크라운이 있습니다. 어르신네 밑에서 일을 하며 푼푼이 절약해 모은 돈이에요. 늙어서 사지가 말을 안 듣고, 구석에 내팽개쳐 누구 하나 돌보지 않는 나이가 되면 간호부를 쓰려고 모은 돈입니다. 받으시오. 까마귀도 먹여 살리시고, 아니, 참새에게도 너그럽게 음식을 마련해 주시는 하느님이시여, 이 노인을 위안해 주소서. 자, 여기 돈이 있습니다. 모두 드리죠. 도련님을 모시게 해 주시오. 늙은 것 같지만, 아직 힘도 세고, 건장합니다. 젊었을 때 피를 뜨겁게 끓게 하는 술에 빠지지 않았고, 뜨거운 낯짝으로 몸을 망치고 병들게 하는 도락을 찾아다니지도 않았으니까요. 그러니 저의 나이는 왕성한 겨울인 셈이죠. 서리는 내리지만 순탄합니다. 그러니 같이 떠나게 해 주세요. 어떤 일이나 심부름도 젊은이 못지않게 하겠습니다.

[올란도] 아, 착한 영감님. 옛날의 충실한 봉사가 무엇인가를 영감님 속에서 찾을 수 있소. 옛날에는 의무 때문에 땀 흘려 봉사를 했을 뿐 돈에는 관심이 없었다는데. 영감님은 요새 세상에는 맞지 않아요. 누구도 출세를 위해서가 아니면 땀 흘릴 생각을 안 하니까. 출세하면 당장 일 않고 놀아나면서 먹으

올란도와 애덤
애덤은 자신이 모시던 주인의 아들인 올란도에게 떠나라고 조안한다.

려고 하고. 그런데 영감님은 그렇지 않군요. 그렇지만 노인, 노인은 썩은 나무를 가꾸는 꼴이에요. 고생스럽게 정성껏 가꾸지만 꽃은 피어나지 않을 테니. 그러나 원하는 대로 하세요. 같이 갑시다. 영감님이 젊었을 때 모은 돈을 다 써 버리기도 전에 우리의 모습은 초라해지겠지만, 만족할 만한 생의 방법을 찾아봅시다.

[애덤] 도련님, 갑시다. 따르겠어요. 마지막 숨이 끊어질 때까지 진실과 충성으로 모시겠어요. 열일곱에서 팔십이 되도록 여기서 살았는데 이젠 여기서 살지 않으렵니다. 열일곱에는 자기 운명을 찾지만 팔십이 되면 너무 늦지요. 그렇지만 도련님을 충실히 모시다 잘 죽는다면 그보다 부러운 일은 없을 겁니다.

(퇴장)

2막 3장 분석

코미디의 악당으로서 올리버와 프레드릭 공작은 셰익스피어의 작품 속 최고 악당보다는 한 단계 아래에 있다. 그들은 결코 성공하지 못하기 때문에 이아고(《오셀로》의 등장인물)의 수준에 도달하지 못한다. 그들의 악행은 실행되지 못한다. 프레드릭 공작은 형의 땅을 찬탈했을지 모르지만, 로잘린드와 실리아의 관계에서 알 수 있듯이 형의 영향력을 없앨 수 없다.

여기에서 선함을 의인화한 것으로 묘사된 늙은 애덤이 올리버와 프레드릭의 캐릭터에 균형을 잡아 준다는 점은 흥미롭다. 그는 다른 캐릭터들에 비해 현실적인 캐릭터이다.

2막 4장
Act 2, Scene 4

● **아덴의 숲**

(가니메데스로 변장한 로잘린드. 엘리아로 개명한 실리아 그리고 터치스톤 등장)

[로잘린드] 아, 주피터 신이여, 내 마음이 왜 이렇게 피곤할까요!

[터치스톤] 마음이 피곤한 거야 관계없지, 다리만 피곤하지 않다면.

[로잘린드] 남자 복장에 창피를 줄지 모르지만, 여자처럼 한바탕 울고 싶어. 그러나 여자를 위안해야겠어. 조끼와 바지는 치마 앞에서는 용감하게 보여야 하니까. 그러니 엘리아 용기를 내.

[실리아] 제발 용서해 줘. 더 이상 걸을 수가 없어.

[터치스톤] 아가씨를 업고 가기보다는 용서해 주는 편이 났겠소. 주머니에 돈도 없을 테니 업어 봤자 돈이 생길 리도 없고.

[로잘린드] 아, 여기가 아덴 숲이야.

[터치스톤] 그렇군. 아덴 숲에 들어와 보니 내가 더 바보스럽군. 집안에 있을 때가 더 좋았는데. 그렇지만 나그네란 참는 법이지.

(코린과 실비어스 등장)

[로잘린드] 그렇지, 착한 터치스톤. 저길 봐 누가 오는데. 젊은이와 노인이 심각한 얘기를 하면서.

[코린] 그따위 짓을 하니까 여자가 너를 더욱 멸시하지.

[실비어스] 아, 코린 아저씨, 제가 얼마나 그 여자를 사랑하는지 모르는군요!

[코린] 비슷하게 알고 있네. 나도 예전에 사랑해 봤으니까.

[실비어스] 모를 거예요. 나이를 잡수셔서 감도 못 잡을 거예요. 아저씨도 젊었을 때 한밤중 베개에 대고 한탄할 정도로 열렬한 사랑을 해 본 적은 있겠지만, 아저씨가 저처럼 사랑을 했다면 그 사랑에 빠져 들어가 어처구니없는 짓을 수없이 저질렀을 겁니다.

[코린] 수없이 바보짓을 했지만, 다 잊었어.

[실비어스] 아, 그렇다면 아저씨는 마음속으로부터 사랑하지는 않았어요! 사랑에 빠졌을 때는 하찮은 바보짓도 다 기억해야 하는데 아저씨는 그걸 모르니 사랑해 본 적이 없는 거예요. 저처럼 이렇게 앉아서 애인을 찬미하면서 마음을 애태우지 않고선 사랑을 몰라요. 지금 저의 정열이 그렇듯이 갑자기 친구들을 박차고 빠져나오지 않고선 사랑이 뭔지 몰라요. 오, 피비, 피비, 피비!

(퇴장)

[로잘린드] 불쌍한 목동! 너의 마음의 상처를 알고 나니까, 불행하게도 내 마음의 상처가 되살아났어.

[터치스톤] 저도 마찬가지죠. 사랑에 빠졌을 때 돌(石)을 그놈이라고 생각해 칼로 치면서 오늘 밤 제인 스마일의 집을 찾아가면 용서치 않겠다고 소리쳤지요. 또 기억나는군. 애인이 쓰던 빨래 방망이에 키스도 했고, 그녀의 예쁘고 튼 손으로 젖을 짜던 암소의 젖꼭지에 입을 맞추었지. 또 완두 깍지를 애인으로 생각해 하소연했고, 그 깍지에서 콩 두 알을 꺼냈다가 다시 넣어 애인에게

숲으로 들어가는 세 사람
남장한 로잘란드, 실리아, 터치스톤이 궁전을 떠나 숲으로 들어서는 모습이다.

주며 눈물을 흘리면서 "나를 위해 이걸 몸에 품고 다니세요"라고 했지요. 진정한 애인이란 어처구니없는 일을 합니다. 그렇지만 세상 사람이란 다 바보스럽듯이 사랑하면 너나 할 것 없이 더 바보가 되지요.

[로잘린드] 자기가 의식하는 이상으로 현명한 말을 하는군.

[터치스톤] 아니죠. 내 정강이가 부러져도 재치 있는 말은 슬슬 나오죠.

[로잘린드] 아, 조브 신이시여! 저 목동의 정열이 어쩌면 나의 처지와 닮았을까?

[터치스톤] 내 처지도 그래요. 하기야 내 정열은 맥이 빠졌지만.

[실리아] 누구이건 제발 저분한테 물어봐 줘. 돈을 줄 테니 먹을 것을 줄 수 없냐고. 배고파 죽을 지경이야.

[터치스톤] 이것 봐요, 촌놈!

[로잘린드] 조용히 해. 저분은 너처럼 촌스럽지 않아.

[코린] 누가 부르지?

[터치스톤] 양반이 부른다.

[코린] 나보다 못한 사람은 없겠지.

[로잘린드] 잠자코 있어. 안녕하십니까?

[코린] 안녕하세요, 젊은 양반. 그리고 두 분도.

[로잘린드] 노인장, 부탁이 있는데요. 이 인적 드문 장소에 애정이나 돈을 주면 환대를 받을 수 있는 곳이 없을까요? 좀 쉬고 먹을 수 있는 장소가 있다면 안내해 주세요. 여기 이 젊은 아가씨는 여행길에 지쳐 기절할 지경이니 좀 도와주세요.

[코린] 젊은 양반, 아가씨를 도울 수 있는 팔자라면 좋겠구려. 나를 위해서라기보다 참말로 아가씨를 위해서 말입니다. 그러나 저는 남의 양을 치는 목동에 불과하니 내가 먹이는 양의 털 한 가닥도 마음대로 못하죠. 내 주인은 형편없는 깍쟁이라서 남에게 호의를 베풀어 천당에 가는 길을 찾는다는 생각

은 추호도 없습니다. 뿐만이 아니라 양 우리며 양 떼, 목장은 지금 팔려고 내놓았고, 주인도 부재중이라 먹을 것도 없습니다. 그렇지만 뭣이 있는지 가 봅시다. 진정으로 환영합니다.

[로잘린드] 그 양 떼 목장을 산다는 사람은 누구입니까?

[코린] 당신들이 방금 여기서 본 젊은 애죠. 꼭 사겠다는 생각도 별로 없는 것 같지만.

[로잘린드] 살려는 사람과 어색한 처지가 아니라면, 그 집, 목장, 양 떼를 영감께서 사시지요. 돈은 우리가 지불하겠소.

[실리아] 그럼 임금도 올려 주겠어요. 장소가 마음에 드니 즐겁게 시간을 보낼 수 있을 것 같아.

[코린] 분명 팔 것이니 같이 갑시다. 잘 알아봐서 땅이며 수입이며 여기 생활이 마음에 드시면 저는 당신네를 성의껏 모실 터이니 당장 그 돈으로 사도록 합시다.

(퇴장)

2막 4장 분석

　이 장의 오프닝은 시골 생활과 도시 생활의 주제에 즉시 초점을 맞춘다. 그것은 또한 터치스톤의 현실적인 전망을 반영하며, 그의 관점은 다른 캐릭터의 낭만적인 개념과 대조적으로 연극 전반에 걸쳐 사용된다. 예를 들어, 이 장면에서 그의 로맨스에 관한 기억에 주목하길 바란다. 아마도 전혀 일어나지 않았지만 유머러스하고 재미있다. 그가 몽둥이에 키스하는 것, 사랑하는 사람의 손을 잡았을 때 소의 젖꼭지를 생각하는 것, '완두콩'에게 구애하는 것, 이 모든 것이 터무니없지만, 그의 자랑스러운 연설은 실비어스의 목가적 개념과 완벽한 대조를 이루는 동시에 로잘린드의 낭만적 개념에 대한 영리한 패러디이다.

　또한 그의 여주인(연인을 뜻하는 엘리자베스 시대 용어)에게 두 개의 완두콩을 주면서 터치스톤은 로잘린드가 올란도에게 목걸이를 주었던 장면을 패러디하고 동시에 실비어스의 목가적 사랑 개념을 풍자한다.

　마지막으로, 아마도 우리는 로잘린드의 양 떼 구입에 대해 언급해야 할 것이다. 이 계약은 비현실적인 연극에 약간의 현실감을 제공한다. 우리는 이처럼 빠른 거래에 놀라게 된다. 셰익스피어가 의도했든 아니든 그것은 광범위한 코미디이며 웃음의 원천이다.

2막 5장

Act 2, Scene 5

● 숲

(애미언스, 제이퀴즈, 기타 등장)

[애미언스] (노래) 푸른 숲 나무 밑에 같이 와 누워서 귀여운 새소리에 맞추어 즐겁게 노래할 사람들아. 이리로 오라, 이리, 이리로 오라! 여기엔 해칠 사람 없네. 있는 건 겨울철 거친 날씨뿐.

[제이퀴즈] 좀 더, 좀 더 불러 봐요.

[애미언스] 제이퀴즈 씨, 더 부르면 우울해질 텐데.

[제이퀴즈] 더 좋지요. 제발 더 불러 봐요. 나는 노래에서 우울증을 빨아낼 수 있으니까요. 족제비가 달걀을 빨아 먹듯이.

[애미언스] 째지는 목소리라 즐겁지 않을 겁니다.

[제이퀴즈] 즐겁게 해 달라는 건 아니요. 노래만 해 주시오. 자, 한 철만 더. 철이 아니라 절이든가?

[애미언스] 마음대로 생각하시오. 제이퀴즈 씨.

[제이퀴즈] 그까짓 명칭은 관계없어요. 돈을 꾸고 받는 일도 아닌데. 자, 노래

를 하는 거요?

[애미언스] 즐겁지는 않지만 그렇게 청하니.

[제이퀴즈] 나는 누구한테 감사하는 성품은 아니지만, 하여튼 고맙소. 근데 예의라는 것은 두 돌 원숭이가 만나는 격이죠. 누가 나한테 참말로 고맙다고 하면 이런 생각이 들어요. 저놈, 돈을 한 푼 던져 주었더니 거지처럼 굽실거리는군. 자, 노래해요. 노래를 하지 않는 자들은 입을 다물고 있어.

[애미언스] 그럼 끝까지 부르겠어요. 자, 노래하는 동안 연회상을 준비하시오. 공작님께서 이 나무 밑에서 술 드시기를 원하니까. 공작님이 종일 당신을 찾고 있어요.

[제이퀴즈] 나는 종일 그분을 피해 다녔소. 공작은 나만 보면 토론하고 싶어하니. 나도 공작 못지않게 사리를 판단하지만 하늘에 감사할 뿐 그걸 자랑할 생각은 없어요. 자, 노래합시다, 노래. (다 같이) 야심은 저버리고 태양족에 즐겨 사네. 무엇이든 다 먹고 그것으로 만족하네. 이리로 오라, 이리, 이리로와. 여긴 해칠 사람 없네. 있는 건 겨울철 거친 날씨뿐. 이 가락에 맞추어 가사를 만들었소. 어제 즉흥적으로 말입니다.

[애미언스] 그럼 내가 불러 보죠.

[제이퀴즈] 이런 거요. 어떤 사람 바보 되어 재산, 환락 다 버려. 제 고집 채워 기뻐하네. 이런 일이 있을까. 닥다미, 닥다미, 닥다미! 나를 찾아온다면 이런 엉터리 바보를 얼마든지 보여 주마.

[애미언스] 닥다미가 뭐요?

[제이퀴즈] 희랍의 주문인데, 바보들로 하여금 원을 그리며 마술의 춤을 추게 하는 주문이오. 가서 잠이나 자야겠소. 잠이 안 오면 이집트의 상류사회나 헐뜯겠소.

[애미언스] 나는 공작님을 찾아야겠소. 주연의 준비가 다 됐으니까.

(퇴장)

2막 5장 분석

이 연극의 목가적인 노래는 여러 가지 목적을 수행한다. 그들은 도시 생활 대 시골 생활의 주제를 다시 말한다. 그들은 도시 생활을 음침하고 부패한 것으로 상상하는 반면 시골 생활은 공정하고 깨끗하다. 셰익스피어는 두 가지 견해를 모두 풍자한다. 노래는 또한 장면의 잔잔함을 깨뜨리는 역할을 한다. 다시 말해, 그들은 숲의 장면에 다양성을 가져다주고 뒤이어 법정에서의 장면과 숲의 장면이 이어진다.

마지막으로 노래는 이 연극에서 가장 많은 요소의 일부이다. 신화적 또는 목가적 요소를 대표하는 정교한 의상과 풍경이 빠르게 교체되고 춤과 음악도 곁들여진다. 이 장면의 주요 목적은 셰익스피어가 제이퀴즈의 캐릭터를 묘사하는 데 초점을 맞춘 것 같다. 제이퀴즈는 항상 논쟁적이고 무차별적으로 반대 견해를 취하며 어떤 것이나 누구에게도 기뻐하지 않는다. 그는 자신을 심오하다고 생각하기를 좋아하지만 그의 생각은 평범하고 일반적이며 그의 유머는 아이러니하다. 예를 들어, 그는 노공작이 너무 논쟁적이라고 말하지만, 그 자신은 연극에서 가장 논쟁적인 캐릭터이다.

다시 말하지만, 제이퀴즈는 언제나 논쟁에서 반대 견해를 취하는 인물이며 극 내내 삶에 대한 목가적인 견해에 반대하지만, 마침내 그는 숲에 남아 있기로 선택한 유일한 캐릭터이며 다른 사람들은 가능한 한 빨리 마을로 돌아간다.

2막 6장

Act 2, Scene 6

● 숲속

(올란도와 애덤 등장)

[애덤] 도련님, 더 이상 못 가겠어요. 아, 배고파 죽겠네. 여기 누울 테니 묻어 주시오. 안녕히 계세요, 도련님.

[올란도] 왜 이래요. 애덤 영감님! 그렇게 마음이 약한가? 좀 더 살아야죠. 좀 더 힘을 내서, 기운을 내 봐요. 이 낯선 숲에 몹쓸 짐승이 있다면 내가 야수의 밥이 되든가, 그렇잖으면 내가 그놈을 잡아다 영감님의 밥으로 바치겠소. 영감님의 몸은 그렇지 않은데 괜히 죽음을 상상하는 거예요. 나를 위해서라도 힘을 내요. 죽음을 잠시 밀어내 봐요. 내 곧 돌아올 테니. 먹을 것을 못 가져오면 그때 가서 죽게 해 주겠소. 그러나 내가 돌아오기 전에 죽으면 내 노력에 대한 모욕이지. 자, 됐어! 힘이 솟는 모양이군. 빨리 돌아올 테니까. 이 음산한 바람 속에 누워 있을 순 없지. 좀 안전한 데로 가야겠군. 이 황량한 땅에 짐승이 있으면 먹을 것이 궁하지 않을 거요. 애덤 영감님, 용기를 내 봐요.

(퇴장)

2막 6장 분석

 이 장면은 올란도와 애덤이 아덴의 숲에 도착했다는 사실을 보여 주며, 다음 장면에서 올란도와 듀크 시니어 및 공작 일행의 만남을 준비한다.

 올란도는 애덤을 매우 충성스럽고 주의 깊게 대하므로 그에 대한 청중의 평가는 높아진다. 그는 젊지만 아마도 아버지로부터 고귀한 성격을 물려받은 것으로 보인다. 늘 그렇듯이, 우리는 다른 사람들에 대한 그의 관심과 예의에 주목한다. 그는 온화하고 좋은 사람이다.

2막 7장

Act 2, Scene 7

● 숲속

(식탁이 준비되어 있다. 노공작, 애미언스, 무법자 같은 옷차림의 귀족들 등장)

[노공작] 그 사람이 짐승으로 둔갑했는지, 사람 모양은 어디서도 찾아볼 수 없군.

[귀족 1] 공작님, 그 친구는 방금 여기에 있었습니다. 노래를 들으며 유쾌했는데.

[노공작] 노래에는 음치인 그 친구가 음악을 좋아한다니 곧 이 우주의 음률이 파장이 날 것 같군. 가서 찾아봐요. 할 얘기가 있다고 하시오.

(제이퀴즈 등장)

[귀족 1] 스스로 나타났으니 고생을 덜었습니다.

[노공작] 하, 이게 어찌 된 일이요, 신사 나리. 불쌍한 자네 친구들이 자네와 같이 자리를 하고 싶어 하네. 기분이 퍽 좋은 모양이야!

[제이퀴즈] 바보, 그 바보! 숲속에서 바보를 만났어요. 얼룩무늬 옷을 입은 바

보들이요. 이 초라한 세상! 분명 바보를 만났다니까요. 길게 누워서 햇볕을 쬐며 운명의 여신을 힐난하고 있었어요. 아주 정확하고 멋진 말로 말입니다. 그래 봤자 얼룩무늬 바보에 불과했죠. "안녕하시오, 바보 양반." 했더니 그 친구 말이 "안 됩니다. 하늘이 나한테 행운을 보낼 때까지는 바보라 부르지 마시오"라는 거예요. 그러고서는 주머니에서 해시계를 꺼내어 멍청한 눈으로 들여다보더니 아주 그럴듯하게 말했어요. "열 시군. 세계가 어떻게 움직이는가를 알 수 있지. 아홉 시였던 것이 바로 한 시간 전이니, 한 시간 뒤에는 열한 시가 되겠군. 그러니 시간마다 우리는 여물고, 또 여물고 이어 시간마다 우리는 썩고 또 썩는 거야. 여기에 얘기의 열쇠가 있어." 얼룩무늬 바보가 시간에 대해 설교하는 것을 듣자니, 저의 허파가 흡사 수탉처럼 소리를 내서 웃었어요. 바보가 그렇게 깊은 명상에 빠진다니, 저는 그 친구의 해시계로 꼭 한 시간 동안이나 웃음을 멈출 수가 없었습니다. 고상한 바보! 멋진 바보! 일등 가는, 직업에 걸맞은 얼룩무늬 옷!

[노공작] 그 바보가 어떤 놈이지?

[제이퀴즈] 멋진 바보라니까요! 궁궐에서도 살아 보았다면서 그 친구 말인즉 젊고 예쁜 여자들이라면 그 사실은 다 알거라나요. 그 친구의 골통이란 항해하고 돌아온 뒤 먹다 남은 건빵처럼 말라 버렸을 텐데. 이 골통 속 이상한 장소에 그의 경험을 꼭꼭 채워 두었다가 엉망진창으로 내뱉는 게 아니겠어요. 아, 나도 바보가 되어 보았으면! 얼룩무늬 옷을 꼭 입고 싶어요.

[노공작] 입혀 주겠네.

[제이퀴즈] 그런 옷이 유일한 소원이죠. 공작님께서는 제가 현명하다는 의견이신 모양인데 그런 판단은 말끔히 제거해주십시오. 저는 바람처럼 큰 특권을 갖는 자유를 가져야 합니다. 그래야만 마음이 느끼는 대로 누구에게나 혹평을 할 수 있으니까요. 바보들은 그런 자유를 갖고 있죠. 저의 야유에 가장 언짢게 생각하는 사람들이 가장 많이 웃어야 합니다. 왜 그러느냐고요?

그 '왜'는 마을 교회로 가는 길처럼 뻔하죠. 바보에게 호되게 찔릴 때는 아프면서도 무감각하다는 듯 웃어대는 것이 영리합니다. 그렇지 않고서는 똑똑한 사람의 약점이 바보의 무분별하게 튀어나오는 악담에 의해 속속히 노출되니까요. 저에게 얼룩무늬 옷을 입혀 주십시오. 그리고 마음대로 지껄일 특권을 주십시오. 그럼 저는 이 병든 세계의 흉측한 몸통을 시원스럽게 청소하겠습니다. 모두가 저의 쓴 처방 약을 참을성 있게 받아 주신다면 말입니다.

[노공작] 집어치워라! 나는 네 뱃속을 다 알고 있다.

[제이퀴즈] 내기를 해도 좋습니다. 착한 일 이 외에 제가 뭣을 하겠습니까?

[노공작] 남을 헐뜯는 죄가 가장 악랄한 죄다. 너로 말할 것 같으면 짐승의 충동에 못지않게 음탕한 방탕아가 아니었던가. 너는 제멋대로 바람을 피우다가 걸린 부어오른 상처와 곪아서 붉어진 종기를 이 세상에 쏟아 버리려는 거야.

[제이퀴즈] 세상의 허영을 책망하자고 했지, 누가 개인을 욕하자고 했습니까? 허영이란 바닷물처럼 엄청나게 파급되어 있어 재산이 말라 버릴 때까지는 허영의 썰물을 볼 수 없습니다. 서민의 아낙네가 분수에 맞지 않게 공주에게나 맞는 옷을 걸치고 다닌다고 말할 때 도시의 어떤 특정한 여성을 두고 말하는 것은 아니지 않습니까? 어떤 여자가 감히 나타나 그건 나를 두고 말한다고 하겠습니까? 이웃에 그와 같은 여자들이 많을 때는 말입니다, 천한 직업에 종사하는 사내가 나타나 자기를 지적한 줄 알고 이 멋진 옷이 네 돈으로 산 것인가 하고 따진다면 그 사내는 저의 풍자의 대상이 아니고 무엇이겠습니까? 그러니 무엇이 어떻습니까? 어째서 저의 독설이 남에게 피해를 주었습니까? 제 풍자가 옳다면 그 사람은 스스로 무슨 나쁜 짓을 한 겁니다. 상대방이 나쁜 짓을 하지 않았다면 저의 독설은 들기러기처럼 누구에게도 오해받지 않고 하늘을 날아갈 겁니다. 근데 저기 누가 오는데요?

(올란도가 칼을 빼 들고 등장)

[올란도] 물러서. 먹지 마.

[제이퀴즈] 이런, 아직 아무것도 안 먹었는데.

[올란도] 아사 직전에 있는 사람이 먼저 먹을 때까지는 안 돼.

[제이퀴즈] 이 수탉같이 버릇없는 게 누구지?

[노공작] 곤경에 빠졌다고 해서 그렇게 무례한가? 행동에 대해서 무분별한 걸 보니 그 머리에 예의범절은 텅 빈 것 같군.

[올란도] 첫째 번 말씀이 꼭 들어맞았소. 뼈아픈 곤경에 빠져 옳은 예절을 나타낼 겨를이 없소이다. 그러나 내지에서 자라나 예의는 알고 있는 셈이요. 저리 가라니까. 내 사정이 해결되기 전에 이 과일에 손을 대는 자는 죽는다.

[제이퀴즈] 이치로 해결 안 된다면 죽어도 할 수 없지.

[노공작] 뭘 가지겠나? 힘으로 우리를 강요하기보다는 부드럽게 대하는 쪽이 더 우리의 마음을 통하게 할 텐데.

[올란도] 먹지 못해 죽을 지경이요. 먹을 것을 주시오.

[노공작] 앉아서 먹어요. 환영하오.

[올란도] 그렇게 친절한 말씀을? 용서를 빌겠습니다. 여기선 모든 것이 야만이라고 생각했습니다. 그래서 엄하게 힘으로 밀어붙이려고 했습니다. 그런데 어떤 분이시기에 여간해서는 접근할 수 없는 이 황량한 땅에서 살며 우울한 나무 그늘에서 스쳐 가는 시간을 한가하게 보내고 있는지 모르겠습니다. 당신들은 과거 좋은 날도 경험했고, 교회에 사람을 모이게 하는 종소리 들리는 곳에서도 살았고, 훌륭한 분들의 만찬 자리에도 앉았고, 눈시울에서 눈물을 닦으며 동정도 하고 동정도 받아 본 분인 줄로 알고 겸손하게 부탁하면 받아 주시리라 믿고, 저의 행동에 얼굴 붉히며 이 검을 거두어들이겠습니다.

[노공작] 한때 좋은 날을 보냈고, 거룩한 종소리를 들으며 교회에도 갔고, 홀륭한 분의 만찬에 참석했으며, 신성한 연민의 정으로 눈물을 닦은 적이 있는

것은 사실이오. 그러니 점잖게 앉아 시장한 배를 채우도록. 마음대로 드시오.

[올란도] 그럼 잠깐만 기다렸다가 드시길 부탁드립니다. 암사슴처럼 제가 새끼사슴을 찾아 먹이를 줄 동안 말입니다. 불쌍한 노인 한 분이 계십니다. 저에 대한 순수한 사랑으로 피곤한 발을 절면서 저를 따라온 사람입니다. 나이와 배고픔이라는 두 가지 고역 때문에 시달린 이 노인이 먼저 들기 전에는 저는 손을 대지 않겠습니다.

[노공작] 가서 찾도록 하오. 돌아올 때까지 우리는 손을 대지 않겠소.

[올란도] 고맙습니다. 이렇게 도와주시니 축복이 있기를 빕니다.

(올란도 퇴장)

[노공작] 불행한 것은 우리뿐이 아니라는 걸 보았을 것이다. 이 넓은 세상이라는 극장에서는 우리가 역을 맡은 장면보다 더 쓰라린 광경을 연출하고 있구나.

[제이퀴즈] 온 세상이 무대이며 온 남녀가 한낱 배우에 불과하죠. 각자가 퇴장도 하고 등장도 하며 주어진 시간에 각자 많은 역을 맡는데, 연극은 7막입니다. 첫째는 아기 장면. 유모의 팔에 안겨 울며 침을 흘리죠. 다음은 낑낑대며 우는 학생. 가방을 메고 아침에 세수해서 반짝이는 얼굴로 달팽이처럼 싫어하며 학교로 기어들어 가죠. 다음이 애인. 용광로처럼 한숨 지며 연인의 눈썹을 찬미하여 바치는 슬픈 노래나 짓고. 그리고 군인 역. 이상한 맹세만 잔뜩 늘어놓고 표범 같은 수염을 기르고 체면만을 걱정하고 걸핏하면 후닥닥 싸움이나 하고, 거품 같은 명예를 위해 대포 아가리 속에도 뛰어들죠. 이어 재판관. 뇌물로 툭 튀어나온 배에 매서운 눈초리, 격식에 맞게 부친 수염, 격언이나 재판 사례를 잔뜩 알아 그 역을 해내죠. 6막으로 바뀌면 메마르고 슬리퍼를 끌며 다니는 늙은 바보의 판. 콧날에 안경을 올려놓고 옆구리에 돈지갑을 차고, 젊었을 때 끔찍이도 잘 간직한 바지를 입는데 이제는 말라붙은 정

노공작과 올란도
배고픔에 지쳐 숲을 헤매던 올란도가 노공작을 만나 도움을 받는 장면이다.

강이엔 바지통이 너무나 크죠. 그 사내다웠던 큰 목소리는 어린애 소리로 되돌아가 떨리고, **삑삑** 휘파람 소리처럼 들립니다. 이상하고 파란 많은 역사에 종지부를 찍는 마지막 장면은 제2의 소년기요, 다만 망각이 있을 뿐 이빨도, 시력도, 맛도 그 아무것도 없는 마지막 장입니다.

(올란도가 애덤과 함께 등장)

[노공작] 어서 오시오. 노인장을 내려놓고 음식을 드시오.

[올란도] 이분을 대신하여 깊이 감사드립니다.

[애덤] 고맙다는 말할 기력도 없습니다.

[노공작] 어서 와요. 듭시다. 신상에 관한 얘기도 듣고 싶지만, 뒤로 미루죠. 음악을 들려주오. 자네, 노래나 하게.

[애미언스] (노래) 불어라, 너, 겨울바람아. 몰인정한 인간보다 더 사납지는 않을 테니. 네 이빨은 그리 예리하지 않아. 입김은 거칠지만 눈에 보이지는 않으니까. 아, 노래하자, 사철나무들. 우정은 가짜, 사랑도 바보짓. 그러니 에야라, 에야라! 이 세상이 이렇게 즐거우니. 얼어라, 얼어라, 너 매정한 하늘. 은덕을 잊어 먹는 무리보다는 그렇게 깨물 듯이 매섭진 않아. 너 물을 얼게 할지언정 우정을 잊은 무리보다 네 침(針)은 날카롭지 않아. 에야라, 노래하자…….

[노공작] 그대가 이제 귓속말로 진실을 말한 것처럼 착한 로랜드 경의 아들이라면 참말로 환영하네. 내 눈에도 자네 얼굴에 그대로 아버지하고 닮은 모습이 보이네. 나는 자네 아버지를 사랑한 전 공작이다. 자네의 나머지 얘기는 내 동굴에 가서 듣기로 하자. 착한 노인장, 주인에 못지않게 환영하오. 팔을 끼고 부축해라. 그리고 자네의 온갖 경험을 들려주게나.

(퇴장)

2막 7장 분석

제이퀴즈의 과장된 우울과 단순한 냉소주의가 여기보다 더 분명하게 드러나는 장면은 없다. 그는 로잘린드의 아버지와의 만남을 터치스톤과의 만남에 대해 이야기하면서 시작한다. 제이퀴즈는 광대에게 완전히 매료되었다. 그는 터치스톤이 제이퀴즈 자신의 연설 스타일을 패러디하고 있다는 것을 전혀 알지 못한다. 터치스톤의 해시계 이야기는 제이퀴즈의 잘 알려진 '인간의 일곱 시대' 연설을 예고한다.

"열 시군. 세계가 어떻게 움직이는가를 알 수 있지. 아홉 시였던 것이 바로 한 시간 전이니, 한 시간 뒤에는 열한 시가 되겠군. 그러니 시간마다 우리는 여물고, 또 여물고, 이어 시간마다 우리는 썩고 또 썩는 거야. 여기에 얘기의 열쇠가 있어."

또한 터치스톤이 말하는 해시계는 숲에서 사용할 가능성이 낮고 터무니없는 도구라는 점에 주목할 수도 있다. 제이퀴즈가 정확히 한 시간의 웃음 시간을 측정하기 위해 해시계를 사용한다는 것은 마치 자신이나 누군가가 특정 시간 동안 웃을 수 있는 것처럼 그의 우스꽝스러운 행동을 강조한다.

불행히도 제이퀴즈의 성격은 종종 오해를 받았다. 예를 들어, 공작은 그를 '자유주의자'라고 부른다. 그 당시에 이 단어는 오늘날과 같은 도덕적 의미를 지니지 않았다. 그렇다면 그것은 단지 세상 사람을 의미했을 뿐이다. 또한 공작은 제이퀴즈와 논쟁하는 것을 좋아하며, 이 장면에서 그는 제이퀴즈가 무슨 생각을 하고 있는지 알아보기 위해 제이퀴즈를 시험하고 있다.

두 사람의 토론은 올란도가 나타나면서 끝이 난다. 올란도의 무례에 노공작은 "곤경에 빠졌다고 해서 그렇게 무례한가? 행동에 대해서 무분별한 걸보니 그 머리에 예의범절은 텅 빈 것 같군"이라고 말하며 노한다.

제이퀴즈가 인간 삶을 7막으로 나누는 것은 엘리자베스 시대 영국에서 인기 있는 아이디어였다. 그것은 고대의 아이디어이며 셰익스피어는 《베니스의 상인》(1막 1장)과 《맥베스》(5막, 5장)에서 이를 언급한다. 또한 연설은 제이퀴즈의 성격과 일치한다. 그것은 매우 일반화되어 있으며 무분별하고 통찰력 있는 방식으로 표현된다. 제이퀴즈는 그것을 깨닫지 못한 채 예리한 철학적 담론을 전달한다. 제이퀴즈와 터치스톤은 청중이 너무 명상적이 되거나 숲의 환상에 너무 깊게 관여하지 않도록 연출된다. 그들은 듀크 시니어, 로잘린드, 올란도가 특이한 환경에서 일시적인 역할을 맡았을 뿐임을 상기시키는 캐릭터들이다.

3막 1장
Act 3, Scene 1

● 궁전 안의 방

(프레드릭 공작, 올리버 그리고 귀족들의 등장)

[프레드릭] 그 후 보지 못했다고? 이것 봐, 그럴 리가 없어. 내 성품에 본래 자비심이 많아 그렇지, 없어진 동생 대신 너에게 복수의 분풀이를 하려고 했다. 명심하고 그놈이 어디 있건 찾아오게. 살았든 죽었든 열두 달 내에 끌어오지 못하면 내 영토 안에서 살 생각은 아예 하지 말도록. 네가 네 것이라고 부르는 땅도 그의 모든 것도 몰수할 가치가 있다면 내가 모조리 몰수할 생각이다. 동생의 입으로 너의 혐의가 풀릴 때까지는 말이다.

[올리버] 아, 공작님께서 저의 심정을 좀 알아 주셨으면! 저는 일생 동생을 사랑해 본 적이 없습니다.

[프레드릭] 더욱 고약한 놈이군. 자, 이자를 문밖으로 내몰아. 재산담당관으로 하여금 이자의 집과 땅을 몰수토록 해라. 지체없이 집행하고 이자를 내쫓아라.

(퇴장)

3막 1장 분석

이 장면은 2막 2장에서 시작된 이야기를 완성한다. 즉, 올란도는 아덴의 숲으로 가야 하고, 그곳에서 결국 다른 캐릭터들을 만나게 되며, 프레드릭은 올란도를 잡으려고 올리버를 협박하지만, 올리버가 동생을 사랑하지 않는다는 이유로 악당이라고 부르는 것은 아이러니하다. 뻔뻔하게도 프레드릭은 그의 형제에 대해 올리버와 동일한 감정의 결핍을 가지고 있으므로 그 점에 대해서는 올리버와 동일하게 유죄이다.

As You Like It

3막 2장
Act 3, Scene 2

● 숲속

(올란도, 종이를 들고 등장)

[올란도] 내가 쓴 노래, 거기 걸려서 나의 사랑의 증인이 되어다오. 그리고 그대, 세 번 관을 받은 밤의 여왕이신 달이여, 저 위 그대의 창백한 자리에서 그대의 정숙한 눈으로 나의 온 일생을 지배하는 사냥꾼, 여인인 로잘린드를 살펴소서. 아, 로잘린드! 이 나무는 나의 책이니 껍질에 나의 많은 생각을 새겨 보겠소. 이 숲속의 모든 눈이 그대의 미덕을 도처에서 볼 수 있게 될지어다. 뛰어라, 뛰어, 올란도. 모든 나무에 아름답고 정숙하고 말로는 표현하지 못할 그대의 이름을 새겨라.

(퇴장. 코린과 터치스톤 등장)

[코린] 그래, 이 목동 생활이 어떻소? 터치스톤 씨.

[터치스톤] 고독하다는 점에서는 참 좋은데 외롭다는 점에서는 지긋지긋하군. 전원생활이라는 점에서는 즐거운데 궁궐 생활이 아니라는 점에서는 지루하

지. 검소한 생활이 되어 내 성품에 맞지만 풍부하지 못해 마음에 거슬리네. 이 생활에 무슨 철학이라도 있나, 양치기 나으리?

[코린] 아는 거라곤 별로 없는데, 글쎄, 심하게 병에 걸리면 그만큼 괴롭다는 사실 정도는 알죠. 돈, 재산, 만족이 모자라면 좋은 세 가지 친구를 잃은 격이고, 비의 특징은 적시는 것. 불은 태우는 것. 그리고 좋은 목장은 양을 살찌게 하고 밤이 되는 큰 원인은 태양이 없기 때문이죠. 천성적으로 지혜가 모자라는 사람은 바보 같은 혈통 탓이요, 배워도 지혜를 얻지 못하는 사람은 훌륭한 교육을 받지 못해서 그렇다고 불평한다는 정도는 알고 있어요.

[터치스톤] 그야말로 자연발생적인 철학자군. 궁궐 생활을 해 봤나, 양치기 양반?

[코린] 아뇨, 천만에.

[터치스톤] 그럼 벼락 맞을 친구군.

[코린] 그럴 수기 없죠.

[터치스톤] 정말 벼락 맞을 사람이야. 한쪽만 익은 달걀 같은 친구야.

[코린] 궁궐 생활은 못 했어요. 이유를 말하세요.

[터치스톤] 궁궐에서 살지 못했다면 예의범절을 본 적이 없을 것이고, 본 적이 없으니 영감의 몸가짐은 사악할 것이요. 사악함은 곧 죄악이요, 죄악은 저주를 받는 거지. 영감은 지금 위험한 상태에 있어.

[코린] 천만에, 터치스톤 양반. 궁궐의 예의범절은 시골에서는 우스꽝스럽소. 시골의 습관이 궁궐에서는 조롱거리가 되듯이 말이요. 궁궐에서는 인사할 때 말로 하는 대신 손에 키스한다고 했는데 궁궐 사람이 양치기라면 그런 인사법은 더러울 텐데요.

[터치스톤] 증거를 대. 간단히, 자, 증거를.

[코린] 그거야, 우린 늘 양을 다루는 몸이고, 양털은 기름에 미끈미끈하거든요.

[터치스톤] 그럼 궁궐 사람들 손에는 땀이 안 묻는가? 양의 기름이나 사람의

땀이나 미끈미끈하기는 마찬가지가 아닐까? 얄팍해, 얄팍해. 좀 더 그럴싸한 증거를 대.

[코린] 게다가 우리 손은 뻣뻣하죠.

[터치스톤] 뻣뻣하면 입술 감촉이 빠르지. 아직도 얄팍해. 좀 더 확실한 증거를 대라니까.

[코린] 양의 상처를 손질하다 보면 손에 송진이 묻거든요. 우리더러 송진을 핥으라는 말이요? 궁궐 사람들은 손에 사향을 발라 향기가 난다는데.

[터치스톤] 사람이 이렇게 얄팍해서야! 자네는 등심 고기에 비하면 썩은 고기밖에 못 되는 친구야. 지혜 있는 사람한테 배워. 좀 생각을 해야지. 사향은 송진보다는 천한 물건이거든. 그건 고양이의 더러운 배설물이니까. 자, 좀 더 멋진 증거를 대봐.

[코린] 어른이 궁궐서 배운 재주는 당할 수가 없군요. 그만하겠소.

[터치스톤] 그만 저주를 받겠다는 건가? 이 얄팍한 자를 구해 주시오. 수술해서라도 고쳐 줘야 하겠다. 이 천한 친구.

[코린] 이것 보세요. 나는 순 일꾼입니다. 일해서 먹고, 일해서 입고, 누구의 미움도 사지 않고, 남의 행복을 시기하지도 않아요. 남의 경사를 기뻐하고 나의 불행은 혼자 참아 갑니다. 나의 가장 큰 자랑은 양 떼가 풀을 먹고 새끼들이 젖 빠는 걸 보는 것입니다.

[터치스톤] 그게 또 하나의 바보 같은 범죄야. 암놈과 수놈을 붙여 주다니. 가축한테 그런 일을 시켜 밥벌이하니 말이 되나. 왕초 수놈이 뚜쟁이 노릇을 하고 열두 달밖에 안 된 암놈을 유혹해서 부당한 방법으로 버림받은 늙고 초라한 수놈에게 붙여 주니 자네는 저주받아 마땅해. 악마도 양치기 같은 건 포기할 거야. 자넨 도저히 피할 길이 없어.

[코린] 저기 가니메데스 도련님이 오시는군. 새 안주인 오빠 말입니다.

(로잘린드가 종이쪽지를 읽으며 등장)

[로잘린드] 동서 인도 간에 로잘린드 같은 보석은 없나니. 그녀의 가치는 바람을 타고 세계에 로잘린드를 알린다. 가장 아름다운 여성의 그림도 로잘린드에 비하면 추녀이니, 그 어떤 용모도 마음에 두지 말라. 로잘린드의 아름다움 이외는…….

[터치스톤] 그 지루한 시를 읽자면 8년은 걸리겠다. 점심 저녁과 잠자는 시간을 빼면. 이것이야말로 버터를 팔기 위해 줄지어 시장으로 가는 아낙네의 발걸음처럼 느린 시로군.

[로잘린드] 저리가, 바보!

[터치스톤] 제가 본보기로 하나, '수놈이 암놈을 요구하면 수놈에게 로잘린드를 쫓게 하라. 고양이가 그 짝을 찾는다면 로잘린드를 찾을지어다. 겨울옷에 안감을 대야 하면 날씬한 로잘린드의 안도 대야지. 곡식을 거두어 나를 때는 로잘린드도 마차에 태워 나르자. 달콤한 과일에는 쓴 껍질, 그 과일이 바로 로잘린드, 아름다운 장미꽃 찾는 사람은 사랑의 가시와 로잘린드를 만났다.' 이것이야말로 마구 튀어나오는 엉터리 시라는 겁니다. 어쩌자고 그런 시에 물들었나요?

[로잘린드] 조용히 하라니까, 바보. 나무에 걸려 있었어요.

[터치스톤] 그렇지, 여기 나무에는 고약한 열매가 열리죠.

[로잘린드] 영감을 그 나무와 접목시켜 그걸 다시 산사나무에 접붙이겠네. 그럼 이 시골에서 가장 빨리 열매를 맺는 나무가 될 거야. 그럼 너는 반도 채 여물기 전에 썩을 거야. 너라는 산사나무란 바로 이런 거야.

[터치스톤] 말씀 잘하셨소. 그 말씀이 옳은가 그른가는 이 숲에게 물어봅시다.

(실리아가 종이를 읽으며 등장)

[로잘린드] 조용히. 내 동생이 뭣을 읽으며 온다. 잠시 피하자.

종이의 글을 읽는 로잘린드
올란도의 사랑의 연시를 읽는 로잘린드의 모습이다.

[실리아] 왜 여기는 황막할까? 사람이 살지 않아서? 아니다. 모든 나무에 글귀를 걸어 엄숙한 격언을 보여 주리. 인생은 이처럼 짧고 기약 없는 순례 길에 오른 셈. 짧은 인생은 나이 속에 가두어 두자. 친구와 친구 간의 마음속에 허튼 맹세나 하지. 아름다운 나뭇가지에 또는 글귀 끝에 마다 로잘린드의 이름을 적어 이를 읽는 모든 이에게 하늘이 이 축소도에서 보여 주는 모든 정령의 진수를 알려 주자. 하늘이 자연에게 분부하여 원숙한 모든 은혜를 한 몸에 채우도록 하시다. 자연은 헬렌의 마음이 아니라 얼굴에서 미의 진수를 빼냈도다. 이어 클레오파트라의 존엄함을 아탈란타의 장점을 루크리스의 정숙함을 빼내었다. 이리하여 수많은 품성으로 이뤄진 로잘린드는 제신의 합의 끝에 수많은 얼굴, 눈, 마음이 조화되어 무상의 절묘한 창조물이 되었으니, 신은 그녀에게 이런 선물을 주셨는데 나는 그녀의 노예가 되어 살고 죽는다.
[로잘린드] 아, 착한 설교사! 동네 청중을 지루한 사랑의 설교로 괴롭히고도 "여러분, 좀 참으세요"라는 말도 안 하다니. 이런, 저리 가요! 양치기 양반, 저리 가요. 바보하고 같이. 어서.

(코린과 터치스톤 퇴장)

[실리아] 이 시구 들어봤어?
[로잘린드] 물론이지. 근데 보통 시보다는 다리라고 할 수 있는 구절 간의 뜨임새가 제멋대로야.
[실리아] 그건 문제가 아냐. 그 다리(운각)가 시구를 이끌고 갔다고 생각하면 돼.
[로잘린드] 그렇지만 그 다리가 절름발이가 돼서 시구를 이끌고 가지 못했으니, 시 속에서 다리를 절고 있었을 뿐이야.
[실리아] 근데 시를 읽으면서 언니의 이름이 어떻게 나무에 걸리고 새겨졌는지 생각을 안 해봤어?

[로잘린드] 내 이름을 처음 보고서 깜짝 놀랐지 뭐니. 이 종려나무에도 새겨 있지 않니. 영혼 윤회설을 내세운 피타고라스 이래 내가 노래의 주인공이 되어 보기는 처음이야. 그때 나는 아마 애란의 쥐새끼였을 텐데, 거의 기억할 수 없구나.

[실리아] 이 짓을 누가 했는지 알아?

[로잘린드] 남자일까?

[실리아] 언니는 갖고 있던 그 목걸이를 남자한테 주었어. 왜 안색이 변하지?

[로잘린드] 그게 누군데?

[실리아] 아, 참말이지. 사모하는 사람끼리 만나기는 힘들어. 그렇지만 사이를 막았던 산이 지진 때문에 사라져 만날 수도 있지.

[로잘린드] 그래, 그게 누구냔 말이다?

[실리아] 이럴 수가 있을까?

[로잘린드] 이렇게 간곡히 부탁인데, 제발 그게 누구냔 말이다.

[실리아] 아, 이상도 하지. 이상해. 굉장히 이상하군! 하여간 이상해. 넋이 빠질 정도로 이상해!

[로잘린드] 내 안색이 왜 달라질까! 내가 남자의 조끼와 바지를 입었다고 해서 성격마저 남자가 된 줄 알아? 내 호기심이 당장 풀리지 않으면 남장을 하고 있는 몸이지만 여자의 본성이 튀어나와 울지도 몰라. 제발 그게 누군지 빨리 말해 줘. 속히. 더듬는 말로라도 좋으니 그 숨겨진 남자의 이름을 너의 입에서 쏟아 내봐. 목이 좁은 병에서 술이 나오듯, 한꺼번에 쏟든가, 전혀 나오지 않든가 말이다. 네 입의 병마개를 뽑아 소식이라는 술을 마시게 해 다오.

[실리아] 그럼 언니는 그 남자를 언니 배 속에 집어넣었겠지.

[로잘린드] 그분은 진짜 사람인가? 어떤 분이지? 머리는 모자를 쓸 만하고 턱에는 수염이 날 사람인가?

[실리아] 아니, 수염은 조금밖에 없어.

[로잘린드] 그분이 사의만 표한다면 하나님께서 수염은 좀 더 부쳐 줄 테지. 그분의 수염이 자랄 때까지 기다릴 수도 있어. 네가 그분의 턱 모양을 빨리 알려 준다면 말이야.

[실리아] 씨름꾼의 뒷다리와 언니의 마음을 순식간에 정복한 젊은 올란도란 청년이야.

[로잘린드] 저런 악마가 비웃겠다. 양가의 처녀답게 진지하게 얘기해라.

[실리아] 언니, 정말 그 사람이래도.

[로잘린드] 올란도?

[실리아] 올란도.

[로잘린드] 이 일을 어쩌나! 이 조끼와 바지를 어떻게 하지? 네가 그분을 봤을 때 무엇을 하고 있었지? 무슨 말을 하든? 표정은 어때? 어디로 가든? 여긴 왜 왔지? 나를 찾았니? 지금 어디 있지? 너하고 어떻게 헤어졌니? 그리고 너는 언제 그분을 만나기로 했니? 한마디로 대답해 줘.

[실리아] 먼저 거인 가르강튀아의 엄청난 입을 빌려줘. 보통 사람의 입으로 그 많은 질문을 한꺼번에 대답할 수 없으니까. 그 까다로운 질문에 그렇다, 아니다, 간단히 대답하기에는 교리문답보다 더 힘들어.

[로잘린드] 그분은 내가 이 숲속에서 남장하고 있다는 사실을 알까? 씨름하던 날처럼 왕성하게 보였니?

[실리아] 애인의 질문에 답하기보다는 햇빛에 자욱한 먼지의 수를 세는 편이 났겠어. 내가 그분을 찾아낸 재주를 알아주고 주의해서 잘 들어 봐요. 나무 밑에서 그분을 봤어. 그분은 땅에 떨어진 도토리 알 같더군.

[로잘린드] 그런 열매를 떨어트렸다면 그 나무는 조브 신의 나무일 거야.

[실리아] 귀부인, 내 말을 경청해.

[로잘린드] 계속해.

[실리아] 나무 밑에 부상당한 기사처럼 쭉 뻗어 누워 있었어.

[로잘린드] 그런 모습이 가엽지만, 장소는 빛났을 거야.

[실리아] 제발, 언니 혓바닥에게 '닥쳐'라고 소리 질러. 경우에 안 맞게 날뛰고 있으니. 그분은 사냥꾼 옷을 입고 있었어.

[로잘린드] 아, 불길해! 내 심장을 쏘려고 왔구나.

[실리아] 말끝마다 튀어나오는 언니의 후렴이 없어도 난 노래를 할 수 있어. 내 노래의 곡조가 깨진단 말이야.

[로잘린드] 내가 여자라는 걸 잊었어? 생각하면 말이 나오게 마련이야. 애야, 얘기해 줘.

[실리아] 또 후렴이야? 가만, 그분이 오는 것 같아.

(올란도와 제이퀴즈 등장)

[로잘린드] 그분이야. 비켜서서 살펴.

[제이퀴즈] 동행해 주어 고맙소. 그렇지만, 실은 나는 혼자 있기를 원했소.

[올란도] 저도 마찬가지죠. 관습상 하는 얘기지만 동행을 감사하오.

[제이퀴즈] 신의 축복이 있기를. 될 수 있는 대로 덜 만납시다.

[올란도] 서로 모르는 사이가 되면 좋겠군요.

[제이퀴즈] 부탁입니다만, 나무껍질에 사랑의 노래를 새기지 마세요.

[올란도] 부탁입니다만, 저의 시를 서툴게 읽지 마세요.

[제이퀴즈] 애인의 이름이 로잘린드요?

[올란도] 그렇습니다.

[제이퀴즈] 그 이름이 마음에 안 드는데.

[올란도] 애인이 세례받을 때 당신을 기쁘게 할 생각은 없었습니다.

[제이퀴즈] 키는 어느 정도죠?

[올란도] 내 가슴팍 정도의 키죠.

[제이퀴즈] 아주 멋진 대답입니다. 혹시 금붙이 장식공의 마누라와 친해져서

그 여자의 반지에 새겨진 격언을 읽고 유식해진 게 아닙니까?

[올란도] 아니죠. 저는 간결하게 격언으로 대꾸를 할 수 있습니다. 당신은 벽에 걸린 양탄자에 새겨진 격언을 공부하고 질문을 던지는 모양이지만.

[제이퀴즈] 재빠른 재주군요. 당신의 재치는 아탈란타의 뒤축으로 만든 것 같군. 같이 앉아 볼까요? 둘이서 이놈의 세상이며 우리의 불행에 욕지거리나 해 볼까요?

[올란도] 내 자신에 대해서면 몰라도 이 세상 누구에 대해서도 헐뜯을 생각은 없습니다. 내 자신의 결점은 내가 잘 아니까요.

[제이퀴즈] 당신의 가장 큰 결점은 사랑한다는 사실이오.

[올란도] 그 결점을 당신의 최선의 미덕하고 바꿀 생각은 없습니다. 난 당신이 피곤해요.

[제이퀴즈] 사실을 말하면 나는 바보를 찾다가 당신을 만났어요.

[올란도] 바보는 물에 빠져 죽었습니다. 물을 들여다보세요. 바보가 보일 겁니다.

[제이퀴즈] 내 모습이 보일 테죠.

[올란도] 그 모습이라는 게 바보가 아니면 공(空)일 테죠.

[제이퀴즈] 더 이상 당신을 지체하지 않겠소. 안녕히 가시오. 착한 사랑 씨.

[올란도] 떠나신다니 기쁘군요. 잘 가오. 착한 우울 씨.

(제이퀴즈 퇴장)

[로잘린드] (실리아에게 독백) 건방진 종놈처럼 말을 걸어 보겠어. 이 복장으로 좀 골려 줘야겠어. 내 말이 들리시오? 사냥꾼 아저씨.

[올란도] 잘 들리오. 왜 그러시오?

[로잘린드] 지금이 몇 시인지 알 수 없을까요?

[올란도] 오늘이 며칠이냐고 물을 것이지. 숲속에는 시계가 없소.

로잘린드와 올란도
남장한 로잘린드가 올란도를 만나는 장면이다.

[로잘린드] 그럼 숲속에는 참다운 애인이 없다는 말이군. 애인이란 일 분마다 한숨짓고 한 시간마다 신음을 내 시계에 못지않게 시간이라는 느린 발걸음을 쉽게 알아낼 수 있을 텐데 말이오.

[올란도] 왜 시간의 총총걸음이라고 하지 않소? 그래도 괜찮지 않소?

[로잘린드] 아닙니다. 시간의 느리고 빠른 것은 사람에 따라 다른 법이오. 시간이 누구하고 느리고, 시간이 누구하고 빠르고, 시간이 누구하고 뛰어가고, 시간이 누구하고 정지하는지 알려 드리죠.

[올란도] 그럼 시간은 누구하고 빠릅니까?

[로잘린드] 네, 젊은 처녀하고요. 약혼이 끝나고 엄숙한 그날이 7일밖에 안 되지만 시간의 발걸음이 그렇게 느려 당사자에겐 7년처럼 느껴집니다.

[올란도] 시간은 누구하고 느립니까?

[로잘린드] 라틴어를 모르는 신부와 중풍을 앓아보지 못한 알부자. 책을 못 읽는 신부는 쉽게 잠에 빠지고 부자는 앓지를 않으니 유쾌하게 살 수밖에요. 무식한 신부에게는 사람을 메마르게 하고 정신을 피곤하게 만드는 학문이라는 짐이 없고, 부자는 무겁고 지루한 가난이라는 짐이 없으니 시간이 느릴 수밖에 없죠.

[올란도] 시간은 누구하고 뛰어가죠?

[로잘린드] 교수대에 끌려가는 죄수하고요. 될 수 있는 대로 천천히 걷지만, 당사자에게는 너무나 빨리 도착한다고 느껴지니까.

[올란도] 시간은 누구하고 정지하죠?

[로잘린드] 휴가 중인 변호사 하고요. 재판이 시작될 때까지는 잠만 자니 시간이 어떻게 지나는지 알 수가 없죠.

[올란도] 젊은이는 어디서 살죠?

[로잘린드] 양치기 누이동생하고 변두리 숲에서요.

[올란도] 여기 태생이오?

[로잘린드] 토끼란 놈은 자기가 태어난 곳에서 사는 법이죠.

[올란도] 당신의 말씨는 이런 동떨어진 곳에서 배웠다기에는 퍽 세련된 것 같소.

[로잘린드] 그런 말을 많이 하더군요. 저의 종교심이 신실한 숙부님이 말하는 법을 가르쳐 주셨습니다. 숙부님은 젊었을 때 도시에서 살았는데 연애도 해 본지라 구혼하는 방법도 잘 알고 있었죠. 숙부님은 사랑을 조심하라는 설교 책을 많이 읽어 주었어요. 다행히 나는 여자로 태어나지 않아 숙부님이 대체적으로 여성의 큰 약점이라고 누이이 말씀하신 연애 때문에 마음이 약해져 고민한 적은 없습니다.

[올란도] 그분이 여자의 큰 약점이라고 했다는데, 가장 큰 것이 뭔지 기억하고 계십니까?

[로잘린드] 큰 것이란 없습니다. 반 푼짜리 동전처럼 다 비슷비슷하죠. 한 가지만 보면 망측하지만 딴 것과 겨루어 보면 그게 그거죠.

[올란도] 제발 한두 가지 말해 보시오.

[로잘린드] 아뇨. 사랑병에 걸리지 않은 사람에게 저의 치료법을 사용하고 싶지는 않습니다. 이 숲속에 병든 사나이가 있어요. 나무껍질에 로잘린드라는 이름을 새겨 어린나무를 못살게 해요. 산사나무에 시구를 걸고 들장미에 슬픈 노래를 걸었어요. 모두 로잘린드의 이름을 찬미하는 글이죠. 이 사랑의 장사꾼을 만나면 따끔한 충고를 줄 생각입니다. 그 사람은 사랑의 열병에 걸린 것 같군요.

[올란도] 그 사랑에 뒤흔들린 사람이 바로 저올시다. 제발 치료법을 말해 주시오.

[로잘린드] 당신에게는 숙부님이 말한 증세가 보이지 않아요. 숙부님은 사랑에 빠진 사람을 알아보는 방법을 가르쳐 주었어요. 당신은 등심초로 만든 새장 속의 사랑의 포로 같지는 않군요.

[올란도] 그분이 말한 증세가 뭔가요?

[로잘린드] 말라버린 뺨. 당신은 그렇지 않아요. 파랗고 푹 빠진 눈. 당신 것하고는 달라요. 얘기하고 싫어하는 마음. 당신하고는 다르지. 수염 깎기도 귀찮고. 당신은 수염도 없군요. 미안한 말씀이지만 당신의 수염이란 보잘 것 없는데 그저 막내아들의 체면상 수입(收入) 정도로 생각하죠. 그 긴 양말에는 끈이 풀려 있어야 하고 소매 단추가 터져 있으며 구두끈은 풀려져 있어야 하고 모든 몸가짐이 귀찮아 내버려 둔 채 있어야 하는데, 당신은 그렇지 않아요. 당신의 복장에는 빈틈이 없으니 남을 사랑하기는커녕 자기 자신을 더 사랑하고 있는 것 같군요.

[올란도] 젊은이, 내가 사랑하고 있다는 걸 당신이 믿어 주었으면 좋겠소.

[로잘린드] 내가 그걸 믿다니! 내가 믿을 수 있다면 당신의 그 여인도 믿을 수 있을 거요. 내 보증 하겠는데 그 여자는 고백은 안 하겠지만, 쉽게 믿을 겁니다. 이것이 바로 여자란 항상 양심을 속여 거짓말을 한다는 점이죠. 그건 그렇고 나무에 시구를 걸고 로잘린드를 찬미한 사람이 바로 당신이요?

[올란도] 로잘린드의 백설 같은 손에 걸고 맹세합니다. 그건 나요. 내가 그 불행한 사람이요.

[올란도] 그런데 그 시가 말하듯 그렇게 열렬히 사랑하오?

[올란도] 시로도 이론으로도 표현할 수 없죠.

[로잘린드] 사랑이란 광기에 불과해요. 미친 사람은 암실에 가두어 매질해야 합니다. 그들이 그런 벌을 받지 않고 치료되는 이유는 이 광기는 너무나 흔해서 매질하는 당사자도 사랑의 병에 걸리기 때문일 거요. 그러나 나는 그 병을 충고로 고칠 생각입니다.

[올란도] 그렇게 치료해 본 적이 있습니까?

[로잘린드] 네, 이런 식으로 한 사람. 그 사람에게 나를 자기의 애인이라고 생각게 해 매일 나를 설득하러 오게 했죠. 나는 본래 변덕스러운 젊은이라 때에

따라 슬픈 척하고 여성답게 보이고, 싹 달라지기도 하고, 애타게 하고, 건방지고 변덕스럽고, 장난하고, 천박하고, 들뜬 척하고, 눈물을 줄줄 흘리고, 가득히 미소를 짓기도 했죠. 모든 이런 감정에도 불구하고, 진정으로 마음에서 우러나서 한 짓은 아닙니다. 남녀란 젊을 때는 다 이런 정도죠. 당장 좋았다가도 금세 싫어지고, 환대하는 듯했다 어느 새 새침을 떼고 애타게 울다가는 금세 침을 뱉죠. 이렇게 해서 나는 그 사내를 광적인 사랑에서 진짜 미치광이로 유도했죠. 그 사람은 시끄러운 속세를 저버리고 구석진 절간에서 살게 됐어요. 나는 이렇게 치료했어요. 이 방법으로 당신의 간(肝)을 순진한 양의 심장처럼 깨끗이 씻어 드리겠소. 사랑의 병든 흔적이란 전혀 없게 말입니다.

[올란도] 치료받고 싶지 않소.

[로잘린드] 치료해 드리고 싶은데요. 나를 로잘린드라고 부르며 매일 외양간에 와서 구애한다면 말입니다.

[올란도] 기꺼이 동행하겠소, 젊은 분.

[로잘린드] 아니죠, 나를 로잘린드라고 불러요. 자, 동생, 가 볼까?

(퇴장)

3막 2장 분석

올란도가 그의 시를 나무에 매달아 놓은 것은 엘리자베스 시대 작가들의 목가적 장르에서 흔히 볼 수 있는 관습을 반영한다. 당시의 또 다른 관습은 나무껍질에 구절이나 이름을 새기는 것이었다. 여기서 셰익스피어는 이러한 관습을 풍자하고 있다.

나중에 코린과 터치스톤의 만남에서 코린은 광대를 부를 때 정중하고 형식적인 단어 '주인'과 '당신'을 사용하는 반면 터치스톤은 겸손하게 '목자'라고 말하고 친숙한 대명사 '너'를 사용한다는 점이 흥미롭다. 둘은 서로에게 즐거운 감정을 갖는다. 터치스톤은 그의 재치 때문에 존경을 받고 코린은 그의 소박한 대답으로 인해 존경받는다. 그러나 어느 쪽도 상대방을 너무 심각하게 받아들이지 않는다.

코린은 양털을 깎고 목축을 하는 진정한 목자이다. 또한 그는 진정한 시골 생활의 대표자이기도 한 윌리엄과 오드리처럼 자신을 표현하는 데 약간의 어려움이 있다. 그러나 그는 매우 슬기롭다. 대조적으로 실비어스는 목가적인 문학 장르의 대표적 캐릭터이다. 그는 목자처럼 옷을 입고 하루 종일 사랑에 대해 이야기하며 방황하지만, 양을 돌보는 것에 대해서는 아무것도 모른다. 셰익스피어는 이 둘을 통해 목가적 장르의 낭만적인 이상주의를 풍자한다. 또한 여기서는 터치스톤의 시와 올란도의 시를 대조적으로 보여 주는데 터치스톤의 시는 사실적인 맥락에 있으며 올란도 시의 낭만을 풍자한다. 그 당시에는 수많은 사랑에 관한 시가 작곡되었고, 그중 많은 것들이 올란도의 시만큼이 아마추어적이고 유치했다.

로잘린드(가니메데스)와 올란도의 협정은 극 중 가장 유머러스한 순간으로 이어진다. 이 극적인 코미디는 셰익스피어만의 독창적인 것은 아니었지만(토마스 로지의 소설 《로잘린드》에서 차용됨) 셰익스피어는 그것을 변용하여 더욱 복잡하게 만들었고, 엘리자베스 시대 관객들을 상대로 확실한 성공을 거두었다. 여기에서 여주인공은 연인이 자신의 정체를 모른 채 자신의 미덕과 사랑을 칭찬하는 것을 들을 수 있는 위치에 있다. 극적인 아이러니가 빛을 발하는 장면이다.

As You Like It

3막 3장
Act 3, Scene 3

● **숲속**

(터치스톤과 오드리 뒤에서 제이퀴즈 등장)

[터치스톤] 자, 빨리 와, 오드리. 염소는 내가 끌고 올게. 어때, 오드리. 나 아직 괜찮은 남자지? 내 이 구김새 없는 몸매가 마음에 들지?

[오드리] 그 몸매! 하나님 맙소사! 무슨 몸매?

[터치스톤] 내가 너와 네 양 사이에 있으니 그 가장 변덕스러우면서도 정직한 시인 오비디우스가 추방된 몸으로 야만인 고스족과 동거하던 격이지.

[제이퀴즈] (독백) 아! 얼토당토 않는 지식을 남용하니, 조브 신이 신전에서 초가집으로 떨어진 격이야!

[터치스톤] 나의 명시가 이해되지 못하고 훌륭한 재치가 조숙하고 똑똑한 아이의 호응을 받지 못할 때 이건 여인숙에서 자고 호텔 값을 무는 것보다 더 큰 타격이지. 참말이지 하나님이 너를 좀 시적으로 만들어 주었으면 하는 생각이 드네.

[오드리] '시적'이 뭔지 알 수 있어야지. 행동과 말이 정직한 거? 참된 거?

[터치스톤] 아냐. 좋은 시일수록 거짓말이 많아. 애인들은 시를 쓰게 되거든. 시를 통해 맹세하지만 그건 다 거짓말이야.

[오드리] 그럼 하나님이 시적으로 만들어 주었으면 하고 바라요?

[터치스톤] 물론이지. 너는 나한테 맹세할 테지. 근데 네가 시인이라면 말은 그렇게 하겠지만 그건 거짓이야 하고 말할 수 있는 희망도 생기지.

[오드리] 내가 정직하면 안 되요?

[터치스톤] 안 되지. 네 얼굴이 못생겨 먹었다면 또 모르겠지만. 예쁜데다 정직해 봐. 설탕에다 꿀을 치는 격이 되니까.

[제이퀴즈] (독백) 바보지만 생각은 있어!

[오드리] 뭐, 난 예쁘지도 않아. 그러니 제발 정직이라도 했으면 좋겠어요.

[터치스톤] 그렇지. 못생긴 애에게 정직을 준다는 건 더러운 접시에 맛있는 고기를 담는 격이야.

[오드리] 나 애가 아니에요. 하나님 덕분에 못생기기는 했지만.

[터치스톤] 그래, 못생겼으니 하나님께 감사나 하렴! 어떻든지 간에 나는 너와 결혼한다. 그래서 이웃 동네에 사는 목사님 올리버 마텍스트 경을 찾아갔어. 바로 이 자리에서 만나 우리를 부부로 짝지어 준다고 약속했어.

[제이퀴즈] (독백) 이 모임을 놓칠 수야 없지.

[오드리] 아! 하나님이 주신 기쁨이야!

[터치스톤] 아멘. 심장이 약한 사람이라면 이 계획에 주저할 텐데. 여기엔 숲이 있을 뿐 교회도 없고 뿔 달린 짐승 외엔 청중도 없어. 그럼 어때? 용기를 내자. 뿔이란 흉한 물건이지만 필요한 거야. 옛말에 "사람이란 욕심의 한계를 모른다"라고 했겠다. 옳은 말이야! 사람이란 좋은 뿔을 많이 갖고 싶어 한단 말이야. 그래, 뿔은 마누라의 지참금 격이지 내 것은 아니니까. 뿔이 나? 그래, 가난뱅이만 뿔을 갖나? 아니지, 고상한 사슴도 약한 사슴 못지않게 멋진 뿌리가 있어. 독신자는 행복하다고 할 수 있을까? 아니지, 성벽으로 잘 방

숲속의 길목
터치스톤과 오드리, 제이퀴즈가 이야기를 나누는 장면이다.

어된 도시가 시골보다 더 낫 듯이 장가간 사람의 뿔이 난 이마가 독신자의 빈 이마보다는 훨씬 영광스럽지. 견고한 방어 태세가 없는 것보다는 낫 듯이 뿔이 있는 편이 없는 것보다는 값지거든. 올리버 경이 오신다.

(올리버 마텍스트 경 등장)

[터치스톤] 올리버 마텍스트 경, 잘 오셨습니다. 이 나무 밑에서 식을 올릴까요, 교회에 같이 갈까요?

[올리버 경] 신부를 넘겨줄 분은 없습니까?

[터치스톤] 이 여자를 선물 받듯이 넘겨받기는 싫습니다.

[올리버 경] 넘겨줄 분이 없으면 결혼은 성립되지 않소.

[제이퀴즈] (앞으로 나와) 시작해요. 시작, 내가 그 역을 하죠.

[터치스톤] 좋습니다. 뉘신지는 모르겠지만, 안녕하시오? 아주 잘 만났습니다. 일전에 만나 보았죠. 반갑습니다. 이 식이 장난 같지만, 모자를 쓰시지요.

[제이퀴즈] 결혼할 거요, 얼룩무늬?

[터치스톤] 소에는 멍에, 말에는 재갈, 매에는 방울을 달 듯이 남자에게도 여편네가 붙어야죠. 비둘기가 입을 맞추듯 우리도 짝을 맞춰야죠.

[제이퀴즈] 그런데 교육도 받은 인품 같은데 거지처럼 숲속에서 결혼을 해? 교회에 가서 참다운 결혼이 무엇인지를 아는 목사를 구하게. 저 친구는 널빤지를 붙이듯 자네들을 붙일 생각이야. 그렇게 되면 너희들 중의 하나가 쪼그라들어 생나무 뒤틀리듯 파탄이야.

[터치스톤] (독백) 다른 사람보다는 이 목사에게 결혼을 부탁하고 싶어. 어차피 정식 결혼은 안 시켜 줄 테니까. 정식 결혼이 아니면 후에 여편네를 내쫓을 때 좋은 구실이 되거든.

[제이퀴즈] 같이 가세. 충고할 일이 있으니.

[터치스톤] 가자, 예쁜 오드리. 안녕히 가세요, 올리버 경. 아니, 아, 착한 올리

버, 아 용감한 올리버, 나를 버리지 마세요. 가, 아니지, 꺼져 버려. 가란 말이야. 네 손엔 장가들지 않겠어.

(제이퀴즈, 터치스톤 그리고 오드리 퇴장)

[올리버 경] 상관하지 말자. 저런 엉터리 같은 바보가 모욕한들 목사직에서 나를 내쫓지는 못하니까.

(퇴장)

3막 3장 분석

오드리는 코린과 매우 흡사하고 윌리엄처럼 현실적인 시골 사람이다. 이들은 순결하고 낭만적이며 '시적인' 사랑이 아니라 성적인 사랑에 관심이 있다. 실비어스와 피비와는 매우 대조적이다.

터치스톤이 오드리에게 구애하는 장면은 그녀가 터치스톤의 재치 있는 언어를 전혀 이해하지 못하기 때문에 특히 유머러스하다. 이 즐거운 코미디에서 터치스톤의 재기 넘치는 발언을 즐기는 사람은 역시 제이퀴즈뿐이다.

3막 4장

Act 3, Scene 4

● 숲속

(로잘린드와 실리아 등장)

[로잘린드] 아무 말도 하지 마. 울고 싶어.

[실리아] 실컷 울어 봐. 그렇지만 눈물이란 남자에게는 어울리지 않는다는 상식은 잊지 마.

[로잘린드] 울 만한 이유가 없단 말이니?

[실리아] 찾으려면 이유야 많겠지. 그러니 울어 봐.

[로잘린드] 그분의 머리칼은 바람둥이 같은 색깔이야.

[실리아] 유다의 머리칼보다 더 붉어. 그러니 그분의 키스는 유다의 키스보다 더 거짓이 많을 거야.

[로잘린드] 사실이지. 그분의 머리칼은 훌륭한 색깔이야.

[실리아] 멋진 색깔이지. 밤색보다 좋은 건 없으니까.

[로잘린드] 그분의 키스는 미사 때 받는 **빵의 맛**처럼 신성해.

[실리아] 그분은 달의 여신 다이아나가 내버린 입술을 사 왔어. 순결의 상징

로잘린드와 실리아
남장한 로잘린드와 실리아가 사랑에 대한 이야기를 나누는 장면이다.

인 윈타교파의 수녀의 키스도 그분 것보다는 신성치 못해. 그 키스에는 얼음 장 같은 정숙이 담겨 있어.

[로잘린드] 근데 오늘 아침 온다고 약속한 사람이 왜 안 오지?

[실리아] 분명 그분은 성실치 못해.

[로잘린드] 그렇게 생각해?

[실리아] 그래, 그 사람 소매치기나 말 도둑은 아닐 거야. 그렇지만 사랑의 진실이라는 면에서는 뚜껑이 덮인 술잔이나 벌레가 파먹은 밤알처럼 속이 뻥 뚫려 있을걸.

[로잘린드] 사랑에는 진실치 못해?

[실리아] 그래, 사랑할 때는. 그렇지만 그분은 지금 사랑을 하고 있지 않아.

[로잘린드] 너는 그분이 사랑했다고 맹세한 말을 들었어.

[실리아] '했다'는 '한다'가 아니야. 뿐만 아니라 애인의 맹세란 술집 하인이 말하는 술값 계산처럼 애매하지. 두 쪽이 다 가짜 계산을 우겨대니까. 그분은 이 숲속에서 언니 아버지를 모시고 있어.

[로잘린드] 어제 아버지를 만나 얘기를 많이 했어. 나의 신분을 묻기에 당신 못지않게 훌륭하다고 했더니 웃으며 가 보라고 하셨어. 그렇지만 아버지 얘기를 해서 뭣해? 올란도 같은 분이 있는데.

[실리아] 아! 멋있는 분이야. 멋진 시를 짓고 멋진 말을 하고. 멋진 맹세를 했다가 멋지게 깨 버리지. 그것도 두 조각으로, 애인의 가슴을 가로 찌르지. 마치 서투른 기사가 한쪽으로만 박차를 가해 말을 몰고 가다 멍청한 바보처럼 창을 꺾듯이 말이야. 그렇지만 혈기가 뛰고 어리석음이 이끄는 일은 다 멋진 거야. 누가 오는데?

(코린 등장)

[코린] 아가씨! 도련님, 두 분께서는 불평하던 저 목동에 대해 가끔 물으셨습

니다. 저하고 잔디에 앉아 애인인 그 거만하고 모욕적인 양치기 처녀를 칭찬하던 젊은이 말입니다.

[실리아] 그런데 그 사람이 어떻다는 거지?

[코린] 참사랑에 얼굴이 창백해진 사람과 멸시와 거만한 모욕으로 얼굴이 붉게 타고 있는 사람 사이에서 벌어지는 연극을 보고 싶거든 잠시 그리로 갑시다. 제가 모시겠어요. 보고 싶으시면 말입니다.

[로잘린드] 좋아요. 같이 갑시다. 애인들의 모습을 보면 나같이 사랑에 빠진 자는 위안을 받으니까. 그 장소로 안내해 줘. 나도 그 연극에서 중요한 역을 할 거야.

(퇴장)

3막 4장 분석

이 장면은 올란도에 대한 로잘린드의 사랑의 깊이를 분명히 보여 준다. 실리아가 그는 현재 사랑에 빠진 것이 아니라고 조언하지만 이는 로잘린드의 사랑을 더욱 강렬하게 보이게 만들 뿐이다. 이러한 멜로드라마적 상황과는 대조적으로 보이는 피비에 대한 실비어스의 탐닉에 우리는 마음껏 비웃을 준비가 되어 있다. 코린이 두 사람에게 커플을 보도록 초대하는 것은 극적인 균형을 위한 매우 영리한 연출이다. 그의 현실적인 대사는 소녀들의 낭만적인 장황함과 상쾌한 대조를 이룬다.

3막 5장

● 숲속의 다른 장소

(실비어스와 피비 등장)

[실비어스] 아름다운 피비, 나를 멸시하지 마. 제발, 피비. 사랑을 안 믿는다 해도 좋으니 그렇게 가혹한 말은 하지 마. 죽음의 광경을 많이 보아 마음이 마비된 사형집행인도 초라하게 내미는 죄인의 목을 당장 도끼로 찍지 않고 우선 미안하다고 한다는데. 핏방울로 먹고사는 사람보다 더 가혹할 수가 있어?

(로잘린드. 실비아 그리고 코린이 뒤에 등장)

[피비] 네 사형집행인이 될 생각은 없어. 나는 도망가는 거야. 너를 해치기 싫으니 말이야. 내 눈에는 살기가 등등하다고 말했지? 그럴 거야. 가능한 일이지. 약하고 보들보들해서 조금만 먼지가 붙어도 겁이 나서 문을 닫는 눈을 폭군 백정 살인자라고 부른다니! 자, 있는 힘을 다해 너를 노려보겠어. 내 눈에 상처를 줄 힘이 있다면 당장 너를 죽일 수 있을 거야. 기절하는 척해 봐. 뒤로 자빠져 봐. 창피하다 창피해. 이 짓을 못하겠다면 거짓말이다. 내 눈에 살기

가 등등하다니! 자, 나 때문에 입었다는 상처를 보여 줘. 바늘 끝으로 조금만 할퀴어도 상처는 나는 거야. 골풀 위에 잠깐 기대어도 풀잎에 눌린 자리가 잠시 손바닥에 남아 있는 법이야. 너를 쏘아보는 내 눈인데도 너는 상처가 없어. 사람을 해칠만한 힘이 우리 눈에는 있을 수 없는 거야.

[실비어스] 오, 피비. 언제이건 가까운 장래에 어떤 젊은 남자의 싱싱한 뺨을 보고 사랑의 힘에 사로잡힐 때가 있을 거야. 그때가 되면 사랑의 예리한 활촉이 눈에 보이지 않는 상처를 너에게 남긴다는 걸 알 수 있을 거야.

[피비] 그러니 그때가 올 때까지 내 곁에 오지 마. 그때가 오면 나를 비웃고 괴롭혀. 동정하지 마. 나도 그때까지는 너를 동정하지 않을 거야.

[로잘린드] (앞으로 나와) 자, 말을 좀 해 봐. 어떤 어머니 배에서 태어났기에 이 불쌍한 사람을 멸시하고 잘난 척하는가? 미인이라고는 할 수 없겠지만, 그렇지, 잠자리에 들 때 촛불이 필요 없을 정도의 미인도 못 되는 주제에 어쩌면 그렇게 건방지고 매정한가? 왜 이러지? 왜 나를 뚫어지게 보지? 내 눈에는 네가 보통 팔리는 기성품 정도로밖에 안 보여. 하나님, 맙소사. 이 여자가 내 눈도 유혹하려는 것 같아! 천만에, 건방진 처녀, 나를 유혹할 생각일랑 집어치워. 그 먹물 같은 눈썹, 새까만 명주실 같은 머리카락, 구슬 같은 눈알, 우유 빛 같은 뺨 정도를 가지고 내 마음을 유혹해 너에게 무릎 굽혀 주기를 바라지 말게. 바보 같은 목동, 안개 낀 남풍 모양 바람과 빗물을 일으키면서 무엇 때문에 이 여자를 쫓아다니지? 당신은 이 여자보다 천배는 더 잘생겼어. 이 세상에 쓸모없는 애들을 잔뜩 쏟아 놓는 것은 너희들 같은 바보들이야. 저 여자가 잘난 척하는 것은 저 여자가 들고 다니는 거울 때문이 아니라 너 때문이야. 자네의 칭찬 때문에 자기의 용모가 거울을 볼 때보다 더 예쁘다고 생각하는 거야. 색시, 자기 자신을 알아야지. 무릎을 꿇고 단식이나 하면서 착한 남자의 사랑을 하나님께 감사해. 색시 너에게 우정에 찬 충고를 해야겠어. 임자가 있을 때 파는 거야. 너는 어떤 시장에서도 팔릴 물건 감이 아

니야. 이 사람한테 용서를 빌고 사랑을 해. 청을 받아들이는 거다. 못생긴 주제에 남이 못생겼다고 비웃는 것처럼 꼴불견은 없는 법이야. 그러니 이 여자를 데리고 가. 잘 가게.

[피비] 젊은 분, 제발 일 년을 계속해 욕을 해 주세요. 이 사람이 구애하는 것보다 젊은이의 꾸지람을 더 듣고 싶어요.

[로잘린드] 이 남자는 너의 못생긴 얼굴에 반했고 이 여자는 나의 노여움에 반한 것 같은데. 그렇다면 여자가 너에게 얼굴을 찌푸리기가 무섭게 나는 가혹한 말로 이 여자를 욕해 주겠다. 왜 나를 뚫어지게 보지?

[피비] 당신이 미워지지 않으니까요.

[로잘린드] 제발 나한테 반해 버리지 말게. 술 먹고 하는 맹세보다 더 거짓이 많은 게 나니까. 뿐인가 나는 너를 좋아하지 않네. 내 집을 알고 싶거든 요 옆 올리브 나무숲에 있으니까. 목동, 악착같이 설득해 봐. 여인, 그분을 좀 친절히 대해 줘. 그리고 잘난 척하지 말고. 이 세상의 모든 사람이 눈이 있지만 저 남자처럼 당신을 비뚤어지게 보는 눈은 처음 봤어. 자, 동생, 이제 가자.

(로잘린드. 실리아 그리고 코린 퇴장)

[피비] 고인이 되신 전원시인 크리스토퍼 말로우여, 당신의 명 구절의 진리를 이제야 깨달았소. 사랑한 자, 그 누가 첫눈에 사랑하지 않은 자 있으리!

[실비어스] 아름다운 피비.

[피비] 뭐라고 했지, 실비어스?

[실비어스] 아름다운 피비, 내 생각을 해 줘.

[피비] 착한 실비어스, 정말 미안해.

[실비어스] 미안하다고 하면 위안이 생기겠지. 사랑에 빠져 슬퍼하는 나의 모습이 미안하다면 너의 미안한 생각과 나의 슬픔에 같이 사랑을 줄 때 두 가지는 다 사라지는 거야.

실비어스와 피비
목동 실비어스가 도도한 피비에게 사랑을 고백하지만 외면당한다.

[피비] 너는 나의 사랑을 차지했으니 이만하면 다정한 편이 아닌가?

[실비어스] 부부가 되고 싶어.

[피비] 저런, 그건 탐욕이야. 실비어스, 너를 미워했던 것은 이미 과거야. 그렇다고 해서 지금 사랑하고 있는 것은 아냐. 그렇지만 너는 사랑의 얘기가 능숙하니까, 이전에는 같이 있는 게 화가 났지만 이제부터는 참아 줄 거야. 부탁할 일도 있을 테지. 그렇지만 부탁받았다는 사실에만 만족하지 그 이상의 보수를 바라서는 안 돼.

[실비어스] 나의 사랑은 순진하고 완전하고 네 사랑에 굶주리고 있기에 추수를 하는 사람의 뒤를 따라 떨어진 이삭을 주울 수만 있어도 나로서는 큰 수확이라고 생각하겠어. 쓰다 남은 웃음 조각이라도 던져 주면 나는 그걸 바라고 살아 나가겠어.

[피비] 방금 나한테 얘기한 젊은 남자를 알고 있어?

[실비어스] 잘 모르지만 가끔 만났지. 나이 많은 농부가 소유했던 움막집하고 목장을 샀어.

[피비] 그에 대해 물었다고 해서 그 사람을 사랑한다고는 생각 마. 토라진 소년에 불과하지만 말은 잘하더라. 내가 그 말하고 무슨 관계가 있어? 그렇지만 듣노라면 즐거워지니 괜찮지 뭐. 귀엽게 생겼어. 많이 귀엽지는 않지만. 그러나 너무 도도하더군. 하기야 그 도도한 것이 어울려. 미남으로 자라날걸. 제일 좋은 건 그 사람 얼굴이야. 그 혓바닥 놀림에 화도 나지만 눈을 보면 어느새 화가 풀려. 키는 별로 크지 않지만 나이에 비해선 큰 편이지. 다리는 그렇고 그렇지만 괜찮은 것 같고. 입술은 얼마나 예쁘고 빨갛던지. 뺨의 색보다는 좀 더 진하고 광채 나는 빨간색이었어. 진짜 빨간색하고 다마스크 장미색의 중간이라고나 할까? 실비어스, 여자들이 나처럼 그 사람을 뜯어보았다면 그 사람한테 반해 버렸을 거야. 나로서는 그 사람을 사랑도 않고 미워도 안 해. 그렇지만 사랑하기보다는 미워할 이유가 더 많아. 무엇 때문에 나를 꾸

짖었어? 내 눈이 검다, 머리가 까맣다 했는데 이제 생각하니 나를 멸시한 거야. 왜 그때 대꾸를 안 했는지 모르겠네. 그렇지만 그건 문제가 아냐. 그대로 둔다고 해서 용서하는 것은 아니니까. 좀 비꼬는 편지를 써야겠는데, 그분한테 전해 주겠지, 실비어스?

[실비어스] 피비, 여부가 있겠나.

[피비] 당장 써야겠어. 할 말은 머리에도 마음에도 가득 차 있으니까. 그 사람한테는 가혹하고 무례해야겠어. 자, 가자, 실비어스.

(퇴장)

▌3막 5장 분석

실비어스와 피비의 만남은 전통적인 사랑에 대한 풍자이다. 즉, 여인은 자신이 연인보다 우월하다고 느끼고, 그녀의 연인은 고뇌에 빠져 사랑을 거부하면 죽겠다고 맹세한다. 이 장면은 또한 실비어스와 피비를 목가적 장르의 대표자로 풍자한다.

이미 변장으로 복잡해진 줄거리는 피비가 청년이라고 생각하는 매력적인 '인물'과 사랑에 빠지는 이 장면에서 더욱 복잡해진다. 그러나 엘리자베스 시대의 관객들은 이런 종류의 기발한 변장 상황극을 좋아했으며 오늘날에도 이런 종류의 연출된 상황극은 확실한 재미와 흥행을 보장한다.

4막 1장

Act 4, Scene 1

● 숲속

(로잘린드 실리아 그리고 제이퀴즈 등장)

[제이퀴즈] 여보, 미남자, 좀 사귀어 봅시다.

[로잘린드] 듣자니 당신은 우울증에 걸린 사람이라고 하던데.

[제이퀴즈] 그렇소. 웃기보다는 그쪽을 더 즐깁니다.

[로잘린드] 어느 쪽이건 극단적이면 미움을 사고 건강한 사람으로부터 술주정뱅이 이상으로 미움을 받는 수가 있죠.

[제이퀴즈] 슬퍼하고 말을 안 하는 편이 나았습니다.

[로잘린드] 그럼 말뚝이 되는 편이 나았겠군.

[제이퀴즈] 나의 우울증은 학자의 그것은 아닙니다. 그건 질투지. 음악가의 그것도 아냐. 그건 공상이야. 궁신의 그것도 아니지. 그건 거만이지. 군인의 그것도 아니고. 그건 야심이야. 법률가의 그것도 아니야. 그건 정략이야. 부인의 그것도 아니지. 그건 괴팍스러운 거야. 애인의 그것도 아니고. 그건 이제 말한 걸 다 합친 거야. 나의 우울증은 내 특유의 것이야. 여러 가지 것에

서 여러 가지 요소를 뽑아내 만든 것이라는 말이요. 즉 그건 내 많은 여행을 통해 얻은 수많은 명상을 가끔 추억하므로 발생한 가장 즉흥적인 슬픔이라는 말이요.

[로잘린드] 여행을 많이 했다! 그럼 우울해질 만도 하군요. 남의 땅을 구경하기 위해 자기 땅을 팔았겠군요. 많이 보았으니 주머니는 빈털터리, 즉 눈은 부자인데 수중은 무일푼이란 말이요.

[제이퀴즈] 그래, 경험은 많이 넓혔소.

[로잘린드] 근데 그 경험이 당신을 우울하게 만들었군요. 나 같으면 경험을 얻어 슬퍼하기보다는 차라리 바보를 얻어 재미있게 지내겠소. 그런 일을 감수하며 여행하다니.

(올란도 등장)

[올란도] 안녕하시오. 귀여운 로잘린드.

[제이퀴즈] 이런, 잘들 계시오. 무운시가 튀어나오는 꼴을 보니!

(제이퀴즈 퇴장)

[로잘린드] 잘 가시오, 여행자 선생. 말을 할 때 체하는 발음을 하고, 낯선 옷을 걸치고 모국의 장점을 헐뜯고 이 나라에 태어난 걸 싫어하고 이런 얼굴을 물려받았다고 신을 꾸짖어 보시오. 그렇지 않고서야 외국에서 곤돌라를 타 보았다는 걸 믿을 수 있겠나. 아, 이게 어찌 된 일이요. 올란도! 여태껏 어디에 있었소? 사랑한다고? 또 그런 거짓말을 하려거든 다시는 내 앞에 나타나지 마시오.

[올란도] 아름다운 로잘린드, 약속 시간보다 불과 한 시간밖에 안 늦었소.

[로잘린드] 사랑의 시간을 한 시간밖에 안 늦었다? 일 분을 천 토막으로 쪼개 놓고 그 천분의 일의 시간이라도 사랑의 약속을 어기는 사람은 큐피드의 화

살이 어깨를 스쳐 갈 뿐 심장은 안전하겠지요.

[올란도] 용서하시오. 로잘린드.

[로잘린드] 안 되오. 그렇게 느림보가 되려거든 내 눈앞에 나타나지 마시오. 차라리 달팽이의 구애를 받는 편이 좋겠군.

[올란도] 달팽이의?

[로잘린드] 그렇소, 달팽이 말이요. 달팽이는 느리지만 머리에 집을 이고 오니까. 좋은 재산이지. 당신은 여자한테 그런 예물은 줄 수 없을 겁니다. 뿐인가요? 달팽이는 자기 운명까지 짊어지고 오거든요.

[올란도] 그게 뭔데요?

[로잘린드] 뿔 말이요. 당신들이 아내들로부터 얻어 내는 거 말입니다. 재산뿐만 아니라 달팽이는 뿔을 단단히 준비하고 와 자기 아내가 욕먹는 것을 예방한다는 말입니다.

[올란도] 정숙한 여인은 남편 이마에 뿔이 나오게 하지 않습니다. 우리 로잘린드는 정숙합니다.

[로잘린드] 내가 당신의 로잘린드인데.

[실리아] 오빠를 그렇게 부르겠지만, 오빠보다 더 예쁜 로잘린드가 딴 곳에 있을 거예요.

[로잘린드] 자, 나한테 구애를 해 봐요. 지금은 유쾌해서 쉽게 응할 수 있을 것 같아. 자, 무슨 말을 하겠소. 내가 당신의 바로 그 로잘린드라면?

[올란도] 말에 앞서 키스를 하겠습니다.

[로잘린드] 아니지, 먼저 얘기하는 게 좋을 거요. 할 얘기가 없어 어색할 때 키스할 기회가 생길 겁니다. 훌륭한 웅변가는 말이 막히면 침을 뱉습니다. 애인들도 말이 막히면, 신이여, 우리를 살펴 주시오. 키스하는 것이 가장 영리한 방법이겠죠.

[올란도] 키스를 거절당하면 어떡하죠?

[로잘린드] 그럼, 애걸하게 될 것이고, 이런 사이에 새 얘깃거리가 또 생기게 마련이지.

[올란도] 사랑하는 애인 앞에서 얘깃거리 없는 사람이 있을까요?

[로잘린드] 그럼요. 내가 당신의 애인이라면 당신도 그 꼴일 겁니다. 그렇지 않고서는 여자는 굉장히 얌전하지만 머리가 비었다는 말을 들을 테니까.

[올란도] 그럼 내 구애는 어떻게 되오?

[로잘린드] 구애를 받지 않고 구애하는 것은 좋지만, 당신의 로잘린드가 아니요?

[올란도] 말하는 자체가 기쁩니다. 로잘린드의 얘기를 하고 있는 셈이니까.

[로잘린드] 그럼 로잘린드를 대신해 당신을 받아들일 수 없다고 말하겠소.

[올란도] 그럼 나는 당사자로서 죽습니다.

[로잘린드] 안 되오. 대리자를 죽게 하시오. 천지개벽 이래 육천 년이 되지만 여태 자기 자신이 죽은 사람은 없습니다. 이를테면 사랑 때문에 말입니다. 트로이러스는 크레시더를 사랑해 이전에는 죽으려고 애를 썼지만, 결국 그 사람은 희랍인의 철봉에 골통이 박살 나 죽었어요. 그런데도 애인의 표본이 됐습니다. 히로와 사랑에 빠진 리안더도 히로가 수녀가 되기는 했지만 무더운 여름철 밤이 아니었더라면 좀 더 오래 살 수 있었을 겁니다. 이 청년은 헬레스폰트에서 수영을 하고 있었는데 그만 몸에 쥐가 나서 빠져 죽었어요. 그런 걸 당시의 바보 같은 전기 작가들이 세스토스의 수녀 히로의 사랑 때문에 죽었다고 했는데 모두 거짓말입니다. 사람이란 해가 지나면 죽고 구더기의 밥이 되지만 사랑 때문에 죽은 사람은 없어요.

[올란도] 진짜 로잘린드에게 이런 말을 들려주고 싶지는 않군요. 왜냐하면 나는 그 처녀가 이맛살만 찌푸려도 죽을 것 같으니까요.

[로잘린드] 천만에, 파리 한 마리 안 죽을 겁니다. 자, 이제부터 내가 좀 더 마음에 드는 성격의 로잘린드가 되어 줄 테니 원하는 것을 청해 보시오. 받아

올란도와 로잘린드
두 사람이 가상의 사랑 연극을 벌이는 장면이다.

줄 테니.

[올란도] 그럼 나를 사랑해 주시오, 로잘린드.

[로잘린드] 물론이죠. 일 년 열두 달.

[올란도] 그리고 나를 남편으로 맞아 주겠소?

[로잘린드] 물론, 당신 같은 사람 스무 명이라도.

[올란도] 뭐라고 했죠?

[로잘린드] 당신은 좋은 분이 아니요?

[올란도] 그러기를 바랍니다만.

[로잘린드] 그럼 좋은 물건을 많이 바라서 나쁠 것이 없겠지요? 자, 동생, 네가 목사가 되어 주례를 해 다오. 손을 내게 줘요, 올란도. 얘야, 어쩌니?

[올란도] 부탁이니 식을 올려 주세요.

[실리아] 예식에 쓰는 말을 몰라.

[로잘린드] 이렇게 말해야 해. "올란도 그대는……"

[실리아] 계속해. 올란도 그대는 이 로잘린드를 아내로 맞이하겠는가?

[올란도] 네.

[로잘린드] 그렇지만 언제?

[올란도] 물론 당장이지. 아가씨가 식을 끝내는 즉시.

[로잘린드] 그럼 당신은 이렇게 말해야 해. "로잘린드, 나는 그대를 아내로 맞이한다."

[올란도] 로잘린드, 나는 그대를 아내로 맞이한다.

[로잘린드] 당신이 무슨 자격으로 나를 아내로 택하는지 묻고도 싶지만 그만두겠소. 올란도 그대를 나의 남편으로 맞이한다. 신부가 주례보다 먼저 말을 해 버렸네. 여자의 생각이란 행동보다 앞서서 뛰니까.

[올란도] 모든 생각이 다 그렇죠. 날개가 달려 있으니까.

[로잘린드] 자, 여자를 아내로 맞이했는데 얼마동안이나 같이 살 예정이요?

[올란도] 영원히 하루도 빼놓지 않고.

[로잘린드] '영원히'라는 말은 빼고 '하루'라고 하세요. 안 되지, 올란도. 사내란 구애할 때는 4월이지만 장가들면 12월이야. 처녀는 처녀일 때는 5월이지만 그러나 아내가 되고 나면 하늘이 변해요. 나의 질투는 샘이 많은 바바리 지방의 수비둘기가 암놈에게 보이는 것보다 더하고, 비가 올 때 떠드는 앵무새보다 더 큰소리를 내고, 신기한 물건이라면 원숭이보다 좋아하고, 욕심은 잔나비보다 더 변덕스러울 겁니다. 분수대에 붙어 있는 다이아나 조각상처럼 이유도 없이 물을 뿜듯 울어댈 겁니다. 그것도 당신이 유쾌한 기분일 때 말입니다. 시끄러운 돼지처럼 웃어댈 거예요. 당신이 잠이 들려고 할 때만 골라서요.

[올란도] 내 진짜 로잘린드도 그럴까요?

[로잘린드] 물론, 나하고 똑같을 거야.

[올란도] 그렇지만 그 사람은 영리하니까.

[로잘린드] 영리하니까 그런 꾀가 생기겠죠. 영리한 여자일수록 제멋대로니까. 여자의 꾀를 방안에 가두어 보시오. 창틈으로 빠져나갈 겁니다. 창문을 닫으면 쇠 구멍으로 나가고 구멍을 메우면 굴뚝을 따라 연기와 함께 빠져나갈 겁니다.

[올란도] 그런 꾀를 가진 여자를 아내로 삼는 남편은 "잔꾀야 이번에는 어디 가지?" 하고 늘 말해야겠군.

[로잘린드] 아니죠. 그 말은 당신 아내의 꾀가 이웃집 남자의 이부자리로 가려고 할 때나 하시오.

[올란도] 그럴 때 여자는 무슨 꾀로 변명을 할까요?

[로잘린드] "아! 당신을 찾으러 갔습니다"라고 하겠지요. 여자의 혓바닥을 떼면 몰라도 여자는 대꾸를 못 해 곤란을 당하지는 않을 겁니다. 남편에게는 애를 기르게 해서 안 돼요. 애들을 바보로 기를 테니까요.

[올란도] 로잘린드, 두 시간쯤 자리를 떠야겠소.

[로잘린드] 어머나, 여보, 두 시간이나 떨어져 있다니!

[올란도] 공작의 연회에 참석해야 하오. 두 시까지는 돌아오겠소.

[로잘린드] 좋아요. 가고 싶은 데로 가요. 그럴 줄 알았다니까요. 내 친구들이 그 정도는 다 얘기했고 나도 그렇게 생각했어요. 거짓 혓바닥을 놀려 나를 정복하고 나서 이러니저러니. 이 세상에서 나라는 인간 하나가 더 버려질 뿐이야. 죽음이 있을 뿐이지! 약속 시간이 두 시요?

[올란도] 그렇소. 로잘린드.

[로잘린드] 진정으로 그리고 진실하게 신의 도움을 빌려 파약(破約)이 없는 여러 서약에 맹세하거니와, 만약 당신이 약속을 한 치라도 어기거나 약속 시간의 일 분이 늦어도 나는 당신을 가장 초라한 파약자, 가장 허풍 떠는 애인, 로잘린드라고 부르는 여자에게는 맞지도 않는 믿음성 없는 거친 무리 중에서 뽑아낸 가장 가치 없는 사내라고 생각하겠소. 그러니 힐책을 기억하고 약속을 지키시오.

[올란도] 당신이 진짜 로잘린드라 해도 이 이상 못한다고 할 정도로 약속을 충실이 지키겠소. 그럼 안녕히.

[로잘린드] 시간이란 모든 이런 범법자들을 심사하는 오래된 법관이니 시간으로 하여금 시험토록 합시다. 잘 가세요.

(올란도 퇴장)

[실리아] 언니는 사랑을 재잘대며 여성을 철저히 비난했어. 그 조끼와 바지를 머리 위로 끌어올려 이 새는 자기의 둥지를 스스로 파괴했다고 만천하에 공개해야만 직성이 풀리겠어.

[로잘린드] 아! 귀엽고 작은 사촌아, 내 사랑의 깊이가 몇 척 깊이인지 너는 모를 거야! 알 수가 없을 거야. 내 사랑은 저 포르투갈만처럼 밑을 알 수 없

을 정도로 깊어.

[실리아] 깊기보다는 밑이 빠졌겠지. 애정을 부어 넣기가 무섭게 새 버릴 테니까.

[로잘린드] 아냐. 비너스의 못된 아들 큐피드에게 나의 사랑이 얼마나 깊은가 판단케 해 봐. 우울증이 종자가 되고 변덕이 잉태케 하고 광기가 나은 그놈 말이야. 자기의 눈이 멀었으니까 남의 눈을 해치려는 그 눈먼 악당 소년에게 물어보란 말이야. 실리아, 올란도의 얼굴은 보지 않고선 못 배겨. 그늘 길에 찾아 들어 그분이 올 때까지 한숨이나 쉬고 있겠어.

[실리아] 그럼 난 잠이나 자겠어.

(퇴장)

4막 1장 분석

재치 있고 영리한 로잘린드가 제이퀴즈를 놀리는 장면에서 우리는 그녀가 대륙을 여행한 많은 엘리자베스 시대 영국인을 풍자한다는 사실을 알아야 한다. 물론 제이퀴즈는 그녀의 풍자적인 놀림의 의미를 알지 못하므로 냉정한 태도를 유지한다.

올란도가 등장하고 제이퀴즈는 자리를 떠나려고 하지만 로잘린드는 올란도의 등장을 모른 척하며 제이퀴즈와 계속 이야기를 나눈다. 그리고 제이퀴즈가 떠나자 로잘린드는 올란도를 발견하고 놀란 척한다. 가니메데스와 올란도의 만남에서 로잘린드는 자신의 정체를 모르는 올란도에게 구애를 받고 있다는 사실에 너무 기뻐서 거의 자신을 포기할 뻔한다. 장면에 특별한 깊이의 달콤함, 부드러운 유머를 더하는 것은 로잘린드의 완전한 기쁨이다.

모의 결혼식 장면에서 로잘린드의 가장 간절한 소원이 거의 현실이 되었다는 점에 유의하자. 그녀는 올란도의 입술에 결혼 서약을 한다. 이런 코미디에서도 그런 류의 서약은 진지하게 진행된다. 로잘린드는 올란도에게 남자들은 "구애할 때 4월 같다", "결혼하면 12월"이라고 놀린다. 로잘린드는 사랑에 빠진 올란도에게 "나의 질투는 샘이 많은 바바리 지방의 수비둘기가 암놈에게 보이는 것보다 더하고, 비가 올 때 떠드는 앵무새보다 더 큰소리를 내고, 신기한 물건이라면 원숭이보다 좋아하고, 욕심은 잔나비보다 더 변덕스러울 겁니다. 분수대에 붙어 있는 다이아나 조각상처럼 이유도 없이 물을 뿜듯 울어멜 겁니다. 그것도 당신이 유쾌한 기분일 때 말입니다. 시끄러운 하야나 돼지처럼 웃어멜 거예요. 당신이 잠이 들려고 할 때만 골라서요"라고 경고한다. 그녀는 올란도가 그녀와 사랑에 빠진 것처럼 모든 면에서 올란도를 사랑한다. 그러나 아내로서의 로잘린드는 부드럽고 유연하며 복종하는 숙녀가 아니다. 따라서 두 연인의 이야기는 더욱 활기차고 요염하며 흥미진진하다.

4막 2장
Act 4, Scene 2

● 숲속

(제이퀴즈 귀족들 그리고 사냥꾼들 등장)

[제이퀴즈] 사슴을 죽인 사람이 누굽니까?

[귀족] 바로 저올시다.

[제이퀴즈] 로마의 개선장군처럼 이분을 공작께 안내합시다. 승리의 화환처럼 사슴의 뿔을 이분 머리에 올려놓으면 어울리겠소. 사냥꾼, 이런 경우에 알맞은 노래는 없을까?

[사냥꾼] 있습니다.

[제이퀴즈] 불러 보게나. 곡이 무엇이든 관계없어. 소리만 크면 되니까.

[사냥꾼] 사슴을 잡아서 뭣을 얻었나? 가죽 껍데기와 달고 다닐 뿔, 노래하며 집으로 모셔. (모두 이 후렴을 같이 부른다) 머리에 붙은 뿔을 창피해 마라. 태어나기 전부터 있었던 장식인데 아버지의 아버지도 그걸 붙였다. 너의 아버지도 그걸 붙이고. 뿔, 뿔, 힘도 세다, 뿔. 부끄러운 웃음거리 아니라네.

(퇴장)

4막 2장 분석

이 장면은 마지막 장면의 속편이다. 제이퀴즈는 다시 비평가로서 자세를 취한다. 노래를 부르기 전에 비평하는 것이 그의 특징이며, 이 노래는 사슴의 뿔과 관련이 있다. 이것은 남자가 오쟁이 진 남편, 즉 불충실한 아내의 남편, 엘리자베스 시대 관객이 코미디의 원천으로 결코 지겨워하지 않은 상황에 대한 성적인 언급이다. 모든 문학을 통틀어 오쟁이 진 남편은 많은 코미디의 소재였다.

4막 3장

Act 4, Scene 3

● **숲속**

(로잘린드와 실리아 등장)

[로잘린드] 어떻게 생각해? 두 시가 넘지 않았니?

[실리아] 분명 참사랑에 대해 고민하다 활과 촉을 둘러메고 나갔다가 잠이 들었을 거야. 저기 봐, 누가 오네.

(실비어스 등장)

[실비어스] 미남 총각님, 나의 착한 피비가 이걸 드리라고 하기에 심부름 왔습니다. 내용이 뭔지 모르지만 이 편지를 쓸 때의 심각한 표정이며 초조한 행동으로 보아 거친 글귀가 담겨 있을 것 같습니다. 미안합니다. 나야 뭐 죄 없는 심부름꾼에 불과하죠.

[로잘린드] 인내 그 자체도 이 편지를 보면 놀라 미친 듯 소리 지를 걸세. 이걸 참을 수 없을 거야. 여자 얘기가 나는 못생겼고 예의도 없다는 거야. 내가 건방지고 남자의 수가 불사조처럼 희귀하다 한들 나 같은 건 사랑할 수 없다는

군. 하나님 굽어보소서! 나는 그 여자에게 사냥터의 토끼만큼도 관심이 없는데 나한테 왜 이런 글을 썼을까? 그렇지. 목동, 이건 자네가 꾸며 낸 편지야.

[실비어스] 아닙니다. 무슨 말씀을. 내용도 몰라요. 피비가 썼다니까요.

[로잘린드] 이것 봐. 자넨 바보야. 자네는 사랑에 환장해 갈 때까지 다 간 신세야. 그 여자의 손을 봤는데 가죽 손이야. 거무튀튀한 게 나는 그 색시가 장갑을 끼고 있나 했는데 진짜 손이더군. 부엌데기 손이었어. 그러나 이런 것은 관계없는 일이야. 그런 여자가 이런 글을 썼을 리 없어. 남자의 착상이고 남자의 필적이야.

[실비어스] 그 사람이 썼다니까요.

[로잘린드] 이렇게 거칠고 잔혹한 문구가 어디 있담. 싸움을 걸어 오는 문구야. 나한테 대들었어. 터키족이 기독교인한테 대들 듯이. 여자의 착한 머리에서 이렇게 극단적인 말투의 생각이 흘러나왔을까. 무식한 깜둥이 수작이야. 깜둥이 얼굴보다 더 껌은 글이야. 좀 들어보겠나?

[실비어스] 들어봅시다. 아직 못 들었으니까요. 피비의 잔인한 말을 너무 많이 들어 온 터이기는 하지만.

[로잘린드] 그 여자가 나한테도 같은 말을 퍼부었어. 폭군의 글을 들어 봐. (읽는다) "그 모습을 목동으로 변한 신이여, 어쩌자고 처녀의 마음을 태우십니까?" 여자가 이렇게 욕설을 해?

[실비어스] 그게 욕설입니까?

[로잘린드] "신성한 자리 버리시고 여자의 마음을 왜 어지럽힙니까?" 이런 욕설 들어봤어? "사내의 눈이 나를 유혹한들 그 눈에 마음의 상처 입은 적 없네." 내가 짐승이야? 상처를 주게. "그대의 빛나는 조소에 찬 눈은 나에게 연성을 일으키는 힘이 있으니 부드럽게 나를 보는 그 눈빛에 몸담을 곳 없는 나의 마음. 그대 나를 꾸짖을 때 사랑을 했소. 그러니 기도를 하시면 어떻게 될까! 내 사랑을 그대에게 전하는 심부름꾼은 내 마음의 사랑을 모르고 있소.

그대의 마음을 봉해 이 사람 편에 보내시오. 그대의 젊음과 인자함으로 진정한 애정과 저의 모든 걸 받아 주시오. 심부름꾼을 통해 저의 사랑 거부하시면 이 몸은 죽을 방법 생각하겠소."

[실비어스] 이게 욕하는 글입니까?

[실리아] 불쌍한 목동!

[로잘린드] 이 사람을 동정해! 아냐, 동정의 가치가 없어. 이런 여자를 사랑한다고? 자네를 도구로 이용해 거짓 행동이나 하는데. 더 참을 수 없어! 자, 그 여자한테 돌아가. 자네는 사랑에 미쳐 길든 강아지가 됐어. 이렇게 전해 주게. 나를 사랑한다면 너를 사랑하라고. 싫다면 나도 그 여자가 필요 없어. 자네가 그러지 말라고 간청하면 또 몰라도 자네가 진짜 애인이라면 아무 말 말고 돌아가게. 사람이 오는데.

(실비어스 퇴장. 올리버 등장)

[올리버] 안녕하시오. 실례합니다. 이 숲 근방에 올리브 나무로 울타리를 한 양치기 움막이 있다는데 알려 줄 수 없을까요?

[실리아] 여기서 서쪽으로 가면 바로 골짜기가 나오죠. 졸졸 흐르는 냇가에 버드나무가 줄지어 있는데 거기서 우측으로 가면 그 집이 보입니다. 그렇지만 이 시간에 집은 비어 있을 겁니다. 아무도 없어요.

[올리버] 말로 들은 것을 눈으로 보아 더 잘 알 수가 있다는데 저도 당신들의 모습을 짐작할 수 있을 것 같소. 옷은 이렇고 나이는 그렇고 하는 말을 들었죠. "청년은 미남인데 여자같이 생겨 큰언니처럼 행동하고, 부인 쪽은 키가 작으며 오빠보다는 좀 검은 편"이라는 말을 들었소. 혹시 당신들은 내가 찾는 그 집의 임자가 아닙니까?

[실리아] 물으시니 자랑할 만한 것은 못되지만, 그렇습니다.

[올리버] 올란도의 부탁으로 찾아왔습니다. 로잘린드라는 청년에게 이 피 묻

은 수건을 전하라고 해서요. 당신이 그 사람이요?

[로잘린드] 그렇습니다. 이 수건이 뭣을 뜻하지요?

[올리버] 좀 부끄러운 얘기지만 제가 누구인지, 어떻게, 왜 그리고 어디서 이 수건에 피가 묻었는가를 말씀드려야겠습니다.

[실리아] 어서 말씀하세요.

[올리버] 올란도는 아까 당신한테 한 시간 후에는 돌아온다고 약속을 하고 떠난 후 사랑의 달고 쓴 공상을 씹으며 숲속을 걷고 있었죠. 그런데 큰일이 일어났어요! 옆으로 눈을 돌리니까 무엇이 나타난 줄 아세요? 오랜 세월에 가지에는 이끼가 덮이고, 꼭대기는 풍수에 시들어 벌거벗은 참나무 밑에, 머리는 제멋대로 자란 초라하고 피곤한 사내가 누워 자고 있었답니다. 근데 그 사내의 목을 퍼렇고 번들번들한 뱀이 감고 있었어요. 이 뱀의 무섭고 날랜 대가리가 그 사람의 벌린 입을 향해 접근하고 있었죠. 그러나 이 구렁이는 올란도를 보자 갑자기 감았던 몸뚱이를 풀고 꿈틀꿈틀 숲속으로 들어갔답니다. 그 숲속 그늘진 곳에는 암사자가 또 기다리고 있었습니다. 말라 늘어진 젖을 가누며 이 암사자는 대가리를 땅에 대고 고양이처럼 노려보며 자고 있는 사람이 깨어날 때를 기다리고 있었죠. 죽은 것은 먹지 않는다는 것이 야수 중의 왕다운 특성이니까요. 이 광경을 보고 올란도는 그 사내에게 접근했는데 그 사람은 바로 올란도의 형님이었답니다.

[실리아] 올란도가 바로 그 형님 얘기하는 걸 들었는데 가장 비열한 인간이라고 했어요.

[올리버] 그럴만한 사람이죠. 비정한 인간이라는 건 나도 잘 알고 있습니다.

[로잘린드] 자, 올란도 얘기를 해요. 형님을 새끼한테 젖을 빨리는 배고픈 암사자의 밥으로 내버려 뒀나요?

[올리버] 올란도는 두 번이나 등을 돌렸습니다. 사실 그렇게 하려고 했죠. 그러나 복수심보다 강한 인정, 복수의 정당성보다 더 강한 핏줄의 애정 때문에

올란도는 그 암사자와 격투를 했습니다. 사자는 순식간에 쓰러졌지요. 그 격투 중에 초라한 이 몸은 잠에서 깨어났습니다.

[실리아] 당신이 그분의 형님?

[로잘린드] 그분이 구해 준 사람이 당신이요?

[실리아] 그분을 죽이려고 가끔 흉계를 꾸민 것이 당신이란 말입니까?

[올리버] 그렇습니다. 그렇지만 그건 과거지사요. 내가 어떤 사람이었던가를 얘기해도 그리 부끄럽지 않은 것은 이제는 회개하고 딴 사람이 되어 마음이 기쁘기 때문입니다.

[로잘린드] 그런데, 이 피 묻은 수건은?

[올리버] 말씀드리겠습니다. 우리가, 내가 어찌하여 이 황막한 곳에 오게 됐는지 자초지종을 얘기했는데 시작에서 끝까지 혈족의 다정한 눈물로 몸을 적셨죠. 줄여서 말하면 올란도는 나를 친절한 노공작에게 안내했습니다. 공작은 나에게 새 옷을 주고 환대해 주며 동생을 사랑하라고 타일러 주셨죠. 동생은 나를 곧 자기 동굴로 데리고 갔는데 거기서 옷을 벗었죠. 암사자가 동생 팔 위, 여기 살점을 긁어 물었더군요. 내내 피를 흘리고 있었나 봅니다. 그래서 동생은 기절했어요. 쓰러지면서 동생은 "로잘린드!" 하고 소리를 지르더군요. 애써 정신을 들게 하고 상처에 붕대를 했죠. 잠시 후 몸이 회복되자 동생은 지형에 어두운 나지만 사실을 얘기해 달라고 나를 당신에게 보냈습니다. 약속을 못 지켰으니 사과를 한다고요. 피에 물든 이 수건을 동생이 장난삼아 로잘린드라고 부르는 젊은 목동에게 전하라고 했습니다. (로잘린드가 기절한다)

[실리아] 가니메데스스! 가니메데스 언니!

[올리버] 피를 보면 기절하는 사람도 있습니다.

[실리아] 다른 이유도 있을 거예요. 가니메데스 언니!

[올리버] 봐요. 정신이 드는데요.

기절하는 로잘린드
피묻은 올란도의 수건을 보고는 기절하는 로잘린드의 모습이다.

[로잘린드] 집에 가고 싶어.

[실리아] 데려다줄게. 미안하지만 팔을 좀 부축해 줘요.

[올리버] 용기를 내시오, 젊은이. 남자가 어디! 사내다운 용기가 있어야죠.

[로잘린드] 용기가 없어요. 사실이에요. 저더러 여자의 흉내를 잘 낸다고 생각하는 사람도 있을 거야! 동생에게 제가 얼마나 여자 흉내를 잘 냈는가 말씀해 주세요. 아! 이렇게도.

[올리버] 흉내가 아닙니다. 표정이 그렇게 변한 것을 보니 이건 진짜 같습니다.

[로잘린드] 흉내에 불과하다니까요.

[올리버] 그럼 용기를 갖고 어디 남자 흉내를 내 보시지.

[로잘린드] 그렇게 하죠. 사실 저는 당연히 여자로 태어났어야 했을 겁니다.

[실리아] 자, 얼굴이 점점 창백해지는데. 집에 가요. 우리하고 같이 갑시다.

[올리버] 그러죠. 로잘린드, 내 동생을 용서한다는 회답을 가지고 가야할 텐데.

[로잘린드] 어떻게 해 보죠. 그렇지만 저의 흉내 내는 기술도 그분께 전해 주시오. 가 볼까요.

(퇴장)

4막 3장 분석

가니메데스와 실비어스가 주고받은 짧은 대화에서 로잘린드는 처음에 실비어스가 편지의 내용을 알고 있는지 확신할 수 없다. 따라서 그녀는 그것을 읽는 척하고 내용에 대한 잘못된 해석을 한다. 마지막으로 그녀는 실비어스에게 그 편지를 그가 쓴 것인지 묻는다. 그가 내용을 알고 있는지 여부를 묻는 것은 영리한 계략이다. 실비어스가 그 메시지에 대해 무지하다는 것을 깨달은 로잘린드는 연민을 가지고 편지를 큰소리로 읽고(청중을 위해) 그 의미를 잘못 해석하려고 시도한다. 그러나 실비어스는 그렇게 쉽게 속지 않는다. 따라서 로잘린드는 모든 가식을 버리고 편지 전체를 읽는다. 여기서 실리아가 실비어스에게 연민을 표하지만 로잘린드는 가니메데스의 남자다운 성격에 따라 동정심을 비웃는다.

이때 등장한 올리버는 동생에 대해 가졌던 증오가 사랑으로 바뀌었다고 말하는데 이는 관객에게 큰 혼선을 준다. 그러나 이러한 극적인 전환은 엘리자베스 시대 연극에서 흔히 볼 수 있는 장치이다. 올리버가 가니메데스에게 올란도의 상처에 대해 이야기하자 가니메데스는 기절하고, 실리아는 실수로 그만 가니메데스를 "가니메데스 언니"라고 부른다. 그러나 다행히도 올리버는 실리아의 실수를 눈치 채지 못한다.

As You Like It

5막 1장

Act 5, Scene 1

● 숲속

(터치스톤과 오드리 등장)

[터치스톤] 결혼할 기회는 또 있으니 참아 보자, 오드리.

[오드리] 그 노신사는 나쁘게 말했지만, 그 목사님은 훌륭했어요.

[터치스톤] 가장 몹쓸 올리버 경. 악당 같은 마텍스트에 대해서는 말도 마. 그런데 오드리, 이 숲속에 오드리를 아내로 맞는다는 젊은이가 있다면서?

[오드리] 그래요. 누군지 알고 있어요. 그는 이 세상에서 나를 요구할 권리가 없어요. 당신이 말한 그 사람이 오는데.

[터치스톤] 저런 광대 같은 놈을 만나면 나는 괜히 기쁘더라. 사실이지 우리처럼 재주가 있는 사람은 지나치기도 하지만 골려 줘야겠어. 참지 못하겠는걸.

(월리엄 등장)

[월리엄] 안녕, 오드리.

[오드리] 잘 있었어, 월리엄?

[윌리엄] 노인장도 안녕하세요?

[터치스톤] 이 친구 잘 있었나. 모자를 쓰게 모자를. 어서 쓰라니까. 나이가 몇 살이지?

[윌리엄] 스물하고 다섯이오.

[터치스톤] 무르익었군. 이름이 윌리엄?

[윌리엄] 윌리엄입니다.

[터치스톤] 좋은 이름이야. 이 숲에서 태어났나?

[윌리엄] 네. 하나님께 감사하고 있죠.

[터치스톤] '하나님께 감사'라. 좋은 대답이야. 돈이 많은가?

[윌리엄] 그저 그렇죠.

[터치스톤] '그저 그렇다.' 좋군, 퍽 좋아, 아주 좋아요. 그런데 좋지 않군. 자네 영리한가?

[윌리엄] 네. 좀 영리한 편이죠.

[터치스톤] 너 말 잘했어. 옛말이 하나 생각나는군. "바보는 자기가 영리하다고 생각하나 영리한 사람은 스스로 바보임을 안다." 이교도의 어떤 철학자가 말이야 포도가 먹고 싶어 입을 열고 포도를 집어넣었는데, 이게 무슨 말이냐 하면, 포도는 먹기 위해 생긴 것, 입은 열기 위해 있는 것이라는 뜻이야. 자네, 이 처자를 사랑하나?

[윌리엄] 그렇습니다.

[터치스톤] 손을 줘 봐. 자네 공부는 했나?

[윌리엄] 아뇨.

[터치스톤] 그럼 이걸 배우게. 갖는다는 건 즉 갖는다는 말이야. 술을 한쪽 컵에서 다른 쪽 컵에 따르면 한쪽은 차지만 한쪽은 비거든. 수사학에서 말하는 비유지. 글을 쓰는 사람들의 공통된 의견인데, 그 사람은 바로 그자인데 너는 바로 그자가 아니라는 거야. 왜냐하면 내가 바로 그자니까.

[윌리엄] 그자가 누군데요?

[터치스톤] 이 여자와 결혼할 사람. 그러니까 너 같은 광대는 이 여성과의 교제를 단념하라, 이거야. 그렇잖으면 이 광대야, 너는 증발해. 알기 쉽게 얘기하면 너는 죽어. 좀 더 재치 있게 말하면 내가 너를 죽이겠다, 꺼져 버리게 하겠다, 네 생명을 죽음으로 돌리겠다, 네 자유에 굴레를 씌우겠다 이거야. 너를 독살하거나 몽둥이 또는 칼로 죽일 거야. 패싸움에 자네를 끌어들이거나 술책을 써서도 죽일걸. 너를 죽일 방법은 150가지나 있어. 그러니 무섭거든 도망가.

[오드레] 그렇게 해. 윌리엄.

[윌리엄] 안녕히 계세요.

(윌리엄 퇴장. 코린 등장)

[코린] 우리 주인 양반하고 아가씨가 당신을 찾아요. 빨리 갑시다.

[터치스톤] 가자, 오드리! 가자니까! 자, 나도 가야지.

(퇴장)

▌5막 1장 분석

이 장면에서 터치스톤은 윌리엄을 부를 때 '너'를 사용하는 반면 윌리엄은 '당신'을 사용한다. 여기서 윌리엄은 실제 시골 사람들의 특징을 대변하는데, 예를 들어 윌리엄이 사용하는 가장 긴 문장은 6단어로 구성되어 있으며 대부분의 문장은 3~4단어를 넘지 않아 자신을 쉽게 표현하지 못한다는 것을 알 수 있다. 또 이 만남에서 윌리엄은 터치스톤의 발언을 완전히 이해하지는 못하더라도 매우 진지하게 받아들인다. 오드리 또한 윌리엄만큼 단순하기 때문에 터치스톤의 재치를 따르는 데 어려움을 겪는다.

As You Like It

5막 2장
Act 5, Scene 2

● 숲속

(올란도와 올리버 등장)

[올란도] 그렇게 잠깐 사귀고 그 여자가 마음에 들었다니, 그게 가능한 얘기요? 보자마자 사랑해요? 사랑하자 곧 구혼해요? 구혼하자 그쪽에서 당장 승낙했다고요? 내내 같이 살 겁니까?

[올리버] 너무 성급하게 일이 벌어졌다고 따지지 말거라. 여자가 가난하다, 안 지 얼마 안 된다, 불이 나게 구혼했다, 여자가 당장 승낙했다, 이런 걸 따져 뭐해. 내가 엘리아(실리아)를 사랑한다는 것만 알아 줘. 그 여자도 나를 사랑하고 우리는 서로 다정하게 지낼 것이라고 동의해 줘. 너를 위해서도 좋은 일이야. 아버지의 집은 물론 로랜드 가문의 모든 재산을 너한테 양도하고 나는 양치기의 몸으로 살다 죽을 거야.

[올란도] 찬성합니다. 내일 혼례식을 올리지요. 그 자리에 공작님과 그분을 따르는 사람들을 초대하겠어요. 가서 엘리아더러 준비하라고 하세요. 저기 내 로잘린드(가니메데스)가 오는군요.

(로잘린드 등장)

[로잘린드] 안녕하셨어요.

[올리버] 안녕하셨소?

[로잘린드] 아, 사랑하는 올란도, 가슴에 붕대를 하고 있는 걸 보니 얼마나 마음이 아팠는지!

[올란도] 이 팔입니다.

[로잘린드] 사자 발톱에 심장을 할퀸 줄 알았는데.

[올란도] 할퀴긴 했지만 한 여자의 눈에 할퀴었소.

[로잘린드] 당신의 수건을 보았을 때 내가 멋지게 기절하는 시늉을 했다는 말, 형님이 안 하시든가요?

[올란도] 그 말 들었어요. 그것보다 좀 더 신기한 말도 들었습니다.

[로잘린드] 무슨 말인지 저도 잘 알고 있어요. 근데 그 말이 전부 사실이에요. 그렇게 갑작스러운 일은 처음 봤어요. 수놈 양 두 마리가 부딪치는 것 같아요. "왔노라, 보았노라, 이겼노라." 하고 자랑한 카이사르의 허풍보다 더해요. 당신 형님하고 내 동생은 만나기가 무섭게 서로 시선을 뗄 줄 모르더니, 서로 보기가 무섭게 사랑하고 사랑하기 무섭게 한숨을 쉬더니, 한숨 나오기가 무섭게 서로 그 이유를 알아차리고, 알기가 무섭게 그 처방약을 찾더군요. 이런 식으로 두 사람은 불이 나게 두 사다리를 놓고 숨 돌릴 새 없이 뛰어올라 결혼의 정상에 도달하려고 해요. 두 사람이 환장해서 같이 붙어 있으려고 하는데 몽둥이로도 그 사이를 떼어 놓을 수가 없어요.

[올란도] 내일 결혼할 겁니다. 공작님도 식에 모실 생각입니다. 그렇지만, 아! 다른 사람의 눈을 통해 행복을 본다니 입맛이 써요! 소원 성취를 해서 기뻐하는 형의 모습을 보면 볼수록 내일 나의 가슴은 몹시 무거울 거예요.

[로잘린드] 그럼 나는 내일 당신의 로잘린드 대역을 못한다는 말이오?

[올란도] 상상만으로는 더 이상 살 수 없어요.

[로잘린드] 그럼 더 이상 실없는 소리를 해서 당신을 괴롭히지 않겠어요. 제 말을 잘 들으세요. 진지하게 하는 얘기니까요. 저는 당신이 훌륭한 양식이 있는 분이라고 알고 있어요. 이건 나의 안목을 자랑하려고 해서가 아닙니다. 당신이 나를 믿어 주는 정도 이상으로 칭찬받고 싶어 하는 말도 아닙니다. 그러니 제발 내 말을 믿어 주시오. 나에게는 이상한 일을 할 수 있는 힘이 있다는 것을. 나는 세 살 때부터 어떤 마술사와 가까이 지내 왔는데 이분은 가장 심오한 그러나 해를 주지 않는 술법을 갖고 있습니다. 만약 당신이 그 거동으로도 알 수 있지만 마음을 바쳐 로잘린드를 사랑한다면 당신 형님이 엘리아와 결혼할 때 당신도 로잘린드와 결혼할 수 있게 해 드리지요. 나는 로잘린드가 어떤 곤경 속에 있는가도 알고 있습니다. 당신이 괜찮다고 한다면 내일 당신 눈앞에 그 여자를 나타나게 하는 것은 불가능한 일은 아닙니다. 어떤 위험도 뒤따르지 않는 살아 있는 그대로의 로잘린드 말입니다.

[올란도] 진정으로 얘기하고 있는 거요?

[로잘린드] 생명을 걸어 맹세하오. 마술사이기는 하나 나도 생명에는 애착이 있는 몸입니다. 그러니 제일 좋은 옷을 입고 친구분들을 초대하시오. 당신만 원한다면 내일 로잘린드와 결혼하게 됩니다.

(실비어스와 피비 등장)

[로잘린드] 저기 나한테 반한 여자하고 그 여자한테 반한 남자가 옵니다.

[피비] 이것 보세요. 당신한테 보낸 편지를 남에게 보이다니 그런 무례한 짓이 어디 있어요.

[로잘린드] 나에게 상관없는 일이야. 당신을 멸시하고 심하게 대하는 것이 나의 목적이니까. 충실한 목동이 따라다니고 있지 않나. 잘 살펴 주고 사랑해 줘. 저 사람은 당신을 흠모하고 있으니까.

[피비] 목동, 이 사람한테 사랑이 뭣인가 말해 줘.

로잘린드와 올란도
남장한 로잘린드가 부상당한 올란도를 만나는 장면이다.

[실비어스] 사랑이란 한숨과 눈물뿐. 피비에 대한 나의 사랑은 이런 겁니다.

[피비] 나의 가나메데스에 대한 사랑도 그래.

[올란도] 내 로잘린드에 대한 사랑도 마찬가지야.

[로잘린드] 나도 여자가 아닌 사람을 그렇게 사랑해.

[실비어스] 사랑은 믿음과 봉사로 이뤄지는 거예요. 나는 피비를 그렇게 대합니다.

[피비] 나도 가니메데스를 그렇게 대해.

[올란도] 나도 로잘린드를 그렇게 대해.

[로잘린드] 나도 여자가 아닌 사람을 그렇게 대해.

[실비어스] 사랑은 환상이야, 정열이야, 소원이야. 사랑은 존경, 의무, 헌신이야. 사랑은 겸손, 인내, 그리고 초조함이야. 나의 피비에 대한 사랑은 이래.

[피비] 내 가니메데스에 대한 사랑도.

[올란도] 내 로잘린드에 대한 사랑도.

[로잘린드] 내 여자가 아닌 사람에 대한 사랑도 마찬가지야.

[피비] 그렇다면 내가 당신을 사랑하는 걸 왜 꾸짖지요.

[실비어스] 그렇다면 내가 너를 사랑하는 걸 왜 꾸짖지?

[올란도] 그렇다면 내가 당신을 사랑하는 걸 왜 꾸짖지?

[로잘린드] "당신을 사랑하는 걸 왜 꾸짖지?"라는 말을 왜 하는 거요?

[올란도] 여기에도 없고 듣지도 못하는 여자에게 하는 말이요.

[로잘린드] 제발 이런 장난 그만합시다. 늑대가 달 보고 짖는 격이야. (실비어스에게) 될 수만 있다면 도와줄게. (피비에게) 가능하면 사랑해 줄게. 내일 다 같이 만나. (피비에게) 내가 여자와 결혼할 수 있다면 너하고 결혼할게. 나도 내일 결혼하니까. (올란도에게) 내 힘으로 남자를 만족케 할 수 있다면, 당신을 만족하게 해 드리겠어요. 내일 당신은 결혼할 거요. (실비어스에게) 당신이 원하는 사람이 당신 것이 되어서 만족을 한다면, 내 그 만족을 맛보게 해 줄게

요. 내일 당신은 결혼하게 될 거요. (올란도에게) 로잘린드를 사랑한다면 내일 만나요. (실비어스에게) 피비를 사랑한다면, 만나요. 나는 여자를 사랑하지 않지만, 나도 나가겠소. 안녕히 계시오. 약속입니다.

[실비어스] 멀쩡하게 살아 있는데, 여부가 있겠나.

[피비] 나도 그래.

[올란도] 나도 마찬가지야.

(퇴장)

5막 2장 분석

낭만적인 사랑에 대한 이 특별한 패러디는 한편으로는 실비어스와 피비 사이, 다른 한편으로는 올리버와 실리아 사이의 극단을 보여 준다. 이 특정 장면에서 흥미로운 것은 로잘린드가 자신이 미래를 점칠 수 있는 마술사라고 주장하는 것이다. 로잘린드는 여기에서 엘리자베스 시대 청중을 매료시킨 또 하나의 인기 있는 주제, 즉 '마법'을 소환한다. 또한 로잘린드는 다음 날 그들 모두가 결혼할 것이라고 예고함으로써 마지막 장면에 대한 기대를 한층 끌어올린다.

5막 3장

Act 5, Scene 3

● 숲속

(터치스톤과 오드리 등장)

[터치스톤] 내일은 즐거운 날이야. 오드리, 내일 우리는 결혼한다.

[오드리] 진심으로 원해요. 아내가 되기를 소원한다는 것이 분에 넘친 소원은 아닐 거예요. 저기 추방된 공작의 사동이 와요.

(사동들 등장)

[사동 1] 잘 만났어요. 훌륭한 양반.

[터치스톤] 그래, 잘 만났다. 자, 앉게나, 앉아. 노래나 하지.

[사동 2] 그러죠. 가운데 앉으세요.

[사동 1] 자, 당장 시작합시다. 기침하거나 침을 뱉거나 목이 쉬었다고 하면서 목소리가 나쁘다는 서곡은 집어치웁시다.

[사동 2] 우리 말 한 마리에 둘이 올라탄 집시처럼 합장을 하세. (노래) 총각하고 처녀가 헤이 호 헤이 노니노, 파란 옥수수 밭을 지나네. 때는 봄, 시집 장

가가는 때 새가 우네, 헤이, 딩, 딩, 딩, 예쁜 애인들 봄을 좋아해. 보리 밭 사이에 헤이 호 헤이 노니노, 예쁜 남녀 누워서 봄은 좋다. 봄. 봄 새들이 지저권다. 바로 그 시간 헤이 호 헤이 노니노, 인생은 바야흐로 꽃송이. 봄은 좋다, 봄. 봄. 이때를 놓칠소냐, 헤이 호 헤이 노니노, 바야흐로 사랑은 무르익네. 봄은 좋다, 봄, 봄.

[터치스톤] 젊은이들, 가사는 큰 문제가 아니지만 곡조는 망가졌군 그래.

[사동 1] 잘못 짚었어요. 박자를 지켰는데, 잊지 않고.

[터치스톤] 아니래도 그래. 그런 바보 같은 노래를 듣다가 시간만 낭비했다. 잘들 있게나, 목청 좀 고치고, 자! 오드리.

(퇴장)

5막 3장 분석

터치스톤과 오드리의 이 대화는 5막 1장에서 그들이 나눈 대화의 속편이다. 그 장면에서 오드리는 터치스톤과 결혼하는 것이 간단한 문제가 아니라는 것을 깨달았다.

이 장면은 또한 배우가 다음 장면에서 정교하게 변신한 모습으로 나타날 시간을 벌기 위해 사용된다. 사동들의 노래는 사랑, 특히 젊은 사랑의 아름다움과 인생이 짧고 사랑은 젊은이를 위한 것이라는 내용을 담고 있다. 제이퀴즈와 달리 터치스톤은 노래를 부르는 동안은 그들을 비난하지 않는다.

5막 4장

Act 5, Scene 4

● 숲속

(노공작, 애미언스, 올란도. 올리버 그리고 실리아 등장)

[노공작] 올란도 자네는 그 청년이 약속한 것을 해내겠다는 말을 믿나?

[올란도] 어느 때는 믿고, 어느 때는 못 믿습니다. 기대하는 것을 두려워 해 다만 그 두려움만을 의식하는 사람들처럼 말입니다.

(로잘린드, 실비어스 그리고 피비 등장)

[로잘린드] 좀 더 참아 주세요. 우리의 약속을 다시 한번 다짐해야겠습니다. 제가 로잘린드를 데리고 오면 공작께서는 그 여자를 여기 올란도에게 주시겠습니까?

[노공작] 내 왕국을 그 여자에게 내주는 한이 있어도 그렇게 하겠소.

[로잘린드] 당신도 내가 그 여자를 데리고 오면 당신의 아내로 맞이하겠소?

[올란도] 내가 왕이라 해도 여자를 맞이하겠소.

[로잘린드] 당신은 내가 원한다면 결혼을 한다고 했지?

로잘린드와 피비
피비는 목동 실비어스보다 로잘린드를 좋아하여 결혼해 달라고 조른다.

[피비] 그럼요. 한 시간 뒤에 죽는 한이 있어도.

[로잘린드] 그러나 당신이 나와 결혼하기를 거절한다면 이 가장 성실한 목동한테 돌아가겠나?

[피비] 그런 약속을 했죠.

[로잘린드] 당신은 피비가 원한다면 맞이하겠다고 했지?

[실비어스] 피비와 결혼하는 것과 죽는 것이 동시에 일어나는 한이 있어도요.

[로잘린드] 저는 이 모든 문제를 해결하겠다고 약속드렸습니다. 공작님의 따님을 주겠다는 약속을 지켜 주십시오. 올란도 역시 그 따님을 맞이하겠다는 약속을 지키고, 피비는 나하고 결혼을 하거나 거절할 때는 이 목동과 결혼한다는 약속을 지켜. 실비어스, 저 여자가 나를 거절하면 피비와 결혼한다는 약속을 지켜야 해. 이 불가능을 풀기 위해 저는 잠깐 자리를 비우겠습니다.

(로잘린드와 실리아 퇴장)

[노공작] 어쩐지 저 소년 목동은 내 딸과 지독히 닮은 것 같다는 생각이 드는군.

[올란도] 공작님, 저도 처음에 그 사람을 만났을 때 공작님 따님의 남동생이 아닌가 생각했습니다. 그렇지만 그 청년은 이 숲에서 태어났고 숙부로부터 무서운 마술의 기초를 배웠다고 합니다. 그 사람의 숙부는 이 숲속 언저리에서 숨어 살고 있다고 합니다.

(터치스톤과 오드리 등장)

[제이퀴즈] 노아의 홍수가 터질 것 같군. 남녀 쌍쌍이 방주를 향해 오는 것을 보니. 이상한 짐승 한 쌍이 오는군. 어떤 나라의 말로도 저런 걸 바보라고 부르죠.

[터치스톤] 여러분, 경의를 표합니다.

[제이퀴즈] 이런 잘 왔어. 제가 숲속에서 만났다는 얼룩무늬 신사가 바로 이 사람입니다. 궁궐 생활도 했다고 장담했습니다.

[터치스톤] 의심하는 사람이 있다면 이 사람을 연옥에 떨어뜨리시오. 궁중에서 사교춤도 추었죠. 어떤 귀부인께 찬사도 보냈고 친구들을 능숙하게 다룰 줄 알고 적과는 털어놓고 대했죠. 양복점 주인을 세 명이나 파산시켰습니다. 나는 언쟁을 네 번이나 했는데 그중 한번은 결투할 뻔했죠.

[제이퀴즈] 그걸 어떻게 피했지?

[터치스톤] 상대방과 만나고 보니 우리의 싸움은 결투 제7조에 근거를 두지 않는 한 불법이라는 사실을 발견했죠.

[제이퀴즈] 제7조가 뭔데? 공작님, 이 작자가 마음에 드십니까?

[노공작] 아주 마음에 드는군.

[터치스톤] 고맙습니다. 변심하지 마시기를. 실은 결혼한다는 이 촌놈들 틈에 끼어 볼까 해서 나타났습니다. 결혼이란 예식에 따라 같이 살자고 맹세를 하지만 마음에 따라 파약도 할 수 있는 겁니다. 이 불쌍한 색시는 못생기기는 했지만 저의 물건입니다. 아무도 데려가지 않는 것을 제가 얻은 건 저의 변덕 때문입니다만, 공작님, 풍부한 부덕이라는 것은 구두쇠처럼 가난한 집에서 살지요. 진주알이 더러운 조개 껍질 속에 있듯이 말입니다.

[노공작] 참말이지 말이 매우 재빠르고 활기가 있군.

[제이퀴즈] 근데, 그 제7조의 근거는 어떻게 됐어? 그 언쟁이 제7조의 원인에 근거를 두었다면서?

[터치스톤] 제7조는 거짓말에 근거를 두었다 이겁니다. 이것 봐! 오드리, 자세를 좀 단정히 해.네, 이렇습니다. 한 귀족의 대신이 수염 모양이 마음에 안 들어 싫다고 했죠. 그 사람이 이렇게 말하더군요. 당신은 내 수염이 잘못됐다고 하는데 내 마음에는 듭니다. 이걸 '정중한 대꾸'라고 하죠. 제가 다시 그 수염이 잘못됐다고 한다면 그 사람은 '내가 좋아서 한 일이야' 하고 대꾸하겠죠.

이걸 '경구적 겸손식 대꾸'라고 합니다. 다시 제가 그 수염 잘 안 됐어 한다면 그 사람은 나더러 판단력이 흐리다고 할 겁니다. 이것을 '야비한 대꾸'라고 하죠. 다시 제가 그 수염 잘됐다고 한다면 그 사람은 저더러 사실을 말하지 않는다고 할 테죠. 이것을 '용맹성 질책적 대꾸'라고 하죠. 또다시 제가 그 수염 잘못됐다고 하면 그 사람은 내가 거짓말을 한다고 할 겁니다. '도전적, 반격적 대꾸'라고 합니다. 이런 식으로 나가 '간접적 거짓 대꾸' 그리고 '직접적 거짓 대꾸'까지 확대되는 거죠.

[제이퀴즈] 근데 당신은 몇 번이나 수염이 잘못됐다고 말을 했지?

[터치스톤] '간접적 거짓 대꾸'의 경지까지는 안 갔죠. 그쪽에서도 '직접적 거짓 대꾸'까지는 감히 못 가더군요. 그래서 우리는 칼의 길이만 맞추어 보고 헤어졌습니다.

[제이퀴즈] 거짓의 등급을 순서대로 말할 수 있나?

[터치스톤] 물론이죠. 우리는 인쇄된 책을 교본으로 해서 언쟁하니까요. 여러분이 예의범절을 책을 보고 배우듯이 말입니다. 등급을 말씀드리죠. 첫째 '정중한 거짓', 둘째 '경구적 겸손식 거짓', 셋째 '야비한 거짓', 넷째 '용맹성 질책적 거짓', 다섯째 '도전적 반격적 거짓', 여섯째 '간접적 거짓적 거짓', 일곱 번째 '직접적 거짓적 거짓'. 이 마지막 '직접적 거짓적 거짓'을 빼고서는 다 피해낼 수 있습니다. 마지막 것도 '만약에'라는 말로 피할 수 있을 겁니다. 일곱 명의 판사가 싸움을 처리하지 못해 당황했는데 두 당사자가 만나 결투를 할 임박에 그중에 한사람이 이 '만약'을 생각해내 "자네가 만약 이렇게 얘기했다면 나도 이렇게 얘기했을 거네"라고 말하자 두 사람은 악수하고 형제처럼 친해졌습니다. '만약'이야말로 유일한 중재역이죠. '만약'에는 효력이 있습니다.

[제이퀴즈] 이런 친구 드물지 않습니까, 공작님? 무엇이든지 할 줄 아는데 바보임은 틀림없죠.

[노공작] 포수가 허수아비 말 뒤에 숨어 목표에 접근하듯 이 사람은 바보 노름

을 하면서도 숨어서 재담을 마구 쏘아대는군.

(결혼의 신 하이멘으로 분장한 사람, 로잘린드 그리고 실리아 등장. 고요한 음악)

[하이멘] 하늘에 기쁨이 있네. 지상의 일이 화합되어 다정히 뭉쳐질 때, 공작이여, 따님을 맞으시오. 하이멘이 천국에서 모셔 온 딸을, 그녀의 손을 청년 손에 맺어 주시오. 신부는 그의 마음속에 있나니.

[로잘린드] (공작에게) 이 몸을 드리옵니다. 저는 아버님의 딸이올시다. (올란도에게) 이 몸을 드립니다. 저는 당신의 것입니다.

[노공작] 이 눈이 틀림없다면 너는 분명 내 딸이구나.

[올란도] 이 눈이 틀림없다면 당신은 나의 로잘린드요.

[피비] 이 눈에 보이는 모습이 사실이라면, 아! 내 사랑은 안녕!

[로잘린드] (공작에게) 공작님이 아버지가 아니라면 저에게는 아버지가 없습니다. (올란도에게) 당신이 아니라면 저에게는 남편이 없습니다. (피비에게) 당신은 여자니 나는 여자와 결혼할 수 없소.

[하이멘] 자, 조용히 말을 들어요. 이 이상한 일을 풀기 위해 결론을 내야 하오. 진실 속에 또 진실이 있다면 여기 여덟 사람, 손을 잡아 하이멘의 손과 합쳐라. (올란도와 로잘린드에게) 그대와 그대는 역경을 이겨 헤어지지 않을 것. (올리버와 실리아에게) 그대와 그대는 한 몸 한뜻. (피비에게) 이 남자의 사랑에 따르라. 그렇잖으면 여자를 낭군으로 모시게 되니. (터치스톤과 오드리에게) 그대와 그대는 언제나 같이 있기를. 겨울철에 사나운 날씨가 따르듯이, 결혼의 축가를 부르는 동안 어떻게 만났으며 어떻게 일이 끝났는가를 마음껏 물어 그 이유를 알고 의심을 풀지어다. (노래) 결혼은 위대한 주노(그리스 신화의 헤라)의 영광. 같이 살고 자는 행복한 인연. 마을에 사람 느는 건 하이멘의 힘. 높이 받들어 복되게 하라. 이 결혼을. 영광, 무상한 영광. 찬미하라, 무릇 마을의 신 하이멘을.

[노공작] 아! 조카딸아, 환영한다. 친딸이라고 해도 과언이 아니다. 잘 왔다.
[피비] (실비어스에게) 당신은 내 것이 됐으니 약속을 집어삼키지는 않겠어요. 당신의 정성이 내 마음을 붙들었어요.

(제이크스 드 보이스 등장)
[드 보이스] 몇 마디 말씀드릴 것이 있어서 왔습니다. 이 훌륭한 모임에 몇 가지 소식을 갖고 온 이 몸은 돌아가신 로랜드 경의 둘째 아들이올시다. 프레드릭 공작은 이 숲속에 매일처럼 유능하신 분들이 피해 오신다는 말을 듣고 군을 일으켜 몸소 지휘하여 출발, 친형을 여기서 붙들어 처형할 목적으로 이 거친 숲 바로 앞까지 왔습니다. 거기서 어떤 노 수도사를 만나 수차례 문답을 나누더니 공작은 회개하여 이 계획은 물론 이 세상도 버리고 왕관을 추방된 형님께 되돌려주고 그분과 함께 망명한 분들에게 몰수했던 땅을 반환하고자 결심했습니다. 이 생명을 걸고 사실임을 말씀드립니다.
[노공작] 젊은이, 환영하오. 그대는 이 형제들의 결혼에 훌륭한 선물을 제공했소. 이 사람에게는 영토를, 이쪽에게는 나라 전체, 즉 강력한 공국을 선물로 주었소. 우선 이 숲속에서 잘 진행된 일에 매듭을 지읍시다. 그 후에 나와 더불어 냉혹한 밤낮을 참아 온 이 모든 사람에게 각자 신분에 따라 되돌아온 행운을 나누어 주도록 합시다. 잠시 복권된 신분을 잊고, 우리 시골의 유쾌한 연회에 몰두해 봅시다. 음악을 시작하시오! 그리고 말할 수 없는 기쁨에 싸인 신랑 신부들, 춤을 추시오.
[제이퀴즈] 잠깐 말씀을. 제가 옳게 들었는지 모르겠지만 공작이 신앙생활에 들어가 호화스러운 궁궐 생활을 포기했다고요?
[드 보이스] 그렇습니다.
[제이퀴즈] 그럼 나는 그 사람한테 가겠습니다. 개심한 사람한테는 들을 것도 배울 것도 많으니까요. (노공작에게) 옛 명예를 되찾아 가신다니 축하드립니

로잘린드와 올란도
남장을 벗은 로잘린드가 올란도와 포옹하는 장면이다.

다. 공작님의 인내와 덕성이 안아다 준 것이죠. (올란도에게) 당신은 진실한 믿음으로 사랑을 찾았습니다. (올리버에게) 영토와 사랑 그리고 많은 친척을 귀중히 여기세요. (실비어스에게) 오래 기다렸으니 잠자리는 좋을 거요. (터치스톤에게) 싸움 많이 하시오. 자네의 사랑의 배에는 두 달치 먹을 것 밖에 없을 거야. 그럼, 즐기세요. 나는 춤하고는 거리가 먼 것을 찾겠습니다.

[노공작] 제이퀴즈, 가지 마오.

[제이퀴즈] 이 즐거운 연회를 볼 생각은 없습니다. 하시고 싶은 말씀이 있으면 공작님이 버릴 동굴에서 기다리고 있겠으니 거기서 들려주십시오.

[노공작] 자, 계속하자, 계속해. 여흥을 시작합시다. 여느 때나 마찬가지로 재미있게 끝날 거요.

5막 4장 분석

무대로 커플들이 모인다. 로잘린드와 실리아가 그들의 가면극을 끝내고 이제 연극은 각 커플의 꿈이 모두 실현된 자리가 된다. 이러한 가면극은 《템페스트》를 포함하여 셰익스피어의 작품들에서 볼 수 있는 특유의 연출법이다. 이 연극에서 제이퀴즈는 아마도 유일하게 처음부터 끝까지 일관된 캐릭터일 것이다. 그런 이유로 그의 퇴장은 놀랍도록 신선하고 재치가 있다. 처음부터 시골 생활을 비판한 사람은 그곳에 남기로 선택한 반면, 목가적인 생활의 미덕을 찬양한 사람들은 이제 도시에서의 이전 삶으로 돌아갈 준비가 되었다. 제이퀴즈의 작별 인사가 마지막 유언처럼 들리는 것은 그가 프레드릭 공작과 함께 종교 생활을 할 것이고 세상에서 '죽은' 사람이 될 것이기 때문에 적절해 보인다. 그러나 어떤 의미에서도 제이퀴즈의 기억은 '죽은' 것이 아니다. 그의 멜로드라마적 요소, 그의 '오페라적' 우울함, 그리고 삶 자체가 아마도 연극적 스펙터클에 불과하다는 그의 깨달음. 이 모든 자질은 다른 이들과는 동떨어진 제이퀴즈를 불멸의 존재로 만든다.

셰익스피어 5대 희극

말괄량이 길들이기

말괄량이 길들이기

등장 인물

[영주] 파도바의 영주

[크리스토퍼 슬라이] 가짜 영주

[패트루치오] 베로나의 신사

[카타리나] 밥티스타의 큰 딸

[비앙카] 밥티스타의 작은 딸

[밥티스타] 파도바의 갑부

[루센쇼] 빈센쇼의 아들

[빈센쇼] 피사의 거상

[그레미오] 파도바의 유지

[호텐쇼] 비앙카를 사랑하는 지방 귀족

[트래니오] 루센쇼의 충복

[비온델로] 루센쇼의 하인

[커티스] 패트루치오의 별장 관리

The Taming of the Shrew

1막 1장

Act 1, Scene 1

● **파도바 광장**

(루센쇼와 트래니오 등장한다)

[루센쇼] 트래니오, 드디어 학문의 본고장인 파도바에 왔구나. 자, 여기 잠시 머물면서 천천히 학문과 교양을 쌓아 볼까?

[트래니오] 용서하세요, 도련님. 저 역시 도련님처럼 흥겹고 들뜬 마음 숨길 수 없지만 달콤한 철학 강좌의 단물이 저에게는 오히려 식초처럼 느껴지는데요. 도련님, 교양을 쌓으신다고 해서 위선적인 현학자처럼 딱딱한 표정으로 인생의 황금기를 소모해 버리시진 않으시겠지요? 제 생각에는 음악과 문학도 인생을 화려하게 가꾸어 줄 수 있다고 생각하는데요. 수학과 형이상학만 공부하면 무엇합니까? 그런 공부는 인생의 의미를 가르쳐 주기는커녕 인생의 모든 즐거움을 다 **빼앗아** 가 버린다고요. 그러니, 각설하고 이제 뭐 좀 재미있는 일 없을까요?

[루센쇼] 정말 고마운 말이다. 너 아주 좋은 충고를 했어. 너와 함께 떠난 시종 비온델로가 도착하는 즉시 우선 적당한 숙소를 정하자. 그런데 무슨 사람

파도바 광장의 성 안토니 대성당
《말괄량이 길들이기》 1막 1장이 시작되는 장소로 이탈리아의 교육 도시로도 유명하다.

들이 모여 있지?

[트래니오] 우리를 환영해 주려고 나온 모양인데요?

(밥티스타와 그의 딸 카타리나, 비앙카 등장. 비앙카의 구혼자 그레미오와 호텐쇼 등장. 루센쇼와 트래니오 한쪽으로 비켜선다)

[밥티스타] 글쎄, 날 더 이상 졸라도 소용이 없다니까요? 난 이미 결심을 굳혔어요. 큰딸아이가 시집가기 전에는 무슨 일이 있어도 둘째 비앙카를 시집보낼 수 없어요. 만일 당신 두 분 중의 한 분이 우리 집 큰딸 카타리나를 신부로 택하신다면 두 분 중의 한 분이 우리 집 둘째를 아내로 삼으실 수도 있지만.

[그레미오] 당신 큰딸은 너무 벅차요. 호텐쇼, 자네가 이 말괄량이의 신랑이 되는 것이?

[카타리나] 이봐요. 나도 당신들에게 부탁할 말이 있는데. 날 더 이상 웃음거리로 만들지 말았으면 좋겠어.

[호텐쇼] 사랑스러운 아가씨. 물론 당신에게 사랑스럽다는 표현은 어울리지 않지만 좀 더 친절하고 부드러운 태도를 보여 줄 수 없겠소?

[카타리나] 솔직히 까놓고 얘기해 봐요. 누가 더 마음에 들어요? (그레미오에게) 애도 만들 수 없는 이 영감탱이. 주제에 고르긴 뭘 골라요. (호텐쇼에게) 그리고 당신, 함부로 주둥이 놀리다가 머리통 깨질 줄 알아 이 양반들아, 누가 사랑받지 못해서 환장한 년 있는 줄 알아? 이 얼간이들아.

[호텐쇼] 처녀로서는 차마 입에 담지 못할 소리로군. 주여, 용서하소서.

[그레미오] 저도 동감입니다. 주여. (성호를 그으며) 용서하소서. 아멘.

[트래니오] 도련님, 이거 재미있는 일거리가 생겼는데요? 보아 하니 저 여자는 완전히 미쳤거나 아니면 대단한 쇠고집으로 보입니다.

[루센쇼] 아! 난 얌전한 처녀가 더 마음에 드는데.

[트래니오] 역시 안목이 있으시다니까.

[밥티스타] 여러분들 미안하지만, 저도 어쩔 수가 없군요. 안으로 들어가라, 비앙카. 그리고 너무 걱정하지 말거라. 내가 네 앞길을 막으려고 이러는 건 아니니까.

[카타리나] 정말 대단한 새침데기. 어디 한번 앙탈을 부려 보시지.

[비앙카] 언니, 날 그렇게 쏘아붙여서 언니 마음이 편안하다면 마음대로 해. 그리고 아버님, 아버님이 시키는 대로 하겠어요. 책과 악기를 벗 삼아 보고 배우겠어요.

[루센쇼] 들어봐, 트래니오. 마치 예술과 지혜의 상징인 미네르바 여신처럼 말하고 있네.

[호텐쇼] 그렇다면 저희 때문에 오히려 따님께 염려를 끼친 것 같습니다.

[그레미오] 그렇다고 이렇게 얌전한 색시를 저런 말괄량이 언니 때문에 집에 가두어 둘 수는 없지 않겠소?

[밥티스타] 두 분 말씀 참으로 감사합니다. 이젠 들어가도 좋다.

(비앙카 퇴장)

[밥티스타] 저 아이는 본인 스스로 이야기하듯이 독서와 음악만 취미 삼고 있지요. 결혼 따위는 전혀 안중에도 없습니다. 그래서 저 아이의 취미에 맞게 가정교사를 채용하려고 하죠. 만일 당신들이 혹 좋은 선생님을 알고 계신다면 추천해 주시기 바랍니다. 자, 그럼 이만 실례하겠소. 카타리나, 넌 여기 있어도 좋아. 난 비앙카에게 할 이야기가 있어서 들어가 볼 테니.

(퇴장)

[카타리나] 내 생각에는 나에게 더 이상 할 얘기가 없으실 것 같은데, 그렇지 않아요? 괜히 시간 낭비할 필요 없지. 당신들이 뭐라고 떠들든 무슨 짓을 벌이든 나와는 아무런 상관도 없어. 안 그래요?

(퇴장)

카타리나와 비앙카
언니 카타리나가 비앙카를 괴롭히는 장면으로 밥티스타가 말리고 있다.

[그레미오] 어디 귀먹은 사람 있나? 젠장, 마귀할멈한테나 가서 붙어라. 이곳에서는 아무도 붙잡을 사람이 없으리. 호텐쇼, 인간의 인내에는 한계가 있는 법, 저 말괄량이가 팔려 갈 때까지 기다릴 수는 없지 않은가? 내 나이가 몇인가? 우린 아무리 생각해 봐도 잘못 짚은 것 같아. 그럼 잘 있게. (잠시 생각해 보고) 아냐, 비앙카를 사랑하는 마음에서라도 비앙카가 좋아하는 것을 가르쳐 줄 수 있는 적임자를 어떻게 해서라도 찾아내 비앙카 아비에게 소개해 주고 싶소.

[호텐쇼] 나도 같은 생각이요. 비록 우린 타협이란 한 번도 해 본 적이 없는 경쟁자이긴 하지만, 피차간에 협력만 잘하면 우리들의 연인 비앙카에게 접근할 수 있는 길이 트일 것도 같은데요.

[그레미오] 그게 뭔가?

[호텐쇼] 다름 아닌 저 말괄량이에게 짝을 찾아 주는 방법입니다.

[그레미오] 짝이라니 악마겠지.

[호텐쇼] 짝 말이요. 짝.

[그레미오] 하지만 불가능할 것 같은데.

[호텐쇼] 그래도 찾아봐야지.

[그레미오] 솔직히 말해서 이 집에 재산이 좀 있기는 하지만 차라리 악마하고 동침하지, 누가 저런 미친년을 마누라로 삼으려고 할 텐가. 괜히 비앙카만 처녀 귀신 되고 마는 게지.

[호텐쇼] 그래도 세상은 넓은데 혹 누가 알아요. 어떤 건달이 있어서 카타리나의 모든 결함에도 불구하고 같이 살겠다고 나설지. 카타리나 앞으로 예정된 지참금을 보고서라도. 어떻게 생각하시오, 영감님.

[그레미오] 찬성이요. 어서 그 계집애를 달콤한 말로 꾀어 넘겨 혼사를 치르고 잠자리를 한 뒤 그 집에서 내쫓아 주는 그런 사나이가 있다면, 이 파도바에서 제일가는 좋은 말 한 필을 그에게 주겠소. 자, 그럼 갑시다.

(두 사람 퇴장)

[트래니오] (가설무대로 올라오며) 도련님, 사랑이라는 게 저렇게 서두른다고 잡힐까요?

[루센쇼] 트래니오, 이 가슴에 타오른 불길을 어떻게 하지? 아, 진심으로 너에게 말하는데 난 이제야 나의 이상형인 여인을 만난 것 같아, 트래니오. 어떻게 나 좀 도와줄 수 없겠니?

[트래니오] 드디어 도련님에게도 사랑의 화살이 꽂혔군요. 그 고통을 잊으시려면 심장에 박힌 사랑의 화살을 빼내야 하는데, 하지만 전 도련님처럼 사랑의 노예가 되고 싶지는 않아요. 난 사랑의 주인이 되고 싶어요.

[루센쇼] 내게 필요한 것은 너의 진심 어린 조언이야.

[트래니오] 도련님, 아까 그 여자의 아버지가 했던 이야기 기억나세요?

[루센쇼] 아버지 얘긴 하지마. 난 오직 그녀의 뜨거운 입술과 잘록한 허리 그리고 그 고상하고 종교적인 표정, 그 향내. 내 머릿속은 지금 그녀의 생각으로 가득 차 있어.

[트래니오] 열병이 들어도 단단히 들으셨군요. 정신 차리세요, 도련님. 만일 도련님이 진심으로 그 여자를 사랑하신다면 내 말을 잘 들어보세요. 그 여자의 아버지는 큰딸을 시집보내기 전에는 어떤 사람도 둘째 딸에게 접근을 못한다고 했어요.

[루센쇼] 그렇지. 아주 고집이 센 영감같이 보였어.

[트래니오] 그렇지만 그 아버지는 훌륭한 선생을 찾고 있다고 했죠?

[루센쇼] 그랬지.

[트래니오] 도련님이 그 여자의 가정교사가 되면 어떻겠어요.

[루센쇼] 그거 아주 기가 막힌 생각이구나.

[트래니오] 그런데 한 가지 문제가 있어요. 도련님이 여기서 공부하신다는 소문이 도련님의 아버님 빈센쇼 님 귀에 들어가야 하는데.

[루센쇼] 네가 나대신 여기서 백만장자의 아들 루센쇼의 역을 하면 될 게 아

니냐. 아무도 우리의 얼굴을 모르는 이곳에서 난 비앙카의 가정교사가 되고 넌 루센쇼가 되어 철학과 교양을 공부하면. 자, 트래니오, 우리 서로 옷을 바꾸어 입자. 비온델로가 오면 내가 잘 설명해 줄테니까 걱정하지 말고, 어서. (둘은 서로 옷을 바꾸어 입는다)

[트래니오] 그런데 도련님, 이건 순전히 도련님이 시켜서 이렇게 된 겁니다. 제가 떠나올 때 주인님이 특별히 명령하셨거든요. "넌 항시 내 아들의 명령에 절대 복종할 각오를 해야 해" 하고. 내가 도련님으로 변장하는 것은 오로지 도련님의 뜻일 따름이에요. 내가 결코 백만장자의 아들 루센쇼가 되기 위함이 아니다, 이런 말씀이죠.

[루센쇼] 트래니오, 네가 만일 날 사랑한다면 내 뜻에 따라 주기 바란다. 나는 아까 그 여인을 얻기 위해서라면 기꺼이 너의 노예가 될 수도 있으니까. 그 여자를 처음 본 순간부터 내 마음은 흔들리고 말았어. (비온델로 등장) 야, 비온델로, 넌 어딜 싸다니는 거냐?

[비온델로] 어딜 싸다니느냐고요? 아니, 트래니오 녀석이 도련님 옷을 훔쳐 입은 건가요? 도련님이 트래니오 녀석의 옷을 훔쳐 입은 건가요? 아니면 동시에 서로 같이 훔쳐 입은 건가요? 도대체 어떻게 된 일입니까?

[루센쇼] 내 말 잘 들어 농담할 때가 아니니. 내가 이곳에 도착한 뒤 사고가 생겼어. 난 어떤 못된 놈과 시비가 붙었는데 그만 실수로 그놈을 죽여 버리고 말았어. 그래서 주변에 있던 사람들이 내 얼굴을 알게 되었고 생명에 위협을 느낀 나는 트래니오와 옷을 바꾸어 입은 거야. 그러니까 넌 앞으로 트래니오를 너의 주인으로 모셔야 한다 이 말이야, 알아듣겠니?

[비온델로] 네? 한마디도 못 알아듣겠는데요.

[루센쇼] 좌우지간 네 입에서 트래니오란 이름이 뱉어지면 안 돼. 트래니오는 벌써 루센쇼가 되고 말았으니까.

[트래니오] 중요한 건 그게 아니지. 넌 앞으로 사람들 앞에서 날 트래니오라고

불러서는 안 돼. 난 너의 주인인 루센쇼가 됐으니까.

[루센쇼] 이제 그만 가자. 트래니오, 잠깐 한 가지가 더 남았어. 너도 아까 그 청혼자 중 한 사람이 되어야겠다. 루센쇼로 밥티스타의 둘째 딸에게 청혼을 하란 말이다. 이유는 충분하게 설명해 줄 테니까.

(설명하면서 퇴장)

▌1막 1장 분석

1막이 열리면서 셰익스피어는 우리를 유혹하기 위해 사용한 주제를 다루는 데 시간을 낭비하지 않는다. 변장, 속임수, 사랑, 결혼, 권력 모두 이 짧지만 강력한 장면의 전면에 등장한다. 밥티스타는 어린 딸 비앙카가 다양한 구혼자들에게 둘러싸여 있음을 알지만 맏이가 먼저 결혼한다는 유서 깊은 전통을 고집함으로써 극의 갈등을 드러낸다. 비앙카는 남성(그리고 그들이 지배하는 사회)이 여성에게 유익한 것으로 간주하는 모든 것, 즉 겸손, 아름다움, 수동성을 완벽하게 구현한 인물이다. 그녀의 구혼자가 되려는 사람들을 가로막는 장애물은 나이 많고 거친 그녀의 언니 카타리나이다.

카타리나의 첫인상은 비앙카와는 전혀 다르다. 그녀의 대사를 통해 우리는 그녀가 비앙카처럼 수동적인 인물이 아니라는 점을 깨닫게 된다. 그레미오와 호텐쇼는 카타리나가 악마 같고 고집이 세고 거칠다고 말하지만 우리는 아직 판단을 유보해야 한다.

카타리나와는 극명한 대조를 이루는 그녀의 여동생 비앙카. 그녀는 이름만으로도 흰색, 순결 및 기타 미묘한 의미를 불러일으킨다. 오프닝 장면은 비앙카의 천사 같은 순결, 처녀성을 강조하는 데 많은 부분을 할애한다. 그녀는 분명히 밥티스타의 총애를 받는 딸이며 그녀를 보는 남자들로부터 즉각적인 사랑과 갈망을 불러일으킨다.

가장인 밥티스타는 미놀라 가문의 지도자로서 그에게는 남자들의 감탄을 불러일으키는 사랑스러운 딸이 있다. 올바른 결혼으로 그는 가족의 재산과 지위를 높일 수 있다. 그러나 한 가지 장애물이 있으니, 그것은 바로 카타리나. 가문의 수장으로서 밥티스타는 큰딸이 먼저 결혼해야 한다고 이야기하지만 전망은 그리 좋아 보이지 않는다.

밥티스타와 그의 딸들, 그리고 비앙카의 구혼자가 되려는 사람들 사이의 모든 대화를 엿들은 루센쇼. 그 역시 비앙카에게 한눈에 반한다. 너무 극적인 전개인 듯 보이지만 첫눈에 반하는 사랑은 이러한 낭만적인 희극의 공통 요소이다. 그리고 여기서 변장이라는 소재가 또 한 번 등장한다.

The Taming of the Shrew

1막 2장
Act 1, Scene 2

● 파도바 광장

(패트루치오와 그의 하인 그루미오 등장)

[패트루치오] 나 패트루치오는 잠시 베로나를 하직하고 나의 가장 소중하고 귀한 친구인 호텐쇼를 방문하기 위해 이곳 파도바에 왔다. 그루미오, 여기가 호텐쇼의 집인 것 같구나. 두드려 봐라.

[그루미오] 두드려요? 누구를요? 아니, 누가 우리 주인님께 발칙한 짓이라도 한 자가 있나요? 누구냐? 너냐?

[패트루치오] 이런 얼빠진 놈 보게나. 여길 두드리란 말이야.

[그루미오] 어딜요? 주인님을요? 우리 주인님은 싸움이 하고픈 모양이지요? 나더러 자기를 살짝 때리게 해놓고 그다음에 자기가 나를 더 세게 때리려고.

[패트루치오] 이놈이 더위를 먹고 실성을 했나. 문을 두드리란 말이다. 네놈의 대갈통을 부숴 놓기 전에.

[그루미오] 주인님이 그토록 원하신다면 하인인 내가 안 팰 수 없지.

[패트루치오] 너, 혼 좀 나 볼 테냐? (그루미오의 멱살을 잡으며) 도레미파솔 소리

가 나도록 울려 볼테니. 울어 봐라.

[그루미오] 아, (패트루치오로부터 풀려나며) 라솔파미레도.

[패트루치오] 다시 한번 발성 연습을 할래 아니면 문을 두드릴래?

[그루미오] 살려주세요, 주인님. 아무래도 우리 주인님이 더위 때문에 미쳐 버리신 것 같아요.

[패트루치오] 자, 가서 두드려.

[호텐쇼] (등장하며) 아니, 이게 누구야, 그루미오 아니야. 그리고 패트루치오가 아닌가? 베로나에서 오신 귀한 손님들 안녕하셨소?

[패트루치오] 친애하는 호텐쇼, 안녕하신가?

[호텐쇼] 진심으로 환영하오. 패트루치오, 그루미오. 어찌 된 일인가? 이유가 뭐야?

[그루미오] 나 역시 그 이유를 모르겠어요. 단지 내가 하인이라는 이유 이외에는 주인님이 나더러 자기를 두드리라고, 막 쥐어 패라고 하시기에 내가 안 된다고, 어떻게 하인 주제에 주인님을……

[패트루치오] 야, 이 멍청한 놈아. 내가 이 집 문을 두드리라고 했지 날 패라고 했냐. 두드려야 사람이 나올게 아냐.

[그루미오] 문을 두드리라고요. 하느님 맙소사, 주인님이 좀 똑똑하게 말씀을 하셔야죠. 누가, 무엇을, 언제, 어디서, 어떻게, 왜.

[패트루치오] 입 닥치지 못해! 내 눈앞에서 사라지든가. 그 주둥이를 닥치든가.

[호텐쇼] 침착하게, 패트루치오. 내가 바로 이 그루미오의 보증인이 아닌가. 자, 내 생각엔 서로 의사소통이 되지 않아 생긴 발작 같으니 그만 자네가 참게. 저 꾀 많고 영리한 그루미오가 자넬 놀린다고 해도 그건 단지 말장난에 불과하니까. 그건 그렇고 어떤 바람이 불어 정든 베로나를 떠나 이곳 파도바에 오게 되었나.

[패트루치오] 그 바람이야말로 젊은이들을 세계 각처로 날려 헤쳐 놓은 바람

일세. 호텐쇼, 내 사정은 이러하네. 나의 아버님께선 세상을 떠나시고 난 나의 이 아픈 가슴을 거친 세파에 던져 운명을 개척해 보려는 것일세. 우물 안 개구리로 있는 것보다는 많은 돈을 벌어 좋은 아내와 함께 내 고향에 가득 채워 놓고 넓은 세계를 보려고 뛰쳐나온 것일세.

[호텐쇼] 패트루치오, 내가 자네에게 아주 독특한 말괄량이 얘기를 했던가. 내 말을 자네가 들어 준다면 자넨 틀림없이 한 밑천 잡을 수 있어. 하지만 자네가 내 친구니까 말이네만 나 같으면 억만금을 준다 해도 그 여자와는 결혼하지 않겠네.

[패트루치오] 호텐쇼, 우리 같은 친구 사이에 긴 말이 무슨 필요 있겠나. 자네가 만일 나를 부자로 만들어 줄 수 있는 마누라감만 알고 있다면 비록 그 여자가 아무리 천하 박색이고 아무리 늙었더라도, 소크라테스의 부인처럼 바가지를 긁어댈 소질이 다분한 여자라도 난 받아들일 용의가 있네. 내가 이곳 파도바에 온 이유는 바로 결혼도 하고 부자가 되는 것이니까. 부자가 되어야 사람들의 존경을 받을 수 있는 거야. 그래, 그 여자가 누군가?

[호텐쇼] 내가 지금 소개하려고 하는 신붓감은 그래도 제대로 교육받은 여자야. 물론 아름답고 젊지. 그러나 단 한 가지 결함이 있다면 걸핏하면 싸움을 걸고, 그리고 언제나 제 고집만 내세우는 거야. 물론 정도의 차이는 있겠지만 자네가 상상할 수 없을 정도로 왈가닥이야.

[패트루치오] 알았네, 호텐쇼. 그러나 자넨 황금의 위력을 너무 우습게 보고 있는 것 같아. 그 여자의 아버지 이름은 뭔가? 이름을 알려 주게. 그것만 알면 돼. 그 여자가 제아무리 먹장구름을 헤치고 울부짖는 천둥소리를 낸다고 해도 내 것으로 만들어 버려야겠어.

[호텐쇼] 아버지 이름은 밥티스타 미놀라로 아주 점잖고 존경받는 인물이지. 그 여자의 이름은 카타리나 미놀라. 험상궂은 말주변으로 아주 유명하다네.

[패트루치오] 딸은 모르지만, 그 여자의 아버지는 내가 잘 아네. 돌아가신 내

아버님을 잘 알고 계시니까. 호텐쇼, 난 그 여자를 만날 때까지 뜬눈으로 밤을 새우겠네. 그러니 미안하지만, 이제라도 곧 나를 데리고 가서 그 여자를 만나게 해 주든지 그렇지 않으면 방금 만난 자네지만 곧 헤어져야겠네.

[그루미오] (호텐쇼에게) 저를 보세요, 주인님. 지금 우리 주인님이 하신 말씀은 사실입니다. 언챙이든 아니든 가릴 게 없죠. 이가 다 빠진 할망구한테라도 장가를 든다니까요. 나쁠 게 있나요. 돈줄이 따라오는데.

[호텐쇼] 패트루치오, 내 말을 마저 듣고서 그 여자의 아버지를 만나러 가세. 아직 서두를 단계가 아니야. 사실 난 그 여자의 동생인 비앙카를 사랑하는데 아주 아름다운 아가씨야. 마치 보물 같지. 나 말고도 또 다른 청혼자가 있어서 본의 아니게 경쟁하게 되었지. 그런데 그 두 딸의 아버지 밥티스타는 큰 딸이 먼저 결혼하기 전에는 둘째 딸 주변에 아무도 얼씬 못하게 하는 거야. 말괄량이 카타리나를 짝지어 주기 전에는 비앙카의 청혼을 받아들일 수 없다는 것이지.

[그루미오] '말괄량이 카타리나', 처녀 별명으로는 아주 잘 어울리는 별명이네.

[호텐쇼] 그래서 내가 자네에게 부탁하는데 자네가 이 말괄량이를 떠맡아 주면 난 그동안 약간의 변장으로 둘째 딸인 비앙카에게 접근하겠어. 마침 그 여자의 아버지가 음악을 지도할 선생을 찾는다고 하니 내가 이렇게 변장하고서 비앙카의 음악 선생으로 접근한 뒤 나의 사랑을 고백해 보겠네.

(서류를 든 그레미오와 선생으로 변장한 루센쇼 등장)

[그루미오] 이건 나쁜 흉계도 아무것도 아니지. 보다시피 젊은이들이 늙은이의 꾀를 뒤집어엎기 위해 머리를 맞대고 지혜를 짜내는 거니까요.

[호텐쇼] 쉿! 그루미오. 저자가 나의 사랑의 적수야. 패트루치오, 잠시 한쪽으로 비켜서게.

[그루미오] 저 나이에 처녀장가 들겠다고? 하느님 맙소사.

패트루치오

베로나 출신인 패트루치오는 색시감도 찾을 겸 파도바로 유람을 온다.

[그레미오] 그래, 아주 좋아. 여기 적힌 책 이름들은 아주 훌륭하군. 난 그녀를 사랑에 관한 숱한 책들로 묶어 놓아야지. 절대로 여기 적힌 책 이외의 내용은 가르쳐서는 안 되네. 그녀는 아마 이 책을 통해 날 이해하게 될 거야. 그녀의 아버지가 그녀에게 '정숙'이란 무엇인가를 가르쳤다면 난 그녀에게 '성'이란 무엇이어야 하는가를 가르쳐 줘야지. 자, 이 도서 목록을 다시 받게. 여기에 적힌 사랑의 밀어들로 그녀를 취하게 해야 해…… 그런데 어디서 수업을 하게 되지?

[루센쇼] 글쎄요. 어디든 정해지는 대로 따를 수밖에요. 전 선생님으로부터 가정교사 채용에 관한 추천서를 받고자 하는데요. 선생님도 물론 지식인이니까, 지식인의 대우에 관해 세상 사람들이 무언가 보증을 원하는 세태를 많이 겪으셨을 테니까요.

[그레미오] 그래, 지식인. 참 요즘에 사람들이 학자 대접을 잘 안 해 준단 말이야.

[그루미오] (한쪽에서) 학자 좋아하네. 뿔난 당나귀처럼 무식한 주제에.

[패트루치오] 얌전히 있어. 네놈이 나설 때가 아니야.

[호텐쇼] 쉿! (등장하며) 친애하는 그레미오, 신의 가호가 함께 하시길.

[그레미오] 반갑소, 호텐쇼. 내가 지금 어디로 가는지 아시오? 밥티스타 씨에게 가는 길이요. 내가 약속했듯이 난 아름다운 비앙카에게 아주 어울리는 선생님을 한 분 모셔 왔소. 아주 대단한 행운으로 마침 이 젊은이를 만나게 되었지. 이 젊은이의 지식과 또 이분이 선정한 도서목록으로 진행될 사랑에 관한 문학 강좌가 비앙카에게 아주 유익하리라고 난 믿어요. 이분은 공부를 아주 많이 하신 분이니까.

[호텐쇼] 아주 잘 됐군요. 나도 마침 어떤 사람을 만나게 되었는데 나에게 좋은 음악 선생을 추천해 주기로 약속했죠. 음악 교육이야말로 나의 사랑하는 연인에게 어울리는 공부라고 확신하니까요.

[그레미오] 아마도 문학 수업이 더 어울릴 것이라는 걸 증명할 수 있을 거요.

[그루미오] (한쪽에서) 네 놈의 돈주머니가 증명하겠지.

[호텐쇼] 그레미오, 아직은 우리가 청혼을 놓고 경쟁할 때는 아닌 것 같군요. 여기 계신 이 신사분은 내가 또 우연히 만난 분인데, 우리와 조건만 맞는다면 말썽꾸러기 카타리나에게 청혼해서 지참금 여하에 따라 결혼까지도 하겠다는 겁니다.

[그레미오] 그래요. 호텐쇼, 이분에게 그 여자가 어느 정도인지 다 말씀을 드렸나요?

[패트루치오] 정나미가 떨어지도록 지독한 욕쟁이라는 사실은 저도 들어서 잘 알고 있습니다. 만일 내가 들은 사실 정도라면 난 아무렇지도 않습니다.

[그레미오] 제정신으로 하는 말씀이겠죠. 정말 반갑습니다. 그런데 정말 청혼할 생각이세요? 그 살쾡이한테?

[패트루치오] 물론이죠. 내 목을 걸고.

[그루미오] (한쪽에서) 살쾡이한테 청혼을? 차라리 목메는 게 낫지.

[패트루치오] 아무런 대책도 없이 여기 오진 않았습니다. 여자의 잔소리가 내 귀를 괴롭힐 것 같습니까? 내가 만일 울부짖는 사자의 울음소리를 못 들었다면 몰라도, 내가 만일 사나운 폭풍우가 일렁이는 바다에서 핏줄의 곤두서는 미친 듯한 풍랑을 겪지 못했다면 몰라도, 내가 만일 전쟁터에서 하늘을 찢는 듯한 천둥소리를 듣지 못했다면 몰라도. 그런데 당신들은 지금 나에게 한 여인의 혓바닥에 관한 얘기를 한다 이 말씀이죠. 내 귀에는 이런 얘기가 농부의 집 화로에서 잘 구워져 터지는 군밤 소리 같군요.

[그루미오] (한쪽에서) 정말 우리 주인님은 겁나는 게 없다니까.

(트래니오가 루센쇼로 변장하고 비온델로와 등장)

[트래니오] 안녕들 하십니까? 밥티스타 미놀라 댁을 일러 주실 수 있을까요?

[비온델로] 아주 아름다운 두 딸을 두신 밥티스타 씨 말이죠.

[트래니오] 그래, 맞았다, 비온델로.

[그레미오] 실례지만 혹 그 집 둘째 딸에게……

[트래니오] 자세히는 모르겠습니다만, 두 분 중의 한 분에게. 그런데 댁들은……

[패트루치오] 만일 당신이 말괄량이 큰딸에게 청혼하러 왔다면 난 당신에게 결투를 신청하겠소.

[트래니오] 난 말괄량이는 싫습니다. 가자, 비온델로.

[루센쇼] (한쪽에서) 잘한다, 트래니오.

[호텐쇼] 잠깐, 당신 여기 청혼하러 온 거요?

[트래니오] 왜요? 청혼을 하면 법에 걸리나요? 이 지역에선?

[그레미오] 그게 아니라 그냥 사라져만 준다면.

[트래니오] 그렇다면 좋소. 천하의 대로란 누구나 다 자유로이 왕래할 수 있는 것이 아니던가요. 그래서 나도 당신들과 똑같은 권리를 가지려고 합니다.

[그레미오] 그게 좀 어려운데요.

[트래니오] 이유가 뭐죠?

[그레미오] 왜냐하면 그 여자한테는 이미 그레미오가 청혼했거든요.

[호텐쇼] 아닙니다. 호텐쇼라는 분이 이미 청혼을 했죠.

[트래니오] 조용히들 하십시오. 여러분, 밥티스타 씨는 제가 알기로는 아주 점잖은 분입니다. 그리고 저의 아버님과도 아주 모르는 사이도 아니고요. 만일 그분의 따님이 진정으로 아름다우신 분이라면 청혼자쯤이야 저를 포함해서 많으면 많을수록 좋은 게 아니겠습니까? 레다의 딸 헬레나에게는 수천 명의 청혼자가 있었다고 하는데 아름다운 비앙카에게 청혼자 하나쯤 더 늘어난다 해서 그게 뭐 그리 대단한 겁니까? 이 루센쇼는 그 청혼의 대열에 끼기 위해 이곳을 찾아왔습니다. 누가 압니까? 내가 헬레나를 유혹한 파리스가 될지.

비앙카의 구혼자들
구혼자들은 카타리나를 먼저 결혼시키는 것에 합의한다.

[그레미오] 잘도 지껄여댄다. 우리는 못 당하겠는걸.

[루센쇼] 떠들어대게 내버려 두시오. 곧 지쳐 자빠질 테니까.

[패트루치오] 이보게 호텐쇼, 무엇 때문에 저렇게 떠들고 있는 건가?

[호텐쇼] 신사 양반, 솔직히 대답해 주시오. 밥티스타의 딸을 본 적이 있나요?

[트래니오] 아뇨. 하지만 두 딸이 있어 큰딸은 욕쟁이에다 말괄량이로 유명하고 둘째는 아름다우며 얌전하기로 유명하다고 들었죠.

[패트루치오] 그 큰딸은 내 것이오.

[그레미오] 산 너머 산이로군.

[패트루치오] 내 얘기도 좀 들으시오. 밥티스타의 둘째 딸은 첫째 딸이 시집가기 전에는 어떤 청혼자도 접근할 수가 없게 됐소.

[트래니오] 그렇다면 이렇게 하면 어떻겠소? 우선 우리 모두 힘을 합해 큰딸 먼저 시집을 보내고 나서 비앙카에게 각자 청혼하기로. 그다음 일이야 뭐 더이상 생각해 볼 필요 없지 않겠소.

[호텐쇼] 아주 적절하게 말씀하셨소. 이제 당신도 청혼자로 나선 이상 우리 모두 이 친구와 카타리나의 결혼을 빨리 추진합시다.

[트래니오] 좋소. 그럼 그 증거로 오늘 오후에 당신들 모두를 초대해서 실컷 먹고 마시며 우리 한번 친해 봅시다. 비앙카를 향한 청혼이야 정정당당하게 승부를 겨루겠지만, 또 친구처럼 마실 수도 있지 않겠소.

[그루미오, 비온델로] 그거 아주 기막힌 제안이다. 야, 빨리 꺼지자.

[호텐쇼] 그거 아주 좋은 생각이요. 그렇게 하도록 합시다. 자, 패트루치오, 파도바에 온 것을 진심으로 환영하네.

(모두 퇴장)

1막 2장 분석

셰익스피어는 오프닝 장면을 통해 자신의 이야기를 신중하게 설정한 후 코미디의 중심이 될 여성에게서 초점을 옮겨 패트루치오에게 우리의 관심을 돌린다. 우리가 다른 캐릭터들을 통해 의심스러울 정도로 편향된 모습만 보았던 카타리나는 1막 전체에서 단지 일부분만 등장한다. 그녀가 정말로 말괄량이인지 아닌지를 판단하기에는 아직 충분하지 않다.

오랜 친구인 호텐쇼를 만난 패트루치오는 자신의 상황과 그가 파도바에 온 이유를 얘기한다. 그는 자신의 지위를 확보하기 위해 부유한 아내의 재정적 재원이 필요하다. 호텐쇼는 친구의 불안정한 지위에 대해 듣고 그에게 솔깃한 제안을 한다. 패트루치오는 호텐쇼의 제안에 즉시 기운을 차리고 돈을 위해서라면 누구와도 결혼할 준비가 되어 있다고 이야기한다.

패트루치오의 동기는 좋게 보이지 않지만 연극이 쓰일 당시에는 사랑 이외의 이유로 결혼하는 것이 전혀 드문 일은 아니었다. 정치적 동맹과 가족의 재산은 종종 결혼의 핵심이었으며, 특히 패트루치오와 카타리나와 같은 상류층에서는 더욱 그렇다. 아마도 거친 카타리나의 행동은 그녀의 재산만을 원하는 남성에 대한 방어일지 모른다. (이는 2막에서 더 자세히 보여질 것이다.)

지금까지 우리가 카타리나에 대해 알고 있는 것은 주로 다른 사람들이 그녀에 대해 말하는 것을 통해서였지만, 그들의 설명이 부분적으로라도 정확하다면 그녀가 패트루치오를 만났을 때 어떻게 폭발할지는 불 보듯 뻔한 일이다. 결혼의 목적이 다양한 이들의 등장만큼 변장한 자들의 수도 늘어난다. 비앙카에게 거절당한 호텐쇼는 밥티스타의 집으로 들어가기로 결심한다. 음악 교사로 변장한 그는 루센쇼와 마찬가지로 비앙카의 사랑을 위한 경쟁에서 우위를 점할 수 있다고 믿는다. 물론 그가 깨닫지 못하는 것은 루센쇼가 같은 계획을 가지고 있다는 것이다. (실제로 호텐쇼는 루센쇼가 자신의 경쟁자라는 사실조차 모른다. 호텐쇼는 그레미오가 그의 유일한 라이벌이라고 믿는다.) 셰익스피어는 청중이 농담에 참여하도록 하여 두 명의 가정교사가 밥티스타의 집에서 환영받는 코믹한 순간을 기다리게 만든다.

 1막 2장에서 우리는 루센쇼와 함께 그레미오를 다시 만난다. 많은 장면에서 우리는 그의 코믹함에 감탄할 것이다. 우스꽝스러운 노인이 아름다운 어린 소녀를 차지하기 위해 그렇게 형편없는 판단을 내리는 것을 보고 미소를 지을 것이다.

2막 1장

Act 2, Scene 1

● **밥티스타 저택의 한 방**

(카타리나와 두 손이 묶인 비앙카가 등장한다)

[비앙카] 언니, 제발 이러지 마. 하나뿐인 동생을 이렇게 노예처럼 묶어 놓으면 언니에게도 좋을 일이 없잖아. 이 묶은 걸 풀어 주면 언니가 시키는 대로 뭐든지 다 들을 게. 언니는 나보다 나이가 많으니까 난 언니 말에 순종하겠어.

[카타리나] 그럼 말해 봐. 너한테 치근덕대는 녀석 중에 누가 네 마음에 드는지 당장 말해, 어서. 거짓말하면 알지?

[비앙카] 언니, 정말 진심으로 하는 얘기야. 아직 아무도 마음에 드는 사람을 못 만났어.

[카타리나] 너, 호텐쇼를 마음에 두고 있지?

[비앙카] 만일 언니가 그 사람이 마음에 든다면, 그래 내 약속할 게. 그 사람이 언니에게 청혼하도록 내 모든 힘을 다 쓸게.

[카타리나] 그럼 넌 돈 많은 그레미오에게 시집가겠다는 거야? 그래서 거들먹

카타리나와 비앙카
카타리나가 비앙카를 괴롭히는 장면이다.

거리며 살아 보려고?

[비앙카] 언니, 그분 때문에 날 그렇게 시기하고 미워하는 거야? 그렇다면 언니는 아주 실없는 장난을 하고 있어. 언니는 여태껏 장난으로 이러는 거야. 언니, 제발 이 손 좀 풀어 줘.

[카타리나] 내가 장난으로 이런다고? 이런 건방진 것!

(비앙카를 때리려고 할 때 밥티스타 등장)

[밥티스타] 이게 무슨 짓이냐! 어째서 이런 못된 짓을 해. 비앙카, 이쪽으로 비켜서라. 불쌍한 것, 울고 있구나. 어서 들어가거라. 이젠 괜찮다. 저 애 근처엔 얼씬도 하지 마라. 어이쿠, 어디서 이런 왈가닥이 생겨나서. 아니, 저 애가 너한테 무슨 잘못을 했다고 이렇게. 저 애가 너에게 기분 나쁜 얘기라도 하든?

[카타리나] 아무 말도 안 하니까 더 약이 오르죠. 내가 가만둘 줄 아니?

(비앙카에게 달려든다)

[밥티스타] (저지하며) 넌 내 앞에서 이러기냐? 비앙카, 어서 들어가거라.

(비앙카 퇴장)

[카타리나] 아버지는 비앙카만 귀엽죠? 그러니 신랑감을 얻어 줘야죠. 난 비앙카 결혼식에서 맨발로 춤이나 출까요? 아버지가 언제나 비앙카만 싸고 도니까 난 어물전 꼴뚜기밖에 더 돼요? 나한테 이래라저래라 하지 말아요. (주저앉아 울다 벌떡 일어서며) 두고 봐요. 내 꼭 이 원수를 갚고 말테니.

(퇴장)

[밥티스타] 이 세상에 나처럼 팔자 사나운 사람이 또 있을까. 그런데 저기 오는 사람들은 누군가?

(그레미오가 일상적인 선생 복장을 한 루센쇼와 등장한다. 뒤를 이어 패트루치오와 음악 선생으로 변장한 호텐쇼, 그리고 루센쇼로 분장한 트래니오와 그의 하인 비온델로가 악기와 책을 들고 등장한다)

[그레미오] 안녕하시오, 밥티스타.

[밥티스타] 안녕하시오, 그레미오. 신의 가호가 있으시기를.

[패트루치오] 당신께도 신의 축복이 있으시기를. 이 댁에 아주 예쁘고 착실한 카타리나란 따님이 살고 있다고요.

[밥티스타] 그렇습니다. 카타리나라는 딸이 있기는 있죠.

[그레미오] 너무 버릇없이 말씀하시는군요. 좀 더 체면을 차리시오.

[패트루치오] 버릇이 없다니요. 그레미오, 내 일에 참견 마시오. (밥티스타에게) 전 베로나에서 온 사람입니다. 댁의 따님께서는 아주 아름다우며, 이해심이 많고 친절하며, 예의바르고, 뛰어난 인격의 소유자이며, 또한 아주 부드러운 분이라는 소문을 듣고 직접 두 눈으로 확인하고자 이렇게 실례를 무릅쓰고 달려왔습니다. 그래서 처음 뵙는 인사로 이 사람을 천거해 올립니다. 음악과 수학에 정통한 사람으로 이름은 리치오, 만투아 출신입니다.

[밥티스타] 저의 집에 오신 것을 환영합니다. 음악 선생님도 물론 환영이요. 그런데 제 딸 카타리나에 관해 말씀하셨는데, 뭔가 약간의 오해가 있으신 것 같아서. 사실 그 아이는 저에겐 아주 골칫거리죠.

[패트루치오] 그렇다면 큰 따님을 아무에게도 주지 않겠다는 것인가요?

[밥티스타] 그게 아니라, 이거 어디서부터 말을 꺼내야 하나. 참, 그런데 성함이 어떻게 되시는지.

[패트루치오] 제 이름은 패트루치오. 아버님은 안토니오로 이탈리아에선 꽤 명망이 있으신 분이죠.

[밥티스타] 아, 그분은 제가 잘 알죠. 그분의 자제분이시라면 또 한 번 환영합니다.

[그레미오] 저에게도 만일 대화에 참여할 기회를 주신다면 제 마음으로부터의 존경과 신뢰를 표시하기 위해 이 젊은 학자를 소개하겠습니다. (루센쇼를 가리키며) 이분으로 말하면 희랍어, 라틴어, 기타 여러 나라 말에 능통한 분으로 음악보다 더 훌륭한 문학을 가르치실 분입니다. 이분은 캄비오, 받아들여 부려 주시기 바랍니다.

[밥티스타] 정말 고맙습니다, 그레미오. 환영합니다, 캄비오 씨. (트래니오에게) 댁은 조금 낯선데, 무슨 연고로 이곳에 오셨는지 여쭤 봐도 실례가 되지 않을지.

[트래니오] 실례란 제 쪽에서 드려야 할 말씀. 전 이 도시가 처음입니다만 댁의 따님에게 청혼하려 합니다. 어여쁘고 정숙한 둘째 딸 비앙카에게 말입니다. 우선 인사차 따님들의 음악과 문학 수업을 위해 이 악기와 책을 선물로 준비했습니다. 물리치지 마시고 받아 주시면 이 선물이 더욱 빛날 것입니다. 제 이름은 루센쇼라고 합니다.

[밥티스타] 루센쇼, 어디서 오신 분이신가요?

[트래니오] 피사에서 왔습니다. 빈센쇼의 아들입니다.

[밥티스타] 소문은 익히 들었습니다. 거기 누구 없느냐. (하인 한 사람 등장) 두 분을 아가씨들에게 안내해 드려라. (하인, 호텐쇼, 루센쇼, 비온델로 퇴장) 우리 정원을 좀 거닐다 식사를 하도록 합시다.

[패트루치오] 죄송합니다만 전 바쁜 몸이라 매일 청혼하러 올 수도 없는 형편입니다. 제 아버님을 잘 아시니 아버님을 미루어 저도 아실 수 있을 겁니다. 전 제가 받은 유산을 깎아 먹기는커녕 더 늘려 놓았습니다. 그래서 단도직입적으로 말씀드리자면, 만약 제가 따님의 사랑을 얻어 아내로 맞이하게 되면 지참금을 얼마나 내놓겠습니까?

[밥티스타] 내가 죽은 뒤 나의 재산 절반과 2만 크라운의 은화를 내놓을 작정입니다.

[패트루치오] 그럼 만약에 따님이 나보다 오래 살아남아 과부가 될 경우 나의 모든 것을 따님께 물려줄 것을 약속합니다. 그러면 이 약속을 상호 이해하기 위해서 도장 찍고 계약서 씁시다. 그리고 공정해 각각 한 부씩 보관하는 것이 어떻겠습니까?

[밥티스타] 좋아요. 그러나 조건이 하나 있는데 그 계약은 청년이 그 애의 사랑을 획득하는 것이요.

[패트루치오] 뭐 그거야 문제없죠. 어른께만 드리는 말입니다만 내 뚝심도 따님의 거만쯤으로는 끄떡 안 하니까요. 타오르는 불길이 쌍방에서 부딪치면 그 불길을 돋우는 것이 오히려 꺼지고 말죠. 작은 불은 작은 바람으로 크게 번지지만 원체 큰바람은 불이고 무엇이고 다 꺼트려 버리죠. 따님에겐 제가 큰 바람이 될 겁니다. 그러니 불길 같은 따님도 나한테는 어림도 없죠. 나는 거친 사나이라 애송이 같이 사랑을 구하지는 않으니까요.

[밥티스타] 그럼 그대에게 행운을 빌겠소. 그렇지만 행운을 믿지 말고 단단히 준비해야 할게요.

[패트루치오] 네, 끄떡없습니다. 바람받이의 산악 같으요. 끊임없이 바람이 휘몰아쳐도 산악이야 옴짝달싹하겠습니까?

(호텐쇼, 머리에 부상을 입고 등장)

[밥티스타] 아니, 어쩐 일이오? 새파랗게 질려서.

[호텐쇼] 새파랗게 질렸다면 틀림없이 겁에 질려서 그렇습니다.

[밥티스타] 제 딸이 음악에 소질이 있던가요?

[호텐쇼] 음악보다는 전투에 더 소질이 있는 것 같은데요. 음악가가 되기보다는 군인이 되는 게 더 빠를 것 같습니다.

[밥티스타] 그래서 가르치길 포기하겠다는 건가요?

[호텐쇼] 제 머리통 좀 보십시오. 전 단순히 현을 이렇게 잡으면 안 되고 요렇

패트루치오와 카타리나
패트루치오가 왈가닥으로 소문난 카타리나를 처음 만나는 장면이다.

게 잡으시라고 큰따님께 일렀을 뿐인데 그만 제 머리를 악기로 내리쳐 이렇게 부서 놓고 말았습니다. 그러고는 억수처럼 퍼부어대는 욕설로 제 귀는 대포 소리라도 듣기 힘들게 되었습니다.

[패트루치오] 이거야말로 통쾌한 여장부 계집애로군. 이런 말을 듣고 보니 열 배나 더 사랑스러워지는데.

[밥티스타] 그렇다면 내 둘째 딸을 가르치시오. 그 아이는 배운다면 뭐든지 열심이니까. 패트루치오, 제 딸이 있는 곳으로 함께 가시겠습니까? 아니면 딸년을 이리로 나오라고 할까요?

[패트루치오] 여기서 기다리고 있겠습니다.

(밥티스타, 그레미오, 트래니오, 호텐쇼 퇴장)

[패트루치오] 오기만 해 봐라. 세차게 녹여 버릴 테다. 상대방이 혐구를 터트리면 그러면 나는 마치 꾀꼬리의 노래같이 아름답다고 해 주지. 오만상을 찌푸리면 그럼 나는 마치 아침 이슬에 젖은 장미와 같이 어여쁜 얼굴이라고 해 주지. 입을 봉하고 말을 안 하면 그 침묵이야말로 폐부를 뚫는 웅변이라고 칭찬해 주지. '나가'라고 소리치면 고맙다, 붙잡아도 일주일은 못 머무르겠다고 대답해 주지. 결혼을 안 하겠다고 거절하면 교회는 어느 교회를 택하고 결혼 날짜를 정하자고 요구해야지.

(카타리나 등장)

[패트루치오] 저기 오는구나. 자, 패트루치오, 말문을 터트려라. 안녕, 케이트. 이름을 케이트라고 들어서.

[카타리나] 듣기는 들었지만 귀머거리인 모양이군. 체면을 차리는 사람이라면 나를 카타리나라고 부르니까.

[패트루치오] 거짓말 말아요. 누구나 다 당신을 그냥 케이트 또는 쾌활한 케이

트, 어떤 때는 심술쟁이 케이트라고 부르지. 그렇지만 케이트란 그리스도교 국에서 으뜸가는 어여쁜 케이트지. 케이트 홀의 케이트. 나의 진미, 맛 좋은 케이트. 그러니 케이트, 내 말 좀 들어봐요. 그대의 마음씨 고움을 칭송하는 소리는 거리거리에서 넘쳐흐르고, 그대의 미모와 정숙은 세상 사람들의 얘깃거리로 되어 있소. 그러나 그러한 칭송도 실물에 비하면 아무것도 아니란 소리를 들은 나인지라, 나 자신이 그대에게 구애해서 아내로 삼으려고 여기까지 발을 옮겨 온 것이요.

[카타리나] 발을 옮겨 왔다고? 마침 잘 왔군요. 여기까지 발을 옮겨 왔다 하니, 발을 옮겨 나가 줘요. 나는 첫눈에 알았으니까요. 당신이 옮기기 쉬운 가구라는 걸.

[패트루치오] 아니, 옮기기 쉬운 가구란 무엇이오?

[카타리나] 접었다 폈다 하는 걸상.

[패트루치오] 맞았소. 내가 바로 걸상이요. 자, 그러니 케이트, 내 위에 올라 타시오.

[카타리나] 올라탈 수 있는 것은 당나귀지. 당신이 바로 그거야?

[패트루치오] 올라탈 수 있는 것은 여자야. 당신이 바로 그렇지.

[카타리나] 설사 그렇다 하더라도 내가 당신 같은 사람을 올려 태울 암말은 아니거든.

[패트루치오] 원 천만에. 나의 소중한 케이트에게 무거운 짐을 실을 리가 있나. 아직 나이도 차지 않고 경쾌하게 자라난 아가씨란 걸 잘 아는데.

[카타리나] 너무도 경쾌해서 당신 같은 촌놈은 날 못 잡을 걸. 경쾌는 하더라도 신분만큼의 무게도 꽤 나가지.

[패트루치오] 신분의 무게만큼 뿅하고 날아서.

[카타리나] 잘도 잡겠다, 똥파리 같으니.

[패트루치오] 오, 변변히 날지도 못하는 산비둘기여. 독수리 밥이나 되지 않

게 조심하시오.

[카타리나] 천만에. 산비둘기가 똥파리를 잡아먹는다는 것을 알아야지.

[패트루치오] 정말 말벌같이 쏘아붙이기도 잘한다.

[카타리나] 내가 말벌이라면 그 침을 조심해야지.

[패트루치오] 그러면 그 침을 뽑아 버리는 것이 내 처방.

[카타리나] 흥! 그 침이 어디에 있는지 촌놈이 알 게 뭐야.

[패트루치오] 그걸 모를 사람이 누가 있소. 꽁무니에 있지.

[카타리나] 천만에 혓바닥에 있는 걸.

[패트루치오] 누구 혓바닥에.

[카타리나] 당신 혓바닥에지 누군 누구야. 남의 말꼬리만 잡으려 드니, 그 나 불대는 주둥이를 확.

[패트루치오] 저와 키스하고 싶으시다. 아가씨, 아무리 급해도 예의가 있지. 어떻게 혼인 전에.

[카타리나] 그래? 어디 한번 놀아 볼래? (패트루치오의 따귀를 때린다)

[패트루치오] 또 한 번 이런 짓을 하면 그땐 가만두지 않겠어.

[카타리나] 이제 보니 신사 양반이 아니라 뒷골목 깡패로군.

[패트루치오] 그러지 말고 이리 와요, 케이트. 그렇게 오만상을 찌푸리지 말고.

[카타리나] 그것이 내 습성인걸. 게를 보면 말이지.

[패트루치오] 아니, 게라니, 게가 어디 있어.

[카타리나] 있다니까, 있어.

[패트루치오] 그럼 보여 줘.

[카타리나] 기운만 있다면 보여 주지.

[패트루치오] 뭐 그럼 내가 게란 말야?

[카타리나] 용케 알아맞히시는군. 아직 머리에 피도 안 마른 젊은 것이.

[패트루치오] 그래, 그럼 젊다는 것을 보여 주지.

[카타리나] 그러나 지쳐 버릴걸.

(떠밀 때 카타리나의 손에 키스한다)

[패트루치오] 오, 손을 주어서 고마워요.

[카타리나] (달아나며) 난 몰라.

[패트루치오] 아니, 케이트, 잠깐만. 그렇게 질겁해 달아날 게 있나. (또 잡는다)

[카타리나] 놔요, 놔!

[패트루치오] 케이트, 아직 내 얘기가 끝나지 않았어. 안 되지, 못 놓겠어. 당신은 듣던 바와는 딴판으로 지나치게 상냥한 처녀요. 소문으로는 난폭하고 거만하고 무뚝뚝한 여자라고 하지만, 그것이 새빨간 거짓말이라는 것을 나는 알았소. 왜냐하면 당신은 유쾌하고 명랑하고 예의범절이 대단한 여자요. 말 없는 처녀지만 봄철의 꽃처럼 아리따운, 얼굴을 찌푸려도 그런 고운 얼굴은 안 되지. 사람을 노려보려 해도 못하지. 성난 갈보같이 입술을 깨물려 해도 그것도 안 되지. 말을 비꼬아 억지를 쓰는 것을 좋아하지 않는 편이요. 그렇기는커녕 청혼자들에게 상냥한 대화로 연하게 수줍게 온순하게 접대해 주지. 그런데 왜 세상 사람들은 케이트를 절름발이라고 하는지. 오! 세간의 중상이야. 케이트는 개암나무 가지처럼 꼿꼿하고 날씬하지 않은가. 그 살결도 개암나무 열매처럼 싱싱한 빛깔이요, 맛도 그 알맹이보다도 더 감미롭지 않든가. 좀 걸어서 보여 주오. 절룩거릴 리가 없으니.

[카타리나] 에잇! 얼간이, 명령을 하려거든 집에 가서나 해.

[패트루치오] 다이아나 여신이 숲속에서 거니는 자태라 할지라도 이 여왕 같은 걸음걸이는, 이 방안에서는 케이트 양의 자태에는 어림도 없지. 오, 그대는 다이아나가 될지어다. 다이아나는 케이트가 될지어다. 그리고 케이트에게는 정령을 다이아나에게는 화냥 끼를.

[카타리나] 그런 대사는 모두 어디서 배웠소?

[패트루치오] 타고난 재치에서 오는 즉흥이요.

거칠게 반항하는 카타리나
패트루치오의 구혼에도 거친 카타리나가 그의 손을 깨무는 장면이다.

[카타리나] 재치 있는 어버이가 재치 없는 아들을 막 낳아 놨군.

[패트루치오] 그럼 내가 현명치 못하단 말이오?

[카타리나] 감기나 안 들게 집에 가서 몸이나 따뜻이 녹여요.

[패트루치오] 내 말이 바로 그 말이오. 어여쁜 케이트, 당신 침대에서 내 몸을 따뜻하게 녹이자는 거요. 그러니 온갖 잡담은 집어치우고 솔직하게 말하자 면 이렇소. 당신을 내 아내로 삼겠다는 것을 아버님이 승낙하셨고, 지참금에 대해서도 합의를 보았소. 즉 나는 당신의 남편이요. 이 햇빛 아래 당신의 미 모를 바라보고 그 미모는 나로 하여금 당신을 점점 더 사랑하게 하고. 그러 니 이 햇빛에 맹세코 당신은 나 이외의 딴 남자와 결혼해서는 안 되오. 왜냐 하면 나는 그대를 길들이기 위해서 이 세상에 태어난 사람이니까. 살쾡이 케 이트를 집안의 고양이처럼 얌전한 케이트로 만들기 위해서 태어난 사람이란 말이요. (사이) 아버님께서 오시는군요. 싫다고 해선 안 되오.

[밥티스타] 패트루치오, 일이 어떻게 되어 가는지 궁금해서 왔습니다.

[패트루치오] 아주 잘 되어 가고 있습니다. 걱정하지 마세요.

[밥티스타] 아니, 이게 어찌 된 일이냐, 내 딸 카타리나야. 풀이 죽어 있으니.

[카타리나] 날 딸이라고 부르지 말아요. 어디서 저런 불량배를 불러와서. 저건 미친놈이지 신랑이 아니야.

[패트루치오] 장인어른, 까닭인즉 이렇습니다. 당신께서도 온 세상 사람들과 마찬가지로 따님에 대해서 전혀 터무니없는 평판을 하고 있습니다. 따님이 말썽꾸러기라면 그건 형식상 그런 겁니다. 따님은 쇠고집은커녕 비둘기같 이 온순합니다. 성미가 발끈하기는커녕 새벽녘같이 조용합니다. 그래서 우 리 두 사람이 같이 의논한 결과, 따님이 더욱 주장했지만, 일요일을 택해서 결혼하기로 했습니다.

[카타리나] 일요일이 오기 전에 내가 네놈 목매다는 걸 보게 될걸.

[그레미오] 패트루치오, 이건 또 무슨 소린가? 결혼식 전에 신부가 신랑의 목

을 매달다니.

[트래니오] 잘되어 간다더니, 이러면 우리는 어찌 되는 거요?

[패트루치오] 여러분, 떠들지 마세요. 우리 두 사람이 서로 만족하고 있는데 당신들이 왈가왈부할 필요 없지 않소. 사람들 앞에서 아직도 말썽꾸러기 노릇을 한다고 해서 말이요. 케이트가 나를 얼마나 끔찍이 사랑하는지 내가 아무리 말씀드려도 도저히 믿지를 못할 것이요. 오, 사랑스러운 케이트, 내 목에 매달려 키스에 키스를 퍼붓고 맹세에 맹세를 연발하니 내가 그만 단번에 녹아 떨어지고 말았소. 케이트, 손을 이리 주시오. (케이트의 손을 잡으려 한다) 난 베니스로 가서 결혼식에 입을 옷을 사야겠소. 장인어른, 결혼식 준비를 하고 손님을 청해 주십시오. 우리 케이트를 틀림없이 어여쁘게 해 놓을 테니까요.

[밥티스타] 이보게, 난 무슨 말을 해야 좋을지 모르겠네만 그래도 자네 손을 잡지. 신의 가호가 그대에게 깃들기를. 이것으로 혼인은 약정된 걸세.

[그레미오. 트래니오] 아멘.

[패트루치오] 장인어른, 그리고 나의 아내, 여러분, 안녕히들 계십시오. 나는 베니스에 갔다가 일요일에 돌아오겠습니다. 반지도 있어야 하고 훌륭한 옷과 그 밖의 여러 가지 물건이 필요합니다. 케이트, 키스를 해 주오. (노래로) 일요일에 우리는 결혼합니다.

(패트루치오와 카타리나가 서로 다른 문으로 퇴장)

[그레미오] 자, 이제 당신 둘째 딸 얘긴데, 오늘이야말로 우리가 고대하던 그날이 아니겠소. 난 당신과 같은 고향 사람이고 또 최초의 청혼자였으니까요.

[트래니오] 저로 말하면 말로서는 도저히 증명할 수 없을 만큼 아니, 사람의 생각으로서는 도저히 상상 못할 정도로 비앙카를 사랑하는 사람입니다.

[그레미오] 여보, 풋내기 섬 머슴이 나처럼 절실한 애정이야 가질 수 있나.

[트래니오] 청춘이 아니고는 여자의 운을 부양할 수가 있나요.

[밥티스타] 자, 이제 그만들 하시오. 내가 먼저 조건을 말하리다. 누가 더 많은 재산을 내 딸에게 줄 수 있나요? 그레미오, 당신은?

[그레미오] 우선 아시다시피 이 고장에 있는 나의 저택에는 금은 식기와 황금으로 만든 물건들이 가득 있고 비앙카의 귀여운 손을 씻을 대야도 물항아리도 있습니다. 살림에 필요한 것은 없는 것 없이 다 있습니다. 그리고 농장에는 언제든지 젖을 짤 수 있는 젖소가 백 필, 외양간에는 백이십 마리의 살찐 황소가 서성거리고 있소. 나는 나이를 많이 먹었습니다. 시인합니다. 그러니만약 내가 결혼 첫날밤에 죽더라도 이 모든 게 따님의 것입니다. 비앙카가 나 혼자만의 것이 된다면 말입니다.

[트래니오] 그럼 제 말씀도 들어보십시오. 저는 상속을 받을 사람이며 외아들입니다. 저는 부유한 피사의 성 안에서 서너 채의 훌륭한 저택으로 그것도 이파도바의 그레미오 씨 댁에 비해 손색이 없는 저택을 따님께 물려드리겠습니다. 뿐만 아니라 기름진 토지에서 매해 수입되는 2천 더컷의 돈을 드리지요. 이상의 모든 것을 따님의 양로 자금으로 남겨 놓겠습니다.

[그레미오] 토지에서 매해 수입되는 2천 더컷? 내 토지에서는 전부해서 그만한 수입이 못 되지만 어쨌든 모든 것을 따님께 드리겠습니다. 그 이상으로는 비앙카에게 물려줄 수 없는 노릇이니 그래도 좋다면 나도 내 재산을 모두 다 내놓죠.

[트래니오] 그렇다면 약속대로 비앙카는 제 것입니다.

[밥티스타] 그렇다면 자네 아버님에게서 동의서를 받아 올 수 있겠나? 그리고 또 한 가지 만일 자네가 자네 아버님보다 먼저 죽게 되면 내 딸의 유산 상속은 어떻게 되나?

[트래니오] 그건 말도 안 되는 소리죠. 전 젊고 아버님은 늙으셨는데 어떻게.

[그레미오] 늙은이라고 꼭 젊은이보다 먼저 죽으란 법 있나.

[밥티스타] 자, 그러면 결정을 내리세. 다음 일요일엔 아시다시피 내 딸 카타

리나가 결혼합니다. 그리고 그다음 일요일엔 비앙카를 당신에게, 단 상속 보증서를 받아 온다면. 그것이 안 되면 그레미오 씨에게…… 자, 그럼 난 가 봐야겠소.

(퇴장)

[그레미오] 안녕히 가시오. 이제 난 네놈을 겁낼 필요도 없지. 생각을 해 봐라. 네 아버지가 병신이 아니고는, 그래 두 눈이 시퍼렇게 살아 있는데도 자식 놈에게 전 재산을 물려줘? 장난도 아니고. 이탈리아의 늙은 여우가 그렇게 어수룩할 리 있나.

(퇴장)

[트래니오] 지옥에나 처 박혀라. 이 꼬부라지고 쭈그러진 늙은이야. 이거 야단 났는데. 허울 좋게 떠들어 놨지만, 이것이 다 우리 주인님을 위하는 일이기 때문이지. 그런데 가짜 루센쇼가 가짜 빈센쇼란 아버지를 만들지 않으면 안 되게 되었으니 참 해괴한 일이야. 아버지가 아들을 만드는 것은 보통이지만 이번에는 아들이 아버지를 낳게 되었으니.

(퇴장)

2막 1장 분석

2막 1장은《말괄량이 길들이기》전체에서 가장 긴 장면이다. 그 길이만으로도 알 수 있듯이 중요한 장면이며 주요 캐릭터들의 특성을 발전시키는 데 많은 역할을 한다.

여기서 더 자주 등장하는 건 비앙카가 아닌 카타리나로, 관객으로 하여금 스스로 그녀의 캐릭터를 판단할 수 있게 만드는 자리가 된다. 여기서 그녀의 행동은 무례하고 심지어 악의적으로 보이기도 하지만, 그녀의 행동에는 분명한 이유가 있어 보인다. 오프닝에서 비앙카와의 대결은 그녀의 캐릭터에 담긴 두 가지 중요한 요소를 보여 준다. 첫째, 우리는 카타리나가 결혼하기를 원할 가능성이 높다는 것을 알 수 있다. 비앙카에 대한 그녀의 공격은 비앙카에게는 구혼자가 많은 반면 자신에게는 구혼자가 없기 때문에 촉발된 것이다. 게다가 밥티스타는 분명 비앙카를 더 예뻐한다.

카타리나와 패트루치오의 만남은 각각의 캐릭터를 더욱 명확하게 보여 준다. 카타리나는 확실히 패트루치오와 같은 남자를 만난 적이 없다. 그녀는 그를 모욕하고 그는 달콤하게 말한다. 그녀는 그를 괴롭히고 그는 영리한 대답을 한다. 카타리나는 화를 내고 처벌을 받고 가혹하게 말하거나 자신만의 길을 가는 데 익숙하다. 누군가가 그녀를 다르게 대하는 것은 얼마나 이례적인가.

패트루치오의 캐릭터도 이 장면에서 더욱 명확해진다. 부유한 아내를 열망하는 패트루치오는 카타리나를 보기도 전에 결혼 계약서를 기꺼이 작성한다. 그는 분명히 케이트의 분노를 견딜 수 있는 자신의 능력에 자신감을 가지고 있다. 그러나 두 사람이 실제로 만났을 때 우리는 그가 순전히 돈을 위해 결혼하려는 원래 의도에도 불구하고 둘 사이에 근본적인 끌림이 있음을 목격하게 된다. 사실 그는 그녀를 만나기도 전에 그녀의 틀에 얽매이지 않는 방식을 좋아한 것처럼 보인다. 호텐쇼가 부러진 류트를 들고 들어오자 패트루치오는 "이거야말로 통쾌한 여장부 계집애로군. 이런 말을 듣고 보니 열 배나 더 사랑스러워지는데"라고 말한다.

패트루치오는 장면 후반부에 등장한 밥티스타, 그레미오, 트래니오 앞에서 방금 일어난 일에 대해 이야기를 꾸며 내긴 하지만, 이 거짓말은 이들 중에서 그만이 유일하게 카타리나와 경쟁할 재치를 가진 유일한 사람임을 명백하게 만든다.

이 장면에서 패트루치오와 카타리나가 더 입체적인 캐릭터가 된 것처럼 밥티스타도 더욱 깊이를 얻는다. 우리는 그가 공정한 아버지는 아닐 것이라는 데 동의한다. 그는 카타리나의 의지와 관계없이 패트루치오가 그녀에게 구애하도록 허락한다. 비앙카에게도 마찬가지로 그녀에게 최고의 조건(사랑이 아니라)을 제공할 수 있는 남자에게 딸을 넘기려고 한다. 아마도 그는 딸의 결혼을 통해 경제적 이익을 얻고자 하는 것으로 보인다.

그레미오와 트래니오의 경쟁은 사실, 원하는 물건(이 경우 비앙카)이 최고 입찰자에게 가는 경매와 매우 흡사한 오래된 풍습을 조롱하기 위해 셰익스피어가 고안한 연출 방식이다. 여기서 트래니오는 자신이 소유하지도 않은 재물을 마구 바치며 그 입찰을 우스꽝스럽게 만든다. 거래가 이루어지기 전에 밥티스타는 트래니오가 제공하는 재물에 대한 확인을 원할 것이다. 다시 한번 우리는 밥티스타가 이익이 되는 거래를 수행하려는 상인과 크게 다르지 않다는 것을 알 수 있다.

3막 1장

Act 3, Scene 1

● 밥티스트 저택의 한 방

(루센쇼와 호텐쇼 그리고 비앙카 등장)

[루센쇼] 이것 보시오. 음악 선생, 당신은 큰딸 카타리나를 가르치기로 되어
있는데 왜 여기 나타나셨소?

[호텐쇼] 말 많은 학자님, 이분은 언니와는 다르게 신성한 음악의 보호잡니다.
그러니 특권을 나에게 맡겨 줘야죠. 내가 우선 한 시간 동안 음악을 가르치고
나거든 당신도 그만한 시간만큼 강의하는 것이 좋겠소.

[루센쇼] 당나귀나 웃을 그런 가당치도 않은 소리 마시오. 음악은 왜 만들어졌
나 하는 것도 모르는 말씀이요. 음악이란 사람이 공부한다든가 노동을 한다
든가 이런 일을 하고 난 뒤에 마음에 휴식을 주고 생기를 회복하려 드는 것이
아니겠소. 그렇다면 학문의 강의부터 나에게 시키는 것이 순서죠. 내가 끝나
거든 음악을 가르치시오.

[호텐쇼] 여보시오. 그런 무례한 말을 하면 나는 못 참겠소.

[비앙카] 잠깐만요. 두 분이 다 내가 선택할 것을 가지고 이렇게 싸우시면 나

를 이중으로 모욕하는 것이에요. 내가 철없는 학생은 아니니 시간에 구속받지 않을 것이요, 지정된 시간에 매이지도 않을 것입니다. 그러니 싸움을 멈추시고 우리 여기 앉도록 해요. (호텐쇼에게) 당신은 악기를 들고 연주를 계속해 주세요. 조율이 다 될 때면 이분의 강의가 끝날 테니까요.

[호텐쇼] 조율이 되면 저 사람 강의는 그만두게 하겠죠?

[루센쇼] 절대로 맞을 리 없지. 어서 부지런히 조율이나 하시오.

[비앙카] 지난번엔 어디까지 했죠?

[루센쇼] 여깁니다. 'Hic ibat simois, hic est Sigeia tellus. hic steterat priami regia celsa semis.'

[비앙카] 번역해 주세요.

[루센쇼] 'Hic ibat' 앞서 말한 바와 같이 'simois' 난 루센쇼요. 'hic est' 피사에 사는 빈센쇼의 아들이오. 'Sigeia tellus' 당신의 사랑을 얻기 위해서 이렇게 변장을 했고 'hic steterat' 그리고 청혼하러 온 루센쇼는 'priami' 나의 하인 트래니오로 'regia' 내 행세를 하고 있소. 'celsa semis' 이 집의 늙은 어릿광대를 속여 넘기기 위해서.

[호텐쇼] 아가씨, 조율이 다 됐습니다.

[비앙카] 들려주세요. 이게 뭐야, 귀가 따갑게 높은 소리니.

[루센쇼] 악기 구멍에다 침이나 발라 넣고 다시 한번 맞춰 보시오.

[비앙카] 이번에는 내가 한번 해 보죠. 번역이 잘 될지. 'Hic ibat simois' 나는 당신을 모릅니다. 'hic est Sigeia tellus' 나는 당신을 믿을 수가 없어요. 'hic steterat priami' 저 사람이 듣지 못하게 주의하세요. 'regia' 큰 기대는 마세요. 'celsa semis' 실망해서도 안 되고요.

[호텐쇼] 아가씨, 이제는 맞았습니다.

[루센쇼] 저음이 유독 안 맞았소.

[호텐쇼] 저음은 맞았소. 당신이 뭘 안다고 떠들어. (한쪽에서) 저 녀석 아무래

루센쇼와 호텐쇼
비앙카를 놓고 문학 수업과 음악 수업을 겨루는 두 구혼자.

도 비앙카에게 속삭이는 꼴이 수상해. 정신을 바짝 차려야지 아무래도 평범한 문학 선생 같지는 않아.

[비앙카] 아직은 당신을 못 믿어요.

[루센쇼] 겁낼 것 없어요. 의심하지 마세요. (큰소리로) 왜냐하면 확실히 이아키스는 에이잭스라고 불렸던 것입니다.

[비앙카] 선생님 말씀이니 믿어야죠. 아무래도 음악 선생님에게 가 봐야겠어요. 우리 둘 관계를 수상하게 생각할지도 모르잖아요. 저기 음악 선생님이 와요. 선생님, 죄송해요. 이제부터 음악 공부를 하도록 하죠.

[호텐쇼] (루센쇼에게) 당신은 좀 나가 주시오. 나의 레슨은 두 사람으로 충분하오.

[루센쇼] 그렇게 노골적으로 굴기요? (한쪽에서) 여기서 지켜봐야지. 저 음악가란 녀석이 아무래도 비앙카에게 홀딱 빠진 것 같아.

[호텐쇼] 아가씨, 먼저 악기를 들기 전에 손가락 사용법을 배우도록 하죠. 보다 더 빠르고 편안하게 그리고 집중적이고 아주 효과적으로 음악을 이해하기 위해 여기 이렇게 적어 왔죠.

[비앙카] 그렇지만 오래전에 음계표는 배운 걸요.

[호텐쇼] 그래도 호텐쇼의 것은 다르니 읽어 보세요.

[비앙카] (읽는다) 모든 화음을 위한 호텐쇼식 음계표. ('도' 음을 내는 호텐쇼) ('레' 음을 낸다) 호텐쇼의 사랑의 고통을 어찌 말로 다 표현할 수 있으리오? ('미' 음을 낸다) 비앙카여, 그 남자를 남편으로 섬기라? ('파' 음을 낸다) 당신에 대한 모든 애정을 다해서 그대를 사랑하나니? ('솔' 음을 낸다) 내 마음속에서 그대는 이미 하나. ('라' 음을 낸다) 자비를 베푸소서. 아니면 나는 죽음으로? 이게 음계라고요? 난 싫어요. 고전적인 음계표가 더 훌륭한 것 같군요. 전 이런 유행에 익숙하지 않아요. 참된 규율을 변조하는 것을 좋아하는 여자가 아니에요.

(심부름꾼 등장)

[하인] 아가씨, 아버님이 이르시는데 이제 공부는 그만하시고 신방 꾸미는 것을 도우시래요. 내일이 바로 언니 결혼식 날이니까요.

[비앙카] 자, 그럼 두 분 선생님들 안녕히 가십시오. 이만 실례합니다.

(퇴장)

[루센쇼] 그렇다면 나도 여기 더 머무를 필요가 없지.

(퇴장)

[호텐쇼] 아무래도 저 친구가 비앙카에게 폭 빠진 것 같아. 비앙카, 만약 그대가 온갖 시시한 것에다 한눈을 팔만큼 보잘 것 없는 여자라면 호텐쇼는 그대를 버리고 다른 상대를 찾겠소.

(퇴장)

3막 1장 분석

　셰익스피어는 패트루치오와 케이트의 광란적이고 격렬한 구애에서 루센쇼와 호텐쇼의 보다 전통적인(그러나 다소 틀에 얽매이지 않는) 구애로 관객들의 시선을 이동시킨다. 두 자매의 성격이 대조되는 것처럼 이 두 개의 구애 장면도 서로 대조된다.

　루센쇼(캄비오 역)와 호텐쇼(리치오 역)는 비앙카의 관심을 끌기 위해 끊임없이 경쟁하면서 계속해서 얕은 속임수와 사소한 질투를 보여 준다. 누가 먼저 비앙카와 단둘이 있을 것인지에 대해 타협할 수 없기 때문에 비앙카가 개입하여 상황을 해결해야 한다. 그들은 각자 그녀와 시간을 가질 때 자신을 어필하려고 애를 쓰지만 실제로 칼자루를 쥔 사람은 비앙카이다.

　이 장면에서 루센쇼와 호텐쇼는 매우 코믹하게 그려지는 반면, 비앙카는 지금까지 우리가 본 것과는 다른 힘의 징후를 보여 준다. 그녀는 누구와 먼저 함께할 것인지에 대한 분쟁을 해결하고 그녀 앞에 펼쳐지는 상황을 완전히 인식한 것처럼 보인다. 그녀는 분명히 호텐쇼보다 루센쇼를 선호하지만, 절대 확신을 주지 않는다. 호텐쇼에게도 역시 그가 가르친다는 구실로 그녀에게 구애를 하자 재빨리 그를 꾸짖는다. 이 행동에서 우리는 그녀가 스스로 판단을 내리고 자신의 변덕과 욕망을 충족시킬 수 있는 인물임을 알 수 있다. 장면이 끝날 무렵, 호텐쇼는 자신이 비앙카가 선택한 구혼자가 되지 못할 수도 있다는 것을 깨닫기 시작하고, 그렇게 되면 자신의 애정을 다른 여자에게 옮겨 복수하겠다고 다짐한다.

3막 2장
Act 3, Scene 2

● **밥티스트 저택의 한 방**

(밥티스타, 그레미오, 루센쇼로 가장한 트래니오, 카타리나, 비앙카, 그리고 캄비오로 분장한 루센쇼 및 하인들 등장)

[밥티스타] (트래니오에게) 오늘이 카타리나와 패트루치오의 결혼식 날인데 아직도 사위 될 사람한테서는 아무런 기별이 없으니 이게 도대체 어찌 된 일이요. 결혼식 날 모든 준비를 다 갖추어 놓고 주례사까지 준비해 놨는데 신랑이 없다니. 이런 창피한 노릇이 어디 있겠소?

[카타리나] 창피한 건 나지 아버지가 아니에요. 그래 내가 뭐랬어요. 그 사람은 미치광이 병신이라고 했죠? 속마음은 숨기고 겉으로만 광대 짓을 하는 그놈의 정체를, 또 어디가 어떤 처녀 앞에서 결혼하자고 수작을 벌이는지 누가 알아요. 이제 사람들이 불쌍한 카타리나를 손가락질하면서 "말괄량이 카타리나가 드디어 임자를 만났다. 미친 패트루치오에게 속아 저 모양이 되었구나." 이렇게들 떠들어 대겠지.

[트래니오] 진정하세요. 카타리나 아가씨, 제가 알기로 패트루치오는 약속을

지키는 사람이에요. 무슨 예기치 못한 사고가 발생했겠죠. 그가 거칠긴 하지만 그래도 자기 앞가림은 하는 사람이에요. 농담을 좋아하지만 진지할 땐 또 무섭게 정확한 사람이니까, 너무 걱정하지 마세요. 밥티스타 씨.

[카타리나] 아무리 위로해도 소용없어요. 난 이제 다시는 그놈을 보지 않을 테니까.

(울면서 카타리나 퇴장. 비앙카 퇴장)

[밥티스타] 우는 것도 무리는 아니지. 그런 상처를 받으면 성인이라도 분해할 텐데. 더구나 말괄량이로 제멋대로 자란 너니 오죽하랴.

(비온델로 등장)

[비온델로] 주인님! 소식입니다. 굉장한 소식이요. 전대미문의 낡은 소식이요.

[밥티스타] 굉장한 소식에 낡은 소식이라니. 어째서 그렇단 말인가?

[비온델로] 아, 패트루치오 씨가 오신다는 것은 굉장한 소식이 아닙니까?

[밥티스타] 그가 왔는가?

[비온델로] 원 천만에요.

[밥티스타] 그럼 왜?

[비온델로] 지금 오는 중입니다.

[밥티스타] 그럼 언제 이곳에 오게 되나?

[비온델로] 제가 영감님을 바라보고 이렇게 서 있는 바로 이 자리에 그분이 서 있게 될 때가 그분이 오시는 땝죠.

[트래니오] 그러나 굉장하고도 낡은 소식이란 무엇인지 그 까닭을 말해 보게.

[비온델로] 아, 패트루치오 님이 오고 있다니까요. 굉장한 모자에다 낡은 가죽 조끼를 입고 세 번이나 뒤집어 꿰맨 낡은 양복바지에다 양초 넣은 통으로 사용하던 낡은 장화를 신고 한쪽은 지퍼로 조이고 다른 한쪽은 메었고, 칼은 녹

슬고 칼자루도 부러지고 칼집도 부서져 칼끝이 두 쪽으로 갈라진 것이요. 타고 있는 말은 등뼈가 휘고 주둥이는 부어 터진 데다가 말굽은 곪고 다리는 헐고 황달까지 들어 있죠. 불치의 귓병에다가 혼돈증으로 비틀거리고 구더기가 들끓지요. 앞다리는 안짱다리요 반쯤 물린 재갈에다 양가죽 고삐 줄은 말이 뒹굴까 봐 어찌나 잡아당겼던지 몇 번이나 끊어진 것을 잇고 또 이어서 매듭 천지죠. 배때기 끈은 여섯 군데나 기운 것이요, 허리띠는 여자가 사용하던 비로드로 만들어 그 여자의 이름이 장식 단추에 어여쁘게 새겨져 있죠. 그것도 짐을 꾸렸던 밧줄로 이곳저곳을 이어 댄 것이라니까요.

[밥티스타] 누구하고 같이 오던가?

[비온델로] 하인을 한 사람 데리고 오더군요.

[트래니오] 왜 그런 우스꽝스럽고 초라한 복장을 하고 나타나는 것일까?

[밥티스타] 그 사람이 오기만 하면 좋겠소. 복색이야 어떻게 하고 오든 간에.

[비온델로] 그렇지만 그분은 안 옵니다.

[밥티스타] 왔다고 하지 않았나?

[비온델로] 누가 패트루치오 님이 왔다고 했나요?

[밥티스타] 그래, 그렇게 말했어.

[비온델로] 천만에요. 그분의 말이 온다고 했죠. 등에다 그분을 태우고서.

[밥티스타] 같은 말이야 그건.

[비온델로] 어, 그러네.

(패트루치오, 그루미오 등장)

[패트루치오] (큰소리로) 자, 어디 있느냐. 집안에 한량들은 아무도 없느냐.

[밥티스타] 잘 오셨소.

[패트루치오] 잘 온 것 같지도 않은데요.

[밥티스타] 그러나 별고 없이 와서.

[트래니오] 저 미치광이 같은 차림에는 무슨 뜻이 있겠지요. 어떻든 그를 설득시켜 교회에 가기 전에 옷을 갈아입히도록 해야죠.

[밥티스타] 따라가서 형편을 살펴봐야겠소.

(퇴장)

[트래니오] 도련님, 그런데 어떻게 도련님 아버님으로부터 재산권 양도에 관한 동의서를 얻죠? 우선 임시방편으로 제가 적당한 대역을 한 사람 물색해 놓았는데요. 이 사람이 피사에서 온 주인님의 아버지 빈센쇼로 가장해서 결혼에 필요한 모든 전제 조건을 다 수락하고 나면 도련님은 비앙카와 그 아버지의 허락을 받아 식을 올리고는 피사로 줄행랑을……

[루센쇼] 그런데 말이다. 그 음악 선생이란 놈이 좀 수상해 잘 지켜봐야겠어. 아무튼 비앙카가 나와의 결혼만 승락하면 진짜 나에게 돌아올 재산은 모두 다 그녀의 것이 될 테니까.

(그레미오 등장)

[루센쇼] 그레미오 씨, 교회에서 오시나요?

[그레미오] 학교에서 파한 어린이같이 유쾌한 마음으로 오는 길이죠.

[트래니오] 그럼 신랑 신부도 돌아오나요?

[그레미오] 신랑이라고요? 신랑은커녕 행랑이죠. 몹시 투덜대는 행랑아범이라니까요. 신부가 보면.

[트래니오] 그럼 신부보다도 더 투덜대나요? 원 그럴 리가 있나요.

[그레미오] 글쎄 그 사람은 악마죠. 틀림없는 귀신이라니까요.

[트래니오] 그 여자가 악마요. 그러면 악마의 어미로구먼 그 사람은.

[그레미오] 쳇! 그 남자 앞에선 그 여자쯤은 양 새끼요, 비둘기요, 어릿광대요. 루센쇼 씨, 그 까닭을 말씀드리죠. 드디어 식을 올리게 되어서 주례가 "그러면

카타리나를 아내로 삼겠는가." 하고 묻자 그 사나이는 "물론." 하고 퉁명스런 대답으로 고래고래 선서를 외쳐 사람들이 깜짝 놀라고 주례는 손에 든 성경책까지 떨어뜨렸다니까요. 그래서 그 성경책을 집으려고 주례가 신부 치마 앞에 허리를 굽히자 이 미치광이 신랑이 다짜고짜 주먹으로. 그 바람에 주례도 성경책도 그대로 곤두박이로 나가떨어지지 않겠소. 그러고는 외치는 소리가 "어떤 자이건 손을 대 볼 테면 대 봐." 하고 소리 치더군요.

[트래니오] 그래, 그 계집애는 무어라고 하던가요? 주례가 일어날 때.

[그레미오] 다만 벌벌 떨고 있을 뿐이었죠. 그도 그럴 것이 신랑이 발을 구르고 욕지거리를 하는 것이 마치 주례가 무슨 부정한 짓이라도 한 것 같이 떠들어댔으니까요. 그러고 나서는 신부의 목을 끌어안고 입술에 키스하는데 입술이 서로 붙었다 떨어지는 소리가 쪽 하고 교회가 떠나갈 것 같이 메아리쳤죠. 난 이것을 보고 창피해서 돌아왔습니다만 모두 내 뒤를 따라 곧 올 것입니다. 이런 미치광이 결혼식은 지금껏 본 적 없는 일이죠. 저 소리를 들어보시오.

(음악소리. 패트루치오, 카타리나, 비앙카, 밥티스타, 호텐쇼, 그루미오, 기타 종복들 다시 등장)

[패트루치오] 하객 여러분, 이렇게 와 주셔서 대단히 감사합니다. 여러분들은 오늘 저와 먹고 마시고 신나게 놀고 싶으시겠지만, 제가 바쁜 일이 있어서 여러분과의 자리에서 작별을 고하려고 합니다.

[밥티스타] 그게 무슨 소린가.

[패트루치오] 오늘 떠나야겠습니다. 어두워지기 전에 떠나야겠습니다. 만약 내 용건을 아신다면 말리기는커녕 어서 가라고 권하실 텐데요. 친애하는 동료 여러분, 저는 감사할 따름입니다. 여러분의 덕택으로 이렇게 가장 인내심 많고 어여쁘고 정숙한 내 아내를 얻게 되어서요. 장인어른과 축연을 베푸시고 나의 건강을 위해 마셔 주십시오. 저는 떠나야겠으니까요. 모두들 안녕.

결혼식장을 빠져나가는 패트루치오
패트루치오가 카타리나를 데리고 피로연도 즐기지 않고 서둘러 나가는 모습이다.

[트래니오] 우리들의 청이오니 식사 때까지만이라도 머물러 주시오.

[패트루치오] 그럴 수가 없다니까요.

[그레미오] 나의 간청이니…….

[패트루치오] 안 됩니다.

[카타리나] 그렇다면 신부의 자격으로 당신에게 부탁하겠어요.

[패트루치오] 좋아.

[카타리나] 안 떠나도 좋다는 건가요?

[패트루치오] 당신이 간청했다는 것이 좋단 말이요.

[카타리나] 날 사랑하신다면 제발 여기 머물러 주세요.

[패트루치오] 그루미오, 말은?

[그루미오] 벌써 준비되어 있습니다. 여물이 말을 먹는 중이니까요.

[카타리나] 아니, 그럼 마음대로 하세요. 난 오늘 안 가겠어요. 아니, 내일도 안 가겠어요. 내 마음이 내킬 때까지는 안 가겠어요. 자, 문은 열려 있어요. 저쪽이 당신이 가야 할 방향이에요. 난 결코 당신을 따라가진 않겠어요. 처음부터 이런 뻔뻔스러운 행동을 하니 앞날이 뻔히 보여요.

[패트루치오] 오, 케이트 내 말을 들어 줘요. 그렇게 화만 내지 말고.

[카타리나] 화 안 나게 생겼어요? 아버지는 무슨 상관이에요. 가만히 계세요. 흥! 기다려 보라지. 내 마음이 풀릴 때까지.

[그레미오] 자, 이제부터 시작이군.

[카타리나] 여러분, 피로연 좌석으로 가 주세요. 여자는 반항하는 정신이 없으면 바보 취급을 당하니까요.

[패트루치오] 케이트, 저 사람들은 당신의 명령대로 피로연 좌석으로 갈 것이요. 신부를 따르는 여러분, 신부의 명령대로 실컷 마시고 떠들어 주오. 신부의 처녀성을 위해서 흡족하게 마셔 주시오. 미칠 듯이 즐겨 주시오. 그렇지 않으면 목이라도 대서 자살하시오. 그러나 나의 귀여운 카타리나는 나와 같

이 가야 합니다. (카타리나 부어오른다) 안 되죠. 그렇게 부어올라도 소용없죠. (발을 구른다) 발을 동동 굴러도 (카타리나 노려본다) 노려보아도 조바심해도 소용없죠. 나의 동산이요, 나의 집이요, 나의 말이요, 나의 소요, 나의 당나귀요, 나의 모든 것 여기 신부가 서 있습니다. 누구든지 감히 이 여자에게 손을 대 보시오. 나의 갈길 막는 자는 이 파도바에서 아무리 뽐내는 자라 할지라도 내가 상대해 줄 테니까. (칼을 뺀다) 그루미오, 너도 칼을 빼라. 우린 도적 떼에 둘러싸여 있어. 네가 사나이라면 어서 아씨를 구해 내. 겁낼 것 없어, 귀여운 것아. 아무도 케이트를 건드릴 자는 없지. 백만 사람이 몰려온다 해도 겁낼 것 없어. 자, 가자, 그루미오.

(패트루치오 카타리나를 끌다시피해 그루미오와 퇴장)

▌3막 2장 분석

결혼 의식은 일반적으로 셰익스피어 코미디의 마지막을 장식하지만, 이 경우 결혼식은 시작에 불과하다. 연극의 중간 지점인 3막 2장에서 셰익스피어는 문학사에서 가장 특이한(그리고 불쾌한) 결혼식 중 하나를 연출한다. 장면이 열리면 모든 준비가 완료되고 손님들은 도착해 있으며 밥티스타와 그의 가족은 의식을 치를 준비가 되어 있다. 그러나 신랑이 없다. 즉시 우리는 이상한 일이 일어날 거라고 짐작한다. 밥티스타는 패트루치오가 나타나지 않으면 조롱거리가 될 것이라고 절망하고 카타리나는 자신이야말로 이러한 굴욕의 희생자가 될 것이라고 분노한다.

흥미롭게도 패트루치오를 변호하는 것은 트래니오로, 그는 그가 곧 도착할 것이라고 확신한다. 사실 트래니오는 밥티스타보다도 그에 대해 아는 게 없다. 그로서는 패트루치오가 카타리나와 결혼하는 것이 자신의 이익에 도움이 되므로 신랑을 위해 시간을 벌어 주는 것뿐이다.

패트루치오가 자신의 결혼식에 적합한 행동으로 간주되는 것이 무엇인지 알고 있다는 것만은 부인할 수 없지만, 그는 매번 의도적으로 관습을 무시한다. 그는 사적으로 행동하는 방식과 공개적으로 행동하는 방식, 신사에게 적합한 것과 거지에게 적합한 것의 구별을 깨달을 만큼 충분히 영리하다. 하지만 그는 의도적으로 모든 관습을 뒤엎는다. 그의 목적은 카타리나가 주변 사람들에게 했던 행동을 정확히 그녀에게 되돌려주는 데 있다. 지각, 완전히 부적절한 옷차림, 병에 걸린 말, 사제에 대한 공격, 자신의 결혼 피로연을 망치고 떠나려는 그의 행동들은 이제 그의 통치가 시작되었음을 알리기 위해 신중하게 계산된 조치이다.

패트루치오는 카타리나가 자신의 유아적 행동을 인식할 수 있도록 그녀에게 자신의 거울 속 이미지를 보여 준다. 그는 의도적으로 결혼 피로연을 떠나는 것과 같은 터무니없이 부적절한 행동을 보여 줌으로써 카타리나가 자신이 보내는 메시지를 놓치지 않기를 바랐을 것이다.

The Taming of the Shrew

4막 1장

Act 4, Scene 1

● **패트루치오의 별장**

(그루미오, 흙투성이가 되어 등장)

[그루미오] 쳇! 이게 무슨 팔자야! 온통 지쳐 버린 말에다, 온통 미쳐 날뛰는 주인에다, 온통 철벅거리는 흙탕길에다. 사람이 이렇게도 엉망진창이 되고 이렇게도 녹초가 될 수 있을까? 나더러는 먼저 가서 불을 피워 놓으라고? 그러면 저희들은 나중에 와서 몸을 따뜻하게 녹이겠다는 것이지? 나는 옹솥 같아서 곧 빨끈하고 몸이 더워지니 다행이지. 그렇지 않았더라면 내 입술은 잇몸에 얼어붙고, 혀는 입천장에, 심장은 옆구리에 얼어붙었을 거야, 몸 녹일 불을 일으키기도 전에 말이지. 어쨌든 간에 불이나 피우면서 몸이나 녹여야지. 이렇게 추워서야 나보다 몸집이 큰놈 같으면 틀림없이 감기 들어 알맞지. 여 봐! 커티스!

(커티스 등장)

[커티스] 누구야? 그렇게 차디찬 목소리로 부르는 게 누구야?

[그루미오] 얼음 쪽이야. 거짓말이라고 생각되거든 내 어깨에다 손을 대 봐. 발꿈치까지 그대로 곧장 미끄러져 내려갈 테니, 내 머리에서 목줄기까지 미끄러져 내려가는 것보다도 더 빠르게 말일세.

[커티스] 소문대로 안주인이 그렇게도 성화같은 말괄량인가?

[그루미오] 오늘 아침 된서리를 맞을 때까지는 그랬네. 그러나 알다시피 겨울 추위란 남자고 여자고 짐승이고 간에 못 펴게 해 놓으니. 바깥주인이고 안주인이고 이 사람이고 할 게 없이 기를 못 펴고 움츠러지지. 그렇지 않아, 커티스?

[커티스] 집어치워요! 세 치짜리 바보야, 난 자네 같은 짐승이 아냐.

[그루미오] 내가 세 치밖에 안 돼? 그럼 자네 뿔은 한 자야. 최소한 나도 그쯤은 되지만. 그건 그렇고 불을 피워 놔야지. 그렇지 않으면 안주인한테 이르겠네. 그렇게 되면 안주인의 손이, 지금 코앞까지 와 있는 그 손이 찰싹 한 대, 불 안 피워 놓은 보수로 자네 눈에서 불이 번쩍 일어나게 할 걸세.

[커티스] 그루미오, 세상이 어떻게 돌아가는지 얘기나 해 주게 그려.

[그루미오] 세상이란 어딜 가나 차기만 하지. 그래도 따뜻한 것은 자네뿐이야. 그러니 어서 불을 피우게. 일을 해야 복을 받지. 바깥주인도 안주인도 그대로 두었다간 얼어 죽을 판이니.

[커티스] 불은 벌써 만들어 놓았어. 그러니 소식이나 들려주게.

[그루미오] 그럼 새 소식이고 낡은 소식이고 무엇이든 원하는 대로.

[커티스] 이것 봐. 나쁜 놈의 얘기 같으면 얼마든지 자네가 알고 있질 않나?

[그루미오] 그러게. 불을 가져와. 추워서 죽겠으니. 국은 어디 있나? 저녁 준비는 되었는가? 집안은 장식해 놓았으며 물풀은 뿌려 놓았는지? 거미줄은 쓸었는지? 급사들은 모두 새 옷으로 갈아입고 흰 양말들을 신었는가? 역원들은 예복이란 것을 입었는가? 가죽 잔은 내부를 깨끗이 하고 금속 잔은 외부를 깨끗이 하란 말이야. 테이블보는 깔아 놓았나? 모든 것이 다 질서 정연하

게 잘 되었나?

[커티스] 다 돼 있으니 어서 얘기나 해 줘.

[그루미오] 그럼 말이지. 우선 먼저 말이 지쳐 버렸단 말이야. 그래서 바깥주인과 안주인은 굴러 떨어지고.

[커티스] 어째서?

[그루미오] 안장으로부터 진흙 구덩이로 굴러 떨어졌어. 요기서부터가 기막힌 얘기거든.

[커티스] 그걸 들려주게, 그루미오.

[그루미오] 귀를 갖다 대.

[커티스] 자.

[그루미오] (주먹으로 때리면서) 어때?

[커티스] 이거야 감각으로 느끼란 이야기지, 어디 들으란 얘긴가?

[그루미오] 그렇기에 감각적인 얘기라고 부르는 거야. 지금 때린 건 자네 귓문을 노크한 데 불과하니 잘 들으라는 부탁일세. 자, 시작하네. 우리가 흙탕 언덕길을 달려 내려 왔겠다. 바깥주인은 안주인을 등 뒤에 바싹 붙여 태우고서 말일세.

[커티스] 한 말에 둘이서?

[그루미오] 그러니 어쨌다는 거야?

[커티스] 글쎄 말은 한 필에다⋯⋯.

[그루미오] 그럼 자네가 얘기하게. 자네가 방해를 안 했더라면 어떻게 그 말이 넘어져서 안주인이 말 밑에 깔렸는지 얘기해 주었을 텐데. 그리고 그곳이 얼마나 흙탕이며 얼마나 안주인이 흙투성이가 되고 어떻게 바깥주인은 말 밑에 깔린 안주인을 내버려 둔 채 왜 말을 넘어지게 했느냐고 어떻게 날 때렸는지. 부인은 말리려고 어떻게 흙탕 속을 걸어서 건너오고 어떻게 주인은 욕지거리를 하고 부인은 빌고. 남편한테 빈 일이라곤 없는 그 여자가 말일세.

어떻게 나는 소리를 지르고 어떻게 말은 뛰어 달아나고 굴레는 끊어지고 귀중한 기념품들을 온통 잃어버렸는지. 모두 다 이야기해 주었을 텐데. 이제는 이것이 다 망각 속으로 사라지고 자넨 이런 것도 전혀 모르는 채로 무덤 속으로 사라질 것인데.

[커티스] 그런 셈속으로 보면 말괄량이는 부인보다도 주인이 더 하질 않나?

[그루미오] 그렇지. 이제 그분이 오기만 하면 자네는 이 집에서 제일 뽐내는 집사(執事)이든 누구든 그것을 알게 되지. 가만 있자, 내가 이렇게 지껄이고 있을 게 아닌데. 자, 불러오게. 나다니엘도 죠셉도 니콜라스도 모든 사람도 모두 불러와. 각자 다 머리를 깨끗이 빗질하고 파란 코트들은 솔질하고 양말 대님들은 그런대로 잘 매고 왼쪽 다리로 인사를 하게 하고 손에다 키스할 때까지는 말꼬리 털 하나에도 손을 대서는 안 되지. 자, 모두 준비는 되었는가?

[커티스] 다 되었어.

[그루미오] 그럼 모두 불러오게.

[커티스] (안을 향해) 여보게들, 들리나? 마중을 나가야 하네. 새 부인의 얼굴을 봐서.

[그루미오] 얼굴을 봐? 보지 않아도 그분은 타고난 얼굴을 가지고 있어.

[커티스] 그걸 누가 모를까 봐.

[그루미오] 자넨 마치 새 부인의 얼굴이라도 보려고 여러 사람을 부르는 것 같네.

[커티스] 우리들의 신용을 표시하자는 것이지.

[그루미오] 자네들한테 돈이라도 꾸어 달라고 그분이 오는 줄 아나?

(필립, 죠셉 및 니콜라스 등장)

[나다니엘] 여, 그루미오 반갑네. 무사히 돌아와서.

[필립] 그래, 어때? 그루미오.

[죠셉] 여어, 그루미오.

[니콜라스] 그루미오 동지!

[나다니엘] 어떤가, 친구!

[그루미오] 반갑네. 그래, 어때? 여, 이 사람, 여보게 동기. 인사는 이만하면 되었고. 그런데 나의 깔끔한 동료 여러분, 준비는 다 되었나? 모든 것이 깨끗이 잘 되었어?

[나다니엘] 다 됐어. 모든 준비는. 그래, 주인은 오시나?

[그루미오] 곧 오시지. 지금쯤 말에서 내릴 거야. 그러니 말일세.

(패트루치오 카타리나를 데리고 등장)

[패트루치오] (큰소리로) 놈들은 다 어디 있느냐? 누구 한 놈 문턱에서 등자를 잡아 줄 놈도 말을 데려갈 놈도 아무 놈도 없단 말이냐? 나다니엘은 어디 있니? 그레고리는? 필립은?

[종복들] 예! 예! 있습니다.

[패트루치오] 예! 있습니다. 이 돌대가리 같은 버릇없는 상놈들아! 그래 마중도 안 나와? 경의도 안 표해? 의무도 몰라? 미리 보낸 바보 천치 녀석은 어디 있느냐?

[그루미오] 예! 있습니다. 미리부터 바보 천치가 돼서요.

[패트루치오] 이 땅이나 파먹고 보리방아나 찧어 먹을 촌무지렁이 같은 놈아! 이 허접쓰레기를 데리고 공원까지 마중을 나오라고 이르질 않았어?

[그루미오] 그런데 말입니다. 나다니엘의 코트가 채 준비가 안 된데다가 가브리엘의 구두는 뒤꿈치 장식이 다 떨어지고, 피터의 모자를 검게 그을려 횃불 만들 것이 없고, 월터의 칼은 녹 쓸어 칼집에서 빠지질 않고. 거기다가 아담 랄프 그레고리 외에는 반반한 놈이 한 놈도 없어 나머지 놈들은 모두 누더기를 두르고 낡아 빠져 거지꼴들인 걸요. 그래도 어쨌든 이렇게 여기까지 마중

을 나오지 않았습니까?

[패트루치오] 가! 이놈들아, 가서 저녁상을 내와! (종복들 퇴장) 케이트, 이리와 앉아요. 참 잘 왔소. (종복들 저녁 식사를 가지고 다시 등장) 아니, 그런데 뭘 하는 거냐? 귀여운 케이트. 마음을 유쾌하게 가져요. 이놈들아, 내 구두를 벗겨! 이 얼빠진 놈들아, 뭘 하는 거야? 비켜! 이 우악스런 놈아, 넌 내 발을 뺄 작정이냐? 이놈아! (때리면서) 맛이 어때? 알았으면 한쪽 발은 얌전히 벗겨. 케이트, 마음을 유쾌하게 가져요.

[카타리나] 참으세요. 모르고 잘못한 것을.

[패트루치오] 어디서 이 풍뎅이 대가리에다 개 콧구멍 같은 놈아. 케이트, 이리 와서 앉아요. 몹시 시장할 텐데. 케이트, 기도를 올려 주겠소? 내가 올리리까? 뭐야? 이거 양고기 아냐?

[종복] 네.

[패트루치오] 누가 가져왔어?

[종복] 제가요.

[패트루치오] 봤어? 고기가 모두 탔어. 이 고약한 놈들아, 그래 이런 것을 가져와서, 하필이면 내가 싫어하는 것을 이렇게 먹이려 해? 가져가! 이 두더지 같은 놈들아! 컵이고 무엇이고 몽땅 가져가! (음식이고 무엇이고 내동댕이친다. 카타리나가 허겁지겁 먹으려는 것도 집어서 내동댕이친다) 이 얼빠진 놈들아! 뭐 불평이 있어? 그렇다면 맛을 보여 주지. (일어난다)

[카타리나] (말리면서) 제발이지 애원입니다. 흥분하지 마세요. 이제 그 고기가 괜찮으시면…….

[패트루치오] 아니오, 케이트. 그 고긴 바싹 타서 그런 것엔 손도 대지 말라고 의사가 금해 놓은 것이오. 그런 것을 먹으면 간에 병이 생겨 화를 잘 내게 된다는 것이오. 우리 두 사람은 화를 잘 내는 편이니 그렇게 지나치게 구운 고기를 먹느니보다 차라리 단식하는 편이 나을 것이오. 좀 참아 주오. 내일이 되

식탁을 뒤엎는 패트루치오
패트루치오가 카타리나의 기를 꺾기 위해 행패를 부리는 모습이다.

면 어떻게 잘 되겠지. 오늘 밤은 우리 서로 동무해서 단식하도록 합시다. 자, 첫날밤을 치를 침실로 안내하겠소. (카타리나를 데리고 퇴장)

(종복들 등장)

[나다니엘] 이런 일을 본 적이 있나?

[피터] 열은 열로 고쳐야 한다는 것이겠지?

(커티스 다시 등장)

[그루미오] 어디 계신가? 그분은?

[커티스] 부인 방에서 절제란 것에 대해 설교를 하고 계시네. 악을 쓰고 욕질을 하고 꾸짖고 하면서. 그 부인은 가엾게도 어디다 애길 해야 좋을지 몰라 꿈속에서 깨어난 사람같이 우두커니 앉아 있을 뿐. 달아나라! 주인이 나온다.

(모두 퇴장. 패트루치오 다시 등장)

[패트루치오] 이렇게 교묘하게 나의 지배권을 잡아 놓았으니 유종의 미를 거둘 것은 뻔한 노릇. 나는 지금 몹시 배가 고파서 예민해져 있으니 먹을 것을 후리려 달려들 때까지는 배가 터지도록 먹여 놔야지. 배가 부르면 먹을 것은 거들떠보지도 않을 테니. 또 한 가지 사람을 마음대로 길들이는 방법이 있으니, 그것은 다른 것이 아니라 잠을 통 못 자게 하는 것으로 이것이 바로 골이 나서 퍼덕거리는 야생의 솔개미 길들이는 방법이지. 아까 구운 고기로 트집을 잡듯 이번엔 잠자리를 가지고 생트집을 잡아 베개 받침, 이불, 요 할 것 없이 여기저기에다 내동댕이쳐야지. 이런 소동을 벌이면서도 이것이 다 자기를 생각하고 존경하기 때문에 하는 것이라 알리도록 해야 한단 말이야. 요컨대 밤새껏 잠을 통 못 자게 할 것. 만약에 졸기라도 하면 소리를 지르고, 고함을 질러 요란스럽게 떠들어서 조금도 눈을 붙이지 못하게 할 것. 이것이 친절로

서 마누라를 죽이는 방법이란 말이다. 이렇게 해서 미치광이 같은 쇠고집을 고쳐 줘야 해. 말괄량이 길들이기에 이보다 더 좋은 방법을 아시는 분이 있으면 말씀해 주시기 바랍니다. 가르쳐 주시면 자선이 되니까요.

(퇴장)

4막 1장 분석

이 장은 직전의 결혼식 장면과 결합되어 현대 관객에게 패트루치오에 대한 다소 부정적인 견해를 제공한다. 반면 엘리자베스 시대의 관객들이라면 패트루치오가 아내를 길들이기 위해 취하는 전술에 거의 문제를 느끼지 않을 것이다. (그리고 그것들은 그의 진정한 자아를 반영하는 것이 아니라 전술이다.) 엘리자베스 시대에는 제멋대로인 아내보다 더 나쁜 문제는 거의 없었다. 남성을 지배하는 여성은 남성성에 대한 모욕으로 간주되었으며, 남성은 가능한 모든 수단을 통해 여성을 길들이도록 권장되었다. 때로 남자들은 간음한 아내를 가졌다는 이유로 처벌을 받기도 했다.

말괄량이 길들이기가 속한 희극적인 전통에 따라 셰익스피어는 4막 1장을 패트루치오의 말괄량이 길들이기 전술로 채운다. 카타리나의 말이 진흙 속에서 미끄러져 넘어지고 설상가상으로 그녀가 진흙 구덩이에 내던져 파묻힐 때 패트루치오는 카타리나를 돕기보다 말을 미끄러지게 한 그루미오를 질책한다. 배고픈 카타리나 앞에서 저녁 식사를 돌려보내며 너무 탄 음식은 좋지 않으니 함께 단식을 하자고 말하기도 한다.

패트루치오는 횡포하고 호전적인 것처럼 보이지만 우리는 그가 단지 그녀 앞에서 연기를 하고 있음을 잘 알고 있다. 패트루치오가 결혼 생활 내내 카타리나를 잔인하게 학대한다면 어떻게 재산을 차지할 수 있겠는가? 우리는 그가 원하는 목표가 달성될 때까지 연기를 하고 있다는 사실을 명심해야 한다. 사실 이 장면에서 패트루치오의 마지막 대사가 이 모든 것이 그의 계획임을 확인시켜 준다.

사실 셰익스피어는 카타리나에 대한 우리의 동정심을 유발하고 있다. 극 자체는 매우 코믹하지만 그 이면에는 자신이 아는 유일한 환경에서 벗어나 완전히 낯선 환경에 남겨진, 모든 면에서 자신을 다른 소유물과 동일시하는 남자와 결혼한 여성이 있다.

4막 1장의 모든 소동을 통해 우리는 카타리나에게서 변화의 희미한 빛을 볼 수 있다. 그녀는 성숙해지기 시작했고 자신의 관점이 아닌 다른 관점에서 세상을 본다. 그녀의 성장에 대한 첫 번째 징후는 그루미오의 여정에 대한 설명에서 비롯된다. 그녀가 말에서 미끄러지고 패트루치오가 그루미오를 때리기 시작하자 카타리나는 그루미오를 변호한다. 저녁 식사에서 실수한 하인을 위해서도 마찬가지 태도를 보인다. 분명히 그녀는 연극의 시작과는 다르게 세상을 보기 시작했다.

4막 2장

Act 4, Scene 2

● **파도바. 밥티스타의 저택 앞**

(트래니오, 호텐쇼 등장)

[트래니오] 리치오 씨. 그래 비앙카 양이 이 몸 루센쇼 말고 딴 사내한테 마음을 두고 있다고 생각이나 할 수 있는 일인가요? 날 끔찍이 생각하고 있는 것 같던데.

[호텐쇼] 내 말을 믿을 수 없다면 한옆에 숨어서 그 사나이의 교수하는 태도를 주의해 보시면 알 것입니다.

(트래니오와 호텐쇼 한옆으로 비켜선다. 비앙카와 루센쇼 등장)

[루센쇼] 아가씨, 지금 배운 것을 잘 알겠나요?

[비앙카] 무엇을 가르쳐 주셨는지, 우선 그것부터 말씀해 주시죠.

[루센쇼] 내가 가르쳐 준 것은 나의 전공인 연애술이죠.

[비앙카] 그럼 연애술의 선생님이란 걸 증명할 수 있을까요?

[루센쇼] 할 수 있죠. 귀여운 아가씨가 내 심정을 열심히 진지하게 이해하려

들기만 한다면 할 수 있고말고요.

[호텐쇼] 점입가경이야. 그래, 어떻습니까? 이래도 당신께서 비앙카 양이 루센쇼 말고는 아무도 이 세상에서 사랑할 사람이 없다고 말씀할 수가 있을까요?

[트래니오] 오, 원망스러운 나의 사랑이여! 믿지 못할 여자의 마음이여! 리치오 씨, 정말이지 맹랑한 일인데요.

[호텐쇼] 오해를 풀어야겠습니다. 나는 리치오가 아닙니다. 음악가란 것도 가장이죠. 저런 샌님 놈을 신과 같이 여기는 못난 계집애를 위해서 이런 탈을 쓴 것을 벗어 버려야겠습니다. 실상 나는 호텐쇼란 사람입니다.

[트래니오] 호텐쇼 씨라고요! 이 두 눈으로 그 여자의 경솔한 행동을 목격한 이상 당신께서도 그럴 생각이라면 나도 비앙카를 버릴 생각입니다. 영원히요.

[호텐쇼] 저것 보세요. 둘이서 키스하고. 루센쇼 씨, 악수합시다. 난 단호히 맹세합니다. 이제는 결코 저 여자의 사랑을 바라지 않겠습니다. 이쪽에서 버리겠습니다. 오늘날까지 속삭여 온 모든 연애 감정에 대하여서 그만한 값어치가 없는 여자라고 단언하겠습니다.

[트래니오] 그럼 나도 거짓 없는 맹세를, 결코 저 여자와는 결혼 안 할 것입니다. 저쪽에서 애원을 해 와도 말입니다. 에잇, 더러운 여자! 저걸 보세요. 여우같이 남자를 호리고 있질 않습니까!

[호텐쇼] 저 남자 이외는 온 세상 남자들이 비앙카를 거들떠보지도 않았으면 좋겠군. 나로서는 나의 맹세를 지키기 위해서 사흘 안에 돈 많은 과부와 결혼을 하겠습니다. 그 과부는 오래전부터 날 사랑해 왔죠. 마치 제가 저 건방지고 거만한 계집애를 사랑해 왔듯이 말입니다. 그럼, 여기서 실례하겠습니다. 루센쇼 씨, 여자의 따뜻한 마음이 얼굴 예쁜 것보다 나의 마음을 끌어 잡아당깁니다. 그럼, 앞서 맹세를 실천하기 위해 이만 실례합니다.

(퇴장)

루센쇼와 비앙카
비앙카는 호텐쇼보다 루센쇼에게 마음이 끌려 그의 사랑을 받아들인다.

[트래니오] (비앙카 앞으로 가면서) 비앙카 아가씨, 축하합니다. 축복받은 연인들이란 두 분을 두고 한 말이죠. 아니, 녹을 듯 달콤한 두 분의 사랑을 목격하고서 호텐쇼도 나도 아가씨를 단념하겠소.

[비앙카] 농담이 그럴듯하네요. 그러나 정말 단념하셨나요?

[트래니오] 틀림없다니까요.

[루센쇼] 그럼 리치오는 딱지를 놓은 셈이로군요.

[트래니오] 인제 그는 정력이 왕성한 과부를 얻는답니다. 그것도 곧 구혼해서 그날로 결혼을 하겠다던데요.

[비앙카] 제발이지 그분의 일이 잘되기를.

[트래니오] 잘되고말고요. 그래서 사실은 길들이는 학교에 들르겠다고 그 사람은 갔어요.

[비앙카] 길들이는 학교? 그런 곳도 있나요?

[트래니오] 있죠. 패트루치오가 선생님이죠. 틀림없이 승리하는 별의별 농간, 재주를 다 가르쳐 주지요. 말괄량이 길들이는 법도, 시끄럽게 잔소리하는 입을 틀어막는 법도 가르쳐 주지요.

(비온델로 등장)

[비온델로] 오, 도련님, 너무도 오랫동안 지키고 서 있어서 지쳐 빠진 개꼴이 되었습니다. 그러나 결국은 찾아내고야 말았죠. 사람을 살리려 산에서 내려온 산신령님 한 분을 만났어요.

[트래니오] 어떤 사람이야? 그 사람이.

[비온델로] 도련님, 잘은 몰라도 상인 아니면 페단트 샌님 같더군요. 어쨌든 차림새가 반듯한 것이 걸음걸이나 얼굴 모습이 어르신네와 매우 닮았습니다.

[루센쇼] 트래니오, 그 사람을 어떻게 하겠다는 건가?

[트래니오] 만약에 그 사람이 내 말을 믿고 신용해서 내가 시키는 대로만 해

준다면 그 사람을 빈센쇼 어르신네로 꾸며서 밥티스타 미놀라 씨에게 그 보증의 역할을 시키려는 것입니다. 아가씨를 모시고 가세요. 나만 남겨 두시고.

(루센쇼와 비앙카 퇴장. 페단트 등장)

[페단트] 안녕하시요?

[트래니오] 안녕하신가요? 어서 오십쇼. 그런데 먼 길을 떠나시는 것입니까? 먼 길에서 오시는 길입니까?

[페단트] 멀리서 오는 길이죠. 그러나 이곳에서 한두 주일 묵고 나서 다시 먼 길을 떠나 로마로 해서 트리폴리로 갈 작정이죠. 생명이 부지만 되면 말입니다.

[트래니오] 고향은 어디신데요?

[페단트] 맨추어죠.

[트래니오] 맨추어요? 하느님 맙소사! 이 파도바엘 오시다니? 생명이 아깝질 않은가요?

[페단트] 생명이라뇨? 왜요? 이거 큰일 났군!

[트래니오] 맨추어 사람으로 파도바에 온다는 것은 죽으러 오는 거나 일반입니다. 그 까닭을 모르시나요? 요새 맨추어의 상선들이 모두 베니스에 묶여 있습니다. 맨추어의 공작과 파도바의 공작 사이에 분쟁이 일어나 공공연히 이런 공포를 선포한 것이죠. 참 이상도 하군요. 아무리 이곳에 오신 지가 얼마 안 된다고는 하지만 그런 것을 모르시다뇨?

[페단트] 큰일 났군요. 누구보다도 내겐 더욱 곤란한 것이 프로렌스로부터 환금수표를 가지고 왔거든요. 이것을 전해 줘야 하겠는데.

[트래니오] 그렇습니까? 그렇다면 어떻게 호의를 베풀어 드렸으면 좋겠는데. 그럼 이렇게 하시지요. 우선 말씀을 여쭈어 보겠는데 피사엔 가 보신 일이 있으신가요?

[페단트] 있지요. 가끔 들른 일이 있죠. 피사 사람들은 착실한 것으로 유명해

서요.

[트래니오] 피사 사람으로 빈센쇼란 분을 아시나요?

[페단트] 모릅니다. 그러나 그분 말씀은 들었어요. 어깨를 겨눌 사람이 없을 만큼 돈 많은 거상이라고요.

[트래니오] 그분이 나의 부친이십니다. 그런데 사실은 그분의 용모가 선생과 몹시 닮았어요.

[비온델로] (독백) 사과하고 얼굴이 닮았다는 것이 낫지. 그러나 그야 어쨌든, 매일반이지만.

[트래니오] 이 위급한 지경에서 당신 생명을 구해 내고 싶은데요. 어쨌든 선생이 나의 부친과 닮았다는 것은 불행 중 다행으로 아십쇼. 이렇게 하시죠. 부친의 이름과 신용을 그대로 사용하시고 내 집에서 마음 편히 묵도록 하시죠. 꼭 내 부친이 된 거나 다름없이 행세하시란 말입니다. 아시겠나요? 그렇게 해서 용무가 끝날 때까지 이 도시에 묵으세요. 이것을 호의라 생각한다면 그대로 해 주세요.

[페단트] 오, 그렇게 하고말고요. 생명의 은인으로 보은이라도 하겠소이다.

[트래니오] 그럼 나하고 같이 가서 일을 잘 꾸며야죠. 겸해서 말씀드리자면 나의 부친이 오기를 모두 매일같이 기다리고 있답니다. 내가 밥티스타란 사람의 딸과 결혼하게 되어서요. 그 계약의 보증을 서려고 오시는 것이죠. 이러한 모든 사정은 나중에 자세히 말씀드리기로 하고 우선 나와 같이 가서 차림새를 나의 부친과 같이 꾸며야겠습니다.

(모두 퇴장)

4막 2장 분석

4막 2장은 우리를 파도바와 연극의 서브플롯으로 되돌린다. 역시 코믹한 이 장은 두 가지 주요 작업을 수행한다. 첫째, 사랑의 삼각관계에서 호텐쇼를 제거하고 5막 2장에서 매우 중요한 결혼식 장면의 설정에 도움을 준다. 다음으로, 루센쇼와 트래니오는 루센쇼의 아버지 빈센쇼를 가장하고 사기극의 마지막을 완성할 노인을 찾는다.

사랑하는 비앙카에 대한 호텐쇼의 **빠른** 단념은 우리로 하여금 의구심이 들게 하지만, 그의 행동은 셰익스피어의 지배적인 주제인 구애와 결혼에 기반한다. 호텐쇼는 비앙카에 대한 감정에서 여느 여성만큼이나 변덕스럽다. 비앙카에서 이름 없는 미망인에게로 호텐쇼의 애정은 쉽게 이동하는데 여기서 셰익스피어는 다시 한번 우리를 '사랑'이라는 덧없는 주제의 본질로 이끈다. 이전에 보았듯이 결혼은 호텐쇼와 다른 남성 캐릭터들에게는 단순한 거래이다. 호텐쇼는 결혼해야 한다는 압박감을 느끼기 때문에 결혼할 것이다. 그는 아름다움에 반해 배우자를 선택했지만 그것이 여의치 않으면 친절한 배우자를 선택할 것이다. 그러나 우리는 나중에 호텐쇼가 재정적 이유로 결혼을 선택하게 되는 모습을 보게 될 것이다(그의 좋은 친구 패트루치오와 다르지 않음).

아마도 이 장면에서 가장 잘 드러나는 캐릭터는 트래니오일 것이다. 우리는 그가 그의 주인만큼 영리하고 유능하다는 것을 알 수 있다. 그는 말로 쉽게 호텐쇼를 움직이고 페단트 또한 쉽게 속인다. 트래니오와 달리 페단트는 평면적이고 다소 속기 쉬운 캐릭터이다. 그는 트래니오의 이야기에 빠르게 매료되고 실제로 그러한 후원자를 찾은 것에 운이 좋다고 생각한다. 아이러니하게도 페단트는 그가 가장할 남자 빈센쇼와 정반대이다. 유머러스하게도, 가난하고 무지해 보이는 페단트는 피사에서 가장 부유하고 가장 잘 알려진 사람 중 한 명을 가장할 것이다.

4막 3장

Act 4, Scene 3

● **페트루치오 집의 한 방**

(카타리나와 그루미오 등장)

[그루미오] 원 될 법이나 한 소립니까. 제가 감히 어떻게 그렇게 하겠습니까?

[카타리나] 날 들볶을수록 그분의 심술은 점점 더해 가는 모양이요. 날 굶겨 죽이려고 결혼을 했단 말인가요? 우리 아버지 집 문턱에 온 거지라도 적선하면 동냥을 얻소. 그렇지 않더라도 어딜 가든 구걸을 할 수 있을 텐데. 그런데 여태껏 남에게 청이란 모르고 그럴 필요조차 없었던 내가 먹을 것을 못 먹어 죽게 되고 잠을 못 자 현기증까지 일어났어요. 욕지거리로 밤을 새우고 야단 맞는 것을 밥 먹듯 하니. 더구나 무엇보다도 얄미운 것은 허울 좋게 날 사랑하기 때문에 그런다고 하는 것이요. 마치 내가 잠을 잔다든가 먹을 것을 먹으면 무서운 병이라도 걸리든지 곧 죽어 버릴 것 같이 말하는 것이요. 제발이지 가서 먹을 것을 갖다 주오. 무엇이든지 좋으니 독약만 아니라면.

[그루미오] 쇠족은 어떨까요?

[카타리나] 말할 수 없이 좋소. 그걸 갖다 주오.

[그루미오] 그건 너무 자극이 심한 것이라서요. 살찐 내포를 맛있게 구운 것은 어떨까요?

[카타리나] 좋아요, 그루미오. 그걸 갖다 주오.

[그루미오] 글쎄 어떨까요? 그것도 자극이 심한 걸요. 쇠고기에다 겨자 친 것은 어떨까요?

[카타리나] 내가 제일 좋아하는 요리죠.

[그루미오] 그렇지만 겨자라는 것이 약간 너무 매울 텐데요.

[카타리나] 그럼 쇠고기만 가져오고 겨자는 그만두죠.

[그루미오] 그럼 못 가져오겠습니다. 겨자 없이 쇠고기만을 이 그루미오가 가져올 수야 있습니까?

[카타리나] 그럼 양쪽을 다 가져오든 한쪽만 가져오든 아무래도 좋으니 마음대로 무엇이든 가져와요.

[그루미오] 그렇다면 쇠고기는 그만두고 겨자만 가져오죠.

[카타리나] 저리 가, 이 녀석아! 이 멀쩡한 거짓말쟁이 같으니. (때린다) 먹을 것들의 이름만 먹일 작정이야? 날 들들 볶아서 쾌감을 느끼는 네놈들, 놈들에게 천벌이 내릴 것이다! 저리가 없어져! 이 녀석아.

(패트루치오와 고기 접시를 든 호텐쇼 등장)

[패트루치오] 부인, 기분이라도 언짢으신가요?

[카타리나] 정말이지 이렇게도 형편없이 될 수가.

[패트루치오] 기운을 내요. 유쾌한 마음으로 나를 봐요. 자, 이걸 좀 보오. 내가 얼마나 부지런히 손수 요리를 만들어서 당신한테 가져왔나 보란 말이오. 케이트, 이만큼 친절하면 감사하다 해야 할 게 아뇨? 아니, 아무 말도 안 하기요? 그러면 입맛에 당기질 않는 모양이군. 애써 만든 보람도 없게. 그럼 가져가! 이 요리를.

[카타리나] (당당하게) 그대로 놓아 두도록 해 주세요.

[패트루치오] 아무리 보잘것없는 음식이라도 감사하다는 말 한마디는 있어야지. 내 요리라 할지라도 손을 대기 전에 그런 말 한마디쯤은 있어야 할 게 아뇨?

[카타리나] (울상이 되어) 감사합니다.

[호텐쇼] 패트루치오, 너무하네. 그건 자네 잘못이야. 자, 케이트 부인, 내가 식사에 동반해 모시죠. (테이블에 앉는다)

[패트루치오] (독백) 다 먹어 버리게, 호텐쇼. 자네가 정말로 내 친구라면. (큰 소리로) 케이트, 빨리 먹어요. (케이트 허겁지겁 먹는다) 그리고 케이트, 우리 친정아버지 댁으로 갑시다. 최고로 차리고서 굉장하게 술잔치를 벌입시다. 비단 코트에 비단 모자를 쓰고 금반지에 주름 옷깃이며 소매 장식에다 스카프, 부채, 호박 팔찌 구슬, 이것저것 화려한 것과 시시한 것을 한데 섞어서. 아니, 벌써 다 먹었소? 참, 재봉사가 당신 틈나기를 기다리고 있던데 당신 몸 치장을 해 주려고 옷감을 가지고 와서. (재봉사 등장) 어서 오게, 재봉사. 가져 온 것을 보여 주게. 가운을 펼쳐 내봐. (잡화상인 등장) 무슨 일로 왔지? 자넨.

[잡화상] 이것이 주문하신 모자올시다.

[패트루치오] 뭐야 이게? 죽사발 본을 뜬 거야? 우단으로 된 밥그릇이야? 소용 없어. 이런 더럽고 시시한 것을 무엇에다 쓰란 말이야. 이게 새 조개껍질이야? 호두 껍데기야? 아니, 만두야? 장난감이야? 놀림감이야? 갓난애 모자야? 에잇! 집어치워! (내동댕이친다) 좀 더 큰 것을 가져와!

[카타리나] 큰 것은 싫어요. 이런 것이 지금 유행이에요. 고상한 부인들은 다 그런 모자를 쓰고 있는데요.

[패트루치오] 고상한 부인이 되거든 그런 것을 써 보시지 아직은 안 돼.

[호텐쇼] (독백) 급할 것 없으니까.

[카타리나] 뭐라고요? 나도 잠자코 있으란 법은 없겠죠. 말하겠어요. 나는 어

린애가 아녜요. 갓난애가 아니에요. 당신보다 훌륭한 사람들도 내 마음대로 막 하는 것을 막지는 않았어요. 만약에 듣기가 싫다면 귀를 막고 있는 것이 상책이죠. 내 입으로 가슴의 울분을 터뜨려야겠어요. 그것을 숨겨 두면 내 가슴이 터질 거예요. 가슴이 터지니 내 마음대로 한껏 속 시원히 말이나 하겠어요.

[패트루치오] (일부러 딴전을 부린다) 그렇소. 당신 말이 맞았소. 이 모자는 시시 껄렁한 것이요. 계란과자 껍데기요, 어린아이 사탕발림이요, 비단 만두요. 이 것을 싫다고 하는 당신이야 말로 내가 사랑할 만한 아내요.

[카타리나] 날 사랑하건 말건 난 그 모자가 좋아요. 난 그 모자를 가질 거예 요. 딴 것은 싫어요.

(잡화상 달아나듯 퇴장)

[패트루치오] 가운은? 그래그래, 재봉사, 그걸 보여 주게. 오, 이게 뭐야? 가 면무도회엘 나갈 옷인가? 이건 뭐야? 이게 소대야? 대포 구멍이지! 여기도 싹둑, 저기도 싹둑! 가위질하고 여기도 쪽! 저기도 쪽! 찢어 놨으니 이건 마 치 이발소의 향로 구멍 아냐? 이 고얀 놈의 재봉사, 이게 대체 뭐라는 건가?

[호텐쇼] (독백) 이래서야 모자고 의복이고 여편네 손에 들어가기는 다 틀렸군!

[재봉사] 지금 유행에 알맞게 잘 만들라고 하셔서요.

[패트루치오] 그래, 그렇게 말했지. 그러나 생각해 보게. 난 이렇게 형편없게 만들라고는 안했어. 어서 가게! 개천이라도 건너뛰어 집으로 돌아가! 팔기는 다 틀렸으니. 그런 것은 하나도 안 살 테니. 어서 썩 물러가!

[카타리나] 난 이보다 더 좋은 옷을 본 일이 없는 걸요. 이만하면 그만이죠. 당 신은 날 꼭두각시로 만들려고 그러는 거죠?

[패트루치오] 오, 원, 이런 고얀한, 건방진 놈 봤나! 원 이런 거짓말쟁이 실밥 같은 놈, 골무 같은 놈 봤나! 넌 벼룩이야. 구더기야. 겨울 귀뚜라미야! 이 누

더기 같은 베다 남은 헝겊 조각 같은 놈아! 안 나가면 네 자막대로 때릴 테다. 주둥이가 살아 있는 한 수다를 떨 테니까. 그래 이렇게 시시껄렁하게 옷을 만들어 올 수가 있어?

[재봉사] 그건 주인님께서 잘못 생각하신 겁니다. 이 가운은 주문하신 대로 지어 온 것이죠. 그루미오가 와서 이렇게 하라고 주문을 한 것입니다.

[그루미오] 난 주문한 일 없어. 옷감만 갖다 주었지.

[재봉사] 그렇지만 이리저리 만들라고 말하지 않았나요?

[그루미오] 그래, 바늘과 실을 사용하라고 말했지.

[재봉사] 그럼 재단하라고 말씀은 안 했단 말인가요?

[그루미오] 이것저것을 꿰매서 갖다 붙이는 것이 전문이지?

[재봉사] 그렇죠.

[그루미오] 그러나 남의 말을 꿰매 붙여서는 안 되지. 자넨 여러 사람의 옷을 만들어 주겠지만 남의 말을 만들어 주어서는 안 돼. 남의 말을 꿰매 붙여서 말을 맘대로 만들어서야 쓰나. 자네 주인한테 가운을 재단하라고 말했지, 언제 이렇게 산산조각으로 싹둑질 하라 했나? 그렇기 때문에 자네는 거짓말쟁이라는 거야.

[재봉사] 그렇다면 여기 증거로, 어떤 식으로 하라고 적어 놓은 것이 있죠.

[패트루치오] 그걸 읽어 보게.

[그루미오] 만약에 내가 그렇게 하자고 적어 놓은 것이 있다면 그 적어 놓은 것이 새빨간 거짓말이지.

[재봉사] (읽는다) "제일 첫째로 가운을 몸에 넉넉하도록 지을 것."

[그루미오] 주인 나리, 내가 만약에 가운을 몸에 넉넉하도록 지으라고 했다면 절 그 스커트 끝에다 꿰매 넣고 실바퀴로 때려죽이십쇼. 난 가운이라고만 말했어.

[패트루치오] 그다음을 읽어 보게.

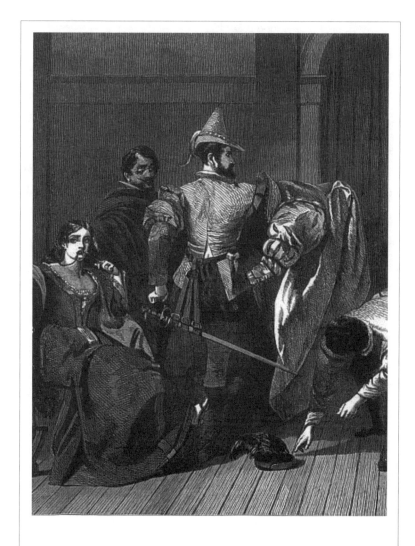

재봉사에게 시비를 거는 패트루치오
카타리나 옷을 맞추려는 재봉사에게 시비를 걸어 취소시키는 패트루치오.

[재봉사] "둥글린 조그만 케이프를 달고."

[그루미오] 케이프란 말을 내가 했지.

[재봉사] "소매는 트렁크 형으로."

[그루미오] 소매는 두 개라고 확실히 말했어.

[재봉사] "소매의 재단은 색다르게 하고."

[패트루치오] 그렇지 그것이 협잡이야.

[그루미오] 적어 놓은 것이 틀렸죠. 틀렸어요. 난 말하기를 소매는 한 번만 재단해서 다시 꿰매서 붙이라고 했지요. 자, 그럼 흑백을 가려야지. 새끼손가락에다 골무로 무장을 했다 할지라도 겁날 것이 없다.

[재봉사] 제 말엔 틀림이 없습니다. 알 만한 장소로 가면 알게 되겠지요.

[그루미오] 내가 맞바로 상대해 주지. 넌 그 적어 놓은 공책을 들고 네 자막대기는 이리 내라. 자, 덤벼라!

[호텐쇼] 원 저런! 그루미오. 그러면 재봉사가 질 것은 뻔하지 않은가?

[패트루치오] 어쨌든 잘라 말해서 이 가운은 내 비위에 안 맞아.

[그루미오] 그야 바른 말씀이지요. 그것은 아씨의 옷이니까요.

[패트루치오] (재봉사에게) 가져가서 자네 집 주인이나 쓰라 하게.

[그루미오] 가만있어. 어림없다. 우리 주인아씨 옷을 갖다가 너희 집 주인이 쓰게 하다니.

[패트루치오] 왜? 무슨 생각으로 그리 말하나?

[그루미오] 그래 주인아씨의 옷을 저놈의 주인이 사용하게 주다니요? 안 돼요.

[패트루치오] (작은 소리로 호텐쇼에게) 나중에 돈은 치러 준다고 재봉사에게 말해 주게. (큰 소리로) 가지고 가! 암말 말고 어서 없어져!

[호텐쇼] (작은 소리로) 재단사, 옷값은 내일 줄 테니 저분의 잔말을 어찌 생각마오. 자, 어서 주인한테 말 잘해 주오.

(재봉사 퇴장)

[패트루치오] 자, 케이트, 우리 아버지한테로 갑시다. 입던 옷이지만 올바른 옷차림으로 갑시다. 돈이 든 지갑이 풍족한데 옷차림이야 빈약한들 어떻겠소. 육체를 풍부하게 하는 것은 정신이요, 마치 태양이 컴컴한 먹구름 사이에서도 빛나듯이 명예란 아무리 허름한 옷차림 속에서라도 얼굴을 내미오. 언치 새가 깃이 곱다고 하여서 종달새보다 귀중하다 할 수가 있겠소? 독사 껍질이 사람 눈에 찬란하다 해서 독사가 장어보다 맛있다 할 수 있겠소? 오, 천만에 그럴 리 없지. 케이트, 당신도 그렇지. 비품이 빈약하다 해서 옷차림이 허름하다 해서 당신 값이 떨어질 리 있겠소? 만약에 그것이 부끄럽다 생각되면 내 탓이라오. 그러니 기운을 내요. 우리 인제 곧장 아버지 집으로 가서 연회를 베풀고 힘껏 떠듭시다. 자, 가서 부하들을 불러라. 곧 떠나겠다. 말은 두 필을 다 롱레인 종점에다 끌어 다 놔. 거기서 말을 타고 거기까지는 걸어갈 테니 가만있자. 일곱 시가 다 되질 않았어? 그럼 아마 저녁 식사 때까지는 그곳에 도착할 수 있겠지.

[카타리나] 원 참, 두 시가 다 된 걸요. 저녁 식사 때까지 못 갈 거예요.

[패트루치오] 말 있는 데까지 가자면 일곱 시는 되겠지. 이것 봐요, 어째서 당신은 내가 말하려면 내가 무엇을 하려면 내가 무엇을 하려고 생각을 하면 일일이 쌍지팡이를 짚고 나서는 거요? 여보게들, 내버려 두게. 난 오늘 안 가겠네. 내가 그렇다고 하는 시간이 될 때까지는 안 갈 테야.

[호텐쇼] 원 이런 호걸을 봤나. 태양에게까지 명령하려 드니.

(모두 퇴장)

4막 3장 분석

이 장면은 우리를 패트루치오의 집과 패트루치오의 전술에 무너지기 시작하는 카타리나로 되돌린다. 장면이 열리면서 그루미오에게 음식을 가져오도록 필사적으로 요청하는 굶주린 카타리나가 우리를 맞이한다. 우리는 그녀가 위험에 처하거나 학대받은 것은 아니며 단지 배가 고플 뿐이라는 것을 확신할 수 있다. 이는 그녀가 그루미오와 함께 음식 이름을 대며 분명 악의적이지만 유쾌한 게임을 하는 모습에서 짐작 가능하다. 패트루치오가 진심으로 그녀를 학대했다면 이 장면에서 그녀의 모습은 결코 유쾌해 보일 수 없었을 것이다.

패트루치오가 그녀에게 음식을 가져다주지만 그녀가 제대로 감사의 뜻을 표하지 않자 그는 음식을 빼앗겠다고 위협한다. "아무리 보잘것없는 음식이라도 감사하다는 말 한마디는 있어야지. 내 요리라 할지라도 손을 대기 전에 그런 말 한마디쯤은 있어야 할 게 아뇨?"

여기서 카타리나는 울상이 되어 "감사합니다"라고 말하지만, 진심 어린 감사의 말은 아닐 것이다. 카타리나는 게임의 규칙 중 일부를 배우고 있지만 아직 갈 길이 멀다.

이제 패트루치오는 밥티스타의 집을 방문하겠다고 선언하며 즉시 청중에게 경종을 울린다. 이 시점에서 카타리나가 게임을 이해하고 그가 추구하는 방식으로 행동한다면 패트루치오가 즉시 파도바를 향해 출발할 것이라는 데는 의심의 여지가 없다. 그러나 그는 아내를 알고 있으며 아내의 고집 센 방식을 확신한다. 그는 이 수업을 위해 영리하게도 그에 알맞은 도구를 선택한다. 모든 인간에게 필수적인 음식이나 수면보다는 사치품을 사용하여 그녀를 길들이는 것이다.

파도바 여행은 카타리나가 진심으로 원하는 것이다. 그것은 그녀를 친숙한 장소와 그녀가 자신의 모습을 찾는 데 익숙한 곳으로 되돌린다. 패트루치오는 그 동기를 사랑스러운 옷과 결합하여 그녀의 허영심에 호소하고 추가 펀치를 날린다.

우리는 이 시점에서 패트루치오의 성격이 나쁘지 않으며 카타리나를 위해 쇼를 하고 있다는 사실을 더욱 확신하게 된다. 잡화상과 재단사에 대한 그의 과장된 폭언과 열광은 카타리나에게 자신의 행동이 얼마나 우스꽝스러운지 보여 주기 위한 연출일 뿐이다. 패트루치오가 호텐쇼를 옆으로 끌어내고 그들에게 비용을 지불하도록 주선하는 방법에 주목하길 바란다. (그러나 패트루치오가 호텐쇼의 돈으로 작업 비용을 지불하기를 기대하는지 여부는 불분명하다. 만약 그렇다면, 호텐쇼가 기꺼이 그렇게 하려는 것은 패트루치오가 여성뿐만 아니라 남성도 흔들 수 있는 능력을 가졌음을 보여 준다.)

이 장면 내내 호텐쇼는 호기심 많은 동료로 남아 있다. 그는 미망인에게 가는 도중에 패트루치오의 집에 도착했다. 어떤 의미에서 그는 카타리나와 패트루치오 사이에 중재자 역할을 담당하는 것으로 보인다.

장면이 끝나갈 무렵, 또 다른 교훈을 얻을 시간이다. 패트루치오는 미놀라의 집으로 출발하는 시간을 두고 카타리나와 (일부러) 사소한 다툼을 벌인다. "이것 봐요, 어째서 당신은 내가 말하려면 내가 무엇을 하려면 내가 무엇을 하려고 생각을 하면 일일이 쌍지팡이를 짚고 나서는 거요? 여보게들, 내버려 두게. 난 오늘 안 가겠네. 내가 그렇다고 하는 시간이 될 때까지는 안 갈 테야."

카타리나는 매우 영리한 여성이며 그녀는 이제 남편이 무엇을 하고 있는지 이해하기 시작한 것으로 보인다. 그러나 호텐쇼만은 분명히 그의 앞에 펼쳐진 일에 대해 전혀 모르고 있다. 그는 패트루치오가 태양까지 지휘하려 든다고 진심으로 경탄한다.

4막 4장

Act 4, Scene 4

● **파도바. 밥티스타의 저택 앞**

(트래니오와 빈센쇼로 가장한 페단트 등장)

[트래니오] 이것이 그 집입니다. 방문할까요?

[페단트] 암 그래야지. 그러려고 온 것인데. 틀림없이 밥티스타 씨는 날 기억하고 있을 거야. 이십 년 전에 제노어에 있는 페가서스 여관에서 같이 투숙한 일이 있으니까.

[트래니오] 됐어요. 언제든지 마음을 놓지 마시고. 정말 아버지같이 엄격한 태도로 임해 주세요.

[페단트] 염려 마시오. (비온델로 등장) 저기 당신의 종복이 오는군. 잘 타일러 놓는 것이 좋을 게요.

[트래니오] 그 사람 걱정은 마세요. 비온델로, 내가 일러 놓은 대로 빈틈없이 할 바를 다해야 해. 이분을 나의 부친이라고 생각하고서.

[비온델로] 흥, 내 걱정은 마세요.

[트래니오] 밥티스타 씨에게 말은 전했나?

[비온델로] 전했죠. 부친께서 베니스에 와 계시니까 오늘쯤 이 파도바에 도착하실 거라고 몹시 기다리고 있다고요.

[트래니오] 그만하면 됐어. 자, 이건 술값이니 받아 두게. 밥티스타 씨가 오시는군. 자, 침착하게 마음을 가다듬고서.

(밥티스타와 루센쇼 등장)

[트래니오] 밥티스타 씨, 거, 마침 잘 만났습니다. 여기는 저희 아버님이십니다. 아버님, 그럼 저를 위해서, 우리 집안 대대로 내려오는 가산을 상속받을 나의 처로서 비잉카를 맞이하게 해 주세요.

[페단트] 가만있어라. 저 실례지만 한 말씀. 나로 말하면 어떤 부채를 받아들이려고 이곳 파도바에 내방한 터이나 자식 되는 루센쇼로부터 이야기를 들은 바, 댁의 따님과 우리 애 사이에 연애라는 중대 사건이 벌어졌다는 것이올시다. 존함은 일찍이 들어 아는 바요, 우리 아들놈은 댁의 따님을 연모하고 따님은 저 아이를 연모하는 터라, 그런즉, 그 애를 너무나 오랫동안 그대로 조바심하게 내버려 둘 수도 없어 아비 된 정리로써 생각한 나머지 결혼을 시키려 하는 것이올시다. 만약에 귀하께서 각별한 이의가 없으시다면 이에 응분한 약속을, 댁의 따님에게 유산을 상속하는 건에 대해서 기꺼이 동의 하려 하는 바이올시다. 존함을 너무도 익히 들어 귀에 익은 밥티스타 씨인지라 이러쿵저러쿵 까다로운 조건을 내세울 수도 없는 편이니까요.

[밥티스타] 실례지만 나도 한마디. 간단하고도 명료한 말씀이 마음에 듭니다. 말씀대로 틀림없이 자제되는 루센쇼는 내 딸을 사랑하고 내 딸은 자제분을 사랑하는 것으로 압니다. 이 말이 틀린다면 두 젊은이는 깊은 애정을 거짓으로 꾸민 것이라 하겠죠. 그런즉 아버님답게 아들을 위해 상당한 재산을 며느리한테 넘겨주겠다고 해 주시면 이 혼사는 이루어질 것이요, 모든 일은 끝나는 것입니다. 댁의 아드님한테 내 딸을 드릴 것을 승낙합니다.

[트래니오] 감사합니다. 쌍방에서 서로 계약서를 주고받고 하는 결혼 약정은 어디서 하는 것이 좋을까요?

[밥티스타] 내 집에선 안 되오, 루센쇼 씨. 왜냐하면 아시다시피 벽에도 귀가 있고, 게다가 그레미오 영감쟁이가 늘 귀를 바짝 기울이고 있어서 엉뚱한 방해가 날아들어 올지도 모르니까요.

[트래니오] 그렇다면 저의 숙소가 어떻겠습니까? 부친도 저와 함께 묵고 계십니다. 오늘 밤 그곳에서 몰래, 재치 있게 일을 치러 버리도록 하시지요. (루센쇼를 가리키며) 여기 있는 댁의 종복을 시켜서 따님을 불러오도록 하십쇼. 저희 종복에겐 대서인을 데려오라 하겠어요.

[밥티스타] 좋습니다. 캄비오, 빨리 집에 가서 비앙카더러 곧 준비를 마치고 오라고 하게. 그리고 형편을 보아 이런 말도 해 주게. 루센쇼의 어르신네가 파도바에 도착하신 것 같고 비앙카는 아내로 결정된 것 같다고.

(루센쇼 퇴장)

[비온델로] (독백) 오, 신이여! 그렇게 되도록 해 주시옵소서!

[트래니오] 신한테 잔소리 말고 어서 갈 데나 가! (비온델로 떨어져 선다) 밥티스타 씨, 제가 안내하겠습니다. 환대는 해야겠는데 소찬이지만 참아 주서야겠습니다. 이제 곧 피사에서 그 벌충을 할 것이니까요.

[밥티스타] 그럼 따라가겠습니다.

(트래니오, 페단트, 밥타스타 퇴장)

[비온델로] 캄비오!

(루센쇼 다시 등장)

[루센쇼] 왜 그래! 비온델로.

밥티스트와 빈센쇼
루센쇼의 아버지 빈센쇼로 가장한 페단트가 밥티스타를 만나는 장면이다.

[비온델로] 우리 주인이 당신께 눈짓을 하고 웃어 보이고 하는 것을 보셨나요?

[루센쇼] 비온델로, 그게 어쨌다는 거야?

[비온델로] 뭐 아무것도 아니죠. 그렇지만 그 신호와 표시의 수수께끼를 나더러 풀라고 나를 남겨 놓고 간 것이죠.

[루센쇼] 그것을 설명해 주기 바라네.

[비온델로] 그럼 말씀드리죠. 밥티스타 씨는 안전합니다. 가짜 아버지와 가짜 아들과 같이 이야기의 꽃을 피우고 있으니까요.

[루센쇼] 그게 어쨌다는 건가?

[비온델로] 그 따님은 당신께서 데리고 저녁 식사라도 하러 가시란 말입니다.

[루센쇼] 그래서?

[비온델로] 세이트 류우크 교회에 있는 사제께선 언제든지 말씀만 하시면 들어 주게 되어 있습니다.

[루센쇼] 그러니 그것이 다 어쨌다는 말인가?

[비온델로] 그건 모르죠. 그러나 알고 있는 것은 그들이 엉터리 서약에 열중하고 있는 때라 당신께선 빨리 그 따님과 교회에서 서약을 다짐하시란 말입니다. '판권독집'이란 것 말입니다. 사제와 서기와 약간의 자격 있는 입회인을 데리고서요. 이것이 평소에 바라고 있던 소망이 아니시라면 이상 더 말할 나위도 없습니다. 비앙카 양에게 영원히 잘 있으라고 인사나 하러 오세요.

[루센쇼] 이것 봐, 비온델로!

[비온델로] 우물쭈물하고 있을 때가 아닙니다. 토끼에게 먹일 파슬리 풀을 뜨으러 밭에 나갔던 계집아이가 그날 오후에는 시집간 새색시가 되었다는 얘기를 알고 있죠? 당신께서도 그렇게 되겠지요. 그럼 안녕. 우리 주인의 명령으로 세인트 류우크 교회로 가는 길입니다. 당신께서 부속물을 데리고 교회에 나타나기 전에 사제 더러 준비하고 있으라고 이르러 가는 길이죠.

(퇴장)

[루센쇼] 비앙카만 좋다면 그렇게 하면 좋겠고, 그렇게 해야겠어. 비앙카도 좋아할 것이니 그렇다면 걱정할 것이 무엇이 있단 말인가? 어떻게 되든 간에 맞바로 직접 이야길 털어놔야지. 비앙카 없이는 이 캄비오는 도저히 못 살겠으니.

(퇴장)

4막 4장 분석

다른 서브플롯들과 마찬가지로 이 장면에는 과한 액션은 거의 없지만 기본 플롯을 강화하기 위한 몇 가지 중요한 장면이 펼쳐진다. 이 장면에서 우리는 연극의 결말에 대비해 변장한 아버지가 얼마나 중요한 역할을 하게 될지 가늠하게 된다.

이 장면은 또한 결혼이 얼마나 경제적인 문제인지를 강조한다. 밥티스타는 사실상 막내이자 가장 사랑하는 딸을 최고 입찰자에게 팔았다. 물론 그들은 돈이 많지 않은 하인과 그저 노인일 뿐이지만 밥티스타의 탐욕이 그에게 적합한 이들을 데려온 것처럼 보인다. 트래니오가 해야 할 일은 신사처럼 보이는 것뿐이고, 그는 제대로 그 일을 해냈다.

마찬가지로, 밥티스타를 성공적으로 속이는 페단트의 능력은 계급이 높은 사람이 출생으로 구별되는, 사회적으로 받아들여지는 통념에 흥미로운 빛을 투영한다. 셰익스피어는 종종 변장이라는 연출을 통해 사람들을 액면 그대로 받아들이고 신사가 평민과 다르다고 주장하는 귀족의 어리석음을 보여 준다. 여기에서 볼 수 있듯이 적절한 변장만으로도 상류층은 누가 진짜이고 누가 사기꾼인지 분별하는 데 어려움을 겪는다.

4막 5장
Act 4, Scene 5

● **노상**

(패트루치오, 카타리나, 호텐쇼, 종복들 등장)

[패트루치오] 자, 가자! 드디어 우리 장인어른 집이 가까워지는구나. 야, 달빛이 찬란하구나!

[카타리나] 달이라고요? 태양이에요. 지금 이 시각에 달이라뇨!

[패트루치오] 달이라니까. 찬란하게 비치는 것이.

[카타리나] 아녜요. 태양이에요. 찬란하게 비치는 것은.

[패트루치오] 어머니의 아들, 나 자신을 두고 맹세하지만 저건 달이야, 별이야. 내가 무엇이라 하든 그것이야. 적어도 아버지 집에 도착하기 전까지는 그래야 해. 에잇! 말들을 뒤로 물려라. 언제든지 내 말이라면 쌍지팡이야. 쌍지팡이를 짚고 나서는 것밖에는 아무런 재주도 없지.

[호텐쇼] (카타리나에게) 저 사람 하라는 대로 해 주세요. 그렇지 않으면 언제까지도 못 갑니다.

[카타리나] 예까지 왔으니 어서 가야죠. 애원합니다. 달이든 태양이든 무엇이

라도 좋아요. 골풀로 만든 양초인들 어떻겠어요. 앞으로는 나도 그렇게 부르겠어요.

[패트루치오] 틀림없는 달이야.

[카타리나] 그래요. 달이에요.

[패트루치오] 그럼 당신은 거짓말쟁이지. 저건 명백한 태양이야.

[카타리나] 그럼 명백한 태양이죠. 그러나 당신이 아니라면 태양이 아니죠. 달은 당신의 마음처럼 여러 가지고 변하지요. 당신이 불러 섬기는 대로 그렇게 변하죠. 그러면 나도 그대로 그렇게 부르겠어요. 울긋불긋한 기기묘묘한 것이라, 말하자면, 괴물 중에서도 의상의 괴물이요.

[호텐쇼] (독백) 패트루치오, 이제 갈 길을 가야지. 승리했으니.

[패트루치오] 자, 전진이다. 전진! 가만있자, 저기 오는 게 누구지? (빈센쇼가 여행의 행장으로 등장) (빈센쇼에게) 안녕하십니까. 아가씨, 어디로 가시는 길이죠? 이것 봐요, 카타리나, 정말이지 이렇게도 신선하고 어여쁜 처녀를 당신은 본 일이 있소? 양 볼은 마치 흰빛과 붉은빛의 전쟁이요, 저 반짝이는 두 눈은 어떤 별들이 저렇게 아름답게 하늘의 얼굴을 빛나게 하겠소? 어여쁜 아가씨, 다시 한번 인사를 하겠습니다. 카타리나, 너무도 어여쁘니 한 번 안아 주구려.

[호텐쇼] (독백) 할아버지를 처녀로 만드니 저 노인은 암만해도 머리가 돌겠군.

[카타리나] 풋 싹 같이 포근한 아가씨, 신선하고 귀여운 처녀 아가씨, 어디로 가시는 길이지요? 댁은 어디요? 이렇게 어여쁜 따님을 가지신 부모님은 참으로 행복하시겠어요. 아가씨를 잠자리의 벗으로 동반할 행운의 남자는 또 더욱 행복하겠어요.

[패트루치오] 아니, 어떻게 된 거요? 케이트, 미치지나 않았소? 이분은 남자요. 주름투성이에 병들고 말라빠진 늙은이야. 당신이 지금 말한 그런 처녀가 어디 있어.

패트루치오와 카타리나
패트루치오는 아내에게 태양을 달이라고 부르도록 강요한다.

[카타리나] 노인, 용서하세요. 햇볕에 눈이 현황해져 그만 잘못 보았습니다. 모든 것이 초록빛으로 뿌옇게 보여서요. 이제야 겨우 존엄하신 노인장이란 것을 알겠습니다. 용서하세요. 엉뚱한 잘못을 저질렀으니까요.

[패트루치오] 용서해 주시죠. 노인, 별 지장이 없으시다면 어디로 여행하는 길인지 말씀해 주실 수 없을까요? 같은 방향이라면 기꺼이 동행해서 모시겠습니다.

[빈센쇼] 당신이나 재미있는 부인이나 괴상망측한 인사를 해 주셔서 어찌나 놀랐는지요. 나로 말하면 빈센쇼란 사람으로 피사에 살고 있지만 지금 파듀어로 가는 길이죠. 오랫동안 보지 못한 아들을 만나려고요.

[패트루치오] 아드님의 이름은요?

[빈센쇼] 루센쇼라 합니다.

[패트루치오] 마침 잘 만났습니다. 아드님께 더욱 다행한 일이고요. 이렇게 되면 법률상으로나 연세로나 아버님이란 칭호로 모셔야겠습니다. 나의 처가 되는 이 사람의 동생과 댁의 아드님과는 지금쯤은 아마 결혼했을 겁니다. 놀라실 것도 탄식할 것도 없습니다. 그 여성은 칭찬을 받을 만한 사람으로 지참금도 충분하고 집안도 훌륭합니다. 어떠한 귀인의 아내로서도 손색이 없을 만한 자격을 충분히 갖추고 있으니까요. 빈센쇼 노인을 한 번 껴안겠습니다. (껴안는다) 자, 이로부터 우리 모두 댁의 아드님을 방문하러 떠나도록 합시다. 노인께서 도착하시면 아드님이 무척 기뻐하실 것입니다.

[빈센쇼] 그러나 이것이 정말인가요? 농담인가요? 장난을 좋아하는 길손이 잘하듯이 길에서 만나는 대로 아무에게나 장난하는 농담은 아니겠죠?

[호텐쇼] 노인, 정말입니다. 제가 보증하죠.

[패트루치오] 그럼 같이 가셔서 거기서 산 증거를 목격하세요. 처음부터 장난을 해서 믿어지지 않는 모양이시니.

(호텐쇼만 남고 모두 퇴장)

[호텐쇼] 그래, 패트루치오, 자네 덕택에 용기를 얻었네. 그 방법을 과부한테 써야겠어. 만약에 그 과부가 고집을 피운다면 이쪽에선 한층 더한 고집으로. 이것이 자네한테 배운 것이야.

(퇴장)

4막 5장 분석

4막 5장은 연극에서 가장 짧은 장면이지만 지금까지 중 가장 중요한 장면임이 분명하다. 이제 카타리나는 패트루치오의 언행에 순순히 동의를 하면 자신에게 이롭다는 것을 확실히 깨닫는다. 그러나 카타리나가 남편에게 길들여졌다기보다 아버지에 맞서 반항하던 이기적인 소녀가 마침내 성숙한 여성으로 발전했다고 보는 편이 맞을 것이다.

많은 비평가들이 4막 5장에서 카타리나가 드디어 패배했다고 이야기하지만, 실제로 그녀는 전혀 패배하지 않았다. 그것은 굴복이라기보다 타협이다. 그녀가 규칙을 따르기로 선택하면 보상을 받고 패트루치오도 마찬가지이다. 패트루치오는 카타리나가 자신의 유머를 기꺼이 받아들이는 한, 그녀가 원하는 모든 것을 기꺼이 줄 것이다. 이제 그는 카타리나가 자신이 무엇을 하고 있는지 이해하게 되었다는 사실 또한 알고 있다. 그녀의 유머러스하고 정교한 대답은 그녀가 그의 게임을 기꺼이 받아들일 의향이 있고, 그 게임을 훌륭히 해낼 수 있음을 분명히 보여 준다. 결국 카타리나는 아무것도 잃지 않았다. 오히려 그녀에게는 새로운 세계, 즉 타협과 그 결과를 책임지는 어른으로서의 세계가 열린 셈이다.

한편 '진짜' 빈센쇼가 현장에 도착하면서 우리는 불가피하게 플롯이 엉키는 상황으로 끌려들어 간다. 진짜 빈센쇼의 등장은 어쩌면 우리 모두 예견했던 일이다. 거짓된 가면극과 정체성에 관련된 이 모든 코미디를 해결하기 위해서는 외부인의 등장이 반드시 필요하기 때문이다.

그리고 호텐쇼는 장면 말미에서 또 한 번 패트루치오를 높이 평가한다. "그래, 패트루치오, 자네 덕택에 용기를 얻었네. 그 방법을 과부한테 써야겠어. 만약에 그 과부가 고집을 피운다면 이쪽에선 한층 더한 고집으로. 이것이 자네한테 배운 것이야."

5막 1장

Act 5, Scene 1

● **파도바. 루센쇼의 집 앞**

(비온델로, 루센쇼, 비앙카 등장. 그레미오는 이미 나와 서성대고 있다)

[비온델로] (가만히) 조용히, 빨리요. 사제님은 준비가 다 되어 있습니다.

[루센쇼] 난 새처럼 날다시피 하고 있어. 비온델로, 집안일로 자넬 찾고 있을 지도 모르니 자네는 가 보게.

[비온델로] 아니죠. 두 분이 교회엘 들어가는 것을 보고 나서 서둘러 돌아갈 게요.

(루센쇼, 비앙카, 비온델로, 퇴장)

[그레미오] 웬일일까? 캄비오가 통 안 나타나니?

(패트루치오, 카타리나, 빈센쇼, 그루미오, 기타 종복들 등장)

[패트루치오] 이곳이 루센쇼의 집입니다. 나의 장인 집은 좀 더 시장 쪽으로 있고요. 난 장인 집으로 가야겠으니 이곳에서 실례합니다.

[빈센쇼] 가시기 전에 한 잔 들고 가셔야 합니다. 우리 아이 집에서 환영해 드리도록 분부를 하려 합니다. 무엇이고 간에 준비해 놓은 것이 있을 테니까요. (노크한다)

[그레미오] 집안이 분주하니 좀 더 세게 두드려야 합니다. (페단트 들창으로 얼굴을 내민다)

[페단트] 누구야? 문이 부서지게 두드리는 게?

[빈센쇼] 루센쇼는 집에 있나요?

[페단트] 있긴 있지만, 면회는 안 되오.

[빈센쇼] 아니, 백 파운드, 이백 파운드의 돈을 가지고 와서 그 애를 즐겁게 해 주려는 사람이 있어도 말인가요?

[페단트] 몇 백 파운드의 돈이건 당신이나 잘 간수해 두오. 내가 살아 있는 한 아무것도 필요한 것이 없을 터이니.

[패트루치오] 내가 말씀드린 대로 아드님은 이 파도바에서 많은 사랑을 받고 있습니다. (페단트에게) 여보시오! 거추장스러운 말은 집어치우고 루센쇼 씨에게 아버님이 피사에서 오셨다고 말씀해 주시오. 아들을 만나려고 여기 이 문턱 앞에 와 계시다고요.

[페단트] 거짓말 마오. 그 애의 부친은 벌써 파도바에 와서 여기 이렇게 들창에서 얼굴을 내밀고 있소.

[빈센쇼] 아니, 그럼 당신이 그 애의 부친이란 말이오?

[페단트] 그렇소. 그 애의 어머니가 그렇다고 하니 믿어야 할지 말아야 할지는 모르지만.

[패트루치오] (빈센쇼에게) 아니, 이게 어찌 된 일인가요. 그렇다면 너무도 뻔뻔스럽지 않은가요? 남의 이름을 사칭하다니?

[페단트] 저자를 잡아 주시오. 아무래도 저자는 내 행세를 하고 이 도시에서 사기 행각을 하려는 것이 분명하오.

(비온델로 다시 등장)

[비온델로] (독백) 두 분이 다 교회에 있는 것을 보았지만 축복이 깃들기를 하늘께 빕니다. 아니, 이게 누구야? 빈센쇼 주인어른 아냐? 이젠 다 틀렸군, 끝이다.

[빈센쇼] (비온델로를 보고) 이리와, 이 능지처참할 놈아!

[비온델로] 가고 안 가고는 내 마음이죠.

[빈센쇼] 이리 와! 아니, 그래 날 몰라봐?

[비온델로] 몰라보다뇨? 천만에요. 몰라볼 거나 있어야죠? 생전 본 일도 없는 사람인걸.

[빈센쇼] 뭐? 이런 겉만 멀쩡한 고얀 놈 봤나. 그래, 네 주인의 아버지 빈센쇼를 본 일이 없어?

[비온델로] 뭐라고요? 주인의 아버지 되는 노대감이라고요? 그렇다면 알기만 해요. 저것 보셔요. 저기 들창에서 내다보고 있네요.

[빈센쇼] 정말로 그럴 테냐? (때린다)

[비온델로] 사람 살려요. 사람 살려! 미친 사람이 날 죽이려 들어요. (달아난다)

[페단트] 내 아들아, 사람 살려라! 밥티스타 씨, 사람 살리시오. (들창에 들어간다)

[패트루치오] 카타리나, 한옆으로 비켜서서 이 싸움의 끝장을 봅시다. (카타리나와 함께 한옆으로 물러선다)

(페단트, 밥티스타, 트래니오, 종복들을 데리고 등장)

[트래니오] 당신은 대체 누구요? 남의 사람을 함부로 때리니.

[빈센쇼] 내가 누구냐고? 아니, 당신은 누구요? (자세히 보고 나서) 원 이런, 세상천지에 이게 어찌된 호사냐? 이놈아! 비단 윗저고리에다 벨벳 바지를 입고, 새빨간 외투에다 중산모라! 오, 난 망했어! 내가 집에서 알뜰살뜰히 돈

을 아끼고 있는 그동안에 아들과 하인 녀석은 대학엘 간답시고 돈을 물 쓰듯 하고 있으니.

[트래니오] 도대체 무엇이 어떻게 되었다는 것요?

[밥티스타] 아니, 저 사람은 미친 사람이 아닌가요?

[트래니오] (빈센쇼에게) 여보시오, 보아하니 점잖은 노신사 같아 보이는데 말씀은 미친 사람이라 아니 할 수 없군요. 아니, 여보시오. 내가 진주와 황금으로 몸을 감았든 그것이 당신한테 무슨 상관이 있다는 거요? 나는 우리 아버지 덕택으로 이렇게 하고 지내는 몸이요.

[빈센쇼] 네 아비? 원 이런 해괴망측한 놈 봤나. 네 아비는 벨가모에서 돛 꿰매는 날품팔이지 뭐야?

[밥티스타] 사람을 잘못 보셨군요. 잘못 봤어요. 이분의 이름을 무엇이라 생각하나요?

[빈센쇼] 저자의 이름을! 내가 모르면 누가 알게? 세 살부터 길러 온 놈인걸. 저자의 이름은 트래니오죠.

[페단트] 에잇, 가라! 이 미친 주책아! 이 사람의 이름은 루센쇼야. 나의 외아들이야. 이 빈센쇼의 가산을 이어받을 상속자야.

[빈센쇼] 루센쇼라고! 오, 그럼 저놈은 제 주인을 죽였구나! 저놈을 포박해 주시오. 공작님의 이름으로 명령하오. 오, 나의 아들, 내 아들! 말을 해라! 이 흉악무도한 놈아, 내 아들은 어디 있느냐?

[트래니오] 경관을 불러 주시오. (경관 등장) 이 미친놈을 감옥에 집어넣어 주시오. (밥티스타에게) 아버지, 저자를 재판소로 보내도록 해 주셔요.

[빈센쇼] 감옥으로 날 데려가?

[그레미오] 가만있소. 경관 그 사람을 감옥으로 데려갈 건 없소.

[밥티스타] 잠자코 있소, 그레미오 씨. 저 사람은 감옥으로 가야 하오.

[그레미오] 주의하세요. 밥티스타 씨, 속아 넘어가지 않도록 하세요. 단연코

이분은 진짜 빈센쇼 씨가 분명합니다.

[페단트] 단연코라면 맹세를 해 보시오.

[그레미오] 아니 단연코, 맹세까지는 못하겠지만.

[트래니오] 그럼 내가 루센쇼가 아니라고 단언을 해 보시오.

[그레미오] 아니, 댁이 루센쇼 씨란 것을 내가 잘 알고 있죠.

[밥티스타] 저리 가요! 어디서 주책없는 늙은이 같으니 저자와 같이 감옥에 나 가야지.

[빈센쇼] 낯선 고장엘 오면 이런 봉변을 당하지. 에잇, 고약한 놈 같으니!

(비온델로, 루센쇼, 비앙카 다시 등장)

[비온델로] 오, 다 틀렸어요. 저기 아버님이 계십니다. 모른척하세요, 잡아떼세요. 그렇지 않으시면 모든 것이 파멸입니다.

[루센쇼] (무릎을 꿇고) 아버님, 용서해 주세요.

[밥티스타] 네가 무엇을 잘못하였기에? 루센쇼는 어디로 갔니?

[루센쇼] 여기 있습니다. 진짜 빈센쇼 씨의 진짜 아들 루센쇼입니다. 가짜들이 어르신네 눈을 어지럽힌 것입니다. 그동안 저는 따님과 결혼식을 올리고 왔습니다.

[그레미오] 이건 멀쩡한 음모야. 우리는 모두 감쪽같이 속아 넘어갔어.

[빈센쇼] 그 고약한 트레니오란 놈은 어딜 갔니? 끝까지 뻔뻔스럽게 나한테 대든 그놈은 어딜 갔어?

[밥티스타] 아니, 그래 이 사람이 우리 집의 캄비오가 아니란 말이냐?

[비앙카] 캄비오가 루센쇼로 변했어요.

[루센쇼] 사랑이 이런 기적을 만들어 냈습니다. 비앙카의 사랑이 제 지위와 트래니오의 그것을 바꾸게 했습니다. 그 사람이 이 도시에서 내 모습을 하는 동안 나는 다행히도 소망대로 행복의 항구로 도착할 수가 있었던 것입니다. 트

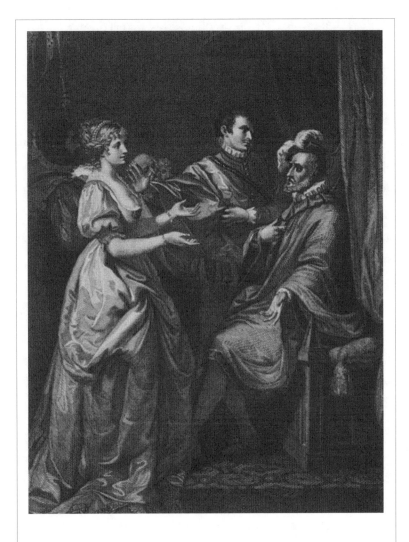

사건의 경위를 설명하는 루센쇼

루센쇼가 그동안 벌인 소동에 대해 아버지 빈센쇼에게 설명하는 장면이다.

래니오의 소행은 모두 제가 억지로 시킨 것이오니, 아버님, 제 낯을 보시고 그를 용서해 주시기 바랍니다.

[빈센쇼] 그놈의 콧대를 꺾어 놔야지. 날 감옥으로 보내려고 한 놈을.

[밥티스타] 그러나 가만있소. 그럼 당신은 나의 승낙도 없이 내 딸과 결혼을 했단 말이요?

[빈센쇼] 염려 마시오. 밥티스타 씨, 만족하시도록 해 드릴 터이니. 그렇지만 이 고약한 놈을 기어이 혼을 내놔야지.

[밥티스타] 나도 이 일의 밑바닥을 기어이 조사해 봐야겠어.

(퇴장)

[루센쇼] 비앙카, 그렇게 새파랗게 질릴 것 없소. 아마 아버지도 다시 역정은 안 내실 거요.

(루센쇼와 비안카 퇴장)

[그레미오] 나도 딴 사람과 같이 들어가야지. 모든 희망이 절망이지만 잔칫상 차례는 돌아올 테니.

(퇴장) (패트루치오와 카타리나가 한옆에서 나온다)

[카타리나] 여보, 우리도 따라 들어갑시다. 이 난리의 끝장을 봐야죠.

[패트루치오] 들어가기 전에 우선 키스를, 케이트.

[카타리나] 아니, 이 한길 한복판에서요?

[패트루치오] 왜, 상대가 나라서 창피한가? ……. 그럼 집으로 다시 돌아갑시다. (그루미오에게) 자아, 이것 봐, 가자!

[카타리나] 아니, 가만히 있어요. 키스하겠어요. 자, 이젠 가지 말아요.

[패트루치오] 나쁠 게 없지 않아? 자, 나의 달콤한 케이트, 안 하는 것보다 하는 게 낫단 말이야. 파티에 늦는다고 나쁠 것은 없으니까

(퇴장)

5막 1장 분석

5막 1장에서 우리는 오랫동안 기다려온 장면에 도착한다. 드라마의 현명한 감정가로서 우리는 처음부터 이 가짜 변장이 벗겨져야 극이 끝난다는 것을 알고 있었다. 물론 희극의 전통에 따라 처벌은 거의 이루어지지 않았다. 빈센쇼의 도착은 질서의 복귀를 의미한다. 그는 판단력이 냉정한 외부 세력이다. 그는 루센쇼의 집에 도착했을 때 발견한 일에 대해 준비가 되어 있지 않으며 분노하지 않을 이유가 없다. 페단트는 빈센쇼를 성공적으로 연기했고, 비온델로와 트래니오 역시 진짜 빈센쇼를 부정한다. 그들은 비앙카와의 비밀 결혼에서 아직 돌아오지 않은 주인 루센쇼를 위해 시간을 벌려 하는 것이다. 루센쇼가 마침내 돌아왔을 때, 트래니오, 비온델로, 페단트 모두 이 상황에서 기꺼이 벗어나게 된 것을 기뻐한다.

그러나 밥티스타는 루센쇼와 비앙카가 비밀리에 결혼식을 올렸다는 이야기를 듣고 폭발한다. 물론 그의 반응은 이것이 코미디라는 점을 감안할 때 적절하다. 희극적 전통에 따라 셰익스피어는 필연적으로 적절한 사회 질서의 긍정적인 해결과 재건을 향해 나아간다. 이 경우 두 아버지는 결국 자녀의 결혼을 축하하게 될 것이다. 그러나 두 사람이 파티를 위해 떠날 때 빈센쇼는 '이 악당(트래니오)에게 복수할 것'이라고 말하고 밥티스타 또한 이 일의 실체를 밝혀내겠다고 맹세한다. 셰익스피어는 그의 모든 코미디에서와 마찬가지로 무대 위에서 이 보복을 실현하지 않으며 그로 인해 우리는 행복한 결혼에 집중할 수 있게 된다.

장면이 끝나면 패트루치오와 카타리나를 제외한 모든 사람이 결혼 잔치에 참석하고, 패트루치오는 카타리나에게 키스해 달라고 말한다. 이 시점까지 우리는 그러한 애정 표현을 보지 못했다. 카타리나는 처음에는 길거리에서 그런 행동을 할 수 없다고 빼지만 결국 그에게 키스한다. 패트루치오는 진심으로 이 상황에 대해 기뻐하는 것처럼 보이며 그의 신부를 '나의 달콤한 케이트'라고 부르는 것으로 장면은 끝이 난다. 카타리나가 변한 것처럼 패트루치오도 변했다. 아마도 두 사람은 진정으로 서로를 사랑하게 된 것 같다.

5막 2장

Act 5, Scene 2

● 파도바. 루센쇼 집의 한방

(밥티스타, 빈센쇼, 그레미오, 루센쇼, 비앙카, 패트루치오, 카타리나, 호텐쇼, 미망인, 비온델로, 그루미오 등 등장)

[루센쇼] 꽤 시간은 걸렸지만, 덧난 음조가 이제야 조율이 되었습니다. 격전이 끝난 후에 위험한 고비를 모면한 얘기로 웃음의 꽃을 피울 때가 되었습니다. 사랑하는 비앙카, 나의 아버지를 환영해 드리시오. 나도 같은 심정으로 당신의 아버님을 환영해 드릴 것이니. 패트루치오 형님, 카타리나 아주머니, 그리고 여러분, 다 같이 한껏 들어 주시기 바랍니다. 저희 집에 와주셔서 감사합니다. 이 축연은 앞서 베푼 큰 잔치 뒤에 오는 뱃속 빈틈을 보충하려는데 불과한 것입니다. 여러분, 앉아 주십시오. 이제부터는 앉아서 먹고 마시고 떠드는 일만 남았으니까요.

[패트루치오] 그렇지, 앉아서 먹고 마시고 떠드는 것밖에 별 방법이 없을 테니까.

[밥티스타] 나의 사위 패트루치오 군, 이 호의는 파도바가 제공하는 것이야.

[패트루치오] 그렇죠. 파도바가 제공하는 것이란 호의 빼놓고야 뭐 있습니까.

[호텐쇼] 우리 두 사람을 위해서도 그 말이 진실이 되길 바랍니다.

[패트루치오] 그러면 틀림없이 자넨 마나님한테 겁을 집어 먹고 있고만.

[미망인] 내가 그렇게 겁을 주워 먹을 사람같이 보이나요?

[패트루치오] 당신께선 총명하신 분이라고 들었는데 나에 대해 그렇게 들으셨다면 그건 불공평한데요. 나는 호텐쇼가 아주머니를 겁내고 있다고 말했죠.

[미망인] 현기증이 있는 환자는 바깥세상이 빙빙 도는 것 같이 생각되니까요.

[패트루치오] 아주 솔직한 얘기군요.

[카타리나] 현기증이 있는 환자는 바깥세상이 빙빙 도는 것같이 생각된다는 말은 무엇을 의미하죠? 설명해 주세요.

[미망인] 댁의 남편께서는 말괄량이한테 혼이 났으니까. 자기가 혼난 슬픔의 척도로 우리 집 양반까지 재려 든단 말입니다. 이젠 내 뜻을 아시겠어요?

[카타리나] 아주 졸렬한 뜻이로군요.

[미망인] 맞았어요. 나는 당신을 졸렬하게 여기니까요.

[카타리나] 정말이지 내 졸렬함쯤은 당신의 졸렬이 너무도 월등해서 문제도 안 되는군요.

[패트루치오] 잘한다, 우리 편.

[호텐쇼] 더 잘한다, 우리 편.

[패트루치오] 난 백 마르크를 걸겠어. 우리 케이트가 상대편을 거꾸러뜨릴 테니까.

[밥티스타] 어떻소? 그레미오 씨, 재빨리 재담을 재치 있게 받아넘기는 것이.

[그레미오] 이거야말로 머리와 머리의 박치기로군요.

[빈센쇼] 새댁도 눈이 번쩍 띄는 모양이군요.

[비앙카] 그렇습니다. 그러나 놀랄 정도는 아니니 또 졸음이 올 거예요.

[패트루치오] 천만에요. 시작한 이상 누가 졸고 있게 내버려 두나요. 새콤하게 톡 쏘는 재담을 한두 개 맛보여 드릴 테니까요.

[비앙카] 내가 형부의 새인 줄 아나요? 난 보금자리를 옮길 테니 활시위나 당기고서 따라오세요. 여러분, 이렇게 와 주셔서 감사합니다.

(비앙카, 카타리나, 미망인 퇴장)

[패트루치오] 미리 방패막일 하니, 트래니오, 자네는 저 새를 겨냥했다가 쏘아 맞히질 못했지. 그러니 축배를 듭시다. 활은 쏘았으나 맞혀서 떨어뜨리지 못한 모든 친구를 위해서.

[트래니오] 오, 여보시오. 저는 주인님께서 저를 사냥개처럼 앞질러 달리게 했을 뿐이죠. 주인을 위해서 사냥을 하라고요. 하지만 그 사냥하신 사슴한테 받혀 감당을 못하신다면서요?

[밥티스타] 오, 패트루치오. 한대 얻어맞았군.

[루센쇼] 트래니오, 고맙네. 날 멋지게 풍자해 주어서.

[호텐쇼] 고백하지? 한 대 얻어맞지 않았나.

[패트루치오] 약간 긁혔을 정도라고 고백하지. 그러나 그 풍자의 화살이 나를 약간 스치고 튀어 나가서 자네 두 사람을 정통으로 뚫어맞힌 것을 모르나.

[밥티스타] 아니, 참말이지 미안해, 패트루치오. 내 사위는 이 세상에서 제일 가는 말괄량이를 아내로 얻었으니.

[패트루치오] 천만에요. 그렇지 않죠. 그럼 그 증거로 각자가 사람을 보내서 자기 아내를 불러보도록 하죠. 그래서 사람을 보냈을 때 제일 먼저 오는 아내가 가장 말 잘 듣는 아내이니 그 남편이 이긴 걸로 하고 서로 내기를 거는 것이 어떻겠습니까?

[호텐쇼] 좋소. 그 내기의 금액은?

[루센쇼] 이십 크라운.

[패트루치오] 겨우 이십 크라운? 나 같으면 그만한 돈은 매나 사냥개한테도 내길 걸겠소. 내 아내인 만큼 그 이십 배는 걸어야지.

[루센쇼] 그럼 백크라운이요.

[호텐쇼] 좋소.

[패트루치오] 됐어. 결정됐소.

[호텐쇼] 누가 먼저 시작하지?

[패트루치오, 루센쇼] 내가 먼저 하지. 비온델로, 아씨를 불러오게. 내가 부른다고.

[비온델로] 알겠습니다.

(퇴장)

[밥티스타] (루센쇼에게) 자네 몫의 절반은 내가 맡지. 비앙카는 틀림없이 올 것이니.

[루센쇼] 전 반 도박은 싫습니다. 전부 내 몫으로 걸겠습니다. 그래, 어때? 뭐라던가?

(비온델로 등장)

[비온델로] 바빠서 못 오시겠다고요.

[패트루치오] 뭐 바빠서 못 오겠다고? 그게 대답이야?

[그레미오] 당신 부인한테서는 그보다 더 나쁜 대답이 안 나오게 기도나 올리시오.

[패트루치오] 천만에요. 반드시 좋은 대답을 하죠.

[호텐쇼] 비온델로, 내 아내한테 가서 곧 이리로 오십사 하고 청해 보게.

[패트루치오] 오, 오십사 해 보라고? 그야 오십사 하니 오시겠지.

[호텐쇼] 그러나 미안하지만, 자네는 청 아니라 무엇이든 해 보게. 올 리가 없으니.

[호텐쇼] 내 아내는 어떻게 됐나?

[비온델로] 부인 말씀이 무슨 장난을 꾸미고 있는 것이 분명하니 못 오시겠다는 겁니다. 부인한테로 직접 오시라고 하시더군요.

[패트루치오] 점점 더 나빠지는군. 직접 오라고? 에잇, 불쾌해 못 참겠어. 견딜 수가 없어. 이것 봐, 그루미오, 아씨한테 가서 이리로 오라고 내가 명령하더라고 하게.

(그루미오 퇴장)

[그레미오] 그 대답이야 뻔하지.

[패트루치오] 어떻게?

[그레미오] 오겠다고 할 리가 없지.

[패트루치오] 그런 꼴을 당한다면 모든 것은 끝장이야.

[밥티스타] 아니, 이게 웬일이야? 카타리나가 오잖아?

(카타리나 등장)

[카타리나] 무슨 일인가요? 부르셨다니.

[패트루치오] 동생은 어디 있소? 호텐쇼의 부인은?

[카타리나] 난로 옆에 앉아 이야길 하고 있죠.

[패트루치오] 가서 두 사람을 다 이곳으로 데리고 와요. 만약에 거절하거든 때려도 좋으니 그녀들을 남편 앞으로 끌고 와요. 어서 가서 곧장 이리로 끌고 오라니까.

(카타리나 퇴장)

[루센쇼] 기적이 있다면 이거야말로 기적이요.

[호텐쇼] 정말이요. 이것이 무슨 징조인지 모르겠소.

[패트루치오] 그야 평화의 징조지. 사랑의 징조요, 평온한 생활의 징조요. 잘

패트루치오와 카타리나
패트루치오의 말에 고분고분 따르는 카타리나의 모습을 보여 준다.

라 말해서 별것이 있나요. 아름답고 행복한 것 이외에는.

[밥티스타] 자, 패트루치오, 행운은 그대에게.

[패트루치오] 내기에 이긴 것쯤은 문제가 아닙니다. 그 이상으로 카타리나가 온순하다는 증거를 보여 드리죠. 얼마나 정숙하고 고분고분한 사람이 되었는가를 보여 드리지요. 보세요, 카타리나가 옵니다. 여러분의 고집쟁이 부인들을 데리고요. 잘 달래 가지고 포로를 만들어서 데리고 옵니다.

(카타리나, 미망인, 비앙카 등장)

[패트루치오] 카타리나, 그 모자가 당신에게 어울리지 않소. 그런 장난감 같은 것은 벗어 던져 밟아 버리시오. (카타리나 하라는 대로 한다)

[미망인] 원 세상에, 이런 실없는 장난이 어디 있어요.

[비앙카] 아이 싫어요. 날 바보로 아시나요, 오라, 가라 하게요.

[루센쇼] 좀 더 바보나 되었더라면 좋았을 것을 비앙카 당신이 너무 똑똑해서 저녁 식사 이후에 백 크라운을 잃었소.

[비앙카] 어머나, 나를 미끼로 돈을 걸다뇨. 당신이야말로 바보 이상이에요.

[패트루치오] 카타리나, 내 명령이니 이 고집 센 부인들께 여자란 그 성주요, 남편되는 사람한테 어떻게 해야 한다는 것을 설명해 주오.

[미망인] 우릴 조롱하고 계시는군요. 누가 그런 소릴 듣는다고.

[패트루치오] 어서 시작하라니까. 우선 저 부인한테 설명을 해 줘요.

[미망인] 할 리가 없죠.

[패트루치오] 한다니까요. 우선 저 부인한테.

[카타리나] 쓸데없어요. 헛짓이에요. 그런 위험하듯 쌀쌀한 찌푸린 눈살을 펴셔요. 그런 오만한 눈초리로 쏘아 보면 자기의 주인이요, 성주요, 군주인 남편에게 상처를 주게 되니 아예 그래서는 못씁니다. 여자가 성을 내면 흐려 놓은 샘물같이 되죠. 흙탕물이 우러나고 더럽게 보이는 것이 혼탁해져서 아름

다움이 간데없죠. 이렇게 되면 아무리 여자에 갈증이 난 남자라도 그런 여자의 샘물을 한 방울이라도 입에 댈 사람은 없을 테니까요. 남편은 당신의 성주요, 당신의 생명이요, 당신의 수호자요, 당신의 지엄한 군주입니다. 당신을 위해 걱정하고 당신을 부양하기 위해 바다에서 육지에서 자기 몸을 아낌없이 내던져 일하고 있질 않습니까. 그러면서도 어디 당신에게 어떤 대가를 바라던가요. 다만 사랑과 맑은 안색과 진심으로 순종하는 것만을 바랄 뿐입니다. 나도 당신네처럼 한때는 마음도 생각도 부풀대로 부풀어서 말에는 말로 성에는 성으로 일일이 대들기도 했지만 그래도 다행히 나는 좀 더 이성적이었지요. 그러나 이제 알겠어요. 우리들이 던진 창이란 지푸라기 같은 것에 불과하다는 것을요. 그러니 머리를 숙이고 성미를 버리세요. 아무짝에도 소용없으니까요. 이러한 의무의 증거로 남편의 소망이라면 내 손을 짓밟아도 좋다고 하겠어요.

[패트루치오] 암, 그래야 내 아내지. 자, 케이트, 키스를 해 줘요.

[밥티스타] 다른 사람이 잃은 돈에다가 2천 크라운을 보태서 내가 내놓지. 왜냐하면 저 애가 아주 다른 사람이 됐으니까.

[루센쇼] 좋아, 날이 갈수록 번영하시오. 승리는 당신의 것이니.

[빈센쇼] 참 좋은 말씀이었소. 아이들에게 들려줄 만한.

[루센쇼] 그러나 따끔한 얘기였죠. 고집쟁이 부인에겐.

[패트루치오] 자, 케이트, 우리 잠자리로 갑시다. 우리 세 사람이 결혼했지만 자네 두 사람은 뱀을 잡았어. 그대들은 과녁을 맞혔지만 내기에는 내가 이겼지, 승리자가 된 이상 이제 그만 안녕.

(카타리나와 함께 퇴장)

5막 2장 분석

일부 비평가들은 이 장면을 셰익스피어 코미디에서 수수께끼 같은 장면 중 하나로 간주하지만 그러한 주장은 실제로 부당하다. 종종 사람들은 카타리나의 연설에 놀라지만. 자세히 살펴보면 그녀의 연설은 결코 양보가 아님이 분명하다. 오히려 훨씬 더 강력한 메시지를 전달하고 영리한 해결책을 제시하는 것으로 보인다. 셰익스피어는 관객이 카타리나의 독백을 액면 그대로 받아들이지 말고, 문자 그대로를 넘어 이 구절이 담고 있는 더 깊은 의미를 바라봐야 한다고 말하는 것 같다.

셰익스피어가 관객들로 하여금 카타리나의 연설을 문자 그대로 받아들이지 않았으면 한다는 첫 번째 단서는 독백이 오락의 맥락에서 행해진다는 것이다. 카타리나는 꽤나 진지하게 말하는 것처럼 보이지만 패트루치오와의 게임에서 자신의 역할을 하고 있을 뿐임을 기억해야 한다. 사실 남편이 아내에게 내기를 걸었다는 개념은 우스꽝스럽고 파티에 즐거움을 더한다.

여자들이 떠난 후, 패트루치오는 남자들에게 내기를 요구한다. 카타리나에게 기꺼이 베팅하려는 그의 의지는 일부 비평가들이 생각하는 것처럼 비인간적인 것이 아니라 오히려 그녀에 대한 그의 믿음에 대한 증거이다. 그는 카타리나를 이해하는 자신의 능력에 확신을 가지고 있으며, 그녀는 그를 실망시키지 않는다.

첫 주자로 루센쇼가 비앙카를 소환하며 게임을 시작한다. 불과 몇 시간 전만 해도 그녀는 고분고분하고 기꺼이 그의 명령을 따르는 듯 보였지만, 비앙카는 이제 고집이 세다. 사실 루센쇼에 대한 그녀의 부정은 앞으로 일어날 일에 대한 힌트 역할을 한다. 이름이 '흰색'을 의미하고 순결과 관련된 비앙카는 남편을 선택한 후 전혀 다른 모습을 보여 줄 것이다.

그리고 다음으로 미망인을 호출한 호텐쇼가 성공하지 못하리라는 것은 자명해 보인다. 처음부터 미망인은 바보가 아니며 자신의 힘을 조금도 포기하지 않는다.

마지막으로 패트루치오가 아내에게 사람을 보냈을 때 모든 시선이 패트루치오에게 쏠린다. 카타리나의 등장에 군중은 깜짝 놀라고, 그들의 놀라움은 카타리나와 패트루치오에게 그들 모두를 최대한 활용할 수 있는 기회를 제공한다. 카타리나는 패트루치오가 자신의 명성을 그녀에게 걸고 있을 뿐만 아니라 다른 여자들에 대한 권력을 가질 수 있는 기회를 자신에게 주고 있음을 잘 알고 있다.

아내의 순종에 대한 카타리나의 독백은 아마도 연극에서 가장 중요할 부분이다. 연극 내내 셰익스피어는 결혼제도를 조롱하는 데 주의를 기울였으며 여기서도 예외는 아니다. 또한 우리는 다른 코미디에서 셰익스피어가 특히 여성 캐릭터에게 공감한다는 것을 알고 있다. 게다가 이것은 이 연극에서 가장 긴 연설이다. 셰익스피어가 그녀에게 얼마나 큰 애정을 느끼고 있는지 알 수 있는 대목이다.

카타리나는 이 연설에서 많은 부분을 심하게 과장해서 말하고 이는 패트루치오가 이전에 그녀에게 사용한 과장된 수사학과 다르지 않다. 연설에서 그녀는 남편에게 맹목적으로 순종하는 것과 슬기롭게 순종하는 것 사이에 흥미로운 차이점을 만든다. 그녀는 '그의 정직한 의지에 순종'해야 한다고 주장하는데, 이는 남편의 의지가 정직하지 않을 때 그의 의지에 순종해서는 안 된다는 의미를 내포하고 있으며, 이는 카타리나가 진정으로 '길들여진' 것인지 여부를 고려할 때 중요한 구별이다.

카타리나가 연설을 마친 후 패트루치오는 다시 키스를 요구하고 이번에는 카타리나가 기꺼이 따른다. 그런 다음 두 사람은 결혼을 공식화하는 잠자리에 들기 위해 자리를 떠난다.

셰익스피어 5대 희극

십이야

십이야

등장 인물

[오르시노] 일리리아의 공작
[올리비아] 토비 벨치 경의 조카딸
[바이올라] 세바스찬의 쌍둥이 여동생
[안토니오] 함정 선장
[선장] 바이올라의 친구
[세바스찬] 바이올라의 쌍둥이 오빠
[발렌타인, 큐리오] 오르시노 공작의 시종
[토비 벨치 경] 올리비아의 삼촌
[앤드류 에이큐치크 경] 토비 벨치 경의 친구
[말볼리오] 올리비아의 집사
[페이비언덤] 올리비아의 시종
[마리아] 올리비아의 시녀

The Twelfth Night

1막 1장

Act 1, Scene 1

● **공작의 저택**

(오르시노 공작, 큐리오, 귀족들 등장, 악사들이 대령하고 있다)

[오르시노] 음악이 사랑의 심정을 살찌게 해 주는 음식이라면, 어디, 계속해 다오. 실컷 귀로 들어 식상해지면 사랑의 식성도 또한 식어 사라지고 말 것이 아니겠느냐. 그 곡을 다시 한번 들려다오, 스러지는 듯한 그 가락. 마치 제비꽃 피는 둔덕 위에 산들바람이 몰래 꽃향기를 훔쳤다 돌려주었다 할 때 들려오는 은근한 소리 같구나. 아니, 그만, 이젠 싫다. 아까처럼 은근하지가 못해. 아, 사랑의 심정아, 너는 어쩌면 그렇게도 재빠르고 싱싱하냐. 바다같이 도량이 넓어 무엇이건 받아들이면서, 그 가슴속에 일단 들어가면 아무리 훌륭하고 값어치가 있어도 순식간에 값이 떨어지고 마는구나. 사랑의 심정, 얼마나 환상에 차 있기에 변덕이 그다지도 심한 것일까?

[큐리오] 사냥을 가지 않으시렵니까?

[오르시노] 사냥? 뭣을?

[큐리오] 사슴이죠.

[오르시노] 그것 같으면 벌써 하고 있다. 내가 가진 제일 고귀한 이 가슴 말이야. 아, 나의 이 두 눈이 올리비아를 보았을 때 첫눈에 천기의 독기가 온통 가시는 것 같더니, 바로 그때부터야, 나는 가슴으로 둔갑이 되어 버렸다. 그리고는 이 애욕이 마치 사납고 잔인한 저 사냥개처럼 내 마음을 곧장 몰아 대고 있구나.

(발렌타인 등장)

[오르시노] 그래, 뭐라더냐 그분은?

[발렌타인] 죄송합니다. 직접 뵙지를 못하고 다만 시녀를 통하여 받은 회답이 이러하옵니다. 아가씨께서는 7년 동안을 하늘까지도 얼굴을 가리실 결심, 나들이하실 때는 수녀처럼 얼굴을 베일로 가리시고, 거처하시는 방에다 매일 한 번은 짜디짠 눈물을 뿌려 놓으시겠다는 말씀입니다. 이것이 모두 돌아가신 오라버님에 대한 사랑의 애도, 슬픈 추억 속에 길이 간직하시기 위함이라 하옵니다.

[오르시노] 아, 오라버니에 대한 정리조차 이렇게도 깊이 마음의 부담으로 삼은 지극한 마음씨일진댄, 애정이야 짐작조차 할 수 있을까? 사랑의 신 큐피드의 황금 화살이 그의 가슴을 찔러 모든 다른 감정을 죽여 버린다면, 간장이고 뇌수고 심장이고, 이 모든 옥좌란 옥좌를 모조리 사랑이란 하나의 왕이 차지해 버리고 그이의 전부를 채워 버린다면, 자, 안내해 다오, 아름다운 꽃밭으로. 꽃나무 그늘에 쉬어야만 사랑의 정은 두터워지느니라.

(모두 퇴장)

▌1막 1장 분석

《십이야》는 셰익스피어의 가장 인기 있는 연극 중 하나이다. 연극이 아닌 글로 처음 이 작품을 대하면 이해하기 어렵다는 생각이 들기도 하는데, 오르시노 공작의 기분과 성격에 맞게 나른하고 우울한 곡조의 아름다운 음악을 연주하는 음악가들을 상상하며 글을 읽으면 조금은 이해하기가 수월할 것이다.

연극의 일반적인 설정도 중요하다. 셰익스피어는 로맨스의 미묘한 분위기를 강조하기 위해 다양한 설정을 해 두었는데, 먼저 '일리리아'라는 장소는 실제로 그곳이 아드리아 해안에 존재했는지 여부와 무관하게 그 이름 자체가 음모와 사랑으로 가득 찬 먼 곳의 이미지를 불러일으킨다는 것이 중요하다. 공작의 성격은 그의 첫 대사에서 확실히 보여지는데, 감상적인 음악에 탐닉하는가 싶더니 금세 질려 음악가들을 내보내고, 그런 다음 사랑에 대한 이야기를 늘어놓는다. 그는 쉽게 변하고 불안정하며 끊임없이 움직인다. 잠시 후 공작의 사랑은 올리비아에게서 바이올라로 옮겨 갈 것이다. 따라서 우리는 이 빠른 변화에 신경 쓸 필요가 없다.

1막 2장
Act 1, Scene 2

● 해안

(바이올라, 선장, 선원들 등장)

[바이올라] 여기는 어느 땅이에요?

[선장] 일리리아란 곳이요, 아가씨.

[바이올라] 일리리아 같은 데 와서 어떡하자는 거죠? 오빠는 저승 땅 엘리지엄으로 가 버렸는데, 아니, 혹여나 물에 빠지지 않았는지 몰라. 여러분들 생각은 어떠세요, 네?

[선장] 아가씨가 살아난 것만 해도 운이 좋았습니다.

[바이올라] 불쌍한 오빠! 혹 운이 좋아서 살았을지도 몰라요.

[선장] 암, 그렇죠. 운이 좋다면 걱정할 건 없죠. 우리가 탄 배가 난파하고 난 다음 아가씨하고 그리고 같이 살아난 몇 안 되는 사람들이 떠내려가는 보트에 매달려 있을 때 보니까, 오빠께서는 그 위험 가운데도 그야말로 용의주도하게 물 위를 떠내려가는 튼튼한 돛대에 몸을 잡아매고는 돌고래 등에 업힌 아리온처럼 거친 파도를 타고 가고 있었지요. 그렇게 떠내려가는 것을 이 눈

으로 틀림없이 봤습니다.

[바이올라] 정말 반가운 소식, 고마워요. 제가 죽지 않고 살아난 것을 보면 이제 하신 말씀, 오빠도 살아 있을는지 모른다는 든든한 마음의 다짐이 되어요. 이 나라를 아세요?

[선장] 잘 알죠. 제가 나서 자라난 곳이 바로 여기서 세 시간도 가지 않는 데 있으니까요.

[바이올라] 이곳 영주는 어느 분?

[선장] 가문이며 인품이 훌륭한 공작입니다.

[바이올라] 그분의 이름은?

[선장] 오르시노.

[바이올라] 오르시노! 아버지한테서 그분 이름을 들은 적이 있어요. 그땐 독신이라 들었는데.

[선장] 지금도 그렇죠. 아니, 최근까지는. 제가 여기를 다녀간 지 불과 한 달 전인데 그때 한창 소문이 자자하기를, 공작께서는 올리비아 아가씨에게 청혼하셨다고 하더군요.

[바이올라] 그분은 어떤 이예요?

[선장] 바로 1년 전에 돌아가신 어느 백작의 따님, 지덕을 겸비한 아가씨죠. 백작께서는 돌아가실 때 이 따님의 후사를 아드님, 즉 이 아가씨의 오빠 되시는 분에게 맡겨 두셨는데, 그 오빠 역시 뒤를 이어 돌아가셨죠. 그래서 그분을 생각한 나머지 이 아가씨는 남성과의 교제, 아니, 만나는 것조차도 하지 않기로 맹세했다는 소문입니다.

[바이올라] 아, 그런 분 같으면 제가 시중을 들 수 없을까요? 그래서 때가 닥쳐올 때까지는 이 몸을 숨겨 두어 신분을 감추고 싶어요.

[선장] 그건 조금 힘들 겁니다. 어떠한 청도 듣지 않는 분이니까. 공작님의 청도 듣지 않아요.

남장을 한 바이올라
바이올라가 남장을 하고 오르시노 공작의 하인이 되는 연극 〈십이야〉의 한 장면이다.

[바이올라] 선장님, 보아하니 좋은 분이라고 생각되어요. 하긴 세상에는 겉치레는 번지르르해도 속이 썩어 있는 경우가 있지만 당신은 뵈어 온 대로의 아름다운 마음씨를 가진 분이라고 생각합니다. 그래서 소청이 하나 있어요. 사례는 충분히 해 드리겠어요. 제발 제 신분을 감춰 주시고, 마음먹은 바 있어 남장으로 변장할 테니 도움이 되어 주세요. 저는 그 공작님의 수종을 들고 싶어요. 저를 내시로 그분께 천거해 주시겠어요? 그 수고는 저버리지 않겠어요. 저는 노래를 부를 줄도 알고, 여러 가지 음악으로 상대해 드릴 수도 있으니 수종 들 만하지 않겠어요? 그 밖의 일은 그때그때를 봐서 해 내기로 하고요. 다만 저의 이 생각을 남에게는 말하지 말아 주세요.

[선장] 그럽시다. 내시가 되시오, 나는 벙어리 역을 맡을 테니. 이 혀가 움직이거들랑 다시는 이놈의 눈을 뜨지 않도록 해 주시오.

[바이올라] 고마워요. 자, 안내해 주세요.

(모두 퇴장)

1막 2장 분석

　장면이 일리리아 해변으로 옮겨지면서 우리는 연극의 또 다른 주인공인 바이올라를 만나고, 그녀를 만나면서 올리비아에 대해 더 많이 듣게 된다. 그들의 이름이 거의 완벽한 애너그램(이름에 같은 글자를 재배열한 것)임에도 불구하고, 그리고 비록 그들이 이 연극에서 비슷한 극적인 상황에 놓였음에도 불구하고, 그들은 매우 다른 여성이다. 둘 다 최근에 형제를 잃었고 세상에 혼자다. 그러나 여기서 유사성은 끝난다. 올리비아는 슬픔에 빠져 있지만, 바이올라는 금세 현실 세계에서 살아갈 방도를 찾는다. 올리비아와 달리 바이올라는 슬픔에 빠질 시간이 없다. 낯선 외부 세계에서 바이올라는 자신을 보호하기 위해 남자로 변장하기로 한다. 그리고 이 변장의 시작과 함께 우리는 코미디의 나머지 부분에 걸쳐 실행될 복잡한 일련의 가면극을 대비해야 할 것이다.

1막 3장

Act 1, Scene 3

● **올리비아의 집**

(토비 벨치와 마리아 등장)

[토비] 올리비아는 왜 저리지, 밤낮 저러고 있으니 근심이 많으면 수명이 줄어들어.

[마리아] 토비, 제발 밤에는 좀 더 일찍 돌아오셔야 해요. 조카딸 되시지만, 우리 댁 아씨께서 오밤중에 귀가하신다고 못마땅해 하세요.

[토비] 무슨 상관이야. 난 말이야 마땅하니까 내버려 둬.

[마리아] 그야 그렇겠죠. 하지만 점잖게 체면을 차릴 줄 아셔야 돼요.

[토비] 차리라고? 이렇게 차리고 다니는데 어떻다는 거야. 약주 마시기에도 십분 알맞겠다, 이 장화만 해도 그렇지, 안 그래? 어디 그렇지 않다는 놈이 있어 봐, 제 구두끈에 목을 매어 뒈지라지.

[마리아] 그렇게 약주를 물마시듯 꿀꺽꿀꺽 마시면 몸에 해로워요. 어제도 아씨께서 그 말씀하시던데. 그리고 언젠가 밤에 사람을 데리고 오셨죠? 아씨에게 청혼하겠다고. 데리고 오신 그 얼치기에 대한 말씀도 하셨어요.

[토비] 누구? 앤드루 에이큐치크 경 말인가?

[마리아] 네, 그 사람 맞아요.

[토비] 아, 이 일리리아 땅에서 누구 못지않은 대장부지.

[마리아] 그게 어떻단 말이에요?

[토비] 1년 수입이 자그마치 3천 더컷이란 걸 알아 두란 말이야.

[마리아] 그럼 뭘 해. 아무리 돈이 많아도 그 돈 갖고서 1년을 지탱하지 못할 걸. 세상에 바보천치에다 팔난봉인데.

[토비] 무슨 말씀, 알지도 못하면서. 그 사람은 첼로를 켤 줄 알뿐더러 세 나라, 네 나라 말을 한 자 틀리지 않고 안단 말씀이야. 게다가 타고난 솜씨가 얼마나 좋은지 알아?

[마리아] 아무렴요, 타고난 분이죠. 바보에다 웬 싸움은 그렇게도 잘한담.

[토비] 그따위 말을 하는 녀석은 남을 헐뜯는 악당들이야. 누구야, 그런 입버릇을 하는 놈은?

[마리아] 그뿐인 줄 아세요? 당신과는 매일같이 어울려 다닌다고 그러던데.

[토비] 조카딸의 건강을 빌고 마시는 거야, 알았어? 내 목구멍에 길이 틔어 있고, 이 일리리아 땅에 술이 딸리지 않는 동안은 조카딸을 위해 마신다는 걸 알아줘. 그것도 못 하는 인간은 비겁자야. 마음의 팽이처럼 머리가 핑핑 돌도록 마시지 않는 인간들 말이야. 자, 이것 봐. (그는 마리아의 허리를 붙들고 춤을 춘다) 저기 앤드루 에이큐치크 선생이 오지 않아?

(앤드루 등장)

[앤드루] 토비! 안녕하시오.

[토비] 여, 앤드루.

[앤드루] 안녕하쇼, 왈패 아가씨?

[마리아] 안녕하세요.

[토비] 문안을, 앤드루.

[앤드루] 누구요?

[토비] 내 조카딸의 시녀요.

[앤드루] 문안 아가씨, 잘 부탁드리오.

[마리아] 제 이름은 마리아예요.

[앤드루] 그럼 마리아, 문안 아가씨.

[토비] 이보시오, 그게 아니라고. 대들어서 사랑해 달라는 거요.

[앤드루] 지금 모두 있는데 못 해. 그게 '문안'의 뜻이구면.

[마리아] 전 실례해요.

[토비] 이보시오, 앤드루. 지금 그냥 놓쳐 버리면 장부가 다시 칼을 빼기는 글 렀다니까.

[앤드루] 아가씨, 그렇게 놓치게 되면, 이거 장부가 다시 칼을 빼기는 글렀을 거 아니요. 댁에선 바보를 상대하고 있다고 생각하시오?

[마리아] 바보고 뭐고 상대를 안 해요.

[앤드루] 그럼 상대해 보시오. 자, 악수요.

[마리아] 그럼, 생각은 맘대로라니까. 그러니 그 손을 술통 있는 데 가져가세 요. 술이라도 마시게.

[앤드루] 이보시오, 그건 왜? 그건 무슨 비유야?

[마리아] 손에 물기가 없어서요.

[앤드루] 그야 그럴 테지. 손이 물에 젖어 있도록 바보는 아니니까. 한데 그 건 무슨 익살이오?

[마리아] 물기가 없는 익살이에요.

[앤드루] 그런 게 한 아름이나 있어?

[마리아] 암요, 이 손가락 끝에 있어요. 이것 보세요. 하지만 이렇게 손을 놓 으면 없어지고 말거든요.

(퇴장)

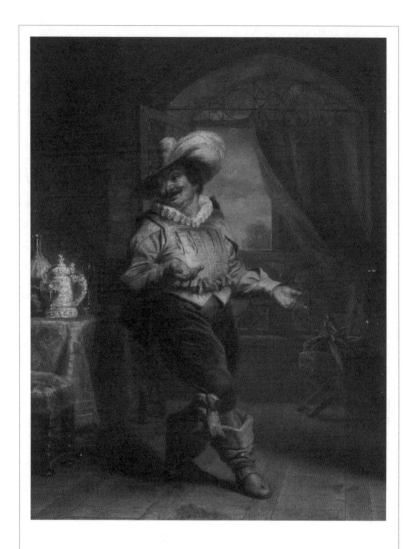

토비 벨치 경
올리비아의 삼촌으로 올리비아 시녀인 마리아와 결혼한다.

[토비] 술이 모자라는군. 마구 당하고 말았어.

[앤드루] 원 평생 처음인데, 술에 자주 당했지만. 쇠고기를 너무 많이 먹으니 그게 머리를 둔하게 하는 모양이지.

[토비] 그렇고말고.

[앤드루] 그것을 알았으면 치워 버렸을 걸. 토비, 나는 내일 시골로 가겠소.

[토비] 아니, 노형, 그건 왜?

[앤드루] 정말 내일은 가야겠소. 노형의 조카딸께서는 만나 주지도 않지, 만나 봤댔자 싫다 할 소리는 뻔할 것이고, 공작이 청혼했다면서.

[토비] 공작은 싫다고, 저보다 윗사람하고는 결혼하지 않겠대. 신분이나 나이나 지혜가 말이야. 그렇게 장담하는 것을 내가 들었어. 이봐, 노형, 아직 댁이 있단 말이야, 알았어?

[앤드루] 그럼 한 달만 더 있어 볼까. 나는 정말 이상한 성미를 갖고 있어, 어떨 때 보면 춤을 추거나 마셔대며 정신이 없을 적이 있단 말이요.

[토비] 그런 멋진 솜씨가 있는 줄 몰랐는데.

[앤드루] 이 일리아에선 누구에게도 지지 않을 걸. 나보다 손윗사람은 빼놓고 말이오. 하긴 잘하는 인간보다야 아무래도 못하지.

[토비] 노형, 갤리야드에선 뭣이 장기지?

[앤드루] 높이뛰기를 할 줄 알아.

[토비] 양이 뛰는 것 같겠군.

[앤드루] 그리고 거꾸로 뛰기 춤도 여기서는 누구에게나 이길 것 같은데.

[토비] 그런 솜씨를 왜 숨겨 뒀지? 왜 감춰 뒀느냐 말이요. 미스트레스 몰의 그림같이 먼지가 앉을까 염려했나? 아, 교회에 다닐 때도 갤리야드로 갔다가 코란토(뛰어가는 춤)로 돌아오면 딱 좋지. 나 같으면 틀림없이 지그(어릿광대 춤)식으로 걷겠어. 아, 그런 솜씨를 감추고 있을 줄이야? 노형의 다리가 근사한 것을 보고, 이건 틀림없이 갤리야드의 별 아래 태어난 것이로구나 하

고 생각했단 말이야.

[앤드루] 다리야 단단하고말고. 이렇게 누런 양말에는 환하게 어울리지, 어디 우리 한바탕 떠들어 볼까?

[토비] 아무렴, 해야지 해야 해. 토오러스 별 아래 태어난 우리가 아니요.

[앤드루] 토오러스! 그건 심장과 옆구리의 별이로군.

[토비] 아니야, 다리와 허벅지의 별이지. 자, 노형의 캐이퍼 춤을 구경합시다. (앤드루 춤을 춘다) 핫, 더 높이, 핫 하! 거, 멋진데.

(모두 퇴장)

1막 3장 분석

이 장을 통해 우리는 또 다른 캐릭터를 만난다. 현대 관용구로, 이미 '위층' 캐릭터를 만났고, 이제 '아래층' 캐릭터를 만나게 된다. 토비 벨치 경, 조카딸, 마리아는 메인 플롯의 균형을 맞추는 서브플롯을 형성한다. 그의 이름에서 알 수 있듯이 토비 벨치 경은 과음과 비만한 체형이 특징이다. 초기 연극에서 셰익스피어는 존 팔스타프 경에게서 비슷한 유형의 캐릭터를 만들었다(헨리 4세에 등장). 이 캐릭터는 엘리자베스 시대 관객들에게 매우 인기가 있었고 토비 경은 바로 이 존 팔스타프 경을 연상시킨다. 둘 다 통통하고 유쾌한 기사로 술, 흥청거림, 모든 유형의 어리석음을 좋아한다.

이 연극에서 토비 경은 앤드루 경을 칭찬하는 데 대부분의 시간을 보내므로 앤드루 경은 계속해서 토비 경이 술을 마시고 탐닉할 돈을 공급할 것이다. 토비 경의 조카딸은 '멜로드라마적' 애도에 너무 몰입하고 있어 집에서 벌어지고 있는 상황을 알지 못하지만, 곧 그녀는 집안을 정리하기 위해 청지기인 말볼리오를 부를 것이다.

서브플롯의 또 다른 주역인 마리아는 활기차고 영리하며 장난스러운 하녀이다. 그녀는 셰익스피어 연극의 '하인 전통'을 따르며 주변 사람들보다 더 재치 있고 영리하다. 따라서 엔드루 경은 그녀의 농담과 말장난의 대상이 될 것이지만 그것을 결코 깨닫지 못할 것이다.

1막 4장

Act 1, Scene 4

● **공작의 저택**

(발렌타인과 남장한 바이올라 등장)

[발렌타인] 세사리오, 공작님의 총애가 지금처럼 계속된다면 자네는 출세할 걸세. 여기 온 지 사흘밖에는 되지 않았지? 그런데 벌써 얼굴이 익었단 말이거든.

[바이올라] 공작님의 총애를 말씀하시는 것을 보니 그분께서 마음이 잘 변하시거나 제가 태만해지거나 그 어느 쪽을 염려하시는 모양이군요. 공작님께서 마음이 변하시는 분인가요?

[발렌타인] 아니, 절대로.

[바이올라] 감사합니다. 저기 공작님께서.

(공작, 큐리오, 하인들 등장)

[오르시노] 아니, 세사리오는 못 보았느냐?

[바이올라] 여기 대령하였습니다.

[오르시노] 너희들은 잠시 비켜다오. 세사리오, 너도 이제는 잘 알고 있을 것이다. 내 마음의 비밀을 속속들이 다 들춰 보였으니. 그러니 네가 그분에게 가 봐 다오. 가서 거절이고 뭐고 없이 문 앞에 버티고 서서 뵙기 전에는 발에 뿌리가 박혀서 한 걸음도 움직일 수 없다고 여쭈어라.

[바이올라] 하지만 그렇게 깊은 시름에 빠져 계시다 하니, 만나 뵙게 해 주실 것 같지 않습니다.

[오르시노] 소득 없이 돌아올 바에야 마구 소란이라도 떨어라. 예의고 인사고 없다.

[바이올라] 만약 만나 뵐 수 있다면 그때는 어떡할까요?

[오르시노] 아, 그때는 내 사랑의 진심을 털어놓고 이 가슴속에 품은 뜻을 일일이 그이에게 호소해 다오. 내 사랑의 고민을 대신해 주는 데는 네가 안성맞춤이다. 점잖을 빼는 심부름꾼보다도 너같이 젊은 사람 이야기를 그이는 더 잘 들어 줄 것이다.

[바이올라] 저는 그렇게 생각하지 않습니다.

[오르시노] 아니, 틀림없다. 대체 너를 어른이라고 생각하는 사람이 있다면 그 사람은 너의 세상모르는 행복한 시절을 알아보지 못한 사람이다. 다이아나의 입술도 네 입술만큼 매끄럽고 볼그레하지는 못해. 너의 그 조그만 목청은 마치 처녀같이 쩡쩡 울리고 갈라지지 않은 소리를 내고 있다. 하나에서 열까지 여자를 닮았어. 너는 천생 이 일에는 제격이다. 누구 너댓 명 따라가거라. 아니, 모두 가도 좋다. 나는 어차피 곁에 아무도 없는 게 제일 편하니까. 제발 잘 해 다오. 일이 성사만 되면 이 재산, 내 것 네 것 없이 마음대로 쓰게 하마.

[바이올라] 힘닿는 대로 청혼해 보겠습니다. (독백) 내게 청혼한다면, 저이 아내가 되고픈 것은 나란 말이야.

1막 4장 분석

장면이 시작되면 발렌타인은 세사리오에게 그가 공작의 두터운 신임을 얻었다고 말한다. 세사리오는 공작이 때때로 변덕스러운지 묻고 궁극적으로 그녀에게 변함이 없기를 바란다. 우리는 이 장면의 마지막 줄이 되어서야 이 3일 동안 바이올라가 공작을 사랑하게 되었다는 사실을 알게 된다. 그러나 아이러니하게도 이제 세사리오로 변장한 바이올라는 오르시노 공작을 위해 올리비아에게 사랑의 메시지를 전하러 가야 한다. 장면의 끝에서 바이올라는 "내게 구애하면 내가 그의 아내가 될 것"이라고 외친다. 이 독백은 바이올라를 다른 모든 낭만적인 연인들과 일치시킨다.

1막 5장

Act 1, Scene 5

● **올리비아의 집**

(마리아와 어릿광대 등장)

[마리아] 어딜 갔다 왔는지 말해 봐. 말 않으면 어디 좋게 말씀드려줄 줄 알아? 네가 집을 비웠으니 아씨께서는 너를 교수형에 처하실 거야.

[페스테] 달아매 보라지. 잘만 달아매면 빛을 겁낼 필요가 없어.

[마리아] 그건 또 무슨 뜻이니?

[페스테] 원, 눈이 감기니까 뎇이 보여야 겁이 나지.

[마리아] 시시한 대답이군. 어디 '빛을 겁내지 않는다'는 속담의 뜻을 말해 줄게.

[페스테] 무슨 뜻이요, 마리아 아주머니?

[마리아] 전쟁 때 생긴 말이야. 바보가 그런 말을 쓰다니 용감무쌍하구나.

[페스테] 흥, 지혜 있는 자에게 지혜를 주시옵고, 바보에게는 재주를 쓰게 해 주시옵소서.

[마리아] 어쨌든 너는 이렇게 집을 비웠으니 교수형 아니면 이 댁에서 추방이

야. 추방이면 너에겐 교수형이나 마찬가지지.

[페스테] 상관없어요. 목을 매어달린 덕분에 공처가를 면한 사람이 얼마나 많은데. 하지만 쫓겨나는 것은 여름으로 해 줬으면 좋겠어.

[마리아] 그럼 각오는 돼 있니?

[페스테] 그렇지도 않아. 각오된 것은 두 가지 점이지.

[마리아] 한쪽 것이 못쓰게 되면 다른 것으로 걸어 대고, 두 쪽이 다 못쓰게 되면 바지가 흘러내린다는 거니?

[페스테] 틀림없이 들어맞았어. 자, 가 보소. 토비가 약주만 안 마시면 당신이야 이 일리리아 땅에서 제일 똑똑한 아주머니가 되실 텐데, 헤헤.

[마리아] 닥쳐, 이 악당, 쓸데없는 소리 좀 작작해. 아씨께서 나오신다. 핑계를 똑똑하게 해 두어.

(퇴장)

[페스테] 지혜 선생, 부탁이니 날 근사한 어릿광대 노릇을 시켜 주게나. 지혜가 있다고 생각하는 세상의 똑똑한 양반들이 바보인 경우가 더 많더군. 그렇다면 이놈이 똑똑한 양반으로 통할는지 모르겠네. 퀴나파루스 선생이 가라사대, "바보 같은 똑똑이가 될 양이면 차라리 똑똑한 바보가 될지어다." (올리비아와 말볼리오 등장) 아씨, 안녕하시옵니까?

[올리비아] 저 광대를 저리로 데려가거라.

[페스테] 아니, 다들 뭣해, 아씨를 저리 데려가라는데.

[올리비아] 이봐요, 너는 마른 광대가 됐어. 이젠 소용없다. 게다가 버릇까지 나빠졌단 말이야.

[페스테] 그 두 가지 힘이라면 아씨, 술과 조언으로 고칠 수 있습니다. 첫째 마른 바보라니까 술을 줘 보세요. 생기가 돌 것이 아녜요? 그리고 버릇이 나쁘다니까 그건 고치라고 하시면 돼요, 고치면 버릇이 바로 될 것 아니에요?

못 고치면 양복점에 시키면 되고요. 대체 고친 옷이란 얼룩덜룩 바로 이 광대가 입는 옷이죠. 미덕도 금이 간 것은 지은 죄로 얼룩덜룩하고, 죄도 고친 것은 미덕으로 얼룩덜룩하지요. 이 간단한 삼단논법이 도움이 되신다면 좋은 일이고, 안 되신다면 어떡합니까? 재앙처럼 마누라를 빼앗기는 사내 처지 같은 것도 없거니와 꽃도 아름다울 때가 제일이 아니오니까? 아씨께서 광대를 저리 데려가라 하신다면, 왜들 가만있어, 아씨를 저리 데려가란 말이야.

[올리비아] 너를 데리고 가라고 한 거야.

[페스테] 하하하, 이건 이만저만한 실수가 아니시군. 아씨, 속담에도 '승모가 어찌 곧 중을 뜻하겠느냐'고 하지 않습니까? 소인 비록 얼룩덜룩한 옷을 입고 있다 하나 머릿속까지 얼룩덜룩은 아니올시다. 실례지만 제가 아씨를 바보라고 증명해 드릴까요?

[올리비아] 네가 할 수 있어?

[페스테] 근사하게 해 드리죠.

[올리비아] 어디 해 봐.

[페스테] 우선 아씨에게 교리문답을 해야 합니다. 귀여운 미덕 아가씨, 대답해 주세요.

[올리비아] 그럼 어디 심심풀이로 네 증명하는 것이나 들어볼까?

[페스테] 아씨여, 그대는 왜 슬퍼하는가?

[올리비아] 바보 선생, 오빠가 돌아가셨기 때문이다.

[페스테] 그분 영혼은 지옥에 있을 것이요, 아씨.

[올리비아] 그이 영혼은 틀림없이 천당에 있어, 바보야.

[페스테] 그러니까 바보지. 아씨, 오빠의 영혼이 천당에 있다고 슬퍼하다니 말이요. 제군들, 이 바보를 저리 데리고 가시오.

[올리비아] 말볼리오, 어떻게 생각해요? 이 바보도 조금은 나아졌지?

[말볼리오] 네, 그렇습죠. 아마 괴로움에 못 이겨 숨을 거둘 때까지 조금씩 나

베일을 벗는 올리비아
여인이 상대에게 자신의 베일을 벗어보인다는 것은 그 상대를 사랑하기 위해서이다.
베일을 벗은 올리비아에게 기막힌 사랑이 펼쳐진다.

아질 것입니다. 나이가 들어서 노망해 가면 똑똑한 사람은 못 쓰게 되어도 바보는 바보 행세를 더 하게 되는 법이니까요.

[페스테] 제발 이분에게 하루바삐 노망이 찾아와 주시옵소서. 그리하여 그 우열에 더 한층 빛이 나도록 바라나이다. 이 바보가 아니라고는 두 푼을 건다고 해도 장담하지 않을 거요.

[올리비아] 말볼리오, 어디 대답해 봐요.

[말볼리오] 이런 얼간망둥이 이야기를 좋아하시다니, 아씨, 어이가 없소이다. 엊그저께도 보니까 이 녀석이 돌대가리만큼의 분수도 없는 녀석에게 마구 당하는 것을 보았습니다. 저것 보세요, 벌써 손을 들지 않았습니까. 아씨께서 좋다고 웃으시거나 사정을 봐 주시니까 망정이지, 그렇지 않으면 입에 재갈이 물린 것이나 다름이 없는 놈입니다. 정말입니다. 이따위 어릿광대 녀석들을 좋아하고 가가대소하는 똑똑한 분네는 그야말로 광대의 들러리밖에는 아니올시다.

[올리비아] 말볼리오, 그대는 저 잘난 것이 병이 되어 있어요. 그러니 무엇을 먹여도 구미가 돌 리가 없지. 너그럽고 거리낌이 없고 마음이 딱딱하지 않은 사람은, 그대가 대포알이라고 생각하는 것을 새총의 돌 정도로밖에는 대하지 않는단 말이에요. 세상이 다 알고 있는 어릿광대, 험구밖에는 입이 없는 것 같아도 악의가 있는 것은 아니야. 마치 세상이 다 아는 점잖은 사람이란 남을 비난만 하는 것 같아도 험구를 하지 않는 것과 같지.

[페스테] 자, 머큐리 신에게 거짓말 솜씨를 타 오십시오. 바보를 좋게 말씀하시니까.

(마리아 다시 등장)

[마리아] 아씨, 문 앞에서 웬 젊은 분이 만나 뵙고 여쭐 게 있다고 합니다.

[올리비아] 오르시노 공작이 보낸 사람 아니야?

[마리아] 그건 모르겠어요. 잘생긴 젊은 분인데, 수행도 적지 않습니다.

[올리비아] 누구 나가서 응대하고 있느냐?

[마리아] 토비께서 나가 계십니다.

[올리비아] 그이 같으면 들어오게 해 줘. 도무지 정신 나간 사람 같은 소리밖에는 모르는 분이니 안 돼요.

(마리아 퇴장)

[올리비아] 말볼리오, 가서 공작에게서 온 사람이라면 나는 아파 누웠다든가, 집에 없다든가, 뭣이든 좋도록 말해서 돌려보내 줘요.

(말볼리오 퇴장)

[올리비아] 자, 봤지. 네 어릿광대도 이제는 낡아 버렸어. 모두 싫어하고 있다.

[페스테] 아씨께서도 이 바보를 위해 변호가 많으십니다. 마치 아드님께서 바보나 된 것처럼 말씀이에요. 하긴 아드님이라도 제발 머리가 제대로 박혀 주셔야죠. 왜냐고요? 저기 친척분이 하나 오시는데요, 원 골통이 저렇게도 허약할 수 있습니까?

(토비 등장)

[올리비아] 어머, 또 취했어요! 문 앞에 와 있다는 사람은 누구예요?

[토비] 신사야.

[올리비아] 신사! 어떤 신사예요?

[토비] 신사가 와서 말야. 제길, 야, 쟤 어떠냐, 바보!

[페스테] 토비 선생님.

[올리비아] 아저씨, 어떻게 된 거예요? 원, 세상에, 아침부터 곤드레야.

[토비] 건달이라고? 건달이 어딨단 말이야? 대문에 사람이 와 있어.

[올리비아] 그러니까 누구예요?

[토비] 그게 지옥의 마귀면 뭘 해. 상관없어. 나에게 신앙을 달라, 이 말씀이야. 흥, 아무려면 어때.

(퇴장)

[올리비아] 술주정뱅이는 뭣을 닮았지, 바보야?

[페스테] 물에 빠져 죽은 놈, 바보 얼간이, 그리고 미친놈을 닮았지. 얼근할 때한 잔만 넘어서면 바보 얼간이가 되고, 두 잔을 넘어서면 미치광이, 석 잔이넘어서면 물귀신이 된다는 말이오.

[올리비아] 그럼 가서 검시관을 불러오렴. 그래서 아저씨를 검사해 보도록 해줘. 벌써 석 잔을 넘어섰으니까 물귀신 아냐. 가서 돌봐 드리렴.

[페스테] 아씨, 아직은 미친 정도예요. 그러니까 바보 얼간이가 미친놈을 봐주는 것이죠.

(말볼리오 다시 등장)

[말볼리오] 아씨, 바깥에 와 있는 젊은이가 꼭 아씨를 만나 뵙고 가야겠다는군요. 편찮으시다고 했더니 그건 다 알고 왔으니까 뵈어야겠다고 합니다. 지금주무시고 계시다니까 그것도 다 알고 왔다, 그러니까 만나 봐야겠다고 합니다. 뭐라고 말할까요? 아무리 거절해도 절벽이군요.

[올리비아] 만나 뵙지 못하겠다고 얘기해 줘요.

[말볼리오] 그렇게도 말했죠. 그랬더니 관청의 게시판처럼 버티고 서 있거나 걸상 다리가 되는 한이 있더라도 만나 뵙지 않고는 못 가겠다고 합니다.

[올리비아] 어떤 사람?

[말볼리오] 보통 인간입죠.

[올리비아] 거동은?

[말볼리오] 고약합니다. 어찌 됐건 만나겠다는 거예요.

[올리비아] 인품이며 나이는?

[말볼리오] 글쎄, 어른이 되기에는 나이가 모자라고, 아이라고 할 만큼 어리지는 않고요. 깍지가 떨어지기 전의 완두콩, 붉은빛이 날까 말까 한 푸른 능금이라고 할까요. 어른과 아이 사이의 어중간한 정도올시다. 얼굴은 잘생겼고 입도 곧잘 놀립니다. 어머니 젖을 떨어져 나왔을까 말까 하고요.

[올리비아] 이리로 오라고 해 줘요. 그리고 시녀를 불러주어요.

[말볼리오] 이보시오, 아씨께서 부르시오.

(마리아 다시 등장)

[올리비아] 내 베일을 줘. 자, 얼굴을 덮어 줘요. 오르시노의 심부름꾼을 한 번 더 만나겠어.

(바이올라 등장)

[바이올라] 이 댁의 아씨께서는 어느 분이신지?

[올리비아] 나에게 말해 주오. 대답해 줄 테니. 소관은?

[바이올라] 더없이 빛나고 아리땁고 비할 나위 없는 분, 간청입니다. 당신께서 바로 이 댁의 아씨온지? 저는 한 번도 뵈 온 적이 없어서요. 모처럼 대사를 헛되게 하고 싶지는 않습니다. 멋지게 만들기도 했지만 외는 데 아주 힘이 들었으니까요. 숙녀 여러분, 저를 너무 멸시하지 마십시오. 저는 조금만 쌀쌀한 대접을 받아도 풀이 죽어 버리고 맙니다.

[올리비아] 어디서 오셨소?

[바이올라] 저는 배워 가지고 온 것 이외는 통 말을 할 줄 모릅니다. 그 질문도 제가 맡은 역에는 없습니다. 얌전한 분, 당신께서 이 댁의 아씨인지 확인을 해 주시오. 그래야 제가 대사를 계속할 수 있겠습니다.

[올리비아] 당신은 배우?

[바이올라] 아니올시다. 아주 깊이 보시기는 하셨습니다만, 욕먹을 각오를 하고 말씀드리자면 저는 결코 이 역을 맡아 하고 있는 것이 아닙니다. 이 댁의 아씨이십니까?

[올리비아] 그래요. 내가 내 자신을 앗아 가는 게 아니라면.

[바이올라] 아닙니다. 틀림없는 아씨이시라면 당신 자신을 앗아 가고 계십니다. 왜냐하면 당신께서는 응당 인도하셔야 할 것을 여태껏 보류하고 계십니다. 실례, 이것은 제가 맡은 분부 밖의 일이올시다. 대사를 계속하겠습니다. 우선 아씨를 찬양한 다음 진짜 용건을 알려 드릴까 합니다.

[올리비아] 빨리 요점을 말해요. 그 칭찬인가는 면제해 드릴 테니.

[바이올라] 야단났군요. 그걸 익히는 데 얼마나 힘이 들었는데요. 게다가 매우 시적이고요.

[올리비아] 그러면 더욱더 조작일 테니 제발 집어치워. 당신은 문간에서 건방지게 굴었다더군, 그래 여기 부르게 된 것도 이야기를 듣기 위해서가 아니라 대체 어떤 인간인지 보기 위한 것이에요. 정신이 돌지 않았거든 빨리 돌아가요. 멀쩡한 사람이거들랑 간단히 하고. 나는 그따위 대중도 없는 말에 상대를 할 만큼 정신이 이상해지지는 않았으니까.

[마리아] 자, 닻을 올려 보시지. 빗길은 저쪽이에요.

[바이올라] 천만에, 청소부 선원, 나는 여기 좀 더 정박하고 있어야겠어. 아씨, 저 대형 숙녀의 입을 좀 봉쇄해 주실 수 없을까요?

[올리비아] 자, 마음에 있는 것을 빨리 말해 봐요.

[바이올라] 저는 한갓 심부름꾼이올시다.

[올리비아] 틀림없이 흉측한 이야기를 하려고 그러지. 인사말의 범절이 그렇게 무시무시한 것을 보니까 맡아 온 용건을 이야기해 봐. 어서.

[바이올라] 당신에게만 말씀 올려야 할 이야기올시다. 본인은 선전포고를 위

해서가 아니고, 하물며 항복을 재촉하기 위해 온 것도 아닙니다. 손에는 올리브 가지를 쥐고, 말씀의 내용이야 중요하지만 더없이 평화로운 것이올시다.

[올리비아] 하지만 시작은 난폭했어요. 당신은 대체 누구? 어떻게 해 달라는 거예요?

[바이올라] 제게 무례한 언동이 있었다면 그것은 제가 댁에서 받은 대접에서 배운 것이올시다. 제가 누구며 무엇을 바라는가 그것은 처녀의 정조만큼 남에게 내보일 수 없는 것이요, 당신의 귀에 들려 드리면 신성하지만, 다른 사람 귀에 들어가면 모독이 되는 것이올시다.

[올리비아] 모두 자리를 비켜다오. 어디 신성한 말씀인가 하는 것을 들어보자꾸나.

(마리아 기타 퇴장)

[올리비아] 자, 그 보문은?

[바이올라] 아리따운 임이시여…….

[올리비아] 반가운 교리로군. 어디에 있니, 그것은?

[바이올라] 오르시노의 가슴속에요.

[올리비아] 그분 가슴속에! 그 가슴속 어느 장에?

[바이올라] 방식대로 말씀드리자면 그분 가슴의 제일장이에요.

[올리비아] 아, 그것 같으면 벌써 읽어 봤어. 이단이에요. 다른 이야기는 없어?

[바이올라] 아씨, 얼굴을 보여 주세요.

[올리비아] 네 얼굴과 비교해 보라는 분부를 받고 오셨나? 본문에서 벗어났군. 하지만 커튼을 당겨서 이 화상을 보여 드리지. 자, 보아요. (베일을 벗는다) 어때, 괜찮아 보여?

[바이올라] 굉장한 솜씨올시다. 하나님이 만드신 그대로라면.

[올리비아] 바라지 않게 물들여 놓았으니 비바람에도 견딜걸.

바이올라와 올리비아
올리비아가 남장을 한 바이올라에게 자신의 얼굴을 드러내는 장면이다.

[바이올라] 진정 붉음과 흰 빛깔이 색조를 맞춰 놓은 아리따움, 과연 조화의 묘수라 하지 않을 수 없소이다. 그 아름다움을 고스란히 무덤까지 이끌고 가 이 세상에 한 장도 사본을 남겨 놓지 않으신다면, 아씨, 당신께서는 천하에 둘도 없는 잔인한 분이올시다.

[올리비아] 천만에, 그런 매정한 짓은 하지 않아요. 나의 아름다움, 그 여러 가지를 표로 만들어 남겨 두겠어. 한 점 빠짐없이 명세서를 작정하여 유언장에다 부전처럼 달아 놓을 테야. 이렇게 말이야. 일, 입술, 상당히 붉은 편. 일, 회색의 눈 두 개, 단 눈까풀도 껴서. 일, 목 한 개, 턱 한 개, 당신도 나를 추켜올릴 심부름으로 왔어?

[바이올라] 이제야 알았습니다. 당신께서는 너무 도도하시군요. 하긴 당신이 비록 지옥의 마귀라 하더라도 아름다운 것만은 틀림없죠. 저의 주인께서는 사랑하고 계셔요. 그만한 사랑, 당신께서 천하에 견줄 바 없는 미인이라도, 가까스로라도 갚을 수 있을 정도가 될까요?

[올리비아] 어떻게 사랑하고 계시기에?

[바이올라] 사랑이라기보다는 숭앙이라 할까요? 눈물은 비 오듯, 안타까움에 짓는 그 신음, 우레 소리라고나 할까요. 탄식에 불이 붙어 있는 듯합니다.

[올리비아] 공작님께서는 내 마음을 이미 알고 계실 거야. 나는 그분을 사랑할 수 없어요. 물론 그분께선 덕이 높고 훌륭하셔. 영토도 많고 깨끗하고 탓할데 없는 젊은 분으로 알고 있어요. 세상의 평판도 좋고, 활발한 성미며 겸비한 학식, 용기, 체격이나 자태의 아름다움을 지닌 분으로 알고 있어요. 하지만 그분을 사랑할 순 없어. 이 대답은 벌써 알고 계실 줄로 아는데?

[바이올라] 만약 제가 당신을 사랑하여 저의 주인만큼 열정을 쏟고 고민하고 생사를 가릴 줄 모를 만큼이 된다면 어찌 거절의 말이 귓전에 울리도록 하겠습니까, 아마 무슨 소리인지조차 알아들으려고 하지 않을 것입니다.

[올리비아] 그럼 어떡한단 말이에요?

[바이올라] 댁의 문전에다 버드나무 가지로 엮은 오두막집을 지어 놓고 댁 안에 있는 제 영혼에 호소할 것입니다. 버림받은 사랑의 가실 줄 모르는 슬픔을 가사로 지어 그것을 오밤중에도 노래할 것이오, 산울림이 되어 오는 사랑의 메아리를 향해 당신의 이름을 외쳐 부르고, 종알대는 하늘의 대지를 흔들어 '올리비아'라고 메아리쳐 오게 할 것입니다. 그렇죠. 이 몸을 측은히 여겨 주시지 않는 동안은 이 천지간에 한시라도 편히 쉬게 해 드리지 못할 것입니다.

[올리비아] 그럼 큰일 나게요. 당신은 어떤 신분의 사람?

[바이올라] 지금 신문보다는 높은 인간. 하지만 현재 처지도 나쁘지는 않죠. 근본은 신사입니다.

[올리비아] 가서 주인께 전해 줘요. 나는 그분을 사랑할 수 없다고. 사람도 다신 보내시질 말라고. 다만, 혹 당신이 여기 와 준다면 이 대답을 어떻게 받아들이셨는지 알려 주러 온다면, 그건 별문제예요. 그럼 안녕, 수고했어요. 자, 이 돈을 받아 두세요.

[바이올라] 저는 품삯 받고 심부름 온 것이 아닙니다. 그 지갑은 넣어 두세요, 정말 갚아 주셔야 할 분은 저의 주인이지 저는 아니올시다. 이렇게 빌겠습니다. 앞으로 당신께서 사랑하실 때는 사랑의 신이 상대방의 가슴을 제발 차돌같이 만들어 주시기를! 그리고 당신께서 저의 주인 마음같이 불타올라도 제발 무참하게 버림을 받으시기를! 안녕히 계십시오. 아름답고 가혹한 분.

(퇴장)

[올리비아] 당신은 어떤 신분의 사람? 지금 신문보다는 높은 인간, 하지만 현재 처지도 나쁘지는 않죠. 근본은 신사입니다. 틀림없이 그럴 거야. 그 구변, 그 얼굴, 그 체격, 거동, 마음씨가 하나 빠짐없이 이만저만 지체가 있는 집안의 사람이 아닌걸, 안 돼요. 조급하게 굴어서는 안 돼. 주인과 하인이 자리가 바뀌지 않고서는 난데없이 상사병에 걸리다니. 아마 그 젊은이의 아름다운

모습이 나도 모르게 슬그머니 이 마음속에 숨어 들어온 모양이지, 도리 없이 될 대로밖엔. 이봐요, 말볼리오.

(말볼리오 다시 등장)

[말볼리오] 부르셨습니까?

[올리비아] 아까 그 건방진 심부름꾼, 공작의 심부름꾼 말이에요. 그 뒤를 따라가요. 내겐 물어보지도 않고서 이 반지를 두고 갔어. 가서 이런 것을 받지 않는다고 말해 줘요. 그리고 주인에게 가서 쓸데없는 안심을 시키거나 괜한 희망을 갖게 하지 말라고 다짐해 줘요. 나는 그이가 싫으니까. 그리고 젊은 사람이 내일 여기 오는 일이 있으면 내가 그 이유를 대 주겠다고 말해 줘요. 자, 빨리 가 봐요, 말볼리오.

[말볼리오] 네, 분부대로.

(퇴장)

[올리비아] 내가 제정신이 아니지. 겁이 나요. 이 눈이 난데없이 끌려가 내 마음으로도 걷잡을 수 없게 될 것 같아. 운명이여, 위력을 보여 주세요. 인간이란 정말 제 마음대로 되는 것이 아니에요. 인연인 걸 어찌할 수 있겠어. 되는 대로 맡겨 둘 밖엔.

(퇴장)

1막 5장 분석

　이 시기의 가장 우아한 집에는 서로 다른 지위의 많은 하인 외에도 공식적인 '바보', '광대' 또는 광대로 간주되는 사람이 포함된다. 많은 비평가는 이 용어들을 구별하지만, 셰익스피어조차도 무차별적으로 사용한다. 전통적인 르네상스 용어로 광대는 종종 《한여름 밤의 꿈》에서 발견되는 것과 같은 소박한 사람들을 말하며, 페스테와 같은 사람은 '바보(궁정 광대)'라고 불리는 편이 더 적절할 것이다. 여기에서 페스테는 재치 있는 하녀 마리아와 함께 장면을 열고 재치 있는 입씨름을 벌인다. 둘은 매우 잘 어울린다. 마리아는 장난스럽고 눈치가 빠른 사람이며 페스테는 퀵(《한여름 밤의 꿈》에 등장)과 같은 마음을 가지고 있다.

　우리는 오프닝 장면에서부터 올리비아에 대해 들었고, 마침내 1막이 끝날 때 그녀가 처음으로 등장한다. 그녀는 아름답고 침착하며, 압도적인 존재감을 드러낸다. 장면이 진행됨에 따라 올리비아는 매우 능숙하고 유연하게 지혜를 뽐낸다. 특히 말볼리오와 술주정뱅이 삼촌을 대할 때 그녀의 언변과 재치는 빛을 발한다.

　그녀는 공작이 잘생기고, 부유하고, 헌신적이고, 학식 있고, 세련된, 즉 여성이 원하는 모든 것을 갖춘 사람이라는 것을 알지만 그를 사랑할 수 없다고 느낀다. 장면의 후반부에서 우리는 그 이유 중 하나가 공작이 올리비아에게 보내는 메시지에서 보여 주듯 지나치게 수사학적이고 피상적인 사랑을 말하기 때문이 아닐까 짐작하게 된다.

　그녀는 오빠를 애도하며 지내는 자신을 조롱하는 페스테를 짐짓 꾸짖는 체하지만 실은 그의 재치와 논리를 높이 평가한다. 대신 그녀는 바보를 폄하하고 그의 여주인이 어떻게 그런 악당과 대화하며 기뻐할 수 있는지 궁금해하는 말볼리오와 날카롭게 대립한다. 말볼리오는 끊임없이 온 집안을 무거운 억압의 분위기 속에 두려고 노력한다. 그의 억압적인 우울은 청중이 나중에 그에게 벌어질 일들에 큰 기쁨을 느끼게 되는 유용한 장치이다.

한편 세사리오가 도착하자 올리비아는 처음에는 그를 보지 않겠다고 말하지만, 그가 젊은 청년이라는 말을 듣고 마음을 바꾼다. 따라서 우리는 올리비아가 오빠를 애도하는 모습이 이 연극에 사용되는 많은 변장 중 하나일 뿐이라는 것을 깨닫게 된다.

이제 올리비아와 세사리오는 모두 가면을 쓰고 있다. 올리비아는 자신의 진짜 모습을 위장하는 베일을 얼굴에 씌운다. 물론 바이올라 자신은 어린 세사리오로 변장하고 있으며, 더 나아가 세사리오로서 올리비아에게 전달할 대사를 연기하고 있다. 세사리오가 마침내 연설을 마쳤을 때 그는 손에 평화의 표시인 올리브를 들고 있다고 말한다. '올리브'는 올리비아의 이름에서 파생된 것이며 궁극적으로 이 장면이 끝날 무렵 세사리오는 비유적으로 올리비아를 '그의' 손에 쥐게 된다. 세사리오는 필연적으로 좋은 구애자가 되거나 오르시노 공작의 호의를 잃어야 한다. 따라서 그의 간청은 열정적이고 올리비아는 그의 메시지가 아니라 메신저(젊고 열정적이며 잘생겼음)로 인해 충격을 받는다. 메신저에 매료된 올리비아는 돈을 내밀지만 세사리오는 거절한다. "저는 품삯 받고 심부름 온 것이 아닙니다. 그 지갑은 넣어두세요, 정말 갚아 주셔야 할 분은 저의 주인이지 저는 아니올시다."

세사리오가 떠난 후, 올리비아는 세사리오가 "나는 신사입니다"라고 자랑스럽게 선언한 것을 기억한다. 그녀는 자신이 '청년'과 사랑에 빠졌음을 알고 있다. 올리비아는 다시 그를 만나고 싶은 욕망 때문에 작은 계략을 꾸미게 된다.

1막이 끝날 무렵, 올리비아는 공작의 사랑을 거절한 후 또 다른 사랑에 빠진 상태에 있다. 올리비아는 청년으로 가장한 소녀(바이올라)를 사랑하고(세사리오), 오르시노 공작은 자신을 거부하는 올리비아를 사랑하며, 자신이 아끼는 청년에 불과한 소녀(바이올라)에게 사랑받는다.

2막 1장

Act 2, Scene 1

● 해변

(안토니오와 세바스찬 등장)

[안토니오] 더 이상 머무르시지 않겠다는 말씀이오? 또 제가 같이 따라가는 것도 원치 않으시고?

[세바스찬] 네, 용서하십시오. 나에겐 불길한 운성이 따라다니니까. 그게 당신의 운명마저도 상서롭지 못하게 좌우할는지 모릅니다. 그러니 여기서 작별을 고하겠소. 내 불행은 나 혼자 감당하게 해 주십시오. 조금이라도 당신께 누를 끼치는 일이 있다면 모처럼의 호의에 보답의 도리가 아닐 것입니다.

[안토니오] 어디로 가실 것인가만 제게 알려 주십시오.

[세바스찬] 아니, 안 됩니다. 내가 떠나는 길은 정처 없는 방랑의 길이요. 그렇지만 보아 하니 당신께선 온후하기 짝이 없는 분이시라, 내가 감춰 두고 싶은 일을 구태여 캐묻지도 않으실 거예요. 그러니 예의상 차라리 똑똑하게 말씀드리지 않을 수 없게 되는군요. 안토니오 씨, 내 이름이 로드리고라고 했습니다만 사실은 세바스찬입니다. 아버지는 데사린의 세바스찬, 아마 들어서 아

실 겁니다. 그 아버지가 돌아가시고 난 다음 뒤에 남은 것이 나와 누이동생 하나, 같은 시각에 난 쌍둥이입니다. 바랄 수만 있다면 죽기도 같은 시각에 했으면 오죽이나 좋았겠습니까. 허나 당신이 나를 거친 파도에서 건져 내 주신 바로 그 시각에 누이는 물에 빠져 죽어 버렸답니다.

[안토니오] 아, 딱도 하지.

[세바스챤] 누이는 많은 사람에게 미인이라는 소문을 들었죠. 세상에서들 칭찬해 주시는 것을 곧이곧대로 믿지는 않습니다만, 이것만은 자신 있게 말할 수 있어요. 누이는 아무리 시기심이 많은 사람이라도 아름답다고 하지 않을 수 없는 마음씨를 지니고 있었습니다. 그 누이가 이제는 바닷물 속에 빠져 죽고 말았습니다. 그것을 생각할수록 이 눈물로 또 한 번 누이를 물속에 빠뜨리게 하는 것 같군요.

[안토니오] 대접이 소홀해서 실례가 많았습니다.

[세바스챤] 천만의 말씀, 안토니오 씨. 폐를 끼친 것을 용서해 주시오.

[안토니오] 제 호의를 죽음으로 갚아 주지 않으실 양이면, 제가 꼭 모시게 해주십시오.

[세바스챤] 모처럼 도와주신 일을 헛되게 하지 않으실 양이면, 즉, 한 번 살려 주신 인간을 다시 죽이지 않으실 양이면, 그런 생각을 하지도 마십시오. 그럼 실례합니다. 아직도 이 가슴이 벅찹니다. 어머니 마음처럼 연약해져서, 조금만 어떻게 되어도 눈물이 앞장서서 이야기할 것 같군요. 저는 오르시노 공작 저택으로 갈 작정입니다. 안녕히 계십시오.

(퇴장)

[안토니오] 오르시노 저택에는 내 적이 많이 있지. 그렇지만 않으면야 곧 뒤따라가겠는데. 아니다, 천하 없는 일이 생기더라도 내가 아끼는 그대이니, 그까짓 위험쯤은 장난거리 이상의 뭣이겠느냐? 그렇다, 가자.

(퇴장)

2막 1장 분석

이 장면은 우리를 일리리아 해안의 다른 지역에 있는 해변으로 데려간다. 새로운 캐릭터인 세바스찬과 안토니오는 극의 세 번째 줄거리를 형성한다. 세바스찬은 바이올라의 쌍둥이 남매로 바다에서 익사했을 거라고 추정되었으나 살아 있고, 이 사실은 극에 핵심 사건을 만들고 5막에 가서 해결될 것이다. 그의 여동생처럼 세바스찬 또한 친절하고 잘생겼다. 이는 우리로 하여금 연극 후반부에 세바스찬이 세사리오(바이올라)로 오인되고, 바이올라(세사리오 역)가 선장인 안토니오에 의해 세바스찬으로 오인될 혼란에 대비하게 만든다.

세바스찬은 극의 나머지 부분에서 다른 쌍둥이 남매보다 더 충동적이고 감정적으로 나타날 것이다. 예를 들어, 그는 방금 만난 여성(올리비아)과 결혼하는 데 동의할 것이다. 그러나 우리는 그가, 오르시노 공작의 궁정에 동행하기 위해 목숨을 걸기로 결정한 선장과 같은 충실한 남자의 충성심을 끌어내기에 충분한, 좋은 자질을 가지고 있다고 가정해야 한다.

2막 2장

Act 2, Scene 2

● 거리

(바이올라, 뒤따라 말볼리오 등장)

[말볼리오] 방금 올리비아 아씨 댁에 왔던 분이 아니요?

[바이올라] 네, 그렇습니다. 부지런히 걸어서 여기까지 왔죠.

[말볼리오] 아씨께서 이 반지를 돌려 드리라고 하셨소. 아까 가지고 갔더라면 내 이런 수고를 덜 텐데. 그리고 아씨 분부가 이후 절대 공작님의 청은 받지 않을 테니 그렇게 어김없이 전하라는 말씀이요. 또 하나 댁의 주인님 건으로는 두 번 다시 찾아올 생각은 말되, 그분께서 이 대답을 어떻게 받으시는지 그 보고를 위해 온다면 상관없다는 말씀이오. 자, 이것은 받으시오.

[바이올라] 그 반지는 일단 받으신 거요. 제가 가져갈 순 없소.

[말볼리오] 왜 이러시오. 버릇없이 아씨에게 이것을 던져놓고 갔지. 그러니까 꼭 그렇게 돌려주라는 말씀이야. 몸을 굽히고서라도 주울 만한 값어치가 있다면, 어디 거기 눈앞에 있어. 그게 싫거든 누구든지 주워가라지.

(퇴장)

[바이올라] 반지를 두고 가다니, 이상해. 이게 무슨 뜻일까? 내 외모가 그이의 마음을 사로잡았다면 이거 큰일인데. 하긴 내 얼굴만 곧장 보고 계시더라니. 보는데 하도 정신이 빠져서 혀가 제대로 돌지 않는 듯 얼빠진 사람처럼 말씀도 토막이 나셨으니까. 틀림없이 나를 좋아하는가 봐. 사랑의 계교로 이런 버릇없는 심부름꾼을 시켜 나를 유인하겠다는 수작이지. 공작님의 반지를 안 받겠다고, 드린 적도 없는 반지를 말이야. 내가 도리어 그녀의 상대가 되어 버렸어. 그렇다면 가련한 아씨, 차라리 꿈을 사랑하시는 게 나아요.

변장이란 고얀 짓이지. 간계를 일삼는 인간의 적들이 멋대로 일을 꾸미니 말이야. 겉은 말쩡하되 가슴이 시키면 사나이가 여인의 밀초 같은 마음에 그 모습을 찍어서 아로새겨 놓는 것쯤 문제도 아니지. 아, 탓은 우리 자신에게 있는 것은 아니야. 타고난 거야 어떻게 고칠 수가 있어, 내버려 둘 수밖에. 대체 이 일이 어떻게 되어 간담. 주인은 저 아가씨를 죽어라 사랑하고, 이렇게 이상야릇한 차림을 한 나는 못지않게 주인을 좋아하고, 그 아씨는 잘못 알아서 나에게 반하셨으니. 장차 어떻게 될 것인가? 지금은 남자가 되어 있으니 아무리 해도 주인의 사랑을 얻기는 글렀고, 사실은 여자니. 아, 어떡하면 좋아! 가련하게도 올리비아는 쓸데없는 한숨만 짓게 될 것 아냐. 아, 시간아, 이 해결은 네가 해 줘야겠어. 얽히고설켜서 난 좀체 풀 수 있을 것 같지 않구나.

2막 2장 분석

1막이 끝날 무렵, 올리비아는 말볼리오를 보내 세사리오를 따라잡고 세사리오가 남기지 않은 반지를 돌려주었다. 이 짧은 장면에서 말볼리오는 매우 경멸적이고 거만하며 오만한 모습이다. 이 장면은 부분적으로 말볼리오의 무례함과 그의 본성을 드러내는 역할을 한다. 그는 자신에게 아무런 해도 입히지 않은 청년에게 극도로 무례하다. 그의 부당한 적대감은 그가 반지를 전달하는 방식에서 볼 수 있다. 여기서 말볼리오의 행동은 극의 마지막에 사회적 지위가 자신보다 높지 않은 사람을 경멸하는 것 외에는 아무것도 보여 주지 않는 이 무례한 남자에게 연주될 트릭에 기뻐할 수 있도록 관객들을 준비시킨다.

또한 이 장면은 바이올라가 얼마나 복잡한 상황에 얽혀 있는지를 보여 준다. 그녀는 올리비아가 자신을 사랑하게 되었다는 것을 깨닫고, 이 깨달음을 통해 한 종류 또는 다른 종류의 변장으로 끊임없이 속는 여성의 '약점'에 대해 언급할 수 있다. 그러나 바이올라는 외국에서 혼자의 몸으로 지내는 여성인 만큼 당분간은 변장을 유지해야 할 것이다.

2막 3장

Act 2, Scene 3

● 올리비아의 집

(토비와 앤드루 등장)

[토비] 자, 이쪽으로, 앤드루. 자정이 넘도록 자리에 안 들었으니 이는 곧 일찍 기상한 것이나 다름이 없군. '일찍 일어난 자는 장수 하나니라' 노형도 알걸.

[앤드루] 아니, 천만에. 몰라. 밤늦게까지 자지 않고 있으면 그거야 늦게까지 자지 않고 있는 것 아니야?

[토비] 결론이 틀렸어요. 그런 이치는 텅 빈 술병 같아서 싫단 말씀이야. 자정이 지나서까지 있다가 자리에 들면 이른 편이지. 그러니까 자정이 지나서 자리에 들면 아침 일찍 자리에 드는 것 아니겠나? 대저 우리의 생명이란 지, 수, 화, 풍, 이 네 가지 원소로 되어 있나니.

[앤드루] 음, 그렇다는구먼. 하지만 내 생각은 먹고 마시는 것으로 되어 있는 것 같은데.

[토비] 암, 노형은 학자야. 하니까 어디 먹고 마시고 해 봅시다. 여, 마리아, 술이다, 술.

(광대 등장)

[앤드루] 저기 바보가 오네.

[페스테] 여, 두 분 선생들께서는 '우리 세 사람'이란 그림을 못 보셨소?

[토비] 바보, 잘 왔다. 우리 돌림노래나 하자꾸나.

[앤드루] 정말이지 이 바보는 목청이 좋더라. 사십 실링을 내던져도 좋으니 저 바보 같은 다리와 근사한 목청을 갖고 싶단 말이야. 너 정말 간밤에는 멋지게 익살을 부리더구나. 그 '피그로미터스' 이야기나, 베이피아 사람이 퀘버스의 적도를 지나간 이야기 말이야. 재미가 그만이더라니까. 네 색시한테 전하라고 6펜스를 보냈는데 받았나?

[페스테] 댁의 약소한 호의는 소인이 착복해 버렸소이다. 말볼리오의 코는 회초리 손잡이가 아니요, 우리 아가씨 손길은 선술집이 아니란 말씀이외다.

[앤드루] 음, 멋들어지는군! 최고의 익살이야. 요컨대, 자, 노래다. 노래.

[토비] 옜다, 6펜스. 어디 들어보자꾸나.

[앤드루] 자, 나도 6펜스 1푼 줄게. 점잖은 체면에.

[페스테] (한바탕 노래를 뽑는다)

[앤드루] 멋지군. 잘한다.

[토비] 잘해, 잘하고말고.

[앤드루] 음, 그 목청이 달콤하기 마치 꿀 같구나.

[토비] 곁에 친구가 있으면 전염될 정도다.

[앤드루] 달콤해서 전염될 것이야, 정말.

[토비] 코로 들으면 냄새가 그만이지. 어디 우리 한번 하늘의 별들이 춤추게 해 볼까! 돌림노래로 밤 부엉이 눈을 일깨워 볼까. 직공의 영혼을 호려서 그 눈을 세 개나 꺼내 보도록 해 볼까. 어때, 해 보지 않으려나?

[앤드루] 여부가 없지, 하자. 돌림노래라면 그만이란 말이야.

[페스테] 아무렴요, 그만해 둬야 돌리죠.

[앤드루] 그렇고말고. 노래 돌림자는 '이 고얀 놈'으로 할까?

[페스테] "입을 닥쳐라, 이 고얀 놈." 나리, 이렇게 말씀이죠? 그러면 아무래도 나릴 고얀 놈이라고 부르지 않을 수 없는데요.

[앤드루] 나를 고얀 놈으로 부르는 건 네가 처음이 아니다. 자, 시작해라, 바보. 자아, "입을 닥쳐라."

[페스테] 입을 닥치라시면 어떻게 시작해?

[앤드루] 헛, 말 잘한다. 자, 시작.

(세 사람, 돌림노래를 시작한다. 마리아 등장)

[마리아] 아니, 이건 또 무슨 소동이람. 보세요, 이제 틀림없어요. 아씨께서 집사인 말볼리오를 부르셔서 당신들을 모두 바깥으로 쫓아내게 하실 테니.

[토비] 아씨는 되놈이고, 우리는 일급 인사들이고, 말볼리오는 똥강아지다. "우리들 세 사람은 유쾌한 세 사람." 나는 이래 보아도 동족이란 말씀이야. 서로 피가 통했어. 아씨? 애씨오씨라고 그래라. (노래한다) 일찌기 바빌론에 사나이 있었도다. 이씨요.

[페스테] 허허! 나리께서 익살이 그만이시군.

[앤드루] 그렇지. 마음만 내키면 그저 그만이지. 나도 그래 솜씨는 저 사람이 낫지만, 그 대신 나는 더 자연스럽게 한단 말이야.

[토비] (노래한다) 때는 마침 동지섣달 열이틀이라…….

[마리아] 제발, 쉿!

(말볼리오 등장)

[말볼리오] 여러분, 정신이 도셨소? 대체 어떻게 된 거요? 이 오밤중에 땜쟁이처럼 떠들어대다니, 제정신이고 체면이고 염치고 없는 분들 아니요? 아니, 아씨의 댁을 선술집으로 만들 작정이오? 구두닦이 아이들의 돌림노래로 개

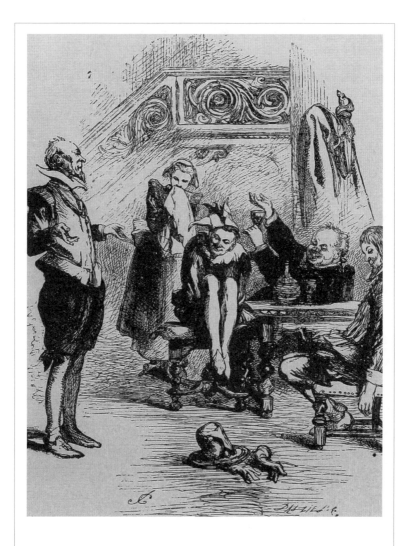

말볼리오와 토비 일행
말볼리오를 골탕먹이려고 계략을 짜는 일행들.

소리 닭소리를 고래고래 지르고 있다니. 장소고 처지고 때고 도대체 염두에 안 두시는 것이요?

[토비] 때를 염두에 안 둬? 그것도 못 맞추면 어떻게 돌려 가면서 노래를 부르겠나, 제기랄!

[말볼리오] 털어놓고 말씀드려야겠소. 아씨께서 저보고 전하라는 말씀인데, 친척이 되시니까 댁에 모셔 놓기는 하겠지만 그 난잡한 행동까지 책임지지는 않으시겠고요. 그러니까 앞으로 그 대중없는 행실을 하지 않으면 기꺼이 모실 것이요, 그렇지 않다면 실례지만 이 댁을 나가 주시도록. 그때는 서슴지 않고 작별을 하시겠다는 말씀이오.

[토비] 정든 임아, 작별일세, 너를 두고 나는 간다.

[마리아] 아니, 왜 이러세요. 토비.

[페스테] 눈을 보면 알 수 있지, 남은 날이 며칠 없네.

[말볼리오] 이건 정말 너무해.

[토비] 하지만 죽지 않아.

[페스테] 거짓말. 저렇게 뻗었으니 죽은 거나 일반이지.

[말볼리오] 잘들 한다. 잘들 해.

[토비] 저 임을 작별하여 버릴까 보다.

[페스테] 작별하고 뒷일을 어떻게 한담?

[토비] 작별해 보내 놓고 용서를 말까 보다.

[페스테] 아니, 아니, 아니, 그건 안 돼요.

[토비] 이 바보야, 가락이 안 맞아. 거짓말은 작작해 둬. 넌 뭐야? 집사 따위가. 네가 품행 방정하다고 과자와 술을 금하겠단 말씀이야?

[페스테] 옳소! 그리고 입안에 매운 생강을 물고 있게 해야 해.

[토비] 네 말이 옳다. 가서 그 금줄이나 빵가루로 닦으시지 그래. 마리아, 술이다, 술.

[말볼리오] 마리아 아가씨, 아씨의 총애를 아무렇지도 않게 생각할 요령이 아니라면, 이런 버릇없는 짓을 곁에서 도와주지 않는 게 좋을 것이요. 어디 보시오. 틀림없이 아씨 귀에 들어갈 터이니.

(퇴장)

[마리아] 흥, 가서 나귀처럼 귀나 흔들어 보시라지.

[앤드루] 저 녀석에 결투를 걸어 놓고 일부러 약속을 안 지켜서 희롱을 하면 재미있겠는데? 시장기에 한잔 걸치는 맛 못지않을걸.

[토비] 그래, 해 봐. 내가 결투장을 써 줄게. 아니면 노형이 분격하고 있다고 내가 구두로 전해 줘도 좋지.

[마리아] 토비, 제발 오늘은 참으세요. 오늘 공작댁의 젊은이가 왔다 간 다음으로, 아씨께서는 안절부절못하세요. 말볼리오의 일은 제게 맡겨 두세요. 제가 꾀를 부려서 저이를 속여 가지고 여러분들 웃음거리로 만들어 드릴 테니까. 그것도 못 하면 혼자 이불 속에 들어가지 못하는 바보라고 생각해 주세요. 틀림없이 해 보여 드릴 테니.

[토비] 이봐, 어디 얘기해 봐. 그 녀석 이야기로 재미있는 것이 있나?

[마리아] 저이는 이따금 청교도 같이 굴어요.

[앤드루] 그런 줄 알았더라면 그놈을 개 패듯이 패 줄 것을.

[토비] 아니, 청교도니까 팬단 말이야? 노형, 무슨 미묘한 이유라도 있는 건가?

[앤드루] 미묘한 이유? 그런 것은 없지만 충분한 이유는 있지.

[마리아] 사실은요, 청교도고 뭐고 아무것도 아니고, 그때그때의 알랑쇠 밖에는 못 되어요. 젠 채하고 뽐내는 나귀, 야단스런 말귀나 휑하니 와서 마구 지껄여대는 인간이죠. 제가 천하제일인 줄 알고 있어. 세상의 좋은 것은 전부 자기에게 꽉 차 있는 줄로 알고 있으니까, 자기를 보는 사람은 다 홀딱 반한 것으로 알고 만단 말이에요. 그런 결점을 이용해서 어디 단단히 한 번 맛

을 봬 주어야겠어.

[토비] 어떻게 할 작정이야?

[마리아] 여기 지나는 곳에다 이름 없는 편지를 떨어뜨려 놓을 테야. 그 안에 다 수염의 빛깔이니, 다리 모양, 걷는 모습, 눈초리, 이마, 그리고 안색 같은 것을 적어 넣어서 그 편지를 보고는 자기 것이 절대 틀림없다고 믿도록 해 주겠어. 난 말이에요, 조카딸 되시는 아씨와 아주 비슷한 글씨를 쓸 수 있어요. 전에도 써 놓았다가 오래되고 나면 아씨 것인지 모를 적이 많은 정도니까요.

[토비] 흠, 근사한데. 이젠 짐작하겠다.

[앤드루] 흠, 나도 냄새는 알겠는데.

[토비] 네가 떨어뜨린 편지를 보고 그 녀석이 아씨의 편지라 생각하겠다, 그래서 아씨를 사모하게 된다는 셈이지.

[마리아] 대충 비슷한 계획이죠.

[앤드루] 그래서 놈은 바보가 된단 말이렷다.

[마리아] 틀림없이 바보죠.

[앤드루] 야, 이거 멋지구나.

[마리아] 장난치고는 극상품, 어디 보세요, 내 약이 잘 들어맞을 테니. 두 분은 숨어서 구경하시고 바보는 그이가 편지를 줍는 데를 보고 그걸 어떻게 새기는지 눈여겨보세요. 오늘 밤은 잘 주무시고 성사는 꿈에라도 봐 놓으세요. 그럼 안녕.

[토비] 편히 쉬게나, 아마존의 여왕.

[앤드루] 정말 훌륭한 여잔데.

[토비] 꼬마 사냥개, 순종이지. 게다가 내게 반했거든. 뭐 대수로운 것도 아니지만.

[앤드루] 전에 나한테 반한 적도 있었지.

[토비] 자, 자러 갑시다. 노형, 돈을 좀 더 보내와야겠는데.

[앤드루] 노형의 조카딸 아씨를 손에 넣지 못하면 돈만 탈이 나는 꼴이 아니야.

[토비] 돈을 보내오도록 하시오, 노형. 결국 가서 저것을 손에 넣지 못하게 된다면 내가 어디 사람 행세를 할 것 같소?

[앤드루] 그야 여부가 있소. 내가 행세를 못 하게 할 텐데. 노형이야 싫든 말든 말이요.

[토비] 자, 가서 스페인 약주나 데워서 먹읍시다. 이젠 자기에도 늦었어. 자, 갑시다.

(모두 퇴장)

2막 3장 분석

이 장의 대부분은 코미디로 가득하다. 토비 경과 앤드루 경은 술에 취해 시끄러운 난리를 펼치고 곧 페스테가 합류하여 다 함께 노래한다. 그런 다음 마리아까지 합류하는데 불청객인 말볼리오가 등장한다.

여기서 말볼리오는 키가 크고 마른 체형이며 대머리라는 것을 기억하길 바란다. 전통적으로 그는 잠옷과 나이트캡을 쓰고 촛대에 촛불을 들고 있는 웅장하고 우스꽝스러운 인물로 무대에 서 있으며 그런 그의 모습이 너무 우스꽝스러워 보이기 때문에 그의 권위를 진지하게 받아들이기는 어렵다. 토비 경과 페스테는 이 어리석은 인물 주위에서 춤을 추고, 마침내 말볼리오가 토비 경에게 집에서 쫓겨날 수 있다고 경고했을 때 말볼리오는 이미 너무 멀리 가 버린 것이다.

엘리자베스 시대의 계층화된 사회에서 청지기인 말볼리오는 토비 경보다 열등하며, 토비 경이 어떤 한계를 가지고 있든 그는 기사이자 올리비아의 삼촌이라는 것을 기억해야 한다. 말볼리오는 마리아에게 몸을 돌려 그녀를 질책한 다음 퇴장하지만 마리아는 유쾌한 복수를 계획한다.

2막 4장

Act 2, Scene 4

● **공작의 저택**

(공작, 바이올라, 큐리오, 기타 등장)

[오르시노] 음악을 들려다오. 세사리오, 그 노래로 해 다오, 간밤에 들은 고풍의 이상한 노래를 말이다. 그 노래가 요즘같이 활발하고 눈부시게 변하는 세상의 그 가벼운 노랫가락이나 공들인 가사 같은 것보다 나의 이 사랑의 괴로움을 한결 덜어 주는 것 같구나. 자, 일절만으로 좋다.

[큐리오] 죄송하오나 그 노래를 부르는 자가 여기 없습니다.

[오르시노] 그게 누구였지?

[큐리오] 어릿광대 페스테입니다. 올리비아 아씨의 아버님께서 매우 마음에 들어 하시던 바보 말씀입니다. 댁 근처에 어디 있을 줄로 압니다만.

[오르시노] 찾아오너라. 그동안은 그 곡을 연주해 다오. (큐리오, 퇴장, 음악) 네가 이다음에 일이 있을 땐 그 달콤한 고민 가운데 나를 생각해 보아다오. 진정으로 사랑하는 인간은 모두 나 같으니. 자기가 사모하는 사람의 모습만은 언제나 변함없이 눈앞에 있지만 그 밖의 일은 무엇이건 마음이 조마조마, 침

착을 얻을 수 없는 법이니라. 어떠냐, 이 곡이 마음에 드느냐?

[바이올라] 사랑이 자리 잡은 그 옥좌에서 곧바로 울려 오는 소리 같습니다.

[오르시노] 네 말이 그럴듯하구나. 너는 아직 어리다만 틀림없이 사랑하는 사람에다 눈길을 주어 본 일이 있는 것 같구나, 그렇지 않으냐?

[바이올라] 네, 덕분에 조금은요.

[오르시노] 어떤 여자였느냐?

[바이올라] 공작님 같은 모습의 사람입니다.

[오르시노] 그럼 사랑에 빠질 정도가 못 되는군. 나이는 몇이냐?

[바이올라] 공작님 연배이죠.

[오르시노] 그래? 나이가 너무 많군. 여자는 자기보다 나이 많은 남편을 맞이해야 해. 그래야 내외 사이가 잘 어울리고 남자 마음에 맞춰서 균형이 잡힐 수 있는 법이니까. 왜냐 하니 우리 남자란 아무리 좋게 봐주어도 여자보다는 마음이 들떠 있고 변하기 쉽고, 사모하는 정이 많아서 한편으로는 흔들리기도 쉽다. 마음이 곧잘 가기도 하는 대신 떨어지기도 쉬운 것이 남자이다.

[바이올라] 정말 그렇다고 생각합니다.

[오르시노] 그러니까 너도 나이 아래의 애인을 가지도록 해야 해. 그렇지 않았다간 애정이 오래 지탱을 못 할 걸. 여자란 따지고 보면 장미꽃 같아서 한번 활짝 피고 나면 그 당장에 지고 마는 것이니까.

[바이올라] 그렇습니다. 아, 얼마나 불쌍한 노릇입니까. 한창 피어났을 땐 이미 시들어 버려야 하니까요.

(큐리오, 광대를 데리고 등장)

[오르시노] 너 잘 왔구나. 어젯밤에 하던 노래를 들려 다오. 세사리오, 잘 들어봐라. 오래되고 순박한 노래다. 볕에 앉아 실을 잣거나 짜깁기를 하는 처녀들, 뼈로 만든 바늘로 실을 짜는 순진한 촌색시들이 항상 부르던 노래다.

정말 소박하기 짝이 없는 천진난만한 사랑을 옛날 그대로 노래하고 있다.

[페스테] 시작할까요?

[오르시노] 오냐, 노래해 다오. (음악)

[페스테] 오너라, 오려무나, 죽음이여, 슬픈 실 편백 관 속에 나를 뉘여 주려무나. 지거라, 지려무나, 숨이여, 매정한 아가씨 손길에 이 목숨 넘어가노라. 마련해 다오, 흰 바탕 수의에 주목나무 장식을. 아, 마련해 주려무나. 죽어 이슬이 되어도 세상에 어찌 있으리오. 이 진정 다한 사람이. 꽃 한 송이, 꽃 한 그루도 뿌리지 말아다오. 검은 관 위에다가 아름다운 꽃일랑. 친구 하나, 친구한 사람도 찾지 말아다오. 이 몸이 재가 되어 흙 속에 묻힐 때도. 천 가지, 만 가지 근심도 소용없어라. 아, 말없이 묻어 다오. 변함없는 사랑의 슬픔, 찾아오지 말고 아무도 올지 말게 해 다오.

[오르시노] 옜다. 수고했구나.

[페스테] 수고가 무슨 말씀이오. 노래가 즐거움이올시다.

[오르시노] 그럼, 그 즐거움의 값을 치러 주마.

[페스테] 정말이요, 즐거움은 언젠가 보상해야 하는 법이죠.

[오르시노] 수고했다. 그만 이 자리를 물러가 주겠느냐?

[페스테] 그럼 우울의 신의 가호가 있으시기를! 그리고 양복은 오색의 실로 짠 호박단 조끼를 맞추실 것, 마음이 변하시기 오팔 못잖으시니까. 이런 맘씨를 가진 분은 바다로 가시는 게 좋죠. 어느 곳을 향하여도 무방, 도시 아무리 돌아다녀도 뒤에 남은 것이 없는 게 바다 여행의 좋은 점이니까요. 그럼 물러가겠습니다.

(퇴장)

[오르시노] 다들 자리를 비켜 다오.

(큐리오와 다른 사람들 퇴장)

[오르시노] 세사리오, 한 번 더 저 매정한 아가씨한테 가다오. 가서 이렇게 말해 다오. 내 사랑은 이 세상 무엇보다도 고귀하니, 이 더러운 땅은 조금도 아랑곳하지 않는다고. 운명이 그이에게 갖다 준 재산쯤이야 운명처럼 헛된 걸로 본다고. 내 영혼이 이끌려 들어간 것은 자연이 솜씨껏 부려 놓고 그 기적과 같이 훌륭한 주옥, 그 아름다움이라고. 그렇게 전해 다오.

[바이올라] 하지만 도저히 사랑할 수 없다 하시면?

[오르시노] 그런 대답은 받을 수 없다.

[바이올라] 하지만 도리 없으시죠. 가령 말씀입니다, 어떤 여인이 있어 당신을 사랑하여 당신께서 올리비아 아씨를 사모하시는 것과 같은 마음의 고민을 갖고 있다고 하십니다. 당신께서는 그 사람을 사랑하지 못하시죠. 싫다고 말씀하십니다. 그러면 그 여인인들 무슨 도리가 있겠습니까?

[오르시노] 여자의 마음 가지고는 나의 이 심장을 뛰게 해 주는 이렇게 강한 정렬의 고동을 견뎌낼 수 없다. 그리고 여자의 심장이란 이렇게 벅찬 사모를 담을 만큼 크지 못해, 포용력이 없어. 한심한 노릇, 여자의 사랑이라니 식욕이라 부를 수밖에. 정렬의 힘이 아니라 혓바닥의 작용, 포식을 해서 배가 차면 싫어지고 만다. 그러나 나의 사랑은 바다처럼 끝이 없다. 언제나 배고프고 얼마든지 소화할 수 있어. 여자가 내게 품은 연정을 내가 올리비아에게 가지는 것과 아예 비교조차도 하지 말아다오.

[바이올라] 네, 그렇지만 저도 알죠.

[오르시노] 뭘 안단 말이냐?

[바이올라] 여자가 남자에게 품는 사랑을 잘 알고 있죠. 그들도 우리에 못지않게 진실한 마음을 갖고 있답니다. 제 아버지에겐 딸이 하나 있었는데 어느 남자를 사랑했죠. 그건 마치 제가 여자였다면 공작님을 사모했을 것같이 그렇게 말입니다.

[오르시노] 그래, 그 내력은 어떻게 됐나?

바이올라와 오르시노
남장한 바이올라는 오르시노를 사랑하는데 오르시아는 그 사실을 모른다.

[바이올라] 백지였습니다. 그 사랑, 고백하지 않고 가슴속에 묻어 둔 채 꽃봉오리를 벌레가 좀먹듯, 그 장밋빛 양 볼이 상사에 비석으로 깎아 세운 인내의 석상처럼 슬픔에 잠긴 채 웃음을 띠고 있었죠. 이게 진정한 사랑이 아니었을까요? 남자는 더 입 밖으로 내기도 하고 맹세도 하죠. 하지만 사실은 그 겉표시가 마음보다 야단스러워요. 맹세는 거추장스럽게 하면서 진정은 그렇지 못한 것이 남자들의 관례 아니겠습니까?

[오르시노] 그래, 네 누이는 그 사랑으로 해서 죽었느냐?

[바이올라] 아버지 집에는 이제 아들이고 딸이고 제가 전부입니다. 하긴 잘은 모르겠습니다만. 그럼 아씨에게 갔다 올까요?

[오르시노] 그래, 그게 중요한 일이다. 빨리 그분에게 가 봐다오. 이 보석을 전하고 내 사랑 양보할 자리도 없고 거절은 받지 못하겠다고 여쭈어라.

(모두 퇴장)

2막 4장 분석

오르시노 공작의 궁전, 공작은 어젯밤에 들었던 오래된 노래를 다시 듣기 원하고, 페스테가 등장해 노래를 부른다. 노래 가사 속의 젊은이는 사랑 때문에 죽고, 누구도 자신의 무덤을 찾지 않기를 바란다. 이 기이한 노래의 우울한 기교는 아마도 공작에게 호소력이 있으며 연극의 전체적인 분위기에 확실히 어울린다. 아이러니하게도 노래는 오르시노 공작의 기분을 표현하는 동시에 올리비아(세사리오에 대한 짝사랑)와 바이올라(오르시노 공작에 대한 짝사랑)의 상황까지도 표현하는 것 같다.

대담해진 세사리오가 오르시노 공작에게 사랑을 표현하는 장면은 그녀의 고통스러운 내면과 공작의 과장된 고백이 대조를 이루며 그녀의 열정이 얼마나 깊고 진지한지 보여 준다. 오르시노는 다시 한번 세사리오를 통해 올리비아에게 사랑의 메시지와 보석을 전달하도록 명령하고, 이제 변장한 바이올라와 그녀를 사랑하게 된 올리비아의 두 번째 만남이 준비된다.

The Twelfth Night

2막 5장

Act 2, Scene 5

● 올리비아의 정원

(토비, 앤드루 및 파비안 등장)

[토비] 이리로 오게, 파비안 군.

[파비안] 가고말고요. 아, 이런 구경거리를 조금이라도 놓칠 수 없죠.

[토비] 저 노랭이 같은 비열한 악당이 톡톡히 창피를 당하는 꼴을 보게 되다니, 어때, 즐겁지 않나?

[파비안] 즐겁다 뿐이에요, 좋아서 어쩔 줄을 모르겠는데. 아시죠? 제가 곰 놀리기 일건으로 아씨에게 톡톡히 꾸지람을 당한 일 말예요. 그것도 그 녀석 덕분이었죠.

[토비] 그놈을 골려 주기 위해선 또 곰을 끌어내 볼까. 놈을 여지없이 농락해 주자고. 어때, 노형?

[앤드루] 아, 해야지. 아니면 평생의 유감이 될 것이야.

[토비] 여기 장난꾸러기 꼬마 아가씨가 나타나는군.

(마리아 등장)

[토비] 어때? 황금 아가씨.

[마리아] 자, 모두 회양목 그늘에 숨어요. 말볼리오가 이 길로 오고 있어요. 반 시간 동안이나 볕에 나가 자기 그림자를 보고 무어라 인사 연습을 하고 있었어요. 어디 보세요, 이 편지를 보고 나면 생각에 골똘해서 바보 얼간이 같은 얼굴을 하게 될 테니. 자, 숨으세요. 아주 재미있게 될 테니까. (편지를 던지면서) 너는 거기 가만히 있어요. 저기 저 송어께서 나타나셨군.

(퇴장, 말볼리오 등장)

[말볼리오] 팔자로군, 다 팔자소관이지. 마리아가 언젠가 말한 적이 있었겠다. 아씨가 하신 적이 있지. 만약 사랑한다면 이 말볼리오 같은 성품의 사랑이라야 한다고, 내가 듣지 않았나. 뿐인가, 수종을 드는 어느 사람보다도 나를 더 공손히 대하시지. 이걸 대체 어떻게 받아들여야 한다?

[토비] 에잇, 건방진 녀석.

[파비안] 쉿! 가만히. 저렇게 생각에 잠겨 있는 꼴이 정말 보기 드문 칠면조야. 깃을 추켜세우고 우쭐거리는 꼬락서니라니.

[앤드루] 예끼, 저놈을 패 줄까 보다.

[토비] 쉿! 가만있어.

[말볼리오] 말볼리오 백작 나리라…….

[토비] 이놈 봐라!

[앤드루] 쏘아 죽여라. 죽여 버려.

[토비] 쉿, 쉿!

[말볼리오] 그런 일이 없는 게 아니거든. 스트레이치네 아씨는 의상실의 시종하고도 결혼하셨는걸.

[앤드루] 이 악당!

[파비안] 가만히 좀 있어요. 녀석 이젠 푹 빠져 버리고 말았어. 저 우쭐해서 부풀어 오른 꼴을 보세요.

[말볼리오] 결혼해서 석 달만 지나면 백작님 의자에 앉게 된다.

[토비] 에잇, 석궁이라도 있으면 저놈의 눈깔에다 쏘아 주겠는데.

[말볼리오] 좌우에다 신하들을 죽 불러 놓지. 나는 꽃무늬로 장식한 가운을 입고 낮잠에서 깨어 나오는 길이렷다. 올리비아는 아직도 자고 있고…….

[토비] 저런 천벌을 받을 놈 같으니.

[파비안] 쉿, 가만히 계세요.

[말볼리오] 그리고는 높은 사람 기분으로 뽐내 본단 말이야. 한 바퀴 점잖고 위엄 있게 쓰윽 둘러보고는 말해 주지. 나도 내 신분을 잘 알고 있지만 모두 자기 분수를 지켜야 하는 거야 하고. 그리고는 누구 가서 내 친척 토비를 불러오너라.

[토비] 이런 육시를 당할 놈 같으니.

[파비안] 쉿, 쉿! 좀 가만히 계세요.

[말볼리오] 그러면 신하가 일곱 사람이나 '네' 하고 찾으러 뛰어나가렷다. 그동안에 나는 상을 찌푸리고 있지. 회중시계의 태엽이라도 감아 볼까, 아니면 이 줄, 아, 아니지. 근사한 보석이라도 만지작거린다. 그때 토비가 들어온다. 공손하게 인사를 올린다.

[토비] 아니, 이놈을 죽여 줄까 보다.

[파비안] 수레 형틀로 고문을 당하는 한이 있더라도 제발 좀 조용히 하세요.

[말볼리오] 그러면 내가 손을 이렇게 내밀지. 여느 때 웃음을 눌러 버리고 집안 어른답게 엄숙한 표정을 지으면서.

[토비] 그러면 토비가 네 입에다 한 대 멋있게 갈겨줄걸.

[말볼리오] 이렇게 말하거든. "토비 아저씨, 천생연분이 있어 조카분과 결혼하게 되었으니 이런 언사를 용서하오."

말볼리오와 토비 일행
토비 경과 마리아가 말볼리오를 골탕먹이려는 장면이다.

[토비] 뭣이! 뭐라고?

[말볼리오] 그 주정뱅이 노릇은 고쳐야겠어.

[토비] 에잇, 고얀 놈!

[파비안] 제발 참으세요. 이러다간 모처럼의 산통을 다 깨겠어.

[말볼리오] 게다가 얼간이 나이트와 어울려서 소중한 시간을 낭비하고 있소.

[앤드루] 저게 내 얘기로군. 틀림없이 그래.

[말볼리오] 앤드루인가 하는…….

[앤드루] 내 얘긴 줄 알았다니까. 바보 얼간이라고 부르는 인간이 하나둘이라야지.

[말볼리오] 아니, 여기 이것은 뭣일까? (편지를 줍는다)

[파비안] 자, 노란 도요란 놈이 똥에 가까이 가는구나.

[토비] 쉿! 조용히 해. 신이여, 제발 저 녀석이 큰소리로 읽게 해 주세요.

[말볼리오] 아니, 이건 틀림없는 아씨의 필적. 이 시작이며 U자, T자가 모두 아씨 것이고 P의 대문자도 바로 이렇게 쓰셔. 이건 의심할 나위 없이 아씨의 필적인데.

[앤드루] 그분의 C자이며 U자, T자라니 그 무슨 말이야?

[말볼리오] (읽는다) 남모르는 사랑하는 분에게, 이 글월은 아씨 그대로의 문투군. 실례합니다, 봉랍 씨. (봉을 뜯는다) 가만있자, 인장도 '루크리스' 언제나 봉을 할 때 쓰시는 것이군. 아씨가 틀림없어. 누구에게 보낸 것일까?

[파비안] 후유, 이젠 넘어갔군. 완전히 걸려들었는데.

[말볼리오] (읽는다) 나의 사랑 하나님만 알아. 누굴까 그 사람은? 입이여 놀리지 말아다오. 누구도 알아서는 안 돼. 누구도 알아서는 안 돼…… 어디 그 뒤는? 가락이 달라졌군. 누구도 알아서는 안 돼. 이게 말볼리오, 바로 너라면?

[토비] 야, 이 너구리 꼴좋구나.

[말볼리오] (읽는다) 사모하는 임을 부리는 신세여, 말 못 하는 이 마음이 루크

리스의 칼 마냥 피 흘림 없이 이 가슴을 찌르구나. 엠, 오, 에이, 아이 이 몸을 좌우하도다.

[파비안] 흔해 빠진 수수께낀데.

[토비] 그 계집 꾀가 그만이로구나.

[말볼리오] 엠, 오, 에이, 아이 이 몸을 좌우하도다. 가만있자, 이게 음, 음.

[파비안] 이건 또 굉장한 독을 담았는데.

[토비] 그렇게 담아 놓은 독을 허욕쟁이 매란 놈이 저렇게 낚아채는 것 좀 보라지.

[말볼리오] "사모하는 임을 부리는 신세여," 그렇지. 아씨가 나를 부리고 있지 않나. 그분은 내 주인이니까. 이거야 바보 아니면 누구라도 다 알 수 있는 사실이지. 그 점은 이상이 없고, 문제는 끝인데. 이 알파벳의 배열이 무슨 뜻이 있을까? 내게 어딘가 닮은 데만 있다면, 가만있자, 엠. 오. 에이. 아이……

[토비] 오호인지 아이고인지 맞혀 보란 말이야. 냄새를 맡으려 해도 코가 말을 듣지 않는 모양이로군.

[파비안] 똥개지만 여우 냄새에 홀려도 짖어 대기는 할 겁니다.

[말볼리오] 엠…… 말볼리오. 엠이라, 이건 내 이름의 첫 자가 아닌가.

[파비안] 보세요. 알아맞힌다니까요. 냄새가 이상해진 데를 잘 알아차리죠.

[말볼리오] 엠…… 하지만 그 뒤가 잘 맞아 들어가지 않는구나. 조사가 제대로 진행이 안 돼. 에이가 와야 될 텐데 오가 와 있으니.

[파비안] 오, 끝에 가서 야단났군.

[토비] 그렇구나, 어디 내가 널 몽둥이찜질을 해 줄까. 그러면 오, 하고 외마디 소리가 나올걸.

[말볼리오] 다음에는 아이가 온다.

[파비안] '아이고'라 해 둬. 눈앞에 신세를 고치겠다 말고 뒤축에 끌리는 창피나 눈치 채 보시지 그래.

[말볼리오] "엠. 오. 에이. 아이." 이 수수께끼는 앞의 것만큼 쉽지 않은데. 하지만 조금 무리해서 뜯어 맞춘다면 안 될 거야 없지. 다 내 이름자 속에 있는 글자니까. 가만있자, 다음엔 산문이 있네. (읽는다) 이 글월이 당신 손에 들어가거든 심사숙고하여 주오. 비록 운성은 이 몸이 그대 위에 있다 할지라도 부디 잘났음을 두려워 말아 주오. 사람은 타고남이 잘나는 수도 있고, 힘써 얻어 와 잘나는 사람도 있고, 또한 남이 던져 주어 잘나는 사람도 있소. 운명이 쌍수를 벌리고 있으니 그대의 온 정력을 다하여 맞아 주오. 장차 그대가 될 신분을 생각하여 거기 익숙해지도록 미천한 구두는 벗어 버리고 새롭게 보이도록 하시오. 이 몸의 친척에게 거역을 할 것이오, 하인들에게는 까다롭게 구실 것, 고담준론을 입에 담고 범상의 인간과는 특이한 풍도를 차리실 것, 이러한 권유도 그대를 사모하는 나머지의 뜻이요. 그대의 황색 긴 양말을 찬양하고 그대의 십자 대님을 보고 싶어 한 사람이 누구인지요? 제발 잊지 말아 주시기를. 그대가 마음만 정한다면 이미 고쳐 놓은 신세, 부디 잊지 마시오. 만일 그렇지 못하다면 그대는 항상 집사의 자리, 하인의 동배로 대할 것이며 행운의 신의 손을 잡을 자격을 잃을 거요. 안녕히. 그대와 지위를 교환하기 원하는 이 몸, 다복한 불행녀 올림.

대낮처럼 환하고 들판처럼 널찍해도 이보다 더 뚜렷할 수야 있겠는가, 명명백백한 사실. 뽐내 주자. 시국을 논할 책을 읽어야지. 토비를 못살게 굴 것이고, 엉터리 녀석들과는 손을 끊어야지. 시켜 놓은 그대로의 인간이 되어야겠구나. 이젠 세상에 몸을 맡겨 아무리 엉뚱한 짓을 하더라도 바보가 될 염려가 없다. 어느 모로 생각해 봐도 아씨께서 나에게 반한 것은 명약관화하니까. 하긴 근자에 아씨께서 내 누런빛 긴 양말을 칭찬하셨고, 다리의 십자 대님도 좋다고 하셨다. 그 말 가운데 사랑을 뚜렷이 고백하고, 나에게 당신 마음에 드시는 옷을 입으라는, 말하자면 명령이라고 할 수 있지. 운명의 별아, 고맙구나, 나는 행운아다. 자, 보통 녀석과는 다르다는 것을 보여 줘야겠다. 잘난 점을 보여 주고 노란 긴 양말에다 십자 대님을 매고, 그것도 당장에 해야겠군. 하나님과 내 운성이여, 찬양을 받을지어다. 아니, 여기 또 추신이 있구나. (읽는다) 이 몸이 누구냐를 어찌 모를 수 있을 것이요. 그대 만약 이 몸의 사랑을 받아 주신다면 그대의 미소로써 나타내 주시기 바라오. 그대에게 부탁하니 이 몸 앞에서는 언제나 미소를 지어 주시기 간절히 바라오. 하나님, 감사합니다. 자, 웃음을 짓겠소. 당신이 바라는 짓이라면 무엇인들 못 하겠소이까.

(퇴장)

[파비안] 페르시아 왕한테서 수천 냥의 연금과 바꿀 재미도 이 재미에 한몫 끼어드는 것과 바꿀 생각은 없는데?

[토비] 이런 솜씨를 부려 줬으니 이젠 저 계집에게 장가들어도 좋아.

[앤드루] 나도 좋은데.

[토비] 지참금도 필요 없다. 그저 이런 재미있는 소일거리만 하나 가져오면 돼.

[앤드루] 나도 필요 없어.

[파비안] 이크! 얼간이 새(갈매기) 잡기의 명수 아가씨가 나타나셨군.

(마리아 다시 등장)

[토비] 내 목덜미를 네 발로 마구 밟아다오.

[앤드루] 내 목덜미라도 좋아.

[토비] 내 자유를 이 집 가보에다 걸고 네 종이 되어 줄까?

[앤드루] 좋지. 나도 되어 줄까?

[토비] 네가 저 녀석에게 얼토당토않은 꿈을 꾸게 해 줬으니 그 꿈이 깨지는 날엔 저 녀석은 돌고 말걸.

[마리아] 아니, 정말 이야기를 해 주세요. 효험이 있어 보였어요?

[토비] 듣다 뿐인가, 산파에게 소주 듣는 격이었지.

[마리아] 그럼 이 장난의 결과를 보시겠어요? 아씨 앞에 나타날 때를 두고 보세요. 노란 긴 양말을 신고 나타날 거예요. 그런데 이건 아씨가 몸서리를 치시는 빛깔이고요. 십자 대님을 하고 나오겠죠. 이건 아씨가 무척 싫어하시는 유행이고요. 그리고 아씨 보고서 히죽거리면서 웃을 게 아니에요. 요즘같이 울적하게 계신 아씨에겐 세상에 이것처럼 기분에 맞지 않는 게 또 어디 있겠어요. 그러니 뻔한 노릇, 조롱거리다가 돼도 이만저만이 아닐 거예요. 구경하시려거든 저를 따라오세요.

[토비] 이 천하에 영리한 마귀야. 지옥의 문으로다가 따라가 주마.

[앤드루] 나도 따라가 주마.

(모두 퇴장)

2막 5장 분석

　이전 장면의 낭만적인 줄거리와 달리 이 장은 말볼리오에 대한 속임수에 초점을 맞춘다. 이 장면은 전체 연극에서 가장 코믹한 장면 중 하나로 여기에는 토비 경과 앤드루 경, 그리고 새로운 캐릭터인 파비안이 합류한다.

　장난이 좀 심하기는 하지만, 그들의 행동에 악의는 없어 보인다. 그들은 말볼리오의 비인간적이고 청교도적인 오만함에 분개했고, 이를 자신들의 오만하고 이기적인 본성을 사용하여 혼내 주려 한다. 말볼리오의 자기중심적이고 이기적인 면모를 본 우리는 아무래도 말볼리오를 동정하기가 어렵다. 말볼리오가 편지를 열었을 때, 그는 올리비아의 필체를 알아챈다. 물론 우리는 그것이 마리아의 필체라는 것을 알고 있다. 말볼리오는 장면 내내 편지를 해독하려고 큰소리로 떠들어대고, 이를 숨어서 지켜보는 등장인물들은 계속해서 유머러스하고 경멸적인 말을 던진다.

　편지의 지침은 우리가 곧 보게 될 코미디를 기대하게 만든다. 우리는 마리아가 올리비아의 취향, 즉 그녀가 좋아하는 것과 싫어하는 것을 잘 알고 편지를 구상했다는 사실을 기억해야 한다. 이제 말볼리오는 올리비아가 싫어하는 복장에, 그녀의 기분에 맞지 않는 미소를 지으며 그녀 앞에 서게 될 것이다.

The Twelfth Night

3막 1장
Act 3, Scene 1

● 올리비아의 정원

(바이올라, 작은 북을 손에 든 어릿광대 등장)

[바이올라] 안녕하시오? 음악도 안녕하시고? 너는 북으로 사나?

[페스테] 아니요, 사원에 붙어 살죠.

[바이올라] 그럼 신부로구나.

[페스테] 천만의 말씀. 난 나대로 살고요, 집이 사원에 붙어 있단 말씀이에요.

[바이올라] 그렇게 얘기한다면, 거지가 임금님 곁에 살고 있으면 임금님이 거기 와 붙어서 사는 게 되겠군. 그리고 네 북을 사원 곁에 세워 놓으면 사원이 북의 덕택을 보는 격이 되지 않겠느냐.

[페스테] 옳은 말씀이야. 요즘 세상은 영리한 친구들한테 걸리면 말 한마디가 꼭 키드(염소 새끼) 가죽의 장갑이란 말이요. 안팎을 마음대로 갈아 끼우는 판이지.

[바이올라] 그거 정말이로구나. 말이란 농락하게 되면 곧 화냥기가 심해지기 마련이다. 기가 심해지기 마련이야.

[페스테] 그래서요? 내 누이도 이름을 지어 주지 말 걸 그랬나 보군요.

[바이올라] 그건 왜?

[페스테] 아 그야, 이름도 말 아니요. 그 말을 농락해 보세요. 누이에 화냥기가 생기지 않겠는가. 증서니 법령이니 하고 말이 타락해 버렸으니 고약하게 됐죠?

[바이올라] 이유는?

[페스테] 원 이유를 대라니 말을 쓰지 않고서는 이유를 댈 수 없는데, 그 말이란 게 도무지 믿을 수 없단 말이에요. 말로 이유를 대고 싶지 않소이다.

[바이올라] 너 올리비아 아씨의 바보 아니냐?

[페스테] 천만에. 올리비아 아씨는 얼간이가 아닌데 왜 바보를 두겠어요. 단 결혼하실 때까지 말이에요. 밴댕이가 청어 비슷하듯이 얼간이와 남편은 서로 닮았죠. 남편 쪽이 좀 더 크다 뿐이지요.

[바이올라] 너를 앞서 오르시노 공작 댁에서 봤다.

[페스테] 이 세상은 돌고 돌죠. 마치 저 태양같이 말이에요. 볕이 안 가는 데가 없거든요. 우리 아씨 댁에 나 마찬가지로 댁의 주인님께도 자주 드나들지 않는다면 미안 천만인데요. 거기서 영리하신 댁을 제가 뵈었지요.

[바이올라] 이젠 나를 한 대 갈겨 보겠다고 드는구나. 그건 안 돼. 상대하지 않겠어. 자, 용돈을 받아 둬라.

[페스테] 하나님, 마음에 털의 여유가 생기시거든 이분한테 수염을 좀 보내 주세요.

[바이올라] 아닌 게 아니라, 그랬으면 좋겠구나. (독백) 내 얼굴에 났으면 하는 것은 아니지만. 아씨는 계시니?

[페스테] (돈을 만지면서) 이걸 짝을 지어 주면 새끼를 치지 않을까요?

[바이올라] 오냐, 알았다. 구걸하는 품이 됐다. (돈을 더 준다)

[페스테] 아씨는 안에 계세요. 내 안에 들어가서 어디서 오셨는가를 말씀 올리죠. 댁에서 누구며 소관사가 뭣인지는 물론 내가 알 바 아니외다. 아니 '참견의 밖'이라 해 둘까요.

[바이올라] 저 녀석은 영리하니까 바보 노릇을 하지. 바보도 잘하자면 적지 않게 꾀가 필요하단 말이야. 상대의 기분이니 때를 잘 봐 둬야 되거든. 그리고 매처럼 눈앞에 날아오는 어느 새 할 것 없이 낚아채는 솜씨가 있어야 해. 이것은 똑똑한 인간의 솜씨에 못지않게 힘이 드는 수련, 저 친구는 때를 맞춰 재치 있게 바보 수작을 해 보인단 말이야. 하지만 영리한 친구가 바보 수작에 빠지면 이건 꼴이 말씀이 아니렷다.

(토비와 앤드루 등장)
[토비] 안녕하시오.
[바이올라] 안녕하세요.
[앤드루] 안녕하십니까?
[바이올라] 댁께도 삼가 인사를 올립니다.
[앤드루] 아, 네, 받지요. 삼가 인사를 드리오.
[토비] 조카딸을 보러 오셨나이까? 그렇다면 들어오시길 고대중이올시다.
[바이올라] 네, 그쪽으로 진로를 향하고 있사옵니다. 저의 뱃길이 지향하는 곳이올시다.
[토비] 시보를 조심히. 발동을 걸어 보십시오.
[바이올라] 시보란 말씀, 무슨 뜻인지 확연치 못하나 행보는 틀림없을 것이요.
[토비] 아니, 들어가시라고 한 것이요.
[바이올라] 그럼 운신으로써 대답해 드리겠소이다. 한데 먼저 나오시는군. 세상에 훌륭하신 숙녀여, 하늘이 향기의 비를 당신 위에 뿌려 주시기를!

(올리비아와 마리아 등장)
[앤드루] 저 젊은 친구, 보기 드문 한량이로군. "향기의 비를 뿌려 주시라." 잘해.

[바이올라] 당신께서 손수 경청하여 주심을 바라옵고 각별히 말씀드릴 것이 있사옵니다.

[앤드루] "향기의 비", "경청", "각별히"라. 어디 적어 두었다가 나도 써 봐야 겠구나.

[올리비아] 정원의 문을 잠그고 모두 물러나 주오.

(토비, 앤드루, 마리아 퇴장)

[올리비아] 자, 그 손을.

[바이올라] 무슨 분부라도 삼가 따르겠나이다.

[올리비아] 이름은 뭣이라고 하오?

[바이올라] 세사리오라 합니다. 아씨의 하배로 대령하겠습니다.

[올리비아] 나의 하배라고? 굽실거리는 체 하는 게 마치 인사같이 되어 버리고 나니까 세상이 재미가 없어져 버렸어요. 당신은 오르시노 공작의 하배가 아니에요?

[바이올라] 그런데 공작께서는 아씨의 것이니 그분의 것은 곧 당신의 것이 되지 않을 수 없죠. 당신의 하배의 하배는 곧 당신의 하배. 그렇지 않습니까, 아씨?

[올리비아] 그분은 조금도 생각이 없어요. 그분께서도 나 같은 것 그렇게 골똘히 생각하실 게 아니라 백지로 있기를 바라요.

[바이올라] 아씨, 제가 온 것은 다름이 아니오라 그분을 위하여 마음을 부드러이 가지시도록.

[올리비아] 제발 부탁이에요. 다시는 그분 말씀은 입에 담지 말아 주어요. 하지만 또 한 분의 일로 부탁이 있다면 얼마든지 간청해 주세요. 그쪽 같으면 저 하늘의 별들이 노래하는 음악보다도 더 기꺼이 귀를 기울이겠어요.

[바이올라] 아씨…….

[올리비아] 제발, 조금만 더. 지난번 당신이 내 마음을 그렇게도 어지럽게 해 놓은 다음에 뒤따라 반지를 보내 드렸죠. 그런 짓을 하다니, 나 자신에게나 심부름을 한 사람, 그리고 아마, 당신까지도 모욕한 짓이 됐어요. 나의 그런 행동, 아무리 욕을 먹어도 도리가 없게 됐어요. 당신 것이 아니라고 잘 아시고 있는 물건을 염치도 없는 계교를 꾸며서 억지로 갖다 맡기다니 말이에요. 어떻게 생각을 하셨는지 나의 체면을 말뚝에다 매어 놓고 가혹한 심사가 생각해 낼 수 있는 생각이란 생각은 모조리 풀어서 그걸 골리려 하지 않으셨을까? 당신같이 눈치가 빠른 분은 벌써 다 아시고 계실 듯, 이 마음속의 비밀을 감추고 있는 것이라곤 망사 한 겹 밖에는 없어요. 뭐라고 말씀해 주세요.

[바이올라] 동정합니다.

[올리비아] 동정이라니 사랑의 첫걸음 아니에요?

[바이올라] 아니올시다. 원수도 동정한다고, 흔히 겪는 일이 아닙니까.

[올리비아] 그럼 도리 없군요. 이젠 웃고 치울 밖엔. 이 세상엔 못사는 인간이 잘난 척 한단 말이야. 어차피 먹이가 될 판에야 늑대에게 먹히기보다도 사자 앞에 넘어지는 게 얼마나 나을지는 몰라. (시계 치는 소리) 쓸데없이 시간을 보낸다고 시계가 나를 나무라네. 젊은이, 근심할 것 없어요. 내가 단념할 테니까. 하지만 지혜와 청춘이 결실의 때를 맞이하면 당신의 아내가 되는 사람은 훌륭한 남편을 거둬들이게 될 거예요. 자, 나가는 길은 저쪽에. 서쪽이에요.

[바이올라] 그럼. 서쪽으로 배 떠나오! 존체 내내 미안하시기를. 공작님께는 전하실 말씀이 없으시겠죠.

[올리비아] 잠깐만, 나를 어떻게 생각하는지 제발 말해 줘요.

[바이올라] 사실이 그렇지 않을 것을, 그렇다고 생각하시는 것으로 생각합니다.

[올리비아] 내가 그렇게 생각하고 있다면 당신의 경우도 마찬가지라고 생각해요.

바이올라와 올리비아
남장을 한 바이올라에게 반한 올리비아를 묘사한 그림이다.

[바이올라] 그럼 옳게 생각하셨어요. 저는 보시는 바의 제가 아니올시다.

[올리비아] 당신이 내가 생각하는 사람이 되었으면 좋겠어.

[바이올라] 그게 지금의 저보다 낫다면 차라리 저도 그렇게 되기를 바랍니다. 지금 저는 당신의 어릿광대밖에는 아니니까요.

[올리비아] 아, 저 입에서 나오면 아무리 멸시를 당하고 노여움을 받는 말이라도 아름답게 보이는구나. 감춰 두고 싶은 사모의 정은 살인의 죄과보다도 더 빨리 드러나고 마는구나. 사랑은 오밤중이라도 대낮과 같단 말인가. 세사리오, 봄철의 장미꽃, 처녀의 정절, 명예와 진실, 그리고 그 밖의 모든 것에 걸어 말하겠어요. 나는 당신을 사랑해요. 아무리 당신이 교만해도 이젠 지혜고 분별이고, 이 나의 정열을 억누를 수는 없어. 이런 말을 한다고 해서 여자 쪽에서 정을 통했으니 나는 모른다고 이상한 이치일랑 꾸며대지는 마시고 차라리 이렇게 생각해 주시면 좋겠어요. 찾아서 얻는 사랑도 좋지만 찾지 않는데 얻어지는 사랑은 더욱 좋다고요.

[바이올라] 티 없이 깨끗한 이 젊은 마음에 걸어서 맹세합니다. 저에겐 외줄기 마음, 한 가지 심정, 한 가지 진실 밖에는 없어요. 그리고 그것은 여자 분에게는 드릴 수 없는 것입니다. 그것을 다스릴 여자란 저밖에는 없습니다. 그러니까 안녕히 계세요, 아씨. 이제 두 번 다시 제 주인의 눈물을 당신께 애탄하는 짓은 않겠습니다.

[올리비아] 또 와 주세요. 지금은 아무리 싫어도 당신 마음에 넘어가 언제 또 그분 사랑에 이끌려 갈지도 모를 일이니까.

(모두 퇴장)

3막 1장 분석

올리비아의 정원에서 3막이 열리고, 세사리오와 올리비아의 광대 페스테가 주고받는 대화 덕분에 장면은 가볍고 유쾌하다. 토비 경과 앤드루 경의 입장과 함께 말장난은 계속되지만, 곧 등장한 올리비아가 젊은 메신저와 단둘이 있기 위해 모두를 해산한다. 그리고 그녀는 필사적으로 세사리오의 사랑의 말을 듣고 싶어 하지만, 그가 말할 수 있는 것은 그가 그녀를 불쌍히 여긴다는 것뿐이다. 올리비아는 잠시 그를 포기하는 듯 보이지만 그가 떠나려 하자 다시 한번 그에게 매달린다. 그러자 세사리오는 관객에게 모든 사람은 일종의 변장을 하고 있다는 일련의 이야기를 들려준다.

"저는 보시는 바의 제가 아니올시다." "당신이 내가 생각하는 사람이 되었으면 좋겠어." "그게 지금의 저보다 낫다면 차라리 저도 그렇게 되기를 바랍니다. 지금 저는 당신의 어릿광대밖에는 아니니까요."

그녀의 아름답고 자발적인 사랑의 선언에도 불구하고 세사리오는 그녀를 떠난다. 올리비아는 이 장면에서 사랑을 간청하고 거절당한다. 그녀는 이제 오르시노와 같은 처지가 된다.

3막 2장

Act 3, Scene 2

● **올리비아의 정원**

(토비, 앤드루, 파비안 등장)

[앤드루] 안 돼. 이젠 더 머물지 않겠어.

[토비] 이유는? 이유를 대 보게나.

[파비안] 이유를 말씀해 주셔야 될 게 아니요, 앤드루.

[앤드루] 이게 뭐냐 말이야. 노형 조카딸은 나를 거들떠보지도 않는데. 저 공작의 심부름꾼인가 하는 녀석에게는 호의만 보여 주고. 정원에서 이 눈으로 보았다니까.

[토비] 노형, 그때 조카딸은 자네를 보았나? 어디 얘기해 보게.

[앤드루] 아, 그야 보고말고.

[파비안] 그게 그분께서 댁을 사랑하시는 큰 증거죠.

[앤드루] 아니, 웬 나를 바보로 만들 작정이요?

[파비안] 천만에. 맹세코 그게 사실임을 증명해 드리죠. 판단과 분별에 걸어서 말이요.

[토비] 그 두 친구는 노아가 뱃사공 하기 전부터 배심원이었다는 걸 몰라?

[파비안] 아씨께서 댁이 보는 앞에서 그 젊은이에게 아양을 떠시는 것은 말이에요, 댁을 안달하게 하고, 그 졸고 있는 용기를 일깨우고, 댁의 가슴에 불을 지피고, 간장에 유황을 태우기 위해 하는 짓이에요. 그때 댁은 아씨에게 인사를 하셔야 했어. 그리고 마치 은행에서 갓 나온 금전처럼 근사한 익살과 재담으로 그 젊은 녀석을 한 대 갈겨 멍청이로 만들어 버렸어야 해요. 이건 응당 댁에서 하실 것으로 알고 있었는데 소홀히 해 버렸군요. 이렇게 겹으로 칠한 도금 같은 멋진 기회를 물에 씻은 듯 씻어 버렸으니. 지금은 아씨가 보시기를 마치 저 북극으로 흘러가 버린 거나 마찬가지죠. 거기서 당분간은 화란인 수염 끝의 고드름같이 달려 있는 판이에요. 그걸 어떻게라도 하자면 용기든 책략이든 무슨 수를 써서 칭찬을 받는 길밖에 없는데요.

[앤드루] 어느 쪽이든 좋다면 나는 용기를 택하지. 책략은 싫어한단 말이야. 책략가가 될 양이면 차라리 청교도가 될걸.

[토비] 옳지. 용기를 토대로 한 재산 쌓아 올려 보란 말씀이야. 그놈의 공작네 젊은 녀석에게 결투를 걸어. 조카딸도 인정하게 될걸. 중매꾼이라지만 세상에 용기의 평판만큼 사내대장부가 여자의 마음을 사로잡는 데 힘센 중매쟁이가 없지. 그걸 알아야 해.

[파비안] 이 길밖에는 도리가 없어요, 앤드루.

[앤드루] 자네들 중 누가 그 녀석한테 결투장을 갖다주겠나?

[토비] 자, 무사답게 씩씩한 글씨로 쓰게나. 심술궂고 짤막하게 써. 재치는 크게 부릴 것 없지만 청산유수로 독창성을 넣어야 해. 말을 아끼지 말고 조롱할 것. 호언은 몇 번 해도 실언이 되는 일은 없어. 그리고 종이 가득 거짓말을 늘어놓으란 말이야. 자. 쓰게나. 펜은 거위 깃이라도 상관없으니, 잉크엔 잔뜩 쓴맛을 들게 해.

[앤드루] 어디서 만날까?

[토비] 방으로 찾아가지.

(앤드루 퇴장)

[파비안] 아주 소중한 노리개군요.

[토비] 아무렴. 소중하지. 아마 이천 파운드는 뜯어냈으니 말이야.

[파비안] 어디 그놈의 편지가 구경거리겠는데. 설마 전달은 하지 않으시겠죠?

[토비] 그게 무슨 말이야. 무슨 수를 써서라도 그 젊은 녀석을 쑤석거려서 대답하게 해야겠어. 하지만 황소에다 달구지 밧줄을 달아매도 두 녀석을 맞붙게 할 수는 없을 것 같아. 앤드루란 친구는 해부해 보면 아마 간에 벼룩 한 마리를 채울 수 있는 피도 없을 걸. 있다면 그 남은 몸뚱어리를 내가 다 먹어 주겠네.

[파비안] 그리고 상대방 젊은 친구도 그 상판 갖고서는 그리 억셀 것 같은 징조는 없죠.

[토비] 야, 저기 굴뚝새의 아홉 번째 새끼가 오시는군.

(마리아 등장)

[마리아] 웃음보가 터져서 창자를 곧추고 싶으시거든 따라오세요. 저 얼간이 말볼리오가 이교도가 되어 버렸어요. 이단이라도 이만저만이 아니에요. 아니, 세상에 기독교인이 글쎄 저런 엉뚱하고도 괴상한 짓을 하고서 천당에 갈 마음을 먹겠어요? 노란 긴 양말을 신고 있어요.

[토비] 그리고 십자 대님도?

[마리아] 네, 그 꼴이라니. 살인하겠다는 놈같이 그이 뒤를 졸졸 따라다녔죠. 그랬더니 내가 편지 속에 시켜 놓은 그대로 하고 있지 않아요. 그리고 웃는 표정을 짓는데 인도를 크게 그린 이번에 나온 지도보다도 더 많은 주름을 잡지 않겠어요. 그 꼴은 아마 평생 구경하지 못할 거야. 그저 뭣이든 던져 주고

토비와 파비안

토비와 파비안이 있는 곳에 마리아가 들어와 말볼리오의 우스운 동태를 알린다.

싶어서 못 견디겠어요. 아씨께서 틀림없이 그 녀석을 두들길 거예요. 그렇게
되면 더욱 웃음을 짓고 총애를 받는 것으로 생각하겠죠.

[토비] 자. 어디야? 우릴 그리로 데려가 다오.

(모두 퇴장)

3막 2장 분석

　본질적으로 이 장면은 연극의 서브플롯을 담당하며, 이는 비겁한 앤드루
경이 실제 결투에서 세사리오와 만나게 될 때 절정에 달한다. 이 장면에서
우리는 올리비아에 대한 그의 구애에 진전이 없다는 사실에 놀라지 않는다.
다만 놀라운 것은 그가 여전히 올리비아의 애정을 얻을 기회가 있다고 생각
한다는 것이다.

　한편 말볼리오는 위조된 편지의 지침을 완전히 따르고 있다. 올리비아의
사랑을 얻을 것이라는 앤드루 경의 믿음이 어리석다면, 말볼리오의 행동도
그와 다르지 않을 것이다. 그리고 곧 보게 될 그의 복장과 태도에서 그가 앤
드루 경만큼이나 어리석다는 것이 드러난다.

3막 3장
Act 3, Scene 3

● 거리

(세바스찬과 안토니오 등장)

[세바스찬] 이쪽에서 즐겨 폐를 끼쳐 드리고 싶지는 않으나 수고하시는 게 좋다고 하시니 이 이상 잔소리는 않기로 하겠습니다.

[안토니오] 당신을 보내 놓고 뒤에 남아 있을 수가 없었지요. 줄로 깎아 세운 강철보다도 더 날카로운 나의 소원이 나를 몰았어요. 이곳 땅에 생소한 당신이니 가다 어떤 일이 생길는지도 모르겠다는 근심도 있었죠. 인도하는 사람도 친구도 없는 낯선 사람에게는 곧잘 난폭하고 불친절한 일이 생기기 마련이니까요. 그런 걱정이 있었기에 당신을 생각하는 내 마음이 이렇게 당신 뒤를 쫓아오게 되었구려.

[세바스찬] 안토니오 형님, 뭐라고 말해야 좋을지, 그저 감사하다는 인사에 인사를 곧장 거듭하는 길밖에는 없소이다. 이런 한 푼도 안 되는 인사로 그 고마운 친절을 갚으려고 드는 일은 세상에 흔히 있죠. 하나 내가 가진 재물이 이 감사의 진정만큼이나 든든하게 있다면 좀 더 나은 보답을 해 드릴 것입니

다. 자, 어떻게 하죠? 이 고을의 고적이라도 보고 다닐까요?

[안토니오] 그것은 내일로 합시다. 우선 머물 처소를 찾아보는 게 좋겠어요.

[세바스찬] 아니, 별반 고단하지 않고 밤까지는 시간이 많이 있습니다. 어때요, 이 고을의 자랑인 기념비나 명물을 구경하면서 눈요기나 하시지 않겠어요?

[안토니오] 매우 거북한 이야기지만 저는 이 길거리를 마구 다닐 수 없는 몸이올시다. 전자에 해전이 있었는데 그때 저는 여기 공작의 배를 적으로 돌려 싸웠죠. 그때 이름을 날렸기 때문에 지금 여기서 붙잡히면 무사히 넘어가기는 어려울 듯합니다.

[세바스찬] 여기 사람들을 많이 죽이신 모양이군요.

[안토니오] 아뇨. 그런 피비린내 나는 일을 했던 것은 아니요. 하긴 그때 그 싸움의 형편으로 봐서는 유혈의 참사가 벌어졌을지도 모르죠. 또 그 뒤에 우리 편이 가져간 것을 돌려만 주었으면 일은 수습이 될 뻔했던 것이죠. 따지고 보면 그것도 우리 고을 사람은 대개 교역의 관계로 그렇게 한 것이었어요. 그런데 나 혼자만 버티었죠. 그러니까 내가 여기서 붙잡히는 날에는 비싼 값을 치러야 할 겁니다.

[세바스찬] 그렇다면 드러나게 길거리를 다녀서는 안 되겠군요.

[안토니오] 사실 난처하죠. 아, 잠깐 이 지갑을 가지시오. 이 고을 남쪽 끝에 코끼리 관이라는 여관이 있어요. 거기가 제일 낫습니다. 저녁을 미리 시켜 놓을 테니 그동안에 소일도 겸해 이 고을 구경이나 하시고 지식이라도 얻어 놓으세요. 나중에 그리로 오시면 됩니다.

[세바스찬] 왜 내가 형님의 지갑을?

[안토니오] 대단치 않은 물건이라도 있어서 그게 눈에 띄어 사고 싶을 수도 있는 일이요. 댁의 저축은 그런 허튼 물건 사기에 써선 안 될 것이니까요.

[세바스찬] 그럼 지갑은 내가 보관하죠. 한 시간 정도 있다 돌아가겠습니다.

[안토니오] 코끼리 관이에요.

[세바스찬] 알겠습니다.

3막 3장 분석

본질적으로 낭만적인 사랑을 다루는 연극에서 이 장면은 안토니오가 어린 세바스찬에게 느끼는 남자다운 사랑이라는 또 다른 유형을 보여 준다. 그는 어린 세바스찬을 위해 적의 나라까지 따라갈 만큼 그를 사랑하며, 그곳에서 발각되면 체포되어 가혹한 처벌을 받을 위험에 처해 있다.

안토니오가 세바스찬에 대해 가지는 신뢰와 애정은 무언가를 사고 싶어 할 경우를 대비하여 세바스찬에게 돈지갑을 주는 장면에서도 볼 수 있다. 이 돈지갑은 나중에 세사리오로 변장한 바이올라를 안토니오가 세바스찬으로 착각하는 장면에서 중요한 소재가 될 것이다. 따라서 이 장면의 또 다른 목적은 세바스찬을 바이올라가 있는 도시로 데려와 잘못된 정체성과 관련된 복잡하고 어지러운 무대를 마련하는 것이다. 이제 이야기는 셰익스피어가 그것을 풀기 시작해야 할 복잡한 지점으로 빠르게 향해 가고 있다.

The Twelfth Night

3막 4장

Act 3, Scene 4

● 올리비아의 정원

(올리비아와 마리아 등장)

[올리비아] (독백) 뒤를 쫓아서 부르러 보냈는데, 온다고 하면 어떻게 대접을 할까? 뭘 주는 게 좋을까? 젊은 사람이란 애원이나 사정보다는 뭣인가 주어서 마음을 살 수 있는 경우가 많지 않아? 아차, 소리가 컸지. (마리아에게) 말볼리오는 어디 있느냐? 차근하고 공손해서 나 같은 처지에는 심부름꾼으로 그만이구나. 말볼리오는 어디 있지?

[마리아] 곧 와요. 아씨, 근데 요즘 말볼리오의 태도가 좀 이상해요. 틀림없이 마귀한테 흘렸나 봐요.

[올리비아] 아니, 어떻게 됐는데? 헛소리를 지르던?

[마리아] 아녜요. 그냥 히죽히죽 웃고만 있어요. 오거든 곁에 호위라도 두시는 게 마음이 놓일 것 같아요. 아무래도 머리가 돈 사람이지, 이상하거든요.

[올리비아] 어서 이리 불러와요.

(마리아 퇴장)

[올리비아] 미치광이에 울적해하는 것과 흥청거리는 것 두 가지가 있다면 나도 그에 못지않게 미친 사람이지.

(마리아, 말볼리오를 데리고 등장)

[올리비아] 아니, 무슨 일이예요, 말볼리오?

[말볼리오] 아씨, 호, 호.

[올리비아] 뭣이 그렇게 우스워요. 나는 심각한 일이 있어 불렀는데.

[말볼리오] 심각한 일이라고요? 저도 그런 얼굴을 할 수 있죠. 이렇게 십자 대님을 하고 있으면 피가 잘 통하지 않아서요. 하지만 그것쯤 문제될 것입니까? 어느 한 분의 눈만 즐겁게 해 드릴 수 있다면. 왜 그럴싸한 노래에도 있지 않습니까. 한 분이 즐거우면 다 즐겁다고.

[올리비아] 아니, 이게 대체 어떻게 된 노릇이야?

[말볼리오] 틀림없이 제 손에 들어왔습지요. 분부대로 즉각 시행, 틀림없소이다. 그 아리따운 로마식 필체는 세상이 다 알고 있는 것입죠.

[올리비아] 말볼리오, 그만 잠자리에 드는 게 어때요?

[말볼리오] 잠자리라고! 네, 사랑하는 임이여, 가겠소이다.

[올리비아] 아, 딱해. 왜 그렇게 웃음을 짓고 손에다 마구 입을 맞추고 있어?

[마리아] 어떻게 된 거예요. 말볼리오 씨?

[말볼리오] 흥, 그대가 묻는 건가, 하긴 두견이 갈가마귀에게 대답해 주는 일도 있으렸다.

[마리아] 아씨 앞에 이런 어이없고 뻔뻔스런 모양으로 나타나다니 어떻게 된 셈이에요?

[말볼리오] 잘난 것을 두려워 말아 주오. 멋있는 말이죠.

[올리비아] 그건 무슨 말이에요, 말볼리오?

[말볼리오] 사람은 타고남이 잘날 수도 있고…….

말볼리오
말볼리오가 올리비아 앞에 서서 뽐내고 있는 장면이다.

[올리비아] 뭣?

[말볼리오] 힘써 얻어 와 잘날 수도 있고…….

[올리비아] 무슨 소리예요?

[말볼리오] 또한 남이 던져 주어 잘난 사람도 있소.

[올리비아] 아이, 딱하기도 해라!

[말볼리오] 그대의 황색 긴 양말을 찬양하고.

[올리비아] 그대의 황색 긴 양말!

[말볼리오] 그대의 십자 대님을 보고 싶어 한 사람을 잊지 말아 주오.

[올리비아] 십자 대님!

[말볼리오] 그대 마음만 정한다면 이미 고쳐 놓은 신세.

[올리비아] 내가 신세를 고쳤다고?

[말볼리오] 그렇지 못하다면 항상 집사의 자리.

[올리비아] 이건 정말 삼복더위의 미치광이로군.

(하인 등장)

[하인] 아씨, 오르시노 공작님의 젊은 양반께서 다시 돌아오셨습니다. 겨우 사정을 해서 오시게 했습니다. 지금 분부를 기다리고 있습니다.

[올리비아] 곧 그리 가겠어.

(하인 퇴장)

[올리비아] 애, 마리아, 이이를 조심해서 돌봐다오. 토비 아저씨는 어디 있니? 집의 누구든 시켜서 각별히 보살펴 주도록 해요. 내 재산의 반을 없애는 한이 있더라도 이이가 이상한 짓을 하는 일이 없기를 바라요.

(올리비아와 마리아 퇴장)

[말볼리오] 오, 호, 자, 이만하면 알만하지? 나를 돌보게 하는 데 자그마치 토

비란 말씀이야. 어때? 이 점이 바로 편지의 사연과 딱 부합이 된단 말이거든. 아씨께선 일부러 그 사람을 부르게 했지. 내가 건방지게 대하도록 말씀이야. 편지에도 그렇게 해 보라는 분부였지. 이렇게 말이야. 미천한 구두는 벗어 버리고 친척에게 거역할 것이요, 하인들에게는 까다롭게 구실 것. 고담준론을 입에 담고 범상한 인간과는 특이한 풍도를 차리실 것. 그 결과의 지시는 엄숙한 얼굴, 의젓한 거동, 느릿느릿한 말투, 그리고 의복, 풍채, 기타 등등이렸다. 아씨를 끈끈이로 잡은 것은 나지만 그게 다 하나님 뜻이요, 정말 고마우신 하나님이로구나. 아까 저리 가실 때 뭐라고 그랬지? "이이를 잘 돌봐 드려라." 이이란 말이야, 말볼리오가 아니지. 내 신분을 따라 부르지도 않았어. 이이라고 했단 말이거든. 이거 만사가 다 척척 들어맞아. 어디 의심의 '의'자라도 붙어 있느냐 말이다. 고장도 없거니와 이상하거나 마음이 안 놓이는 점이 하나라도 있어야 말이지. 이만하면 됐어, 안 그래? 이젠 내가 말이야, 앞길을 훤하게 틔우는 데 하나도 거슬리는 게 없다니까. 어허, 이게 어디 내 힘이라고, 다 하나님 덕택이지. 얼마나 고마운 노릇인고.

(마리아, 토비 및 파비안과 더불어 등장)

[토비] 대체 어디 있어? 이놈의 친구가? 지옥의 마귀란 마귀가 모조리 몰려서 한 덩어리가 되어 그 친구를 홀렸다 해도 나는 말을 걸어 보고 말겠어.

[파비안] 여기요, 여기 있어. 어떻게 된 거요? 아니, 어떻게 된 거야, 응?

[말볼리오] 썩 물러가지 못해, 너희들에겐 일이 없어. 혼자 있고 싶으니 물러가거라.

[마리아] 보세요. 마귀가 안에 들어앉아서 허공에 울리는 소리를 내고 있지 않아요? 내가 말한 대로죠? 토비, 아씨께서 잘 보살펴 주시라고 분부하셨어요.

[말볼리오] 하, 하, 그런가?

[토비] 이봐, 이것 봐. 가만, 가만히. 곱게 다루어야 해. 나한테 맡겨 둬. 어때,

말볼리오? 기분은 어떤가, 응? 이것 봐, 이 사람아! 마귀에 져서는 못써, 알았나? 그게 온통 인류의 적이란 말인가? 응?

[말볼리오] 임자가 하는 소리를 알고서 하는 말이야?

[마리아] 것 보세요. 마귀를 나쁘게 말하니까 저렇게 벌컥 하지 않아요. 하나님, 제발 마귀에게 홀리지 말게 해 주시옵소서!

[파비안] 소변을 점쟁이 할머니에게 가져가 봅시다.

[마리아] 그래, 내일 아침에 꼭 해요. 아씨께서는 무슨 일이 있더라도 이분을 버릴 수는 없다고 하셨으니까요.

[말볼리오] 어때요. 아가씨?

[마리아] 아이, 원!

[토비] 제발 조용히들 해요. 이래서는 안 돼, 자꾸 흥분하니까 나한테 맡겨 둬.

[파비안] 곱게 다룰 수밖에는 없어요, 곱게. 마귀란 놈은 거친 것이 돼서 거칠게 다루면 좋아하지 않는단 말이에요.

[토비] 어때, 이 사람아? 어떤가, 이 친구, 응?

[말볼리오] 뭐라고?

[토비] 자, 같이 놀자, 쯧쯧. 아서, 점잖은 사람과 구슬치길 해선 못써. 시키면 광부 녀석일랑 돼져!

[마리아] 기도를 올리게 해 주세요, 네? 기도를 올리게 말이에요, 토비.

[말볼리오] 기도라고, 말괄량이 같은 것!

[마리아] 아니, 하느님 생각은 아예 들어가지도 않는가 봐요.

[말볼리오] 에잇, 다들 돼져 버려! 이 돼먹지 못한 얄팍한 인간들아. 나는 너희들 따위와는 인간이 달라, 알았어? 어디 두고 보아라

(퇴장)

[토비] 허허, 이건 너무하신데.

[파비안] 이걸 연극으로 한다면 당장에 조작이라고 욕했을걸. 어디 있을 법한 일이라야 말이지.

[토비] 녀석, 이쪽 꾀에 넘어가도 분수가 있지. 속속들이 걸려들었단 말이야.

[마리아] 곧 뒤를 따라가 보세요. 모처럼 지어낸 꾀, 바람이 들어서 허탕을 치면 안 되니까요.

[파비안] 그러다간 정말 미치광이가 되게요.

[마리아] 그러면 집안이 난리가 나요.

[토비] 자, 저 친구를 컴컴한 방에 넣어서 묶어 둬야겠다. 조카딸도 저게 정신이 돌았다고 믿고 있으니까. 그렇게 해 놓으면 우리에겐 소일거리고 저 친구에겐 좋은 약이 돼. 하다가 재미에도 지치고 놈이 불쌍하게 되거든 이 꾀를 재판에다 돌려 미친 자를 발견한 상으로 너를 표창하도록 하자꾸나. 아니, 저기 좀 봐.

(앤드루 등장)

[파비안] 오월 명절의 여흥거리가 또 하나 생겼군요.

[앤드루] 자, 결투장이다. 읽어 보게나. 초와 후추로 단단히 양념해 왔지.

[파비안] 아주 맵게 했군요.

[앤드루] 아무렴, 여부가 있나. 자, 읽어 보라니까.

[토비] 어디 보세. (읽는다) 젊은 친구, 네가 어떤 친구인지는 몰라도 야비한 녀석이다.

[파비안] 좋은데요. 씩씩한데.

[토비] (읽는다) 내가 이런 말을 한다고 이상하게 여길 것도 놀랄 것도 없다. 나는 어차피 그 이유를 써 놓으면 법에 걸릴 턱이 없지. 너는 올리비아 아씨한테 온 적이 있지. 내가 보는 데서 아씨께서는 너를 후대했다. 하지만 너는 천하의 거짓말쟁이다. 그러나 이점이 내가 네게 결투를 거는 이유는 아니다.

[파비안] 아주 간결해요. 요점도 잘 찌르고.

[토비] (읽는다) 네가 돌아가는 길목을 지키겠다. 만약 네가 거기서 나를 죽인다면.

[파비안] 좋은데.

[토비] (읽는다) 너는 악당이나 무뢰한처럼 나를 죽이게 되는 것이다.

[파비안] 역시 법률을 바람 피하듯 잘 피하셨는데.

[토비] (읽는다) 잘 있거라. 우리 두 사람 중 어느 하나에게 하나님께서 축복을 주시기를! 나에게 축복을 주실는지도 모르지만, 내가 너에게 이길 가망이 많으니 네가 조심해라. 너의 대접 여하에 따라 너의 친구 또는 불구대천의 원수가 된다. 이 결투장에도 움직이지 않는 녀석이라면 제 발로도 움직이지 못할 걸세.

[마리아] 마침 잘됐어요. 그 사람이 지금 아씨와 무슨 얘기를 하고 있는 중이니 곧 여기를 떠나겠죠.

[토비] 가 보게. 앤드루. 가서 순경처럼 정원 모퉁이에서 그 녀석을 지켜보고 있으란 말이야. 그래서 닥치는 대로 무조건 칼을 빼. 빼면서 마구 떠들어 대란 말이야. 음성을 날카롭게 으쓱대는 대로 마구 욕지거리를 하는 것이 실제 결투를 하는 것보다도 이름을 떨치는 일이 종종 있다는 걸 알아야 해. 자, 가게나.

[앤드루] 좋아. 욕지기는 내게 맡겨 줘.

(퇴장)

[토비] 그런데 이 결투장은 전해 주지 않겠어. 저 젊은 사람의 행색을 보아하니 재주도 있겠고 범절도 상당한 것 같아. 제 주인이 내 조카딸에게 심부름을 시키는 것만 보아도 알 수 있거든. 그러니 이렇게 형편없이 무식한 편지 가지고는 저 젊은 친구를 놀래 주지 못할 것이란 말이야. 보낸 자가 바보 천치라는 것을 곧 알게 되지. 그래서 말이야, 내가 이것을 구두로 전하겠어. 앤드루를

세상에서 다 아는 용감한 사나이라고 둘러대고 그 젊은 친구를 얼러 보겠어. 나이가 젊으니까 쉽사리 곧이 들을 것이야. 앤드루가 험악하고 솜씨 좋고 성미가 급한 인간이라고 말하면 서로가 다 떨게 되지. 얼굴만 맞대어도 서로를 코카트리스(뱀의 몸에다 닭의 머리를 한 전설의 괴물)처럼 죽이려고 할 거야.

[파비안] 아, 여기 그 친구가 아씨와 같이 나옵니다. 작별할 때까지 내버려 두었다가 곧 뒤를 따르도록 하세요.

[토비] 그동안에 결투장의 문구라도 가슴이 서늘한 것으로 생각해 놓아야겠다.

(토비, 파비안, 마리아 퇴장. 올리비아, 바이올라 함께 등장)

[올리비아] 목석같은 사람에게 채신머리도 없이 이 마음을 너무 털어놓았나 보지. 스스로 생각해 보아도 낯이 뜨거워질 정도, 하나 아무리 내가 나를 나무라 본들 어찌할 수 없는 마음의 약점인 걸 어떡해.

[바이올라] 아씨의 그 견딜 것 같지 않은 사모의 정이나, 제 주인의 야속한 마음이나 다 같습니다.

[올리비아] 자, 이 보석을 몸에 지녀 줘요. 내 화상이 들어 있어. 거절하지 말아 줘. 입이 없으니 당신을 괴롭히지도 않을 거예요. 그리고 부탁 하나만, 내 일도 꼭 와 주세요. 당신이 원하는 것으로 내가 싫다 할 것이 뭐가 있겠어요. 절조를 더럽히는 것만 아니라면 무엇이든 올리겠어.

[바이올라] 제가 바라는 것은 하나뿐입니다. 주인을 진정으로 사랑해 주실 것.

[올리비아] 이미 당신에게 바친 것을 또 어떻게 그분에게 주어요? 정조를 더럽히지 않고서.

[바이올라] 저에게 주신 것은 취소 처분을 하죠.

[올리비아] 자, 내일 또 오세요. 안녕히. 마귀가 당신 모양을 하고 유인했다가는 내 영혼이 지옥에까지라도 따라갈 것이에요.

(올리비아 퇴장. 토비와 파비안 다시 등장)

[토비] 여, 안녕하셨소?

[바이올라] 안녕하십니까?

[토비] 빨리 방비를 해 놓도록 하십시오. 대체 노형이 무슨 짓을 했는지는 모르겠으나 지금 노형을 지키고 기다리는 사나이가 있소. 원한이 치밀어 사냥개처럼 피에 굶주린 채 정원 끝에서 기다리고 있어. 자, 그 칼을 빼서 실수 없도록 대비를 하시오. 상대는 재빠르고 솜씨 좋고 사납기 이루 말할 수 없는 놈이요.

[바이올라] 무엇이 잘못된 것 아니에요? 싸움을 걸만한 일이 없소. 내 기억으론 털끝만큼이라도 흐리거나 꺼림칙한 일이 없어. 남에게 해를 끼쳤다곤 꿈에도 생각하지 않는데요.

[토비] 아니, 실지가 그렇질 않단 말씀이야. 그러니 목숨이 조금이라도 아깝거들랑 빨리 방비 태세를 취하시오. 상대방은 젊기도 하거니와 힘이며 솜씨가 좋고, 지금 노발대발하고 있는 판이요.

[바이올라] 대체 어떤 사람이요, 그 사람은?

[토비] 나이트요. 전쟁터의 공이 아니라 융단 위에서 받은 작위이긴 하지만 개인으로 싸움이 붙으면 귀신도 내다 앉으라는 판. 벌써 세 사람이나 혼령으로 만들어서 저승길로 보냈다오. 그런 인간인데 이번 일은 특히 노발대발, 달래기는커녕 상대를 죽여서 무덤으로 보내지 않고는 성이 차지 않는가 보오. 해치우느냐 당하느냐, 죽이느냐 죽느냐, 이것뿐이라는 거요.

[바이올라] 그럼 이 댁에 다시 들어가서 아씨에게 호위를 청하겠어. 나는 싸울 줄 모르는 사람이요. 세상에는 일부러 남에게 싸움을 걸어 놓고서 용기를 시험해 보는 따위의 사람도 있다 하니, 이 사람도 그런 괴상한 인간이 아니겠소.

[토비] 그건 안 돼. 그 친구가 성을 낸 것은 아주 그럴싸한 이유가 있어서 그러는 것이요. 하니까 그가 원하는 대로 당당하게 응하시오. 안으로는 들어가지

못하오. 아니면 내가 상대를 해 드릴까? 그것보다는 그 친구에게 응하는 게 안전할 걸. 하니까 저리 가든가 아니면 자, 여기서 그 칼을 빼시오. 이젠 아무래도 상관하지 않을 도리가 없게 됐구려. 그게 싫거들랑 앞으로 그 쇠붙이를 차고 다니지 않겠다고 맹세를 하시오.

[바이올라] 이건 세상에 괴이쩍고도 무례한 이야기로군요. 제발 부탁이요. 그분에게 내가 무슨 실례를 했는지 알아봐 주실 수 없겠소? 혹 실수로 무슨 짓을 했을는지 몰라도 고의론 할 턱이 없어요.

[토비] 내가 알아봐 드리지. 파비안, 내가 돌아올 때까지 이분 곁에 있어 주게.

(퇴장)

[바이올라] 혹 이 일에 대해서 아는 게 있어요?

[파비안] 제가 아는 것은요. 그 나이트가 댁에게 무척 화를 내서 목숨을 걸고라도 결판을 내야겠다는 거예요. 그 밖의 사정은 모릅니다.

[바이올라] 어떻게 생긴 사람이요, 그 사람은?

[파비안] 생김새를 봐서야 그렇게 대단할 것 같지 않죠. 그런데 실상 용기를 나타낼 때 보면 굉장합니다. 이 일리리아 땅 어디를 찾아봐도 그렇게 칼 잘 쓰고 잔인하고 무시무시한 상대는 정말이지 없어요. 자, 저쪽으로 가 봅시다. 힘닿는 대로 제가 중재를 붙여 드릴 테니.

[바이올라] 그렇게 해 주신다면 매우 고맙겠소. 나는 원래가 무인 상대보다도 사원의 사재와 사귀는 것이 성미에 맞아요. 내 천성이 그렇다는 것을 남이 안대도 상관없어.

(퇴장. 토비, 앤드루와 다시 등장)

[토비] 이 사람아, 그 친구 바로 귀신이네. 내가 한 시합해 보았는데, 칼집 채 말이야. 찌르는 솜씨가 어떻게 센지, 받아내기야 생각도 못 할 지경이야. 페

르시아 왕의 검객 노릇을 했다는 소문이던데.

[앤드루] 이거 야단났구나. 난 상관하지 않겠어.

[토비] 지금 와서 가만히 있지 않을걸. 파비안이 저쪽에서 붙잡고 있지만 진땀을 흘리고 있네.

[앤드루] 제기랄, 그렇게 세고 검술을 잘하는 줄 알았더라면 결투장을 내기 전에 그녀석이 지옥에 떨어지는 것이나 볼 걸 그랬지. 이번 일은 없던 일로 하자고 말해 줘. 그러면 내 회색 말 캐필렛를 주겠다고 해 주게.

[토비] 어디 한번 얘기는 해 보지. 여기 서 있게. 그리고 겉보기만이라도 센 체하고 있어요. 아무쪼록 저승엘 왔다 갔다 하는 일이 없도록 수습해야지. (독백) 자, 자네 말도 어디 한번 타볼까, 자네를 잡아타듯이 말이야.

(파비안과 바이올라 등장)

[토비] (페스테에게) 싸움을 말리기로 하고 말을 손에 넣었다. 저 젊은 친구를 귀신이라고 믿게 해 줬지.

[파비안] 그 친구도 앤드루를 굉장히 무서워하고 있어요. 곰한테 쫓겨나오는 사람처럼 숨을 헐떡거리고 얼굴이 파랗게 질려 있죠.

[토비] (바이올라에게) 이거 도리 없소이다. 일단 맹세한 것이니 대장부가 안 싸울 수는 없다는군. 하긴 싸움의 원인은 곰곰 생각해 보니까 떠들 만한 것도 못 된다고 하더군요. 그러니 저 사람 맹세를 지켜 주기 위해서 칼을 빼시오. 상처는 내지 않도록 하겠다니까.

[바이올라] (독백) 하나님, 제발 저를 지켜 주시옵소서. 조금만 잘못해도 남자가 아닌 것이 드러나고 말겠어.

[파비안] 저쪽에서 성을 내서 날뛰거든 뒤로 물러서세요.

[토비] 자, 앤드루, 도리가 없네. 저 사람은 자기 명예가 있으니 한번 시합은 해야겠다는 거야. 결투의 법이 있으니 피할 도리가 없다는군. 그렇지만 자네

싸움에 휘말리는 바이올라(세바스찬)
토비 경과 앤드류 경이 세바스찬에게 싸움을 거는 장면이다.

를 해치지는 않겠다고 했어. 신사로서 또 무인으로서 약속을 지키겠다는 거야. 자, 시작하게나.

[앤드루] 하나님, 아무쪼록 약속을 지키게 해 주시옵소서! (칼을 빼다)

[바이올라] 이건 정말 내 본의가 아닙니다. (칼을 빼다)

(안토니오 등장)

[안토니오] 칼을 치워, 이 젊은 분에 무슨 실례가 있었다면 그 책임을 내가 지겠소. 그리고 댁에서 잘못이 있었다면 대신 내가 상대를 하겠어.

[토비] 여보시오. 대체 당신은 누구야?

[안토니오] 그 사람을 위해서라면 무슨 짓이라도 할 사람이요. 지금 당신들에겐 어떻게 말했는지 모르지만 이 사람을 위해서라면 그 이상도 말이야, 감히 해치울 테다. (칼을 빼다)

[토비] 그렇게 간섭하고프면, 오냐, 내가 상대해 주마, (칼을 빼다)

[파비안] 토비, 치우세요. 저기 나리들이 옵니다.

[토비] (안토니오에게) 나중에 상대해 주겠다.

[바이올라] (앤드루에게) 제발 칼을 치우세요, 네?

[앤드루] 네, 치우고말고요, 그리고 약속한 것을 꼭 지키겠소이다. 그 말은 고삐 모는 대로 말을 아주 잘 듣는답니다.

(관리들 등장)

[관리 1] 이 사람이야, 영장을 집행해.

[관리 2] 안토니오, 오르시노 공작의 고소로 당신을 체포한다.

[안토니오] 사람을 잘못 보셨군요.

[관리 1] 아니야. 틀림없어. 지금은 선원의 모자를 쓰고 있지 않지만 나는 당신 얼굴을 잘 알고 있어. 연행해. 내가 잘 알고 있다는 걸 당신도 알고 있겠지?

[안토니오] 할 수 없군요. (바이올라를 보고) 당신을 찾다가 이렇게 처지가 급하게 되었으니, 제 지갑을 돌려주셔야겠소. 제 신세가 이 꼴이 된 것보다 당신에게 힘이 되지 못하는 게 유감입니다. 너무 걱정을 마세요.

[관리 2] 자, 빨리 가요.

[안토니오] 그 돈을 일부라도 꼭 돌려주셔야겠어요.

[바이올라] 아니, 무슨 돈인데요? 이렇게 모처럼 친절을 베풀어 주셨고, 또 지금 곤란한 처지를 당하시는 것을 보니 딱해서 별로 있지도 않은 힘입니다만 조금 돌려드리긴 하겠습니다. 가진 게 약소해서 안됐습니다만, 이것을 반을 가릅시다. 자, 이게 반입니다. 가지십시오.

[안토니오] 지금 와서 모른다고 잡아떼시는 건가요? 제가 여태까지 해 드린 일을 알아주시겠다는 말씀이요? 이렇게 불행한 처지에 빠진 인간을 너무 곯리지 마십시오. 그렇게 했다간 정말 비뚤어진 인간이 되어 제가 여태껏 해 올린 친절을 가지고 당신을 탓하게 되는지도 모르겠소.

[바이올라] 도무지 모르는 이야기뿐이요. 대체 음성이고 얼굴이고 댁을 나는 모릅니다. 나도 배은망덕은 싫어요. 거짓말, 교만, 허튼소리, 술주정, 그밖에 인간의 연약한 본성을 썩게 하는 어떤 더러운 죄악보다도 배은망덕을 싫어하는 사람이요.

[안토니오] 천하게 이럴 수가!

[관리 2] 자, 갑시다. 가요.

[안토니오] 잠깐만 더 말하게 해 주시요. 여기 있는 이 젊은이는 거의 사경에 빠진 것을 내가 빼앗아 오다시피 하여 있는 정성을 다해 구해 주었소. 그 생김새가 어쩐지 존경할 만한 훌륭한 인물같이 짐작되어 지성을 다 바쳤단 말이야.

[관리 1] 우리에게는 상관없는 일, 시간만 지체해요. 자, 갑시다.

[안토니오] 아, 나의 우상이 이렇게도 더러울 줄이야. 세바스찬! 너는 네 그 버

젓한 외양에다 통찰했구나. 자연 가운데 힘이 있다면 그것은 인간의 마음속 뿐이지. 세상에 뭣이 불구니 해도 인정머리 없는 것 말고 또 있단 말인가. 미덕은 아름다움이지만 아름다움의 탈을 쓴 악은 그야말로 마귀가 야단스레 겉치장해 놓은 속이 빈 장롱이지 뭐냐.

[관리 1] 이 친구가 돌았군. 빨리 데리고 가. 자, 가요.

[안토니오] 안내하시오.

(관리들, 안토니오와 함께 퇴장)

[바이올라] 저렇게 흥분해서 지껄이는 것을 보니 자기 말을 진정으로 믿는 것도 같아. 그게 정말일까? 사랑하는 오빠, 정말 나를 오빠로 알았을까요? 아, 제발, 이 상상이 사실이라면? 사실이라면 얼마나 좋겠어.

[토비] 노형, 이리 와요. 그리고 파비안도 이리 오고. 우리도 어디 유식한 말씀을 운자를 달아 지어 볼까.

[바이올라] 저이가 세바스찬이라고 이름을 불렀지. 그 오빠는 내가 거울을 볼적마다 언제나 살아 있어. 그렇게도 꼭 같이 둘은 닮았으니까. 그리고 꼭 이복장, 이 빛깔, 이 장식을 하고 있었지. 내가 그대로 흉내 냈으니까 말이야. 아, 이게 사실이라면 태풍도 오히려 친절하고 저 소금물의 파도도 달콤한 애정에 차 있었다고 해야겠어.

(퇴장)

[토비] 비열하기 이를 데 없는 녀석이로군. 게다가 토끼보다도 더 겁쟁이란 말이야. 저놈이 비겁한 것은 곤경에 빠진 친구를 내동댕이치고 시치미를 떼는 수작으로 드러났네. 그리고 겁쟁이란 것은 여기 파비안에게 물어보면 알아.

[파비안] 겁쟁이 정도가 아니죠. 겁쟁이 교의 열렬한 신자라고 해야 할걸.

[앤드루] 이 자식, 다시 따라가서 패 줘야겠다.

[토비] 해 봐, 해. 실컷 두들겨 패 줘. 하지만 칼을 뽑진 말아.

[앤드루] 그럼 뽑지 않고!

[파비안] 어디, 따라가서 결과를 볼까요.

[토비] 얼마든지 걸어도 좋은데 내 장담하지, 아무 일도 일어나지 않아.

3막 4장 분석

이 장면은 전체 연극에서 가장 긴 장면일 뿐 아니라 4막 전체와 5막 전체보다 길다. 또한 이 장면에는 본인 그대로인 캐릭터 그룹과 또 다른 정체성을 가진 여러 캐릭터가 모두 등장한다. 말볼리오는 올리비아에게 미친 사람으로 오인되고, 올리비아는 말볼리오에게 진정한 사랑으로 오인되고, 바이올라는 앤드루 경을 모욕한 것으로 추정되는 남자로 오인되고, 바이올라는 올리비아에 의해 '돌의 심장'을 가진 남자로 오인되고, 바이올라는 안토니오에 의해 그녀의 오빠 세바스찬으로 오인된다.

말볼리오가 도착하기 전에 마리아는 올리비아(그리고 청중)에게 말볼리오가 정신이 이상해진 것 같다고 경고한다. 그리고 말볼리오의 모습에 우리는 놀라지 않는다. 그는 끊임없이 미소를 짓고 손에 키스하고 검은 옷을 입는 대신 노란색 스타킹을 신고 있다. 말볼리오는 올리비아가 그에게 썼다고 생각하는 편지의 여러 내용을 계속 언급하지만, 올리비아는 그가 무슨 말을 하는지 전혀 모른다. 그녀는 한여름의 광기로 이상해진 말볼리아에게 연민을 느끼고 마리아에게 토비 경을 시켜 그를 돌보게 한다.

한편 토비 경은 앤드루 경과 세사리오(바이올라) 사이의 결투를 계획하는데, 어느 쪽도 해를 입지 않을 것이라고 확신한다. 물론 토비 경이 옳다. 조카딸과 세사리오(바이올라) 사이의 결투는 이 연극의 코믹적인 장면 중 단연 하이라이트이다. 터무니없게도 세사리오가 거부하고 어리석은 앤드루 경의 의도조차 알지 못하는 올리비아를 놓고 가장된 결투가 벌어지려는 참이다. 올리비아의 사랑을 차지하기 위한 앤드루 경과 세사리오의 이 부조리한 결투는 무대 역사상 가장 우스꽝스러운 결투 중 하나가 될 것이다. 그리고 그 결투에서 안토니오는 세바스찬(실은 세사리오로 변장한 바이올라)을 지키기 위해 대신 나섰다가 공작에게 끌려가는 신세가 된다.

이제 줄거리의 다양한 요소가 천천히 하나로 모여지고, 바이올라는 오빠가 살아 있을지도 모른다는 희망을 갖게 된다.

4막 1장

Act 4, Scene 1

● 올리비아의 집 앞

(세바스찬과 어릿광대 페스테 등장)

[페스테] 그럼, 제가 선생님을 모시러 온 것이 아니라고, 그렇게 저더러 믿으라는 말씀이군요.

[세바스찬] 그만 좀 작작하라니까. 그 바보 같은 수작을. 저리 비켜.

[페스테] 정말 시치미 떼는 덴 뭐가 있어요. 알겠습니다. 저는 댁을 모르고요, 제가 아씨 분부로 좀 오시라고 심부름하러 온 놈도 아니고요, 댁의 이름은 세사리오 선생이 아니고요. 그렇죠? 그리고 이놈의 코도 제 코가 아니고요. 즉, 사실이 다 사실이 아니라는 말씀이죠?

[세바스찬] 제발 부탁이야, 그 바보 같은 소리는 작작 다른 곳에 가서 해.

[페스테] 바보 같은 소리를 작작하란 말이야! 어디 잘난 분한테서 듣고 와서는 이 바보한테 써먹겠다는 거군. 바보 같은 소리를 작작해라. 허, 이러다간 이 세상이라는 바보 천지가 멋쟁이 할라. 자, 제발 그 모르는 체는 그만큼 하시고, 아씨께 뭐라고 작작할까요? 곧 오시겠다고 작작할까요?

[세바스찬] 부탁이야, 바보 익살꾼. 제발 저리가 줘. 자, 돈을 줄게. 어물어물하고 있으면 대접이 나빠져.

[페스테] 이거 마음씨가 아주 후하시군. 바보에게 돈을 주시는 똑똑한 양반은 다들 뒤에 좋은 소리를 듣지요. 이할 가량은 더 비싸게 말이에요.

[앤드루] 이놈, 잘 만났다! 어디 맛을 보아라. (세바스찬을 친다)

[세바스찬] 뭣이 어째, 이 녀석? 이 녀석, 이 녀석! (앤드루를 두들긴다) 이놈, 저놈 할 것 없이 다 돌았군.

[토비] 그만하시오. 안 들으면 이 단검을 집어던져 버릴 테야.

[페스테] 곧장 아씨에게 알려야겠다. 돈 이 펜스 받았다고 걸려들다니, 하나님 맙소사.

(퇴장)

[토비] 그만하시오, 그만.

[앤드루] 아니, 가만 둬. 어디 보자, 다른 길로 상대를 해줄 테니. 일리리아에 법률이 없다면 몰라도 구타상해죄로 고소 못 할 줄 아나. 먼저 친 것은 나지만 그까짓 게 상관있나, 뭐.

[세바스찬] 손을 놓아라.

[토비] 자, 놓지 못하겠어. 이봐, 용감한 친구, 칼을 치우시지.

[세바스찬] 이 손을 놓지 못할까. (뿌리친다) 자, 어떻게 하겠다는 거야. 이쪽에 싸움을 걸고 싶거든 칼을 뽑아라.

[토비] 뭣이 어쩌고 어째! 그럼 좋다. 네놈의 그 건방진 피를 한두 온스 얻어와야겠구나.

(두 사람 칼을 뽑아 싸운다. 올리비아 등장)

[올리비아] 치워요. 토비! 냉큼 치우지 못해.

[토비] 아씨!

[올리비아] 늘 이 꼴이에요? 염치도 없는 인간 같으니. 버릇이고 예의고 다 어디 있어요? 산중이나 야만인 동굴 속에 사는 게 알맞아요. 썩 물러가 버려. 노여워 마세요. 네, 세사리오. 이 버릇없는 사람, 저리 가 버려요.

(토비, 앤드루, 페스테 퇴장)

[올리비아] 제발 부탁이에요. 무례하고 무도한 짓을 당해서 오죽 화가 나시겠어요. 하지만 참아 주세요. 네. 같이 집으로 가십시다. 지금까지도 저 불한당이 얼마나 쓸데없는 장난을 저질렀는지나 들어 주세요. 그걸 들으시면 이번 일도 웃고 용서해 주실 거예요. 꼭 가셔야 해요, 싫다고 말아요. 정말 할 수 없는 사람! 그 바람에 얼마나 놀랐는지. 사냥꾼에 놀란 사슴처럼 이 가슴이 뛰어올랐네.

[세바스찬] (독백) 이건 또 어떻게 된 일이지? 강물이 어느 쪽으로 흐른다? 내가 정신이 돌았거나 아니면 꿈을 꾸고 있는 게지. 상상이여, 내 감각을 언제까지고 망각의 흐름 속에 잠겨 두게 해 달라. 이게 꿈이라면 언제까지고 자고 싶구나.

[올리비아] 자, 이리 보세요. 그저 제 말대로만 해 주시면 좋겠어요.

[세바스찬] 가겠습니다.

[올리비아] 말로만 그렇게 마세요, 네.

(모두 퇴장)

4막 1장 분석

이 장면은 잘못된 정체성과 변장에 내재된 코믹한 파급 효과를 다시 한번 강조하며 시작된다. 페스테는 올리비아의 메시지를 전달하기 위해 세사리오(바이올라)에게 보내졌지만 바이올라의 쌍둥이 형제인 세바스찬에게 그 메시지를 전달한다. 여기서 코미디는 세바스찬이 페스테가 무슨 말을 하는지 모르고 페스테는 그가 모른 척하고 있다고 생각한다는 데 있다.

이보다 훨씬 더 우스꽝스러운 것은, 타고난 겁쟁이인 앤드루 경이 세사리오(바이올라)가 자신을 두려워한다고 확신한다는 사실이다. 그러나 지금 이 남자는 세바스찬이므로 이것은 완전히 다른 문제이다. 결과적으로 앤드루 경이 세바스찬을 공격하기 시작하자 세바스찬은, 토비 경이 세바스찬을 제지할 때까지, 앤드루 경에게 당한 것을 두 배로 돌려준다.

그리고 때마침 올리비아가 도착한다. 세바스찬은 온갖 희한한 상황과 사람들에 둘러싸여 자신이 이상한 나라에 와 있다고 생각하던 찰나 아름다운 여인의 구애를 받게 되고, 반면 올리비아는 갑작스러운 세사리오의 변화에 기뻐한다.

4막 2장

Act 4, Scene 2

● 올리비아의 집

(마리아와 어릿광대 페스테 등장)

[마리아] 아니, 이봐, 이 가운을 입고 이 수염을 달고서 저이에게 토파스 목사님으로 생각하게 하는 거예요. 자, 빨리. 그동안에 토비를 불러 오게.

(퇴장)

[페스테] 음, 변장하겠어. 이런 가운을 입고 변장을 한 목사님 흉내를 내기에는 키가 모자라고, 훌륭한 학자라고 생각되기엔 좀 더 수척해야 한단 말씀이야. 하지만 정직한 인간이요, 상냥한 집주인이라는 말을 듣는 것도 부지런한 큰 학자님이란 소릴 듣는 것만 못할 게 없지. 한패거리들께서 오시는군.

(토비와 마리아 등장)

[토비] 안녕하시옵니까, 목사님?

[페스테] 좋은 날씨요, 토비. 필묵을 일찍이 구경치 못했다는 프라하의 어느

노은자께서 고보덕왕의 조카딸에게 한 재담처럼(있는 것은 있느니라), 그러니까 나도 목사이니까 목사님이란 말씀이외다. 대저 그것은 그것이 아니고 무엇이며, 있음은 있음 이외의 또 무엇이겠소이까?

[토비] 토파스 목사님, 저 사람에게로 가십시다.

[페스테] 이봐라! 이 감방이 평안키를!

[토비] 녀석 근사하게 흉내를 내는군. 잘해.

[말볼리오] (안에서) 거기 누구야?

[페스테] 토파스 목사가 얼이 빠진 말볼리오를 보살피러 왔노라.

[말볼리오] 목사님, 토파스 목사님, 네 목사님, 아씨한테 가 주십시오.

[페스테] 예끼, 과대망상의 마귀 놈! 왜 이 사람을 이다지도 괴롭히고 있는고. 노상 아씨 이야기밖에는 할 줄 모르는가?

[토비] 잘한다, 목사님.

[말볼리오] (안에서) 토파스 목사님, 세상에 이런 변을 당할 수도 있겠습니까? 제발, 목사님, 제가 미쳤다니 어림도 없는 말입니다. 모두 어울려서 저를 이렇게 지긋지긋하게도 컴컴한 곳에다 몰아넣었어요.

[페스테] 이놈, 이 무도한 사탄아! 너를 이렇게 불러 주는 것만도 대접해 준 것이다. 마귀에게도 인사를 차릴 줄 아는 군자란 것을 알아야 해. 방이 컴컴하다고?

[말볼리오] 지옥같이 어둡습니다, 목사님.

[페스테] 장벽처럼 투명한 퇴창이 있고, 북남에 흑단같이 광채 나는 높은 창이 있는데, 빛이 들어오지 않는다고 해?

[말볼리오] 토파스 목사님, 저는 미친 것이 아닙니다. 정말 이 방은 컴컴해요.

[페스테] 미친 사람아, 네가 잘못 알고 있다. 세상에 무지 이외에는 어두운 것이 없나니, 그대는 그 어둠 속에 헤매기를 갈피를 잡지 못함보다 더하구나.

[말볼리오] 무지는 지옥에 못지않게 어둡다고 하지만, 여기는 무지에 못지않

게 컴컴합니다. 그리고 정말입니다. 저같이 욕을 본 사람은 없습니다. 저는 목사님이나 마찬가지로 정신이 돌아 있지 않습니다. 어디 이치에 합당한 질문을 하셔서 시험해 보십시오.

[페스테] 들새에 관한 피타고라스의 의견은 뭣이지?

[말볼리오] 우리 조모의 영혼이 혹시 새 속에 살고 있을지도 모른다고 했소이다.

[페스테] 그 의견을 어떻게 생각하는가?

[말볼리오] 저는 영혼이 고귀하다고 생각하기 때문에 그 의견에는 절대 찬성치 않습니다.

[페스테] 잘 있게. 그냥 컴컴한 곳에 있어. 그대가 피타고라스의 의견을 믿기까지는 그대의 정신이 온전하다고 생각지 않겠어. 그리고 노란 도요를 죽이지 말도록 조심해야 해. 잘못 했다간 조모의 영혼을 앗아 갈는지 모르니까. 잘 있게.

[말볼리오] 목사님! 토파스 목사님!

[토비] 우리 목사님이 최고야.

[페스테] 아니, 뭣이든 척척, 문제없죠.

[마리아] 그 수염하고 가운이 없어도 괜찮을 뻔했어. 저쪽에서는 보이지 않으니까.

[토비] 이번에는 내 목소리 그대로 해 봐. 그래서 어떻게 대하는지 알려 다오. 이 장난도 이쯤 해 두어야겠다. 치다꺼리만 잘 된다면 그만 풀어 놓아 줬으면 좋겠구나. 조카딸에게 단단히 밉상을 바쳐 놓았으니, 이 장난을 끝장까지 보려다간 이쪽이 위태롭단 말이거든. 나중에 내 방으로 오너라.

(토비와 마리아 퇴장)

[페스테] (노래한다) 이보게 로빈 군, 홍겨운 로빈 군, 자네 아씨 재미는 어떠하신가?

[말볼리오] 바보!

[페스테] 우리 아씨 요즘은 박정도 하이.

[말볼리오] 광대!

[페스테] 어이구, 그건 또 왜 그렇게 됐지?

[말볼리오] 얘, 바보!

[페스테] 누구야, 나를 부르는 건?

[말볼리오] 얘 바보야, 제발 적선해 다오. 촛불과 팬, 잉크 그리고 종이를 갖다 주면 네 은공은 잊지 않겠다. 점잖은 체면에 거짓말하겠냐?

[페스테] 말볼리오 나리요?

[말볼리오] 그렇다, 그래.

[페스테] 에구, 가엾기도. 어째 말짱한 정신을 그렇게 잃으셨을까?

[말볼리오] 바보야, 세상에 이렇게 욕을 본 사람이 어디 또 있겠나. 네 정신이나 마찬가지로 나도 말짱하단다.

[페스테] 마찬가지라고요? 나리 정신이 이 바보 머리나 다름이 없다니 그럼 정말 머리가 도셨어.

[말볼리오] 그놈들이 나를 인간 대접 않고 여기 몰아넣어 버렸다. 이런 컴컴한 곳에 가둬 놓고는 목사 따위를 보내고, 바보 같으니라고, 그리고는 저희들 멋대로 나를 미치광이로 만들려고 드는구나.

[페스테] 말씀 조심하세요. 목사님이 아직 여기 계셔요. (소리를 바꿔서) 말볼리오, 말볼리오, 하나님 은총으로 제정신이 돌아오기를! 애써 잠을 자도록 해요. 그리고 그 허튼수작은 치우는 게 좋아.

[말볼리오] 토파스 목사님!

[페스테] 넌 저 사람하고 말하면 못써, 알았나? (제 목소리로) 저 말씀이에요? 알았습니다. 안녕히 가세요, 토파스 목사님. (소리를 바꿔서) 잘 있거라, 아멘. (제 목소리로) 네, 네, 알았습니다.

[말볼리오] 바보, 바보! 얘, 바보야!

[페스테] 아, 왜 이러세요? 가만 계세요. 무슨 말씀입니까? 말한다고 야단을 맞았어요.

[말볼리오] 바보야, 부탁이다. 등불과 종이를 갖다 주오. 이것 봐 나는 이 일리리아 땅의 누구 못지않게 정신이 말짱하단 말이다.

[페스테] 그렇다면야 좀 좋겠어요.

[말볼리오] 이 손에 맹세하마, 절대 멀쩡하다. 제발 잉크와 종이 그리고 등불을 가져와. 그리고 내가 쓴 것을 아씨에게 전해 다오. 여태까지의 편지 심부름보다 훨씬 덕을 보여 주마.

[페스테] 도와 드리죠. 근데 정말이에요? 정말 미친 것이 아니오? 아니면 미친 시늉을 하고 있는 겁니까?

[말볼리오] 나를 믿어. 정신이 멀쩡하니까. 틀림없어요.

[페스테] 원 미친 사람 하는 말을 어떻게 믿는담, 골통 속이라도 들여다보지 않고선. 등불과 종이와 잉크를 갖고 오겠어요.

[말볼리오] 바보야, 이 인사를 담뿍 해 주마. 제발 갔다 오너라.

[페스테] (노래한다) 갔다가 오지요. 눈 껌벅 사이에 곧 돌아오지요. 옛적 광대 바이스처럼 댁의 도움이 돼야지요. 광대 바이스는 목검으로 노발대발하여서는 이놈, 아, 하! 마귀 보고 호령하죠. 미치광이 꼴을 하고 발톱 깎아라, 아비야. 마귀 아저씨, 잘 가오.

4막 2장 분석

이번에는 페스테가 목사로 변장하고 말볼리오 앞에 나타난다. 말볼리오가 이전에 입었던 것과 같은 유형의 검은색 가운을 입었다. 말볼리오는 목사의 출현으로 자신의 앞날에 서광이 비친다고 생각하지만, 실제로 말볼리오는 앞으로 얼마 동안 어둠 속에 머물러야 할 것이다.

4막 3장

Act 4, Scene 3

● **올리비아의 정원**

(세바스찬 등장)

[세바스찬] 이건 대기고, 저기에 빛나는 태양, 그녀가 준 이 진주, 손에 느낄 수도, 눈으로 볼 수도 있다. 그렇다. 나를 이렇게 둘러싸고 있는 것이 이상하기 짝이 없지만 정신이 돈 것은 아니지. 그런데 안토니오는 어디 있나? 코끼리 관에 가 보았는데도 없었지. 아니, 있었기는 했지. 가 보니까 이 전갈이 있어 나를 찾으러 거리에 나가노라 했으니까. 지금 그 사람이 의논 상대가 돼 준다면 나에게는 다시없는 도움이 될 터인데. 내 이성이 이 오감과 다투어 다짐해 주기를. 이건 무슨 착오일는지는 모르지만, 또 결코 정신 나간 것은 아니라고 하지만, 이렇게 뜻밖의 사건이며 요행이 홍수처럼 쏟아져 나오고 보면 전례가 있는 것도 아니요, 이치에도 맞지 않는 것이니, 이 눈을 의심치 않을래야 않을 수 없단 말이거든. 그리고 아무리 내 이성이 그렇지 않다고 우겨도, 그것과 다투어 내 정신이 어찌 되었거나, 아니면 이 집 아씨가 어찌 되었다고 자꾸만 믿고 싶어진단 말이야. 하지만 이 집 아씨가 어찌 되었다면, 내 눈으로

올리비아와 세바스찬
올리비아와 세바스찬이 교회에서 결혼하는 장면이다.

안 보았으면 몰라도 어떻게 저렇게도 부드럽고 진중하고 차근차근하게 집안 일을 돌보며, 하인들을 부리며 사무 일체를 빈틈없이 처리해 나갈 수 있단 말인가? 아무래도 무슨 꿍꿍이가 숨이 있을 것 같아. 아, 여기 아씨가 오시는군.

(올리비아와 신부 등장)

[올리비아] 이렇게 서둔다고 저를 탓하지 말아 주세요. 당신 말씀이 본심이라면 저와 이 신부님과 같이 바로 근처에 있는 성당으로 가십시다. 거기 가서 이 신부님 앞에서 그리고 그 신성한 지붕 아래서 영원히 변치 않을 당신의 굳은 맹세를 해 주시길 바라요. 저의 의심 많고 불안한 영혼이 안심하고 살아갈 수 있게 말이에요. 이 맹세는 당신이 세상에 밝혀도 좋다고 생각하실 때까지 신부님에게도 덮어 주시게 부탁하겠어요. 그리고 때가 오면 제 신분에 합당한 예식을 올리도록 하시지요. 어떠세요?

[세바스찬] 신부님을 모시고 당신과 같이 가겠습니다. 일단 진실을 맹세하면 평생토록 지키겠습니다.

[올리비아] 그럼, 신부님, 안내해 주세요. 하늘도 빛을 내어 저의 이 행동을 살펴봐 주시옵소서!

(모두 퇴장)

4막 3장 분석

관객은 일련의 사건에서 세바스찬의 혼란과 놀라움에 쉽게 공감할 수 있으며, 동시에 사랑받는 큰 행복을 대신 경험할 수 있다. 세바스찬은 현실에 의문을 제기하려고 하지만 올리비아의 아름다움에 이미 눈이 멀었다. "이건 무슨 착오일는지는 모르지만, 또 결코 정신 나간 것은 아니라고 하지만, 이렇게 뜻밖의 사건이며 요행이 홍수처럼 쏟아져 나오고 보면 전례가 있는 것도 아니요, 이치에도 맞지 않는 것이니, 이 눈을 의심치 않을래야 않을 수 없단 말이거든. 그리고 아무리 내 이성이 그렇지 않다고 우겨도, 그것과 다투어 내 정신이 어찌 되었거나, 아니면 이 집 아씨가 어찌 되었다고 자꾸만 믿고 싶어진단 말이야." 우리는 이것이 멀리 떨어진 일리리아를 배경으로 한 로맨틱 코미디이며 세바스찬 자신이 사건의 타당성에 의문을 제기한다는 것을 기억해야 한다. 올리비아와 세바스찬의 다가오는 결혼 장면은 다음 막에서 풀릴 모든 의구심에 단초를 제공할 것이다.

5막 1장

Act 5, Scene 1

● **올리비아의 집 앞**

(어릿광대 페스테와 파비안 등장)

[파비안] 자, 우리 사이에, 그 편지 좀 보자꾸나.

[페스테] 그럼 내 청 하나만 들어주시겠소?

[파비안] 들어주고말고.

[페스테] 이 편지를 보자고 하지 마시오.

[파비안] 이런 원!

(공작, 바이올라, 큐리오, 귀족들 등장)

[오르시노] 너희들은 올리비아 아씨 댁 사람이 아니냐?

[페스테] 네, 저희들이야 그저 아씨의 변변치 못한 하인들입죠.

[오르시노] 네 얼굴을 잘 알고 있다. 어떠냐, 요즘은?

[페스테] 솔직한 말씀으로, 원수 덕택에 잘되고 친구 덕택에 해를 보고 있습니다.

[오르시노] 그 반대겠지. 친구 덕택에 잘되는 것 아니냐?

[페스테] 아닙니다. 나쁘게 되죠.

[오르시노] 어떻게 그럴 수가 있느냐?

[페스테] 그것은 말씀이에요, 친구는 저를 추켜올려 주고 바보로 만듭니다. 그런데 원수는 털어 놓고 저를 바보라고 하거든요. 그러니까 원수의 힘으로 저 자신을 알게 되니 덕을 보는 것이고, 친구의 힘으로는 속는 것밖에는 없죠. 하니까 결론은 어떻게 되느냐 하면, 이것은 마치 키스와 같아서요, 부정이 네 개가 합치니까 긍정이 두 개 나오지 않겠습니까? 그러니 친구 덕에 손해 보고, 원수 덕에 잘 된다는 말씀이올시다.

[오르시노] 그것 아주 재미있구나.

[페스테] 아니, 천만에요. 공작님께서는 저의 친구가 되시겠다는 듯합니다만.

[오르시노] 내 덕택에 해를 보아서야 되겠느냐. 자, 돈을 받아라.

[페스테] 그저 이중거래만 안 된다면야 한 푼 더 주셔도 좋을 것 같은데요.

[오르시노] 이 녀석이 좋지 못한 일만 권하는군.

[페스테] 이번만은 양심을 호주머니 속에 넣으시고 인정 따라 해 보세요.

[오르시노] 그럼 죄를 짓자꾸나. 이중거래를 하지. 자, 여기 있다.

[페스테] 하나, 둘, 셋. 이것 재미있는 놀이올시다. 또 옛말에도 셋째 번이 다 문다는 속담이 있지 않습니까? 그리고 삼박자란 것이 춤출 때는 그만이올시다. 그리고 또 있어요. 성 베넷의 종소리라면 벌써 짐작이 가시겠죠? 하나, 둘, 셋.

[오르시노] 네 광대 솜씨도 그 수작으로는 내 호주머니에 다시 손이 들어가지 않는다. 너의 집 아씨에게 내가 왔다고 전하고 이리로 모시고 나온다면 더 보태고 싶은 생각이 날는지도 모르겠다.

[페스테] 그럼 제가 돌아올 때까지 그 생각을 잘 재워 놓으세요. 다녀오겠습니다. 하지만 제가 이렇게 바란다고 해서 탐욕의 죄라고는 생각지 말아 주세

요. 자, 그럼, 베푸시는 마음은 잠시 눈을 붙이게 해 두시고 제가 곧 와서 깨우겠소이다.

[바이올라] 아, 저기, 저를 살려 준 분이 오는군요.

(안토니오와 관리들 등장)

[오르시노] 저자의 얼굴을 내가 잘 알고 있다. 하긴 지난번에 만났을 때는 전쟁터의 화약 연기에 타서 대장간의 신 벌칸처럼 시커멓게 돼 있었지. 보잘것없는 배의 선장이었는데 그물 위에 얕게 뜬 대수롭지도 않은 배를 가지고 우리 함대의 가장 훌륭한 것과 대전하여 산산이 부숴 버린 일이 있었다. 그 훌륭한 솜씨에 우리 쪽은 그만 미움이고 손실이고도 잊고서 칭찬을 해주었다. 어떻게 된 일이냐?

[관리 1] 공작님, 이자가 바로 안토니오, 피닉스호가 크레타섬에서 짐을 싣고 오는 것을 빼앗은 그 장본인이올시다. 그리고 타이거 호에 뛰어들어 조카 되시는 타이터스 님의 한쪽 다리를 잃게 한 것도 바로 이자올시다. 여기 노상에서 자신의 창피도 일신의 위험도 제쳐 놓고 소란을 치는 것을 잡아 왔습니다.

[바이올라] 이분이 저에게 친절을 베풀어 저를 위해 칼을 뽑아 주셨어요. 그런데 끝에 가서 이상한 이야기를 했어요. 아무래도 실성했다고 밖에는 생각되지 않습니다.

[오르시노] 이 천하의 악명 높은 해적! 바다의 도둑놈! 대체 얼마나 어리석고 무모하기에 그 흉악한 행동으로 불구대천의 원수가 된 이쪽 수중에 빠지게 되었느냐?

[안토니오] 오르시노 공작, 죄송하오나 지금 주신 명칭은 받을 수 없소이다. 이 안토니오, 오르시노 공작의 적으로서는 의심의 여지가 없음을 인정하지만, 도둑이나 해적이라니 천만의 말씀이요. 제가 여기 온 것은 요귀에 홀린 탓이요. 그 곁에 있는 천하에 배은망덕한 젊은 사람이 거친 바다의 거품 이

는 파도에 삼키는 것을 내가 구해 주었소. 도저히 살길 없는 빈사의 몸을 소생시키고, 그뿐입니까, 이 마음의 진정으로 아낌없이 일체를 바쳤던 것이요. 저 사람을 위해서, 오로지 그를 아꼈기 때문에 이렇게 위험을 무릅쓰고 이 사지로 뛰어든 것이요. 그리고 그가 곤경에 빠지는 것을 보고는 그를 막아 주려고 칼을 뽑았던 것이요. 그런데 제가 잡히고 나니 저자는 박정하게도 수작을 꾸며 위험에 걸려들까 봐 뻔뻔스럽게도 나를 알지 못한다고 시치미를 떼고, 마치 순식간에 이십 년이나 사이가 벌어진 인간이 되어 버렸소. 그리고는 제가 쓰라고 준 지갑을 반 시간도 채 못 되었는데 받지 않았다고 시치미를 떼는군요.

[바이올라] 세상에, 이런 일이!

[오르시노] 그 사람이 언제 이곳에 왔느냐?

[안토니오] 오늘 왔습니다. 지난 석 달 동안을 다만 한시도 떨어져 있지 않고 같이 기거를 해 왔던 것이요.

[오르시노] 저기 백작 댁 아씨가 오는군. 선녀가 땅 위를 밟고 가는 듯하구나. 이 이야기는 다시 하기로 하고, 이 사나이를 저리로 데려가거라.

(올리비아와 시종들 등장)

[올리비아] 무슨 일이옵니까? 세사리오, 약속을 해 놓고 안 지키시다니요.

[바이올라] 네?

[오르시노] 올리비아 아가씨…….

[올리비아] 대답을 해 보세요. 세사리오? (공작에게) 공작님, 잠깐만.

[바이올라] 제 주인께서 말씀하십니다. 저는 삼가야죠.

[올리비아] 전이나 다름없는 낡아빠진 소관이시라면, 제 귀에는 음악 뒤의 고함처럼 듣기 따분하고 역겹습니다.

[오르시노] 언제까지고 그렇게 매정하시오?

[올리비아] 네, 언제나 변함이 없어요.

[오르시노] 그 외고집, 당신은 혹독한 사람이요. 당신의 그 은혜를 모르고 인정머리 없는 제단에다 내 영혼을 바쳐 정성에 찬 기도를 올렸던 것이요. 이 몸은 어떻게 하란 말씀이요.

[올리비아] 당신에 알맞은 일이라면 무엇이든 마음대로 하세요.

[오르시노] 하고 싶은 마음만 있다면야 나도 죽음에 임박한 저 이집트의 도둑처럼 사랑하는 사람을 죽일는지도 몰라. 야만적인 질투도 때로는 거룩하게 생각되지 않는 것도 아니지. 하나 들어보시오. 당신은 나의 진정을 헌신짝 버리듯 거들떠보지도 않고, 또 당신의 애정 가운데 응당 내가 차지해야 할 자리에게 나를 억지로 몰아낸 도구가 뭣인지도 대강은 알고 있으니까, 당신은 언제나 대리석처럼 싸늘한 폭군으로 있으시오. 그러나 당신이 총애하는 이 아이를 사랑하고 있는 줄 나도 알고 있소. 또 맹세하지만 나도 아끼고 있는 아이요. 이 아이가 당신의 매정한 눈 안에 왕관을 쓰고 자리 잡고 앉아 있어 주인인 나는 유감이요. 이 아이를 그 눈에서 **빼앗아** 가야겠소. 자, 넌 같이 가자. 나도 고약한 짓을 해 보고 싶어졌구나. 내가 아끼는 새끼 양을 제물로 해서 비둘기 속에 들어 있는 까마귀 마음을 괴롭혀 줘야겠다.

[바이올라] 저도 당신의 마음을 진정시켜 드리는 일이라면 무엇이 싫겠어요. 천 번, 만 번이라도 제물이 되겠습니다.

[올리비아] 어디를 가세요, 세사리오?

[바이올라] 사모하는 분의 뒤를 따라갑니다. 이 두 눈보다도, 이 생명보다도 비록 장차 아내를 사랑하는 일이 있더라도, 그것과는 비교도 안 될 만큼 사랑하는 분입니다. 이것이 거짓이라면 하나님께서 사랑을 더럽힌 죄목으로 저에게 벌을 내려 주소서.

[올리비아] 아이, 야속도 해라! 이렇게 속아 넘어가다니.

[바이올라] 누가 속였단 말이에요? 누가 해를 끼쳤단 말씀입니까?

[올리비아] 모른 척하시는군요. 바로 아까 일이 아니에요? 신부님을 불러 와요.

[오르시노] (바이올라에게) 자, 가자.

[올리비아] 어디로 간단 말이에요. 세사리오, 기다려요. 나의 남편.

[오르시노] 남편?

[올리비아] 그래요, 남편이에요. 아니라고는 말하지 못할 거예요.

[오르시노] 네가 남편이냐, 응?

[올리비아] 비열한 사람! 자기를 내세우지도 못하다니. 그렇게 겁이 나요? 세사리오, 겁낼 것 없어. 자. 행운은 잡는 것이에요. 사실 그대로의 당신이 되세요. 그러면 당신이 두려워하는 그런 신분에 못지않게 될 테니까요. (신부 등장) 신부님, 잘 오셨어요. 신부님, 어김없이 말씀해 주세요. 당신의 신성한 입으로 모두 드러내 주세요. 아까는 그냥 덮어 두기로 했습니다만, 신부님도 아시는 젊은 사람과 나 사이에 주고받은 일을 말씀이에요.

[신부] 네, 두 분께서 영원히 변함없는 사랑의 가약을 맺으셨습니다. 서로 손과 손을 맞잡고 신성하게 입을 맞추어 그 증명을 했으며, 반지를 교환하여 든든하게 해 놓은 약속입니다. 그리고 약속의 의식 일체는 제가 직책에 따라 입회하여 확인한 것이올시다. 그때로부터 제 시계로 보아 불과 두 시간밖에는 경과하지 않았구려.

[오르시노] 에이! 이 녀석, 시치미를 떼고 있었구나. 그 살가죽에 백발이 희끗거릴 때는 어떤 인간이 될 것인고. 아니면 네 잔꾀가 멋대로 자라나 남을 걸려는 수작에 스스로 걸려들고 말 것이다. 가거라, 가서 같이 살아라. 하지만 네 발길을 조심해. 나와는 두 번 다시 마주치지 말도록 해.

[바이올라] 공작님, 절대 그런 일은…….

[올리비아] 그만 맹세해요. 아무리 겁이 많더라도 조금은 자신을 살펴보세요.

(앤드루 등장)

[앤드루] 큰일 났어요. 빨리 의사를! 곧 토비에게 보내 주시오.

[올리비아] 아니, 어떻게 된 일이요?

[앤드루] 그놈이 내 머리를 깨고 토비의 대가리를 피투성이로 만들어 놓았어요. 제발 적선이요, 살려 주세요. 이럴 줄 알았으면 40파운드를 써도 집에 있을 걸 잘못했어.

[올리비아] 이런 짓을 한 사람이 누구예요, 앤드루?

[앤드루] 공작의 시중드는 세사리오란 놈이요. 겁쟁이라 알고 덤볐더니 이게 마귀가 화한 놈이로구려.

[오르시노] 내게 있는 세사리오라고?

[앤드루] 어이쿠, 여기 와 있군. 댁은 왜 이유도 없이 남의 머리를 깨었소? 내가 댁에게 한 짓은 토비가 시켜서 한 짓이야.

[바이올라] 그 이야기를 왜 나에게 하시오? 나는 당신을 해친 일이 없어. 당신이 이유도 없이 나한테 칼을 빼고 달려들지 않았소. 그런 짓을 내가 좋게 말하여 조금도 해치지 않았는데.

[앤드루] 대가리가 피투성이로 되는 것이 해치는 것이 아니라면 몰라도 그런 말이 어디 있어? 피투성이 대가리쯤은 아무것도 아니라는 말씀이요? 저기 보오, 토비가 다리를 절면서 오고 있잖나. 저 사람에게 물어보면 더 잘 알게요.

(토비와 어릿광대 등장)

[오르시노] 아니, 어떻게 된 일이요? 어때요?

[토비] 어떻고 저떻고 없이 당했어. 그뿐이지 뭐야. 야, 바보 딕 선생을 만났니?

[페스테] 토비, 그 선생님은 한 시간 전부터 곤드레만드레요. 아침 여덟 시에 벌써 눈이 저물었다니까요.

[토비] 에이, 고얀 놈. 여덟 박자의 느림보 녀석 같으니라고. 난 말이야, 주정

뱅이 고얀 놈이 제일 싫다.

[올리비아] 저리 데려가거라. 누가 저렇게 상처를 입혔느냐?

[앤드루] 내가 도와주겠네. 토비. 같이 붕대를 감도록 해.

[토비] 도와주겠다? 이 바보 천치야, 돼먹지 못한 놈, 얼빠진 말라깽이!

[올리비아] 빨리 눕게 해서 상처를 돌봐 주도록 해요.

(어릿광대 페스테, 토비, 앤드루 퇴장. 세바스찬 등장)

[세바스찬] 아씨, 죄송합니다. 댁의 친척분에게 상처를 입혔습니다. 하지만 저와 피를 가른 친형제라 해도 목숨을 건지려는 생각이 있다면 도리가 없었을 것입니다. 아니, 이상한 눈으로 저를 보시는군요. 아무래도 제가 한 짓에 기분이 많이 상하셨나 봅니다. 용서해 주시오. 아까 서로 맺은 맹세를 봐서라도.

[오르시노] 같은 얼굴, 같은 목소리, 같은 복장, 그런데 사람은 둘, 조화가 만든 변화의 거울인가! 있으면서도 또 없으니.

[세바스찬] 안토니오! 아, 안토니오 형님! 당신을 잃어버리고 난 뒤 이 몇 시간을 나는 고문이나 당하듯 얼마나 괴로워했는지 몰라.

[안토니오] 당신이 세바스찬?

[세바스찬] 아니, 무슨 이상한 데라도 있어요?

[안토니오] 어떻게 두 사람으로 되어 버렸소? 사과 하나를 두 쪽으로 갈라 놓아도 이렇게 꼭 닮을 수가 있을까. 어느 쪽이 세바스찬이요?

[올리비아] 세상에 신기한 일도!

[세바스찬] 여기 서 있는 내가, 내가 아니란 말인가? 나는 형제가 없는 사람이요. 그리고 여기저기를 맘대로 왔다가 갔다가 하는 신술을 타고난 인간도 아니요. 다만 누이 한 사람이 있었는데 매정한 파도가 그만 삼켜 버리고 말았소이다. (바이올라에게) 부디 말해 주시오. 당신은 나에게 무슨 연고라도 있습니까? 어느 나라의? 이름은? 그리고 양친은?

바이올라와 세바스찬
바이올라가 죽은 줄 알았던 쌍둥이 오빠 세바스찬을 대면하는 연극의 한 장면이다.

[바이올라] 메사리인 태생, 아버지 이름은 세바스찬이오. 형도 같은 이름의 세바스찬, 바로 그런 복장으로 바다의 무덤을 찾아갔어요. 만약 혼령이 모습과 복장을 그대로 차리고 나올 수 있다면 당신은 우리를 놀라게 하려고 나타나셨다고 밖에는 할 수 없군요.

[세바스찬] 내가 혼령? 아마 그럴 거야. 하지만 어머니 뱃속에서 물려받은 몸 뚱어리를 아직은 그냥 걸치고 있소. 당신이 만일 여자라면 당신 얼굴에다 내 눈물을 뿌리며 말할 거요. "죽은 줄 알았던 바이올라, 살아서 돌아와 얼마나 반가우냐"고.

[바이올라] 저의 아버지는 이마에 사마귀가 있어요.

[세바스찬] 나의 아버지도 있었어.

[바이올라] 그리고 돌아가신 것은 바이올라가 태어난 날부터 헤아려 꼭 열세 해 되던 날이죠.

[세바스찬] 아, 그 기억, 내 마음속에도 역력히 살아 있구나! 그렇다. 아버지는 누이가 열세 살 되던 바로 그날에 이승을 하직하셨다.

[바이올라] 우리 둘을 행복하게 해 주는 데 방해되는 것이 다만 남자를 가장한 복장뿐이라면, 조금만 기다려 주세요. 장소와 때, 그리고 운명이 하나에서 열 까지 척척 들어맞아 제가 바이올라라는 것을 밝혀 드리겠습니다. 그것을 확실히 하기 위하여 이 고을에 있는 어느 선장에게 안내해 드리겠습니다. 거기 가면 제 처녀의 옷이 있어요. 그분의 친절한 도움으로 목숨을 보전하고 이 공작님의 시중을 들게 되었습니다. 그 뒤에 제 운명에 일어난 일은 모두 이 아씨와 공작님 사이에서 생겨났지요.

[세바스찬] (올리비아에게) 그래서 당신께서 저를 잘못 아신 것입니다. 하지만 그것은 자연의 도리가 그렇게 인도한 것이죠. 그렇지 않았더라면 당신께서 는 처녀와 결혼을 하실 뻔했어요. 하긴 그렇다면 결코 속은 것은 아닙니다. 처녀이자 남자인 사람과 약혼하셨으니까요.

[오르시노] 놀랄 것 없소. 그 집이라면 훌륭한 혈통의 남자요. 이게 사실이라면 그 변화의 거울도 사실대로 비춰 줬어. 나도 이 행복한 파선꾼들 사이에 한몫 끼어듭시다. (바이올라에게) 너는 몇 번이고 되풀이해서 나에게 말했지, 나를 사랑하는 만큼은 여자를 사랑하지 않는다고.

[바이올라] 되풀이해서 드린 말씀을 제가 다시금 맹세하겠습니다. 그리고 그 모든 맹세를 마음속의 진실로 지켜 나가겠습니다. 마치 낮과 밤을 가르는 저 태양이 언제나 타오르는 불을 간직하듯이.

[오르시노] 그 손을 다오. 어디 여자의 복장을 한 모습을 보고 싶구나.

[바이올라] 저를 처음 이 해변가로 데리고 온 선장이 제 처녀의 의복을 갖고 있습니다. 지금 어느 분의 사건 관계로 아씨의 시종되시는 말볼리오 씨가 고소하여 감옥에 있습니다.

[올리비아] 곧 방면하도록 하겠어요. 말볼리오를 이리로 데려와요. 참, 지금 생각이 났군. 가엾게도 실성을 했다는데.

(어릿광대 패스테, 파비안과 같이 등장)

[올리비아] 나 자신이 정신이 날아가 미친 사람처럼 되어 있는 바람에 그이의 실성을 깜빡 잊고 있었군. 이봐, 그이는 어떠냐?

[페스테] 저렇게 된 인간치고는 매우 신통하죠. 아씨께 드린다고 편지를 썼어요. 그걸 제가 아침에 드렸어야 할 것입니다만 미친 사람의 편지가 어디 복음서만큼이야 될 수 있겠습니까? 그래서 언제 전해 드려도 별 상관이야 없습죠.

[올리비아] 어디 편지를 꺼내어 읽어 봐요.

[페스테] 자, 그러면 잘 들어 교훈을 얻으십시오. 바보가 읽는 미치광이의 글이올시다. (읽는다) 오호라, 아씨여…….

[올리비아] 아니, 너 미친 게야?

[페스테] 천만에. 미친 사람 편지를 읽으니까요. 정신 나간 사람의 것답게 읽

으라시면 이만한 소리를 용서해 주셔야죠.

[올리비아] 제발 제정신으로 읽어라.

[페스테] 제 정신으로 읽고 있죠. 그 사람 것을 제 정신으로 읽으면 이렇게 밖에는 안 됩니다. 그러니 자, 심사숙고하시어, 경청해 주시옵기를.

[올리비아] (파비안에게) 네가 읽어 다오.

[파비안] (읽는다) "오호라, 아씨여, 과하신 처사, 세상도 다 알 것이옵니다. 소인을 어두운 속에 가둬 놓으시고 주정뱅이 친척으로 하여금 소인을 감시케 하시오나, 소인의 오감인즉 건전하기 아씨와 조금도 다름이 없사옵니다. 소인이 그런 복장을 가장한 연유인즉 다름 아닌 아씨의 친필 서간의 종용이요, 서간은 소인이 보관중이며, 이로써 소인의 면목은 십분 설 것으로 아오며, 아씨에겐 큰 수치로 생각하나이다. 소인에 대하여는 분부대로 생각하옵소서. 본분을 약간 빗나간 줄 아오나 소인이 당한 바 모욕을 간과할 수 없어 일필 상서하나이다." 광인 취급을 받은 인간 말볼리오 올림.

[올리비아] 본인이 쓴 것이냐?

[페스테] 네, 그렇습니다.

[오르시노] 별로 실성한 사람 같지 않군.

[올리비아] 그 방에서 풀어 주도록 해. 페스테, 이리로 데리고 와요. 공작님, 지금 들으신 경과를 참작하셔서, 어떠시겠어요? 저를 남의 아내도 아니려니와 의누이라고 생각하신다면 같은 날 서로의 인연을 맺을 식을 올리는 것이? 저의 집에서, 또 비용도 제가 부담하겠어요.

[오르시노] 그 말씀 나도 기꺼이 받아들이겠습니다. (바이올라에게) 너는 이제부터 내가 부리는 사람이 아니다. 그동안 네 타고난 성을 어기고 곱고 부드러이 자라 온 태생에 맞지 않게 힘에 겨운 일을 이 주인을 위해 많이 해 주었다. 그 인사로, 자, 이 손을 잡아 다오. 이제부터 너는 네 주인의 여주인이다.

[올리비아] 동생! 나의 동생이에요.

(페스테, 말볼리오 등장)

[오르시노] 이 사람이 바로 그 미친 사람?

[올리비아] 네, 바로 그래요. 말볼리오, 어떻게 된 거예요?

[말볼리오] 아씨, 너무 과하십니다. 세상에 이럴 수가 있습니까?

[올리비아] 내가? 아니야.

[말볼리오] 아니, 정말이외다. 제발, 이 편지를 읽어 봐 주시오. 그것이 친필이 아니라는 말씀은 못 하실 것이요. 어디 필체건 문구건 이것과 다르게 써 보십시오. 이게 당신의 봉인이 아니고 당신께서 지어낸 것이 아니라고 말씀해 보실까요? 그런 말씀은 조금도 못 하실 것입니다. 그러면 그것을 확실히 인정하시고 점잖은 체면에 대답해 주십시오. 왜 이렇게 뚜렷한 총애의 표시를 보여 주셔서 저에게 웃음을 짓고 오너라, 십자 대님을 하고 노란 긴 양말을 신어라, 토비와 하인을 보고 싫은 얼굴을 지어라 시키셨는지를. 그리고 이것을 고마운 분부라고 그대로 하였더니 왜 저를 감방에 가두어 컴컴한 방에 처넣고는 목사를 찾아오게 하시고 희롱을 해도 분수가 있지 왜 저를 세상에 둘도 없는 멍청이 얼간이로 만들게끔 하셨는지, 자, 그 이유를 대답해 주십시오.

[올리비아] 에그, 이것은 내 글씨가 아니야, 말볼리오. 확실히 글자가 많이 닮기는 했지만 이것은 틀림없이 마리아의 솜씨에요. 그래, 지금 생각이 나는데 당신이 실성했다고 맨 먼저 말해 준 것이 바로 마리아였어요. 그런데다 이상한 웃음을 짓고 나타나지 않나, 편지에 써 놓은 대로 이상야릇한 모양을 하고 오지 않았나? 그만 참아요. 너무 심하게 장난을 쳐서 거기 그만 넘어가 버린 것이에요. 하지만 그 동기와 지어낸 사람을 알게 되면 당신을 이 사건의 피고와 재판관을 겸하게 해 드릴게.

[파비안] 아씨, 제가 아뢰는 말씀을 들으시고, 아까부터 제가 듣고 무어라 감탄을 금하지 못하고 있습니다만, 이 경사스러운 때에 싸움이나 언쟁이 일어나지 않도록 해 주시기 바랍니다. 그렇게 생각되기에 소란을 피하기 위해 솔

직하니 털어놓고 말씀드립니다만, 말볼리오 씨에게 이런 장난을 꾸민 것은 바로 저하고 토비 두 사람이올시다. 그 연유인즉, 이분의 지나치게 완고하고 무례한 점을 저희들이 겪어 보았기 때문입니다. 편지는 토비의 간청으로 마리아가 썼습니다. 그 보상이라고 할까요, 토비께서는 마리아와 결혼하셨습니다. 그 뒤의 경과가 얼마나 흥에 겨운 장난이었는가를 말씀 드린다면, 분풀이니 뭐니 하기보다는 차라리 웃음거리로 돌리는 게 좋을 듯합니다. 그리고 불평이야 쌍방이 다 있는 것이니 피장파장이 아니겠습니까.

[올리비아] 아이 딱하게도! 얼마나 욕을 당했을까?

[페스테] 에, "사람은 타고남이 잘날 수도 있고, 힘써 얻어와 잘날 수도 있고, 또한 남이 던져 주어 잘난 사람도 있느니라." 저도 이 연극에 한몫 거들었죠. 토파스 목사님 역이죠. 하지만 그건 아무래도 좋아요. "바보야, 절대 나는 미치광이가 아니야." 하지만 기억하시나요? 아씨, 왜 저따위 얼간이 망둥이를 보고 웃으시오? 웃지만 않으시면 저놈은 재갈이 물린 것이나 마찬가지가 됩니다. 그러니 보세요. 세상을 돌고 돈다고, 이게 다 인과응보라는 거죠.

[말볼리오] 어디 두고 보자. 너희들 한 놈 빼놓지 않고 원수를 갚아 줄 테다.

(퇴장)

[올리비아] 정말 지독하게 당하기도 했어요.

[오르시노] 뒤를 쫓아가 잘 달래어 사이좋게 지내도록 하오. 선장 이야기는 그만 듣지도 못하였구나. 그 이야기도 알게 되고 길일을 택하게 되거든 우리들 사랑하는 영혼의 인연 맺이 예식을 엄숙하게 올리기로 합시다. 그때까지 아리따운 누이여, 우리도 이곳을 떠나지 않겠소. 세사리오, 오너라. 네가 남자 모습으로 있는 동안은 그렇게 부르자꾸나. 그러나 옷을 바꾸어 나타날 때에는 오르시노의 사랑하는 여인, 사모하는 여왕이 되는 것이다.

(어릿광대만 남고, 모두 퇴장)

[페스테]

(노래한다)

이놈이 꼬마둥이 어린애 적엔

헤이야 호오, 바람에 비

어리석은 짓을 해도 약과더니만

날마다 비가 와요, 비만 오시네.

하지만 이놈이 어른이 되니까

헤이야 호오, 바람에 비

나쁜 놈에 도둑놈은 대문이 철썩

날마다 비가 와요, 비만 오시네.

하지만 야단났네, 장가 드니까

헤이야 호오, 바람에 비

허풍 떨곤 먹고살기 글러 버렸네

날마다 비가 와요, 비만 오시네.

하지만 자리 속에 들어갈 때는

헤이야 호오, 바람에 비

곤드레만드레로 골치만 흔들

날마다 비가 와요, 비만 오시네.

까마득한 일이지, 이 세상 시작

헤이야 호오, 바람에 비

하지만 상관없어, 극은 끝났네.

여러분 모시고자 온갖 힘을 다하죠.

(퇴장)

5막 1장 분석

여러 개의 개별 장면으로 나뉘었던 이전 막과 달리, 이 마지막 5막은 단 하나의 장면으로 구성되어 있어, 다양한 플롯, 주제, 복잡성, 잘못된 정체성을 대부분 풀고 해결해야 하기 때문에 일체감을 높인다. 그러나 해결되지 않은 몇 가지 사소한 세부 사항이 있다. 예를 들어, 안토니오는 이전에 자신이 체포될까 봐 두려워한 적이 있으며, 우리는 그 이유를 결코 알 수 없다. 이 장면에서 안토니오는 해적이자 오르시노 공작의 함대를 공격하여 큰 피해를 입힌 사람으로 기소되기도 한다. 그러나 안토니오는 자신이 도둑이나 해적이었다는 것을 부인하고, 그를 비난하는 사람들(예를 들어 오르시노)조차도 그가 명예롭고 영웅적인 방식으로 처신했음을 인정한다. 안토니오와 오르시노 사이의 갈등의 원인이 무엇이든 그것은 불분명하다.

오르시노 공작과 올리비아에게 영문도 모른 채 비난당하는 세사리오를 구해 줄 단 한 사람, 세바스찬이 등장하면서 모든 퍼즐이 드디어 제자리를 찾게 되고, 모든 연인들이 드디어 제 짝을 만나게 된다. 그러나 여기에서 가장 재미있는 지점은, 관객에게는 보이지 않지만 방금 결혼한 것으로 알려진(페스테의 전언) 토비 경과 마리아이다. 이 연극에서 불만을 품은 유일한 사람은 바로 말볼리오뿐이다. 그에게는 유머도, 자선도, 용서도 없다. 그를 제외한 모든 사람의 행복한 결말을 약속하며 연극은 막을 내린다.

셰익스피어의 **5대 희극**

초판 1쇄 인쇄 2023년 5월 01일
초판 1쇄 발행 2023년 5월 15일

—

지은이 윌리엄 셰익스피어
편 역 김성진
펴낸이 김호석
편집부 곽유찬 · 주옥경
마케팅 오중환
기획 · 홍보 김신
경영관리 박미경
영업관리 김경혜

—

펴낸곳 도서출판 린
주소 경기도 고양시 일산동구 무궁화로 32-21, 로데오메탈릭타워 405호
전화 (02) 305 - 0210
팩스 (031) 905 - 0221
전자우편 dga1023@hanmail.net
홈페이지 www.bookdaega.com

—

ISBN 979-11-92575-15-5 (03840)